來觸摸這僅蔚藍片刻的火焰，趁它花瓣尚未凋萎之際。 ——聶魯達
藍色
BONFIRE
篝火
信與不信，到底哪一個才是真相？
愛與不愛，究竟我的心走向何方？
穆烺 著

Preface

推薦序

奇幻谷中的精靈

我還清清楚楚的記得那一段自我介紹：「我是萬銘真，萬事如意的萬，座右銘的銘，真善美的真。」小小的個子，大大的聲音，簡短輕快，像珍珠灑落玉盤般的清脆悅耳，一顆顆的崁入我心底。真善美的真字剛落地，咚咚咚，連磕三個響頭正式拜師，那一年銘真還不滿七歲，我用毛筆在她光潔飽滿的額頭上輕輕一點；開始了銘真國語文、說話、禮儀與美術的啟蒙，也開始了我們校園以外的師生緣。

學齡前後的兩、三年中，銘真的國語文學習可以說是一個又一個故事串聯起來配合體能訓練、培養看表演與表演的能力，豐富美感經驗，交替進行在跟隨著我的片斷時光裡累積起來的。每一次上課見到我，叫了一聲夏老師以後，就立刻熱烈展開我們故事接龍的遊戲；常以中西著名童話故事或小說為主軸，一邊說、一邊編，時而加入自創的角色，天馬行空、創意十足，變化多端、唱作俱佳。愛麗絲夢遊仙境、歐茲法師地底歷險記等，我們都「演出」過。道具自己動手做或就地取材，服裝是用帽子、圍巾、桌布「變」出來的。師徒倆一人分飾好幾個角色，時而尖起嗓子，時而扁嘴變音，敲敲打打、自彈自唱配樂，好不熱鬧，從外面聽來彷彿十幾個人的劇團一樣，兩個小時的課程在一串串的歡聲笑語和奇妙故事中渡過，也許那時已悄悄播下了說故事的種子，也許銘真天生充滿了說故事的細胞，每一個細胞裡都藏有一個故事。

有一回我們「校外教學」去參觀一個畫展，回程在計程車上，現場直播了一齣新編的奇幻劇，劇中奇遇不斷，怪事連連，「……忽然天空下起了黑色的雨，住在雨滴裡的小魔怪帕納弟飄啊飄啊，飄進了正張大嘴打哈欠的蘿蔔爺爺口中，蘿蔔爺爺立刻就變成黑色的了，並且……」運將伯伯聽得津津有味笑出聲來，還一直問「然後呢？」回頭看了一下銘真，「這麼小，就這麼厲害呀！加油，將來長大說不定就像寫哈利波特的那個羅琳一樣喔」。

我沒有期待銘真「將來像羅琳一樣」，只任她豐富的想像力自由飛翔。久而久之，自然而然，一個接一個的故事總是凌空而來，傾瀉而下，似乎隨時可以編出一片天來。她進步飛快，故事結構，文字運用、內容、編排方面都有超齡的表現，繪畫本領也極佳，我心許著要為她出版一本繪本：「銘真，我們將來來出一本完全專屬妳的繪本好不好？妳自己編故事，自己寫，自己畫喔」，「好，」銘真乾脆的回答聲再度崁入我心底，我相信這張支票一定可以兌現。

這一天終於來臨，不但兌現，還變本加厲翻了好幾十倍呢！呈現在我眼前的不是孩子氣的繪本，而是一本洋洋灑灑三十二萬字的愛情奇幻小說——「藍色篝火」。

藍色篝火是小說的主題，是女主角泛月晨和男主角之一的靳影澤宣誓的見證。藍色篝火的傳說成真了嗎？作者用三十二萬字引領我們進入她的世界，也在最後揭曉了發人深省的答案。

勾人神魄，令群星失色、壯麗凌空的奔放豔藍篝火是全書的主視覺，而作者魔棒一揮，向「夜帝」借來斑斕的色彩，點在不同角色的髮上、眼眸中。貪戀權位，利慾薰心的月隱山莊泛莊主的絳紅色眸子、美麗空靈的泛月晨時而湛藍，時而冷藍的雙眸。只要出現，連太陽都會淪為陪襯的千洵，雙眼是刻骨銘心的琥珀金和後來失明的銀灰色左眼，俊美如雕像般的靳影澤有著一對胡桃棕色的眼眸，像薔薇般的千水悠擁有一雙沉銀色的眼眸，器化後泛月晨搖身一變成為冷迎曦，同時也變成了黑髮紫瞳。作者在各個主角的靈魂之窗裡點染了不同的色彩，也剖析了不同的性格、說明了不同的身分（凡族與魔族）的天生特質，描述內心情感的變化十分深刻，讓讀者隨著文字的敘述，腦海裡湧出一幕幕或奇幻美麗或懸疑緊張或深刻動人的畫面。文中其他場景、魔法、武器、花朵也都有精彩生動的描繪與顏色的渲染，引人入勝，像畫家的筆，畫出了清晰流暢的線條、豐富美麗的色彩，深不可測的人性和深濃情真愛。

狂焰曲是所有故事的開端，也是愛的開端。金色與藍色交織牽絆的神器，高貴得能在黑暗中發出神聖光芒，是靳影澤幫了武器博物館喬館長「一個小忙」交易而來，送給泛月晨的禮物，因為那是泛月晨夢寐以求的武器。但多年之後，已變成冷迎曦的泛月晨才在無意間，從千水悠口中得知狂焰曲來自何方；那另一份默默無語的真愛。我們隨著作者所編的音律舞曲旋轉起舞，沉醉其中，當讀者都因陷入糾葛的情愛名利成敗而心情起伏難以平復時，女主角泛月晨卻……。

藍色篝火裡有虛、實，真、假，愛、恨，恩、仇，驕傲、謙虛，嚴苛、寬恕，勇敢、溫柔，自私而貪婪，膽怯又迷惘，悲喜交織，善惡並存。四位男女主角歷盡萬難，陷入重重困境，內心萬般掙扎卻始終維繫著難以割捨的親情，彌足珍貴的友情，超然純潔的愛情。人閱讀書，書閱讀人，作者年紀輕輕卻能以寬容大度之胸懷，觀察入微之心、深入淺出之筆，帶領我們閱讀並探討難以捉摸的人性，曲折多變的人生，願世人抽離恨、留下愛，除惡念、行善舉，認清生命真正的價值。全文讀完，我深深感動，倒抽一口氣，久久不能回神。若不是「親眼目睹」作者的成長過程和文學底子，知悉她埋首寫作三年的辛苦，我真不敢相信這部「地基」穩固、結構完整、詞藻華美，情感豐沛，張力十足的長篇奇幻愛情小說，出自於一個十八歲少女之手。

作者選用印度詩人泰戈爾的詩篇、名言佳句作為每一章的引言，以大師的智慧之語、思想價值、審美價值為我們連綴全文的精神所在，更引人入勝，扣人心弦。走筆至此，我僅以一段泰戈爾對愛情與友誼的詮釋來為女主角泛月晨喝采。

「友誼和愛情之間的區別在於，友誼意味著兩個人和世界，然而愛情意味著兩個人就是世界。在友誼中一加一等於二，在愛情中一加一還是一。」

或許我們可以合理推測青春年少的作者穆烺還沒有經歷過任何刻骨銘心的愛情，那麼這部堪稱曲折離奇、深刻感人的愛情小說是如何寫成的呢？我敢說除了文字功力以外，是用愛寫成的，只有本身充滿愛，才能放入大量的愛，使恨沒有縫隙。

滿園的花朵不是一天開出來的，作者除了「麗質天生」以外，絕對有遠多於其他同齡孩子的努力與堅定的志向，不斷的閱讀與寫作。她很早就知道自己要開什麼顏色的花，「藍色篝火」是第一朵凌空豔藍，我們期待花開滿園，香傳萬里。

國立故宮博物院編纂

夏紅

Preface

推薦序

用想像飛翔

有時我恍若一名獵食者，躡起腳步在迷霧森林中搜索獵物；有時成為一位旅行者，在變換倏忽的景色裡體會價值。在銘真的文字世界，我總能扮演起不同的角色，流轉在現實與虛擬的場景，隨著情節看見酸甜苦辣的心情反射，對習慣於柴米油鹽的凡塵俗世，卻近似發現桃源般的獲得救贖。

我清楚知道在更多時候，自己是銘真的國文老師。她總能在激越的情感中保有過人的冷靜，無論是在課堂間分析小說的起承轉合，甚至詮釋作者撲朔迷離的創作初衷；抑或是對古典散文糾結的時代背景條分縷析，能夠用流暢的字句重新演繹古人的深情，這一切都源自於她對文字的敏銳，因而在她筆下的世界，總像水氣的凝結或波光的倒影，虛幻卻有真實，那些故事的枝節盤根交錯，卻又在超現實的想像中得以理解。我在更多的時候清楚知道，自己也是銘真的高中導師，她戴著一副細框眼鏡，一貫俏麗的短髮正如說話的簡潔有力，數理資優的光環成就她的邏輯推演能力，廣博的閱讀得以將知識鎔鑄在虛構的人物中，在這段高中生活，她平實的扮演著稱職的學生角色，甚至在人群裡平淡如每日必經的石徑，但卻何其不平凡的完成這本三十多萬字的奇幻小說，在這股彷彿吸納源源不絕的創作動力，而成為初試啼聲的作品之際，卻也是她即將負笈大學、告別青澀的十八歲的年齡。

這一年，她正準備大學指定科目考試，為了人生中的第一志願放手一搏，而我有幸與她一起，經歷現實世界的滔天巨浪，卻也在她的虛幻世界裡發現彼岸，如逆風而飛的蝴蝶。

是為序。

東吳大學中文系助理教授

黃端陽

獻給我摯愛的雙親

是他們的魔法點亮了我人生中的奇蹟

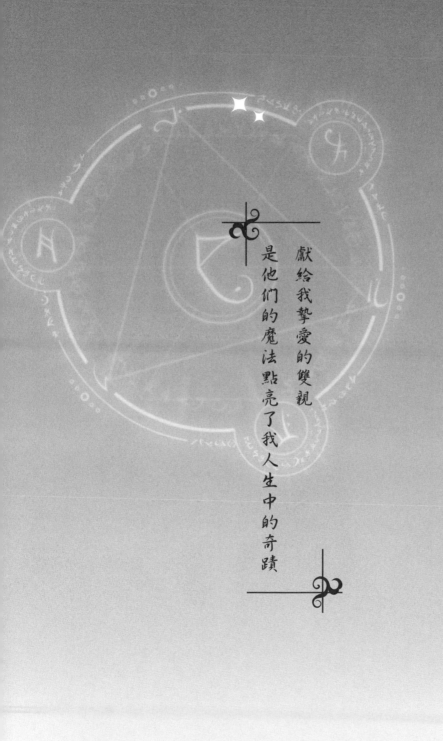

一切藍光輝耀，一切如一顆星。
海洋、船隻，日子齊遭放逐。

來看那盛開在繁星燦爛之水上的櫻桃，
以及飛快宇宙的圓形密碼；
來觸摸這僅蔚藍片刻的火焰，
趁它花瓣尚未凋萎之際。

這裡只有光，大量的，成串的，
被風的美德所開啟的空間，
在它交出海沫最終祕密之前——

置身諸藍之中——天國之藍，沉沒之藍——
我們的眼睛有點迷惑，幾乎無法察見
大氣的力量，海底的祕辛。

——聶魯達

Contents

目錄

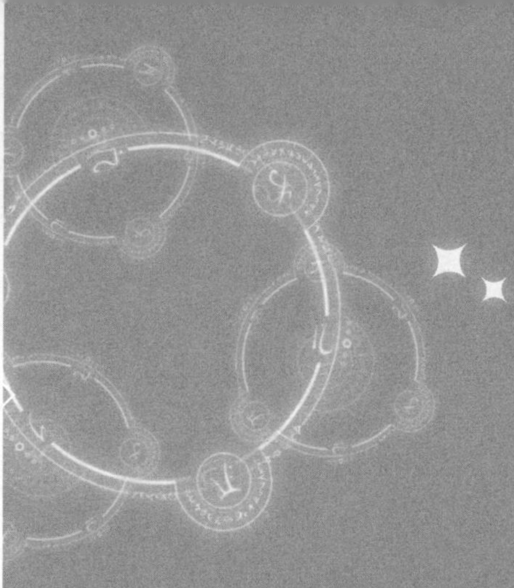

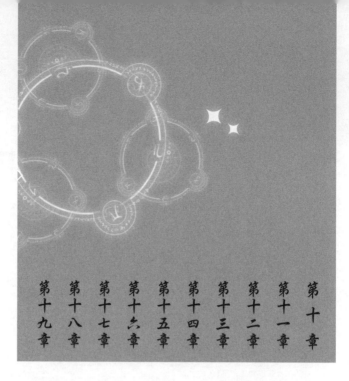

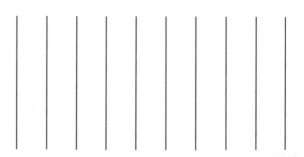

楔子

我準知道我的驕傲碰壁，我的生命將因極端的痛苦而炸裂，我空虛的心將像一枝空葦嗚咽出哀音，頑石也將融成眼淚。

——泰戈爾

夜風冷凝清冽，神殿的鐘巨然敲響，劃破寂寂的靜夜，彷彿洶湧地預告著即將掀起的一場風暴。

約莫十七歲的白衣女孩佇立在神殿大門前，一頭耀眼的金髮被狂風吹得漫天飛舞，冷藍色的雙眸燒炙著刻骨的恨意，左耳上銀色鳳凰耳墜在月光下刺得人眼眸生疼。她雙手捧著藍色火焰，那火焰像流金一樣汨汨的從她掌中不斷漫溢而出，所過之處無不燃燒焚燬。

「父親，我說過，」她冷傲的雙眼精準的在人群中找到那熟悉而痛恨的身影，對方震驚憤怒的瞪視著女孩。緩緩的，她唇角勾起一抹冰冷的笑容，美麗空靈的面容有著鳳凰般的倔強與驕傲。「我說過，不要傷害他。否則，你會後悔的！」

「住口！」身著長袍的月隱山莊男主人猛地怒吼，手中的魔杖一揮，他四周的火焰瞬間變得黯淡：「我是妳的父親，妳的人生本就該由我來安排。妳可知道，為了今日的婚禮，我費了多少心思。妳看看，這麼多重要的賓客特地趕來，妳怎麼能如此任性妄為？我絕不容許妳破壞這場婚禮！」

「哼！父親，這場婚禮是被你破壞的，不是我。我早就告訴過你，只要你傷害他，我就會離開月隱山莊，我就一定會讓你後悔。是你！是你的狠心造成今天的局面，此時此刻，你休想再阻止我！」

女孩語聲方落就立即張開雙臂，瞬時爆出巨大的魔法能量，發狂似的豔藍色火焰不斷自她的手中狂瀉而出，如千軍萬馬般席捲整個神殿，四周厚重的塵埃洶湧地翻捲著，嗆人鼻息，不斷上下沉浮。接著，女孩閉上眼，雙手合十，以自己為圓心，一陣又一陣瘋狂的火焰像漣漪般一圈圈向外肆虐擴散，神殿頓時劇烈搖晃，碎石像瀑布般急遽落下。空氣中充斥著刺耳的嗡鳴聲，這時，神殿最上方搖搖欲墜的樑柱終於宣告完全崩壞，帶著可怕的碎裂聲，樑柱向下急速墜落，以排山倒海之勢，砸向下方的白衣女孩！

晶瑩的淚水冰涼的自女孩臉上滑落，那麼晶瑩剔透、那麼柔軟而悲傷的一滴淚，像怒放的白蘭花上的露珠，明明是該美得捨生忘死，但不知怎地，卻直讓人痛入心扉——一種深擊心肺的痛楚。

恍若早已瞭然於心，女孩淡靜地望向朝她墜落而下的石頭樑柱，明明以她的法力，只要隨意設個結界，即可輕易抵擋住，但她卻絲毫不加理會，就那樣靜靜地抬著頭，身體一動也不動，好似靈魂早已脫離了軀殼。

就在千鈞一髮之際，一個修長的金色身影倏地自神壇朝她疾步而來，帶著風般的速度，猛地撲倒了她，同時將她緊緊的護在身下。

鋪天蓋地的黑暗在女孩腦中瀰漫開來，張眼卻已聚不了焦點，世界彷彿是再也無法拼湊完整的碎塊。

是死了嗎？

死了也很好，這樣就可以到他的身邊了，不是嗎？

漸漸的，白衣女孩慢慢失去了最後一點意識，在昏迷前的最後一刻，一聲沉痛悲哀的嘆息飄進了她的耳裡，印進了心底。

「泛月晨，妳好自私。」

好自私……

第一章　月隱山莊

浩瀚廣大的沙漠，常為搖搖頭笑笑就飛去的一葉青草而爍起愛情之火。

——泰戈爾

所有的故事，也許就是自此濫觴。

少年第一次遇見那一頭金髮女孩的時候，她才不過七個夏天大。

那天，住在千氏古堡裡的他，正醉心於皎潔明月之際，驀地聽到遠處村莊裡傳來震天的尖叫和呼救聲。抱著不解與好奇的心態，他滑步前去欲一探究竟，但因與出事地點相隔甚遠，因此當他趕到時，所有的村民幾乎已將那裡圍得水洩不通。

原來，村裡的孤兒院發生了可怕的大火災。

那火高得直入天際，看上去有一發不可收拾之勢，所有的村民齊心協力不斷灌水搶救，但火勢實在太大了，再搭配上強勁的風勢，讓村民們的努力顯得杯水車薪。只見年邁的老院長心急如焚的叫喊：「快呀！快呀！快救人呀！還有很多的孩子被困在裡面，拜託大家趕快想辦法救人呀！」

眾人面面相覷，臉色都十分難看，面對凶惡的熊熊烈火，沒有一個人敢衝進去，因為不可能有人會傻到不顧自己的生命危險，衝進那即將被惡火吞噬殆盡的孤兒院內。少年眼見情勢如此危急，正欲挺身而出時，突然從村民的驚呼聲中颼地衝出一個燦金色的身影，那金色身影義無反顧地衝進漫天火海中，毫無一絲猶豫的態度。

那金髮小女孩是怎麼了？居然敢這樣不要命的衝進去，就算是大人也沒有如此的膽識呀！她難道不知道這可能會讓自己也賠上性命嗎？就算她是魔族，但以她小小年紀，想要熟練地運用魔法救出所有人，也是一項極為艱鉅的任務。然而，在村民們尚且驚魂未定下，令人更不可思議的事發生了。只見女孩衝進漫天火海後，不知怎麼的，大家根本沒有看到女孩使出什麼特別的魔法，可是圍繞在她四周的火焰卻像是感應到天敵似的瑟縮了起來，只要是女孩所經之處，火焰就自動讓路。不久後，一群孩童就緊跟著女孩從殘破的大門中走了出來。

看到眼前這一幕，眾人都驚訝得說不出話來，襯著背後驚人的漫天火焰，女孩微微背光的身影就像是從火中誕生的神蹟。被大火高溫灼燒的空氣有如融化的沸水般漫漶浮動，女孩的身影彷彿也跟著浮動了起來，宛若海市蜃樓，下一秒就會消失於無形。

有那麼一刻，少年幾乎就要克制不住衝動，好想衝出去抓住這個似乎隨時會消失的女孩。

不知道是因為四周過旺的熱氣，還是因為跳躍在女孩髮間、閃動在呼吸間的火光太美，少年在那個倏閃的瞬間，忽然覺得內心深處恍若有某種他還不瞭解的情感，隱隱的被觸動了。

「謝謝妳，謝謝謝謝……」孤兒院院長感激涕零的用雙手握住女孩不停道謝。相對於高大的院長，女孩七歲的個頭相形之下更為嬌小。然而那分明嬌小的身影，卻好似蘊含了無比的力量，能夠頂天立地，撐起肩上所有的重量。

於是，女孩那含笑的金色身影在少年眼中不斷放人、放大，直到最後，少年眼裡只有她，只剩下她、也只看得見她。

或許命運之鐘就是在這注定般的霎那震天敲響。而一種神奇的牽絆，在兩人還尚未意識到之際，便已經牢牢將兩人的命運牽繫在一起。

少年還不知道，這名女孩，在未來的日子裡，也將如今日這般緊緊抓攫住他的視線，並在他生命中以一枝獨秀之勢占有不可取代的地位。

所有的故事，也許真的，就是自這一刻濫觴。

感覺太陽的金色光點在眼眸和髮際間有韻律的不斷彈跳著，泛月晨望著眼前華麗雄偉的大門，白色大理石柱子上閃著赤豔的光，襯著最上方的幾個大字——月隱山莊。

魔武界無人不知、無人不曉的地方，月隱山莊一直都是魔武界人士爭相朝聖之地，原本就已經美輪美奐、富麗堂皇的山莊，現在更是妝點得金碧輝煌、光彩奪目，美麗得令人目眩神迷，而這一切都是為了迎娶山莊的女主人——新的女主人。

想到這裡，泛月晨絕望悲痛的再次凝望那四個大大的字——月隱山莊。

不！一切不該是這樣啊！山莊應該只為我的母親而美麗，為什麼？為什麼父親要冷眼看著母親死去？為什麼母親才去世不到半年，父親就急著再婚？泛月晨心中充斥了無限的憾恨、痛苦與無奈。

泛月晨好恨！好想毀了這場婚禮，好想挽回所有的一切，但年僅七歲的她卻心有餘而力不足，儘管她想盡辦法、用盡全力與父親對抗，但最後還是阻擋不了父親所做的每一個決定。

參加婚禮的賓客陸續到來，整個山莊的歡慶氣氛愈加洋溢，但泛月晨的心中卻反而愈覺悲苦。如果可以，真的，她只想逃離這一切，逃得愈遠愈好！

泛月晨離開山莊大門，滿心悲傷的往後花園走去，此刻的她只能暫時逃到這個曾經充滿歡笑的地方，獨自追憶以往與母親共有過的甜蜜時光。但可恨的是，每到這裡，過往的傷痛回憶卻也總是不由自主的襲上心頭，甚至一次比一次更加清晰的浮現眼前，她永遠無法忘記母親去世的那晚，當她聽見天臺傳來巨大的奇怪聲響而悄悄跑上去一窺究竟時，看到的竟是母親手持匕首，抵著自己的魔力點──她的鎖骨中央。

魔力點，所有魔族最致命的弱點。殺死一名魔族最快速的方式就是重傷他的魔力點。只要魔力點受傷，魔族不但會失去法力，嚴重時還會失去生命。但是每個魔族的魔力點位置都不相同，因此，所有魔族都會嚴守自己的祕密。

「無論如何，我都不會讓你的計畫得逞。」母親梨花帶雨的臉龐有著毅然決然的悲苦神情。「因為我愛你，所以不能幫著你一起蒙蔽你的雙眼。」

「愛我？」父親仰頭狂笑，笑聲無比諷刺。「愛我的話，就過來我這裡！」

「正因為我愛你，所以才絕不可以如你所願。」母親手顫了顫，喉間烙下細細的血珠。「我知道，今天你是不會放過我的，但是，月晨還小，你也已經利用我們至此，我請求你大發慈悲，放過……放過我們的女兒！」

「住口！妳快給我過來！」

「永別了……，我知道現在的你，並不是真正的你，真正的你絕不會逼得我不得不自盡。最後，只求你千萬要放過月晨，我求你了……」

汩汩鮮血由母親的魔力點不斷地湧出，像是永不停歇的流泉，而父親則是怔怔地站在那裡，眼看著母親的生命一點一滴的流失殆盡，然後仰天狂笑。

從回憶中拉回現實，泛月晨任由淚水在臉上奔流，陽光灼熱而透明，亮得刺眼，混著過往殘痛的記憶一同在她迷茫的眼前暈眩。

轟隆嘩啦，突然，一聲巨響從後花園的角落傳來，接著隨之而來的是莫管家氣急敗壞的怒斥聲。泛月晨輕輕蹙起眉頭，聽見怒罵聲中隱約提到了自己的名字，於是困惑的朝來聲處走了過去。

頓時，微反著光，散落一地的瓷器碎片如刀刃般刺入眼簾，泛月晨面色一白，僵硬的彎下身拾起一塊碎片舉至眼前，儘管如此破碎，她仍能一眼就認出這是她最心愛的、塑著母親與她相擁的瓷雕像！然而，這個她最鍾愛的雕像，現在卻碎成一片片殘敗的蝶羽，再也回不去原本完整細緻的模樣。

就好比她再也回不去從前在母親懷裡被呵護寵愛的日子一般。

「你這個粗心大意、笨手笨腳的傢伙！這可是我們家少主最喜愛的雕塑，碎成這樣，連用魔法修復都會留下痕跡！我看你怎麼跟少……少、少、少主！」莫管家罵到一半，看見半跪在地上愣愣凝視碎片的泛月晨，緊張的放緩了聲調：「少主，如果您很在意修復後留下的疤痕，要不要我請莊主再命人給您塑個新的？可以製得一模一樣，也用陶瓷……」

「不用了。」

「少主……」

「就算製得一模一樣，也永遠不會是現在這一個。莫管家，你不用費心了。」泛月晨直起身，眼睛瞥了一旁滿臉愧疚、忐忑不安的少年，抿抿唇轉身離去，盤起的金髮在陽光下閃閃發亮：「讓人收拾一下吧！」

走沒幾步路，身後又傳來打罵的聲音，她淡淡嘆息，側頭往後看。

「你看你，這麼不長眼睛，就算少主寬宏大量原諒你，並不表示莊主也會原諒你，這個雕像可是莊主親自設計完成的，真是的。莊主舉辦婚禮，我同情你們這些孤兒，特地給你們賺錢的機會，結果打掃個庭院也會出事，說，你說，你要怎麼賠償？啊？賠不起是不是？那我就叫你們孤兒院來賠……」

聞聽此語，原本默默承受責罵的少年猛然抬眼，懇求的聲音透出非常的堅定：「這是我自己犯下的錯，和孤兒院沒有關係。要賠，我自己賠，您要我做什麼，我都願意去做，請您千萬不要牽扯上他們，拜託您！」他從小就在那裡生長的孤兒院，那個他最心愛、懷著滿滿感恩的家，最近卻因為資金短缺，經常三餐不繼，迫不得已，幾個院裡年紀稍長一點的孩子都出來打工賺錢。這次月隱山莊舉辦婚禮，讓他有機會可以工作，替養育他的孤兒院盡一份心力，他絕不能再拖累大家，更何況老院長需要煩惱的事已經夠多了。

「你……」

「不是都說沒關係了嗎？」泛月晨插聲進來：「莫管家，我知道你是心疼我難過，但是再罰他也沒有用。東西失去了就是失去了，生氣又有什麼意義呢？」

「可是少主，莊主如果知道這雕像……」

「父親？呵！父親會在意？你覺得他會在意嗎？」嗓音染上了冷意，泛月晨瞇起眼，她才沒有忘記父親是怎麼冷漠的坐視母親失血致死，如果他真的在意，母親怎麼會死。「他才不會在意，他根本就不在意。他不在意母親，就像不在意我一樣，如果他真的在意母親，那麼他今天舉辦的這場婚禮又怎麼說呢？」

「少主，莊主他一定有自己的原因……」

「原因？我當然知道他有自己的原因。」冷哼一聲，揚手，冷藍色的火焰爆出，吞噬了地上散亂扎眼的點點碎片。「莫管家，少年交給我，你可以去忙別的，我們已經驚擾到賓客了。」

遠方幾名賓客被方才的責罵聲驚動，正滿臉疑惑地望著他們，莫管家趕緊低眉頷首退下，泛月晨拉住少年走到一旁，抱歉地朝受驚的賓客笑一笑。

「是妳！」才剛被拉到一邊，被拉住的少年便迫不及待地開口：「金色頭髮、藍色火焰，妳就是那個在我們孤兒院發生大火時，衝進去救人的女孩對不對？就是妳，對不對？」

泛月晨怔了一下：「我們認識嗎？」

「嗄？不不不，當然不認識。我只是一個孤兒，而妳……」少年聲音暗沉下來，原本溢滿驚喜凝視著女孩的眼眸，也失落的移向他方。「原來妳是山莊的少主。」

原來她是尊貴的少主，而他只是一個沒有身分、連父母都拋棄的孤兒。之前初次見到她，自己就不由自主的被她身上由內而外所散發出的耀眼光芒所吸引，她就像一個發光體，而他就像隻飛蛾似的，忍不住渴望靠近。殊不知，太陽與地面之間有著難以跨越的距離。而且他居然還不小心打破了她所珍視的物品！

「那個……，打破了妳的雕塑，真是抱歉，我不是故意的，我願意設法賠償。我……」

「最近孤兒院是不是很缺乏資金？」泛月晨打斷他。

少年有些反應不過來：「妳、妳怎麼知道？」

「上次的火災，孤兒院大概都半毀了吧！」月晨嘆了一口氣，看了他一眼，抬手至腦後拿下髮簪，頓時如瀑布般的亮麗金髮流瀉至腰間，被徐徐吹拂的微風輕輕托起，耀眼燦爛。她的淺笑，帶著透明純淨的質感，深深烙印進他的心底。「要從那麼大的火災中恢復過來，不容易吧！來！這給你！這是純金的，因為今天是父親的婚禮，他硬逼著我戴上。拿去吧！你不必推拒，這不是給你，是要給孤兒院的，不過，你以後做事還是要小心一點，別再惹上麻煩了。」

「妳不……妳不生氣？」

「生氣有用嗎？就像我母親的生命，也是一去不回。或許這件事也提醒了我，不該一直耽溺於過去，因為失去的再也回不來了。」

「妳母親……」

「不久前才去世。是啊！你不用懷疑，連我都很納悶，為什麼父親這麼快又再舉辦婚禮？唉！雖說失去的不會再回來，但這種遺忘方式也未免太殘忍了些。」泛月晨看著少年，眼中帶著深深地自嘲，「和你說這些不相干的話，會不會覺得煩？對不起，我只是突然有感而發，想找個人說說，很謝謝你的耐心。」

「怎麼會煩呢？」少年真誠地說：「我叫靳影澤。」

「泛月晨。」女孩輕柔地說著，尾音悄悄融在夏風裡：「如果你不嫌煩，以後有機會我可以再去找你說說話嗎？在山莊裡，我連個可以說真心話的朋友都沒有。」眾人總是稱呼她為少主，對她只有恭敬與疏遠，卻沒有人知道這種高高在上的距離，日子久了，只會令人感到孤單與沮喪。其實，她嚮往的，只不過是想要和平常人一樣，能交到真心相待的朋友；她渴望的，也只不過是希望能夠找到一個可以彼此傾聽的知心好友。

「我就住在孤兒院裡，只要妳願意，隨時都可以來找我。」少年開心地露出欣喜的笑容。

「其實，你可以叫我小瞳。」泛月晨邊走邊輕輕的說。

靳影澤好奇的問：「為什麼叫小瞳呢？」這陣子他總是來等泛月晨放學，然後陪她一起走回家。

「因為我是幻瞳一族的人，遺傳自我的母親。」

身為凡族的靳影澤不明瞭的搔著頭。「啊？幻瞳？那是什麼？」

「幻瞳就是幻瞳一族代代相傳的特殊魔法能力。能夠將對方催眠。」

靳影澤嘆道：「唉！魔法真是深奧。」他停下腳步，忍不住自卑了起來，覺得自己跟泛月晨根本就是兩個不同世界的人。不遠處，她家專屬的魔法浮空飛車司機正以不屑的眼神眨也不眨的盯著他看，靳影澤不禁把頭低了下來，悶悶的對眼前的小女孩說：「泛月晨，我看還是算了吧！我是凡族，而且還是個窮孤兒，或許我們還是不應該當朋友。」

「奇了，你的話真多啊！」突然間，一雙溫暖的小手握住了他，不由分說，一個勁兒地拉著他往前走，靳影澤愣愣的被泛月晨拉著，看著她嬌小的背影，突然有一種說不出的感覺浮上心頭。

「泛月晨，為什麼讓我接妳上下學？」他出聲問道。

「叫我小瞳，好不好？」她腳步停了一下，回頭笑著反問少年：「我們不是朋友嗎？難道你不願意再和我當朋友了嗎？」

「我……我當然願意，只是……」

「好了，別再說了，以後我就叫你小影哥，現在你就陪我一起走回家吧！」

他感動的用力回握住女孩的手，她的手好小好小，可是卻比世上任何物品都還要溫暖，溫暖到心坎裡。

手握著手，眼戀著眼；就這樣開始了彼此心的紀錄。

夏天來了又走，蟬聲漸漸聽不見了，陽光彷彿已擱淺在某個遙遠的海灘。

泛月晨俐落的把桌上的書掃到書包裡，叩上叩環，甩到肩上，三個動作幾乎是一氣呵成。她再次檢查了一下抽屜，接著便迅速的跑向教室門外，今天她耽擱了一會兒，希望小影哥沒有等太久。

但是還沒到達門口，她就被一群人擋住了去路。

泛月晨愣了一下收住腳步，一票面色不善的同學擋在眼前。她皺了皺眉，心想自己應該和他們沒有什麼過節才對，於是便閃身想要穿過，但那群人又刻意攔住去路。

「不好意思，你們擋到我的路了。」心平氣和的抬起頭，泛月晨看了看外頭的太陽，發現時間已經很晚了。

黑髮女生眼中盡是嫉妒與不滿，手插著腰，語氣尖酸的說：「急什麼？又急著去找斬影澤啊！」

「我……」

另一名金髮女同學跳了出來，衝著她大吼：「可惡！昨天妳是故意讓我出糗的，是不是？」

泛月晨努力想了好久，才明白她指的是哪件事，昨天咒語老師問了她一個問題，她答不出來，泛月晨忍不住便替她回答了，沒想到她竟然覺得丟臉。「如果妳不喜歡，那我道歉。」不料，泛月晨坦然的態度反而讓她惱羞成怒。

「我最恨自以為了不起的人了，今天我們一定要好好教訓教訓妳！」只見好幾個同學拔出法杖指向她，那位黑髮女生更直接朝她撲了過來。

泛月晨被撞倒在地，臉撞到桌角，書包傾倒了，裡頭的東西灑落滿地。「妳們……」泛月晨不由得怒吼，但沒想到話聲未落，就有許多咒語同時朝她猛烈的射了過來。泛月晨一度想張開結界，身為天生魔族的好處就是使用魔法不需要法杖，但就在那緊急的一刻，她猶豫了，她擔心假如反抗的話，這群女生可能會把怒氣轉而發洩在小影哥的身上，於是她便乾脆閉上眼。雖然那些人中，有些也是天生魔族，不過，反正現在大家的年紀都還小，法力還不會太高，所以她猜想自己應該還不至於會有生命危險吧！

就在咒語即將擊中她的那一刻，教室門突然碰地一聲被撞開，接著響起震耳欲聾的怒吼：「住手！住手！妳們全都給我住手！」

轟！轟！轟！轟！

四發不同顏色的魔法毫不留情的分別擊中她，小瞳腦中一陣空白，瞬間灼熱的痛楚麻痺了她的神經。

「小瞳……」一雙有力的臂膀環住了她，小瞳努力睜大眼睛，四周霧氣氤氳，她隱約看見了小影哥的臉。她終究還是遲到了！

小影哥似乎在大吼著什麼，旁邊傳來吵雜的奔跑聲和鼓噪聲，但她什麼都聽不清，什麼都聽不到，只有小影哥的懷抱那麼接近，那麼真實。

小瞳把臉埋到小影哥懷裡。「對不起，讓你久等了。」

「為什麼不反抗！」小影哥大吼。

「什麼？」

小影哥心疼的看著懷中的女孩，「我說，小瞳，妳為什麼不反抗？」四發毒辣的咒語，四發！這麼小的一個女孩，縱然平時裝作很堅強、很倔強的樣子，其實她武裝起來的內心，比任何人都更容易受傷呀！

「反抗？又有什麼用呢？」小瞳甩甩頭，努力想讓自己清醒些，看來剛才其中有一發可能是暈眩咒。

她離開小影哥的手臂，想自己行走，卻怎麼也站不起來，可惡，一定是禁行咒。

「其實你不應該來的。」小瞳咕噥道，望著外頭緩緩移向西方的太陽。「你這樣對抗她們，可能只會讓事情更糟。」

她可不會忘記那群女生是因為小影哥的關係才衝著她來，她們暗戀俊秀的小影哥已經有一段時間了，可是小影哥對她們始終都不理不睬，所以她們才會那麼妒恨獨得小影哥喜愛的泛月晨。

沉默了幾秒，斬影澤低下頭，語氣微微下沉，彷彿在隱忍著什麼：「小瞳，那我該怎麼做？」

「嗯？」小瞳偏過頭，小影哥正專注的凝視著她，胡桃棕色的眼眸流動著淺淺的光，其中有些她讀不懂的東西。

「為什麼不站在我的立場想一想呢？」小影哥清幽地低語，聲音空靈，宛如夜晚帶露的白霧：「身為男孩，年紀又比妳大的我，每次站在妳身旁，卻都感覺到好無力、好渺小，雖然我只是一個凡族，但我也想保護妳，不要推開我，好不好？」

小瞳手中發出治癒的白光，想施行解咒術。「沒有關係，我可以……」然而小影哥卻握住她的手腕，制止了她。

「小瞳，我是認真的，不要推開我，好嗎？像普通的女孩子一樣，讓我保護妳一次。就一次，好不好？」他望著眼前不過七歲大的女孩，這麼小的年紀，卻總是愛逞強，不願向任何人低頭；不像其他女孩，每次遇到他都是一副柔柔弱弱、渴望他保護的模樣。

她還有他的，不是嗎？

靳影澤伸出手，觸碰女孩姣好的面頰，她幾乎及腰的長髮，在微微逆光的映襯下，流淌著濃濃的金色奢華。「走，小瞳，我帶妳回家。」

太陽已經西沉，天空的盡頭還有殘留的晚霞，最後一點緋色溫柔籠罩著那一片天空。斜斜的光芒將城市拖出一條長長的影子，在寂靜的街道上，投射著一個溫柔的人影。

一個人影，兩個人。

「小影哥，不要回家，好不好？」泛月晨輕輕將下巴擱在靳影澤的肩上，眼底寧靜。靳影澤太過頎瘦有如精靈，骨感的背不太舒服，但不知道為什麼，泛月晨卻好喜歡，真的好喜歡，臂膀間都是青澀的依戀。「不要回我的家，……父親要是看到我受傷，我會挨罵的。」

靳影澤柔和的安慰。「就算挨罵，也是妳父親心疼妳，不是嗎？」泛月晨俏皮的用秀髮微微搔著他的脖頸，有些癢癢卻又欣喜的感覺。

「從來都不是心疼我……」泛月晨靜了下來，隔了好久，才默默出聲，語氣涼得不帶一點溫度，輕得彷彿只由一絲微薄的空氣運載。

泛月晨聲音漸漸暗了下去，尾音混濁不清，帶著若有似無的嗚咽，宛如錯覺：「永遠都只有苛責和失望，而失望之後，又是更嚴格的訓練，不許我敗給任何人，不許我脆弱。每年的魔武技大賽，他都逼我一定要參加，去爭取那虛榮的名次。每每只要我成績不夠理想，就必須接受更加嚴格的訓練，他不許我輸。」暮色漸深。

「不許我輸……」那聲音好似夜風的嘆息。小影哥動也不動的佇立著，背影僵直。小瞳環著他的手臂微微顫抖，那麼纖細的一雙手，卻被逼迫著要撐起肩上所有的重量。「所以只好讓自己更強、更強，怎麼能脆弱呢？就算只有七歲，又能如何？父親看到我受傷，都只會怒斥我的軟弱，從來沒有心疼，一點點也沒有。」

小影哥，不要回家。

不要……

因為不能夠失敗，所以才總是逞強；因為不能夠脆弱，所以才用倔傲的外殼推開別人；因為不能夠失敗，所以才一個人孤單的站在最頂端。但是，站在最高的崖上，一旦落下，非死即傷。

「好，不回家。」溫潤如玉的嗓音，細膩得好似緩慢流淌的山泉，柔美得如同剛剛抽出的蠶絲，空靈迴盪。「小瞳，不管妳是什麼樣子，脆弱也好，失敗也好，就算全世界都不要妳、遺棄妳、背叛妳，我永遠都會站在妳的身邊。只要妳需要，回頭，我永遠都在。」

「……」

「不要總是那麼愛逞強，不要總是想走在最前面，不要推開我，不要推開，好不好？」

「……」

「看到小瞳受傷，我會心疼；看到小瞳明明受傷了，卻還倔強的故作堅強，我更不忍。所以不要這麼驕傲，讓我保護妳，如果我實在保護不了，那當妳委屈的時候，當妳脆弱的時候，當妳難過的時候，我的肩膀借給妳。我的肩膀——借給妳，讓妳依靠著哭泣。」

金燦的夕陽，美到極致。

俊美無儔的少年，溫和的胡桃棕色眼眸中那份深刻的寵愛輝映著夕陽，爛漫荼靡。他背上的女孩微微笑開，她看不到他眼裡的多情，但他溫暖的熱度慢慢浸染了她微涼的指尖。

「謝謝你，小影哥。」淡淡的聲音薄如蟬翼，卻如晨鐘般重重的撞進他心底。「小影哥，能和你做朋友……是我這一輩子，最開心的事情。」

時光像是捧在掌中的細沙般匆匆流逝。轉眼間，當年那個有著驕傲笑容的小女孩，已經出落成一位冷豔瓊麗、靈氣逼人的少女。

天藍如洗，這麼一個清澈的、融雪的季節。

「符咒學古典三大定律……」一頭金髮的少女頗不耐煩的撐著下巴，瞪著眼睛，纖長的手指滑過潔白的書頁，傳來翻動書頁沙沙聲。「施咒與解咒術、法杖及魔導具，魔法史精編……，我明明都已熟讀過了，為什麼父親還是不滿意呢？」

雪白的梅花樹上，一襲白衣的少女，今日第無數次發著牢騷。

「小瞳……」清朗的叫聲由遠而近，泛月晨從枝枒間往外瞄，望見了那個帥氣、神采奕奕的身影。

真是的，不是告訴過他，今天下午她要專心讀書了嗎？怎麼還來？泛月晨不滿意的想著，但嘴角卻不知不覺彎起了笑容。

「小瞳，小瞳，小瞳。」

「好吵！小影哥！」泛月晨大聲對著樹下喊。樹下沉默了兩秒，接著整棵樹突然翻天覆地的搖晃起來。

泛月晨趕緊抱牢了樹幹，「啊！小影哥，你在做什麼？」但懷中的書卻啪嗒啪嗒的掉向地面，她只好抽手發出漂浮咒，讓那些磚塊書在最後一秒緊急煞車，沒有壯烈犧牲。

「嗨！小瞳，有沒有開始想我啦？」靳影澤的聲音堆載了滿滿笑意。

泛月晨怒氣沖沖的轉頭，放鬆緊抱樹幹的臂膀。「小影哥——不會爬樹就不要爬嘛！笨手笨腳的，你瞧，多可惜，一樹梅花都被你搖落了！」

「啊……」小影哥有些惋惜的望向空中紛揚的花絮，但很快就釋懷的笑開，那笑容震撼得小瞳一陣失措。

「可是，妳看，這不是很美嗎？就像漫天飛舞的雪花啊！」

冰清玉潔的雪白花瓣，彷若不染纖塵的天人，在清朗溫婉的午後，輕盈的滑步、旋轉、跳躍，暢意的與陽光共舞，好似一場奢華至極的幻境，美得令人目眩神迷。

「為什麼妳這麼喜歡攀在樹上呢？」靳影澤的聲音像是從天邊傳來。

泛月晨攤開手，接住一片梅花花瓣，那花瓣潔白若雪，卻不會在她掌心融化。

「因為樹上，比較靠近天邊。」她聽見自己回答。

比較靠近天邊，所以彷彿只要伸出手，就能夠觸碰到自己思思念念的那雙手——那雙充滿母愛的手。泛月晨揚手在空中劃出一個完美的圓弧，一陣閃光過後，手中赫然出現一支湛藍的風車。

藍風車在微風中轉呀轉——轉呀轉——像是宿命的輪迴，永不停歇……

陽光灑下，泛月晨與金色光芒融為一體。

　　金色的少女——手持一支湛藍如海的風車，身穿一襲潔淨如雪的白衣，襯著一雙澄澈冰藍的明眸，像是個奇幻的藍色夢境，美得令人屏息。

　　「送給你。」泛月晨伸手遞出藍風車：「小影哥，謝謝你送給我一場春天的雪。」

　　漫天飛揚的春雪。

第二章　狂焰曲

飄逸的微風，像看不見的手指，在我的心靈上彈奏著美妙的音樂。

——泰戈爾

「哥，走快一點啦！」撒嬌的聲音不斷催促著：「千夜思湖離這兒還有好一段路呢！」

「小悠乖，不要急，小心滑倒了。」千洵說著伸出手。昨夜才剛下過大雨，今晨路面還相當濕滑。「來，哥哥牽妳。」

「哥哥對我最好，小悠最愛哥哥了！」女孩純真的容顏，好燦爛！好滿足！

千洵笑著拭去妹妹額上的汗珠。「看妳跑得滿頭大汗，累不累？坐下來休息一下，順便吃些點心好不好？這些都是今天一大早，我特別交代廚房為妳準備的，妳看看喜不喜歡？」

「哇！全都是我最愛吃的耶！」小悠高興的立刻拿起點心，心滿意足的吃了起來。過了一會兒，塞了滿口甜點的她轉頭問：「對了，哥，剛剛我們去預言之木那裡玩的時候，預言之木給你的提示，到底是什麼意思啊？」

「這個啊，嗯，小悠現在年紀還太小，等妳長大一些，哥哥再跟妳說好不好？現在先好好享用點心！」千洵欲言又止的看著天真無邪的妹妹，英挺俊秀的臉上浮現出若有所思的神情。

「啊？又是一個要等到長大才能說的事情啊！哥哥每次在想什麼，都不和我說呢！算了，哥哥，我吃飽了，我們到湖邊去玩吧！」女孩拉住哥哥，笑得眉眼彎彎。

千夜思湖，一個美得如夢似幻的世外桃源，是千氏的四大奇景之一。千家在魔武界的地位與月隱山莊可說是並駕齊驅、不分軒輊。

魔武界在百年前因意見不合，分裂成左派與右派，目前的左派領導人是左尊，也就是月隱山莊的泛莊主；右派的領導人是右尊，即是千氏的千老爺，兩派一直明爭暗鬥，都想成為魔武界的至尊盟主，兩派勢均力敵，但千家多了傲人的四大奇景，除了千夜思湖外，還有高聳入雲的預言之木，和繪有罕見復活魔法陣的星海，以及脫俗出塵如仙境般的千丈蘭園。

「不如這樣好了，小悠要拉緊哥哥喔！我們瞬移過去。」千洵彎身抱住妹妹，催動魔之力，頓時耀眼的白光閃現，下一秒，兄妹兩人已身處波光粼粼的千夜思湖前。

魔之力——天生魔族所擁有的天賦能力，每個天生魔族皆有不同的魔之力。天生魔族就是指父母雙方都是魔族之人，在這個大多為混血巫師，也就是父或母有一方為凡族的年代，天生魔族的人相當稀少，而他們除了擁有天生獨特的魔之力以外，其他的魔法能力也特別強大，並且不需要魔杖便能直接施法結界。此外，他們的髮色也都有其專屬性，天生魔族以光屬性及黯屬性作區分，天生光屬性者擁有金髮，天生黯屬性者則是黑髮，除非在某些罕見且極端的情況下，他們天生的髮色屬性才會改變，但如果不是天生魔族者，就絕不可能會擁有這兩種髮色。

「呵呵……哥哥的魔之力真是厲害呢！」小女孩一臉崇拜的看著哥哥。

千洵是千家的長子，他的魔之力是瞬間移動，而小悠的魔之力則是治癒。

千水悠儘管年紀尚小，心中卻深知哥哥是十分受寵的，家族裡的每個人，從父親到僕侍，都打從心底喜歡他。雖然哥哥出身尊貴，魔力高強，又是千家長子，但從來不會擺少爺架子，更不會以大欺小，對自己更是萬般寵愛照顧，絲毫沒有手足間競爭的心態。

哥哥的年紀雖然也還很輕，卻深知許多待人處事的道理，總是會用最有效率的方式解決一些煩人的問題，父親也會時常將一些家族事務請他處理。哥哥也是一個很有活力的人，雖然帶著一些與生俱來的王者傲氣，但笑起來的時候十分有親和力，總能把真誠的快樂帶給身邊的每一個人。

哥哥就是這麼一個——只要出現，連太陽都會淪為陪襯——的少年。

「對了，哥哥，聽說孤兒院再過幾天要舉行募款活動，你會參加嗎？」

「會呀！這幾日我正在與父親商討要捐出哪些物品去義賣呢！」

「那太好了！哥，我們現在就去武器博物館挑一些合適的，好不好？」小悠一說完，就立刻迫不及待的起身拉著他往前走。

斬影澤仰頭讚嘆的望著眼前氣派非凡的宏偉建築。

「小瞳，這就是妳一直想帶我來參觀的武器博物館啊？」

「沒錯！這裡就是魔武界最大、最完整的武器展示中心，從神器、亞神器、魔法武器到凡人武器都應有盡有。」泛月晨指著面前這棟三十層樓高華偉壯觀的建築，眼中充滿了嚮往之情。

「這是屬於千氏的嗎？」

「是，不過千家成立的這間武器博物館，十分特別，他們除了免費提供給大眾參觀外，還有販售服務喔！」

「可是，我……我並不想買什麼武器呀！」

「小影哥，如果你有一把魔法武器的話，我就可以開始教你練習武技，魔法武器是允許凡族使用的，而且凡族也可以藉此修習法術喔！」

「可是魔法武器……魔法武器對我而言也是天價啊！」小影哥沮喪著臉。「而且要修習到可以任意使用法術的境界，也一定不是那麼容易的事情。」

「好啦！好啦！那我總可以先幫你挑選一些魔法卷軸吧！我們快進去吧！我帶你去看一件武器。」泛月晨說完便拉著斬影澤急急忙忙的走進去。博物館一樓大廳前方擺放的都是十分珍貴的神器或魔法武器，但泛月晨卻毫不停留的直接往大廳的後方走去，因為走得很急，所以沒有注意到有兩個輕巧的身影跟在他們後面也進了博物館。

「看，很漂亮對不對？」泛月晨停住步伐，指著不遠處一個十分精緻的玻璃展示櫃，開心的問。

玻璃櫃是直立的，櫃面反射著彩虹般的謎樣波潤，渲染了一片神祕光華。

櫃內，是一把傲氣的金色長弓，但也不能完全算是長弓，因為在武器最上端，比較像是武士刀的刀面，看上去鋒利無比，正閃耀著金燦的色澤。而且雖說是弓，但卻沒有附上箭，弓也沒有繫上弦，弓身偏頂的一方則鑲了一顆湛藍的魔晶石。靳影澤猜想：那應該是強大的風屬性寶石吧？金色、藍色交織輝映，透露著不可逼視的、近乎神聖的奇異美感。就像……

「狂焰曲，金色長弓。」泛月晨眼中滿溢著光。靳影澤看出她對於這把弓是何等的渴望。「很奇怪吧？明明是風屬性的武器，卻有著火一樣的名字。」

「嗯，是偏黯屬性的武器嘛！」火屬性和風屬性偏向黯屬性，水屬性和地屬性偏向光屬性，這是人盡皆知的常識。「可妳是光屬性的呀！」他瞄了瞄泛月晨一頭亮眼的金髮，語帶疑惑。

「沒關係，因為我的魔之力是元素火，所以黯系法術，我也用得很順手。更何況，世界上並沒有什麼屬性相剋的問題啊！光系的法師當然也能用黯系的魔法，只是效果差了一些些而已。」

就在這個時候，服務專員從前方朝他們走來，露出和藹的笑容在他們倆面前站定。「您好！請問有什麼需要我服務的嗎？」

「我們是來挑選保護型魔法卷軸的。」泛月晨突然轉變話題，並且悄悄踩了斬影澤一下。「那種凡人也可以使用的卷軸。」

「卷軸嗎？好的，麻煩這邊請。」專員帶著他們朝另外一邊的卷軸展示櫃方向走去，完全沒有詢問既然是來買卷軸，為什麼會一進門就專注在狂焰曲上。

其實泛月晨也不算是說謊，她原本就一直想為斬影澤買防身卷軸，好讓身為凡人的他能以備不時之需。

「是要哪一型的卷軸呢？」服務專員細心的介紹：「每種顏色代表不同的等級，除了保護型結界外，還有同時兼具保護和攻擊的卷軸。如果都不喜歡的話，我們還開發了額外型，像是隱身卷軸、泡沫閃光卷軸、定身律令卷軸、空間扭曲卷軸、暗壁斗氣卷軸……。」

「喔！這麼多呀！我先看看好了。」稀奇古怪的防身卷軸有效地點燃了泛月晨的興趣，就在她走到裡面去仔細挑選卷軸時，斬影澤突然抓住專員，神祕兮兮的把他拉到一旁，壓低了嗓門：「你們博物館裡那把金色長弓怎麼賣啊？」

「狂焰曲？那是神器啊！你是想修練器化嗎？」

「器化？」斬影澤愣了一下。

「不是嗎？」專員耐心地說明：「器化是人和武器的結合，也是武器使用的最終極方式。簡單來說，就是透過長時間的修練，把身體和武器化成一體，而神器是最佳的器化修練品。」

「所以，意思就是到最後根本不需要攜帶武器，武器已經成為身體的一部分嘍？」

「對。但是……」

「但是什麼？」斬影澤緊張的問。

「狂焰曲是非賣品。」專員一攤手：「對不起，狂焰曲真的不能賣。」

「啊？是非賣品呀！」斬影澤腦中浮現出小瞳失望的表情，心中一陣不忍。「為什麼？」

「因為……」

「哪！我就買這些吧！」泛月晨抱著三、五個魔法卷軸跑了過來，她偏偏頭，疑惑的問：「你們在聊什麼？」

「沒什麼！」斬影澤想都沒想立刻接口，然後把卷軸從她的手中拿過來塞進專員懷裡。「請問總共多少錢？」

「喔！這些一共是五個金幣。」

泛月晨很自然的馬上伸手到袋子裡掏出五個金幣，雖然五個金幣不算是昂貴的價格，但她知道這是斬影澤絕對無法負擔的數目。看著小瞳伸手掏錢，斬影澤心中的羞愧感如泡沫般不斷湧出，他乾澀的開口：「我看……算了……還是不要買好了。」

「反正是父親的錢，為什麼不用？」她看出了斬影澤的心思，於是聳聳肩，一副毫不在意的樣子。

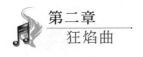

斬影澤知道泛月晨故作輕描淡寫的語氣中，其實帶著些許任性，他只好識趣的不再多話，因為在他們成為好友之後的這段日子裡，每次只要提到父親，她的情緒就會變得很不穩定，他不想再引起她的不快，只好默默地任由她付錢。

「哥哥，你說剛剛那個女孩就是月隱山莊的少主？」

「嗯，沒錯。」

「哦？那你也認識另外那位少年嗎？」

「我只知道他好像是孤兒院的人，在月隱山莊舉辦婚禮時曾去幫忙雜務，而且還不小心打破了雕像。」

「奇怪！他們怎麼會變成朋友呢？」小悠滿臉疑惑的模樣。「那位少主看起來似乎對狂焰曲充滿了興趣，不過，這可是父親特別送給哥哥的成年禮物，別人才不許有非分之想呢！對了，哥，為什麼你都不使用狂焰曲？連弦都沒有安呢！哥哥什麼時候才要安弦啊？」

「我知道狂焰曲是稀有珍貴的神器，但我現在還沒有打算使用。」

「為什麼不用呢？雖然現在哥哥的魔法就非常厲害，已經有大魔導師的程度了，但是如果再加上狂焰曲的輔助，把武技推至最上乘，哥哥不就可以打遍天下無敵手了嗎？」

「呵呵……妹妹，妳說得太誇張了啦！狂焰曲雖然上頭鑲有珍貴的風屬性寶石，可以讓使用者召喚風屬性，而且還能使出保護主人的『氣』，但這些都需要靠長期的修練，才能發揮出強大的威力，可不是短時間就能達到的，等哥哥較有空時再說吧！」

「可是……」

「而且，就算哥哥練成了狂焰曲器化，魔武界厲害的人還是很多，一山還有一山高，永遠都要努力啊！魔武界沒有永遠的強者。知道嗎？」

「知道知道，我也要努力鍛鍊魔武技，將來和哥哥一樣厲害好不好？」小女孩笑咪咪地回答。

「妹妹這麼想要修練武技啊！妳的魔技已經很不錯了呢！」

「我想要變得更強更強，將來就可以保護對我來說很重要的人！」小女孩認真無比的回答。

「對妳來說很重要的人？像是父親、母親嗎？」

「還有哥哥你啊！哥哥對我來說是最重要的人了！」小女孩笑得一臉天真爛漫，拉住哥哥的手。

「所以哥哥要永遠陪在我身邊，不可以離開我喔！不然，我就沒有努力的目標了呢！」

「傻妹妹，說什麼呢？」揉揉妹妹的頭，少年淡淡的笑了笑：「我一定不會離開妳的。」

怎麼可能會離開呢？

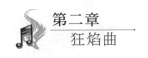

糟糕，好像快要來不及了！

泛月晨迅速的跑過一個又一個的街區，速度快得像是要飛了起來。今天和小影哥約好要一起去逛逛，儘管她已經提早了兩刻鐘出門，但眼看著可能還是無法準時趕到。

「快要遲到了！」泛月晨趕緊唸出方向咒，咒語立即指出了一條狹窄的捷徑，她瞄了略暗的小巷一眼，接著不帶半分猶豫的直接跑了進去。小巷七拐八拐，幸好唸方向咒雖然長得累死人，但還真是有效。

跑著跑著，泛月晨的腳步卻不由自主的慢了下來。她瞇起眼，好奇的看著前方不遠處的騷動。十幾個凶神惡煞般的黑衣人圍成可怕的圓圈，正朝著一個金髮少年步步逼近，金髮少年瞪視著那些人影，抬起下巴，臉上不見半分懼色。少年身上自然流露出高貴倨傲的氣質，比太陽還要耀眼，使那些圍著他的人感覺上反倒比較像是臣服者而非恫嚇者。

「身上值錢的東西，全部給我拿出來！」帶頭的黑衣人對著他吼道。

少年英挺的眉間略略一緊，又是搶劫啊？搶劫，對他而言，已經不是什麼新鮮事了，但陣仗這麼大的，倒還是第一次看到，這可有些棘手，因為雖然他可以使用魔法結界來保護自己，但是魔法結界只能抵擋法術攻擊，如果這些黑衣人聯合起來同時使用利刃刀劍之類的武器圍攻，那可就對他十分不利了，除非他願意破例使出威力強大的攻擊性魔法來對付這些人，但這又可能會使對方傷亡慘重。

「憑什麼要給你們？」他的眼神一冷。

「憑什麼？哼！臭小子，你不要命了嗎？」

「你們以為人多，我就會怕嗎？」

「不怕？哈！很好，我今天就讓你好好嚐點苦頭。」帶頭的黑衣人話聲剛落，就立即抽出魔杖發動魔法攻擊，其餘的黑衣人見狀也馬上跟進，展開一波波猛烈的攻勢。

只見少年從容不迫的伸手張開結界，冉冉的金光溫柔的罩住他修長的身形，同時，不同顏色的魔法在空中交錯了起來，撞擊出燦爛的火花，照亮了少年帥氣傲然的面龐。

「該死！」帶頭的黑衣人眼見攻擊失效，氣得怒吼，緊接著便從斗蓬中抽出長劍，和少年纏鬥了起來，其他黑衣人也立即紛紛拿出各式刀劍武器，不時乘虛而入，對少年展開綿密而凌厲的攻勢，少年身上頓時多了不少血淋淋的傷痕，讓人看了忍不住為他提心吊膽起來。

見到這樣的情勢發展，一向見義勇為的泛月晨只稍微愣了一下，接著便果決的一咬牙，拔刀相助的跳進戰場。

「咦！」少年見到半途殺進來的她，當下第一個反應是立刻提高警戒，但隨即發現她是友非敵，便回神專心應戰。

才剛投入戰場，泛月晨就立刻出手擊昏了幾個手持魔杖的法師。

「朋友。」泛月晨利用打鬥的空檔一個回眸，眼裡滿溢著明亮的笑意。少年看著她的眼神一凝，半晌，他驕傲的嘴角浮出了淺淺的笑容，伸手，將保護結界擴展到她身上。

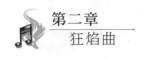

「火繩！」泛月晨使出天生的魔之力，頓時張揚的火舌自地面猛地竄起，鎖住了黑衣人們的身體，黑衣人們發出驚詫的叫喊，卻怎麼也掙脫不開那彷彿有生命似的難纏火繩。帶頭的黑衣人瞪向泛月晨，憤怒的眼裡是不可置信的恨意。泛月晨搶先在他舉起法杖正欲下咒之際，及時唸出繳械咒，頓時，眾人的魔杖通通脫了手，七零八落的散落滿地。

就在泛月晨想將帶頭黑衣人的魔杖再踢遠一點的時候，她身後的少年突然大喊出聲：「小心！」幾乎就在同一個心跳的時刻，她被一隻強而有力的手臂猛拉進懷裡，接著如雨滴般的鮮血自她頭頂落下。泛月晨驚呼一聲，想要抬起頭，但才剛剛微微揚起下巴，就馬上被猛按了下去，並且伴隨著一聲語氣強硬的「閉起妳的眼睛，不要看！」泛月晨感覺到少年的身上似乎發出一陣陣強大的法力，不斷的射向那一群黑衣人，接著四周突然傳來此起彼落的驚呼及哀號，然後又神奇的通通沒了聲息。

「……」泛月晨偷偷從睫毛縫裡往外瞄。

「別看，抓緊我！」少年低頭在她耳邊低語，泛月晨愣住了，在她反應過來之前，少年更緊緊的將她禁錮在懷裡，突然一陣白光閃過，泛月晨睜開眼睛，瞬間他們已離開了幽暗的小巷，重新站在人來人往的大街上。

「哇！」泛月晨不由得驚嘆出聲。

「謝謝妳出手相救！」少年放開她，清俊如琉璃的面龐閃爍著優雅的笑意，令人屏息的移不開視線。

「喔！沒什麼啦！那……你還好嗎？」

「我沒事，只是抱歉耽誤了妳不少時間，嗯……需要我送妳回家嗎？」

「啊？不、不用麻煩，我……」

經過少年一提醒，泛月晨這才猛然想起與小影哥有約。糟了！這下肯定會遲到更久。她連忙朝少年揮了揮手：「我叫泛月晨，你的魔之力很酷喔！不過，對不起，我有事要先走了。」語畢，她立即轉身朝著反方向飛奔而去。

「欸！等等……」來不及叫住她，少年有些無力的望著女孩的背影，臉上的笑容微微僵凝。「我知道妳是泛月晨，但，我還沒告訴妳我的名字……」

「少爺。」這時，他背後傳來拘謹恭敬的聲音。少年縮回原本欲拉住女孩的手，定了定神，接著轉身，臉上露出略帶淘氣的笑容。

「少爺……」

「這次花了那麼久的時間才趕上我？」他眼裡的笑意如半明半滅的熹微晨光，語調輕快詼諧。

「少爺，您的手……？」管家的語調顫抖。

少年低下頭，平攤開緊握住的手掌，上面的傷痕幾可見骨。剛才那女孩低頭想踢開魔杖的時候，她背後的黑衣人出乎意料之外的突然抽出匕首猛地刺向她的頸部，他幾乎是反射性的瞬移到她身邊，將她拉進懷裡，然後伸手握住那把鋒利的刀刃。當時，那女孩在他懷中的重量是那麼真實。

「唉！你怎麼老喜歡一個人四處亂跑呢？又遇到搶劫了，對不對？你為什麼不直接使用瞬移離開呢？」

管家心疼的拉過少年的右手，想施法治癒傷口，誰知少年卻立刻抽回手，然後用魔法變出長長的白色繃帶纏住流血的傷痕，接著全不當一回事的把手放回身側。「當然不能用瞬移離開了，那樣就像不戰而降的懦夫，何況如果不給他們一點教訓，以後他們還是會再去糾纏別人。」

「少爺，這樣會留疤的……」

「我就是要留疤呀！」少年把目光投向遠方，勾起一抹寧靜的笑意，眼中光芒閃爍。「或許是夜帝的手註寫了我們的相遇。」

少年依舊雲淡風輕的笑著，俊朗的臉在陽光照射下，彷彿透出唯美的光暈。「那是，她在我人生中刻下的生命線。」

「少爺……」管家忍不住嘆息，但卻掩不住眼中的寵愛。這富有靈氣的少年，總讓人發自內心喜歡。

泛月晨上氣不接下氣的跑到和小影哥相約的地點，遠遠就看見那熟悉的身影斜靠在街角的牆壁上，眼神正焦急的在熙來攘往的人群中穿梭著，嘴角微微抿起，雙手合抱著胸。

呼！又讓他等了。泛月晨穩定了一下自己的呼吸，快步跑上前，賠罪似的露出大大的笑容，一個箭步跳到斬影澤面前：「嗨！小影哥！」

「啊，小瞳。」靳影澤鬆了一口氣，伸手揉亂她一頭金髮：「怎麼遲到這麼久？」

「因為……」

「小瞳，妳臉上怎麼有血！」還不等泛月晨說完，靳影澤就突然詫異的大喊，心都整個亂了起來。泛月晨抬手往臉上一抹，果然，手心出現了斑斑血跡，那駭人的色調像利劍一樣刺進了她的眼底。

血跡……？

泛月晨低頭望著那陰紅的顏色，眼神微微僵凝。心緒回到方才那一刻，金髮的少年將她拉進懷裡，霸氣的要她閉眼，不許她抬頭，然後用自己的身體替她擋下攻擊。難怪當他們說話時，少年一直不自然的將右手放在身後，那時她還傻傻的不以為意，但現在想來卻是如此粗心。

「小瞳！」

「不是我的血，我沒有受傷啦！」泛月晨連忙開口安撫急得跳腳的小影哥，然後咕噥道：「只是路上見義勇為了一下……」說著她施法拭去手上臉上的血跡，接著拉上小影哥，開心的問：「好啦！我們要去哪裡玩呢？」

「今天是夜帝誕辰，夜帝神殿舉辦了好多慶祝活動，我們一起過去看看吧？」靳影澤燦爛一笑，提出建議。

「小影哥，聽說在夜帝的誕辰之日，到神殿前方的噴泉許願，可是十分靈驗的喔！你要不要試試？」走著走著，不知不覺隨著人潮就到了華麗神祕的夜帝神殿。

夜帝神殿，不知道是不是因為正逢主神誕辰，神殿整個建築自然的散發出迷人的光彩，那光，彷彿是神的光華。

「好漂亮啊！」泛月晨瞇起眼望著燦爛的神殿，眼前整個世界耀眼得就像是一面鏡子，反射著無與倫比的七彩光芒。

「小瞳，真的很靈嗎？」靳影澤有些疑惑的看著圍在水池邊的人潮，大多是一對對的情侶，看他們一副卿卿我我、濃情蜜意的模樣，也不難猜出他們許的是什麼願望。下意識地，靳影澤將眼神放到他身旁有著一頭金髮的女孩身上。

才十三歲，面容上青澀的稚嫩尚未褪去，那和陽光一般的金色直髮，美得驚人的藍色眼眸常帶著不符合年齡的傲然神情。小瞳，儘管年歲尚輕，但任誰都看得出長大後必定是美麗得令人目眩神迷。

「很靈啊！」泛月晨挑出一枚銀幣拋進浮空的噴水池裡，眼中無聲的流淌著寂靜的光：「如果你真心相信一件事情，並全心全意的希望它能實現，那麼，夜帝就一定能夠聽見。」

銀幣在空中劃出一道優美的拋物線，靳影澤看著那眩目的銀幣一閃，繼而消失在粼粼的水池裡。他多麼希望自己能夠看透那附著在銀幣上的願望，然而，他所不知道的是，廣場的另一方，同樣也有一道好奇的視線，隨著銀幣落進池裡，那道視線，帶著剔透的琥珀金，澄澈而透明。

玩了一個下午的神殿慶祝活動，天色漸漸暗了下來。泛月晨拿了一手的甜食，吃得不亦樂乎，和那些手中抱滿了靈氣布偶、會閃光的魔晶石和施過法術的化妝品的女孩們成了鮮明的對比。

靳影澤有些苦惱的看著小瞳，她總是和別人不一樣，剛才在慶祝活動會場，當其他女孩們吵著要男伴替她們上臺比試魔法，以便贏得獎品的時候，小瞳只是一個人冷靜的走上競技臺，還禁止小影哥幫忙（雖然他也幫不上任何忙），自己單槍匹馬的上臺，然後在電光石火般的時間內就解決掉其他同齡組的參賽者，贏得首獎。

靳影澤不敢相信的是，最後首獎的兌換券，她竟然連看都沒看一眼，就全都拿去換了食票，彷彿對全廣場女孩子都夢寐以求的那個魔晶石布偶視若無睹。

魔晶石布偶和靈氣布偶可是大不相同，靈氣布偶只是普通布偶，頂多只有自動轉轉眼珠子和做出討人喜愛的表情這些功能而已；但魔晶石布偶可不一樣，有了魔晶石灌注魔力，布偶不再只是布偶，可以變身為守獸，而守獸的價值及其珍貴稀有性就更不用說了，那是連魔導師都不見得擁有的東西，只是魔晶石布偶維持守獸形態的時間很短，一天只有二到三個小時，而且每次召喚過後，都必須再等上整整二十四小時後才可以再次召喚，但這依然是十分珍貴的物品，在外面的賣價也相當昂貴，像小瞳這樣連看都不看一眼，可是令所有的人都跌破眼鏡。

看著泛月晨吃得津津有味的模樣，靳影澤實在忍不住了，他把積在心頭的問題說了出來：「小瞳，妳為什麼不要那隻魔晶石玩偶？」就算他是凡族，也能從「魔晶石」三個字以及眾人欣羨的目光中，得知那隻布偶肯定價值不菲。

泛月晨壓根不理靳影澤，用力塞了一串烤棉花糖到他手裡，乾淨俐落的說：「吃！」

「小瞳……」靳影澤用扼腕的眼神看著她。

「為什麼我要那種東西？」泛月晨最後終於不耐煩道：「要守獸，我當然就要一隻真正的，才不要什麼布偶替代品！」

「妳要什麼樣的守獸啊？」靳影澤納悶的問。

泛月晨咂咂嘴，想也不想便應聲回答：

「鳳凰！」

當泛月晨趕到孤兒院時，發現小影哥已經在臺上和另七名院童賣力的跳著不知名的舞步，不過，雖然他們跳得滿頭大汗，但好像並沒有吸引太多觀眾仔細欣賞，臺下有些人開心的吃著點心，有些人則是交頭接耳的聊起天來。

「嗨！妳還記得我嗎？」突然從身後傳來清朗的聲音，泛月晨轉身向後看。

「你？哦……你就是那個被黑衣人搶劫的金髮少年嘛！」

「嘿！對，沒錯。」

「你今天也來參加慈善募款活動啊？」泛月晨猛然想起。「對了！上次你的手是不是受傷了？嚴重嗎？」

「嗯，還好啦！已經沒事了，謝謝妳的關心。」

「這是應該的，我……」泛月晨話未說完，就猛然被從後面快速跑過來的靳影澤打斷。

「喂！小瞳，快要輪到妳表演了，妳怎麼還在這裡，趕快準備上臺啊！」

「哦，好啦！好啦！別急嘛！」

「啊？妳要上臺表演？是要表演什麼呢？」金髮少年好奇的問。

「我要彈奏夜琴。」

「獨奏嗎？」

「對，本來我也希望能有人跟我一起上臺表演。」雖然可以獨奏，但是夜琴唯有在合奏時才能更加展現出極致。

「真的嗎？那我能跟妳一起表演嗎？」金髮少年滿臉期待。「妳要彈哪一首？我可以配合妳做四手聯彈。」

「精靈組曲。你會嗎？」

「絕對沒問題，這組曲非常有名，我會彈！」

「太好了！那我們就一起上臺吧！」泛月晨興致沖沖的說。

「小瞳，妳確定要這麼做嗎？」靳影澤不敢置信的看著她。「你們都沒有事先排練過，這樣會不會太冒險了？」

「不會啦！現在距離上臺還有一點點時間，那我們就趕緊去後臺練習一下好了。」聽到泛月晨這樣說，本來還想勸她打消主意的靳影澤，只好勉強忍住不再多言了。

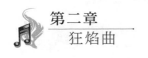

夜琴，這個世代中最受歡迎，但同時也是最難演奏的鍵盤樂器。在用手彈奏的同時，還必須用腳控制琴身中每根弦的鬆緊度來呈現不同的音質，儘管彈奏夜琴的難度很高，但只要演奏者技巧夠純熟，經驗夠豐富，便能將夜琴最奪人心魄、攝人心神的瑰麗純淨音色發揮到淋漓盡致。傳說夜琴美麗神妙的琴音能使惡人向善、使憤怒的人平靜、使絕望的人重新燃起希望。

「會緊張嗎？不要緊張，妳可以的。」雙雙坐在夜琴前，表演前，少年淡定的幫泛月晨打氣，琥珀色的眸中光芒點點。

「謝謝。」女孩回給他一個笑容。

泛月晨並不是經驗豐富的表演者，然而自她手中流洩而出的音符，每個都蘊含了少女青澀但卻真切的情感，琴韻時而清澈激越，時而溫柔婉轉，帶給人們一種特別的韻味。

看著女孩彈奏夜琴認真專注的神情，金髮少年不禁想起了初次見到她的情景，不知不覺中竟已倏忽過了六年多了，自己對她那種既熟悉又陌生的感覺，實在是難以言喻。或許，在泛月晨心中，他只是個曾被黑衣人搶劫的陌生人，但，為什麼兩人才初次合奏，琴聲卻不可思議的如此和諧，如此自然，彷彿有著長久的默契。金髮少年那雙琥珀色的眼眸，不禁泛起揉合了好奇的淡淡溫柔。

兩人才剛剛彈奏完，觀眾立刻爆出如雷的掌聲，泛月晨開心的把目光投向臺下的小影哥，正準備給他一個燦爛的笑容，但奇怪的是，小影哥卻好像一副看起來不太高興的模樣。

終於忙完了慈善募款活動，這次募得的款項還真不少，老院長既感激又欣慰的向眾人道謝。泛月晨特別留下來協助靳影澤清理活動會場。結束後，她撒嬌的對小影哥說：「我好餓喔！剛剛忙了大半天，都沒有空吃東西，現在快全身無力了啦！」

「好，好，好，我的小瞳最乖了。我們馬上就去廚房，我立刻做點東西給妳吃，好不好？」

「耶！太好了，小影哥的手藝最棒了，我又有口福嘍！」泛月晨一說完，就迫不及待的拉著靳影澤，開心的往孤兒院廚房奔去。過了一會兒，靳影澤便做好了兩道點心端到她的面前，然後笑瞇瞇的說：「慢慢吃，還有很多喔！」

「小影哥，實在很不好意思，每次都是你做點心給我吃，下次換我做好吃的甜點給你吃好了。」

「嗄……不用了啦！」靳影澤不禁想起以前她曾做過一些令人慘不忍睹、食不下嚥的菜餚。

「不要瞧不起人嘛！我只要學就會了啊！」月晨眉眼彎彎一笑，接著道：「你知道嗎？我最喜歡從前母親常做給我吃的雪蘭糕了。」

「雪蘭糕？好美的名字，我想一定很好吃。」

「當然！那是世界上最美味的點心，那也是屬於母親與我之間最最珍貴的回憶。」說著說著，月晨眼中逐漸升起溢滿了惆悵的失落與懷念。「每年我生日的時候，母親無論再怎麼忙，都會特別抽空親手做雪蘭糕給我吃。」

「妳母親一定非常愛妳。」

「嗯，我想今生今世，再也不可能有人像她那麼愛我了。」

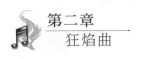

「小瞳，其實、其實我……」欲言又止，靳影澤那溫柔深情的凝視裡，染上了淡淡的羞澀。

「怎麼了？小影哥。」

「呃……我很想……」靳影澤話才剛要說出口，就被突然衝進廚房的小聶打斷。「太好了！終於找到你了，真是累死我，跑了大半天才找到你。」小聶氣喘吁吁的說：「小澤，院長急著找你，你快去院長室吧！」

離開孤兒院，才剛踏進月隱山莊，泛月晨就看見草管家匆忙走進的身影。

「少主，您終於回來了。莊主有事急著找您，他請您現在就立即過去書房。」

「哦？你知道是什麼事嗎？」月晨不情願的問著。

「好像是跟千氏有關，妳知道千家每年都會舉辦慈善舞會，莊主今日可能就是要告訴您這件事吧！」

「我向來對參加舞會這種事一點興趣也沒有，就算是慈善舞會，我也真的很不想去，何況他們如果真的想要做善事，也不一定要用這種方式呀！」

「少主，其實千家老爺還算是個樂善好施的人，他們每年舉辦的慈善舞會也不全然是沽名釣譽。」莫管家伴隨著泛月晨走到了書房門口。「少主，莊主的書房到了，那……我就不陪您進去了。」

泛月晨敲了敲門。

「女兒，妳來了，進來吧！」泛莊主伸手遞出一張華麗的邀請函。「我知道妳一向都不喜歡參加舞會，但我希望今年妳能夠應邀前往千氏所舉辦的慈善舞會。」

「父親，為什麼我一定得去呢？只要您跟姨媽出席不就可以了嗎？」

「我跟妳姨媽要到南方的泛氏別莊，我們有十分重要的事情需要處理，所以這次要由妳代表我們泛家出席。」

泛月晨面容僵硬、低頭不語。

「女兒，妳聽到了沒？」

泛月晨還是不發一語，繼續無言的抗議。

「妳已經滿十三歲了，不要再像個幼稚的孩子，有些事該做的，就由不得妳推辭。」泛莊主的語氣漸趨強硬。

泛月晨看著手中的邀請函，心裡有千萬個不願意。尤其原本滿心期待跟自己已有三個多月沒有見面的父親，能夠稍微對她噓寒問暖，但沒想到一見面，父親居然只是如此直接了當的提到千氏舞會一事，對自己唯一的親生女兒，竟全無隻字片語的關懷。

泛月晨愈想，心就愈翻攪起來。

手中薄薄的一張紙卻顯得愈來愈沉重。

「如果……我還是不想去呢？」冷冷的語調飄在空氣中。

「妳，非去不可！」泛莊主嚴肅的臉上漸漸浮現怒氣。

「父親，您總是這樣，從來都不關心我的感受、不在乎我的心情，您……」泛月晨積壓已久的不滿情緒，頓時就像潰堤的洪水般傾洩而出，哭喊著：「您到底愛不愛我？」

「哎呀！是誰在大發脾氣啊？」嬌滴滴的聲音自書房門口傳進來。

「這是怎麼啦？誰惹我們家少主不高興啦？」泛月晨的姨媽——月隱山莊嫵媚的女主人，儀態萬千的走了進來。

「好端端的，怎麼哭了呢？」泛夫人故作關心的問，但眼神卻不在泛月晨的身上，反而專心的看著泛莊主。

「哼！用不著妳來關心我。」泛月晨滿布淚痕卻又驕傲的臉上透著不屑的神情。

「女兒，不可以這樣跟妳的姨媽說話，她是妳的長輩。」

「哎呦！小女孩長大了，心思也多了，我們是管不著嘍！」泛夫人不忘火上加油的說：「只要不給我臉色看就好了。」

「妳、妳……」泛月晨雙眸氣得快噴出火來，手中的邀請函被她捏得扭曲變形。

「女兒，還不快跟妳姨媽道歉。」

泛月晨緩緩的轉頭，然後用盡全身的力量，深深的、狠狠的瞪了姨媽一眼，接著便頭也不回的奪門而出。

嗞……嗞……嗞……

烤箱傳來燒焦的味道，泛月晨連忙回過神，從烤箱中搶救出糕餅，但卻已來不及了，烤盤中的雪蘭糕又黑成一團不能下嚥的東西，她懊惱的嘆了一口氣，動手把它鏟掉。

唉！這已經是今晚第五個失敗品了！

自從上次跟小影哥說過要做好吃的甜點回饋他後，月晨的心裡就始終掛記著這件事，連日來總是特別抽出時間，不斷嘗試做出最好吃的雪蘭糕。世上的事原來真的知易行難，雖然知道所有的製作步驟，卻始終無法做出記憶中的味道。

她真的很期待能看到小影哥快樂的笑容。

重新揉麵團、和糖、壓模，泛月晨再次將糕點送進烤箱。這次要仔細斟酌時間，不要再估計錯誤了，免得又釀成失敗慘劇！

原來雪蘭糕這麼難製作，以前母親究竟是花費了多少心思，才研究出這種好吃的點心呢？對泛月晨而言，雪蘭糕象徵著過往的快樂，雖然現在已經不可能再回到從前的日子，但她至少要將那份快樂的感覺留住，並且傳承下去！

自己一定要成功才行！

「小影哥、小影哥，快過來吃吃看我做的甜點。」泛月晨笑意盈盈的從孤兒院的廚房跑出來，手上捧著一個精緻的雪蘭糕，雙眼開心的彎成月牙狀。「這是我特地為你做的喔！」

「哇！好漂亮，這……這真的是妳自己做的？」小影哥狐疑的『遠眺』著雪蘭糕。

「小影哥，你好過分！」泛月晨昂起下頷，雙手插腰：「你忘了？我答應過的事情，就一定會做到。」

靳影澤拿著湯匙，用十倍慢速度挖了一點點放到嘴裡。

天啊！好感動，竟然出乎意料之外的好吃。

「怎麼樣啊？」泛月晨志得意滿的瞅著他。

「哇！真是人間美味呀！」靳影澤湯匙移動的速度變得愈來愈快。

「小影哥喜歡就好。」泛月晨燦爛一笑，接著突然皺了一下眉頭，側身看了看外頭西沉的夕陽。「啊！晚了，我得回家練習魔技了，不然父親會生氣的！」說著她便急急朝門外走去，同時頭也不回的說：「明天見了，小影哥！」

「不要！不要走！」靳影澤上前拉住她的手。小瞳回頭，看見一臉失望的棕髮少年。

「小瞳，時間還早，不要回去啦！留下來陪我好不好？妳每天都這麼用功，今天就稍微放鬆一下嘛！把時間多留一些給我，好不好？」

「可是……小影哥，我……」

「算了，我不想聽！」賭氣似的，他扭過頭去摀住耳朵。

「小影哥，不要這樣……」泛月晨上前拉住他的手。

「那麼妳就讓我帶妳去一個地方。」反手握住女孩的手腕，靳影澤不給她拒絕的機會，立刻拉著泛月晨衝入天色漸暗的黃昏中，胡桃棕色的眸子凝望著遙遠的方向，似乎在眺著什麼她看不見的東西。

泛月晨被動的讓他拉著，他堅定厚實的手，又大又溫暖，令人十分安心。

靳影澤一頭棕髮隨風飄揚，微微陳舊的襯衫在背後張成披風似的形狀，明明大了她五歲多，但賭氣的步伐卻像極了要不到糖的孩子，那麼需要人來哄。

「要帶我去哪裡啊？」她忍不住出聲。太陽落下山頭，神祕的夜幕升起，夜風伴隨著點點星光。

突然覺得，不論他要帶她去哪裡，她都願意去；只要有他陪在身邊，去哪裡都可以。

「算了，沒關係，去哪裡都行。」

只要你在，都好。

「小瞳。」靳影澤停住步伐，隨著他的視線向前望去，是富麗堂皇——愈夜愈耀眼的夜帝神殿。

夜帝——是這個世代裡，凡族和魔族最高的共同信仰。

「夜帝神殿？」泛月晨注視著前方這座全國最悠久、最華麗、最知名的巍峨神殿，從琉璃牆面反射出的燈火之光在她眼裡跳動，美麗精緻的雕塑、栩栩如生的彩繪，以及一年四季永不停止流動的神像噴泉。

神像噴泉——用魔法支撐著，半飄浮在空中，防止人們攀爬而上。噴泉中永不止息的水，在月光的照射下，呈現銀河般的白光。

「小瞳，妳知道嗎？我常覺得其實夜帝很公平。」小影哥的聲音在夜風裡傳送：「雖然我是個孤兒，從小就沒有親人，但夜帝卻讓我有了妳為伴，所以無論未來發生什麼事，請都不要丟下我一個人，好不好？」

泛月晨轉頭看著小影哥俊美如雕像般精緻的臉，不知怎麼的，看了那麼多年的一張面容，今夜在漫天星光下，竟然和平時顯得不太一樣。

「小瞳，好不好？」笑容添了幾分憂傷，融了夜的淒涼。

想要有她在身邊，想要陪著她的心情，竟是如此強烈，強烈的占據了他全部的心智。想要看到她，看著她充滿傲氣的笑容、淘氣俏皮的眼神，她的倔強、她的堅毅、她的聰慧、她的靈巧，不論她是什麼樣子，他都喜歡，他都好喜歡……

「我喜歡妳。」終於說出口了。小瞳，妳不知道，為了這麼柔軟的四個字，我躊躇了多少次，失眠了多少夜。為了這四個字，這麼簡單的四個字，我義無反顧的待在妳身邊這麼多年。

「我也很喜歡你呀！小影哥。」無邪的回應響在耳際，但聽在小影哥耳裡，卻令他的心涼了半截。小瞳，我對妳的喜歡，不是那種喜歡……

「你是我最好的朋友，我當然不會丟下小影哥一個人了。」

朋友……

只能是朋友嗎？

眼裡的光漸漸冷凝，在他可以反應過來之前，指尖已僵直得無法動彈，腦中是鋪天蓋地一片濃重的失落，原來她把他所做的一切，都只當成是朋友之間的關心而已。

可不可以……

可不可以，不要只是朋友？

可不可以，小瞳？

「那麼，只要是我想去的地方，妳都願意陪我去嗎？」

「是呀！因為跟著小影哥，已經變成我根深蒂固的習慣了呢！」

夜空下，她笑意盈盈的眼眸宛如承載了漫天璀璨星河，娉婷的身影像是傳說中的天宮公主，似夢似真，美麗如幻。

看著她，他不禁有些發怔了，靳影澤在心裡對自己說著。

小瞳……妳知道為什麼我今天要帶妳來這裡嗎？因為我原本要在這宏偉的神殿前，宣誓未來終有一天，要讓妳成為我最美麗的新娘。

我知道這個夢想似乎還很遙遠，但是無論多久，我都願意等。

我會在每個等待的時刻裡，每分每秒、每個心跳、呼吸間，都為這個未來的夢想和誓言而努力。

沒關係，我願意等……，等妳，愛上我。

狂焰曲，很美很美的一把弓，金色與藍色交織牽絆的神器，高貴得能在黑暗中發出神聖光芒。如果小瞳握在手上，一定非常好看。靳影澤一遍又一遍的想，每看到這弓一次，他就想一遍，他幾乎天天都抽空來看這把弓。

今天，他又來了。

靳影澤出神的欣賞著完美的神器狂焰曲，不論從任何角度，狂焰曲的質地都是那麼地均勻流暢，燦金的弓面閃耀生光。

「年輕人，又來看狂焰曲啦？」喬館長掛著招牌笑容向他晃悠了過來。靳影澤有些不好意思的朝他笑了笑，出不起錢，又是凡族，卻幾乎天天往武器博物館跑，就只為了看著這把他心愛之人所喜愛的弓。

「老闆，狂焰曲什麼時候安上了弦啊？」靳影澤指向狂焰曲：「之前來看都沒有弦，我還覺得奇怪呢！」

「弓本來就應該要搭配弦呀！」喬館長答非所問的帶過。

「好漂亮的弦，是什麼材質的？」靳影澤打量著狂焰曲的弦，如此的細膩、精緻到剔透皎亮，在燈光的照射下，更呈現出彩虹般美麗燦爛的色彩，不斷地浮動流轉。

「材質啊……」喬館長沒有直接回答，只是嘴上無意識的回應了一句，雙手環抱著胸，心裡思忖著。那可不是普通的材質啊！我們的千氏少主……他竟捨得給狂焰曲安上這樣的弦，看來他對泛家少主的確是十分認真。

「你真的那麼想要買狂焰曲？」喬館長開門見山的問。

「什麼？」靳影澤頓時愣住。

「你想不想買狂焰曲？」館長重複著。

「我當然想啊！可是，你們不是說那是非賣品嗎？」靳影澤一頭霧水。

「沒錯，本來的確是非賣品，但最近千氏集團重新調整了策略。我看你對狂焰曲如此情有獨鍾，幾乎天天都來，不禁被你的誠心感動，所以才考慮特別破例賣給你。」

「可是，我……我沒有什麼錢……」

「沒關係，只要你心甘情願答應幫我做一件事情，我就私下自己出錢買下狂焰曲送給你。」

「啊！真的嗎？」靳影澤露出狂喜又不敢置信的神情。「那……你要我做什麼事情？」

「只要你答應我……」喬館長靠近靳影澤低聲說著。

「啊！你——這……？」

孩。

「小瞳！」費盡千心萬苦。靳影澤終於在一棵百年老榆木上找到正望著天空發呆的女孩。

「小瞳，妳怎麼了啊？我叫了妳好幾聲，妳都沒回應。」

「是小影哥啊！」看到小影哥，溫暖的笑意逐漸在她臉上擴散開來。

「小瞳，把眼睛閉上，我帶妳去一個地方！」

「什麼地方？」泛月晨聽話的跳下樹，閉上眼睛，伸手拉住小影哥。

「來就知道嘍！」寵愛的笑意在靳影澤的眼中打轉，他牽著泛月晨，飛快的跑出莊園。

她的手很小、很溫暖，可以整個讓他握在手裡，就像他一直渴望著能把她整個抱在懷裡一樣。泛月晨全然信任的閉著眼睛跟著他跑，沒有半分膽怯與猶豫，毅然跟著他，像是沒有盡頭一般的跑著。

牽著她的感覺，他會永遠記得。

儘管現在是冬日，今天氣候卻反常的溫暖，人們懶洋洋的在街上閒逛著，並驚奇的看著少年拉著女孩像風一般的跑過街道，在此同時，另一名金色身影正尾隨在他們後面，以靈活又快速的方式移動著，他移動得很快，但很謹慎，前面的兩人完全沒有察覺。

「到了，小瞳，妳在這兒等一下，眼睛不要睜開喔！」靳影澤終於氣喘吁吁的停了下來。這裡是一片人煙較少的小樹林子，他之所以把泛月晨帶到這裡，就是希望不要有人看到狂焰曲。他輕輕的拍了一下泛月晨的頭，然後趕緊去把他事先藏好的神器「狂焰曲」拿出來。

狂焰曲瑰麗而絕美，弓弦透明晶瑩，神聖到令人屏息。看著狂焰曲，他眼裡滿是笑意。

樹後，另一雙琥珀色的眼睛也滿載著溫煦的笑意，他看著靳影澤一步步走向閉著眼睛的女孩，緊張得放緩了呼吸。「小瞳，我數到三，妳就睜開眼睛。」靳影澤將狂焰曲放在手上，慎重的凝視面前的小女孩，小心翼翼的開口：「一……」

樹後的少年笑容黯淡了些，他眼神閃動，神情劃過幾分落寞。手一揮，四周的風因他的咒語而靜止，花影紛杳，陽光透明柔和，襯得狂焰曲光芒流轉，靈氣逼人。

如果可以，他多麼想和女孩面前的少年交換位置，這一整個計畫，全是他安排的，但此刻他卻只能這樣遠遠的看著她接受禮物，看著她對別人展露絕美的笑顏，而這一切，只為了一個理由，就是……

「二……」小影哥深深吸一口氣，尾音顫抖：「三！小瞳，生日快樂喔！」

「小影哥，你……」小瞳一睜開眼睛，竟嚇得立刻又閉上，嘴裡緊張兮兮的嘟囔：「一定是幻覺、幻覺、幻覺、幻覺、幻覺……」

「小瞳！」小影哥眉毛一橫，哭笑不得的說：「喂！我好不容易才得到狂焰曲吔！妳不要，我可收回去啦！」

但靳影澤的手還來不及收回半分，小瞳立刻像八爪章魚一樣猛撲上前，緊緊抓住狂焰曲不放，同時露出看見神蹟一般的表情，彷佛不敢相信自己的眼睛。「天啊！小影哥，我真不敢相信，這真的是狂焰曲！不是非賣品嗎？你怎麼辦到的？天啊！我實在太開心了！」

「喜歡嗎？」小影哥揉揉小瞳的髮，語調十分寵溺。

「喜歡！」小瞳大聲的回答，笑得嘴都快裂開了：「謝謝你！我好喜歡、好喜歡！我一定會努力修練成器化的，小影哥！」

泛月晨讚嘆的直握著狂焰曲，金藍光芒相互輝映，美麗奢華至極。「狂焰曲的靈力波動好強，難道是安了這條新弦的關係嗎？好漂亮的弦。小影哥，你究竟是怎麼辦到的？太不可思議了，你怎麼會有錢？到底……」

「我答應幫喬館長一點兒小忙，他就自己買下狂焰曲送給我。」小影哥輕鬆一笑：「很划算的交易呢！」

「交易？是什麼交易？」泛月晨眼中閃過一絲精明的光。「這未免太奇怪了吧！喬館長為什麼要這麼做？而且狂焰曲是何等珍貴，就算他是博物館的館長，應該也沒有權力可以決定這麼重大的事啊？」

「啊？」這是小影哥沒想過的問題。

「除非指令是由千氏上層直接下達，否則這根本不可能發生。」泛月晨冷靜的分析，接著認真的看著小影哥。「所以，說吧！喬館長到底和你做了什麼交易？或是你有認識千氏的什麼人？」

「不認識。」小影哥誠實回答：「喬館長只說看我很有誠意，便和我達成一個協議……」靳影澤話正說到一半，突然莫名其妙的有一顆小石子快速從他的頭上飛過，把他和泛月晨嚇了一大跳。他們立刻環顧四周，想看清楚究竟是怎麼回事？但除了鬱鬱蔥蔥的林子外，並沒有看見有什麼人啊？

「小瞳，別管那麼多了，妳拿好狂焰曲，我們回去吧！」

「可是……」泛月晨知道事情絕不會這麼單純，但她實在是太愛狂焰曲了，明知不應該接受，可是又捨不得退回去。

「我……我不知道該不該收下這份禮物？」

靳影澤生氣的大叫：「什麼？妳不要我送給妳的狂焰曲，這怎麼可以！」

看到小影哥氣急敗壞漲紅的臉，小瞳心一軟，決定還是先暫時收下好了，順便也可以找機會探查看看千家究竟在賣弄什麼玄機。

躲在暗處的少年，看著小瞳與小影哥的互動，心中五味雜陳。他反問自己，這樣做到底是對還是錯？愛她，又怎樣呢？少年嘆息，將臉深埋在掌中，眼前重重的黑暗有如黯洞的挫折。

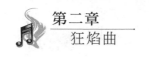

第三章　千夜思湖

在細葉的顫慄中，我看見了空氣的隱形舞蹈，還在它們發出的微光裡，看見了天空的祕密心跳。

——泰戈爾

在這個世代，一年中有兩個大型的假日，伴隨著的是長達數星期之久的慶祝活動。其中一個是夜帝誕辰；另一個則是所謂的新年，或稱作甦醒之日。傳說在亙古以前，夜帝創造了塵世，並將人類分成魔族和凡族，但兩族卻紛爭不斷，連年的戰役讓大家都痛苦不堪，所以在大波浪時代那次最為慘烈的戰役後，夜帝便下令魔族和凡族要消弭戰爭，和平共存，因此這一天便被視為人類甦醒之日。泛月晨的生日就在甦醒之日的前幾天，神聖的甦醒之日逼近，街道上、商店內，到處都喜氣洋洋，擺設著大小不一、五顏六色的祝福圖騰。

泛月晨在自己莊園的大片綠色草皮上信步閒晃，手中拿著一份樣式精美的卡片。這是甦醒之日化妝舞會的邀請函，時間是甦醒之日的前一個星期和甦醒之日當天，地點是千家的蘭之堡，位在氣候宜人的東方。千家有蘭梅竹菊四座古堡，蘭之堡是最新修建，也是最大的一座古堡，是在千氏少爺前年生日那天竣工的，傳說比其他三座加起來還要更加華麗耀眼，除了古堡本身之外，莊園內可供遊賞的地方更是多不勝數。

泛月晨捧著這張漂亮的邀請函，心裡知道手中這張薄薄的紙會是多少人夢寐以求的夢想，但她卻一點也不在乎，而且到目前為止，她也從沒有參加過千氏舉辦的任何舞會。同樣的，這次她還是不想去，反而比較想和小影哥一起度過甦醒之日。雖然已經十五歲了，可她對於其他年輕女孩子風靡的舞會卻興趣缺缺。蘭之堡雖然聽起來是很不錯，但她不想丟下小影哥一個人。

「少主，老爺找您。」莫管家欠了欠身。

「父親找我？」

莫管家眼神掃過小瞳手上的邀請函，默默點點頭。

自從上次拒絕參加千氏的慈善舞會至今，泛月晨已經有很長的時間沒有再踏進過父親的書房了。

「父親。」

「妳今天應該有收到千家的邀請函了吧？我知道妳一向都拒絕參加，但這次我希望妳無論如何都必須應約前往，不管有任何計畫，或多麼不願意，妳都非去不可！」

「這……」泛月晨既驚訝又不悅：「為什麼這次非要我參加不可？」

父親眉毛一揚，暗自忖度了起來。和千氏聯姻，一直都是他龐大計畫中十分重要的一環，眼看時間已經愈來愈逼近了，他必須加緊腳步，才能讓整個計畫實現。

「千氏是我們得罪不起的集團，以往我縱容妳，但這次絕對不行。無論如何，妳都必須前往，請妳偶爾也該好好替家族想一想呀！」

「我……」泛月晨第一個反應又是想反抗，但聽到父親刻意放軟的聲調，只好硬生生的把話打住，因為她實在不想再跟父親交惡了。

「再說一遍，妳要去幾天？」

「七天。」泛月晨拉上行李拉鍊。「甦醒之日當天回來。」

「啊！別忘了我們的約定，我會在塔羅廣場等妳。」斬影澤揉亂她的頭髮：「我會等到妳來。」

「這樣啊！那就算有千軍萬馬擋在面前，我也要踏過他們去見你了。」泛月晨意有所指的比了比身上的項鍊，金藍交錯，光芒流轉，那是尊貴神器狂焰曲的變型，在武器和主人融合器化之前，可以用任何形態存在，只要主人心念一動，便能召喚它恢復原形。

「哎！如果真的有千軍萬馬，那也應該是我去救妳才對吧！妳每次都拒絕讓我保護妳。」斬影澤露出很不滿意的神情。

泛月晨笑了笑說：「放心啦！我會保護自己。」

「妳總是這麼說，都不給我保護妳的機會。我不管，我要妳答應我，下次如果妳真的遇到了什麼危險，一定要讓我保護妳。」靳影澤擋住門口，泛月晨低身縮頭，想從他手臂下鑽過去。

「小瞳！」靳影澤又一擋。

「小影哥，你好囉嗦啊！」

「那妳答應呀！」

「真是的，好，我答應、我答應，行了嗎？」泛月晨身子一轉，又想往外溜。

「妳答應什麼？」靳影澤想要更加確定。

「我答應讓你保護我啦！」泛月晨嘆息：「這樣總行了吧！」

「好，行了。」靳影澤這才笑吟吟的讓路。

泛月晨打了一個響指，行李啪得一聲消失，她朝靳影澤揮揮手。「再見了，小影哥！不用太想我，每天想一下就行了喔！」

靳影澤哭笑不得的看著泛月晨，十分不捨的揮揮手。泛月晨坐上浮空飛車，看著小影哥和她相距愈來愈遠，緩緩的，愧疚漫上她湛藍的眼。

靳影澤很失落，她看得出來。他們之間身分的差異，泛月晨並不怎麼當一回事，但靳影澤卻很在意。如果她也是凡族，那該有多好。泛月晨扭身在窗口哈了一口熱氣，惹得車窗一片白霧，接著，她在霧中寫下小影哥的名字，支頭看了好久，久得霧氣在窗上慢慢化掉。

於是她又哈了一口氣，可是如此一來，小影哥的名字又模糊不清了。

泛月晨怔了好久，眼神茫然。難道這是在暗示，她無論如何都留不住小影哥嗎？可是她真的很想要和小影哥在一起，無論發生任何事！

窗外的風景愈來愈秀麗，泛月晨默默看著四周的景致，臉上卻少了該有的讚嘆表情。

「泛家少主，竭誠歡迎您。」帶著白手套的千氏總管家親自來到蘭之堡的大門前，替她開門的同時輕輕欠身，她很快觀察了一下四周的環境，接著也微微一笑，優雅的步下車。「願夜帝與你們同行。」

「我代表千氏接受您的祝福，並獻上我最誠摯的謝意。」至此，公式化交談完畢，總管家手一揮，兩名侍者立刻接替了他的位置，他自己則去接待下一位貴客。

「請問我的客房是在哪裡？」泛月晨走進蘭之堡大廳，果然富麗堂皇，金碧輝煌，耀眼到極致。蘭之堡完全是個視覺震撼，連她都看得有幾分呆滯。

侍者瞧了瞧手中的名單。「第五十八層，泛家少主，請隨我來。」

「五十八？」蘭之堡最高的北塔也才五十九層。在魔法界，樓層數愈高，代表身分愈高貴，因為距離傳說中夜帝在天上的神殿愈近。

「是。」侍者恭敬的欠身。「少主請隨我到房間傳送室，請注意腳下的階梯，謝謝。」

原來這古堡誇張到還有房間傳送室！

「五十八層有其他的賓客嗎？」泛月晨在往傳送室的途上忍不住發問。侍者想了想，接著搖搖頭：「其他賓客嗎？沒有，泛少主。」

第三章
千夜思湖

沒有其他賓客了？難道她在千氏的眼中竟重要到這種地步？獨占一整層？

「請問五十八層有幾個房間？」

「一共有三個房間，不過現在只有妳一個人住，另外兩間是少爺和小姐的休閒房，但目前他們並沒有住在這裡。」

「哦！這樣啊！」泛月晨的心裡雖然還是充滿了問號，但卻不便再多問些什麼了。

和預料中的一樣，蘭之堡的房間果然十分優雅且獨具風味，大部分的裝飾都採用高貴神祕的蘭花紋飾，一盆又一盆美到叫不出名字的蘭花擺設，顯得雍容清麗。

蘭之堡莊園附近更有著名的四大神蹟，還有一些比較小的景點。四大神蹟分別是千丈蘭園、預言之木、千夜思湖和星海。據說，千夜思湖可映照出人們心中最深沉的渴望；而星海內則有獨一無二的復活魔法陣；至於預言之木，每人一生只有一次的使用機會，預言之木會對你提出的問題給予一個提示；最後千丈蘭園的月光蘭更是絕美無雙，宛如人間仙境。但由於四大神蹟是夜帝於千年前賜給千氏祖先的聖地，意義非凡，因此眾賓客無緣造訪，其他的景點則可以隨意參觀，不過，其實賓客們最期待的還是壓軸的化妝舞會。

傳聞最後一天的化妝舞會，神祕的千氏雙璧會戴上面具出場謝客，一直以來，千氏集團都十分保護這對兄妹，雖然他們每年都會舉辦舞會，但卻從不讓兄妹曝光，幾乎沒有人見過他們，就算這次終於要出來見客，但也是特地戴上面具，讓人無法真正看清他們的廬山真面目。

泛月晨把今晚舞會要穿的衣服攤在床上，反覆地看了又看，同時反問自己是不是和其他女孩一樣的期待，但得到的卻是一個比哭還難看的笑臉。

今天是媽媽辭世的日子啊！她怎麼可能會有雀躍的期待、怎麼可能會開心呢？可是身為泛家少主，她受矚目的程度僅次於千氏雙璧。在前幾日的行程中，已有無數的貴族少爺向她提出舞伴邀請，雖然她都一一婉拒，但舞會仍不能不出席。

泛月晨悲傷的閉了閉眼睛，然後伸手拿起雪白的天使舞衣，那是她今天晚上的裝扮。雪白的舞衣，優美而仙逸，脫俗而清麗，她很嚮往那種一塵不染的感覺，讓她覺得可以遠離悲傷的黑暗。換上舞衣，呆呆地看著鏡中的自己良久，最後才心不甘、情不願地在舞會開始前的最後時刻，步向偌大的圓頂舞廳。

她一步入舞廳，舞廳頓時安靜了幾秒。

泛月晨清清喉嚨，從容的走到千氏夫婦面前得體的問了安。千夫人回禮，同時宣布舞會正式開始，但千氏雙璧因有事耽擱，要等到舞會中場時才能過來。

幾乎就在同一時間，所有人的目光全都移到了泛月晨身上，她不禁僵直身子，覺得自己一生似乎從沒這麼尷尬過。看著所有的貴族少爺，慢慢地向自己移動靠近，她不假思索的馬上快步溜到美食區，假借自己肚子餓好逃開舞池。

但沒料到美食區也早有人在那等候了。

「嗨，一個人嗎？」貴族少年們圍了上來，其中一個裝扮成士衛長的貴族少年上前探問：「我可以當妳的舞伴嗎？」

「抱歉，我不打算跳舞。」泛月晨侷促的說。

「泛家少主比傳說中還要美麗。」另一個吟遊詩人裝扮的少年插了進來：「不知是否……？」

第三章
千夜思湖

「對不起，我不跳舞。」泛月晨重複著。少年揚眉，陪上一個笑臉：「那我們聊聊天也可以呀！我是柳家的大公子柳星溯……」

「我是明氏的明逸辰……」

「南宮夏，初次見面，幸會。」

「凌家的凌淵，很高興認識妳。」

泛月晨頓時心煩意亂了起來，完全無心再繼續應酬這些毫不相干的人。四周華燈亮堂，觥籌交錯，人影熙攘，一幅聚飲歡暢的景象，但為何偏偏是在母親去世的這一天？

為什麼？這一天應該要下雨的，天應該要哭泣的，鮮花不該如此明媚嬌豔，自己不該穿著這該死的華麗衣裳參加這該死的熱鬧舞會！

泛月晨再也抑制不住混亂的思緒，她隨手抓起一瓶酒，不管眾人訝異的眼光，趁大家還怔忡的當下閃身走向門外，消失在黯黑的夜色中。

狂焰曲閃著燦爛的光芒，比平時更加明亮，她穿過圓頂舞廳前的白色大理石路，步履零亂。每次到了甦醒之日，那殘酷的記憶便張狂的愈加鮮明，母親悲傷的淚眼，父親冷冽的面容……

泛月晨打開軟木塞，不管自己其實滴酒未曾沾，她賭氣似的不停將酒灌入嘴裡，喉頭火辣辣的，她眼前一茫，嘴裡愈發乾渴。

就讓自己醉一次吧！是不是只要醉了，就可以忘掉一切的痛苦？

原來隱藏在心裡的傷口，你若是對它愈溫柔，它便愈是疼痛。她仰頭不斷的將酒倒入口中，也不管自己已經頭暈目眩了。

記得那個時候，眼前也是霧茫茫的。然而，那是因為泛濫的眼淚。

緊緊咬住拳頭，怕自己叫喊出聲，但卻無法抑制奔流的淚水。

「傳說天使只在星夜哭，原來是真的嗎？」淡淡的聲音響在身後。泛月晨一怔，淚眼迷茫的回過頭，只見一個死神裝束的少年靜靜佇立在她身後，他雖帶著半臉面具，但他的側面宛如玉璧般無瑕，光潤蘊藉，隱藏在斗蓬兜帽底下的雙眼，有著出奇精純的美，眸底是一片清澈澄亮的波潤，泛著夢幻不定的琥珀色。

泛月晨胸前佩帶的狂焰曲項鍊發出一陣歡悅的顫動。

「你是誰？」泛月晨今晚第一次主動發問。少年一笑，也給了今晚第一個不一樣的回答：「我是，如妳所見，死神。」

「可不可以告訴我，這麼美的一個晚上，天使為什麼要哭泣呢？」少年輕倚在樹幹上，聲線暗啞而神祕。泛月晨瞥了他一眼：「我才沒有哭呢！」

「倔強。」少年嘆了一口氣，突然，他伸手輕輕擦拭她的臉，抹去縱橫交錯的淚痕。泛月晨一驚，狂焰曲更加明亮，臉竟不受控制的燒了起來，泛著醉人的嫣紅，本就微醺的她，頓時本能的把理智放下，心神竟和狂焰曲一樣微微顫動，渴望靠近少年。

都是狂焰曲……

「今天是我母親去世的日子。」泛月晨難掩悲傷的輕聲說道。

「別喝了。」少年皺眉。「回去休息吧！」

第三章
千夜思湖

泛月晨把臉別到一邊。「別管我。」

少年嘆息，微醺的她眼神和平常不同，除了沒有拒人於千里之外的冷峻，臉上還帶著誘人的酡紅色，舉止嬌軟無比，混著空氣中迷離的酒香，雪白的天使舞衣，還有她那蔚藍的眼眸呈現出夢幻神祕的藍紫色，很純很美的藍，像是琉璃燃燒的顏色。

她美得令人發狂。

少年一滯，呼吸明顯不穩。

「不要這樣，回去吧！」少年溫柔的想要拉她的手，帶她回去，沒想到泛月晨卻猛地用力一推，已經微醺的她重心不穩，腳步因醉意而踉蹌，撲騰地向後倒去，少年見狀，趕緊傾身低頭拉住她，不料一個不小心，唇卻意外貼上了她的臉頰，接著蜻蜓點水式的沿著她跌落的弧度從太陽穴一路滑到她的嘴角，瞬間兩人動作定格。

他們睜大眼睛望向彼此，泛月晨緋紅的臉寫滿了震驚，狂焰曲的顫慄灼熱自胸前延燒到心中；少年的臉則隱在面具之下，看不清神情。慢慢的，他們兩人終於回過神，少年避開泛月晨的眼神，連連道歉。

「我想帶妳去一個地方。」

「嗯？去哪？」泛月晨迷糊的問。

「走吧。」少年突然上前抱緊她，身形一轉，白光閃過，瞬間四周景物轉換。再睜眼，他們竟身在四大神蹟之一的千夜思湖湖畔。這個快速移動的方式好熟悉啊！泛月晨用力甩了甩混沌的腦袋，試圖讓自己清醒一些。

「這裡……？」

「千夜思湖。」少年放開她走到湖畔，手指優雅的在空中結下立體手印，瞬間出現了亮眼的閃光，接著隨風消逝。「好了，我解開了結界。平時這裡有厚厚的結界保護。妳知道四大神蹟吧？」

「它可以顯現出你心中想要的東西。」泛月晨低語：「像一面映照出自己思緒的鏡子。」

「對，但也不對。」少年走到她身邊，半臉面具華麗沉靜。「它顯示出的是人們內心最深沉的渴望，而不只是最想要的東西而已。」

「這有什麼不一樣？」

「當然不一樣。」少年眺望湖面。「有的時候，人們很容易被世俗的慾念控制，會想要很多很多東西，但是最深沉的渴望只有一個，卻往往不易察覺。」

泛月晨看著眼前的少年，儘管看不清他的面容，卻被他那獨特的氣質所吸引。一個身穿死神詭麗裝束，卻有著天使般清冽氣質的人。他是不是和自己呈現了強烈的對比？

「去吧。」死神少年微微一笑，月與影交織斑斑駁駁。「或許它能幫助妳。」

泛月晨望向平靜的湖面。「它能幫助我什麼？」

「幫妳認清自己。」少年目光深邃幽遠。「其實，認清自己比想像中需要更多勇氣，這可能改變不了什麼，但，最主要的，我希望妳不要哭，希望妳快樂。」他用下巴指指湖畔的一座高臺。「站到臺上，望下湖面。」

泛月晨爬上高臺，抓穩高臺邊緣的欄杆。忍不住，她悄悄回頭望了望神祕的少年幾眼，彷彿察覺到她好奇的視線，少年也回看她，唇邊勾勒起大大的、鼓勵的笑容。

他笑起來，竟比小影哥還要瀟灑幾分。

不知怎麼地，泛月晨的臉突然一紅，她馬上移回視線，狂焰曲在黑暗中熠熠地發出幽光，她做了幾次深呼吸，接著把目光投向湖面。

而那湖中的畫面，順著她蔚藍的視線，深深的印進她心底。

深深地，再也無法忘卻。

棕髮，垂著頭的少年沉默地佇立在廣場一角。

每次一有腳步聲靠近，少年便會充滿希望的抬起頭，但一見到來者不是他正在等待的人，便又失望地垂下頭去，眼中的光點瞬間消失。

從早晨，他就一直站在這裡了。然後是中午、下午。

冬春交替之際，絢麗而迷離、惆悵而微涼。

少年的身影在夜霧中浸成一種如玉石般溫潤的光澤，像水墨畫裡的人物透析出紙背，被逐漸升起的月光渲染成極不真實的美。

他說過，他會等。一直等……等到她來。

不論多久，他都願意等。就算是、一輩子……

終於，等到天色漸漸變暗了，遠方才響起他苦苦等待的那個腳步聲。少年顫了顫，緩慢地抬起頭，奄忽，唇畔柔柔的綻出一抹笑容：「小瞳。」

「對不起，對不起，我來遲了……晚了，為何你不先回去？」女孩仰著頭，眼眶泛紅地問。

「若是我回去了，妳來，不是找不著我了嗎？」

「找不著你，我自然就會先回去！」泛月晨心疼的說：「現在還是冬天，很冷的！」

「假如有一天我不在了，不等妳了，妳也不在乎嗎？」

「我不是這個意思，小影哥！」泛月晨更焦急了，雙頰染上了隱隱的酡紅：「我只是擔心你，佇立在風中太久會生病！」

「那就好。」靳影澤鬆了一口氣，再次露出笑容：「別介意，我永遠都會等妳。但如果有一天我不見了……，妳不用回頭，只要站在原地等我就好，我會自己找到妳的。」

「好。不過，其實以後你可以透過魔法聯絡我！」語鋒一轉，泛月晨笑嘻嘻地從身上拿出一個類似圓筒狀的物品，獻寶似的遞給小影哥。「這是魔法通訊器，凡族也可以使用喔！我已經在裡面輸入了我的號碼，直接點進去就行了，這樣以後我們要聯絡，就會方便許多。」

「太好了！」靳影澤露出萬分感動的神情。「謝謝妳！」

第三章

千夜思湖

「這同時也是我送給你的新年禮物，新年快樂！小影哥！」泛月晨笑著補充。

「真巧，我也有禮物要送妳呢！」靳影澤收起通訊器，神祕兮兮地拉起她的手。「快跟我來吧！」

「咦？你要去哪裡，很晚了呢！小影哥——」

少年眉眼一彎，露出了淘氣的笑容：「去登山！」

焰雲山，屹立在整個城市的最南方，氣候溫暖偏熱，有時霧氣濃重，每日早晨雲海炫美而壯觀，有著「火燒雲」之稱。

「為什麼要帶我來焰雲山啊？」好不容易終於登上了山頂，泛月晨忍不住納悶地問。靳影澤揚揚眉，擦掉額上的汗水。「妳不覺得人煙稀少比較安靜嗎？」

「大家都回去陪家人過年了，不然平時焰雲山……」焰雲山的美景與久青峰齊名，是魔武界著名的兩大寶地，但久青峰在多年前成了千氏名下的產業，因此能自由出入的觀光勝地只剩下焰雲山了。

「可是我沒有家人，我的家人就只有妳啊！小瞳。」靳影澤認真地說。

「但你不覺得到人多一些的地方，會比較有過年的氣氛嗎？」

「怎麼會呢？」靳影澤笑了。在他笑得很深、很開心的時候，臉頰總會顯現隱約的酒窩。「有妳就夠了啊！只要是和妳在一起，去哪裡都是一樣的。」

「噓！乖，我帶妳去一個地方。」靳影澤拉住她的手向前走。

「已經到山頂了，你究竟要帶我去哪？」

「就快到了。」他們穿過一片高達腰際的樹叢，踩著石頭橫過一條小溪，接著，一大片如茵的綠色草原遼闊的迤邐在眼前。廣袤青翠的草地，頑強地抵禦著山上的寒風，茂盛的生長著。

草原的盡頭，立著一座藍頂帳篷，四周收拾得很乾淨，放著簡單的炊具，一個大大的、疊了好幾層的篝火架顯眼的聳立著，在漸沉的黑暗裡呈現出張揚聳峙的美感。

「露營？」泛月晨瞪大眼睛。

「沒錯，昨天，我就是在這裡迎接新年的第一道曙光。」靳影澤眨眨眼。「妳昨天有沒有看日出？」

「當然有，甦醒之日的日出呢！」

「……我覺得，當我們注視著同一樣東西的時候，距離就會更近一些。妳說呢？」小影哥低語。泛月晨手抽動了一下，但是卻沒有回答，她很想如往常般說些俏皮話，現在不知怎麼地卻啞口無言。

靳影澤的嘆息融在風裡。「小瞳……我們真的只能當很好很好的朋友而已嗎？」

為什麼呢？我愛妳愛了那麼多年，一點都不曾改變，而妳也伴在我身邊一起成長，但，為什麼不能進一步接受我？我們真的只能是……朋友嗎？

「……嗯……我去把篝火升起來……」泛月晨囁嚅著倉皇逃開。靳影澤望著她的背影，眸中是層層疊疊的失落。小瞳，為什麼要躲？為什麼不能好好面對？

我都已經鼓起勇氣表明我的心意了，難道，這就是妳的回答嗎？

第三章
千夜思湖

「小影哥，你確定我只要生火就好了嗎？」泛月晨在遠方喊道，語氣有著故作的輕快：「不用整理一下帳篷、準備食材、找乾柴升火，或是做一點安全措施什麼的嗎？」

「那些我來就可以了。」壓住心中的挫敗，靳影澤故作沒事的走到泛月晨身邊，用一個帥氣的動作挑出火柴。「來，我示範一次，看好了喔！」

於是他把刷燃的火柴靠近篝火架，後者冒出了一陣煙，亮出小小的火苗，那火苗在風中滿懷希望的跳動了幾下，然後，壯烈的犧牲了。

真是雷聲大，雨點小。

「再試一次，肯定沒問題。」靳影澤再接再厲的劃亮火柴。

於是十分鐘後，看到地上彎彎曲曲地躺著數十根焦黑的、失敗的火柴，而篝火卻依然沒有點燃。泛月晨終於再也忍不住了。「小影哥，還是……讓我來吧？」

「不行啦，山上風太大了，沒有用的。」靳影澤沮喪地搖頭，為什麼？今天所有事情都失敗了呢？

泛月晨大聲嘆了口氣，拍拍小影哥要他退後一點。靳影澤遲疑地把火柴遞過去，但只見她搖搖頭，伸手平舉。「火！」

轟！

瞬間，巨大的篝火燃了起來，歡快地劈啪作響，就好像已經燃燒了好幾個小時似的。在靳影澤能反應過來之前，泛月晨又打了個響指，剎那間所有的工具同時啟動，帳篷高高的立了起來，原本有些塌陷的部分立即恢復原狀，連水桶也自動飛出去打水，森林中的枯枝更自動飛來聚集在篝火架旁，整整齊齊地落在地上，發出清脆的聲響。

只見泛月晨閉上眼喃喃地背誦著什麼，同時一股銀光自她掌中緩緩流瀉，融進四周的空氣中，自動升起透明的保護結界，警告著任何來者不善的生物。

「現在只剩下食物了。」泛月晨睜開眼，斬影澤呆若木雞的模樣映入眼簾。

「……」

「咦？小影哥石化了嗎？你不去採集食物嗎？還是你要我幫忙？只是我不清楚這裡有什麼能吃欸……」

「有魔法真好。」

「等一下我可以……，什麼？」泛月晨回神眨眨眼。

「我說，原來魔族和凡族的差異真的很大。」斬影澤眼神有些空洞的望著篝火，喃喃低語：「以為自己真的能保護妳，可是，我能做什麼呢？我根本沒有那個能力，對不對？」

泛月晨急著安慰他：「小影哥，不是那樣的。」

「要是我也有法力，那該有多好！」小影哥攤開手，凝視著自己的掌心，然後轉頭看著泛月晨，眉宇間滿是沮喪。「小瞳，妳說呢？」

泛月晨看著斬影澤，眼神中隱忍了太多感情。她的唇顫抖了一下，小小的笑容綻在嘴角。她拉著斬影澤輕輕搖晃：「對我來說，不論你是魔族，還是凡族，只要你是小影哥，都好。」

第三章
千夜思湖

「如果，魔法成了我與你之間的阻礙……」泛月晨眼神堅定，背脊挺直，耀眼的金髮被旺盛的篝火照得熠熠生輝。「我願意為了你，放棄使用魔法，我希望我的魔法是幫助而不是隔閡。只要是你希望我做的，我都願意去做，用我自己的力量，滿足你，來感謝你對我……」

小影哥覺得自己的心融化了，他傾身緊緊抱住小瞳，把唇貼上了她的臉，就如同秋天時偶然重疊的兩片葉子。

話語消失在唇齒間，泛月晨僵硬得一動也不動。驀然，她眼眸緩緩染上一絲哀傷，沉默地向後退開，離開那吻住她額間的少年。「小影哥，我們不能這樣。」

「小瞳……」靳影澤伸手想再抱住她，但泛月晨避開了。剎時，深深的挫敗又再度染上了胡桃棕眼，他絕望的看著面前的女孩，語調破碎零落：「為什麼不接受我……？」

「小影哥。我們不能這樣……我們不可能——」

「小瞳，我愛妳。」

「不，不要說，小影哥……」

靳影澤痛苦的看著小瞳。「我說愛妳，妳卻叫我不要說，為什麼？」

泛月晨十分艱難的說出口：「小影哥，我們不可能的，我們未來不可能會……，我們就只能是很好很好的朋友。」

靳影澤深情款款的看著泛月晨。「為什麼不可能？妳懷疑我的心意？」

「不是的，小影哥。我……」

「小瞳，將來嫁給我，好不好？」

銀輝如洗，月光似水四處流淌。

她的嘆息有如從上個世紀延續而來般。「……對不起……」

「妳……也是愛我的，對不對？」靳影澤急切懇求的望著女孩幽藍的眼，那雙眸在四周豔紅的黑暗裡，呈現出懾人心魄、如燃硫般的深邃靛藍。

「如果友情也是一種愛，那麼……我也很愛你。」泛月晨輕淺一笑：「很愛很愛，所以，我們當朋友就好。」

「小瞳……」

「我要的是一個活的小影哥，不是死的。若我答應嫁給你，那麼，我父親是絕不會放過你的。他一向瞧不起凡族，更何況，你還是平民，到時候，他不是逼走你，就是逼死……所以，如果你愛我，就請你為了我，活下去。」泛月晨背過身，望著盛大的篝火。「你知道藍色篝火的傳說嗎？」

「藍色篝火的傳說？」

「藍色篝火。」泛月晨閉上眼，如祈禱般放輕聲調：「傳說，在它面前宣誓的人，會在一起一輩子。」

在一起一輩子……

在藍色篝火前宣誓的人，真的，會在一起一輩子嗎？

第三章
千夜思湖

泛月晨淺笑，清澈的笑顏卻令人迷惘。她手微微一抬，俄頃，壯麗的藍色篝火馬上變成勾人神魄，令群星失色的奔放豔藍。

藍色篝火充滿律動的層次，跳躍著，泛月晨眼眸藍得愈發深邃，深邃得足以襲捲凌雲，震動海濤。

「要不要一起宣誓啊？」女孩笑著提出邀請。她的微笑掛在嘴角，朦朧得有如泛著月光的早晨，細微之處，宛若花蕊中的雪，瑩潔閃閃。

靳影澤眼神一凝：「小瞳，我真的愛妳。」

「不要再這樣說了。」

「我……」

「我說了，如果愛我，就好好活下去啊！雖然未來我無法嫁給你，但我們還是可以當一輩子最好的朋友。」

靳影澤低聲問道：「如果有一天我離開了呢？」

「要是你敢離開我，我就會一個人躲起來，藏得好好的。我不會在原地等你，我會繼續走下去。所以，別離開我，否則你會後悔的，因為你一輩子就再也找不到我了！」

靳影澤會心一笑，環住女孩嬌小的肩膀，愈發收緊的手臂，彷彿在汲取著唯有她才能給予的溫暖。「是啊，我一定會後悔的。不過，小瞳，假如我不是故意離開，假如我是身不由己……，你一定要來找我好不好？再給我一次機會，一定要記得來找我。」

泛月晨堅定的說：「我不會允許那樣的事情發生的。」

「我只不過是個微不足道、弱小平庸的凡族平民而已。」

「可你是小影哥！」泛月晨大聲道，眼中滿滿都是認真的神情：「你不一樣，你是小瞳最愛的小影哥啊！我不會允許那樣的事情發生，你一定要相信。你也要相信藍色篝火。」

藍色篝火，傳說在它面前宣誓的人，會在一起一輩子。

小瞳，泛月晨，我相信妳，我願意等。

我真的很愛妳。

我想永遠跟妳在一起。

以藍色篝火為證。

第四章　炸毀婚禮

那不過是因為夜的咒語和我告別的話，它們驚悚於自己失望的聲調，才使我的眼眶噙著如許的淚水。但天色終將破曉，我的心和眼睛也終將乾涸，那時就再也不能哭泣。

——泰戈爾

「盟主」這個位置，魔武界已經懸空很多年了。

不是沒有人嚮往，不是沒有人爭取……而是，想要成為魔武界的盟主，並不單單是在魔武大賽中打敗所有競爭者這麼簡單而已，那只是一段必經的過程，但卻不是最後的關鍵。盟主的爭奪大賽每年都會舉辦，這是轟動魔武界的年度盛事，往往每年報名人數都在萬人以上，但能撐到最後大混戰的，頂多只有數十人而已。

爭奪大賽沒有年齡限制，大賽分為兩部分，前半部是單賽淘汰制，沒有敗部復活機會，到後半部會剩下幾十名高手進行刺激的大決賽，而能在最後大決賽中打敗所有對手獲得勝利的，就是當屆的冠軍。

然而，成為冠軍還不夠。

在成為冠軍之後，才可以來到世上最珍貴的神獸——金鳳凰面前，並且必須得到金鳳凰的認可，得到牠的忠誠，成為牠的主人，否則一切將會前功盡棄，因為若是沒有得到金鳳凰的認可，就算是得到了冠軍，最後依然無法成為可以號召整個魔武界的盟主。

多年前，泛月晨的父親泛莊主和千氏老爺都曾挑戰過金鳳凰爭奪大賽，只是他們並非在同一年參賽，雖然他們也都獲得了冠軍，然而，在他們拚力打敗所有參賽者，好不容易到達金鳳凰面前時，金鳳凰視他們恍若為無物，金鳳凰自始至終都沒有睜開眼睛，沒有給予他們認可。

自從上一任盟主過世後，失去主人的金鳳凰便休眠了。這一休眠，就是百年時光荏苒，不論每年有多少新起之秀來到牠面前，牠都不曾再動容。不禁有人懷疑，是否當中出了什麼差錯？但就算有所疑慮，每年參加爭奪大賽的人依舊前仆後繼。

泛莊主後來把希望從自己身上轉移到下一代。泛月晨從小就被父親逼著參賽，然而畢竟年幼，她從沒成功打進大決賽過。泛莊主從不慮及女兒還略顯生澀的能力，泛月晨每次失敗後，都會遭到父親嚴厲的責罰，怪她不夠努力、不夠爭氣，也完全不管泛月晨對於盟主之位根本沒有興趣，只一味硬逼著她完成自己未遂的夢想。

泛月晨時常疑惑，當上魔武界盟主……真的有那麼重要嗎？

泛莊主從來沒有想過事情竟會如此順利。

從書房窗戶向外看著千氏老爺上車離去的身影，他心中不禁愈發得意，那得意有如發酵般不斷膨脹、膨脹……，最後爆發成一陣張狂的大笑，在空氣中不斷地迴盪：「好啊！千氏，真是天助我也，天助我也呀！」

踏破鐵鞋無覓處，得來全不費工夫。

費盡心思，不知派了多少密探，竭力搜索情資，以便拼湊傳言背後的祕密，但多年來卻始終徒勞無功。現在，千氏竟然自己送上門來……他們自己送上門！這真是從天上掉下來，夜帝親賜的禮物啊！

這份聯姻的請求，千氏與月隱山莊的聯姻邀請！

假如女兒真的可以和千氏聯姻成功，那麼想要探查傳言的真相，便會容易許多了。因為千氏的內部管理一直十分嚴謹，因此多年來依然徒勞無功。現在只要女兒嫁進千氏，他便能常常去千氏四大古堡自由走動，藉著探視女兒為由，趁機親自調查那渴求已久的寶物祕密！

那份寶物，他一生深深夢寐以求。如果當不成魔武界盟主，他至少要……

「莊主，千氏老爺已經離開我們山莊了。」莫管家來到書房門口，輕輕躬身。「少主那邊……」

「幫我叫少主過來。」泛莊主眼神一凜。

「是。」

看著莫管家離開的身影，泛莊主臉上激動的神情漸漸冷靜了下來。

對。月晨還是個問題。這件事情絕不可以出任何差錯，他不能讓月晨有拒絕的機會，導致他整個計畫的失敗。

他知道女兒和那個凡族少年走得很近，本來並不怎麼在意，小小一個凡族，他還不放在眼裡，但是隨著年歲的增長，那個少年對女兒的情意愈來愈明顯，假若女兒對那個少年也……不，不可能，那少年只是個卑賤的凡族，連他們魔族的一根汗毛都比不上，身為尊貴魔族的女兒，應該不會對他有同樣的感情，她一定只是玩玩而已。

但是萬一……，女兒向來都是顆很不穩定的棋子，要不是因為她的實力還不夠，她一直都很想逃離他的身邊——所以，萬一女兒不合作，怎麼辦？

不行，他絕不容許任何意外發生。自從多年前，他從一位預言者口中聽到那震驚萬分的預言之後，他便一直心心念念的渴求……

那位預言者說，千氏擁有一項世上最珍貴的寶物，那項寶物，假如泛家肯去爭取，將會帶給他們莫大的助益，成就史上最美麗的傳奇，那個寶物，可以讓人無限延續壽命。

泛莊主閉上眼睛，自從他得不到金鳳凰認可而無法成為盟主之後，自己女兒又不夠爭氣，得不到冠軍，他曾經憤恨的認為世界根本就在和他作對。但是，在得知那個預言之後，他的希望又回來了。

成就世上最美麗的傳奇？是不是說，得到那項寶物，他就有望成為盟主？而就算當不成盟主，如果當不成盟主，他至少要……長生不死。

當泛月晨懷著忐忑不安的心情來到父親的書房前時，雖然已經做好了最壞的心理準備，卻沒想到事情的嚴重性仍然出乎自己的意料。

「什麼？」泛月晨不可置信的驚喊出聲：「和千氏聯姻？為什麼？」

「家族之間利益聯姻本來就是很常見的事情，身為泛家少主，妳早應該有這樣的自覺才對。」泛莊主面無表情的說。

「可、可是……」千氏？所以是傳說中千氏雙璧較年長的哥哥要和她聯姻嗎？利益上聯姻，她可以理解，可是……她完完全全不認識千氏少爺啊！對於一個完全陌生的人，叫她要如何接受呢？

「沒有可是，今天千老爺親自來提親，我已經先替妳答應了，後天千氏少爺就會親自過來和妳見面。」泛莊主嚴厲的看了她一眼。「希望妳不要讓月隱山莊丟臉。」

「聯姻……？」泛月晨低聲呢喃，接著冷言道：「先替我答應？父親，你又不是我，怎麼可以先替我答應？」

「山莊的利益就是妳的利益，我不容許妳拒絕！」泛莊主厲聲。

「真好聽。山莊的利益？」泛月晨咬牙。依她看，恐怕是父親自己的利益吧？從小到大，父親都是在利用她，先是利用她去爭取自己得不到的盟主地位，現在又利用她去聯姻。雖然她並不清楚父親和千氏聯姻到底有什麼目的，但絕對不只是單純商業利益考量而已。

「不容許我拒絕？我就偏偏要拒絕！」氣憤的情緒翻湧而上，泛月晨甩下決絕的話語扭頭就跑，然而，才跑不到幾步，就因為父親拋出的下一句話語給硬生生地停住腳步。那句話說得那樣輕描淡寫，但聽在她耳裡卻有如驚雷般轟然一聲，震天價響！

「是因為……那個卑賤的凡族少年嗎？」

泛月晨背著父親痛苦的閉上眼，她就知道，該來的……終究還是會來。

原來，唯有等到親自面對的那一刻，才會知道所有的心理建設都是徒勞，現實有如殘忍的匕首，深深刺進她心中最脆弱的地方。

小影哥。

「不是……不是，這不甘他的事，你不要動他！」

泛莊主瞇起眼睛：「最好是如此，要是讓我知道妳跟他之間……」

「沒有！我們沒有！他是無辜的，請你放過他！」泛月晨知道自己太失控了，激動的情緒暴露了她的在乎，但是她真的好怕、好怕……害怕父親真的會進行對小影哥不利的舉動。

這場仗，泛月晨知道，自己輸了。

輸得一敗塗地。

「那千氏的聯姻……？」

「我答應！我答應還不行嗎？」握緊拳頭，忍住眼中的淚水，雖然明知道會有這一天，但是，竟然來得這麼快。

以後……，都不能再見到小影哥了吧？她要離他遠遠的，否則依父親多疑猜忌的個性，一定會乾脆對小影哥除之而後快，凡族在他眼中，原本就是一文不值的賤民，殺一個凡族簡直就和殺一隻螻蟻般不痛不癢，為了讓小影哥好好活下去，也唯有如此了。

可是，心痛得彷彿要炸裂了。

絕望的快要呼吸不到空氣了……

千氏少爺，企業聯姻對你而言，真的這樣重要嗎？和一個完全陌生、沒有感情作為基礎的女孩結婚，難道，你真的完全不在乎、不在意嗎？

因為你，都是因為你，硬生生拆散我和小影哥……，這真的是你要的嗎？這樣你就開心了嗎？

怎麼辦？我好恨你……好恨！

「算妳還識大體，記住妳自己做的承諾。」泛莊主唇角滿意的揚起一抹笑，伸手關上書房的門。「那個少年，妳最好趕快處理，不要再讓我看見。」

門內，洋洋得意的泛莊主正陶醉於自己的計畫已經邁開了成功的第一步；門外，柔腸寸斷的少女正極力隱忍住崩潰的情緒，眼淚在身體裡早已泛濫成河。

小影哥……

泛月晨怔怔的凝視著眼前高雅的雪白紗裙，裙襬層疊反覆，顯得雍容華貴。

帶著簡易魔法的淡淡藍光，那朦朧的色調有如泛著月光的微露清晨，讓任何看見它的人都會不禁同意，穿上這件婚紗，必能成為世上最美麗的新娘。

「少主，這件婚紗有個美麗的名字，叫逆風之吻，很漂亮吧！」女僕們圍著婚紗轉呀轉，吱吱喳喳地在泛月晨耳邊不停讚嘆。

「對啊！這可是今天千氏少爺來拜訪時，特地拿過來給少主的呢！可惜……」女僕微微降低了聲音，不安的瞄了自家少主一眼。

泛月晨當作沒聽到般走了過去，可惜？她倒不覺得可惜，前些日子幾次都故意爽約，不想和千氏少爺見面，雖然引起了父親極度不悅，但如果見面……，她怕自己會失控，失控的說出一些不該說的話，做出一些不該做的事。

「少主真是幸運呢！千氏少爺是所有貴族小姐的夢想……」

「聽說逆風之吻是千氏少爺親自設計的，他一定很愛少主吧？只有動真情的人，才能設計出——」

「住口！」泛月晨猛然轉過身來，眼神冰凜。

「少主，我……」

「不懂的事情，妳們多嘴什麼！」泛月晨厲聲怒斥。她看著一群被嚇呆的女僕，突然有點後悔自己的遷怒，匆匆奪門而出，沒想到竟一頭撞見父親。

「父親……」

「看過婚紗了？」父親居高臨下的望著她，眼睛微微瞇起，沉聲：「對於妳再度缺席今日與千氏少爺的會面，我非常不滿意。妳要知道，這樣是十分失禮的，不過……」他話鋒一轉：「今天的事，我就暫且不和妳追究了，但下星期就是正式婚禮，我想，妳也不可能再故意缺席。至於那個凡族少年，妳處理好了嗎？」

泛月晨咬牙沉默。推離小影哥，要求他再也不要回來，要他明哲保身，躲避父親的毒手，她知道自己該做什麼，卻一直沒有勇氣去付諸行動，只是一味拖延，自我安慰的以為事情一定會出現轉機，她的沉默彷彿給了父親無聲的回答。

「難道妳是希望我親自去和他談嗎？」父親的聲音在頭上響起。

「別，不、不是——」泛月晨慌亂的衝口而出。

「今天就去把事情辦好！」父親的嗓音滿是不容抗拒的強硬：「同樣的話，我不想再重複了。」

語畢，泛莊主腳跟一轉，向走廊另一端走去，留下泛月晨一個人失魂落魄的杵在原地。

彷彿過了一個世紀那麼久，泛月晨才如木偶般僵硬的從口袋中拿出魔法通訊器，呆呆地凝視了好久，然後木然的撥通了小影哥的號碼。

水霧在眼前凝聚，呈現出那張令她無比牽掛的臉。

「小影哥，可以出來和我見個面嗎？我有很重要的事要跟你說。」

葉枯花落，菊凋梅殘。

本應是欣欣向榮的春季，但當靳影澤匆匆趕到月隱山莊側門外時，看到的便是這般慘淡的景象。

以那金髮少女為中心，四周的植物紛紛零落衰敗，像是感應到少女心中深沉的絕望，無法展現歡愉的春意。

「小瞳？」靳影澤遲疑的出聲叫喚。

聽見來者的聲音，少女旋即轉身，蔚藍的雙瞳對上那雙澄清的棕色眸子。

「小……靳影澤。」

少年收住腳：「妳叫我什麼？」

「靳影澤。」小瞳坦然的看著他。「靳影澤，你……信任我嗎？」

「什麼？我不懂──」

「我問你信不信任我。」泛月晨平靜的重複著。

「我……我當然信任妳！可是……」

「那好。」小瞳打斷他：「那麼，靳影澤，我現在要你離開我，離得遠遠的，愈遠愈好。」

靳影澤先是困惑的瞪著她幾秒，接著像是恍然大悟似的，邁開步伐向後倒退了幾步，然後攤手。「哪！這樣夠遠了嗎？」

泛月晨眼睛一閃，唇動了動：「不！小影哥，這不是遊戲。」

「小瞳，妳怎麼了？」靳影澤重新走上前。

泛月晨退後一步。「我是認真的，靳影澤。我們……不適合在一起，所以如果你信任我，就請你，為了我，離開我。」

靳影澤很快就猜出真相。「是妳父親，對嗎？」

「靳影澤，我……」

「我認識的小瞳，天不怕、地不怕，勇於反抗，執著堅持，妳不是一直不和父親妥協的嗎？妳說過妳會保護我，那現在為什麼卻又要放棄我了呢？」靳影澤語調低沉而哀傷：「先是不接受我愛妳，不能嫁給我，這我可以理解。但是，為何現在演變到非逼我走不可了呢？像以往那樣當朋友……當朋友，也不行嗎？」

泛月晨閉上眼，垂首不語。她要走了，她要嫁入千氏了啊！即將為人妻子的她，自己都已經身不由己了，還有什麼能力保護他呢？只有他離開，離她和她父親都遠遠的，他才能永保安全。

要永遠在一起，是他們在藍色篝火前許下的永恆承諾，但如今她卻即將嫁入千氏了，如此一來，這不就是違背諾言？小影哥……會心碎的！她不應該讓他傷心、讓他絕望啊！

「對不起。」泛月晨悽苦的自齒縫中擠出這句話。

「不，小瞳，妳不要這樣，到底妳父親對妳說了些什麼？為什麼妳會突然變成這樣呢？不論有任何事情，我們都一起面對好不好？」

「不，小影哥，別逼我！你走、你走啊！」泛月晨像是精神壓力已經到達了頂點，她放聲怒吼：「快點給我走開，永遠不要回來！」

「小瞳，給我一個解釋，妳不能……」

「走開行不行？算我求你……求求你！」泛月晨的怒吼轉為嗚咽，她倏地轉身往莊內跑去。斬影澤一驚，不由自主地跟上前去，但只覺眼前灰光一閃，出現了一道防禦莊內安全、謝絕不速之客的光牆，阻隔了他前進的可能。

「小瞳！」小影哥拍打著光牆，眼神狂亂：「小瞳，這是怎麼回事？妳不是愛我的嗎？回答我，小瞳，請妳回答我——」

「好，我現在就回答你。」泛月晨停下腳步，她的背影孤絕而倔強，微側頭，她已脫去稚氣的臉冷硬而無情。「再不走，不照我的話做，我會恨你一輩子。」

恨你一輩子，恨你讓自己死去，恨你把我一個人孤獨地留下面對這個世界，恨你……，提醒了我，與我親近的人都會遭受什麼樣的厄運。

斬影澤噤了聲。半晌，他的手無力垂下，喉頭急速顫動，眼眶帶著微微的紅：「雖然我完全不曉得今天是怎麼回事，可是小瞳，我……會等到妳回心轉意，我沒有辦法，我是真的愛妳……」

少女背影一滯。

是的，我知道你愛我，同時因為我也愛你，所以，你一定要走！

「不說再見了，靳影澤。」

這種道別的方式，太沒有說服力，也太過倉促，可是她真的承受不住了，她實在無法再堅持下去了，再多待一秒，她只怕自己會忍不住撲到小影哥懷裡放聲痛哭。

對不起，小影哥。

「少主——」身後傳來叫喚聲，泛月晨刷的一聲猛拉下窗簾，急促的力道差點把整個布簾都拆下來。

又來了，他又來了。小影哥徘徊在莊園側門外已經五天了，泛月晨心急如焚，再這樣下去，父親一定會注意到他、一定會採取行動的！

「少主，莊主要我提醒您，該開始準備化妝了。」女僕端進來一份茶水，泛月晨壓下慌亂的神情，默默點頭。

她漠然地讓女僕替她梳妝。望著鏡子，看見鏡中的女孩漸漸綻放出懾人心魄的美麗。可惜這份美麗，她心中真正在意的人，看不到。

今晚過後，她就是別人的妻子了。

心好痛、好痛，痛得都快痲痺了。

小影哥，你不要這樣。我們……不可能的。

凝視鏡中那雙眼睛，泛月晨心中一慟，那雙浮動的藍色雙眼，不論多麼傲然倔強，依舊被團團霧氣縈繞。

怎麼辦……？

小影哥，失去你，我好後悔。

「女兒。」房門被大大的打開，泛月晨抬眼從鏡中看見父親自房外走了進來。「動作快點，妳也不看看外面天色已經快暗了，還在拖延什麼？」父親說著便要去拉開窗簾。泛月晨心中悚然一驚，想也沒想便撲上前去，緊緊抓住他的手。「父、父親──」

「妳是怎麼回事？」父親揚眉不耐的問。泛月晨語塞說不出話來，提心吊膽的撇一眼窗簾，小影哥在外面，不能讓父親看見。

「父親，我、我真的好緊張啊！」泛月晨口不擇言，胡亂找藉口。「以後我去了千家，父親會不會想我呢？」

泛莊主愣住了，停下腳步，泛月晨看見他眼中劃過一絲迷惘的怔忡，但緊接著這份柔和的神情便消失了，取而代之的是他一貫的冷淡神情。

「想妳？」他突然放聲大笑，那笑聲迴盪在房內，震耳欲聾：「想妳是嗎？好女兒，我當然想啊！每天，無時無刻都想！」

「父親……」泛月晨內心惴惴然不知所措，女僕們全癡傻的呆愣住了。泛莊主收拾起笑容，大步走出房門，禮袍在身後颯颯擺動。

「女兒，希望妳已經和妳的『好朋友』溝通好了。」泛莊主在房門口停下，側過臉，帶著高傲冷酷的神情。泛月晨心中一凜，迎上父親的視線，平靜的說：「靳影澤和我現在已經沒有任何關係了，請父親也謹守諾言。」

「我當然會謹守諾言，」父親揚眉，再次強調：「但前提是，我沒有在視線範圍內看見他。」

泛月晨渾身一震，驚詫的喘了一口氣，她低下頭凝視著地板，語調中充滿刻骨的、張狂的恨意：「要是小影哥有什麼三長兩短……」她知道父親應該是已經看到了樹下的小影哥，方才拉窗簾的舉動是個設計好的陷阱，她慌張的阻攔，正顯示出自己內心對他的牽掛。「如果小影哥發生了什麼事，我會讓你後悔一輩子。」

聞言，莊主笑了，笑得狂妄，笑得輕蔑：「哼！我量妳還沒有那個本事！」

泛月晨嘴唇咬得都快滲出血來了，父親不屑的羞辱猶如重重的一巴掌，又狠又辣地打在她的臉上，但骨子裡的倔強支持著她，她絲毫不退縮的繼續向父親說道：「或許我現在不如你，但我向你保證，只要你敢傷害小影哥，我發誓，我一定會脫離月隱山莊，除非小影哥好好的活著，否則，我會毀了與千氏的婚禮，我也會消失，消失得讓你永遠也找不到我。」金髮女孩眼神毅然、語氣堅定、背脊挺直，那樣凜冽崢嶸的氣勢，就像一隻散發著激昂鬥志的鳳凰。

向著夜帝神殿駛去的車隊華麗而冗長。

從月隱山莊側門隱隱望向大門外已經漸漸走遠的車隊，靳影澤眼中充滿了不解。怎麼了？這究竟是怎麼回事？他不懂……他全都不懂。

「很疑惑車隊是怎麼回事嗎？」身後響起陌生的聲音，靳影澤回頭，看見一個約莫四十多歲，穿著禮袍的魔族，他的黑髮很長，垂至肩胛骨以下，隨著微風飄逸。

天生魔族。

他長得很俊美，但是很陰邪，傲世的狂妄流淌在他勾魂攝魄的瞳仁裡。

他的眉宇，相似於小瞳冷豔的輪廓。

「你是泛月晨的父親！」他沒有忘記小瞳對父親的深惡痛絕。

「不錯。」來者一笑：「你就是靳影澤，對吧？這是我的莊園，你徘徊在側門做什麼？」

他的針鋒相對如利刃一般刺進他的身體。「我、我來找你的女兒……」

「她不是叫你走嗎？你還來做什麼？你是什麼貨色？哼！凡族，凡族也想接近我的女兒，我果然放任你太久了！」莊主冷哼，揮揮手：「在我還沒失去耐心之前，你給我滾，不要再讓我看見你。」

「不，請您讓我見……」

「滾！」

「小瞳一定有苦衷，你……一定是你逼她的，對不對？」

「靳影澤，你果真是很不識時務啊！」泛莊主大笑一聲，毫無意外之色，好似對方的反應全在意料之中：「好，如果你有本事，就去追她啊！」

「小瞳在哪裡？」靳影澤握起拳頭，力度強大到暴露出青筋。

泛莊主故作漫不經心的望了望漸暗的天色。「當然是在夜帝神殿啊！如果你現在去，時間可能還剛剛好趕上呢！」

靳影澤原本轉身欲走，聽見這句話，倏然回身厲問：「你是什麼意思？什麼剛剛好？」

「婚禮啊！」泛莊主刻意奇怪的看了他一眼。「我女兒沒說嗎？今天是她嫁入千氏的日子，你現在去剛好趕得上參加婚禮。」

「婚……禮？」靳影澤咬牙，全身血液幾乎為之凍結。他的小瞳……他深愛的女孩要嫁人了？怎麼可能？

「沒想到女兒還挺不夠朋友的啊！連這都沒跟你說。」泛莊主唇角微揚，笑容俊美、迷幻而邪氣：「抑或是……我女兒其實根本從沒把你當成真正的朋友，下賤凡族！」

靳影澤倒退一步，眼神狂亂的盯著面前一派邪氣倜儻的男人。全部，這一切都是他這個惡魔一手策畫的，對不對？原來這就是為什麼小瞳要離開他，要怒吼著逼他躲得遠遠的，因為她嫁人以後，便再也不能保護他了，就算她要逃婚，也深知實力不足以和父親抗衡。

都是自己不好，如果自己不要那麼弱，不要那麼無能，連最基本的保護自己都做不到，這一切就不會發生了——不！他不能眼睜睜看著他的小瞳嫁給別人，成為別人的新娘，他不允許，他絕不允許！

身子一轉，靳影澤扭頭狂奔。小瞳，等我，一定要等我！

看著少年匆忙離去的背影，站在原地的男人緩緩勾勒出一抹邪氣十足的笑容。「莫管家。」

「是，莊主。」一直站在不遠處的莫管家趕了過來。

泛莊主指了指少年的去向。「製造一個合理些的死法。」他眼神一冷，背過手。「我不想再看見他活著。」

「是。」

嘴角的笑容愈發殘忍，泛莊主一攏禮袍，頭也不回地向莊園大門走去，黑髮在身後飄揚，宛如降世的邪美撒旦。

第四章 炸毀婚禮

星月交輝，月明星燦。

逆風之吻閃爍的光芒流瀉一地，恍若奢華至極的奇美幻境。

鏡中的女孩一頭燦爛金髮如陽，玉潤的肌膚潔白勝雪，冰藍的眼眸像是注滿了海水的深洋，襯著「逆風之吻」婚紗似有若無的藍光，主導了整體驚心動魄的美麗。

世上，想必再無那般令人魂牽夢縈的容顏了。

然而，小瞳望著鏡中的自己，眼中卻繚繞著霧氣，似乎下一秒眼淚就要流洩出來。

「少主，您真是世上最美麗的新娘。」女僕們笑著說。

指尖抽動了一下，彷彿想把鏡子擊碎。世上最美麗的新娘？那又如何？她要嫁的不是她所愛之人，不是她最在乎的人，她即將要嫁的根本可說是一個陌生人啊！

「出去。」泛月晨從齒縫中迸出一句。

「什麼？」

「你們出去，我想要一個人靜一靜，誰都不要進來。」泛月晨垂下眼，握緊拳。女僕們推推擠擠著出去了，房門喀嚓一聲關上，放在桌上的魔法通訊器不知被誰撞到而搖晃了幾下，眼看就要落地。

下意識的伸出手要接住，但在指尖即將觸到魔法通訊器的那一瞬，像是想起什麼回憶，她宛如被燙到似的收了回來，臉上布滿痛苦的神情。

魔法通訊器落到地面上發出清脆的撞擊聲響，沒想到就在落地的下一秒，通訊器鈴鈴鈴的響了起來。

泛月晨呆愣在原地，遲遲沒有動作，然而那鈴聲不屈不撓，彷彿下定決心一定要等到她接通為止。

「小影哥，我……真的不知道要如何面對你，我們不可能的，請你不要再增加我的為難了，求求你，父親不會放過你。」

泛月晨絕望的閉了閉眼，不受控制的伸手接通了通訊器，想再看小影哥一眼的慾望戰勝了理智。「小、小影哥……」

水霧在眼前凝聚，呈現出小影哥的臉，他好像正在奔跑，四周的景物在他身旁飛掠而過，人聲吵雜，熙攘喧囂。他熟悉的胡桃色眼眸像是穿越過了千萬年的時間對望而來，額上密布著汗珠，雙頰因劇烈的奔跑而一片潮紅。他啞啞的開口：「小瞳。」

「小影哥，對不起！」泛月晨忍不住哽咽出聲，從他心急如焚的樣子，泛月晨猜出小影哥已經知道她要嫁入千氏的消息。「對不起，小影哥，我沒有辦法，你走好嗎？」

「小瞳，不要嫁給別人，我愛妳，我們逃走好不好？逃得遠遠的，讓大家都找不到，就我和妳，就我們兩個人……」

「小影哥，你不要逼我恨你！」泛月晨大叫，眼前朦朧了起來：「我自己一人要躲，或許還比較容易，但要帶著你一起躲起來，那是不可能的，要找到凡族的人對魔族來說……

對我父親來說，尤其易如反掌，我根本護不了你，我愛你又如何？我們結束了！」

「小瞳，不要——」

「小影哥，你回去！」泛月晨從小影哥身邊飛掠的景色認出是往神殿而來的路，不禁驚慌失措。「不要過來，你還不懂嗎？這一切都在父親的意料之中，你來只是死路一條，他根本不打算放過你！」

「小瞳，過來見我。」靳影澤直直從水霧中望了過來：「我快到夜帝神殿了，我不能眼睜睜看著妳嫁給別人而不阻止，妳永遠只能是我的小瞳，快出來見我！」

「我不——」泛月晨驚惶地衝到窗邊，果然，一個急奔的黑色身影正向著神殿的方向狂奔而來，四周路人撞見紛紛讓避。

心肺登時全沒了呼吸，泛月晨呻吟一聲，崩潰般地打開門衝向神殿門口，門外的女僕全嚇傻了，呆愣地看著一臉淚痕的女孩踉蹌地跑出，臉上精緻的妝容都哭花了。

「小影哥——」女孩悽惻的哭喊橫過一整個神殿，在華麗的石柱間來回震盪。已入座的賓客們不知所措的議論紛紛，女僕和侍衛們衝了過來，泛月晨手一點，神殿大門轟的大開，震起的風讓大夥兒頭髮狂亂飛揚，差點睜不開眼睛。

逆風之吻閃爍著光華，微暗的天色襯托了它的一枝獨秀。

也不管新郎和神父都已經在神臺前就位，父親也已經在後方等待。泛月晨撲身衝向門口，遠方正急速跑來一抹修長的身影，衣衫都被汗水浸濕了，瀏海散亂，一雙閃亮的眼眸澄澈深刻，雙唇因喘息而微張著。泛月晨嗚咽，不顧一切的撩起長裙便要衝過去。

愛他，直到再次見到，她才知道這份依賴是如此的真實不悔，原來她沒有自己想像中那麼堅強，一直以來的孤傲冷漠在此刻如斷垣殘壁般崩毀。

「小影哥！」泛月晨哭喊著跑出夜帝神殿大門，侍衛們趕緊手忙腳亂地擋住她，同時架起定身魔法，然而令人意想不到的，就在此時，突然有一輛浮空飛車從轉角拐出來，接著以驚人的高速駛來，不偏不倚的朝斬影澤撞去。

少年眼中只有她的身影，毫無察覺急速而來的飛車，於是，在眾人的驚呼尖叫聲中，在泛月晨惶亂的注視下，在那冷冽刺骨的夜風下——

斬影澤破敗的身影如斷線的玩偶般飛了出去，在黝黑的夜空中畫出詭麗的弧度。

從他身上噴濺出來的點點鮮血，浸濕了乾涸的大地，染紅了濃霧的視線，空氣中灑滿了鹹腥的味道。斬影澤因痛苦而扭曲的面龐烙印在心底久久不去。宛如遭受晴天霹靂的女孩大聲地尖叫，嘶啞的哭喊，侍衛們重重束住她的臂膀，甩都甩不開。

淚水如大雨般不停落下，那灼熱的感覺是如此真實，真實到她的四肢瞬間變得冰涼，如同鋒利的刀尖，刺痛著她每一寸的肌膚。

小影哥，小影哥，你不會丟下我一個人，對不對？你說你要帶我走，走得遠遠的，我現在答應你，我什麼都答應你，只求你不要了無聲息地躺在那裡，我求求你不要躺在那裡，你不要嚇我……

「不——」女孩的哀號刺破天際，黑夜彷彿也留下了汩汩的鮮血，通訊器發出斷訊的雜音，水霧消逝。泛月晨奮力掙扎、詛咒，悲痛逐漸化成凜冽的恨意，洶湧澎湃、狂溢而出。

「放開我，你們放開我！小影哥，你應我一聲啊！」泛月晨面色慘白如紙，雙目血紅悲憤，逆風之吻被扯得破碎散亂，她的怒吼逐漸轉成哭泣的懇求：「救他……求求你們救他，我求求你們——」

夜晚，沉悶而令人窒息。

千氏少爺站在神臺前，神殿內的賓客紛紛驚愕萬分的望向他，想看他的反應。然而，他琥珀色的眸子只淡定的遠遠凝望著幾近崩潰的女孩。

「兒子……」千老爺的聲音自身旁傳來，掌房也跑了過來，憂心忡忡地望著他。

千洵咬住下唇，手指一根根收緊握成拳，然後再倏然放開，他的呼吸逐漸加重，眼眸顫抖：「事情怎麼會變成這樣子？我真的錯了嗎？我不該娶她，我不應該。如果我沒有……」

「洵兒……」

「都是我一廂情願，天真地以為如果把她綁在身邊，日子久了，她就會對我產生感情。我怎麼能這樣？是我害了那個少年，我連累了他。泛月晨……她一定會恨我，如果不是我——」千洵痛苦的閉眼抵住牆，語調零落殘破：「婚前宴會她沒出現，我總自我安慰，一定是她有事情耽誤了。原來其實是她不在乎我，她根本對我不屑一顧，她眼中只有那個跟她一起長大的青梅竹馬。」

「洵兒，別這麼說！」

「如果能夠彌補……」千洵的眼底映出女孩穿著逆風之吻的身影，只見她雙眼空洞迷茫，嬌小的肩膀不斷顫抖。千洵不禁溢出心碎的疼痛。「掌房！」

「是，少爺！」

「快派人救他！」

掌房遲疑了一下。「少爺，他傷成那樣，恐怕——」

再次緊緊閉上眼睛，緊鎖的眉宇像是在思索什麼重大的事情，約莫數分鐘之後，千洵再次睜眼，眸中閃現出異常堅定的神情。「父親，我有辦法，但必須經過您的同意。我們可以談談嗎？」

「你說吧，兒子。」千老爺一邊聆聽，一邊露出嚴肅的神情。

就在此同時，賓客再次發出驚呼，泛莊主出聲怒吼，千洵側目望見泛月晨終於掙脫侍衛的束縛衝到靳影澤身邊，悲痛的呼喚著那已經沒有氣息的少年。

血水濡濕了逆風之吻，混雜著女孩如雨的淚水，女孩原本低著頭凝視已逝的少年，這時突然抬起頭，悲愴的眼神如同受傷的小獸，帶著刻骨的恨意直直瞪向佇立在神殿中冷眼對望的父親。

那眼神，有著不顧一切的決絕，所有的光芒都消失了，那洶湧而銘心的痛恨，令所有人不寒而慄。

夜風冷冽，神殿的鐘轟然敲響，一切洶湧著預告風起。

命運與命運間的牽絆，在這個夜晚被狠狠連根拔起。

第四章 炸毀婚禮

泛月晨佇立在神殿大門前，一頭耀眼的金髮被狂風吹得漫天飛舞，冷藍色的雙眼透著刻骨的恨意，左耳上銀色鳳凰耳墜在月光下刺得人兩眼生疼，她雙手捧著藍色火焰，那火焰像流金一樣從她掌中漫溢而出，所過之處無不燃燒焚燬。

「父親，我說過……」她冷傲的雙眼精準的在人群中找到那熟悉而痛恨的身影，對方震驚憤怒的瞪視著女孩。緩緩的，她唇角勾起一抹冰冷的笑容，美麗空靈的面容有著鳳凰般的倔強驕傲。「我說過，不要傷害他。否則，你會後悔的！」

「住口！」身著長袍的月隱山莊男主人猛地怒吼，手中的魔杖一揮，他四周的火焰瞬間黯淡，變得畏畏縮縮。「我是妳的父親，妳的人生本就該由我來安排。妳可知道，為了今日的婚禮，我費了多少心思。妳看看，這麼多重要的賓客特地趕來，妳怎麼能如此任性妄為？我絕不容許妳破壞這場婚禮！」

「哼！父親，這場婚禮是被你破壞的，不是我。我早就告訴過你，只要你傷害他，我就一定會讓你後悔。是你！是你的狠心造成今天的局面，此時此刻，你休想再阻止我！」

泛月晨話聲方落就立即張開雙臂，瞬時爆出巨大的魔法能量，發狂似的豔藍色火焰不斷自她的手中狂瀉而出，如千軍萬馬般席捲整個神殿，四周厚重的塵埃洶湧地翻捲著，嗆人鼻息，不斷上下沉浮，接著女孩閉上眼、雙手合十，以自己為圓心，一陣又一陣瘋狂的火焰像漣漪般一圈圈向外肆虐擴散，神殿劇烈搖晃，碎石像瀑布般急遽落下。空氣中充斥著刺耳的嗡鳴聲，這時，神殿最上方搖搖欲墜的樑柱終於宣告完全毀壞，帶著可怕的碎裂聲，樑柱向下急速墜落，以排山倒海之勢，砸向下方的她！

晶瑩的淚水冰涼的自泛月晨臉上滑落，那麼剔透、那麼柔軟而悲傷的一滴淚，像怒放的白蘭上的露珠，明明是該美得捨生忘死，但不知怎地，卻直讓人痛到心坎裡。

恍若早瞭然於心，她靜定的望著朝她墜落而下的石頭樑柱，明明以泛月晨的法力，只要隨意設著結界，即可輕易抵擋住，但她卻絲毫不理會，就那樣靜靜的抬著頭，身體一動也不動，好似靈魂已脫離了軀殼。

就在千鈞一髮之際，一個修長的金色身影倏地自神壇朝她疾步而來，帶著風般的速度，猛地撲倒了她，同時將她護在身下。

鋪天蓋地的黑暗在泛月晨腦中瀰漫開來，張眼卻已聚不了焦點，世界變成了再也無法拼湊完整的碎塊。

是死了嗎？

死了也很好，這樣就可以到小影哥的身邊了，不是嗎？

漸漸的，女孩慢慢失去了最後一點意識，在昏迷前的最後一刻，一聲沉痛悲哀的嘆息飄進了她的耳裡，印進了心底。

「泛月晨，妳好自私。」

好自私……

五年後

第五章　澄幻魔法學校

離你最近的地方，路途最遠。最簡單的曲調，需要最艱苦的練習。旅客要在每一個生人門口敲叩，才能敲到自己的家門。人要在外面到處漂泊，最後才能走到最深的內殿。

——泰戈爾

冷迎曦注視著那熠熠生輝的武器博物館招牌，已有一刻鐘之久。

「迎曦，妳為什麼在門外蘑菇那麼久？怎麼還不趕快進來？我有好多寶貝要給妳看呢！」嬌美如薔薇，擁有一雙沉銀色雙瞳的黑髮少女蹦蹦跳跳從博物館內跑了出來，拉住冷迎曦不由分說就往裡頭拖。「我們千氏有很多武器都是極品，平時都保存在館內隱密的地方，從不輕易示人，因為我知道妳喜歡武器，所以今天特別帶妳來參觀，沒想到妳竟然還在門口發呆？」

冷迎曦才回過神，便發現自己已經被拖進博物館內了，不禁苦笑著看向正用力拉住自己的同齡少女。「水悠，妳不要激動嘛！我只是想起一些往事，失神一下子罷了。」

「妳有什麼往事好回想的？妳不是一直都生活在別的地方，冷校長前幾年才收妳為義女嗎？」

千氏雙璧之一——千水悠，頗為奇怪的瞟了一眼冷迎曦。「話說……恭喜妳義父成為著名的澄幻魔法學校的校長，妳要不要今天順便挑一把武器送他啊？看在妳是我最好的同事和朋友的份上，大放送喔！」

「妳對我真是太好了！水悠，可是沒關係，我義父不缺武器用啦！」冷迎曦眉眼含笑輕輕推辭。

「那我私下送妳怎麼樣？當作謝禮嘛！謝謝妳義父讓我進去我夢寐以求的學校工作，也因為這樣我才能認識妳呀！迎曦，妳是個很好的人呢！」千水悠笑臉盈盈，眼中滿是真誠。

原本因為好奇，而想探究為何冷家能在短短幾年內在魔武界迅速崛起竄紅的祕辛……，結果雖然並沒有打探到什麼驚人的祕密，但卻無心插柳的和冷迎曦成了莫逆之交。這個黑髮紫眼少女，帶著一股獨特的氣質，像是穿越其他次元的淬鍊而來，寧靜悠遠，使人忍不住想要靠近她。

「妳真覺得我是個好人嗎？」冷迎曦彎起嘴角：「妳這樣讚美我，我實在很開心，這就是最好的禮物呢！我真的不需要什麼武器，妳不用替我操心啦！」

「想要防身，一把好武器是不可或缺的！」千水悠說著，便從架上拿了一把武器硬要塞進冷迎曦的手裡，口中還不忘盡責的努力推銷：「妳看看，這是把很不錯的上等武器喔！雖然比不上真正的神器和亞神器，但是威力還是很驚人的。如果妳不喜歡，這裡也還有……」

「不不不，水悠，不要把武器給我——」冷迎曦的婉拒聲隱沒在接下來的武器爆銷聲中，她滿懷歉意的望著手中前一秒還是一把嶄新武器的焦黑碎片，然後可憐兮兮地瞄著瞠目結舌的千水悠：「水、水悠，對不起……」

細細的黑煙裊裊飄起，方才的爆銷聲引起了一些參訪者的注意，紛紛投以注目禮。冷迎曦尷尬極了。「我會加倍賠償的，對不起，水悠。」

千水悠花了好一會兒才回過神，馬上露出誇張的神情。「哇！冷迎曦，這是什麼超炫的魔之力，妳竟然沒有跟我提過！武器殺手，武器終結者！」

「我……」

「說說說，這就是妳一直不肯透露的魔之力，對不對？」千水悠連忙把冷迎曦拉到博物館隱密的一角，像是發現新大陸般的連聲追問：「可以讓敵人的武器在碰到妳的同時就馬上爆銷，但妳卻能毫髮無傷——我說的沒錯吧！冷迎曦，這真是太厲害了！」

「水悠，妳的魔之力是治癒，那才真是不可思議吧？」冷迎曦笑著攤手。

「哥哥的瞬間移動，更實用！」千水悠笑咪咪的說。每次只要講到自家哥哥，千水悠就會露出滿滿的崇拜神情。在她心目中，哥哥是世界上最棒、也是最重要的人，再也沒有任何人可以和哥哥相提並論。

哥哥是她一個人的，誰都不許搶走！

幸好多年前那個哥哥深愛著的女孩……

「水悠，我覺得妳的魔之力是最好的呢！因為可以幫助別人，我們的魔之力都只是幫助自己而已。」冷迎曦的話語喚回千水悠的思緒，千水悠甩甩頭，今天她怎麼會突然想起五年前的事情呢？那個狠狠羞辱了千氏、傷害了她最心愛哥哥的泛家少主已經從世界上消失，永遠不會回來了。現在哥哥是她一個人的，不會有人再來瓜分他的愛……

「魔之力是用來幫助自己在意的人。」千水悠撇撇嘴：「不過……好像真的沒辦法送妳武器了，妳這個魔之力也是挺麻煩的，不然我想妳拿武器的樣子一定很美。算了，我還是純粹帶妳參觀博物館吧！有些武器不單只是具有攻擊性，還是絕頂的藝術品哩！」

「這我同意。」冷迎曦眼神閃了閃，千水悠領著她到處參觀，不知不覺便走到了博物館深處。然而，最裡面的展示廳卻是空蕩蕩的，顯得有點冷清。

千水悠臉上突然露出嫌惡的神情，拉住冷迎曦扭頭就往回走。「這裡沒什麼了，我們回去吧！」

「水悠……」千水悠的反應看在冷迎曦眼裡，她不禁脫口叫喚。

千水悠猛地停下腳步，默默低頭不語，兩個少女佇立在冷寂的沉默中，約莫好半晌，千水悠才重新抬起頭。「我沒跟妳說過我們千氏的故事，對不對？」

「沒有關係，妳不想說，我們就不要談了。」冷迎曦平靜的回應。

「妳剛剛看到的那個空房間，是我哥堅持要它空著的，說是為了要紀念……」千水悠深吸一口氣，有些艱難的改了口，小手緊緊握成拳。「那裡原本擺的是我們千氏的鎮館之寶，一把名叫狂焰曲的金色長弓，那是鑲有風屬性寶石的稀世神器。狂焰曲……是我哥哥的成年禮物呢！不過，不知道為什麼，哥哥一直沒有使用……」

冷迎曦沉默地凝視著四周一片空蕩。

「後來，我才瞭解，因為狂焰曲是我哥哥所鍾愛的那個女孩夢寐以求的神器。而神器一旦認主之後，便不能再被其他人使用了。所以我哥哥……竟然愛那個女孩愛到想要把如此珍貴的禮物送給她……」千水悠語調中漸漸注滿了恨意：「後來，哥哥也真的這樣做了，當時我們全家都不敢置信。可是我父母親非常疼愛哥哥，也不忍心多說什麼，甚至還對我們最大的對手提出了婚約邀請。」

「原本一切都好好的……結果，妳一定想不到，湜家少主在結婚那天居然——」

轟隆嘩啦！

玻璃展示櫃突然轟然碎裂，無數的碎片閃著彩虹光芒在寂靜中發出震耳欲聾的擊地聲。千水悠吃驚的回過頭，冷迎曦站在碎玻璃中間，紫眸被折射出點點幽冷的光。

「……我只是靠著，它就倒了。」冷迎曦無力的解釋，迴避千水悠的眼神。

「……」

當冷迎曦走出千氏武器博物館的時候，早已薄暮冥冥了。

千水悠一直陪她參觀到下午，後來因為要趕回千家與遠道而來的親友聚會，因此才先行離去。

千水悠……似乎真的很喜歡自己呢！

但是，假如她發現……

漫步在向晚的街道，夕陽的金暉照耀得漫天光華。無意間經過一家花店，冷迎曦看見門口擺放著幾株她最喜歡的月光蘭。

月光蘭，經過一整天的含苞待放，在月亮即將升起時開始盛開，然後在清晨時盛放到極致，在猶泛著月光的晨曦中，展現自己最美的瞬間。

不由自主地走上前，冷迎曦向花店主人買下了所有的月光蘭，但由於月光蘭十分稀有，因此總共也才兩束而已。

這麼有靈氣的花朵，義父一定也會喜歡吧！冷迎曦微微一笑，正欲轉身離開，突然聽見身後傳來惋惜的嘆息。

「啊！花被買光了啊！」那是一名小少年，他滿眼失望地看著方才月光蘭擺放的位置，嘴裡一邊輕輕嘟囔，一邊偷瞄抱著花束的冷迎曦：「怎麼辦？少爺特別交代要買那種花的，那是少爺最喜歡的花呢……」

這孩子！冷迎曦心中啼笑皆非。「小傢伙，你是說我手中的花嗎？」

「對對對！」小少年大喜過望點頭如搗蒜。「姐姐，可不可以請妳把花賣給我？拜託了！這是我家少爺指定要的花呢！」

「你家少爺也喜歡月光蘭？」找到同好，冷迎曦燃起一絲興趣。

「當然了，少爺從以前就最喜歡這種花！」小少年像是想要證明什麼一般迭聲道：「之前少爺就曾經種過滿園的月光蘭，現在雖然換到其他地方住，屋子內的擺設也還是這種花呢！而且常常都是我幫少爺買的！姐姐，拜託了，我只要一束就可以了，少爺還在車上等呢！我們剛從外地方回來，特別過來買的！」

「遇到跟我一樣欣賞月光蘭的同好，也是一種緣分。」冷迎曦笑著從懷中拿起一束花，遞給小少年：「不用給我錢了，沒關係，你快點回去吧！免得挨罵了。」

「真……真的不用給妳錢嗎？」小少年望著手中突然多出的花束，滿臉都是受寵若驚的神情。「可是這樣……」

「就當是一份禮物吧！」冷迎曦推推小少年。「快回去吧！我也要走了。」

「這……謝、謝謝姐姐！」小少年深深一鞠躬，然後連忙轉身跑出店外。

冷迎曦靜靜佇立在夕陽下注視著少年離去的背影，月亮初露地平線，月光蘭正待綻放。

小少年懷中抱著花，氣喘吁吁的跑回車上，躬身向他家少爺道歉：「抱歉，我回來晚了，因為店裡花賣完了，幸好有一位好心的姐姐送了我們一束花，她說就當作是禮物，送給跟她一樣喜歡月光蘭的有緣人。」

「她也喜歡月光蘭？」少爺輕輕抬頭，從浮空飛車的後照鏡中往後看。

隱隱約約，只覺那女孩的美沉靜而不霸氣，空靈剔透自成一格。在夜帝祝福的土地上，再無那樣清澈的容顏。

不受控制的打開車門，可惜女孩的身影卻已消失不見了，只剩下飛快的心跳，提醒著他方才那一瞬間排山倒海而來的震驚狂喜。

難道……這一切都是幻覺嗎？

是不是因為自己太想念她了，想見她，想念到發狂……

「少爺，怎麼了嗎？」小少年緊張的詢問，司機也從車上跑了下來。

「方才……」少爺穩了穩心神，抑制住紛亂思緒問道：「方才那名送你花的女孩，她的眼睛是什麼顏色？」

「那個姐姐嗎？她是黑髮、紫眼，少爺。」

呼了一口氣，此刻心中的滋味不知該說是慶幸，還是失落。

也許是錯覺吧！

那個五年前就失去蹤影的少女，怎麼可能會突然出現呢？

自己的失態真的很可笑呢……

「少爺，發生什麼事情了嗎？」

「沒有。」轉身回到車內，少爺閉上眼，讓眸中的痛隱藏在心底。「只是看到了海市蜃樓……很美。」

很美很美的幻覺。

「買花的錢，一定要想辦法還給那個女孩，知道嗎？」

「好的，少爺。」

「義父，我原本都是當您的助手，現在您讓我自己一個人去掌管凡學院——這樣真的合適嗎？」回到家將月光蘭插進花盆。冷迎曦邊澆入清水，邊遲疑地詢問義父——冷家老爺——現在的冷校長。

冷校長被烈焰灼燒過的扭曲右臉平靜如水。「迎曦，妳不是一直都很相信自己的嗎？怎麼現在又沒有信心了？」

「我原本以為經過這些年，我已經改變了，不只是……外表，我以為我已經更成熟堅強，可以獨當一面，可以讓自己的心看得更廣，更遠。可是今天……」冷迎曦突然打住，思緒紛亂的紫眸滿是欲言又止的神情。「義父，我想，我可能還不足以擔下這重大的任務，我還不……」

「其實世上從沒有人能完全準備好，但卻都已在人生路上行走了很久很久。如果一定要等百分之百準備好後再去爭取，那恐怕機會早已錯失了。讓妳去掌管凡學院，這是一種試煉和學習，看看妳在這幾年中成長了多少，同時我也希望能從學生們年紀還小的時候，就開始培養他們眾生平等的觀念，才能避免再發生以前那種憾事……妳不會希望因為魔族對凡族的歧視而再次釀成不幸的悲劇，對吧？迎曦。」

最末一句冷校長壓低了聲調，如清風般呢喃。冷迎曦望著義父半毀的臉，想起他為了實踐自己的理想，付出和犧牲了這麼多，不禁升起了一種鄙視自己的感覺，她怎麼可以耽溺在對過去的悔恨中久久放不下？自己不是已經發誓要忘掉仇恨，要為更高遠的目標而努力邁進了嗎？

「對過去和未來的一切都不要畏懼。迎曦，那是我們在每一段時光裡對自己進行的一番成長，那是歲月的考驗，直到我們有一天可以傲然說出那句話——」

「我，配得上我所受的苦難。我知道，義父。」冷迎曦眼中劃過一道如彗星般明亮的光，夕陽餘暉沿著她臉部的線條綿延而下，肌膚都似乎透著一種亙古的光澤。

冷校長笑了，堅毅的眉目透出隱約的慈祥。「迎曦，其實我一直很感謝夜帝。謝謝祂把妳帶到我身邊。」

「我才是需要感謝的那個人呢！」冷迎曦一言難盡的說，她的笑容寧靜但憂傷：「我會努力的，義父。」

語畢，冷迎曦走出房外，冷校長望著義女修長纖細的身影，眼中再次注滿了深思，深思背後，是無盡的憐惜。

澄幻魔法學校自冷校長上任後，進行了一番重大改革。除了老師換新血，還在原本的光學院及黯學院之外，多設立了給凡族子弟研習用的凡學院。

光學院直屬於冷校長門下，黯學院則歸千氏雙璧之一——千水悠掌管。至於新開設的凡學院，則由冷校長的千金——也就是冷迎曦來接管。

前任校長約莫於數月前退休，由於澄幻是魔武界最著名的魔法學校，因此誰將繼任新校長，在當時曾引起魔武界的高度關注。原本大家都看好兩大集團——千氏以及月隱山莊，沒想到他們彼此互不相讓的結果，最後反而推選出了冷氏的冷老爺來繼任。冷氏在魔武界的勢力雖然遠遠不及千氏和泛家，但因冷老爺為人誠懇又古道熱腸，而且十分淡泊名利，一直以來都相當受到魔武界人士的敬重，再加上冷老爺擁有高深的魔技，所以脫穎而出成為新任的校長。

由於冷老爺為人處事始終十分低調，因此有關他的義女，聽說過她的人並不多，大家只知道冷迎曦約是兩、三年前，冷校長居住在海外的親妹妹過世前所託付的遺孤。

這個新崛起的冷氏千金在魔武界馬上興起了一股討論的風潮，不單是因為她特殊的身分，以及她令人屏息的韻味和美貌，而是……明明從黑髮看來她是個稀有的天生魔族，但她卻完全沒有使用過任何魔法能力，甚至沒有展現過天生魔族專有的魔之力技能。

魔武界眾說紛紜，現在冷迎曦又被冷校長派去掌管凡族就讀的凡學院，對於冷家千金其實是個凡族的猜測，開始鬧得沸沸揚揚，但是因為髮色又說不通，因此成了魔武界一大懸案。

身為懸案女主角的冷迎曦倒是沒什麼感覺，她天天埋首在凡學院眾多的管理事務中，幾乎像個陀螺般團團轉，最令她頭痛的莫過於來自光學院和黯學院魔族同學對凡族的歧視了，那些魔族學子時常以凡族不配和他們同享一個校區為藉口，用惡劣的魔法修理他們，而凡族孩子根本沒有能力自我保護，更別說是回擊了。

學院間，每日幾乎糾紛不斷，冷校長採取完全放手的態度，讓冷迎曦一個人全權處理。今天一大早才到學校，就又傳來凡族學生在校門口被光學院學生圍堵的情況，聽說場面有愈發火爆的趨勢，心急如焚的冷迎曦只好放下手邊的工作匆匆趕往校門口。

遠遠就看到校門口不尋常地圍了一圈又一圈的人，冷迎曦不禁加快腳步，擠過重重人群，吃力地來到事發現場。

「今天又是怎麼回事？」冷迎曦頭痛的看見幾個凡學院的學生四肢腫成怪異的形狀，有的甚至長出奇怪的東西，有人則是早已神智不清。

「把他們弄成這樣，你們不覺得自己太過分了嗎？」

幾個光學院的學生有恃無恐地回看著她，臉上滿滿都是不屑的表情，那種神情看在冷迎曦眼裡，不禁刺痛了心中深藏的回憶。

「那些劣種擋到了我們老師的路，我們教訓教訓他們有什麼不對？」

「老師？」冷迎曦不可置信的問，有老師在場，竟然沒有阻止，難道魔族歧視凡族這個現象是上行下效嗎？冷迎曦的挫敗感頓上心頭。「是哪個老師？」

「新來的魔技老師啊！」學生們指向冷迎曦背後，一副看好戲的神情。「靳老師，學校裡最帥的男老師呢！」

靳老師？

「怎麼，尊貴的冷氏千金對我有什麼不滿意的地方嗎？我洗耳恭聽囉！」玩世不恭的聲音自背後傳來，然而就在聽見那個嗓音的下一秒，冷迎曦不由自主的全身一震，變成僵硬的雕像。

不可能，怎麼可能……？

早晨蒼白的陽光綻放到極致。

緩緩的，帶著不可解的震驚與累世的企盼，在綻放到極致的陽光裡……

冷迎曦回過頭，對上了那雙邪笑的雙眸。

千水悠將雙手枕在腦後，笑咪咪地說：「我覺得重新裝修教職員休息室，真是學校的一大德政呢！」嬌美如薔薇的臉有著不合實際年齡的稚氣：「妳說是吧？迎曦。」

冷迎曦不時瞄向休息室門口，像是一直在等待什麼，她敷衍的點了一下頭，臉上都是漫不經心的神情。

千水悠不滿的說：「迎曦，妳這幾天是怎麼啦？為什麼總是一副心神不寧的樣子？要不要找治療師看一下，妳生病了嗎？」

「我沒有生病。」冷迎曦緩緩搖頭。

「那……該不會是患了所謂的無可救藥症候群——相思病了吧？」千水悠睜大眼睛湊到冷迎曦面前，一臉八卦：「快招，快招，妳看上了哪家少爺？」

「妳在說什麼啦？」冷迎曦不禁噗哧笑了出來，推開千水悠：「水悠，我問妳，妳認不認識那個新來的靳老師？」

「光學院的？」千水悠挑眉，撇撇嘴：「雖然我管理的是黯學院，但靳老師的名號我還算聽過，新來的魔技老師嘛！靳氏集團的少爺啊！怎麼突然問起他？」

「昨天他的學生欺負我學院的人。」

千水悠原本臉上有古怪的警戒神情，這會兒放鬆了下來。「魔族欺負凡族的事情天天都有，妳管不完的，勸妳撒手別理會了吧！沒有用的。」

「但是他身為老師，竟然沒有阻止……」

「老師又如何？學生又如何？只要是魔族，這樣的歧視永遠不會改變。」千水悠露出理所當然的神情。「聽說學生們都很崇拜那個靳老師……因為他長得很帥，風流倜儻，教課又非常生動風趣，但他是一個標準的花花公子，交往過無數的女友，而且清一色都是金髮藍眼。」千水悠眼神暗淡，透出不以為然的意味。「別說妳愛上他了喔！迎曦。」

「妳想太多了。」冷迎曦閉上眼，微揚的唇角有著些許的自嘲，苦澀在喉間漫開：「而且我是黑髮紫眼，不是嗎，水悠？」

「是啊！」

低雲垂掛在窗口，微風流淌過女孩們接下來的一片沉默。

冷迎曦閉著眼，因此她沒有看見千水悠臉上冷然脫去稚氣的沉思神情，那沉思中有著躊躇與猜忌、謹慎和懷疑，還有那一開一闔的呢喃嘴型：「黑髮紫眼……幸好，妳不是她……」

「幸好，妳不是……」

妳也絕對不可能會是，那個已經人間蒸發的女孩；那個以為她的青梅竹馬小影哥已經死去了的女孩；那個使哥哥性情大變、變得冷漠而被動的女孩；那個她將會永遠痛恨一輩子的女孩。

幸好，妳不是……不是泛月晨。

近期內即將舉辦的千氏武器博覽會，在魔武界迅速興起了一波蓋過冷迎曦身世話題的旋風熱潮。千氏一直是魔武界擁有最多武器收藏的集團，而且千氏本身就擁有數十座最優秀的武器製造廠，每年生產數以萬計品質絕頂的武器和魔法卷軸。

傳言今年的武器博覽會，千氏將會展示出許多從來未曾公開展覽過，平時被深深珍藏在倉庫內層的稀世武器，甚至聽說還有珍貴的神器。千氏舉辦博覽會的主要目的，除了為自己的企業宣傳之外，這次博覽會也是千老爺正式宣布退休的惜別會，從此千氏一切事務將由千氏雙璧之一——身為長子的千洵來接管。

數年前魔武界原本是千氏以及月隱山莊並駕齊驅的，但是這幾年在千洵漸漸從父親手中接管千氏事務後，千氏更加興盛，隱隱有超越月隱山莊的趨勢。現在完全由千洵掌管家族事業，千氏內部自然不可能有異議。

此次博覽會開幕式的入場券，可說是全魔武界搶到眼紅，除了那是一種身分地位的證明外，尤其還有機會看到一向神祕低調的千氏少爺千洵本尊，這簡直是所有貴族小姐的夢想……說不定，給千少爺留下深刻的印象，未來嫁進千氏就有望了。大家各自打著自己的如意算盤。

「所以……冷迎曦！妳究竟要不要這張入場券？」說了這麼多，講得口乾舌燥，冷迎曦竟然還是一副興致不高的模樣，讓一早就興沖沖拿著入場券想向冷迎曦邀功的千水悠覺得挫敗極了。

「前排貴賓席，如果不要，真的、真的很可惜喔！」

看著千水悠誇張的慫恿表情，甚至還做出悲痛惋惜的模樣，冷迎曦不禁噗哧一笑：「我又不是你們千氏的親人，坐前排貴賓席做什麼？」

「妳是我的好朋友啊！我想要妳坐在我旁邊！」千水悠理所當然地說：「而且後面的座位無法看得很清楚，我哥哥這麼帥，妳沒看清楚豈不可惜？」

「把妳哥說得像是絕世珍品一樣。」冷迎曦看著千水悠瘋狂崇拜自家哥哥的樣子，覺得十分有趣，不禁也升起了對他的好奇。

千水悠哼聲：「我哥哥是獨一無二的！雖然他是所有女孩們心目中的最佳人選，但其實她們的期盼都是沒有用的，我哥哥是永遠不會愛上她們的，因為他心裡……」千水悠忽然打住，不自然的靜默尷尬的懸在兩人中間，像是一道透明的薄霧，給人霧裡看花的不真實感，一切像是幻覺一般。

因為哥哥心裡，還是愛著那個毀了他婚禮的女孩子吧？

哥哥從來不說，但是……她知道，那女孩是哥哥心裡永遠無法癒合的傷口，永遠褪不掉的疤痕。或許哥哥已經習慣在心口加上一道密封，同時用冷漠把痛苦封鎖住，在密封後，外人雖聞不出殘留多少悲哀，但心底仍留有多少發酵的酸，自己最清楚。

要如何才能讓他回復成以前的哥哥？儘管不論哥哥是什麼樣子，她都愛……可是，她當然還是希望他快樂。

所以對於泛月晨，她一直都是抱著這種連自己都說不清楚的複雜心情。

「總之……妳到底要不要去？一句話！」

刻意放大音量掩飾自己的窘迫和失神，千水悠搖晃著手中的入場券。而遲遲沒有表態的冷迎曦終於輕輕伸手接了過去。

「好，我去！」

雖然冷校長也收到了入場券，但座位並沒有和冷迎曦排在一起，因此在到達會場之後，冷迎曦便和義父分手了。

會場簡直人山人海、萬頭鑽動。冷迎曦萬分艱難的擠過人群，但因為人群實在太多了，她被推擠得不禁有些踉蹌。這時左側突然有人朝她撞過來，冷迎曦為了避開只好及時轉向，卻在此同時迎面撲上一個寬闊的懷抱。

懷抱莫名的熟悉，熟悉得……令人無比心痛。

「雖然有美女投懷送抱，我很樂意接受，但是抱歉，今天我趕時間找位子，所以可以請妳讓開嗎？」

不，這聲音，千萬不要是——

「噯！這女人怎麼黏著你不走啊？她是黑色頭髮不是嗎？想討好我們澤，至少也要有點本錢吧！」被一雙暴力的手硬生生扯離，冷迎曦揚首，痛苦的發現自己祈禱無效，竟然、竟然在這裡又遇見他了。

「我……」是我，靳影澤，是我啊……我是你的……

「我知道妳是凡學院院長，但這裡不是校區，雖然院長職權比我這個老師高，撞到人也總該說聲抱歉吧？」又是玩世不恭的嗓音，冷迎曦感覺自己的心一點一滴的冷去了，凝視著那萬分熟悉的容顏，此刻卻是如此陌生。

為什麼會變成這個樣子？這不是他，這不是真的他，對不對？

「妳這個人是怎麼回事？」靳影澤手臂緊緊環著一名金髮藍眼的女孩，這會兒正不屑地看著她發話：「不說抱歉就算了，快走，想讓我們靳少爺注意到妳，而用這種撞人的方式也太低級了吧！他不會對妳有興趣的。澤，我們走吧！」

「靳、靳影澤……」乾裂的唇發出窒息般的喟嘆，即使過了整整五年的歲月，即使他甚至比以前更為英氣逼人，即使他成了光學院的老師，即使他蛻變成魔族，即使他貴為少爺……

即使自己以為他已經死去——

她都不會認錯他。

「對不起……」洶湧如潮的記憶在冷迎曦心中一波波翻湧著，幾乎令她呼吸不到空氣，這句對不起，包含了太多太多背後的涵義，然而靳影澤早已擁著另一名女孩遠去。

就像手掌碾壓過碎玻璃，心上驟然泛出細細密密的痛楚。

偉大的夜帝啊……

您顯現這樣不可思議的神蹟，讓他死而復生，但我們卻再也回不去從前——難道，是在懲罰我以前對他的不珍惜？

靳影澤，對不起，真的對不起……

「欸！終於找到妳了！」忽然有人拍了一下冷迎曦的肩膀，她連忙回過神來。「我說迎曦啊！妳站在這裡發呆做什麼？我們趕快到位子上吧！」

千水悠不由分說的就要拉著冷迎曦往會場內走去，然而才剛碰到冷迎曦的手，便滿臉驚訝地頓了一下。「迎曦，妳的手為什麼這麼冰？剛剛在人潮中擠來擠去，妳不熱嗎？」

「我……」為之語塞，冷迎曦不知所措的回望著千水悠，不知如何回答，這是因為——不，這個祕密誰都不能說，誰都不可以知道……

我，是一個沒有溫度的人。無論佇立在陽光下多久，我的手心依舊冰涼得不帶一絲溫度，就像不論多努力將嘴角揚起最大的弧度，看上去依舊蒼涼悲傷一樣。

「有空最好去看一下治療師啦！」幸好大而化之的千水悠並沒有進一步追究，冷迎曦鬆了一口氣，任由她拉著自己走到前排貴賓席。會場內賓客大都已經就位，吵雜人聲也漸漸小了下來，轉為興奮的低語。

終於在眾人殷殷的期盼下，開幕式以一道劃亮整個夜空的絢爛金色魔法為起始訊號，會場高臺瞬間被萬丈光芒點亮，流轉著夢幻的色彩，悠揚的樂聲無風自揚。冷迎曦側頭，望見千水悠得意的笑顏。「哥哥很棒吧？」

還來不及回答，眾人的心神立刻被臺上的主持人吸引了過去。主持人先向貴賓們致上問候及謝意，然後生動的大略介紹了千氏集團的經營理念，以及舉辦博覽會的緣起和對未來的展望。

主持人露出開心的笑容：「這次是有史以來千氏集團最盛大的武器博覽會，因此，在這裡特別要向各位介紹幾件極其珍貴的武器，當然，這麼難得的時刻，我們一定要鄭重的邀請——」

聚光燈打向高臺一角，會場所有的人不禁睜大眼睛、屏息以待，深怕自己錯過了任何一處細節。冷迎曦也望著聚光燈處，但卻面色鐵青，紫瞳中隱隱有著不解的驚惶神情；她雙手緊緊握著椅子扶手，關節微微泛白。

為什麼——？

心中好像有什麼力量猛烈震盪，彷彿急欲破繭而出，耳邊響起歡愉絕美的音調，那不是會場的音樂，冷迎曦從沒聽過如此震懾又靈動的音樂。

「有請，我們千氏雙璧之一——千洵少爺來為我們介紹！」

頓時高臺燈光大亮，千水悠開心的笑意盈盈。場內響起震耳欲聾的歡呼與掌聲，冷迎曦失神的看著高臺後方緩緩走出一個頎長的金色身影，震驚再次淹沒了她。

竟然、竟然是他，她一直被埋在鼓裡，千洵竟然就是他！

出奇清朗的俊美，是千洵帶給眾人的第一印象，隨之而來的是有著王者傲氣的如冰氣場，警告著每一個欲向他靠近的步伐。臉部剛毅明快的線條，挺直的鼻樑，有著蒼狼似的孤傲寂寞，他琥珀色的瞳，是月下夜琴透明的滑奏，有如宮商角徵羽融成的精魄，像是有生命般，吸引著眾人的靈魂。

只是，他的左眼是空茫的銀色。

千洵的左眼看不見……？

「真是美麗的夜晚，非常感謝各位特別抽空蒞臨此次的武器博覽會開幕式，願夜帝與各位同行。在這裡，我將介紹幾把珍貴的武器——」千氏少爺絕美的嗓音，空靈的有些冷凝，臺下眾人莫不屏息，就怕任何些微的騷動會毀了這美好的時刻。千洵走到高臺中央，回頭揮手叫工作人員把武器搬上來，然而就在此時，他的背脊倏然一僵，眸中飛掠而過一抹許久不見的神采，帶著不可置信的訝然，雙手緊緊地握成拳，不可抑制的顫抖透露出內心的激動。

夜帝啊！請告訴我這不是幻覺……

會場閃耀著魔法燦爛的光，跳耀著在風中起舞，宛如飛逝的流年，光影流離、風華妖嬈。

於是千洵轉身，驀然迎上了那雙同樣驚訝的紫色雙瞳。

直到很久之後再回想起來，冷迎曦仍舊覺得他這個回身彷彿經歷了一個世紀那麼久的時間。那一刻完全被他獨特的氣質震懾住，整個世界都偏離到了另一個磁場。

同時，命運的轉輪接上軌道，飛快地轉動了起來。

宿命的轉輪，沉默而堅定地轉動，轉動，永不停歇……

第六章　夜琴合奏

一定要有完全的休止，才能紡織成完美的音樂。為了沉溺在金黃色的黃色的陰影裡，人生向夕陽沉落。一定要把愛情從嬉戲中喚回來飲煩惱的酒，一定要把它帶到眼淚的天堂。

——泰戈爾

原本以為時間久了，學院內魔族欺侮凡族學生的情況會日漸趨緩，然而冷迎曦悲慘的發現，自己著實過分樂觀了，因為攻擊事件雖然是減少了，但手段卻愈發惡劣，她嘗試過很多方法卻成效不彰，在苦無良策下，冷迎曦只好去找義父請求協助。

「義父，經過這些日子的經驗……，我開始懷疑，魔族跟凡族真的會有和平共存的一天嗎？」冷迎曦睜著紫色眸子，哀傷而誠懇地望著冷校長：「會不會……這只是我的一廂情願，事情根本沒有這麼容易解決。魔族繼承了一種古老的偏見，那是深植於骨髓中的歧視，永遠無法根除，我們根本就沒有能力徹底改變現況，無論如何努力，都找不到解決的方法。」

冷校長看著義女略顯激動的臉，招招手將她喚到身前，然後拿出一副塔羅牌，將牌的背面放在桌上，一張張攤開。「迎曦，妳知道這二十二張大阿爾克那牌中，正義卡牌在哪裡嗎？」

冷迎曦垂首望向桌上塔羅牌的背面，每張都一模一樣，她怎麼會知道正義卡牌在哪裡呢？冷迎曦搖搖頭。

「我知道。」冷校長神祕的微微一笑，伸出手隨意翻開一張牌。

那是一張審判。

冷校長再次出手，這次卻是翻到高塔。

約莫翻了十幾張牌，冷校長才終於翻到畫著天平花紋的正義卡牌。他將正義卡牌輕輕用兩指夾起，舉到冷迎曦眼前，然後輕聲開口：「有時候在人生路上，我們過於執著追求一個答案，卻同時又認為自己未必能得到。迎曦，人生哪有輕輕鬆鬆就可以得到答案的？方才，我並沒有說我一開始就可以翻到正義卡牌，只能透過一次又一次地移開那些把答案藏在下面的未知牌，才能找到它。」

所以，唯有經歷一次又一次的嘗試，才能找到真正的方法。

而且就算最後沒能成功，至少你知道自己曾經努力過，為那個遠大的理想堅持過。

只要莫忘初衷……

「義父，謝謝您。」冷迎曦真誠的道謝。

義父總是在我徬徨無助時，給予我最需要的幫助，不論是之前，還是現在，他那充滿智慧的話語總是能點亮我的道路，激勵我的心智，尤其是在兩年前，那個被仇恨蒙蔽了雙眼的我，幾乎修練到走火入魔時，義父就如同夜帝親賜的神蹟般來到我面前。

「妳是我的義女，謝什麼？」冷校長和藹地說，摸摸冷迎曦的頭。「至於魔族和凡族的問題——迎曦，我覺得他們會互相仇視，除了因為受到上一輩的影響，另外也是因為他們始終都沒有合適的機會可以好好交流、互相理解對方，才會造成今日這種局面。」

「可是他們根本沒有辦法好好相處！」

「那就製造機會逼他們必須好好相處！」冷校長魄力十足地說，冷迎曦揚起紫眸，看見義父眼中燃燒著堅決的光芒。「讓他們可以在互動的過程中，找到彼此的優點！」

唯有魔族和凡族通力合作，彼此力量才會更加強大，堅強到足以面對即將而來的恐怖威脅。

或許沒有人注意，但是星象師出身的他，在許久之前就看見了那象徵災禍的紅星以每十七年一次的週期迅速靠近，魔武界就快要揚起一場腥風血雨。冷校長認為唯有彼此信任、共同砥礪、互相合作，才有可能度過此次危機。

分化與仇恨只會形成危險的致命鴻溝，讓敵人在不知不覺中成功地滲透，最後形成難以彌補的裂痕。

這些年來，他本來希望發揮自身的力量來幫助大家化解危機，所以多年來一直默默進行常人所無法忍受的艱苦修練，然而儘管他已修練成功，但仍然不夠強大，不夠強大到可以孤身應付強敵，甚至在打探消息的途中，還被那邪惡力量的手下所重傷。

倒在血泊中，原本以為沒有活命機會的他，竟然被救活了，當時雖然喪失了辛苦修練而成的武技，但至少還有一口氣在。

而救了他的，正是……「那應該怎麼做？」冷迎曦知道義父會有好方法值得一試，她也知道義父對任何事情都不會輕易放棄。義父常告訴自己，要放下仇恨，要為更重要的理想而努力。復仇，並沒有她所以為的那麼快樂，人生應該有比復仇更有價值的事情，於是日積月累，慢慢的，在義父的潛移默化下，冷迎曦漸漸改變了自己的想法，提升了自己的心靈，堅強了自己的實力，甚至修練成功，完成了器化，將自身的武技推展到極致。

後來義父更把他發現邪惡力量的事，以及想要如何消滅對方的計畫告訴了她。冷迎曦被義父偉大的胸懷與無私感動，她下定決心，無論有多麼艱難，她都要竭盡所能幫助義父完成心願，也讓自己做一些更有意義的事，而不是只侷限於自身的小情小愛裡。

於是冷校長收他為義女，開始在魔武界現身行走。

修練器化，前三年，那個差點走火入魔的她，是為了自己的復仇而修練。後兩年，在經過義父的指點後，冷迎曦是為了魔武界的和平，她把自己修練到更強、更強，也許就可以拯救魔武界了吧？

義父沒有完成的夢想，她會去做到，她要去做到！

「迎曦，妳知道他們為什麼會這樣嗎？因為他們跟以前的妳一樣，被太強烈的情感蒙蔽了心智，不論是魔族抑或是凡族，皆是如此。」

冷迎曦迎上義父的視線。「而當一個人被仇恨捆綁住，就永遠只是過去的俘虜。這是您告訴我的。義父，我一直銘記在心。」過去的俘虜……。深陷在那種自艾自憐的情緒裡，落入萬劫不復的境地，就和當時差點走火入魔的她一般。

「很好，迎曦。」義父的笑容帶著鼓勵和溫暖，他從桌上拿出一個牛皮紙袋，遞給冷迎曦。

冷迎曦滿臉疑惑的接過。「義父，這是……？」

「這個或許可以解決妳的困擾。」

「一份文件？」冷迎曦更疑惑了。

「當然是文件上的內容，至於能不能讓文字變成具體的行動。那就要靠妳的努力了，迎曦。」

冷迎曦小心撕開文件的封口，恭謹的從袋中拿出幾張薄薄的紙。

「澄幻第一屆全校比試大賽？」

「什麼？澄幻第一屆全校比試大賽？」千水悠不可思議的大叫出聲：「這是什麼東西啊？」

「噓！小聲點，還在計畫階段，能不能辦成功還不確定呢！」冷迎曦連忙摀住千水悠的嘴，小心地東張西望，希望沒有引起學生的注意。「因為妳是黯學院院長，所以我才找妳討論，這是校長的構思，我個人是滿贊成的，就看妳同不同意了？」

「原來啊！」千水悠恍然大悟的點點頭，然後從善如流地聳聳肩。「迎曦，妳是我最好的朋友啊！妳說好就好嘍！全都聽妳的。」

「不是這樣的吧？」冷迎曦頭痛的扶額，但是千水悠就是這種個性，任何事情只要不牽扯上她哥哥，她都是一副不怎麼在乎的樣子。

「好吧，既然妳同意了，接下來就要向魔武界募款了，學校資金因為增開了凡學院，本來就有些吃緊，因此沒有多餘的錢可以拿來資助比賽了。」

「可以向我們千氏募款啊！只是不知道哥哥會不會同意，要不然妳今天跟我一起回去，我幫妳引見我哥哥，家族事務現在都是哥哥負責管理，只是比起我父親……哥哥比較冷靜，說服他需要一點技巧跟力氣喔！」千水悠熱心的建議。

「千氏少爺嗎……？」冷迎曦愣了一下，回想起那天在武器博覽會開幕式上，千洵對上她眼神的那個瞬間，彷彿天地都靜止了。

冷迎曦內心充滿掙扎，原本以為自從那天過後，他們就不會再有任何交集，她也不會再見到那個曾經被她深深傷害過的人，沒想到命運就像轉輪，迴了一圈，又將他帶到她面前。

既然該來的終究還是會來，冷迎曦不准自己逃避。「好，但是不能只向你們家募款，而且除了募款，我們還需要比賽場地。」她翻了翻手中的資料。「像是柳家的魔法森林，以及南宮家的北野古堡，我都覺得滿合適的，希望可以和他們洽談出借。」

「募款這方面，我還可以推薦其他的人選，除了我們家以外，明氏一直都很希望能打響在魔武界的知名度，所以一定也會同意資助的，不然——勉勉強強，泛家吧！雖然我不喜歡他們，但因為泛家目前在魔武界的勢力已經不如從前了，我認為他們應該也會想要再度吸引別人的目光吧！」講到泛家，千水悠露出不以為然的鄙夷神情。「身為對手，再加上他們曾經對不起我們千氏，我雖然很不願意提到他們，但既然是妳的好友，我還是必須提醒妳，泛家也是比較有可能給予資助的人選。」

「泛家嗎？」冷迎曦指尖一頓、雙手一顫，沒拿好的資料頓時飛落滿地，形成一陣蒼白的憂傷紙舞。

一張張紙及地落定，然而冷迎曦卻不受控制的思緒紛亂，平時如秋水般澄明靜止的心湖，瘋狂的泛起震盪的水花，眼底也微微顫抖了起來。

泛家……

她如何能去開口？

千水悠沉默的直立在一旁，將冷迎曦瞬間的失態盡收眼底。

雙唇輕輕抿起，那平日隱藏著聰慧的銀色雙瞳伴隨著懷疑的冷光，危險的瞇起。

冷迎曦……

妳究竟是誰？

梅之堡，千氏四大古堡之一，高聳的佇立在偏冷的北方。

身為歷史最悠久的老古堡，梅之堡雖然以魔法讓園中的梅樹在一年四季中欣欣向榮不間斷地盛開，卻仍給人一種耽溺於過去時光中的滄桑感。

「這幾年，我們將千氏本部轉移到這裡。」千水悠從浮空飛車內向外凝視著梅之堡。「小時候我和哥哥是在依傍著九青峰的竹之堡長大的，後來蘭之堡竣工，我們就搬遷到那座美麗的古堡。」像是想起什麼不好的回憶，千水悠皺眉，匆匆轉移了話題。「冷迎曦，妳可以跟我說說這次比試的規則嗎？真的是所有澄幻的學生都要組隊參加嗎？」

「對，包括凡學院的都要參加。」冷迎曦低頭翻找資料，壓下心中即將要去面對千氏少爺的緊張感。緊張……與其說是擔心他不會答應資助，還不如說是……

「光學院、黯學院以及凡學院所有的學生都要組隊參賽，每隊人數規定為六人，而這六個人必須分別從三個學院中各挑出兩名學生組合而成。此次比賽分為三大項目，每組中的六個人都需要團結互助、通力合作，才有可能通過每一項目的考驗，並且在比試中取得最高榮譽。另外會有六位評審，而評審們給予的分數將會作為這一學期總成績的一半，大概就是這樣子吧！」

「魔族跟凡族組隊？」千水悠驚愕地瞪大眼睛。「你們在搞什麼鬼？這行不通的，迎曦！學生會抗議的！」

「行不通也得行得通。」冷迎曦堅定的說：「這是一個很好的機會，讓魔族跟凡族互相多瞭解，也許可以藉此消弭彼此的偏見。」

「這——」千水悠本來還想說些什麼，但這時浮空飛車已經抵達梅之堡，並在大門口

第六章 夜琴合奏

停了下來。司機恭敬的拉開車門，千水悠只好疑慮重重的向冷迎曦投了不贊同的一眼，然後轉身交代前來問安的掌房，她要去見哥哥。

「小姐請，少爺在書房。那麼這位是……？」掌房將眼神轉到冷迎曦身上。

「冷家的千金冷迎曦，她也要去找哥哥。」千水悠招手要冷迎曦快點跟上。「我直接帶她上去應該沒有關係，她是我的好朋友。」

「是，小姐。」

時光像是在梅之堡靜止了。大波浪時代前後的裝潢風格、古代名士的畫作、斑駁但獨特的磚瓦、陳年美酒的香氣，跟隨千水悠順著螺旋般的階梯一路往上，冷迎曦不禁深深好奇他們為何要住在這樣古老的城堡巾。

「哥哥說，他想要回到過去的過去，因為生活在過去的過去，他也許就可以假裝一切都還沒有發生。」在向千水悠表達了疑惑之後，她有些不情願地回答；但千水悠似乎不是很喜歡這個話題。「很深奧對吧！但是，我可以理解。」

活在過去的過去，活在愛上泛家少主之前。

活在，愛上她，然後深深被她傷害之前。

也許這種自我欺騙很殘忍，但也可以是種變相的解脫吧？是嗎，哥哥？

可是為什麼你一直走不出這種哀傷的情緒呢？

「說明書拿好，我們到了。」停在三樓的樓梯口，千水悠整理了一下儀容，然後拐向左方，走廊底端是一扇陳舊的桃花心木門，她自然的推門而入，臉上是大大的笑容。「哥哥，我回來了！」

冷迎曦僵硬的站在門口，只見那金髮的他從桌前的滿滿文件中抬起頭，第一眼便對上了自己。

耳邊又響起那爛漫荼靡、只有她才聽得見的曲調。悠揚的樂聲中，千洵的注視有如精純的琥珀石上濺射過來的月光。他的注視那樣地深邃，深邃得令冷迎曦幾乎以為他發覺了什麼。

她尷尬的移開視線，驀然，冷迎曦注意到千氏少爺的書房中竟然擺放著一盆月光蘭。那盆蘭花是如此的熟悉，就像是前陣子……

千洵很快就收回了視線，他溫和的轉向千水悠。「妹妹，今天帶了客人啊？」

「冷迎曦，冷校長的義女。」不知道是不是錯覺，冷迎曦覺得千水悠似乎在冷這個字上面加了重音：「同時也是我的同事和好友，她今天是有事情要來拜託哥哥的。」

「有什麼重大的事情要勞煩冷家千金親自來一趟呢？」不疾不徐的聲調，千洵的雙眼拘謹而疏離。他放下手中看到一半的文件站起身，千水悠連忙招招手要冷迎曦進來書房內。

「其實……」一方開口，冷迎曦嗓音中有不自然的沙啞，她連忙清清喉嚨想要重新開口，卻看見千氏少爺犀利的瞳如老鷹般緊緊地盯住她。

千洵眼盲的左瞳，雖然看不見，但卻仍舊保留了懾人的靈氣，顯露出一種涉世太深的感覺，甚至有些銳利。

冷迎曦怔忡了幾秒，趕緊回神。「其實，今天前來，是為了澄幻魔法學校有事相求。」

她拿出一份說明書，伸手遞給千洵。「我們澄幻想舉辦一場學生的比試賽，可惜資金不足，因此前來懇請千氏能給予資助。」

「比試賽？」千洵喃喃重複，接著繞過書桌，走上前要接過冷迎曦手中的資料。

看著他一步步走進，冷迎曦的手突然不受控制的顫抖了起來。當千洵在她面前站定時，那雙緊迫盯人的琥珀色雙瞳彷彿要將她看穿一般。冷迎曦避開他灼人的目光，然而千洵接過資料時，不知有意還是無意，修長的指尖輕輕觸碰到了她。

內心一陣強烈的激盪，腦中有獨屬於狂焰曲的錚鳴之聲。

那把她修練器化成功的絕世神器。

「以千氏目前的威望，已經不需要再利用資助比試來打響名聲了。因此，我希望妳有其他的條件可以說服我提供資金。」大略翻了一下說明書，千洵朗聲道：「要辦成這個比試，看起來不是很容易，如果妳能說服我幫助澄幻，相信對妳會有很大的助益。」

只要成功讓千氏同意資助，就會比較容易說服其他家族也欣然首肯，畢竟千氏是目前魔武界的龍頭老大，具有帶頭作用；另一方面基於競爭的心理，其他家族應該也不想落於人後才對。

所以……她一定要成功才行！

「我瞭解千氏已經不需要再打響知名度了，但如果您願意資助這次活動，不但可以更進一步提升千氏良好的形象，也可以幫助培育出更優秀的莘莘學子，造福整個魔武界。」冷迎曦深吸一口氣，使出殺手鐧。「再加上千氏雙璧之一的水悠也在學校任教，大家也都相當期待千氏能夠資助。」

千洵聞言一笑，千水悠無奈的瞟著冷迎曦，朝她做了一個鬼臉。

「哥，這次的比試賽，迎曦說是要設法增進魔族與凡族的情誼，希望可以藉由這次的比試，讓大家瞭解和諧相處、互助合作的重要性，但我看這根本就是不可能的事情，對不對？」

「讓大家和平相處？」千洵露出奇怪的眼神，眸中深處有跳動的光點。「冷小姐，請問妳和冷校長怎麼會有這樣的構想呢？動機又是什麼？」

「動機……？」冷迎曦微微失神。動機？動機其實很單純的。她只是希望，不要再發生像幾年前那樣的悲劇——因為父親固執的偏見，以致造成了撕裂心肺的悲劇。

「魔族與凡族必須要一起合作，才能夠共同創造更美好的未來。團結才能發揮出更強大的力量。如果互相敵視、排斥，只會替大家帶來不幸。」冷迎曦穩住心緒回答：「這樣的互相傷害只會釀成一齣又一齣的悲劇，就像一個惡性循環，將會萬劫不復。」

「迎曦，妳確定辦比試賽真的有用？」千水悠有些為難的問。

「至少是一種嘗試、一種努力、一種方法，如果不試一試——便永遠不知道了。」冷迎曦轉向千氏少爺。「除此之外，每個參與贊助的家族都會擁有擔任評審的資格，您們可以自行指派家族中的一名成員擔任評審。我真的很希望千氏能夠共襄盛舉，您願意考慮一下嗎？」

「評審？」千洵偏了偏頭，不知道為什麼，冷迎曦覺得千氏少爺似乎興趣索然。沒辦法，冷迎曦心中一橫，只好使出最後賭注了，希望自己沒有估算錯誤。

「是的，千少爺，而且我也曾經給予過您一個小小的幫助呢！您應該不會忍心拒絕我的請求吧？」

「幫助？」千洵揚眉。「冷小姐何時曾施恩予我？」

「那盆月光蘭，是您派人買的吧？」冷迎曦指指角落的那盆蘭花，心跳得飛快。「這應該是前幾天您派人去買的吧？記得當時早已經賣完了，是我特別割愛送給您派來買花的那位少年，雖然這不是什麼大事，但畢竟是一份心意啊！」

一片靜默……

這突然降臨的靜默讓冷迎曦心頭悚然一驚，心想自己是不是說錯話了？

千水悠望著他們，詭異的氣氛懸在三人中間，千洵的凝視包含了太多的情緒，冷迎曦一時解釋不清，只能靜靜地等待。

過了一會兒，千洵收回眼神轉身走回書桌，沒有再多看她們一眼，他高眺的背影透著一股莫名的孤寂。「好，冷小姐。澄幻的比試賽，我同意資助。至於其他細節我會再找機會與您聯絡。另外，蘭花的錢我們還是不能虧欠，我會找掌房代為交還的。妹，請送她回去好嗎？」

「好！」千水悠聽話的走向書房門口。「迎曦，我們走吧！」

「千少爺，您同意資助，我已經非常感謝了，蘭花的錢只是區區小事、不足掛齒，您還了我也不會收的，總之十分感謝！」冷迎曦微微躬身道謝，但是視線卻避免再與千洵接觸。她尾隨千水悠走出書房，卻不知從她轉過身後，那雙琥珀色的眸子再次緊緊盯住她。

看著冷迎曦的背影，千洵眉頭深鎖了起來。

不像……完全不像。她們的面容沒有半分相像。

但是為什麼他分明聽見了那把絕世神器的悠揚樂聲？那是世界上獨一無二的曲調，他的……

難道，當年的她後來沒有真正接受，而是轉手送給了這個叫作冷迎曦的女孩嗎？所以——她們見過面？在她失蹤的五年裡，冷迎曦曾經見到過她——那個，他到現在還依然深愛的人？

呼吸突然不穩，心跳的節奏亂了方寸。

這些年，他一直在等待，等待生死未卜的她能夠再度現身。

思緒回到了那年，破敗的神殿、瘋狂的冷藍火焰。他在神殿樑柱即將砸到女孩身上的前一秒及時瞬移到她身邊，緊緊用雙臂護住她，不讓她受到任何傷害，結果自己卻受了重傷，毀了左眼。

家人都痛恨悔婚的她，恨她帶給自己這樣的傷害……，但是，他卻無法恨她。

經過深長的反省，千洵不禁覺得，也許是因為自己的一廂情願及占有慾，以致釀成了那場悲劇。逼一個不愛自己的女孩強留在自己身邊，固執地以為她總有一天會愛上自己……

也許是自己的自私，渴望擁有，深怕失去她，但卻適得其反。

因此，假如不要動心，不要對任何人事物產生陷溺的感情，應該就不會強烈的想要擁有，那麼也就不會造成那樣的悲劇了吧？

所以他漸漸封閉了自己的心房，用冷漠武裝自己，假裝高高在上，睥睨一切人與事，為的……只是不想再重蹈覆轍罷了。

他花了好長好長的時間，試著忘卻痛苦，試著無情無心。他以為自己可以做到，他真的以為自己可以做到……，直到，在武器博覽會上見到那有著紫色雙瞳的少女。聽見那熟悉的神器錚鳴聲，千洵還以為自己產生了幻覺，而今天再次確認……

他怎麼會覺得冷迎曦就是她呢？髮色、眼色都不對，面容也不一樣，但是當她開口說話，那相似的嗓音，幾乎讓他就要確定那就是他一直心心念念渴求的女孩。他的女孩，他愛的女孩，原本應該嫁給他的女孩──泛月晨。

緩緩，千洵拿出了魔法通訊器，撥了掌房的號碼。

「少爺，請吩咐。」水霧中浮出掌房的臉。

「剛才跟水悠來的女孩，那位冷家千金……」千洵停頓片刻，「我要她所有的資料，她見過什麼人、做過什麼事，她的背景、她的過去。給我愈多資料愈好！」

「是，少爺。」

千洵掛斷通訊器，他凝視著窗外金燦的夕陽，腦中再次浮出多年前那位女孩的臉。當年她的滿頭金髮就如現在的夕陽般耀眼。不可遏抑的，千洵臉上漸漸露出心碎的想念，那想念隔絕了歲月的洗禮，依舊保留了年少單純的依戀。

我想知道……

我真的想知道，妳在哪裡，這些年妳是怎麼度過的，成了什麼樣的人？

我的、泛月晨。

一切計畫都十分順利，柳氏以及南宮家都同意出借場地，明氏也同意出資。冷迎曦望著計畫表，雙手因內心的激動而輕輕顫抖。剩下最後一個，就是泛家了！原本刻意留到最後，就是希望假如一切順利，資金足夠的話，就不用再去找泛家募款了，沒想到天不從人願，明氏提供的資金遠比預期中的少，因此冷迎曦不得不去拜訪泛家了。只不過，一想到要再踏入那個她好不容易才擺脫的牢籠，心中不免……

「不行，一再逃避就表示還是放不下過去。」冷迎曦閉上眼睛，深呼吸。「說過不可以再去恨，自己發誓要做到的。」

夜幕低垂，天色昏暗。忙了一整天，好不容易將事情告一段落。冷迎曦望了望手中的說明書，下定決心似的走出辦公室，揮手招來學校公用的浮空飛車。

也許勇敢去面對，就是放下的第一步吧！

「司機，請到月隱山莊。」

冷迎曦簡直不敢相信自己的眼睛。月隱山莊……怎麼會變成這個樣子？

原本欣欣向榮的庭園變得了無生機，花朵凋零、樹木枯槁，整個山莊瀰漫著詭異的氣氛。偏黯屬性的氣息籠罩在莊園上頭，幾隻零落的烏鴉飛過上空，粗嘎的叫聲讓人不寒而慄。

「這幾年，月隱山莊的泛莊主已經很少親自現身了。」司機搖頭發出喟嘆：「而且美麗的山莊竟然變成這樣子，真不知道發生了什麼事。」

「難道——？」難道是因為自己？不可能啊！月隱山莊變成這樣，絕不會跟她有關係的……

冷迎曦開門下車，一陣陰森森的冷風吹過，令她不禁打了個寒顫。破舊的莊園大門失去了以往華麗的英姿，只有磨損的雕像還隱隱看得出從前精雕細琢的痕跡。冷迎曦皺起眉頭，開始懷疑自己此次前來是否為正確的決定，然而還來不及打退堂鼓，青光一閃，一道鬼火突然在她身旁閃現，冷迎曦從鬼火中驚訝地看見莫管家的臉。

「來者何人？」

「冷、冷迎曦……」冷迎曦一副驚魂未定的模樣。

「冷家千金，請問有什麼事情嗎？」莫管家淺色的眼睛從鬼火內回望著她，冷迎曦覺得自己的心跳宛如打響鼓般愈跳愈快，深怕他猜出什麼事情來。

不，不會的。她已經不是以前的她了，不會有人認出她的。

「我……想來找泛莊主，請求資助學校即將舉辦的比試賽。」

「好，請稍等。」莫管家的頭從鬼火中暫時移開，似乎是去請示泛莊主。在他離開的空檔，冷迎曦忍不住想從鬼火中往內望，希望可以看見些什麼。然而在她還來不及仔細看清楚前，莫管家就回來了，冷迎曦只好趕忙收回打探的眼神。

「請隨我來，冷小姐。」莫管家微微頷首。

「謝謝你，莫管家。」冷迎曦回答。然而下一秒，她從莫管家突然猙獰的神情中，倏地意識到自己方才犯下了不可饒恕的錯誤。「您……冷小姐，您怎麼知道我是莫管家？」

冷迎曦感覺冷汗急速從背後滑下，她嚥了嚥口水，擠出一絲微笑：「月隱山莊泛莊主的得力助手莫管家，在魔武界也是十分出名的呢！」

莫管家動也不動的緊盯著她，約莫好一會兒——莫管家終於露出舒心的笑容。「冷小姐謬讚了。」

鬼火往前飄動，而冷迎曦緊緊尾隨著鬼火進入山莊內。鬼火引領著她到達莊園，接著跳動了幾下隨即便消失了，頓時四周呈現一片令人不安的幽暗。

為什麼以往金碧輝煌的莊園城堡，現在卻給人一種清冷陰森的感覺呢？這裡究竟發生了什麼事？

轟的一聲，城堡大門忽然開啟。莫管家站在門口，熟練地彎身行禮。「冷小姐，裡面請。」

「謝謝。」她走進城堡內，覺得一切都好陌生。原本以為會有時光倒流的感覺，現在卻覺得像是走錯了地方似的。城堡內的擺設雖然幾乎都沒改變，但卻處處透出一種詭異的浮動感，像是有什麼邪惡的力量從古堡內部不斷滲透出來一般，隱隱約約，四周好似在呢喃私語。

「冷小姐，請您在這裡稍候片刻，我這就去請莊主過來。」莫管家退了出去。冷迎曦點點頭，在確定莫管家已經走遠後，她連忙四處張望。前方的壁爐上擺放著幾張陳年照片，上面蒙滿了灰塵。冷迎曦不由自主地走上前伸手拿起照片，眼中突然溢滿疼痛的神情。

那是……小時候的照片呢！

金髮藍眼，嬌小的身材卻有著想要頂天立地的氣勢。

冷迎曦不由自主地撥了撥一頭黑髮。這樣黯沉的髮色，是她在修練器化的同時，使用易容咒術改變的，原本頭髮還沒有這麼黯沉，器化成功之後，武器的黯屬性連帶改變了她的體質，使她一頭墨髮更加烏黑。

除此之外，因為器化，成為半武器的她永遠失去了體溫，力量也是正常人的數倍強，常常一不小心就會弄壞東西。

金髮藍眼……離她好遙遠，好遙遠，似乎，永遠回不去了！

過去的日子，已經永遠離她而去了。

「女兒。」背後突然響起突兀的叫喚。

冷迎曦背對著門口，她瞪大眼睛，背脊僵直，滿臉不可置信的神情，全身因恐懼微微發抖。

不可能，他怎麼可能——

「妳手中的照片是我的女兒——泛月晨。但現在她已經不在了。」泛莊主的聲音再次從背後傳來。冷迎曦愣了一下，接著大大鬆了一口氣。她閉上眼再睜開，趕緊把嚇飛的魂魄抓回來。

「如果她還在，也許跟妳一樣大了吧？冷小姐。」

冷迎曦深吸了一口氣，然後逼自己轉身面對他。「我為您的女兒感到遺憾，泛莊主。」

偌大的空間內，兩人沉默的對望著，空氣在他們之間冷冷流動，那種寂靜讓人心驚。

泛莊主邪氣的微笑宛若穿越千年時光而來，帶著詭異與不羈。他的面容幾乎沒有改變——連一絲蒼老的跡象都沒有。唯有那雙眼睛，竟然是妖麗的絳紅。

泛莊主移開視線，並打破沉默。「冷小姐前來，應該不是為了看小女的照片吧？」

「這……當然不是。」想到自己的失態，冷迎曦連忙將照片放回原位，同時拿出說明書，伸手遞給泛莊主。

「泛莊主，這是此次學校比試賽的內容。我們想懇請莊主給予一點金源上的資助。」

「什麼樣的比試賽？」泛莊主接過說明書放到一邊，並沒有翻閱而是直直盯著冷迎曦。

冷迎曦咬咬唇，有些艱澀的開口：「這次的比試賽，主要是為了讓我們澄幻的學生之間彼此更加的和諧……」聲音低了下去，冷迎曦並沒有忘記自己的親生父親是多麼痛恨凡族，現在卻要來向他請求資助，這一切是多麼諷刺又可笑。然而她卻不得不試一試，於是冷迎曦加大音量，展現出信心滿滿的樣子：「學校希望可以藉由這次的比試賽，消除凡族和魔族長久以來對彼此的敵視與誤會，同時體驗合作的可貴。」

一口氣說完，冷迎曦不禁提心吊膽的望著泛莊主，等待他的反應。

原本以為泛莊主會一口拒絕，沒想到，他先是愣住了半晌，接著竟然仰頭大笑起來，張狂的笑聲迴盪在挑高的空間裡，不斷的迴響，感覺好似牆壁也在附和著狂笑。

冷迎曦眼眸中忍不住劃過一絲驚恐。

「好！」泛莊主笑完便大喝了一聲：「好，冷小姐，妳的義父真是有膽識、有創意啊！」

「泛莊主……您過獎了。另外，此次的比試賽只要是有提供資金贊助的家族集團，我們都會提供一個評審的名額，您可以委派家族中合適的人來擔任。我相信這次的贊助將會給月隱山莊帶來……」

「不用再說了，我會提供資金援助的。這我一定答應！」不等冷迎曦說完，泛莊主突然揮手打斷她的話。「評審方面妳不用擔心，我們會如期出席的！」

「泛莊主，您不先評估……」

「不是說不用了嗎？放心，月隱山莊絕對會信守承諾。更何況——」泛莊主絳紅色的雙眼興致盎然地望著冷迎曦。「更何況，這種精彩有趣的事情，我們泛家怎麼可以缺席？妳說是嗎，冷小姐？」

語畢，泛莊主大笑著走向門外，只留下冷迎曦一人在房內，雙眼茫然的凝視著他留下的一片詭異氛圍，迴盪……震撼……

空蕩的房間，彷彿從頭到尾，都只有她一人。

「義父……您知道在大波浪時代以前，也就是凡族與魔族和平相處的時候，魔武界是什麼樣子嗎？」

「傻孩子，大波浪時代是好幾百年前的事情了，義父我再怎麼萬能，也不可能真正瞭解百年前的情況啊！」他呵呵笑著直起身，伸手用魔法召喚來一本書。「但史書上是有一些記載，可信度也還可以。迎曦，妳想看嗎？」

冷迎曦點點頭，坐到義父身邊。冷校長翻開書，指著書中的插圖，繪製著大波浪時代以前的世界。「書中說到以前魔族剛開始興盛的時候，大家原本是和平共處的。凡族大方的讓魔族進入他們生活的世界，以及分享土地，而魔族則運用魔法替凡族解決問題，大家都互助平和的生活。」

「這樣的生活不是很好嗎？」冷迎曦嚮往的說。

「對一般人來講是很好，但對於一些野心家可就不一定了。」冷校長搖頭嘆息：「時間久了，就會有一方開始貪小便宜，心裡盤算著是不是可以付出少一些，得到多一點。而人的貪念一旦被挑起了，兩方和諧的關係也就隨之崩解了。人們開始斤斤計較，彼此都想從對方身上獲取更多的好處……，如果這時候再加上有心人士從中挑撥，於是大家便彼此猜忌、互相算計，甚至進一步欺騙、傷害對方，漸漸的，兩族之間充滿了懷疑、敵視、憎恨，後來愈演愈烈，而終至無可挽回的地步。」

「但是難道在眾多的世人中，都沒有能看清這一切的人嗎？」冷迎曦奇怪的問。

「有是有，但畢竟是極少數。絕大部分的人——」冷校長從桌上隨手拿起一份不要的廢紙，翻到空白的背面。「迎曦，這是什麼？」

「這是一張白紙。」冷迎曦回答。

冷校長點點頭，掏出一隻黑筆，在白紙中央畫出一個圓圓粗粗的黑點。「那現在呢？」

「這是一個黑點。」冷迎曦不加思索的再次回答。

「錯了，迎曦。」冷校長放下紙筆，轉頭嚴肅地盯住她。「這還是一張白紙。」

「可是……？」

「妳說這是一個黑點，但是這個圓圓粗粗的黑點又占據了整張白紙的多少面積呢？恐怕還不到這張白紙的萬分之一吧！但妳現在卻說看到了黑點，而忽略了白紙的存在。」冷校長將眼神移回史書上。「這就是大部分人的偏執情況，現在的人是如此，以前的人也是如此。當妳看到了一個人的缺點，對他產生了偏見之後，就會放大他的缺點，加深對他的偏見。就像白紙上的黑點一樣，雖然這個人還有很多很多其他的優點，但卻被忽略掉，人們眼中只見到那個微不足道的黑點而已。所以，迎曦……，」冷校長闔上史書。「不要讓偏執蒙蔽了妳的雙眼，就算妳對凡族沒有偏見，妳也可能對其他的事情懷抱著偏見。而在長久的自我催眠中，已經盲目的看不見自身的偏執了。」

「我沒有……怨恨，我沒有偏見……」冷迎曦知道冷校長是指什麼事情，想起今日的拜訪，她不禁蹙起了眉頭。

「不要痛恨那些對不起妳的人，他們也許是比妳更為可憐的人……因為，他們連自己失去了多少都不知道。」拂上迎曦的額，冷校長將她緊鎖的眉鬆開。「等到妳真正原諒他人的那天，也就是妳解脫的日子，妳要知道，其實恨意是一種包袱，而且會隨著年歲增重。」

「那麼現在……我們還可能回到過去那般嗎？」冷迎曦望著闔上的史書。

「如果這次比試賽成功的話，也許就是個好兆頭喔！」冷校長笑咪咪的說：「說到這個，妳募款募得怎麼樣了？」

「非常順利！」冷迎曦刻意揚起大大的笑容避免義父擔心。「場地也借到了，所有事情都已預備妥當，就只剩對外正式公布這個消息了。只是……預計要安撫學生的時間，再加上處理家長的抗議，恐怕會耽誤很多時間。」

「妳怕嗎？迎曦？」

「怎麼會怕？」冷迎曦揚起頭，做出自信滿滿的神氣表情。「我會正面迎戰！」

其實說不怕，是騙人的。

冷迎曦灰頭土臉的望著家長送來的第兩百封抗議信函，臉上寫滿了無奈。兩個星期前，冷迎曦代表冷校長對所有學院的學生們公布了比試大賽的消息，在她講述完規則之後，學生們立刻議論紛紛。就在當天下午，馬上有一波波接踵而來的抗議信函送到她的辦公桌上，甚至有許多內容還撂下狠話要她「好看」！

除了家長的抗議信函，學生所發起的「不合作運動」也令冷迎曦相當頭痛。許多學生以罷課或是靜坐的方式來表達反對，甚至有人已經辦理了轉學，揚言澄幻魔法學校已經開始「腐敗」。

忙到焦頭爛額的冷迎曦正想原封不動的把第兩百封信丟進壁爐，沒想到在信件飛到壁爐間那早已熟練到完美的拋物線中，突然被一枚障礙物攔截。冷迎曦回過神，發現竟然是一臉壞笑的靳影澤。他惋惜地搖頭發出咂咂聲：「唉，別人花了那麼多心思寫的信，冷大院長竟然連看都不看就要燒掉，真是枉費對方的一片苦心啊！」

「反正都是千篇一律的抗議內容，」冷迎曦瞅著不速之客。「而且……你怎麼可以沒敲門就進來？」

「妳都可以撞到人不道歉了，我只是沒敲門，又有什麼關係？」靳影澤不當一回事道：「看起來冷大院長的火氣很大啊！最近是不是有很多麻煩事呀？」

「你究竟來做什麼？」冷迎曦望著他那玩世不恭的輕佻笑容，深深刺痛她的心。

「放心，無事不登三寶殿，沒事，我也不會來的。雖然冷大院長是個美女，但真可惜不是金髮藍眼。不是金髮藍眼，我是沒有興趣追求的。」靳影澤做出一臉「這是妳無盡的損失」的表情，眼神明顯盯著冷迎曦的黑髮紫瞳。

「為什麼你只追金髮藍眼的女生？」冷迎曦心神一動。他只追金髮藍眼，該不會是因為……

「這點私人事情，還用不著妳來關心吧，冷大院長？」靳影澤把玩著手中的信函，唇邊漾滿了調侃的笑：「但既然妳這麼好奇，那說說也無妨。」

說著，他自動拉來一把椅子在冷迎曦的辦公桌前坐定，胡桃棕色雙眸難得露出一抹認真的神情。「冷大院長，我是個失憶症患者。」

「你是個……什麼？」

「失憶症患者。」靳影澤重複：「也就是說，我失去了記憶，我失去了以前的記憶。那場車禍前的記憶，我都失去了。」

「車、禍……」冷迎曦指尖開始顫抖，她將雙手藏到桌子底下，緊咬住嘴唇。

「父親說我五年前出了一場嚴重的車禍。那場車禍幾乎奪去了我的性命，但最後我還是被救活了。雖然活了過來，但所有的記憶卻失去了，就像是個新生的嬰兒般一片空白。我常常想……」靳影澤嘆息，若有所思道：「我常想，與其當一個沒有記憶的人，或許還不如死去好些……」

「不可以！」一股氣猛然竄上來，在自己還沒反應過來之前，她竟然已經怒吼著站起身用力拍桌。「怎麼可以說這種話，你能活著當然是好事，我……」

看見靳影澤驚愕的眼神，冷迎曦不禁噤了聲。她窘迫的別開視線，重新坐回位子上。

「不管變成怎樣的人……只要能活著，就好……」

「沒想到冷大院長竟然如此關心我，真是令我受寵若驚呢！」靳影澤揶揄道：「我還以為妳很討厭我，每次看到我就是一副受傷的眼神呢！」

「我並不討厭你。」我怎麼可能會討厭你呢？那是我永遠也做不到的事情。不管你變成怎麼樣的人，我都會像以前那樣……像以前那樣——愛你。

「承蒙冷院長的厚愛，在下我一定會好好努力活下去的！」靳影澤那玩世不恭的笑容再次回到臉上。「不過說真的，我只跟金髮藍眼的女孩交往，這是一種幫助我恢復記憶的方式。」

「你想起什麼了嗎？」冷迎曦倏然睜大雙眸。

「隱隱約約吧！」靳影澤聳聳肩，模稜兩可的說：「只想得起來一個身影，但是很模糊。只知道是金色頭髮、藍色眼睛，還有我握著她的手的感覺……。我想，也許她對我來說是很重要的人吧！只要我找到她，應該就可以想起以前的事情了。所以，我一直在努力尋找。只是……都不對。」

忽然感到一陣心痛的失衡，冷迎曦望見靳影澤的雙瞳中竟盛滿了濃重的孤寂與無措，但僅僅一秒，那迷茫的神情便從臉上褪去，取而代之的是深深的自嘲：「都不是記憶中的那個人，為了能找到那個女孩，只要是金髮藍眼的女孩，我都願意嘗試交往，就只為了能握到她們的手、將她們抱到懷裡。她們，我一個都不曾真正愛過。會交往，是因為唯有如此，我才能確定是不是她，是不是我在尋找的那個人。但直到目前為止，依舊沒有任何著落呢！」

秋天的太陽，只能照亮一切，卻無法帶來溫暖。

冷迎曦望著他，遺失了話語。

「有時候我忍不住想，那也許只是一種幻覺罷了。」靳影澤笑了笑：「可是活在沒有過去的世界裡，一切只能聽父母敘說著過去，自己卻完全想不起來。這種感覺，真的好空洞呢！像是有什麼重要的東西，永遠遺失了。」

「就算有悲慘的過去又怎樣呢？沒有過去才是真正恐怖的事情，不是嗎？」

「你有父母？」冷迎曦終於聽出不對勁的地方，用怪異的聲調詢問。

「每個人都有父母呀！冷院長。而且我父母對我都很好呢！雖然長年都在外地工作，並不常在家，但是他們讓我生活無虞，就算我失憶也沒有放棄我。他們對我真的很好。」

「可是……」不對啊，這不可能啊？冷迎曦心中升起不妙的感覺。「靳影澤，你……有沒有問過你父母關於你小時候的事情？」

「有啊！因為失憶，我常常問呢！」靳影澤微微瞇起眼：「只是他們的敘述中都沒有提到金髮女孩的事。就算我問了，他們也只是含糊帶過。我想……，也許那女孩就是造成我失憶的原因吧！他們怕刺激我，所以從來沒說過。」

「那你還在尋找……」

「冷院長，我受夠了不瞭解自己過去的感覺。」靳影澤眼神一凜：「妳或許不曾有過這種經驗，但我可以告訴妳，那就像生命中的一個黑洞，如影隨形的跟著你。就算是很痛苦的過去，我也希望可以回想起來，起碼可以證明我真正存在過，而不是一個突然出現在世界上的人。」他低下頭心灰意冷的說：「有些傷害是魔法也補救不了的，我曾經嘗試用魔法咒語，想要治好自己的失憶症，但無論再怎麼努力，全都徒勞無功。」

「對於你的失憶，我很……遺憾。」

「我也很遺憾哩！」靳影澤痞痞的笑臉突然又回來了：「不過話說回來，我們倆個怎麼只顧著聊天呢？正事都還沒辦。其實我是替冷校長來傳話給妳的，本來他是要打魔法通訊器跟妳聯絡的，但是妳都沒有打開。」

「唉！我這幾天實在接夠了抱怨的訊息，所以就乾脆把通訊器給關了。」

「可以想像。冷校長要我轉告妳一聲，今天千氏大少爺千洵要來學校……指名，找妳。」靳影澤雲淡風輕的說出爆炸性話語，冷迎曦詫異地瞪大眼睛：「找、我？」

「除非妳不是冷迎曦，怎麼樣？妳是冷迎曦嗎？」靳影澤揚聲笑著故意調侃，然而分明是個開玩笑的話語，聽在冷迎曦耳裡卻是如雷貫耳，讓她一時不知所措。「如果……我真的——」

「好了，不跟妳廢話了，我要先回去整頓學生了。」靳影澤突然起身，同時以一道華麗的動作將那封不久前冷迎曦想要燒毀的信件重新丟到她桌上。

「拆開看看吧，畢竟人家都寫了嘛！」話一說完，靳影澤便朝門外走去。

冷迎曦連忙回神，結結巴巴的叫住他。如果，我跟你說我其實不叫冷迎曦，如果我跟你說我其實是……

「你……有沒有聽過泛月晨這個人？」

走出門外的腳步忽然停住，靳影澤露出奇怪的神情。「泛月晨？妳是指泛家失蹤的少主？我當然聽過。怎麼了嗎？」

「沒有……那，你有沒有聽過——」冷迎曦再度開口，然而門前的少年早已腳跟一轉，從視線中消失了。冷迎曦不禁泛出椎心的痛楚，她望著空蕩蕩的走廊，口中呢喃著來不及說出的話語：「那你有沒有聽過，小瞳呢——？」

靳影澤，我多麼希望你還記得；我多麼希望可以幫助你回復記憶；我多麼希望，現在的我還可以在你身邊守護你。

但是，現在的我，現在黑髮紫眼的我……，是不是已經沒有機會了呢？

難道沒有金髮藍眼，難道沒有體溫，這樣的機會就永遠被剝奪了嗎？

輕輕嘆息，冷迎曦忍不住還是伸手拆開了靳影澤丟在桌上的第兩百封信。她將信拿到眼前，本來只打算大略看一下，沒想到視線竟就此凝結。

選擇放棄，可能需要很多種絕望的理由。但重新燃起信心，只要一絲希望就已足夠。

只見信上寫著——

冷院長，您好。我是黯學院的家長。我不能否認您想要魔族和凡族消弭歧視這件事的做法手段有點太極端，但我覺得這個想法本身是很正確的，我拭目以待。

只希望您知道，還有人在背後支持您的想法，請務必不要讓我們失望！

冷迎曦知道千氏一直都是魔武界最有號召力的家族，但她沒料到原來千氏少爺——千洵，個人的聲望竟然如此之高。

千氏少爺蒞臨校園的消息幾乎風靡了整個澄幻魔法學校，學生們紛紛放棄聽課，從教室跑到校門口，就為一睹千氏少爺的風采。連老師們也暫停授課，因為對著空蕩蕩的教室講課，實在太令人喪氣了，結果就造成了校門口萬人空巷的壯觀局面。

因此，當冷迎曦費盡九牛二虎之力，好不容易擠到校門口時，千氏的車隊已經在校門口停定，學生們蜂擁而至，趨前擠靠，就怕錯過這千載難逢的機會。此時，像上天派來的救命使者般，一雙小手拉著她。「怎麼這麼慢啊？迎曦！」千水悠一臉抱怨：「沒看到妳來，哥哥就不下車！」

「我、剛才——」無力的想要解釋，但千水悠不再給她說話的機會，拉著她走向車隊。「快點，哥哥指名要找妳呢！好像還要公布事情，真是大陣仗！」

「可是，我跟妳哥哥——」冷迎曦真不知道到底是怎麼一回事。

「哥哥！你看，我把人帶來了喔！」千水悠跑到浮空飛車前，邀功似的說道：「哥哥，你不是說要公布事情？需要我幫忙嗎？」

車門緩緩開起，冷迎曦忐忑不安的看著千氏少爺從車上走下，心中的神器再次輕輕顫動。

「沒關係，我來就好了，妹妹。」

「千……千少爺。」冷迎曦僵硬的打了聲招呼，千洵把目光移向她，眼神淡淡的，看不出半分情緒。「冷院長，我們千氏已經答應資助了，但澄幻卻遲遲沒有進一步的訊息，這樣會打亂我們很多計畫，所以我今天是特別來關心一下目前的情況。」

「這……就是因為，這個比試遭到很多家長跟學生的反對，我們一直在試圖安撫，但是……」

「既然辦不成，那千氏可能就要收回資助了。冷院長為何不乾脆放棄呢！反正也沒有人會支持？」千洵沉聲。

冷迎曦聞聽，先是萬分詫異的瞠目了數秒，接著便一個奮力揚聲：「不！怎麼可以放棄？」昂起下頷，她的眼神堅定不容拒絕。「就算沒有人支持，只要是對的事情，就不可以放棄！而且誰說沒有人支持？不能因為有反對的聲音就抹煞了整體的價值！」

直到四周所有人頓時不自然的靜默下來，冷迎曦才赫然醒覺自己竟然對著千洵厲聲回擊。千水悠愣住了，千氏的人愣住了，學生、老師都愣住了，就連冷迎曦自己也愣住了，所有人都看著他們，等待千氏少爺的反應。

「啊！抱歉，我不是……」

「所以無論如何，妳都不會放棄嗎？」原本以為千氏少爺會生氣，沒想到他依然只是淡漠的反問著，他的目光淡定隱忍，充滿了沉思，似乎有什麼情緒在他心中醞釀，那種深邃的光芒在他的眼眸裡凝聚成永恆。「妳會堅持到底，遇到任何困難也不輕言退讓嗎？」

冷迎曦因為千洵的態度愣了半晌，但很快就回過神，毅然點頭：「我會。」

「好。」千洵的聲音忽然低了下去，語尾輕如呢喃，幾乎就像錯覺。「那麼我幫妳。」

「什麼……」

「各位老師、同學，我是千氏的千洵。」只見千氏少爺突然轉過身，面對擠在校門口的所有群眾說道，他以魔法加大的音量，迴盪在偌大的校園中。「很高興今日可以蒞臨貴校。其實我今天前來，是要處理有關澄幻比試大賽的事情。」

微風吹過，學生們一片竊竊私語。冷迎曦緊張的雙手握拳。

「我知道對於這個大賽的規定，大家似乎有很多不滿，而我們千氏……」

「就是說嘛！連千洵少爺都說話了，這種規定實在太離譜了！」

「哼！和凡族組隊？他們憑什麼跟我們組隊？」

「喂！你們以為我們想跟你們組隊嗎？自以為是！」

「千少爺，您快勸學校更改規定吧！」

「對啊！千洵少爺……」

「而我們千氏，」不顧眾人愈發加大的音量和愈發火爆的場面，千洵當作沒聽到似的繼續說：「既然已經答應了資助學校，那麼我們千氏也將會完全支持貴校的作法及主張。」

學生們的嗡嗡討論聲不見了，眾人再次陷入一片震驚的沉默中，千水悠瞪大雙眼，滿臉不可置信。

「我希望，所有的學生都可以聽從貴校的決定參賽，這種寶貴的經驗將會是我們千氏未來選擇優秀人才的依據……，」千洵停頓了一下，直到確定已經達到自己所要的效果之後，他才再次開口：「或是可以轉告你們的父母，我們千氏的大門將永遠為贊成兩族和平共處的人敞開。」

驕陽似火。那一瞬間，冷迎曦覺得自千洵身上散發出來的光芒，強烈到幾乎讓人無法逼視。

為什麼……他要這樣幫助她？

為什麼他要以這樣強而有力的方式宣告？難道他不擔心會有難聽的流言蜚語？難道他不害怕會替千氏招來負面的作用和麻煩？

千洵，為什麼……

「我希望各位同學可以考慮清楚。未來是個邁向合作的世代，除非各位懷疑千氏的投資走向，否則相信我，參賽——會是你們最好的選擇！」鏗然！千洵堅定的語調穩若磐石，讓人禁不住深深相信，跟隨他才是最正確的選擇。「話說至此，我也不再多說了，謝謝妳今天的接待，冷院長。告辭！」

來去一陣風，冷迎曦和眾學生們都尚未從震驚的情緒中恢復過來，千氏的車隊便已經消失在遠方了。冷迎曦張了口想說些什麼，卻發現自己說不出話來。

心中充滿混亂的思緒，冷迎曦沒有注意到在不遠處一雙冷銀色的雙瞳正複雜的盯著她，不解的眼神中逐漸升起嫉妒和敵意。

多虧千洵及時挺身相助，冷迎曦與冷校長得以順利度過了學生的暴動危機。雖然依然有不滿的抱怨聲與一些聳人聽聞的勾結說法，然而大致上學生們都已經接受學校這樣的安排，也開始依照規則進行組隊。

畢竟龍頭老大千氏都已經堅定支持了，所以許多欲巴結千氏的家族也都相繼表態支持，這樣一來，反對的聲音也就更少了。

冷迎曦抱著最新出爐的比試大賽計畫書，往冷校長的辦公室走去。

其實，心情最複雜的，莫過於她了吧！

究竟是為什麼……千洵少爺要幫助不過萍水相逢、沒有任何交情的自己呢？

他這樣的做法，著實令人迷惘呢！

如果他知道了自己的真實身分……，那麼他還會願意幫助自己嗎？

一定不會吧！恨她都來不及了，怎麼還會願意幫她呢？所以，她一定不能讓千少爺知道自己真正的身分——那個，她在五年前便發誓要拋棄的身分。

「好女兒，計畫表送來了啊！」冷校長起身說話，冷迎曦坐到義父桌前，一邊將文件遞給他，一邊解釋：「對，預計第一場初賽將在下個月開始，會有三場比賽，每次比賽都會給予積分，最後再依據積分給予學生學期成績。意思就是不論如何都必須參賽到最後，不可以半途而廢或故意詐輸。」

「學生都分好隊了嗎？」

「我已經吩咐各科老師前去關心了，目前一切都還算順利，比賽內容會在後天先行公布，以便讓學生們有機會充分準備。」

「所以場地也沒問題了？」冷校長低頭查看文件。

「是的，沒問題。第一場比賽在校內舉辦就可以了，第二場將會借用柳氏的魔法森林布陣，至於最後一場則在南宮家的北野古堡舉辦。明天會有一場資助者和場地提供者的會議，主要是要確定裁判人選。義父，您可以參與此次的會議嗎？」冷迎曦一口氣報告完，然後用詢問的眼神看著義父。

「妳希望我去嗎？」冷校長看了一眼冷迎曦，那含笑的神情像是看透了她一般。「或是妳想要自己面對呢，迎曦？」

想到明天的會議，千氏與泛氏都會派人參加，冷迎曦的心不禁打起了鼓。但是她很快便調整好自己的心情，面不改色、公事公辦的道：「依情理，義父您是校長，應當要出席。」

「如果我無法出席呢？」冷校長笑意更濃。

「義父不能出席的話……」冷迎曦神情肅穆的回答：「就算義父無法出席，身為您的女兒，同時又負責籌畫此次的比賽，我保證一定會盡力將事情處理好，不會讓您失望。」

「說得好！」冷校長拍了一下手掌，坐回位子上。「既然這件事情我一開始就已經放手讓妳去做，那麼再放手一次也不會有什麼問題，對不對？」

「謝謝義父的信任，只是……，您不出席，不會失禮嗎？」冷迎曦遲疑的問。

「冷校長身體微恙，這總不能逼我出席吧！」冷校長忽然嘆了一口氣，眼神轉向窗外，有著淡淡的蒼涼：「而且說真的，我也不適合出席呢！不是逼不得已，我想自己還是不要露面比較好。」

「這是為什麼呢？難道您曾經得罪過那些家族嗎？」冷迎曦困惑極了。他知道義父為人一向敦厚謙遜，應該不會與人有所結怨才對。難不成……和那件事有關？

只是那件事跟這些家族又有什麼關係？

冷校長以沉默否定了冷迎曦的答案。抿抿唇，冷迎曦壓低聲調：「義父，那難道是……他們？」

他們，也就是父親長年觀察星象所發現的致命危險勢力，那個即將席捲魔武界並使之風聲鶴唳的恐怖力量。

由於此次資助的家族應該都算是中規中矩的魔族企業，怎麼可能跟那邪惡力量搭上邊呢？冷迎曦簡直困惑極了。

只見冷校長安靜地盯著冷迎曦一會兒後，才緩緩點頭。「雖然還未經證實，但我幾乎可以確定——是的，迎曦。這件事跟血煞有關。」

血煞，即將升起一場不可避免的腥風血雨！

「因為幾個月前我再度去打探消息，沒想到又被打敗，無功而返，儘管當時我特意事先改裝易容，但此次血煞應該已經記住了我的靈力氣息。」冷校長的聲音充滿無奈：「這些家族中有可能潛藏著血煞的爪牙，所以我可能有被揭露的風險。因此，抱歉了，迎曦。我知道讓妳自己獨自去面對是有點殘忍，但未來畢竟這也是無可避免的，妳的人生注定跟他們永遠有所牽絆，那已經是早被註寫在妳的人生輪迴中了。」

「義父，不要擔心。我沒問題的。」冷迎曦連忙安慰，並抱著文件直起身。「而且我料想他們可能不會派太重要的人來當評審，所以壓力應該不會太大。」

「加油，迎曦。」看著義女走到門邊，冷校長突然出聲鼓勵。

黑髮的少女聞言回過頭朝義父笑了笑，那明亮的笑容充滿了靈氣與堅毅。「我會的，請放心。」

千洵知道自己還有很多事情需要處理，但是煩躁的思緒就像個頑皮貓咪般，不停地騷擾著他的心。每每想要開始閱讀，當眼神一接觸到那些蒼白的文字，腦中浮現的卻是冷迎曦那迷惑的臉，以及震驚的眼。

迷惑、震驚……想必自己也是吧！因為直到現在，千洵也依舊無法理解自己當時那分驟然湧上心頭的衝動。

想要幫助她，不想看見她深鎖眉頭……

怎麼會這樣呢？他應該已經不會再有這種失控的情感才對，難道是因為某個瞬間，她讓自己想起了那個消失的女孩嗎？

緊緊握起拳，千洵逼自己脫離回憶過去的漩渦。過去是個貪婪的黑洞，一口一口吞噬著他築起的心牆。

「少爺！這是您之前吩咐的，有關冷小姐的資料。」掌房恭敬的彎身。「如果還有不足之處，請少爺再行吩咐。」

「放著吧！」

掌房弓身退了出去，千洵望著資料，光線彷彿扭曲了，在他眼前微微暈眩。千洵拿起這張過分單薄的紙，顯示著冷家千金謎一般的過去。

或許紙上所呈現的事情，也只是冷家對外的公開說法而已，如果對方想要特意隱藏某些事，恐怕再怎麼追查，也是徒勞無功吧！

可是，他真的很想知道，為什麼在冷迎曦身上，竟然會有原本專屬於他的神器氣息。

他的那把神器，他的贈禮，他的……狂焰曲。

不可能會錯認，只屬於狂焰曲所特有的絕美音韻，還有融混了他靈力氣息的震盪。那把弓，可是在他灌注了無數心思之後，就像獻上自己的心一樣，把這份禮物設法迂迴地送給了他心愛的女孩。

然而……

「狂焰曲是一把相當大的神器，並沒看見她帶在身上，但怎麼會有它的氣息。難不成……」一種不可思議的想法逐漸在千洵腦中成形，他不可置信地瞪大眼，心中滿滿都是震驚。

修練器化……與神器成功修練合而為一，但不可能，這應該是不可能的啊！雖然在魔武界人人都想修練器化，可是卻從來沒有人成功過。如果真的與神器修練器化成功，那麼不但可以將武技提升到無人能及的程度，甚至連魔技都可以有大幅度的增長，更何況自己還甚至……

千洵琥珀色的雙瞳中升起了渴切的盼望，那盼望在他眼底顫抖，然後昇華成不可動搖的決心。

冷迎曦……妳究竟是誰？

如果妳真的是泛月晨，那麼我想知道，這五年間，妳究竟發生了什麼樣的事情；我也想知道，妳究竟付出了什麼樣的代價，才能修練器化成功；我還想知道，為什麼五年之後，妳要以現在的身分出現在我面前。我想知道妳的計畫、妳的想法，妳是否還在意過去，而妳又將以什麼態度面對未來？

我真的……很想要多瞭解妳。

夜帝啊！能不能再賜給我機會……？

詭異的畫面，冷迎曦望著眼前這幾個人，默默向夜帝祈禱千萬不要出任何差錯。

只見泛莊主緊盯著坐在對面的千氏少爺，千水悠坐在哥哥身旁，一雙美目也不滿的瞪著泛莊主，而千少爺竟然是一派悠閒的愜意。柳氏和南宮家，以及明氏的代表則尷尬地沉默著。

冷迎曦輕咳一聲，讓大家注意到自己。「非常感謝各位撥冗出席今日的會議。」

泛莊主終於收回視線，千水悠則清晰的發出哼聲，千洵朝四周看了一眼，然後將眼神放在冷迎曦身上。

儘量避免視線與任何人直接對視，冷迎曦露出禮貌性的笑容。「今天主要是想和各位討論評審人選的問題。這次評審將會推出六位，我們澄幻將推派一位，校長指名由我來擔任，剩下的五位則請各位從您的家族中各自推選出一名。這名人選必須具備魔武技實力，且要公正無私，對凡族沒有偏見。這點非常重要。」她刻意在後面加上了強調的重音，並且停頓了一下：「那麼現在就煩請各位思考一下，要推派出什麼人選。另外，這是第一場比試的時間和項目，地點就在澄幻。」她將六份資料發了出去。

接下來是一陣紙張翻動的聲音，所有人持續沉默著，等待其他人先開口。一段時間過後，在確定千氏少爺以及泛莊主都沒有先發言的意願後，柳氏的大家長開口了：「冷院長，我會派出我的大兒子柳星溯，我相信他會是個公正的人選。」

「明氏會派出我的姪女，明寒。相信她也不會讓妳失望，冷院長。」明氏也說話了。

「我們南宮家會派出我的小兒子南宮秋。」南宮家的大家長表示：「我大兒子南宮夏近日因為接掌了家族的事業，實在忙得抽不出時間，但我的小兒子也一定可以勝任。」

「謝謝各位。那麼剩下兩位呢？」冷迎曦望向千氏及泛家。

「千氏……」千洵終於開口了，然而他卻像吊人胃口般拖了許久，又將眼神在室內掃過一圈後，才不疾不徐的說道：「將由我親自擔任評審。」

「什麼！」千水悠不敢置信的大叫出聲。她好似晴天霹靂般地望向千洵，說出了所有人心中的大疑問：「哥，你確定嗎？是不是弄錯了？」

「我確定自己沒有弄錯。我將親自擔任評審。」千洵耐心的再次重複，眼神卻盯著冷迎曦，冷迎曦困惑地想看懂他眼中的神情。

「那麼我也將親自代表泛家出席。」沒想到緊接者是對冷迎曦來說更為震撼的話語，冷迎曦有如五雷轟頂，一時間不知該做何反應。像是輸人不輸陣般，泛莊主也表示將親自出席，但冷迎曦知道事情應該沒有這麼簡單。

這樣一來……

情勢將更為複雜，前途真是一片坎坷啊！

第一場比試賽的項目是「合奏夜琴」。

三臺夜琴，六人合奏，需要齊心協力，培養良好默契。比試不以技巧取勝，而是以和諧為要。比賽將在一個月後舉行，鼓勵各組自行譜曲創作，因為夜琴是這個世代裡幾乎人人都會彈奏的樂器，所以就算是琴藝不精，經過一個月的練習，應該也可以上臺了。

「示範表演到底是怎麼一回事？」冷迎曦疑惑的詢問千水悠。

「因為學生們第一次面臨這種合奏，大家都有點無所適從，所以希望評審們可以示範表演啦！」千水悠為難的聳聳肩說：「我覺得妳還是不要拒絕比較好。」

「可是我不知道其他評審會不會同意？」冷迎曦抿起唇。

「如果妳好好跟他們商量的話，我想他們應該會答應的，畢竟身為評審，就有一定的責任。」千水悠提出建議道：「而且如果要示範，最好儘量在近期內就進行，這樣學生們才可以儘早瞭解，也才會有比較多的時間可以準備。」

「可是……」

「還有另外一件事情。」千水悠忽然神情一凜，她在冷迎曦面前坐正，雙眼露出認真嚴肅的神情。「冷迎曦，妳……對泛月晨這個人知道多少？」

心臟彷彿漏跳了一拍，冷迎曦迎上千水悠凝重的瞳。「妳是說泛家那個失蹤的女兒？為什麼問起她？」

千水悠的神情裡有遲疑的躊躇及謹慎的忖度：「我只是想……也許妳知道她。」

「我聽說過她。」冷迎曦移開視線，小心翼翼地回答：「但是，也就僅此而已。」

「是嗎？只是這樣嗎？」千水悠的神情十分奇怪。

冷迎曦本來想趕快結束這個話題，但最後還是忍不住說：「我是聽說過你們千氏和泛家以前的事情。但是……水悠，不能放下過去嗎？泛月晨已經是過去式了。」

「有一些事情，會造成永遠也無法彌補的傷害。」千水悠神情憤恨：「不管時間過了多久，那些刻骨銘心的傷痛並不會因為歲月的變遷而減輕或消失。我曾經發誓，如果泛月晨回來，那麼我就會把我們千氏以前所受到的傷害，加倍奉還給她！」

「可是，水悠，妳覺不覺得假若心中懷抱著恨意，反而會讓過往傷痛的回憶不斷地繼續傷害自己。」

「迎曦，妳不知道我哥哥為泛月晨做了多少犧牲，他不僅將自己的成年禮物，同時也是魔武界中力量最強大、珍稀無比的神器狂焰曲，想盡辦法透過別人送給了她，只因為哥哥知道泛月晨很喜愛狂焰曲。甚至就算泛月晨毀婚，還炸掉婚禮現場，哥哥居然還不顧自己的性命安危，在千鈞一髮之際衝去救她。哥哥的左眼，就是為了要救泛月晨，因而受傷失去視力的。這一場婚禮，不但毀了他的左眼，也毀了他開朗熱情的個性。這一切的不幸，都是因為泛月晨，所以我是絕對不會原諒她的！」

冷迎曦覺得自己的心慢慢冷去。千水悠是她所重視的朋友，如果有一天水悠發現……

「水悠……」冷迎曦艱澀的開口，聲音有點啞啞的：「說不定，泛月晨並不知道這些呢！」她真的不知道，原來，千洵在提出婚約請求時，已經對她用情那麼深。她不知道……我不知道……

「那不是藉口。」千水悠冷酷沉聲。

「那會不會……可能泛月晨當時並沒有愛上妳哥哥啊？」難道愛情是單方面追求就可以的嗎？雖然千洵真的付出了很多，只是那時泛月晨爭的，是那個單純的凡族少年啊！

「冷迎曦，妳為什麼要一直替泛月晨說話，這樣我會生氣的！」千水悠突然瞪大眼，如薔薇般嬌柔的臉滿是不悅。「總之，哥哥都是對的，我永遠站在哥哥這邊！」

「水悠，也許妳哥哥要的，跟妳所想的並不一樣啊……」冷迎曦方出聲，千水悠突然頭也不回的跑向門口，似乎不想再聽她多說，正當她才剛拉開門時，腳步便停滯了一下。

「冷校長好。」千水悠語氣冷淡的匆匆問候完，便頭也不回地離開。冷校長看著她如風般離去的背影，輕輕嘆了口氣：「迎曦，不要太介意。那個孩子很在乎妳，只是她還缺少磨練。」

「我也很在乎她啊！」冷迎曦回道：「雖然覺得有些不可思議，我竟然會和她成為好朋友……但水悠真的是一個滿不錯的人，也有很多值得我學習的地方。」

水悠有著薔薇般嬌柔可人的外表，以及率真熱情、愛恨分明的性格，更勇於捍衛自己心愛的人事物。

「可是迎曦，妳要小心。有時就算妳沒有玩火，但靠火源太近，也會自焚的。」冷校長走進冷迎曦的辦公室，交給她幾張紙。「評審們的分組資料，主要是針對第二次的評分所設計的，評審們都已經同意了。對了！我聽說有學生提出要求，希望由評審示範合奏夜琴。我今天是特別來跟妳討論這件事情的，也許這個分組可以派上用場。怎麼樣，迎曦，妳打算示範嗎？」

「千水悠建議我……」

「我是問妳的想法，迎曦。」

「怎麼突然這樣問？」冷迎曦覺得義父的表情像是隱藏了什麼。

冷校長沒有馬上回答，而是用下巴示意她查看手中的名單。冷迎曦滿腹狐疑地低下頭，然後終於明白了義父的意思。

分組名單上，她的名字旁邊，赫然顯示著千洵的名字。冷迎曦微瞇起眼，耳畔恍若又響起那獨特的音韻。

從布幕隙縫往外望，冷迎曦看見靳影澤站在不遠處，懷裡是與上一次不同的另一名金髮女孩。

冷迎曦微微嘆了一口氣，這時靳影澤好像感覺到了她的視線，朝她眨了眨眼。

這樣的找法，是不行的啊！一輩子都找不到呢！

「冷院長，您可以上臺了。」後臺工作人員提醒著。冷迎曦聽見了擔任主持人的千水悠說到自己的名字。前陣子談話的不愉快，已經在接下來的日子裡漸漸煙消雲散了。千水悠為自己當時失態的遷怒道歉，冷迎曦則是誠懇的表示本身也有錯，不應該怪她。

是啊，自己真的是罪魁禍首呢……

「冷院長，您可以跟同學們說幾句話嗎？」千水悠轉頭詢問，冷迎曦望了望已經就定位的其他評審，再看看臺下密密麻麻的學生和老師，點點頭走到千水悠身邊。

「各位好。這次的示範表演，因為時間的關係，來不及譜新曲，所以只好演奏『繁華淚』這首舊有的曲子。在演奏過後，千院長會再進一步跟大家說明，讓大家更加瞭解應該如何進行合奏。」

評審分組表上載明冷迎曦和千洵一組，泛莊主和柳星溯一組，明寒與南宮秋一組。一共三組，三臺夜琴，與學生們比試時的分配相同。

冷迎曦說完，便朝舞臺最右端的夜琴走去。千洵是她的搭檔，也是全場的注目焦點。每靠近一步，冷迎曦便多一分顫抖。有一些光影在眼前浮動，那是記憶裡殘餘的幻象。欣欣向榮的草地、幼小孩童的嘻笑童語、陳舊的孤兒院、慈善募款會上飄著五彩斑斕的氣球。

金髮的少年笑著，答應與她四手聯彈。而夜琴那奪人心魂的美聲，讓幸福感在所有人心中不斷膨脹、膨脹……，最後爆發而出的熱烈掌聲，讓那名少年的雙眼，漾滿了快樂的榮光。

當時的那雙眼睛，還沒有悲慟、沒有疏離、沒有戒心、沒有滄桑。

那雙琥珀色的眼眸……

那雙琥珀色的眼眸正望著她。

「冷院長，大家都在等妳。」猛然被拉回現實，冷迎曦眨眨眼，發現自己竟然失神了。匆忙走到千洵身旁坐定，冷迎曦避開他的視線，將雙手放到琴鍵上做好準備動作。

「會緊張嗎？不要緊張，妳可以的。」千洵偏過頭看著她，冷迎曦揚首，看見那雙琥珀色的眼中，光芒點點。似曾相識……

「謝謝。」冷迎曦收回視線，琴鍵上的手指微微僵硬。

南宮秋那組夜琴起了第一個音，臺上立刻充滿了流動的樂聲，接著泛莊主那組也加入了演奏，曲子漸漸繁複，轉趨華麗，最後終於輪到冷迎曦這組的加入。

一股熱流由心裡延燒至指尖，原本微微僵硬的手忽然灌注了活力，像是天生的夜琴手，音符自然地流瀉而出，冷迎曦專注地彈奏，屏除一切雜念。只有夜琴華美的曲調，融混了自己怦怦的心跳，不斷的在耳邊迴響。直到一曲終了，冷迎曦方才回神，臺下爆以如雷的掌聲，一時竟然帶給她時空異動的錯覺。回眸，正巧撞進千洵如晚風般的眼瞳——既深沉又激越。

時光靜止，冷迎曦從千洵深思的沉吟中，看見他眼底激烈的澎湃。在那一瞬間，冷迎曦忽然覺得他彷彿認出了自己，認出了那深埋在靈魂中的泛月晨。

「我……」

「謝謝六位評審的示範表演！相信方才同學們都有認真聆聽。各組可以自行譜曲，只要記住所有成員都必須合作參與演奏……」千水悠忽然插話進來，打斷了他們對視的眼神。

「冷院長，您還想再跟同學們說幾句話嗎？」

「我……」冷迎曦再次開口，這次卻是望向臺下。遠方靳影澤佇立在人群之後，懷裡還是摟著金髮女孩，只是這次，一接觸到她的眼神，卻沒有再淘氣地眨眨眼，而是臉上帶著頗為不悅的神情，轉身而去。

冷迎曦眼神一凜，那離去的背影深深刺痛了她。

之前是她推開了那個少年，就像報應，現在他也回給她一個背影。

「嗯。」冷迎曦乾澀的開口：「謝謝各位評審，也請同學們認真準備，希望大家都能有很好的表現，加油。」

因為義父要留校處理事務，所以當冷迎曦回到家時，屋裡空無一人。

腦中還回憶著今晚的合奏，她的思緒中混雜著星光下的亂夢。畫面一張張重疊，過去的回憶幾乎就要破繭而出。

喀擦！樓上突然傳來細微的奇怪聲響。冷迎曦猛然抬起頭凝視二樓的一片黑暗，臉上露出機警的神情。

「是誰？」冷迎曦出聲喊道。

沒有回答。雖然她也不期望會有人回答。

在器化了狂焰曲之後，雖然總是刻意壓制它張揚驕傲的神器氣息，冷迎曦的敏銳度卻仍是常人的數倍。她慢慢朝向通往樓上的樓梯口走去，每一步都小心而謹慎。

樓上有人，冷迎曦可以明確地感覺到。

「再不出聲，休怪我攻擊——」冷迎曦話還沒說完，倏爾三把飛刀便朝她迎面而來。

呼嘯著刺穿空氣，那毒辣的刀法，充分顯示著來者不善。

冷迎曦閃身躲過，從攻擊者的飛刀線路來看，雖然刀刀都精確地對準她，但卻都不是瞄準要害處，對方似乎並不欲置她於死地。冷迎曦瞇起眼，因為器化了狂焰曲，那驕傲的神器不容許自己再拿起別的武器，因此不想器化的她只好閃到桌子底下，然後趁著空檔拿起離她最近的一張椅子朝二樓擲了過去。

由於計算過剛才飛刀射來的路徑，冷迎曦這一擲雖然沒能對不速之客造成真正的傷害，但是來者為了避開椅子，於是有些狼狽的現了身。身著黑色連身斗篷，面容隱藏在斗篷兜帽之後。詭異的氣息不斷從暗襲者身上散發而出。

冷迎曦面色一冷。「報上名號！」

她的聲音在空間內不斷迴盪，然而刺客的回應卻是一連串急射而來的飛刀。冷迎曦在躲閃的同時，努力想要看清兜帽下的臉，但是在距離這麼遠的情況下，幾乎是不可能的事情。

如果以器化迎戰，這個人一定不會是自己的對手。器化可說是現在不能使用魔法的她最後的應變方法，但冷迎曦並不想暴露自己的實力，在確定攻擊者是何人以前，就使用器化不是一個好的選擇。

冷迎曦很想衝上前去，查清這個人的身分。但是只要靠近，沒有武器的自己根本是以卵擊石，甚至可能會受傷流血。而血液，正是魔族最重要的資產，是絕不可以被取走的。

魔族的魔法能量來自於魔力點與血液，魔族的血液十分珍貴，不僅可以讓凡族蛻變成魔族，如果擁有某個魔族人的血，還可以隨時追踪到此人的行蹤，或是使用直接精神波傳訊。血是魔族的身分象徵，以血立下的盟約或誓言擁有絕對神聖的約束力量，犯案的時候，也可以憑凶手留下的血來認人。

假如一個魔族大量失血，但是用凡族的血來救命，那麼他的魔力便會在短時間內大減，而且體質也會改變，變成不像魔族且無法追蹤，但只要兩個月，至多三個月，魔力點便會自然淨化血質，再度回復為魔族。如果是用魔族的血去救命，就不會有這些問題。然而很少人可以用魔族的血來救命，因為魔族的人絕不會輕易捐血。

像是不肯善罷干休似的，攻擊者又再度射出了一連串的飛刀。冷迎曦拿起一張椅子擋住，然後抓緊時機再次丟向對方。轟隆嘩啦，椅子碎成木片，其中還伴隨著瓷器破碎的聲響。

完了……是義父最喜歡的古董花瓶……

這時大門迴廊傳來開門聲，是義父回來了！

聽見冷校長回來的聲音，攻擊者暗暗詛咒了一聲，然後立刻轉身跑走。冷迎曦抓準時機一個箭步飛越上前，俐落的扯下對方的兜帽，頓時四目交接了一秒，在攻擊者要做出下一步舉動之前，冷迎曦連忙閃得遠遠的，退出其攻擊範圍。

兜帽下，那是一雙鮮血般猩紅的眼睛。

窗子破碎聲，攻擊者打破窗戶逃了出去。冷迎曦奔到窗邊，只見他蝙蝠一樣的斗篷迎風吹鼓，迅速消失在深濃的夜色之中。

冷迎曦全身檢查了一下，幸好，沒有傷口，所以沒有被取走血液。

回頭，迎面對上冷校長吃驚的雙眸。

「迎曦，這……是怎麼回事？」

第七章　蘭之堡

我想要把誰抱在懷裡呢？夢是永遠逮不住的。我熱切的手，把虛空緊抱在心頭，
而它暗傷了我的胸膛。

——泰戈爾

金色頭髮，藍色眼睛，略矮她幾分的個子，面色嫣紅……

恰巧正在距離湖邊不遠處大樹上休憩的冷迎曦作出結論，唉！這又是個和前陣子不一樣的女孩。

只見靳影澤伴著那名女老師走到湖邊，神色有著莫名的慵懶，甚至有些不易覺察的失落與無奈。冷迎曦默默地在遠處看著那名光學院的女老師，伸手從手上的紙袋中拿出兩份午餐，笑臉盈盈地遞給靳影澤。「喏，我特別準備的。」

靳影澤原本正凝神看著粼粼的湖面，手裡一邊把玩著一朵綻放的豔紅花朵。聽到對方的話，只是微微皺眉瞥了她一眼，隨即又轉回視線，不發一語。

女老師有些怔忡，她遲疑了一下，接著走上前握住靳影澤的手，嗲著聲音道：

「澤——」

「放開！」下一秒，靳影澤猛地怒喝出聲，他甩開女孩的手，清俊的臉龐帶著怒意，唇角微微抿起：「不是，不是妳……」

「什麼？」女孩委屈的睜大眼。

「我說，我們結束了，我喜歡的不是妳，妳可以走了。」靳影澤惡狠狠的說，胡桃棕的眼神冰冷，語畢，他毫不留情的回過頭去，看也不看女孩一眼。

女孩腳步踉蹌地後退了幾步，從沒見過這樣不紳士的他。淚水湧出眼眶。成為靳影澤的女朋友，幾乎是光學院裡所有女老師的夢想，就算知道他換女朋友的速度像換衣服一樣快，但大家依舊衷心盼望能與他交往。

只是沒有想到，聽見他說要分手，女孩的心仍然會這麼痛。

「死賴著不走嗎？」靳影澤煩躁的瞪了女孩一眼，女孩嗚咽一聲，一手抓起午餐袋轉頭就跑，一直到跑遠了，都還聽得見她的哭號。

看見她跑遠，靳影澤再次把視線轉回湖面，雙手環胸，肩膀低垂，看上去竟充滿無力與失落。

冷迎曦皺著眉，望著他孤單的背影。

秋天的湖畔蕭蕭瑟瑟，黃白的蘆葦花隨風左搖右擺，幾隻低階的靈獸正上上下下忙著築巢好過冬，紅彤彤的楓葉占滿了詩意的視線。

一個熟練的翻身，她跳下樹走向靳影澤。「你不覺得自己太過分了嗎？」

靳影澤背影頓了一下，他轉身慵懶地瞥了冷迎曦一眼，轉轉手中的花，答非所問的說：「知道這是什麼花嗎？」

冷迎曦有些反應不過來：「什麼？」

「彼岸花。」靳影澤公布答案，神情竟有著半分得意。「世界上最稀有的花朵之一，妳知道嗎？全城裡只有我家才有彼岸花，其他地方無論如何都種不起來。妳仔細看，這花開得像是燃燒的火焰，可以盛開一整年從不間斷。同時它的香氣——」他將花在空中輕輕揮動著，然後露出陶醉的神情。「奪人心魂。」

那樣爛漫荼蘼的綻放，讓人看一眼便再也無法忘卻的放肆嬌豔。

冷迎曦怔愣了幾秒，才想起自己的來意，連忙沉下臉。「靳影澤，我不是來跟你討論這個問題的。」

「喔？真是不領情，我家有彼岸花這個祕密，我可是第一次告訴別人呢！」靳影澤揚起一邊眉毛收回花朵，接著不帶興趣的又轉過頭去。「我的事輪不到妳管。真沒想到日理萬機的冷大院長，竟然有閒情逸致在這裡偷看別人的分手劇碼哩！不過，今天下午不就是第一場比試賽嗎？而且是和千大少爺一組，妳不先去準備嗎？」

冷迎曦裝作沒聽見。「靳影澤，雖然我瞭解你用這種方法的苦衷，你只是想要尋覓到你所要找的人，但畢竟那些無辜的女孩都是真心喜歡你的，你這樣糟蹋別人的感情，不覺得太過分了嗎？」

「難道因為她們喜歡我，所以我就必須愛她們嗎？」靳影澤尖刻的回應：「我讓她們和我交往，但那些女孩卻無法讓我愛上她們，這可不是我的錯吧？我就是不愛她們，難不成為了不要太過分，就不要提出分手？」微微勾起一笑，他那抹笑意輕佻而放浪，帶著蔑視的諷刺，看在冷迎曦眼裡，卻只覺得那笑容是發自心底的哀傷，那諷刺的笑彷彿不是針對她，而是靳影澤自己。

「這世界殘酷得沒有絕對要兩情相悅的道理。在愛情裡，假如不相愛，付出愛的那個人永遠會是輸家。愛得愈多，最終只會被另一方的拒絕深深傷害。如果不去愛，那麼就可以像是自由自在四處飛翔、無牽無掛的蝴蝶；反之，你就只會是孤注一擲、自取滅亡的撲火飛蛾罷了，最後終因自己的執著而付出所有，走向死亡寂滅。」

靳影澤輕杳的聲音在秋風中如漣漪般盪開，四周一片寂靜，就像是他淡漠的哀傷也感染了四周的風景，連冷迎曦都怔怔的說不出話。

「尤其像我，追尋著……愛著一個虛浮的幻影。」靳影澤閉上眼。「我上次沒告訴妳吧！每次當我想起那個金色頭髮的女孩子，雖然心中明確知道自己對她有著深刻的感情，但是同時也會湧出撕心裂肺的痛楚。」他比著自己的胸口，笑容有點殘忍：「在心底——很深很深的地方。」

「不要說了！」冷迎曦大聲喝止。她的雙手顫抖著，視線迎上靳影澤驚訝的臉。「但是你這樣找，是永遠也找不到的。你的方法，錯了！」

頭也不回地跑開，冷迎曦用盡所有的力氣克制自己不要回頭。

不行，不能回頭。她害怕……只要再看見靳影澤一眼，自己就會哭著撲到他懷裡，告訴他所有的事情，所有的一切，過去、記憶、身分、約定……

但是她不能這樣做。現在的冷迎曦，是她花了很多心血才打造出來的新身分，要用來迎戰敵人，絕不能冒一絲絲被揭穿的風險。

所以，靳……小影哥，對不起。

「嗳！迎曦，原來妳在這兒呢！我到處都找不到妳！」忽然聽見千水悠的聲音，冷迎曦連忙停下腳步，看著她氣喘吁吁的跑過來，雙頰因為跑步而微微嫣紅。「真是的，冷校長為什麼要在校園中布下反追蹤咒的禁制呢，這樣要找人真的很麻煩呢！」

「這個……嗯，比試是下午才開始吧？」冷迎曦小心翼翼的問。

「『原本』是下午才開始，但是校長突然決定提早一些，避免到時候時間拖得太晚，本來想要趕快通知妳，但是妳卻不見人影。說！到底去哪裡逍遙了啊？」千水悠露出狡黠的眼神。

「才不是逍遙呢！我處理一點……私人的事情。」冷迎曦神色自若。

「原來是『私人』的事情啊！」千水悠用眼角瞟著她。而為了避免橫生枝節，冷迎曦連忙轉移話題：「看臺就在前面了，水悠，我先過去了喔！」

「妳去吧！」千水悠嬌柔一笑，揮揮手停在原地。「找妳找得我好累喔！先休息一下。」

看著冷迎曦漸離的背影，千水悠臉上的疲態倏然如潮水般褪去。

回頭走向方才冷迎曦所在的樹林，看見仍然徘徊在那裡的靳影澤，一股冷然迅速將依附在她身上的陽光扯下，像脫去一件薄衫。

銀灰的眼眸，再次注滿了危險的猜忌。

原本以為在第一場比試會上，可能還是會有學生不合作的情形發生，沒想到隨著一組又一組的學生上臺，除了偶爾發生一些人因為太緊張而彈錯音的小插曲外，一切都進行得非常順利。

比試已經快要進行到尾聲，冷迎曦望著手中的評分表，看得出來每一組都盡力準備，合作的情況也頗為理想，很多凡族學生都是夜琴好手，他們因為不會使用魔法去增強效果，反而因此在技藝上更加精進，令很多魔族學生耳目一新、刮目相看。

夜琴悠揚的聲韻流瀉過校園的每一個角落，冷迎曦閉起眼，大家都說夜琴的聲音擁有魔力，也許它可以將平和帶入每一個人心中吧！減少仇視、減少對立，一定可以讓未來更加美好。

「上個月的合奏，妳彈得很好，我一直沒有機會向妳致意。」身旁突然傳來低沉的耳語，冷迎曦張開眼，望見一雙竟然已經漸漸熟悉了的琥珀色眼睛：「幾乎讓我想起了另外一個人。」

「千少爺過獎了。」冷迎曦刻意忽略他的話中有話，禮貌的笑一笑。

千氏少爺微微勾勒起雙唇，那驚世貴氣的微笑，華美得一如清澈甘甜的醴泉：「私底下，妳叫我千洵便行。」

「這樣太失禮了，千少爺——」

「不願意也沒關係，舍妹長久以來多虧妳的關照，我一直想要表示謝意，寒舍中有不少精緻的魔法器物，不知道冷小姐意下如何？」千洵似笑非笑的神情，幾乎快讓人招架不住。

冷迎曦沉默了幾秒，無可奈何的回答：「那麼叫我冷迎曦就可以了，千……洵。」

拿捏得當的籌碼、欲擒故縱的手法，再配上天衣無縫的表情，讓人無從拒絕，不過這種方式也太誇張了點吧！

難道千洵很想拉近他們之間的距離？

升起了警戒之心，但已經沒有迴轉的餘地了。冷迎曦只好挫敗的重新將目光投向比試臺，這已經是最後一組了。

演奏逐漸進入尾聲，評審的分數大致都已經出來了，過沒多久，最後一組也完成了表演，臺下頓時響起學生們熱烈的掌聲，不過倒不是因為表演內容太精彩，而是同學們十分開心等待已久的比試成績，終於要出爐了。

冷迎曦走上臺，工作人員將各組得分交到冷迎曦手上，前三名的組別還被施加了魔法，在小組隊名上流轉著跳動的七彩光。

臺下所有學生的眼睛莫不引頸企盼的注視著她。冷迎曦清清喉嚨方要開口，忽然，一聲劃破天際的尖叫，剎那間讓所有人的血液為之凍結。「救命啊！我們的隊員……小囈，她死了！」

女孩無神的瞪視著天際，蒼白的臉色顯示出她已經沒有了生命氣息。身上到處都是受傷的痕跡，鮮血幾乎濡濕了長袍，衣料緊緊黏在傷口上，她扭曲的臉透露著死亡前她曾經歷過何等的痛苦。

「小囈是我們隊上最強的隊員呢！一向都是班上的高材生。」她的同學哭著嗚咽：「這一陣子她常常說有被監視跟蹤的感覺，我們原本以為是她神經過敏，沒想到竟然會發生這樣的事情！」

冷迎曦望著失去生命的光學院學生，心臟如打鼓般狂跳。

那個小囈……也和自己一樣，有一雙紫色的眼睛。

「今天表演完後，小囈就失蹤了，我們本來以為她先回家，結果我剛剛發現她竟然躺在後門口。」女孩繼續嚎哭。

「那……最近小曦有什麼不尋常的地方嗎？」千水悠強作鎮定的問。

「有！」女孩擦擦眼淚：「前幾天小曦來學校時，穿著很厚重的長袍，我們覺得很奇怪，她本來不想說，但是在我們一直逼問下，她才勉強吐露說她受傷了，傷口很大，她想要遮住。大家都以為她是自己弄傷的。但是我猜想應該是被今天殺了她的凶手攻擊，所以才……」女孩說到這裡又泣不成聲，接下來是一長串自責的話語，說什麼應該要更注意、要更關心她、要發覺不對勁才對……

只是現在才說這些，現在才後悔，已經於事無補了。

想到那晚攻擊自己的紅眼殺手，冷迎曦不禁打了一個冷顫。

是因為那晚的失敗，知道自己已經升起了警戒心，所以便轉移目標，盯上了另外這一位同樣有著紫色雙眸的女孩嗎？那麼自己，是否變相的害了她呢……？

「怎麼會這樣？到底是誰殺死小曦？」

「別擔心，校方會處理的。現在你們都先回去吧！」千水悠連忙安撫學生，其他幾位評審已先行回去，學生們也已經都被學校要求離開，只剩下千水悠和冷迎曦待在現場，另外還有陪著千水悠的千洵。

「怎麼會發生這樣的事情呢？」冷迎曦無力的自問。

千水悠分析道：「也許因為今天是比試賽，學校特別開放給外賓進來觀賞，所以導致平時嚴密的保護措施有了漏洞，讓歹徒有機可乘。但我不瞭解的是，為什麼要攻擊這個學生呢？」

「也許這個學生有什麼歹徒所想要的東西，但是卻不願交出，才讓他們起了殺機奪取。」一旁不說話的千洵突然發聲：「我認為應該不是什麼寶物……因為就算有什麼稀世珍寶，她的家族應該會放在隱密處，而且用層層魔法保護住，絕不會讓孩子隨身帶著。所以我想，引來覬覦的，雖然這樣說可能有點危言聳聽，但是應該是小囈的血。」

魔族的血，異常珍貴，每一滴都蘊藏著無限力量。

「但是為什麼偏偏是她的血呢？」千水悠用崇拜的眼神看著哥哥，她知道哥哥處理事情總能一針見血地指出重點。

「雖然都是魔族，但是每個魔族人的血液魔力還是有很大的分別。至於為何特別挑上她，恐怕就只有殺手自己心知肚明了。」千洵微微皺眉：「但是這個殺手很奇怪，小囈畢竟還是個學生，就算她的魔武技是班上最頂尖的，但應當也還不會是殺手的對手。然而殺手卻攻擊了兩次，第一次只有取走小囈的血，而沒有取她的性命；至於第二次，雖然小囈受傷很重，但很明顯的是，歹徒這次要的是她的命，而不是她的血，這是一件非常詭異的事情。」

「有道理……對了，迎曦，妳怎麼看？怎麼都不說話？」千水悠注意到了一旁沉默不語的冷迎曦。

「我……」冷迎曦抬起頭，看見千氏雙璧都睜眼看著她。

原本期待冷迎曦可以說出些什麼具有建設性的話，沒想到她卻像是失了魂般眼神飄忽，匆匆留下一句：「我去找校長好了。」便轉身離去。

血煞——

一定就是他們。所以義父的星象預言，真的就要成真了嗎？以前義父曾警告的腥風血雨，已經拉開了一場殘忍的序幕了嗎？

這件事情——自己似乎也被捲入其中。究竟該怎麼辦呢？

風呼嘯而起，冷迎曦望著漸升的星斗，星子的冷光像是在俯瞰著人事無常、命運無情，並給予無聲的嘲笑，顯示自己愛莫能助。

當危險逼近，也許可以依靠的，只剩下自己了吧？

夜涼如水。

就在這時，守在小曦屍體旁的千水悠忽然發現一件極不尋常的事情，她拉了一下身邊的千洵，喊道：「哥哥，你注意到了嗎？小曦，她的手臂上……怎麼會有一個血紅的五字樣刺青啊？」

月隱星沉。

月隱山莊，籠罩在一片深沉的幽黯之中。

「莊主，歡迎回來。」莫管家守候在城堡大門，盡責地與主人請安。泛莊主大步流星的走向二樓的書房，莫管家亦步亦趨的跟在他身後：「主人，今天有什麼收穫嗎？」

「聽一群無聊的孩子用夜琴折磨大家的耳朵，沒有什麼特別的。」泛莊主嫌惡的揮揮手：「簡直無聊得要死，不過……那個冷迎曦，還有點意思。」

「上次來莊裡的冷小姐嗎？」

「上次示範時，她的夜琴演奏得非常好。」他若有所思：「讓我想起——泛月晨，她也是一流的夜琴好手。你記得嗎？莫管家？」

「少主年幼時的確以彈奏夜琴著稱，還曾經公開表演過，在孤兒院的募款活動上。」莫管家回答。

「會不會……？」泛莊主聲音低了下去，絳紅的眼在偏暗的室內熠熠生光。莫管家望著莊主，聽懂了他的意思：「莊主，少主已經消失了五年，生死未卜，而且……，我們也沒有事實證明她可能就是失蹤五年的少主。」

「我之所以會答應參加評審，其中一個原因就是因為懷疑她。」泛莊主摸摸下巴：「如果真的是泛月晨，就算現在長得完全不一樣，應該還是會有一些破綻才對。那個孩子，太重感情。至於我答應擔任評審的另外一些原因……，莫管家，你事情處理得怎麼樣了？」

「一切都在掌控之中，主人。只是，有關於——血煞的事情——」

「怎麼樣？」泛莊主眼神一凜。

「我們是要……」

「不要違抗他們。」泛莊主揚起下頷：「他們要什麼，我們就給。反抗是沒有意義的，唯有服從才是上策。將來，等事成之後，我們就會是魔武界的霸主！知道嗎？」

「是，莊主。」

「那就好，繼續努力。」泛莊主說完揮了揮手：「我要去檢查一下天臺的魔法陣，你先退下吧！」

莫管家退了出去，泛莊主站起身，望著月黑風高的窗外，他的表情愈發辛辣，還帶著嗜血的邪惡，詭麗得與幽魅的夜色相得益彰。

他知道……

有一天，就在不久的將來，這個世界將會是他的！只要經過五個符合條件的靈魂滋養，血煞的力量就會愈發茁壯，然後奪取天下便將有如探囊取物！到時候，血煞會賜給自己掌控天下的權力，號令天下的他，便能將魔武界打造成自己心目中更理想的樣貌，所有的一切都將會步上正軌，該剷除的劣種通通沒有必要存在，世界會匍匐在血煞跟前，稱呼它為「主人！」。

想到這裡，泛莊主心裡不禁得意起來，那分張揚的凌厲氣息勾起四周夜風的哀鳴，嗚嗚呼嘯，夜晚已沉入更深的夢寐裡。

就算泛月晨那個小妮子五年前破壞了他精心設計的計畫，也沒有關係，現在他找到了更好的目標。只要血煞成功……，到時候，整個魔武界將任他玩弄於股掌之間！

不過，如果泛月晨真的回來了……

泛莊主忽然爆出一陣爽意的大笑。泛月晨回來，也很好。他保證會好好的『關照』她，等著看預言如何成真？那個預言……

一陣頭痛欲裂，泛莊主悶哼一聲，痛得彎下身去，靈魂中有什麼正猛力掙扎，似乎極力想要破繭而出。他出動全身的魔力緊緊壓制，過了好一會兒，那股力量才重新又安分了下去，只是帶著絕望地顫抖，輕輕顯示著方才失敗的挫折。

似乎聽見泛月晨的名字，他就變得很不安分呢！

內心裡，另一個……另外一個被壓制的……

收回心緒，泛莊主一攏長袍，往通向天臺的暗門走去。

夜的黑暗，遮天蔽地。

晚風，吹得更加張狂。

明亮的陽光躍進室內。冷迎曦才拉開窗簾，便被　群早已迫不及待想要進入的光芒刺得差點張不開眼睛。

昨晚根本沒睡好，然而冷迎曦還是不得不帶著兩個濃濃的黑眼圈來到學校。雖然第一場比試出了亂子，但後面兩場競賽的計畫還是要如期舉行。第二場競賽就在下個月，評審們不但要負責出題，還要布置場地。冷迎曦簡直忙翻了。

「沒想到冷大院長這麼認真，我還以為妳今天不來了呢！」聽到這揶揄的語氣、調侃的說話方式，便知來者是靳影澤。

冷迎曦頭痛的嘆了口氣：「難得靳老師竟然會有閒情逸致在這裡關心我，但怠職不是我的風格。」

「日上三竿才來上班。」靳影澤一邊望著幾乎快走到頭頂的太陽，一邊反唇相譏：「果然還真是盡忠職守呀！」

冷迎曦不想拐彎抹角，直接切入正題：「說吧！你來找我，有什麼事情。」

靳影澤沒有馬上回答，反而悠閒地坐著，臉上漾滿了壞笑：「沒事就不能來嗎？冷院長好無情呢！」

「我想……我們並沒有那麼熟，靳影澤。」冷迎曦咬牙，回過身去不看他，而是望向窗外的秋陽。

是的，這樣的你，這樣的相處模式，並不是我們所熟悉的。

要怎麼樣，你才能回得去……

「好吧，妳說對了。我的確有事情找妳……」驀然，一雙稍微寬大的手突然拉住了冷迎曦。這太突如其來的接觸，讓她心中頓時一片空白，然後彈指間，一個熟悉的懷抱包圍住她，抱得那麼緊，彷彿想要把她嵌進心坎裡。

有什麼深深埋藏在內心的情感，幾乎就要隨著漫上的淚水洶湧而出。冷迎曦胸口脹滿了欲溢的言語，對，她的小影哥，還記得她，還愛她，她要告訴他一切——

然而下一秒，那溫暖的懷抱便消失了，那雙臂膀猛然放開她，就像是她有劇毒一般。

雙手無力的垂在身側，空空落落的，彷彿失去了溫度。

只見靳影澤忽地瞥過頭，語氣突然又轉回之前的無助與冷淡：「原來仍然不是妳。我以為……」

面色一僵，冷迎曦花了好幾秒才反應過來，靳影澤說有事情找她，原來是為了拉她的手，因為他知道自己和那些光學院的女老師們不一樣，不會欣然答應和他交往，尤其是在知道了他只是想要尋找那個記憶中的女孩之後。

「你……」受騙、惱羞成怒的感覺如狂風沙般捲走了冷迎曦平日的傲然與冷靜，她握著拳，對靳影澤咬牙大吼：「真遺憾讓你失望了，但你可能沒注意到，我是黑色頭髮！」

「上次妳離開時說的那些話，我以為——妳可能知道些什麼事情。我以為——可能就是妳。」靳影澤喃喃躲開她的視線：「我只是真的很希望，我真的非常希望……」

靳影澤挫敗痛苦的神情像釘子般釘入冷迎曦心裡。在那一刻，她幾乎就要心軟的衝口而出，告訴他，自己就是他在尋找的人；告訴他，有關過去所有所有的一切；告訴他，自己並沒有離他而去；告訴他，其實從以前到現在，自己都一直好愛、好愛他。冷迎曦好想告訴他所有的事情，不再去想義父的理想和計畫，只要可以跟他重新在一起，完成以前的夢想，要她放棄什麼都沒有關係——

但靳影澤的話如冰冷的泉水向她傾洩而下：「可惜我猜錯了。妳並不是她……」

即將滿溢而出的狂喜與笑容倏忽僵凝，話語消失在唇畔，驟然，冷迎曦覺得腳下的地面如拼圖般崩落，讓她幾乎在滅頂而過的淚水裡溺斃。

「妳不是她。記憶中，她的手握起來不是這樣子。」靳影澤搖搖頭，眼神放得很遠，像是在努力回想：「她的手不像妳這麼冰，完全沒有溫度。而且妳抱起來，感覺也不對。」

冷迎曦緊咬著嘴唇，淚水在身體裡流成河。

小影哥，我的手之所以會完全沒有溫度，是因為我修練了器化。器化後，我就身為半武器，沒有體溫，手自然是冰冷的。而你可知道為什麼我要修練器化呢？原本……還不都是為了想替你報仇。

直到遇見義父，才改變了原先的計畫。啊！對呀！我怎麼可以辜負義父……

對了，還有義父的計畫、血煞的威脅……

理智再次回到了冷迎曦的心裡。不，她還有很多事情要做，也還有很多事情沒有完成，她不可以因為自己的私慾和衝動而壞了大事。義父和她已經花了那麼多心力準備，犧牲了那麼多，絕不可以功虧一簣。

「靳影澤……」冷迎曦嘆了一口氣，落寞的移開視線：「我上次不是告訴你了，依你這個方法，就算你握遍世界上所有女孩的手，也找不到你要的人。」

靳影澤渾身一震，詫異的看向她：「冷迎曦，妳知道我要找的是誰？」

「不知道。」她口是心非的回答：「但我給你一個忠告。靳影澤，如果你要找到她，牽手或擁抱是沒有用的，除非是你自己恢復記憶想起來。」語畢，冷迎曦別過頭大步走出樹林，同時努力仰頭看著天。在炸毀自己的結婚典禮後，就立誓再也不要哭。於是想哭的時候，就抬頭望著天，努力不要眨眼，將淚水倒流回心裡。

然而不要哭泣，並不代表不想哭。

雖然現在小影哥想不起來，但她不會逼他非要想起來不可，因為物極必反，愈是逼他，恐怕只會惹他厭煩罷了，而且就算告訴他，自己就是他所要找的人，他應該也不會相信吧？

畢竟自己的面貌，已經完全改變了呢……

一時之間，百感交集。望向窗外，冷迎曦覺得天空真不該如此蔚藍。

蔚藍得不帶半分瑕疵。

砰咚！門外突兀地傳來重物落地聲。

靳影澤拉開辦公室的門，看見竟然是千水悠手上抱著一疊磚塊書，還有一些磚塊書被下了漂浮咒漂浮在她四周。方才似乎是她不小心踩到了門外的水窪，裡面蓄積的雨水噴濺而出，倒映著眾人表情各異的臉。

「水、水悠……」

千水悠低著頭，臉上的神情隱藏在長髮之後。靳影澤揮揮手用魔法清除地上的水，冷迎曦望著熟練地使用魔法的靳影澤，心中充滿了怪異的感覺。

現在他們的情況，似乎顛倒過來了呢！

「冷院長，看來妳跟千院長還有事情要談，那麼我就不打擾了，告辭！」靳影澤俐落的點一下頭後，便走出門外。在經過千水悠身邊時，她的唇動了動，卻欲言又止。

他們擦身而過，清風靜靜流淌，什麼都沒有發生。

陽光恍若在三人中間靜止了。

「水悠……」直到靳影澤走遠，冷迎曦才開口叫喚。千水悠又沉默了幾秒，接著才走進室內，然後用魔法指揮厚重的書本飛到桌上整齊疊好，發出「碰！」的一聲。

「這些書可以帶給我們一些靈感，或許可以從中找到一些適合作為題目的魔法陣或是咒語。第二場比試不是將在柳氏的森林中布陣嗎？我也不知道為什麼哥哥這次居然這麼投入，要我把這些書先拿來給妳參考，還要妳看過後去找他一起討論呢！」像是假裝什麼都沒有發生過一般，千水悠神色自若的攤開手，示意桌上的眾多書本用處。

但過沒多久，千水悠還是忍不住開口詢問：「妳跟靳影澤，究竟是什麼關係？」

「朋友，如此而已。妳以前不是已經問過我跟他的關係了嗎？」冷迎曦回答。

「我的確是問過，在妳第一次看到他時。但是——」千水悠抿一抿唇：「我覺得你們現在的關係，似乎已經不像剛開始那麼單純了呢？」

「我只是想給予他一點忠告，靳影澤似乎在找一個人。而他……」

「那個泛月晨嗎？」千水悠咬著牙道：「泛月晨和靳影澤這兩個人，害得哥哥好慘。我真的不知道為什麼哥哥要……」

不知道哥哥為什麼要向父親提出那樣驚人的要求。而一向寵愛他的父親，幾乎是傾盡所有力量幫助哥哥達成。不過，冷迎曦能給予靳影澤什麼忠告？對於一個完全不認識泛月晨的人來說，冷迎曦未免太過關心了吧，實在令人覺得可疑……

千水悠不笨，而她哥哥亦是。

也許哥哥就是看出了些什麼，所以才會對冷迎曦的態度特別不一樣。原本認為冷迎曦絕對不可能會是泛月晨，但是這種想法竟然在日積月累的相處中，漸漸地動搖了。

如果她們真的是同一個人，那……自己究竟該怎麼辦？

冷迎曦好不容易鼓足了勇氣來到千氏的梅之堡，剛到大門外，就見到掌房客氣的上前迎接，還說千氏少爺已經交代先帶她到圖書室參觀。

「或許還有什麼可以幫上忙的書籍，少爺說請您再先行隨意翻閱。」掌房笑著說完便退了出去。冷迎曦望著偌大的圖書室，陽光從窗外照射進來，柔和的光線從一排排的櫃子縫隙灑落。

煙鎖樓閣，群書竊竊私語。

指腹滑過櫛比鱗次的書背，千家的圖書室簡直就像寶庫，擁有很多已經絕版的珍貴古籍。閒逛到武器書籍專櫃時，冷迎曦不自主地慢下腳步，雙眼仔細搜索。也許，會有什麼有關狂焰曲的資料呢？如果可以，她還是很想再進一步多瞭解這把自己已經器化成功的武器……

對了，冷迎曦紫眸一閃。就是那本，神器大典。應該會有狂焰曲的資料。

踮起腳從高高的架子上取下那本陳年舊書，似乎已經很久沒有被翻閱過了，細微的塵埃在空氣中散開，飄忽不定，反射著光線上下游離發光。

冷迎曦小心翼翼地翻動薄薄的書頁，雙眼聚精會神的查看搜索，彷彿共鳴一般，狂焰曲在她心中微微輕唱，歌唱著那驚世的華麗曲調。終於，在約莫書的最後幾頁，冷迎曦看到了狂焰曲閃亮沉金、細緻絕美的弓形，鑲嵌著強大的風屬性藍寶石，弓最上端是寬闊如鐮刀的刀面，致命而優雅的力度將攻擊力提升至極致。

然而冷迎曦很快就看出不對勁的地方。書上的狂焰曲圖片並沒有安弦，為什麼當年她拿到那把武器時，上面竟然已經有弦了，而且還是不論她如何研究，都探查不出的奇異材質？

真是奇怪極了……

「狂焰曲的確是很美的武器。」背後忽然傳來千洵的聲音，嚇得冷迎曦啪的一聲闔上書，驚魂未定的轉頭，只見他竟然就站在自己後方，正一臉沉靜地望著自己：「曾經歸千氏擁有，但是現在已經不在了。」

「你、你、你——」冷迎曦結結巴巴、語不成句：「為什麼我沒有聽見你進來——？」

千洵故作無辜的攤手：「我的魔之力是瞬間移動，不需要走路的。只要是我去過的地方，就可以在腦中準確地想像出它的影像，縱使有千百里遠也不成問題。」

冷迎曦乾乾的張口似乎想說些什麼，但最後還是放棄。她將書塞回書架，拍掉手上的灰塵。

「你似乎對狂焰曲頗有興趣？」千洵一臉忖度。

「嗯，確實是很美的武器。」冷迎曦輕描淡寫的帶過。

千洵輕鬆的坐下後，伸手示意冷迎曦坐到對面：「沒錯，的確是很美麗的一把武器，它——金色與藍色，總是能讓我想起一個人，她一樣有著金色的髮和湛藍的眼。」

冷迎曦知道觸碰這個話題太危險，但是假如突兀的轉移話題，又很像作賊心虛，因此她只好硬著頭皮問：「是對你很重要的人嗎？」

千洵拍拍手召喚出一組茶具，他氣定神閒的倒好兩杯茶，將冷迎曦的那杯放到她面前，直到冷迎曦拿起來輕抿時才雲淡風輕的開口：「她是我所深愛的人。」

噗！冷迎曦差點把茶噴出來。

這……算是告白嗎？

不對，千洵又不知道自己的真正身分，但是對於一個並不怎麼熟悉的人，儘管現在是評審搭檔，交情應該也沒有好到可以吐露心聲的地步啊！這千氏少爺，究竟是蘊藏了怎麼樣的心思呢？

不懂，冷迎曦真的不懂。

為了掩飾自己的失態，冷迎曦紫眸一揚，正想說些圓場話，卻正好對上了千洵的視線。那過分美麗的琥珀色眼睛，眸底呈現一片明亮澄澈的波瀾。

在那一刻，唇邊的話語消失了。他們靜靜的互相對望，冷迎曦彷彿又回到了那天，合奏完夜琴後，千洵轉頭凝視她的那一瞬間，幾乎以為他認出了自己，認出那迥異的皮囊下真正的靈魂。

第七章
蘭之堡

「泛月晨——就算妳……就算她炸毀了我的婚禮，毀了我的期盼希冀，視我的真心為無物，但是，過了這麼久，我還是愛她。很愛，不可能不愛……。」怎麼可能會不愛她？那是自己一輩子都做不到的事情。

也許大家說得對，泛月晨真的是他生命中的劫吧！

年少時的依戀，太真切、太深刻，最後，愛她已經變成一種呼吸般的習慣，然後在每一次他極力珍惜的短暫接觸中，更加深愛那笑容傲氣卻不嬌蠻、堅毅卻不拗固的女孩子。

就像在明月照亮下才會開放的月光蘭，在清晨時才極致地怒放，綻放到荼蘼，然後遇強光凋零。一朵連著一朵，每一朵都毫無瑕疵，每一朵，都顯示著最甜美的劫難。

不論別人怎麼說，他還是愛著她，懷著那些她給予的傷害，像是在紀念什麼事物般，心痛的珍藏著，永遠放不下對她的感情。

他的愛情，或許早已注定在那女孩身上了，別人永遠也得不到他的半分青睞。早已注定——就在他被劃下屬於她的生命線開始。

「為什麼……要跟我說這些？」冷迎曦努力抑制住聲音裡的顫抖。

千洵移開對她的凝視，黃金般的髮漾開一層又一層的陽光。

為什麼呢？因為妳的每一個舉動、每一個神情，都能讓我捕捉到她的影子。所以就算擁有不一樣的面容——又如何呢？我愛的從來就不是那美麗的外表，如果真的是妳，那麼我不願意放棄任何機會表達自己的心意。過去也許就是太內斂、太含蓄，不懂得表達自己的感情，才會演變成那樣的悲劇。現在，我不要重蹈覆轍。

所以寧願錯得離譜，也不願意讓機會再次流逝。

「只是……妳讓我想起了她。」

冷迎曦困惑了：「我們並不相像，千少……千洵。」

「一定非要相像不可嗎？」千洵反問：「外表真的有這麼重要嗎？我深愛的——從來都不是因為她的美貌。」

冷迎曦放下茶杯，感覺自己好似幾乎快失去了說話的能力。

「嗯……我……我不知道該跟你說些什麼……」她艱難的表情，讓人於心不忍。

「算了，我們不談這些了。」千洵終於轉移了話題：「對了，小曦那件事情，學校方面處理得怎麼樣了，有沒有我可以幫上忙的？」千洵再次替冷迎曦注滿了茶，像是方才什麼都沒有發生一般，將話題拉離那奇妙的氛圍：「我有一些想法，妳要不要聽聽看？」

「有關攻擊者的嗎？」

「可以這麼說。」千洵雙手合掌，眼神嚴肅認真：「記得上次我曾分析過，攻擊者兩次攻擊的目的並不相同，第一次是想要取血，第二次則是奪命。」

「我記得，這是很準確的剖析。」

「謝謝。因此我認為凶手不一開始就取其性命，而是先取血，一定是有其特殊的用意。或許他是想先取血測試，以便得知被害者的靈力氣息，如果一旦符合，便痛下殺手。只是如此一來，代表我們所面對的凶手必定十分可怕，因為假如血液符合要求，他在被害者已經提高警覺戒備的情況下，還依然能夠輕易的殺害對方，這比在對方沒有警覺性時要難上數倍，但他卻敢這樣做，而且事實證明，他也做到了。」

冷迎曦想起小囌悲慘的死狀，心中對凶手的痛恨更多了幾分。

「所以我想，學校應該要更進一步加強防護，避免這樣的事情再發生。凶手奪命必定有什麼目的，絕不是單純殺人而已。這讓人……很不安。」

想起血煞，想起攻擊自己的那個殺手鮮紅的眼，冷迎曦不禁握緊拳。

難道自己也在他們的名單上嗎？那麼第一次取血沒有成功，血煞會不會再攻擊第二次，直到成功為止？那麼對於現在不能使用魔技，也不能展現武技的自己，究竟該怎麼辦？

不能這樣坐以待斃啊！

「怎麼了，在想什麼事情？」千洵忽然出聲詢問。

「我想，如果能儘快抓到凶手……應該就可以早些查明真相了，所以如果下次我再遇到攻擊者，我絕對不會輕易放過他。」

「啊？下次？難道妳之前曾經遇到過？妳到底發生了什麼事情，冷迎曦。」

表情僵凝的冷迎曦這才意識到自己竟然說溜嘴了。灰頭土臉的撇撇嘴，在心裡大罵自己的不謹慎：「嗯……其實在小囌被攻擊致死前，我也曾經被攻擊過，攻擊者直接殺到我家，後來因為義父及時回來，所以他們並沒有取血成功。」

「這麼重要的事情，妳竟然沒有跟我說！」千洵訝異地提高聲調。

冷迎曦聲音小了下去：「我跟你還不熟，沒有必要……」

「什麼沒有必要，這是非常危險的事情，也許我可以——」千洵猛然打住口，意識到自己過於激動的反應，連忙呼吸幾下平靜自己的語氣。

「冷迎曦，妳義父事後有沒有採取什麼作法？」千洵語調中有著隱隱的急切。

「義父雖然也十分掛心我的安危，但是……」冷迎曦嘆了口氣：「千洵，不瞞你說，其實……義父跟我都已經不能再使用魔法了，只不過這件事，我們並不想讓大家知道，所以，我們現在也無法用魔法來加強家裡的防護措施，也許只能靠武技防身吧！」

「那麼妳的武技怎麼樣？還好嗎？」

「我的武技好是好，只是……」冷迎曦尷尬的停了下來，不知道該如何解釋。所幸千洵也不再追問，而是露出十分憂慮的神情。

「這樣好了，冷迎曦。」過了一會兒，只見千洵開口道：「我們千氏還有很多座古堡，不如妳跟冷校長就搬來跟我們住吧！我可以空出——蘭之堡給你們。」

「啊！這……這不好吧！」滿臉驚訝的冷迎曦，當下的反應就是回絕。

「難道妳希望自己再被攻擊嗎？」千洵揚眉。

「我……可是、我們、我們不能這樣，畢竟——」冷迎曦一時詞窮，只好無力地回說：「千洵，這不是我能決定的事情，這必須要經過我義父的同意。況且，千老爺和夫人也不一定會答應吧？」

「其實，我覺得冷校長還是其次，妳才是重點。我認為冷校長應該不會是攻擊者的目標，妳才是需要被保護的對象。至於我的父母親因為現在暫時移居海外，他們已經將整個家族事業全權交付給我管理了。」千洵繼續說道：「明天我會親自去徵求冷校長的同意，就算妳義父不方便過來蘭之堡住，我也會盡全力說服他讓妳過來住一段時間，等確定妳安全無虞後，妳再回去。」

「千洵──你不用對我這麼好，真的。我……不想麻煩你們。」

「就當作是感謝冷校長讓我妹妹進去澄幻工作的謝禮吧！況且妳跟水悠也是好朋友，朋友有難，不就該拔刀相助嗎？」千洵身體微傾，彷彿急著說服：「相信妹妹一定也會這麼做的。」

「這……我覺得還是不太好，我……」不待冷迎曦把話說完，千洵立刻插話：「好了，我們就先暫時不要再討論這件事了，現在我們還是來談談第二次比試賽的內容，妳看過小悠拿給妳的那些書了吧？關於要如何在柳氏森林中布陣，妳有什麼想法嗎？」

「嗯，我認為可以在柳氏森林中……」冷迎曦不得不回過神來，強作鎮定的與千洵討論起森林布陣的計畫。

一直到離開了梅之堡，踏上回家的途中，煩惱重重的冷迎曦真不知道未來到底該如何面對千洵才好呀！

「妳一個人住這麼大一個地方，應該很寂寞吧？」千水悠走進堡內，四處張望了一下：「沒想到還保養得這麼好，我已經有五年都未曾踏進這裡了呢！沒想到竟然還是跟以前一樣漂亮。」

「的確是很美的一座古堡。」冷迎曦點頭同意。

「這裡的面積雖然很大，不過安全措施妳倒是可以完全放心，因為哥哥是很優秀的魔技施術者，而且蘭之堡又特別加了很多保護咒語，因此平常人根本就進不來，就算真的有人想要偷闖進來，也一定很快就會被發覺。」千水悠大致比劃了一下四周：「我聽說妳被攻擊的事情了。我……還滿擔心的。」

「我沒事，他們沒有成功。」冷迎曦連忙說道。

「但我認為他們應該不會那麼輕易就放棄。」千水悠停頓了一下，然後有些不自然的接口：「還有，這次哥哥終於說服冷校長同意讓妳搬來蘭之堡住，我想，在妳不能使用魔法加強妳家防護措施的情況下，暫時來住我們這裡，的確是最好、最安全的選擇。」

「真的很謝謝妳，水悠。」冷迎曦真誠的說。

千水悠偏了一下頭：「妳該謝的不是我啦！應該是我哥哥才對。」

「能遇見你們，能有妳這位好朋友這麼為我設想，我真是很幸運。」

「迎曦……」千水悠輕輕嘆息。如果妳真的是泛月晨，那麼遇見我們，再次闖入我們的生活，也許不會是妳很幸運的事情呢！還有，我可以跟妳當朋友……但是，我完全不知道自己能不能跟泛月晨當朋友；至於哥哥，他居然安排妳住進蘭之堡，那麼可見得他根本已經不只把妳當作普通朋友而已呀！

「不過，只有我一個人住這裡，還真的是很孤單，所以，水悠，妳有沒有興趣來這裡陪我一起住呢？」冷迎曦話鋒一轉，笑意盈盈的看著千水悠。而千水悠則支著下頷，噘起唇：「迎曦，妳是認真的嗎？」

「當然是真的嘍！」冷迎曦眨眨眼：「而且，這畢竟是你們的古堡，我也不好意思一個人獨占。水悠……妳就來當我的室友嘛！好不好？」

「哦！如果這樣的話……」千水悠眼珠子一轉，心情看起來好了不少：「妳是打算今天留我在這裡吃晚餐囉？」

冷迎曦露出真心的笑容，她挺起身拍拍胸脯，大方的保證道：「哈哈……當然沒問題，我可以親自下廚喔！」

「只是……如果我住進來的話，可能會有個小問題——」千水悠忽然想起什麼似的，眉間出現小小的皺紋：「因為我跟哥哥從小就一直住在一起，我們千氏雙璧從未分開住過，所以一旦我住進來，哥哥可能也會一起搬進來欸——」

「啊！什麼？！」

經過了無數次的開會討論，第二場比試賽的場地布置終於逐漸成形。第一場比試中有同學身亡的陰影，也慢慢在學生們心中淡去了，畢竟不是因為比試賽直接造成的意外，所以也沒有人對比試賽有什麼微詞。

布陣方面總共分有三個關卡，每通過一個關卡，就會依同學們的破關速度與表現給予積分，而每個關卡都有限定時間，時間到了就必須放棄，但不論成功與否，依規定都要繼續破下一關。

想到要去破關卡，學生們都顯得渾身熱血沸騰、躍躍欲試，校園內頓時興起一股背誦咒語的風潮。至於凡族學生則被安排蒐集資料，儘量去猜測評審可能會出哪些題目，以供魔族同學參考及準備。因此從彼此的合作中，不僅凡族學到了許多跟魔技有關的知識，就連平時習慣用魔法、懶得作筆記的魔族，也對凡族整理筆記的功力大開眼界，覺得十分實用。

冷迎曦非常喜歡校園中同學們和樂融融的氛圍。漸漸地，魔族欺負凡族學生的情況少了許多，甚至偶爾有爭吵狀況時，魔族同學也會幫凡族好友出頭爭辯。冷迎曦不禁樂觀的覺得，這一定是個好的開始，總有一天，大家都可以回復到大波浪時代的和諧與友好。

第二場的魔法陣比試賽，冷迎曦與千洵被安排擔任最後一關的評審，由於冷迎曦不能使用魔技，因此整個關卡的布置幾乎都是由千洵獨立架設完成，雖然她為此感到很抱歉，但這也讓她見識到千氏雙璧傳聞中不可思議的強悍魔技。的確，光是千洵一人就有如此充沛的靈力，幾乎和器化之後的自己不相上下，冷迎曦很難想像如果再加上千水悠，他們應該是無人能敵的吧！

冷迎曦看著千洵盡心盡力布置魔法陣的模樣，心裡真是百感交集，對他的歉意及愧疚也不斷湧上心頭，尤其想到今晚回到蘭之堡時，她又將面對千洵，內心也就愈加慌亂，不禁有些後悔，實在不該答應義父搬到蘭之堡暫住。因為就如千水悠所說的，千洵果然搬過來跟他們一起住了。而原本以為蘭之堡的面積非常大，自己應該不見得會每天跟千氏雙璧碰到面，可是沒想到熱情的水悠堅持要大家每天一起共進晚餐，所以現在晚餐時刻就變成了冷迎曦最忐忑不安的時光。尤其每當千洵用很深邃的眼神望著冷迎曦，似乎想要告訴她些什麼事情，卻欲言又止時，總是會讓冷迎曦更加惶恐，因為她就會忍不住心虛地認為是不是千洵已經識破她的真實身分了？

倒是千水悠每到晚餐時刻總是特別開心，常常一邊夾菜給冷迎曦和千洵，一邊吱吱喳喳聊著學校發生的一些趣事。千洵雖然話說得不多，但笑容卻變多了。其實，冷迎曦知道水悠會如此開心最大的原因並不是因為自己，而是因為她又可以天天跟哥哥一起用餐談天，可以跟千洵有更多的相處時間。因為從小到大始終十分崇拜、喜愛哥哥的水悠，這一陣子看到千洵每天都有處理不完的事情，常常沒有時間用餐，一直暗自憂心，而現在千洵居然願意百忙中特別抽出時間來陪她們兩人一起用餐，這也難怪水悠會這麼高興了。

「雪蘭糕？妳說這是雪蘭糕？」水悠迫不及待的伸手拿了一塊：「哇！真好吃！名字也很美呢！」

冷迎曦笑盈盈的看著水悠開心的吃著她親手做的糕點。

「說真的，迎曦，我沒想到妳的手藝居然這麼好，快說，妳從哪裡學來的？」水悠意猶未盡的又拿起一塊：「要不，妳教我，我也想做這麼好吃的雪蘭糕給哥哥吃呢！」

「水悠，妳要做什麼給我吃呀？」只見千洵語帶笑意的走了進來。

「哥哥，你快來吃吃看，這是迎曦親手做的雪蘭糕喔！」水悠立刻拿了一塊雪蘭糕遞到千洵的面前，他從善如流的吃了一口，露出讚許的神色。

「嗯……美味極了！冷迎曦，妳可真是深藏不露，這麼好吃，難怪水悠也想學。」千洵笑眼望向冷迎曦：「擇日不如撞日，何不現在就請妳現場教學？」

「啊！你是當真的嗎？」冷迎曦瞪大眼睛，一副不可置信的樣子：「你們真的想學？」

「是呀！迎曦，難得哥哥這個大忙人都開口了，那就請妳示範一下嘛！好啦！好啦！我們走吧！現在就到廚房去吧！」水悠不容冷迎曦拒絕的將她拉進了廚房。

冷迎曦望著水悠和千洵在廚房裡忙碌的樣子，耳邊不時傳來他們兄妹兩人的笑語，一時之間，忽然有一種錯覺，一種不該有的錯覺，彷佛感覺自己和他們是和樂融融的一家人。

冷迎曦猛然被自己的這種感覺嚇了一跳，啊！為什麼？自己為什麼會有這種不該有的想像和奢望？還有，原本晚餐時刻，自己面對千洵時的忐忑不安，極欲逃避，為什麼會漸漸變得喜歡聽他多說一些話？

如果未來他們兄妹兩人發現了自己的真實身分，他們會原諒她嗎？會願意繼續跟她當朋友嗎？想到這裡……冷迎曦實在不敢再繼續想下去了。

「對了，迎曦，明年的魔武技大賽，今天開始接受報名，妳有沒有意願參加呀？」水悠一邊揉著麵糰，一邊說著：「聽說已經有很多人報名了，大家都想要爭奪魔武界的盟主之位呢！」

「但就算贏得冠軍，也還要再得到金鳳凰的認可才行！」千洵補充道。

「對呀！是還得要經過金鳳凰的認可，只是金鳳凰已經沉寂多年，都未曾甦醒。」千水悠嘟起嘴：「不過，迎曦，妳還是可以試試看啊！順便可以打響知名度嘛！」

「我打響知名度做什麼？」冷迎曦莫可奈何的一笑。

「哎呀！如果妳成功奪冠，那麼我們澄幻的招生人數一定破表啦！」千水悠做出勝利的手勢：「怎麼樣，要不要考慮一下呀？」

「妳不要跟我開玩笑了，水悠。」冷迎曦認真說道：「這件事，我一點興趣也沒有，況且所謂魔武技大賽，就是要比賽魔技的本領，但妳忘了嗎？我是不能使用魔技的。」

千水悠失望的喔了一聲，千洵則露出一雙跳閃的眼神。

「冷迎曦，妳難道失去魔力了嗎？否則究竟是為什麼不能使用魔技？」千洵忍不住發問。

「我……我……」

「哥，算了，我問過了啦！迎曦不會說的。」千水悠聳聳肩：「也許等時機到的時候，我們就會知道了。」

尷尬的冷迎曦一時不知如何接話，心裡正猶豫到底該怎麼辦時，善體人意的千洵看了她一眼，然後溫和的說著：「沒有關係，每個人都會有不方便說的祕密，我們不會在意的。」接著好意的轉移話題：「好了，水悠，妳過來幫我看看，我揉的麵糰是不是太乾了呀？」

冷迎曦感激的看著千洵，心裡升起了濃濃的歉意。

為什麼？千洵要對她這麼好。

也許她對千洵的債，一輩子都還不完吧！

她所欠的——情債。

第八章　彼岸花

別的年月接踵來臨，但它們漂泊的日子，已不再聚集在她聲音所呼喚的範圍裡，而是徬徨迷途，風雲流散。

——泰戈爾

一年一度的甦醒之日又即將到來，此次冷校長特別批准學生的申請，答應今年的甦醒之日，學生們可以在學校內舉行舞會，至於第二場比試賽則在甦醒之日的十天後正式開辦。

大家期待已久的舞會終於要如期舉行了，一時間整個澄幻校園到處都充滿了興奮的笑語，以及浪漫的氣氛。幾乎全校師生都熱情的投入準備工作，尤其因為此次可以邀請外校的人士擔任舞伴，所以原本只是簡單的澄幻甦醒之日舞會，頓時成為魔武界的熱門話題。

一大早走進學校，靳影澤就看到了一抹墨色的身影，遠遠的，佇立在路的盡頭。

慢慢停下腳步，遠處的女孩自動迎了上來。

這個早晨，太冷寂、太安靜，四周明明氤氳著清晨的霧氣，而少女的髮卻彷如在薄霧中暈染著一片昨夜殘留的暮色。

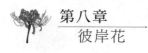

「靳影澤，你有空嗎？我有事想跟你商量。」冷迎曦揚眸發聲，雙眼澄紫。

靳影澤慵懶地打量她一下，他彎起邪氣的笑容：「竟然能這麼早就出來啊？我以為千氏門禁很嚴的。」

「靳影澤，你不要這樣。我跟他們沒什麼的。」冷迎曦錯愕的看著靳影澤。記憶的帷幕徐徐展開，眼前，靳影澤的身影和小影哥重疊，彷佛面前站著的是那個寵愛她的凡族少年，而不是現在這個針鋒相對的魔族老師。

靳影澤揚起眉毛表示懷疑，所幸沒有再說些什麼。

深深吸了一口氣，冷迎曦閉了閉眼，然後一口氣說道：「靳影澤……甦醒之日的舞會，請讓我當你的舞伴，好嗎？」

曉風、淡月、殘影，矇矇亮的天色好似一層透明而不真實的雪沙籠罩著這世界。

在寂寞的心靈裡，在彤雲微現的清晨，卻仍讓人感覺到那披著雨霧面紗的少女似在暮色中嘆息。

晨曦中的兩人互相對視，在愈走愈慢的時間裡，沉默滲透得愈來愈深。

「妳這是……？」

「請讓我當你的舞伴。」冷迎曦顫抖著再次重複　少女那雙紫色的眸子，深深地凝視著他，穿越重重時光而來，像是正透過著他，在看另外一個人。

這樣的想法竟讓靳影澤莫名的煩躁，於是在未經深思熟慮前，傷人的話語便脫口而出：「妳為什麼要這樣做？我知道妳並不喜歡我，難道妳以為我會沒有舞伴嗎？冷院長，妳放心，我根本就不缺女伴！」

他居高臨下的看著冷迎曦受傷而錯愕的神情，心裡一陣不忍。然而這分不忍的心情卻再次驚醒了他，他怎麼能對其他女孩還有感覺呢？他一生應該只會愛那個金色幻影的女孩才對，那個與冷迎曦沒有半分相像的幻影。於是靳影澤殘忍的選擇用鋒利的話語試圖掩飾自己的不安：「而且妳也不是我所喜歡的女孩類型，更何況我早已經有約了，我是不會和妳去的。」

「是誰約了你？」冷迎曦的聲音絕望而空洞，面容慘白。靳影澤卻聞言笑了起來，笑得愈發燦爛和煦：「錯了，沒人約我，而是我約了人。我不是告訴過妳，我一直在尋找那個印象中的女孩嗎？」靳影澤滿臉期待：「我……就快要找到她了。」

「不……」冷迎曦低語。清純的雙瞳直直看進靳影澤的心底。霎時，他彷彿看見了夜帝神殿外，紫藍色的迷迭香開遍了大地，鼻息間都是那種令人迷惘的香氣。有人曾說——迷迭香是為了幫助回憶，親愛的，請你牢記。而現在，我究竟又該牢記什麼？忘卻什麼？

「妳說什麼？」

「不，你錯了……」冷迎曦別過頭。心中思忖：小影哥，你錯了，不是嗎？你並沒有就快要找到她了；相反的，你離她愈來愈遠，真的，愈來愈遠了。自己之所以會放下所有的顧慮，大膽前來主動邀約，就是為了彌補過去對你的虧欠。永遠記得小時候參加蘭之堡的舞會，不能跟我一起前去的你，是多麼的失望傷心，所以現在希望可以跟你一起參加這次的甦醒之日舞會，當作是對過去遺憾的補償。

只是沒想到，你已經不領情了呢……。

那個你一直在苦苦尋找的小瞳，你可知道，其實她始終都在這裡等你。可是，你怎麼忍心讓她這樣等……？你怎麼忍心！

曾經答應過你，如果你並不是故意離開自己，那麼我將給你機會，等你回到我身邊，我會停下來等你。但是，現在我給你機會了，你卻不屑一顧，為什麼……？為什麼夜帝要這樣作弄人？

仰頭，冷迎曦背過身，睜大眼仰望天空，讓眼淚倒流回心裡。

唉……我怎麼能忘了呢？他早已不是我的小影哥了啊！不是那個，費盡心思送我狂焰曲的小影哥，不是那個笑著告訴我，他的肩膀能借我依靠著哭泣的小影哥，不是那個為了不能和我一起去舞會而失落難過的小影哥，不是那個……要我叫他小影哥的小影哥了。

現在，他就只是靳氏企業的少爺、光學院的魔技老師。

過去真的已經永遠回不去了嗎？

靳影澤看了一眼背對著他的女孩，為了避開她破碎的失落，他毅然決然轉身離去。然而過了一會兒，靳影澤還是忍不住回頭看了看她。

清晨霧氣柔美而濃重，她被晨霧瀰漫得如煙塵的影子，孤寂的佇立在天地之間，被輕裊的霧氣氤氳成一泓淒清的上弦月，她那樣孤獨的哀立，好像全世界只剩下她一個人——溪清淺，樹枝橫斜，影寂然。

在這個猶泛淡淡月光的早晨。

月落，破曉，迎曦。

白色的月亮低垂在地平線上，霎時憂傷與慌亂以同樣強度的力道注入斬影澤的血管。

可憐天上月，一夕如環，夕夕都成缺。

為什麼他竟然會有些心痛？難道自己不知不覺中已愛上她了？愛上那個有著墨黑秀髮、紫色眼眸的少女了？可是，自己明明已經心有所屬了呀！那個記憶中的身影，燦金的髮，湛藍的眼，喜歡纏著他又笑又鬧的女孩，他身體中的每一滴血、每一個細胞都在訴說著他對她至死不渝的愛戀。記憶中的她與冷迎曦明明沒有半分相像啊……。

再次轉身離去，這次斬影澤並沒有再回頭。

而沒有再回頭的他，一直到很久以後，才知道在那個早晨，他錯過了什麼。

「命運」如同一個過路人似的，停留一會兒，然後向他點點頭，擦身而過。

十六年前的今天，母親在父親面前刺進魔力點，結束了自己的生命。

月明星稀，冷迎曦抬頭望著夜空，雪白的舞衣無風自揚。究竟要過多久，自己才能忘卻這股仇恨的傷痛？就算她可以原諒，她也無法遺忘。

「冷迎曦，妳準備好了嗎？」門外傳來千洵的聲音。

冷迎曦閉上眼。她簡直不敢相信那天在被斬影澤狠狠拒絕之後，當晚心碎的自己回到蘭之堡時，在恍惚之中竟然答應了千洵所提出的舞伴邀請。

她從來沒想過千洵會提出這樣的邀請，這是多少女孩子夢寐以求的事情……，但是冷迎曦其實並沒想到自己居然會答應，為什麼自己會答應呢？

「嗯，好了。」冷迎曦朝房間外走去。

出乎意料的，千水悠對即將舉辦的舞會一點也不心動，冷迎曦原本以為水悠應該會有興趣參加，沒想到她居然拒絕了男老師們提出的舞伴邀請，打碎了許多邀請者的心。她表示自己寧願悠閒的待在蘭之堡，也不想去參加舞會。而對於她哥哥邀請冷迎曦當舞伴這件事情，千水悠倒是沒有表示什麼意見。

冷迎曦走到門口，握著門把，深呼吸幾下，平復情緒，接著緩緩地將門打開。

迎面撞上的，是千洵深情地注視，彷彿他願意為了此刻，等待千年。

「妳真美，冷迎曦。」

冷迎曦羞澀的移開視線，臉上現出了醉人紅潮。

千洵望著眼前的少女，那樣專注地凝視，彷彿世界上只剩下他們兩個人。俄頃，深邃的笑容展露在他的面龐，抑制不住的歡喜自他唇間流露而出。千洵的語調有著不易察覺的寵溺：「今晚，妳將是我最美的舞伴。」

那晶瑩澄澈的雙瞳，是刻骨銘心的琥珀金。

冷迎曦看著眼前的他，不禁有些疑惑了。千洵，他愛的不是泛月晨嗎？他現在對自己的態度又意味著什麼呢？難道他已經看出她雙重身分的祕密，只是沒有揭發？那麼，他又為什麼不揭發？

「我們走吧！」冷迎曦低下頭。

月白風清，千洵發動浮空飛車，緩緩地向上浮起，然後平穩地向前開去。

「今晚的舞會恐怕會有很多人吧？」

千洵耐人尋味的看了她一眼。「我想這應該不會困擾到妳吧？我相信妳擁有大魔導師以上的實力，而且還練成了武器護體，只要妳放出武器警告的氣息，保證大家會自動離妳遠遠的，完全不會有人敢騷擾妳！」

「咦？你怎麼知道我已經練成了武器護體？」冷迎曦狐疑地問。她的確是有修練武器護體，因為那是器化的第一個步驟。

千洵聳聳肩，有所保留的說：「我就是知道。」

「說不定我沒有呢！」冷迎曦逗他。千洵有意無意的側眼瞅著她，若有所思道：「我可能比妳還瞭解妳自己。」

「比方說呢？」冷迎曦好奇了。繁榮的街景快速自兩旁飛掠而過，敞篷飛車讓風拂亂了千洵的一頭金髮。他沉吟了一下，眼神帶著一抹憂傷：「比方說嗎？像是，其實妳並不想參加今天晚上的舞會，對不對？」

冷迎曦背脊一僵，心驟然涼了半截。

「我只是妳的第二個選擇……，不，也許並不能說是第二個選擇，因為妳根本就不會主動想要選我吧？」

「你、你怎麼會知道靳影澤拒絕了我？」冷迎曦語音顫抖：「還有……，你為什麼要邀約我呢？」

「我邀約妳，那是因為我是真心誠意的想邀妳成為我的舞伴。」

「你、你為什麼要對我這麼好？而靳影澤，他對我卻是……」

「別說了。」

冷迎曦咬牙忍住不哭，但卻依舊無法拋開那日胸口疼痛的記憶。靳影澤那個決絕的背影，就像一把利刃牢牢刺在她的心上，怎樣都無法拔去。難道，靳影澤永遠都不會再成為小影哥了嗎？他們雖然擁有同一張臉，遺憾的是，卻沒有同一份回憶。難道，自己真的應該放棄懷抱希望了嗎？

「別傷心了。」微微遲疑了一下，千洵嘆了口氣，單手握方向盤，另一隻伸過來拉冷迎曦靠向他的肩。冷迎曦低下頭，避免讓千洵看見她的臉。

「以後只要妳有需要，請妳記得，我的肩膀永遠是妳的依靠。」如軟風般的話語，呢喃的像是在自言自語，淡淡的融在空氣裡，透明而空靈，柔和得像是幻覺，宛若仙樂飄飄。

「為什麼要對我這麼好？你對我的好，已經讓我不知該如何回報了。」冷迎曦低低的說，黑髮張成優美的弧度。浮空飛車駛進澄幻的大門，四周燈火輝煌，千洵升起車子的棚頂，頓時車內的光線暗淡不少。

一直等到停好浮空飛車，千洵才開口：「冷迎曦，一開始，是我先欠妳的。」

記憶又回溯到那天，後視鏡中那驚鴻一瞥，光影夾雜的錯覺，月光蘭在她懷裡含苞待放。

「啊？我不懂，為什麼是你欠我？你欠我什麼了？」

「難道妳忘了？月光蘭的花錢呀！我到現在都還沒有還妳錢呢！」

「你……，原來你說的是這個，之前我不是說了不必放在心上嗎？」冷迎曦美眸一轉。「記住喔！不准還我花錢。」

千洵微微一笑，沒有再說什麼。

「不過，說真的，千洵，我真的很感謝你，謝謝你幫了我這麼多忙。」冷迎曦睜眼望著千洵，星眸流轉。「如果可以，希望有一天，我也能為你盡一點心意。」

「冷迎曦，妳不用想太多，我做的任何事情，都是自己心甘情願的，其實付出也是一種快樂。」

「可是，千洵，我真的覺得虧欠你很多，雖然水悠跟我是好朋友，但其實一開始，我跟你並不熟，可是你卻熱心的答應資助澄幻舉辦的比試賽，還親自擔任評審，接著又為了保護我不受到攻擊，安排我住進蘭之堡，現在更幾乎每天晚上特別抽出時間來陪我和水悠用餐。這一切，都讓我……」

「冷迎曦，我不是說了嗎？付出也是一種快樂，真的，當一個人想要付出，但對方卻不願意接受時，那才是最讓人難過的。」

千洵凝視她的神情愈來愈深邃，他的眼神總是這樣深奧如海洋，裡面包含了太多思緒與情感，讓人難以解讀。驀然，他伸手環住冷迎曦的腰，在她還來不及反應前，將她攏進懷裡，清涼的氣息浮過她的脖頸。「冷迎曦，其實我……」

千洵突如其來的擁抱，讓冷迎曦著實怔住，在那一秒，冷迎曦的腦中隱約浮現出靳影澤的臉，於是下意識地想要推開，卻又猛然閃過第一次在梅之堡遇見千洵時，他臉上的笑容。

俊美到不可方物的笑容，卻那樣絕望寂寥。別人的笑容是一種心情，而他的笑容彷彿是一種動作。

一種掩飾他哀傷的動作。

推開他的動作倏然遲滯，冷迎曦動也不動。如果可以，她希望可以盡力保留住千洵現在每日愈發真心的笑容，她不要千洵回到之前的冷漠憂傷。

這時，冷迎曦的耳邊又響起了狂焰曲優美如詩、如夢的曲調。

她真的很想知道為什麼每次只要有千洵在身邊，就會感到穩定而安全；為什麼只要靠近千洵，狂焰曲便會有信任與歡愉的雙重鳴響；還有，為什麼她總有一種其實千洵已經知道自己真實身分的感覺。

不知道從什麼時候開始，自己愈來愈想多瞭解千洵，想多……靠近他一點。

冷迎曦闔上雙眼，但卻闔不上心中的紛亂……。

第八章
彼岸花

柳氏的森林魔法陣——第二次比試賽現場。

浮空飛車漸漸停住，最後緩緩往下降，地面傳來砂石與輪胎的摩擦聲。

正要打開車門出去，這時，一雙略為粗糙的手拍了拍她：「迎曦。」

「什麼事？義父？」冷迎曦回頭。最近因為住進蘭之堡的關係，冷迎曦和義父見面的機會少了許多，所以她特別珍惜和義父的相處時間。

冷校長沉默了一下，無語地凝視冷迎曦幾秒，然後搖搖頭：「沒事，只是我……，總之，萬事小心，迎曦。」

「我會的，義父。」

「這次比試賽占地太大，容易有防護疏漏之處。」冷校長指了指樹林後面：「有空去巡視一下，比賽結束之後，如果你們要在這裡舉辦小型慶祝會，一定要特別注意學生們的安全，還有，妳們在計算成績時，記得提醒學生們不要走到離場地中心太遠的地方，避免再有人遭受到攻擊。」

「好的，我會特別留意。但是，義父，您不留下來觀賽嗎？」

「不了，我必須要出一趟遠門。昨晚觀察星象時，我發現到有非常奇怪的星象異動，可是我無法理解，所以我想要去請教光明法師，他除了是星象專家，還是個預言家，說不定我可以從他那裡得到什麼線索。」冷校長眉頭皺紋似乎更深了：「我不在的這一段時間，迎曦，妳務必要多加小心謹慎。」

「我知道了，義父，您不用擔心。」冷迎曦笑著點點頭，然後推門步下浮空飛車。冷校長留在車內望著人聲鼎沸的報到中心好一會兒，才轉頭吩咐司機開回學校。

冷迎曦回頭看見義父的車已經遠去，想起他方才反常的態度，不禁有一些些不安的感覺。難道星象又顯示出不好的預兆了嗎？

「冷迎曦！」思緒被打斷，冷迎曦轉身，看見迎面走來的千洵。

自從上次甦醒之日澄幻舞會，他倆攜伴登場之後，有關他們倆交往的話題便傳得沸沸揚揚，冷迎曦發現自己竟然沒有很介意，根本懶得去澄清或反駁，而千洵更是一副毫不在意別人議論的態度。

忽然一陣芒刺在背的感覺，冷迎曦側過身，發現明寒正用不友善的眼神在看著自己，她感到有些困惑，因為自己並未曾冒犯過明寒呀！

但此時千洵已經走到冷迎曦面前，使她不得不停下飛奔的思緒。只見千洵用下巴指指魔法陣。「比試還有十五分鐘就要開始了，妳要進去準備了嗎？」

「學生應該都到齊了吧？」冷迎曦問道。

「都到齊了，要不然他們才不會這麼悠閒呢！」千洵瞄了眼在一旁談天說笑、負責報到事宜的老師們。

「好，那我們進去準備吧！」冷迎曦說著便要走進魔法陣。

「欸，等等！」千洵抓住她。「妳這是做什麼呀？」

「我們不是要去第三關準備評分嗎？」冷迎曦一頭霧水的問。

第八章
彼岸花

「是要評分沒錯啊！但第一層跟第二層的魔法陣都已經架設好了，妳要這樣一頭闖進去？」千洵無奈極了。「來，抓緊我。」

「嗯？」冷迎曦不解地用聲帶發出詢問的單音。

「不是叫妳抓緊我嗎？」千洵彎下身，湊到冷迎曦耳畔，用壞壞的聲音道：「不要逼我在大庭廣眾之下抱妳，還是其實妳很樂意？」

「你想做什麼啦？」冷迎曦臉一紅，伸出手抓住他。然後就在下一秒，白光一閃，在眾人的驚呼聲中，冷迎曦跟千洵從原地消失。

眨眨眼，四周十分安靜。冷迎曦睜開雙眸，發現她已經置身在第三層魔法陣內了。魔法陣的光芒在四周忽明忽滅，發出輕微的嗡嗡聲。

「呃……，妳不考慮先放開我嗎？」回過神，冷迎曦這才發現自己緊張得像八爪章魚一樣攀在千洵身上。她連忙放開雙手迭聲道歉：「對不起，對不起，我——」

「這麼緊張做什麼，妳又不是第一次利用瞬移的魔之力。」千洵道。

「是沒錯，只是我……」冷迎曦猛然打住口，但卻發現太遲了，自己已經不小心說溜了嘴。從千洵驚詫的凝視中，冷迎曦知道自己剛剛已經犯下了不可挽回的錯誤。

自己還是泛月晨時，千洵的確曾經使用他的瞬移魔之力帶她到千夜思湖。然而現在身為冷迎曦，千洵卻還不曾與她共乘過。

在不知不覺中，冷迎曦暴露了自己的身分。

冬陽高掛，蒼白的光線莫名得令人感到寒冷。

「我是說——」冷迎曦試圖想要補救：「我以前曾經看過你使用瞬移的魔之力，我……不是指——」

咚咚咚！森林上空響起震耳欲聾的鼓聲，象徵著第一組學生已進入魔法陣。

然而在兩人之間懸宕的，是更讓人沮喪、更震耳欲聾的沉默。冷迎曦不敢看他，不敢去探究他眼神中的心緒。

沉默持續擴散，好像過了一世紀那麼長似的，千洵終於開口：「妳……」

一陣搖晃，原來第一組學生攻進第三關了。冷迎曦幾乎可說是感激萬分的鬆了一口氣，回到預備位置上，希望目前的比試賽可以分散自己的心神。但是看著學生們努力想要破關，卻遲遲找不到方法，有如無頭蒼蠅一般，不禁聯想到了自己，他們的情況就像目前的自己一樣。

好不容易有了寧靜安定的生活，好不容易在跟千氏雙璧的相處中漸漸有了家的溫馨。難道好不容易擁有的這些，都將要失去了嗎？

還有，千洵會怎麼想？是不是覺得我一直在欺騙他？他會原諒我嗎？不論是過去的事件、還是現在的事情。

現在後悔好像已經來不及了呢……。

第八章 彼岸花

比賽結束時日已西垂，太陽像個守財奴，正在藏起他最後的金子。

比試賽進行得比預計時間久，許多學生卡在最後一關，最後不得不放棄。第三關其實需要的是合作，而且必須各組一起通力合作，這樣集合起來的力量才足以成功破關。只是很少人能悟出這個道理，因此大都飲恨敗北。

工作人員正在計算分數，冷迎曦為了避開與千洵再次接觸，她向水悠交代好自己的去向後，便前去巡視森林後方。

就著夕陽的漫天金光，柳氏的森林沐浴在一片美好的光華之中。繞到森林後方，冷迎曦望著蒼翠欲滴的大片樹林，心情放鬆了不少。

又走了好一會兒，愈走愈深入林子的冷迎曦漸漸發覺事情有些不對勁。

好安靜……，不對，如果這是森林，那未免也太安靜了些。

森林應該有鳥語、有蟲鳴，但是現在這分寧靜太突兀，只有風的嗚嗚呼嘯，充塞著整個森林。

心中想起義父今早交代的話語，冷迎曦頓時覺得異常不安，正想要轉身趕快回到比賽會場，沒料到驟然有無數的十字飛鏢以雷霆萬鈞之勢，穿透空氣、撕裂空氣般朝她急擊直落！

冷迎曦驚險的一個翻身躲過，接著火速跳到枝葉茂密的巨樹上隱藏起來。探看四周，只見為數眾多的黑衣人不斷在林中移動搜尋，並不停的向各處射出飛鏢，似乎非置她於死地不可。

沒有辦法呼救，這裡離比賽會場太遠，更何況學生這麼多，屆時如果造成學生的危險就更加得不償失了。

咬咬牙，冷迎曦決定孤注一擲，反正對方是絕不會放過自己的，而且相信再過不了多久，自己一定就會被他們找到，那麼，不如主動反擊，可是，自己到底該如何選擇？究竟應該使用魔技？還是器化？

喀擦！冷迎曦不慎壓斷了樹枝，被黑衣人發現了她的藏身處，接著馬上有幾百支飛鏢從四面八方紛紛射過來，不給她任何脫逃的機會。不得不，在電光石火的那一秒，冷迎曦痛苦地作出了決定。

反正已經沒有隱藏的必要了吧——

當千水悠終於發現冷迎曦消失太久，似乎有些不對勁而匆匆趕往森林後方時，看到的便是這樣驚心動魄的景象。

使用龐大魔力所形成的防護結界，亮起了懾人的光芒和夕陽餘暉相互輝映，構成了一幅絕美的風景。超過大魔導師程度的結界在一個心跳的時間內熟練架起，飛鏢全被震落到地上，四周的風被強烈的靈力擾動，放肆的狂吹著。

結界中央是一名金髮少女，她雙手支撐著結界，背脊挺直，湛藍的雙眼堅定無畏，姣好秀雅的面容有著不顧一切、孤注一擲之勢。

那面容……怎麼可能呢……？

那是千水悠永遠都不會忘記的、她所深深痛恨的那張臉。

「泛月晨！」懷著驚詫與恨意，還有恍然大悟自己一直被蒙蔽的羞辱，千水悠嘶啞的怒吼出聲。

聽見她的叫喊，結界中的少女轉過身。對上千水悠破碎痛恨的眼神，她似乎嚇得六神無主：「水悠？我……」

「冷迎曦，妳就是冷迎曦，對不對？妳為什麼要騙我？妳為什麼要隱瞞？妳……妳為什麼要回來？！我不想再見到妳！」不知是恨意還是淚水讓眼眶泛紅了，千水悠吼完後，頭也不回地轉身就跑，她的腦中一片空白，全身陣陣灼熱，一陣恍惚的暈眩，眼看著就要軟倒，這時一雙冰冷的手即時抱住了她。千水悠努力想要甩開，卻不論如何都無法做到。

「水悠，妳聽我說，我不是故意……」

「放開我！我說放開我，妳沒有資格碰我！」

「水悠，對不起，妳不要這樣……」

「放開我，妳聾了嗎？我恨妳，泛月晨，我恨妳！」

啪！

清脆響亮，那記巴掌的力道重得讓泛月晨偏過頭去，原本保護她的金色結界瞬間消失。

兩人都沉默下來。淚水刺痛眼睛，泛月晨覺得，似乎有什麼東西在她跟千水悠之間永遠消失了。

然而兩人都沒注意到的是，缺少金色結界的防護，攻擊者紛紛又開始圍了上來。頓時無數把飛鏢在泛月晨能反應過來之前，便猶如匹練破空而來。在千鈞一髮的那一秒，唯一劃過泛月晨腦中的想法是：千水悠是無辜的，她不能讓水悠因為自己而受傷。

撲到千水悠身上，盡可能用自己的身體緊緊護住她，泛月晨心甘情願地承受飛速而來的飛鏢攻擊。倏然身旁爆出一陣白光，他們雙雙被拉進一個溫暖的懷抱裡。

飛鏢落下，血光點點。

耳邊有吃疼的悶哼聲，泛月晨忽然感到手臂一痛，汩汩的鮮血如流水般湧下，滴落在森林的土地上，形成一灘血窪。

不對，如果只有她一個人的血，應當血窪不會這麼大，接著又是白光一閃，泛月晨失去意識，陷入深沉的黑暗裡……。

會被卸去偽裝、回復原本的面貌，就是冷迎曦之所以不能使用魔技的原因。

泛月晨自從五年前離開月隱山莊，躲到深山中修練器化，在無意中巧遇冷校長，並被他收為義女後，為了避免重返魔武界時再徒增紛擾，於是冷校長便傳授給泛月晨這個幾乎快要失傳的神祕易容咒語，以便徹底改變她的樣貌。與一般易容咒語不同的是，一般的易容咒語效力只有短短幾個小時，而泛月晨所使用的神祕易容咒語，則可以長久維持，甚至還能改變使用者的天生魔族靈力氣息。只是這個咒語也有所限制，就是每個魔族一生只能使用一次，而且因為在使用此神祕咒語時，需動用到自身所有的魔力以求徹底改變樣貌，因此一旦使用了這個易容咒，那麼便無法再用魔力去施行其他任何咒語，就連魔之力也都不能再使用了，因為如果動用了魔力施行其他的咒語或使用任何魔技，那麼就再也無法維持住這個神祕易容咒了。

冷校長不能使用魔技的原因和她不同。冷校長不能使用魔技是因為在使用魔法的時候，或多或少都會散發出專屬於個人的靈力氣息，而以前曾經去攻擊血煞卻敗北而歸的冷校長不想讓血煞找上門，雖然當時他戴著面具，但血煞依然可以從他所散發出的靈力氣息循著線索找來，因此他便不想再使用魔技，以免暴露了身分。

現在泛月晨一旦變回原來的面貌，要想再恢復成冷迎曦的樣子，已經是絕不可能了。

望著玻璃倒影上自己滿頭金髮的模樣，泛月晨深深嘆了一口氣。

右手臂傳來陣陣痛感，泛月晨縮了一下。她住的是單人病房，蒼白的牆壁、蒼白的床單、蒼白的房間，映入眼簾的蒼白彷彿愈來愈刺眼，四周一片空曠、陌生、冰涼。

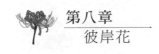

眼眶痠麻乾澀，臉上被水悠打的那一巴掌已經消去了痕跡。泛月晨伸手想揉揉眼，卻只意識到四肢無比沉重。瞪視著天花板，腦中起先是一片空白，然後漸漸地，昨日殘忍的記憶撕裂般衝進她的腦海，在裡頭橫衝直撞，翻攪得天翻地覆。

身穿黑衣斗篷的紅眼殺手，像是夢魘般在幽暗的森林中悄悄窺伺，等待時機下手；自己不得不放棄易容術，使用魔力結界化解危機，但卻在此時看見自己最在意的朋友用一雙宛如被背叛的仇恨眼睛狠狠地怒視著自己，她鋒利的話語像利刃般深深刺痛她的肌膚，毫不留情地傷害她，然後慢慢劃著，讓她心裡流出桃花般豔麗的鮮血；結界終於失去效用，頓時數也數不清的飛鏢無情落下，在她身上造成深刻的傷口，豔紅的鮮血如注，紛紛墮於塵土血窪之中。

泛月晨像被迎面痛擊一拳似的縮起身子，用蒼白的被子蓋住臉，雙手顫抖。

千水悠的名字像錐子一樣直接刺入她的身體。

狠心地、不留半點情分地，宛如鮮豔的薔薇上最尖銳的刺。那如薔薇般美麗的女孩子。美麗的名字，美麗的女子。她說她恨她，她痛恨她……

「咦？妳醒啦？」身邊忽然傳來陌生的聲音。泛月晨渾身一僵，伸手拉下蓋在臉上的被子，原來是一名女性治療師正拿著紀錄本站在她的病床旁。

「這是哪裡？」泛月晨的聲音又乾又嘶啞，她掙扎著咳了幾聲，那名治療師放下紀錄本，倒了一杯水給她。「塔羅治療中心，這是全城最棒的治療中心喔！」

泛月晨就著杯沿喝了幾口水。「我身上的傷……」

「放心，妳目前並沒有生命危險，只是失血過多，但是造成妳身上傷口的飛鏢，似乎有被施行過一種特別的咒語，這種咒語會讓傷口無法完全真正癒合，就像現在妳雖然已經止血，但是妳的傷口很容易會因為用力過度，而再次大量出血，如果要避免這種情況發生，就一定要解除妳身上的咒語才行。」

泛月晨看見造成她手臂傷口的飛鏢就擺在前方的桌上，刀鋒有著逼人的冷光。治療師重新拿起紀錄本看了看。「但要解除這個咒語會有點棘手，因為據我所知，目前只有彼岸花液才有解咒的功效，但彼岸花實在太稀少了，現在我們還在積極設法取得中，不過妳先別擔心這個問題，至少目前我們已經替妳將失去的血液都補足了，只要妳暫時先不要做劇烈的動作，應該就不會有問題。」

彼岸花？她說的是彼岸花嗎？泛月晨猛然想起那種邪氣而傷感的花朵，開得像是燃燒自己的生命來綻放，如火如荼。

「請問是誰送我到這裡的？」泛月晨再次發問。治療師將紀錄本夾在腋下，彎身查看她的傷口。「傷口收得還算乾淨……誰送妳來的呀？嗯，好像是一位個子頗高的青年，當時他自己也受了重傷，卻還抱著妳趕過來，真是不簡單呢！他的病房好像是在樓上，但我不清楚是哪一間。」

「哦，謝謝妳告訴我。」

治療師離開了病房。泛月晨先是在床上躺了好一陣子，然後終於決定下床一探究竟。輕輕穿上鞋，站起身的時候有些微暈眩，但很快就平復了。泛月晨走出病房，穿過長長的走廊，一邊走、一邊思索。

血煞現在手中可能已經擁有她的血，這樣一來，他們下一次要的就是她的命。

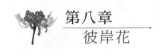

血煞在追殺的……其實是幻瞳一族的人。

紫色眼瞳是幻瞳族人的特殊標誌，而這也很有可能是引來血煞攻擊的主要關鍵。儘管幻瞳族人不一定全都是紫眸，比如泛月晨的藍眼，但這種例外十分稀少。之前在施行易容時，由於幻瞳族人先天上的限制，泛月晨只能無可奈何地讓自己的眼睛從藍色變成紫色，沒想到這種改變竟然讓她更加顯眼，引來殺手的注意。

就算現在已經換回藍色眼睛也於事無補，血煞應該已經知道她的身分了。胡思亂想的當兒，泛月晨沒注意到自己竟然已經晃到了樓上。想到千氏雙璧可能就在這一層，泛月晨不禁很懦弱的轉身就要逃下樓，然而下一秒便硬生生停住腳步。

「泛月晨！」

緩慢僵直的轉過身，泛月晨發現聲音來自樓梯邊的病房。

「你到底還要讓她把你害到多慘？你究竟要讓泛月晨再傷害你多久，你才肯放棄？你說啊！哥哥！」

「我只是想要知道她的狀況。」

病房內沉默了幾秒，然後千水悠爆發了。「哥哥，我真是不懂，泛月晨害得你那麼慘，你為什麼還要關心她？她哪裡配得上你？你為什麼要替她擋住飛鏢？害得自己受傷，而且已經受傷流了那麼多血，你居然還堅持硬撐著送她來治療，把自己弄到差點死掉！」只聽見千水悠愈發生氣的繼續說著：「泛月晨會感激你嗎？不會！從頭到尾，她的心裡就只有靳影澤一個人，她根本不會愛你。哥，我真的勸你不要再做傻事了，她愛的不是你，從以前到現在都不是，她愛的一直都是靳影澤，我真是不懂你當年為什麼要——」

「住口！」

「哥，我說真的。你——」

「我要妳住口，水悠！」千洵的怒吼直直刺進泛月晨心中，連同方才千水悠的話語，一起在她心中迴盪。「妳以為我不知道嗎？我當然知道，我什麼都知道，妳說的我都懂啊！可是……」他的聲音突然停頓。半晌，他才再次開口，語調卻已變得溫和：「可是我愛她啊！水悠，我沒有辦法放棄愛她，只是純粹想對她好，只是這樣而已，真的只是這樣而已。」

「哥哥……」

「所以至少為了我，請妳不要傷害她了，好嗎？」千洵沉聲：「妳……其實也不想，對不對？」

千水悠愣了半秒，然後尖銳的開口：「怎麼會？我恨她，我說過我會恨她的！」

「用全部力量去恨她的，是那個還不認識冷迎曦的千水悠。」

「什麼？哥……」

「其實妳也漸漸能體會我為什麼會愛她了，是不是？水悠，哥哥知道妳是一個很善良的女孩子，妳千萬不要讓自己執著於舊有的仇恨。」泛月晨聽著千洵的聲音，忘卻呼吸。「妳想想，妳能和冷迎曦成為好朋友，這就是一種緣分。我知道妳是真心喜歡冷迎曦的，那為什麼妳不能放開胸懷也接受泛月晨呢？」

「……」

「我看得出來泛月晨也是真心喜歡妳的，她把妳當作是她最好的朋友，為了保護妳，她完全沒有顧慮到自己的安全，緊緊的抱住妳，不讓妳被飛鏢所傷，她真的是……」

「哥，你不要再說了，我……」

靠在樓梯旁，泛月晨望著天花板，淚水倒流回心裡，在身體裡氾濫成災。

「妹，其實，哥哥相信在妳的內心深處，妳還是願意跟泛月晨當朋友的，是不是？」

「我、我……我不知道。」

病房內頓時響起乒乓凌亂的腳步聲，躲在樓梯轉彎處的泛月晨看到千水悠跟蹌衝出病房的背影。

「水悠……」泛月晨舉起手，彷彿想抓住她遺留的風。

水悠，不論妳如何恨我，我都願意耐心等候妳的恨意消去，一直等到妳不再恨我、願意原諒我的那一天，在我的心裡，妳將永遠都是我最珍惜的朋友。

水悠，對不起。

「怎麼樣？我跟水悠說的話，沒有錯吧？」淡淡的聲音響在身後。

泛月晨猛的回身。

千洵凝視著她，優美的下頷線條流暢明快。他倚著牆，臉色有著病容的蒼白。

「千洵，你——？」

「我可以感應到妳。」千洵短暫的表示：「怎麼樣，妳沒事了吧？」

「除了血液被攻擊者取走以外，我很好。」泛月晨沮喪地說：「不過倒是你，為什麼要替我擋飛鏢？他們要的是我，不應該波及到你，對不起——」

「正是因為他們要的不是我，所以我流一點血才沒關係啊！」千洵嘴角勾起一絲微笑，他垂下眼簾。「不過，我認為妳的血並沒有被成功取走。雖然妳有受傷流血，但應該已經跟我所流的血融合在一起了，所以他們拿到的只是我們兩人混合在一起的血液，因此妳不用擔心。只是，他們勢必會再發動第三次攻擊，所以妳還是要格外小心留意才是。」

聽到這驚喜的消息，泛月晨不禁走上前，意外地問：「你確定嗎？所以我的血……真的並沒有被成功取走？」

「除非有差錯，不然我可以肯定。」千洵低頭凝視泛月晨，她這才猛然意識到他們之間的距離竟是如此之近，幾乎都能感受到他的呼吸。

泛月晨的聲音開始有點不穩：「千洵……謝謝你。」

這時千洵忽然手一橫，從背後環住泛月晨的腰，然後轉身將她抵在後方的牆上，眼神緊緊攫住她。「泛月晨，我想問妳……」

「問、問我什麼？」泛月晨驚慌失措的睜大雙眼回看他，扭動著想掙扎，但卻被千洵深邃的眼神震懾住，停下動作。

千洵的眼眸裡漾滿了星光。「我剛在病房裡面說的話，我知道妳都聽到了。那麼我想問妳，妳……妳願意拋開過去的是是非非，跟我重新開始嗎？妳願意再給我一次機會，接受我嗎？」

「千洵，我……」此時泛月晨腦中一片空白，身體裡的狂焰曲不斷發出歡愉的曲調，唯美浪漫醉人心弦，而正當泛月晨陶醉於狂焰曲絕美動聽的鳴響中時，千洵突然傾身，接著，他溫潤柔軟的唇便一路從泛月晨的太陽穴劃到唇邊。霎時，深埋的記憶自腦中迸然而出。華麗的舞會、引人沉醉的酒香；死神裝束的少年面孔隱藏在面具之後，溫柔地問著：為何在這樣美麗的夜晚，天使要哭泣？

畫面自眼前如潮汐般退去，只剩下千洵熟悉的臉。他琥珀色的瞳，唇角優雅的弧度，眸子盪漾著回憶七彩的瀲灩。

「泛月晨，就算妳不能接受我、就算妳愛著別人，能不能……至少讓我愛妳？讓我對妳好？」

千洵開口。他的聲音，宛若從天際傳來，是那麼樣的真心、那麼樣的誠懇。

像是等待了一輩子才有機會說出口的話語，那也是五年前自己一直沒有能夠親口告訴對方的話語，千洵尾音微微下沉，壓抑住自己的顫抖。他的雙眸是流金般比陽光還耀眼的燦亮顏色。他看著泛月晨，彷彿她就是他的全部。

可是……

「千洵，我……我真的不知道該怎麼回答，我也很想給你一個肯定的答案，但是，」泛月晨聽見自己無力的聲音：「但是，真的對不起。到現在，我都還不清楚自己對你的感情，如果……就這樣讓你無條件的付出，一直給你錯誤的期待，萬一最後我根本無法回饋，那麼，這對你將是一種殘忍的不公平。」

「……」

「千洵，對不起，我不能這麼做，我不能這麼自私，我……」泛月晨撇頭推開千洵，躊躇了一下，然後心慌意亂地朝樓梯口跑去，告訴自己不要回頭。

不敢回頭，沒有勇氣看他，不敢看那被自己再次無情推開的他。

可是，自己的心為什麼會這麼痛？難道她已愛上千洵了嗎？

不對、不可以，她早已經和小影哥有了藍色篝火之約了！不是嗎？

好亂、好亂，一切都失序了。

該怎麼辦……？

泛月晨一路跑回自己的病房，站在門口，卻遲遲不想走進去。心跳依然快得好似脫韁野馬，每隔幾秒眼前就浮現出千洵的臉，接著又是靳影澤的臉，最後是千水悠哭泣的臉。泛月晨全身緊繃顫抖。

當還是冷迎曦的時候，靳影澤認不出自己。那麼現在變回了泛月晨的面容，小影哥是否就能想起來了呢？

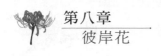

如果現在去找他，並且設法幫助他回憶以前的往事，說不定有希望可以讓小影哥恢復記憶，那麼……到時候，是不是就可以更加確定自己該怎麼做了？是嗎？

泛月晨凝視著自己右手狹長猙獰的傷口，治療師說只有彼岸花液才能徹底根治她手臂上的傷及咒語，那麼自己到底該不該去找靳影澤呢？因為上次靳影澤曾告訴她，目前全城只有靳家才有此花，目前這件事並沒有人知道，現在如果自己貿然前去找他，是不是也會將血煞的危險帶到他身邊呢？小影哥也許會和今天的千洵一樣，成為無辜的受害者。不！她絕不能讓這種事情再發生！

可是血煞想要她的血……

對了！血煞要的是她的血，那麼自己是不是可以……

泛月晨再次望向自己右手狹長猙獰的傷口，眼中的光漸漸凝聚成形。

她知道可以怎麼做了。

喀擦，泛月晨關上員工更衣室的門，然後小心翼翼地東張西望。

很好，幸好都沒有人。現在這個時間，是不會有員工來這裡換衣服的。

摸摸口袋，有一張硬硬的卡片。泛月晨抽出來一看，是治療中心的員工專用通行證。這應該會派上用場。

泛月晨深吸了幾口氣，然後裝作熟門熟路的樣子穿過走廊，走廊上的醫療人員漸漸多了起來，看起來都行色匆匆、沒什麼注意到她。為了避免突兀，泛月晨連忙也低頭快步走，一邊用眼角餘光仔細四處觀察標示，繞過了治療中心的左翼，終於在靠近主樓的地方看見血庫的路徑標示。

泛月晨舔舔乾澀的唇，朝向標示的地方走去。血庫門前設有防護鎖。泛月晨拿出員工專用通行證往鎖前一放，鎖發出通關的嗶嗶聲響，門隨即應聲開啟。泛月晨朝背後張望了一下，然後閃身進血庫，迅速將門關上。

第八章

彼岸花

血庫內很大而且很明亮。總共有十幾個櫃子，依魔族血以及凡族血的不同分為兩大區。

雖然塔羅治療中心是全城最大、醫療資源最豐富的治療中心，但是由於魔族血液實在太珍貴了，因此就連這裡的庫存量都少得可憐。魔族血液的優點除了可以讓凡族蛻變成魔族外，另外也沒有血型配對的問題，任何血型都可以融合得很好，因此也有人稱魔族血為「救命血」。泛月晨走到櫃子前，看見魔族血的專櫃只剩下少少幾袋血而已，雖然還不到見底的地步，但看得出來這裡的缺血危機也頗嚴重。走到另一區凡族血的櫃子，這裡的庫存可就豐富多了，共有好幾大櫃，還依不同血型貼上不同標籤。

大略估計了一袋血的分量，泛月晨掐指一算，如果全身換血的話，她大約需要三千五百毫升的血，至少要七袋血。

由於這次住的是高等病房，泛月晨知道自己如果失血，治療中心一定會用魔族血液來救助。

從凡族血櫃裡拿出七包放到魔族血櫃的最前面。事成之後，泛月晨連忙走出血庫，回到員工更衣室換下衣服，然後衝回自己的房間。泛月晨跳上病床，掀開右手的袖子，露出手臂上的傷口。傷口雖然清理得很乾淨，但幾乎深可見骨。泛月晨拿起醫療器具臺上的飛鏢，治療師說此飛鏢有被施行過防止血液凝固的咒語，現在剛好可以派上用場。

這就是她想到的方法。換掉自己全身的魔族血，暫時蛻變為凡人，如此一來，就算血煞找上她，對方也束手無策，必須等她完全淨化血質。這給了泛月晨三個月的安全期。

三個月，夠了。夠她釐清一些事情了。

閉上眼、狠下心，泛月晨將飛鏢對準傷口，快速又俐落的切了下去，甚至比先前的傷口還要深。

嘶——鮮血立刻瘋狂地湧出，浸濕了整個被褥。濃重的血腥味在病房中瀰漫開來，腥紅的血色如花般豔麗的點綴在過分蒼白的病房。那種自殘的疼痛，讓泛月晨眼前忽明忽暗。努力維持自己的意識，泛月晨放回飛鏢，頹然向後傾倒，看著流血不止的手臂，感覺力量一點一滴流失。那是種恐怖的融化感，傷口紅腫猙獰，泛月晨的指尖開始失去知覺。

眼前晃動的畫面不斷轉變，但全是布滿了朦朧的泙紅。

小影哥，小瞳要去找你了……

在失去意識前的最後一秒，泛月晨掙扎著伸出左手，奮力按住床頭的求救鈴。

皓月當空，滿天霜華。

風吹亂了頭髮，也吹迷了視線。

仰頭虛弱地看著靳氏宏偉輝煌的建築，泛月晨心想，看來靳氏企業的規模還真是不小。

伸手按下門鈴，過了好半晌，一位女管家出來開門。

女管家好奇地打量著泛月晨，顯然是注意到了她的金髮藍眼。

努力將唇上揚至最大弧度：「妳好！我是冷迎曦，請問……」泛月晨笑著開口：「靳影澤在嗎？我有很重要的事情想找他談。」

泛月晨單薄的身影和妖嬈的夜色奇妙的融合在一起。

側耳，她彷若又聽見了命運齒輪轉動的聲音。

響徹天際。

泛月晨沒有料到靳影澤的父親也在家。

這是泛月晨與靳影澤的父親第一次見面。他們父子兩人的確長得有幾分相似，但進一步仔細琢磨，卻又覺得好像缺少了些什麼。

看見金髮藍眼的泛月晨，兩人都是明顯一愣。尤其是靳老爺，他差點打翻了手中的玻璃杯。

「妳是誰？妳不是冷迎曦呀！妳找我做什麼？」靳影澤滿腹狐疑地問：「我並不認識妳。」

「靳影澤，我是泛月晨。」她深吸一口氣，凝神看著對方胡桃棕色的眼睛，然後平靜地說出驚天之語：「但是……我同時也是冷迎曦。」

匡噹！這次靳老爺的杯子真的打翻了，擊落在地，碎成千萬片光芒閃爍的冰晶。杯中的紅酒灑在地上蔓延開來，讓泛月晨聯想到五年前撕心裂肺的那夜，從小影哥身上流出的血液，不論她如何壓住傷口，卻都無法停止。那瘋狂的腥紅浸溼了大地、染紅了視線。

「抱歉，我先離開一下。」靳老爺喃喃的說著，然後迅速離開客廳。

泛月晨看著靳老爺遠去的背影，然後將視線轉回滿臉懷疑的靳影澤身上。「我說的……是真的。」

「冷迎曦是黑色頭髮，紫色眼睛。請妳別說笑了。」靳影澤微微沉下聲音，明顯注視著她的金髮藍眼：「妳要如何證明——？」

「我是來請求你給我幾朵彼岸花的，靳影澤。」泛月晨說道，看見靳影澤面色一僵，露出不可置信的神情。「你曾告訴我，這件事情你只跟我一個人說過，記得嗎？」

「彼岸花的事情……也有可能是冷迎曦告訴妳的，不是嗎？有可能是妳問她的，何況，憑什麼我要給妳彼岸花，那可是——」

「我還知道你拒絕了冷迎曦舞會的邀請。這樣可以證明了嗎？」泛月晨的聲音微微顫抖：「這種事情，相信你也同意冷迎曦是不會輕易跟別人提起的吧！靳影澤……請你相信我。」

聽到這裡，靳影澤的神情嚴肅了許多。他遲疑了一下，然後問：「如果妳真是冷迎曦，那麼……妳為什麼會變成這個樣子？」

泛月晨神情無奈。「因為在第二場比試賽時，我遭遇到攻擊，最後使用了魔力來抵抗，以致讓我的易容咒失去了效用，所以就變回了原來的模樣。這很難解釋……，總之，我是冷迎曦，但同時也是泛月晨。現在的樣貌才是原來真正的我，冷迎曦的外表是施行易容咒後所偽裝的。」

「那是偽裝，所以妳其實——」靳影澤突然住口。他胡桃棕色的雙眸倏然瞪大，從座位上一躍而起，因為激動而臉色脹紅，語氣結結巴巴：「如果這是妳真正的樣子，如果妳真正的模樣是……金髮藍眼，那麼，先前妳曾告訴我，我找人的方法是錯誤的，這是不是代表妳知道……或是，這代表妳其實就是……」

「泛月晨小姐。」

他們之間緊張灼熱的氣氛忽然被凍結了。兩雙眼睛互相凝視著，感覺近在咫尺，卻又遠似天涯。泛月晨張了張口，呢喃著無聲的話語。靳影澤眼神灼烈，像是燃燒著的閃亮恆星。

「泛月晨小姐，方才真是不好意思。請問妳到寒舍有什麼事情嗎？」原來是靳老爺回來了。

泛月晨費盡力氣移開注視著靳影澤的視線，向一旁的靳老爺回話：「是的，冒昧造訪，真是過意不去。因為我聽說府上是全城唯一有種植彼岸花的地方，不知靳先生是否能割愛幾朵？」

「哦？彼岸花，妳怎麼會知道我們家有種植？」靳老爺點點頭：「沒錯，我們的確是種有此花，但不知泛小姐需要彼岸花做什麼呢？」

也許是錯覺吧！泛月晨心想。這個靳老爺看著她的神情為什麼有些奇怪呢？帶著點疏離、帶著點恭謹、帶著點長輩對晚輩不該有的小心翼翼。

泛月晨揭開手臂上裹了一層又一層的繃帶，露出紅腫未癒合的傷口。雖然現在傷口沒有流血，但是因為中過咒語，因此永遠都不會癒合，只要一有劇烈的動作，就會再次裂開出血。泛月晨大致說明了一下傷口的狀況，然後提出請求。「治療師說只有用彼岸花的花液才能完全根治傷口，所以我才會親自前來懇請你們給我幾株彼岸花。」

靳老爺望著她的傷口，緊皺的眉頭看起來頗為凝重。「泛小姐，我們相當同情妳的狀況，彼岸花我們也很樂意讓妳帶幾株回去。只是……泛小姐也許不知道，這種嬌貴的花朵有著特殊的限制。」

「特殊的限制？」泛月晨一臉茫然。

「是的，至於這方面我請影澤先跟妳解釋。很抱歉，我必須先去處理一件重要的事情，我待會再過來，先失陪了。」靳老爺朝泛月晨略微頷一頷首，然後轉向他兒子。「影澤，那就麻煩你了。」

靳老爺再次走出房間。原本正在納悶靳老爺為何又再度離開的泛月晨，忽然被靳影澤突如其來的一抱，硬生生的打斷了思緒。

輕聲嘆息，卻眷戀的沒有推開他。靳影澤身上有種迷惑人的香氣，泛月晨猜想那應該是彼岸花的花香。只是……

「為什麼感覺還是不對呢？」放開泛月晨，靳影澤訝異地問。

泛月晨仰凝，那雙湛藍的眼眸有著疲倦的哀傷。「我不是說過了嗎？你這種方法是行不通的。除非你真正想起來……」

「但我就是做不到！」靳影澤痛苦地說。

「記憶存在就是存在，你只是暫時忘記了，它不會永遠消失的。」泛月晨安靜地說，濃密的長睫毛在臉上有著沉沉的陰影。

「不論如何，妳應該就是我在找的那個人，對不對？」彎下身，靳影澤雙手握住泛月晨，眼眸渴求般緊緊盯住她，小心翼翼的神情，就像在盡力呵護一場易碎的夢境，深怕一不注意，幻影就會消失得無影無蹤般。「請妳告訴我，妳究竟是不是我在找的那個人，真的，我只想要知道，那個身影不是我的想像，她真的存在。我只想知道她是否真正存在……」

撫上靳影澤熟悉的眉眼，泛月晨望著她的小影哥，憂傷的微笑。「如果你不認為我在騙你，那麼，是的，她真的存在。」她的藍眼冉冉浮動：「而且就是我。」

曾經我以為已經死去的你，竟然現在如奇蹟般的站在我面前。雖然你仍然想不起我，但是我願意盡一切努力，恢復你往日的記憶。也許等到你記憶恢復的那天，我們便可以像以前一樣相愛，然後實現我們藍色篝火之約了吧？

我要等到你完全恢復記憶。記憶殘缺的你，不是我真正的小影哥，我不要一個因為愛著幻影，所以才愛我的空殼的人。

「泛月晨……」靳影澤輕喃著這個名字，就像是在愛撫一般。「如果真的是妳，妳會回到我身邊嗎？」

「等到你恢復記憶，我就會回到你身邊。」泛月晨承諾。

彼岸花的花香，就像是最美麗的咒語，縈繞在鼻尖。

這個有如彼岸花一般妖嬈的少年，也像美麗的咒語，盤旋在她的心房。

這份情感究竟能不能開花結果、藍色篝火的預言到底會不會實現？

也許只有到故事的終局，一切才會真相大白吧！

「靳老爺剛剛說彼岸花有其特殊之處，那是什麼？」轉移話題，泛月晨好奇的問。

靳影澤似乎有點因為氣氛被破壞而失望，但他很快就調整好自己的表情，對泛月晨解釋道：「我們靳家只有兩種植物，一種是櫻花樹，另外一種就是彼岸花。櫻花是種在離房子比較近的地方，至於其他地方，就是那豔紅如火的花朵。其他植物只要靠彼岸花太近，就會枯萎掉，我們也不清楚是什麼原因。而且這還不是最特殊的。」靳影澤望向窗外，由於夜色昏暗，泛月晨無法看清窗外的景象，但不禁想像白天時這裡應該是一片耀眼的紅色花海吧！

「彼岸花……，只有經由我親自採摘才不會枯萎，如果是其他人採收，或是我把花交到其他人手裡，彼岸花就會迅速凋零。妳將會看到原本盛放的花朵在短短幾秒鐘內就走完了一生。屢試不爽，絕無例外，這也是我們始終無法理解的事情。就像無法理解為何全城只有我家可以種植出彼岸花一般。」

泛月晨第一次聽聞這種離奇事，不禁露出驚豔的神情。「這簡直是太神奇了！」

「神奇嗎？」靳影澤苦笑：「但這也代表說，妳根本就無法成功把彼岸花帶走啊！而且如果妳是想要彼岸花液的話，那就更加困難了，因為彼岸花在被摘起之後，它的花液在離土的一分鐘內就會乾涸，幾乎無法保存，這一點非常棘手。」

「那……這該怎麼辦才好？」經靳影澤這麼一說，泛月晨的雙眉不禁皺了起來，露出煩惱失望的神情。「難道真的註定好不了嗎？這樣豈不是以後我都不能使用魔武技了？」

「嗯，這……」靳影澤忽然眸光一閃，露出了興致勃勃的興奮神情：「啊！我有辦法了，不如——」

「不如，讓泛小姐來我們家養傷，等到傷口完全癒合後再離開，不知道泛小姐意下如何呢？」

兩人猛然回頭，原來是靳老爺又過來了，並且臉上堆滿了笑容，說出原本靳影澤正要說出口的話。聽見靳老爺的邀請，泛月晨以及靳影澤臉上都是滿滿的驚訝神情。

「什麼？這、這樣好嗎？會不會太打擾了？」

「父親，真是太好了，我還以為您可能不會答應呢！」

靳老爺臉上再次堆滿笑意：「泛小姐，這是最好的方法了，妳真的不必顧慮太多，我和影澤都很竭誠的歡迎妳，也十分樂意幫助妳。」

泛月晨有些不知所措：「我……真的十二萬分感謝您們，但是這樣打擾府上，實在是……」

「不會增添什麼麻煩的。」靳老爺突如其來的熱情挽留，讓泛月晨真是受寵若驚。「而且對於您這種特殊狀況，我們也不應該見死不救，況且影澤在澄幻任教，也常受到冷校長的指導和愛護，尤其冷校長這一陣子不在城裡，我們代替他來照顧妳，更是義不容辭之事，所以這件事就這樣說定了吧，好嗎？」

靳老爺這一番話，讓泛月晨實在無從婉拒。

「我……」面對兩雙期盼的眼睛，泛月晨簡直束手無策。

不過轉念一想，這也許是上天賜給她的契機，如果留在靳家，和靳影澤相處的時間便會增加很多，這樣自己就能有更多機會好好設法幫助小影哥回想起以前的事情了！

衝著這小小的私心，再加上靳老爺的熱情邀請，實在讓人無法推拒。泛月晨抬起頭，露出一抹感激的笑容：「真的很感謝您們，靳老爺，那就麻煩您們了。」

其實，之前泛月晨在修練器化的時候，會想要連帶改變自己的相貌，也是情非得已的。泛月晨這個身分，實在太敏感。假如以這種身分回來，就算她的實力已經不用再畏懼她的父親，但還是有很多不便之處，因此她選擇改變自己的樣貌，以一個全新的身分回來，就當作泛月晨已經永遠消失，在五年前小影哥死去的那一秒，也跟著死去了。

回來的這個冷迎曦，有著全新的目標、全新的計畫，她不用擔心再被泛莊主的權威束縛，也不用擔心要如何去面對千氏，更可以放心全力協助義父達成心願。

然而造化弄人……

泛月晨望著鏡中的自己，金髮藍眼，長相又恢復原本的模樣。她不禁深深嘆了一口氣。只要是曾經見過她的人，都可以明確的一眼辨認出，這就是那個五年前離奇失蹤的泛家少主。

義父離城去處理要事，這下連討論的對象都沒有了，撥打了好幾次魔法通訊器也都沒有回應，六神無主的泛月晨沮喪地坐在靳家客房床上，正面臨著究竟要不要回去學校繼續任職的痛苦抉擇中。

如果回去學校，就應該無可避免的會見到千水悠吧？還有身為評審搭檔，她也一定必須面對千洵。而且，只要一公開露面，泛莊主——她的親生父親，就馬上會知道她已經回來了，這……該如何是好？

但自己已經沒有退路了，不是嗎？她總不可能永遠躲起來，更何況她在治療中心時已經曝了光，消息早晚總會傳出去的，再加上澄幻比試大賽，那是她和義父花了很多心血推動，好不容易排除萬難才興辦成功的，自己絕不可以半途而廢，如果她這個主導人退出，比試賽在冷校長也不在的情況下，應當很難再繼續下去吧！她絕不能功虧一簣。

這原本是不該發生的，只是萬萬沒想到，她竟然會是血煞的目標，於是在逼不得已的情況下，只好暴露了身分。

為何這樣多災多難，真是命運弄人啊！

難道，自己註定要受這樣的磨難？

「就算最後沒有成功，至少，你知道自己努力過，為那個遠大的理想堅持過。只要莫忘初衷……。」

耳際似乎響起義父之前對她所說的激勵話語。

對！她必須勇敢的面對，堅持繼續走下去，不要猶豫退縮。

放棄是懦夫才會做的事情，無論是放棄理想、放棄堅持、放棄尊嚴，甚至是放棄生命。

重新抬起頭，閃現在她湛藍眼底的，已經是不可動搖的堅決光芒了。

那燃燒著堅定的雙眼，就像一盆盛大的篝火一般，使人幾乎無法逼視。

只是自己究竟該如何證明泛月晨就是冷迎曦呢？該用什麼方法才能讓眾人信服呢？

「泛月晨，我現在可以進去嗎？」客房門被敲響，傳來靳影澤的聲音。只見靳影澤有些靦腆的笑著，手中握著一株正盛放的彼岸花。「我得趁花液乾涸之前幫妳上藥。」

「噢！好的，謝謝你。」泛月晨將房門開大一些，請靳影澤進來，然後乖乖坐在床沿，拆下右手臂傷口的繃帶，狹長的傷口暴露在空氣之下，傷口兩側的皮膚微微紅腫，看起來還頗為嚴重。

靳影澤倒吸了一口氣，胡桃棕眼掠過一絲心疼。「這麼重的傷，應該把妳綁在床上一個月才對！」

「這怎麼行，我還有很多事情要處理呢！」泛月晨搖搖頭。「我今天就要去學校了，我……必須早一點讓大家知道泛月晨就是冷迎曦的事情。」

正在剝下花瓣的靳影澤，動作一頓，他迅速看了泛月晨一眼。「妳確定要這麼做？」

「不然還能怎麼辦？反正這是早晚都要面對的事情，我不想逃避。更何況第三次的比試賽很快就要舉行了，我絕不能放棄。」泛月晨抿一抿唇。

「比試賽對妳來說真的有這麼重要嗎？不就是為了促進魔族與凡族的和諧罷了？而且，可能妳的努力到最後也不一定會有成效，也許等比試賽過後，大家又故態復萌，魔族依然歧視凡族。」靳影澤不解的說，同時剖開彼岸花的子房。彼岸花的子房內沒有胚珠，竟然滿滿都是透明的花液，散發出陣陣強烈襲人的香氣，十分魅惑人心。「為什麼妳會這麼堅持凡族一定要跟魔族和諧相處、地位平等呢？像現在這樣不好嗎？」

花液滴上了傷口，椎心的刺痛讓泛月晨不禁瑟縮了一下。然而靳影澤的話卻讓她的心更加疼痛。「這樣的歧視是正確的嗎？就因為先天上的不同便有優劣之分嗎？難道你也和其他魔族一樣，打從心底看不起凡族的人？」

「不！我並沒有看不起他們，我只是覺得，這種差別也許是魔族地位的一種保障。」

「地位？什麼是地位？只要是講求地位就會有尊卑之別，你知不知道這種鄙視是會害死人的！魔族這種自以為是的優越感，否定了其他人存在的價值，這是非常惡劣的行為！」

「只不過是會造成些微的隔閡罷了，哪有害死人這麼嚴重？」

「靳影澤！」泛月晨陡然從床沿站起，藍眸發出的凌厲之光，以及那突如其來的怒意，讓靳影澤一時不知所措。「別人也許可以這樣說，但是你絕對不可以！因為以前你……」

「泛小姐！」房間的門突然被大力推開，撇頭一看，竟然是靳老爺。房門撞上後方的牆壁發出響亮的碰撞聲，感覺就像他突然打斷自己與靳影澤談話一樣的突兀。「泛小姐，我可以跟妳談談嗎？」

泛月晨吃驚的望著靳老爺，靳影澤似乎也很迷惑，他捧著花液已經乾涸的彼岸花，顯得有些侷促不安。「父親，我跟她沒有……」

「泛小姐？」靳老爺不理會兒子，而是直直的望向泛月晨。

傷口仍因剛剛的治療而微微疼痛，但泛月晨還是露出禮貌的笑容：「當然可以。」

隨著靳老爺走出客房，在即將離去之前，泛月晨回頭看了一眼，靳影澤坐在床沿望著他們，一臉茫然。

走進靳老爺的書房，靳氏集團雖是凡族企業，但家裡四周卻都有魔法的痕跡，泛月晨不禁暗暗忖度，應該是靳影澤加上的吧？

「泛小姐，我希望……妳可不可以不要跟影澤太過親近。」

聽見靳老爺開門見山的話，泛月晨有些錯愕，更有些不解。明明前幾日靳老爺還盛情的邀請她住進靳家療傷，為何現在卻突然向她提出這樣的要求呢？

「我知道妳跟影澤有著一些過去共同的回憶，但這其中也有些令人傷痛的過去，我真的不希望他被二度傷害，所以可不可以請妳不要向他提起？」靳影澤父親眼中有著蒼老的神情。「我只希望我兒子可以快快樂樂的活下去，就算忘了過去，也沒有關係，甚至我覺得，可能這樣更好。」

「更好？您真的覺得這樣會更好嗎？靳老爺，您知道嗎？靳影澤曾跟我說過，其實，忘了過去，對他而言是十分痛苦的！」泛月晨繼續說道：「既然您是他的親生父親，應該也不願意看到他那麼痛苦的活著吧！」

「影澤換過血後，現在他已經是魔族了。」靳老爺平心靜氣的回應：「泛小姐，我會願意花大筆的金錢讓他換魔族的血來大蛻變，就是希望給他一個全新的身分，並且讓他過更好的生活。」

「……」

靳老爺看著泛月晨的眼神漸漸收緊。「我知道自己一直對不起影澤這個孩子。他是多年前我和情人所生的孩子，但是我的原配知道後十分震怒，她用盡了各種方法逼迫我一定要和他們斷絕來往，甚至私下前去威脅影澤的母親，警告她如果不主動帶著孩子離開我，便會取他們母子的性命，因此影澤的母親才會不告而別，自此便音信全無。直到幾年前，我的原配去世，因為不孕的她並沒有給我留下任何子嗣，而我又年歲已高，家族產業的繼承人選迫在眉睫，這個時候，總算上天垂憐，終於讓我找到了自己的親生兒子。」

泛月晨想起小時候第一次見到靳影澤時，他那寂寞憂鬱的面容，傷心地說著自己是孤兒院的孩子，從小就沒見過父母親……，那種被拋棄的痛苦，伴隨著他整個童年，罪魁禍首就是眼前這個人，而現在他竟然還要求自己離開小影哥。

「但我從來沒有想到，當我找到他的時候，他竟然已是個垂死之人。」

內心猛然一震。

泛月晨不安的心跳聲加速在耳膜邊震盪，呼吸加重，過往那刻骨銘心的疼痛又自記憶深處升起。想起五年前的那一夜，望不見星辰的天空，紊亂的呼吸，刺耳的警報聲，斷訊的魔法通訊器，後悔、絕望，沒有了活下去的勇氣。但就在自己炸毀婚禮，想要放棄生命的絕望時刻，在那千鈞一髮之際，自己卻被一雙強壯堅定的手臂緊緊保護住。難道，這一切都是命運？

「影澤之所以會瀕死，就是因為妳；若不是因為他送醫時驗血，讓我找到了他，並且花了一大筆錢用魔族血液把他救回來，恐怕現在他早就不在了。他之所以會不認得妳，是因為他在出事當晚腦部過度重創，所以幾乎喪失了以往所有的記憶，自然也不會記得妳。」他一字一句的說著，像是怕泛月晨聽不清楚似的。「泛小姐，妳知道嗎？妳的存在只會對他不利。沒錯，影澤小時候會受那麼多苦，是我的過錯，我也很感謝妳以前對他的陪伴，但這些都已經過去了，在那孩子差點為妳而死的時候就結束了。現在給他新生命的是我，是我延續了他的呼吸，所以我也會負責延續他的幸福。」

「我相信妳這次回來，一定又會帶來很多的紛爭和糾葛，我不希望我的孩子再次被捲入太多的糾葛之中，也許可能還會再惹上殺身之禍。我知道自己很自私，而且我也沒有權力要求妳離開影澤，可是我自私也是為了影澤這孩子，所以，如果妳真的在意他，可不可以請妳體諒我的自私、同意我的說法？」

「……」

室內靜得能讓人聽見耳內血管流動的聲音，那麼響，那麼響，令人心痛絕望。

是的，其實泛月晨知道，甚至是從小時候就早已明白，她那可怕的父親只會毀了所有她在乎的人。

她不能一再牽連拖累小影哥，不如自己將自己推離。

所以，她總是這麼孤獨。

但是難道真的是為了他好，所以就不要讓他想起以前的事情嗎？可是明知道小影哥每天為了想不起過去的事而痛苦不已的自己，她真的能狠下心來不去幫助他恢復記憶嗎？尤其是在自己回復了泛月晨的身分之後，如果她這次又離開他的身邊，難道小影哥真的會比較快樂嗎？抑或是反而更加痛苦？

可是現在她即將把冷迎曦就是泛月晨這件事公諸於世，一旦公開後，自己的親生父親不知道又會對她做出什麼事？甚至對她所愛的小影哥採取什麼手段？到時候就算靳老爺再怎麼使盡全力保護小影哥，恐怕也絕不會是父親的對手，那麼……？

不！她絕不容許再讓小影哥陷入險境、絕不能再讓小影哥因為自己而付出生命。

「我真的希望妳能答應我，不要跟影澤走得太近，也不要讓他回想起以前的事情，妳要相信這一切都是為了影澤好。而且反正他現在都已經不記得妳了，不是嗎？」

「可是難道因為遺忘了，所以我跟他以前曾經有過的約定，也要一併煙消雲散了嗎？」

手緊握成拳，泛月晨低語。

她知道或許她真的不該再出現在靳影澤的世界裡，但她就是無法忘記、也無法背叛年少時與小影哥在藍色篝火前所作的約定——他們要永遠在一起的約定，那歲月流沙裡的記憶是那麼地鮮明，鮮明到刺眼，刺眼到心痛。

「他都不記得了，妳還談什麼約定！」

「就算他忘記了，也沒有關係，我永遠都不會忘記自己對他的承諾。」

在藍色篝火前，自己曾經答應過他，假如他不是故意離開，她會等他回來，然後重新和他在一起。

還有前幾天，她答應他只要他恢復記憶，她就會回到他身邊。

當所有的一切、所有的承諾、所有的利害關係總和在一起，她究竟該如何選擇？

此刻似乎已經攪和不清了呢！

「泛小姐，我希望在妳療傷的這段期間，請妳至少可以和影澤保持一點距離，就當是保護他吧！妳跟他……真的不合適。」靳老爺深深的嘆息，眼神轉向別處。「我剛去找妳的時候，好像聽妳跟影澤說要去學校，那麼，我就不再耽誤妳的時間，妳可以離開了。」

然而在泛月晨離開靳老爺的書房時，若有似無，她彷彿聽見似乎有一個悲傷的聲音在輕聲呢喃著，其中包含了難以理解的痛惜與滄桑：「唉！如果真的這麼執意跟影澤那孩子在一起，那……可是會傷害到很多人呢！」

第九章　重拾友誼

你抑鬱的捲向前去，永恆的游思，在你無形的衝擊下，四圍死水般的空間激起了粼粼的光波。是不是你的心，已經迷失給那在無邊的寂寞裡向你呼喚的愛人？

——泰戈爾

從踏進學校的那一刻起，泛月晨便無奈的接受眾人的眼神洗禮。

「那是誰？」

「妳不知道嗎？那就是五年前失蹤的泛家少主啊！她竟然回來了！」

「泛家少主來我們學校做什麼？」

「咦？她走到了專屬於冷院長的訊息發布臺上，這是怎麼回事？」

「她似乎有些話想要說欸……」

泛月晨在訊息發布臺上站定，許多在校園中走動的同學對她的舉動議論紛紛，大家都爭相走告，想必身為黯學院院長的千水悠，應該也已經接獲她來到學校的消息了吧？那麼她會採取什麼舉動嗎？還是對她不聞不問呢？

「各位同學請注意。請各位到訊息發布臺前集合。」泛月晨湊近訊息發布器，讓聲音擴散到整個校園。只見同學們魚貫地走了過來，很明顯的，大家都是一臉疑惑的神情。

等到同學們集合完畢了，泛月晨環顧臺下的眾人一眼，發現不少老師也聚集了過來。靳影澤站在偏左的地方，正萬分擔心的看著她。雖然已早在意料之中，但是沒有看見千水悠那嬌美的身影，仍讓泛月晨感到莫名的失落。難道她倆的友誼真的已經走到盡頭了嗎？已經沒有挽回的可能了嗎？

「相信各位同學都很疑惑，為什麼我會站在這裡，對不對？」

只見臺下的學生們各個一臉茫然地搖頭，然後漸漸有人舉手發話。

「是不是冷院長受傷了？她不回來了嗎？」

「第二場比試結束公布成績時，冷院長也不在，她是不是出了什麼意外？」

「難道她跟小曦一樣受到攻擊死掉了嗎？」

「不要胡說！冷院長不會有事的。」

「妳是來暫代冷院長職務的嗎？」

「冷院長會不會回來？她到底怎麼了？」

看見同學們為她的安危擔心不已，甚至有人激動到跳上跳下，想引起她的注意，急著等她答覆，泛月晨心裡突然湧出一股很暖很暖的感覺。原來被關心、被在意的感覺是這麼的溫暖，她從來不知道學生們這麼喜歡自己。

「有關冷院長這件事情──」

「冷院長不在，比試賽會繼續舉辦嗎？」

「會不會停辦啊？不要停辦好不好？雖然剛開始我們很反對，但是現在我覺得其實滿好玩的，我們也學到很多東西！」

「請不要讓比試賽停辦好嗎？請不要停辦──」

「比試賽沒有要停辦！我保證會繼續進行！」泛月晨看見學生們的反應，簡直哭笑不得。「而且有關冷院長安危這件事情，請大家放心，她沒事。因為……」

「妳為什麼可以保證比試賽能繼續進行？」

「妳怎麼知道冷院長沒事？」

「妳怎麼──？」

學生們的七嘴八舌幾乎將泛月晨淹沒，甚至都快擠到臺上來了。逼不得已，泛月晨鼓足勇氣開口……

「我可以保證比試賽一定會如期進行，還有我也知道她沒事，因為……我、就、是、冷、迎、曦！」

說完，臺下先是靜默了一秒，接著，群聲爆發。

望著斗大的魔武報頭版標題，泛月晨頭痛萬分的扶著額，覺得經過大家這麼一渲染，事情好像變得更誇張了！

今早才向大家公布自己的真實身分，下午最新的魔武報便熱騰騰的大肆報導，不但有早上實況的全紀錄，連帶把以前自己還是泛家少主時的事情，都一一拿出來和冷迎曦比對驗證，想找出兩人究竟有何相似之處的蛛絲馬跡。

泛月晨心情凝重的揉揉眉間，其實如果不是她仍有著身為泛月晨時的完整記憶的話，光從冷迎曦的外表，真的是完全看不出來兩人有何相似之處。而也因為如此，所以今天稍早在公布自己其實就是冷迎曦後，同學們的第一個反應是拒絕接受。

「迎曦啊！不用理會那些媒體，很多事情他們都會誇大其詞的。」身後傳來冷校長熟悉的聲音。

「是的，我知道。」泛月晨疲累的闔了下眼睛，放下魔武報：「義父，幸好您及時趕回來幫我，要不然，我真不知道情況會變成怎麼樣。」一想起今天早上驚險的情況，泛月晨還是忍不住捏了一把冷汗。在她公布身分之後，激動的群眾幾乎就要擠上臺來，拚命吼叫著一些聽不清楚的疑問，但是總結就是要她提出證明，證明她和冷迎曦是同一個人。

泛月晨當時簡直束手無策，而可以出來印證她話語的人偏偏都不在，眾人看見她根本無法提出強而有力的證明時，有人開始天馬行空地指控一定是泛月晨綁架了冷院長，現在進一步想要假冒、取代她的位置；也有人認為泛月晨應該是有幻想症；甚至有人覺得她一定是有什麼可怕的陰謀。

就在學校幾乎快要引起一場暴動的時候，冷校長竟然如救星般從天而降！

當冷校長駕著浮空飛車降落在眼前時，泛月晨簡直不敢相信自己的眼睛，還以為自己產生了幻覺。冷校長就像是夜帝從天上派下來的救星一樣，在學生們議論紛紛的驚訝聲中，伸手摟住了泛月晨的肩膀，露出和藹可親的笑容。「請問各位同學對我的女兒冷迎曦有什麼疑問嗎？」

想到學生們聽到這句話之後瞠目結舌的模樣，泛月晨不禁莞爾：「義父，您真是我的救星呢！這次要不是您及時趕回來，我真不敢想像後果會如何？」

冷校長從校長室窗戶往外看了一眼，許多魔武報的人仍舊聚集在學校門口，想要獲得更多的資訊。「嗯，看來那些好事者，短時間內是不會放過妳的，迎曦……妳自己要有心理準備才好。」

「對了，我這個通訊器可能不能再使用了。」冷校長煩惱的從口袋中拿出魔法通訊器，在手中左右翻轉。「最近我一直有被監視的感覺，極有可能是這個通訊器被下了追蹤咒。我擔心一旦使用，將會暴露我的行蹤，也會引來危險。」

「危險？」泛月晨眼皮一跳：「義父，可是您並非幻瞳一族，也會有危險嗎？」接著泛月晨便將近日內所發生的事跟冷校長詳細的說了一遍，包括她發現血煞追殺的目標就是幻瞳族人的事，以及第二場比試賽後自己遭到攻擊之事等。

「義父，血煞到目前為止雖然尚未取到我的血，但我相信他們是絕不會罷手的。」泛月晨繼續說道：「目前我為了治療手臂上的傷，暫時借住在靳家，而為了避免給他們惹上麻煩，我乾脆換掉了自己身上的血，現在我身體裡流動的是凡族血液，至少要三個月才會被淨化回魔族的血，所以在淨化完成前，血煞因為偵測不到我的魔族血液，應該不會來對我下手，自然也不會給靳家帶來危險，所以我才敢放心的暫時住在靳家。」

「可是，迎曦，我覺得我們所面臨的敵人，並沒有妳想像中這麼單純，他們應該不只是針對幻瞳族人而已。」冷校長面色凝重。

「對了，還有泛莊主。」冷校長正色道：「妳現在已經暴露了身分，他必定會前來表示關心。迎曦，妳打算怎麼辦？」

泛月晨咬咬牙，猶豫了很久才說：「說不定……我們可以找他一起對付血煞？」

冷校長凝視著自己的義女，蒼老的神色中有著欣慰的神情。他知道對她而言，要放下過去的仇恨，是多麼的不容易，而現在她為了魔武界的利益，竟然能夠不計前嫌，願意與泛莊主共同攜手合作對付敵人。那個五年前幾乎因仇恨而修練到幾近走火入魔的小女孩，已經脫胎換骨，她真的長大了。只是，世事多變，變化又常常在意料之外。血煞那未知的力量，已日益強大到讓人不安。而且明槍易躲，暗箭難防，面對躲在暗處的敵人，自己似乎永遠都防不勝防，未來想要穩操勝券，更是談何容易？也許，和泛家合作真的可以讓事情有所轉機。

「我知道以我現在器化後的武技實力，已經不用再畏懼我的親生父親了。但是……我害怕的是過去的記憶。」泛月晨望著義父，輕聲說道：「義父，如果太靠近我的父親，我害怕可能過去仇恨的記憶還是會蒙蔽我的雙眼，讓我做出一些失控的事情。還有，面對他……我不知道該說些什麼。」

「選擇站出來面對，雖然是無可奈何的抉擇，我還是很佩服妳的勇氣。迎曦。」冷校長溫和的鼓勵著。要放下過去，本來就不是容易的事情，尤其是悲痛的過去。

「還有千氏那邊……」冷校長乾咳了一聲：「千家的事情妳打算怎麼處理？」

指尖倏然僵凝。想起那對兄妹，泛月晨心中湧起深刻的痛楚。

自己跟他們……還能怎麼辦？以前曾經狠狠的傷害過他們，甚至五年後再回來面對他們兄妹時，也刻意地隱瞞真實的身分，儘管自己有苦衷，但感覺卻很像是惡意的欺騙。

「千水悠恨我。」泛月晨低落的說：「我不知道能不能再讓她重新接受我。」

突然自己好懷念前一陣子與千家兄妹一起生活、一起用餐、一起談天說笑的日子，原來如果曾經擁有，失去時會更加疼痛。

想起那天千水悠怒吼著說出恨她的話語，眼中滿滿都是怨恨狂怒，當水悠那滿懷著憤恨的手甩上她的面頰時，就像毒辣的鞭子抽打在她心上最脆弱的地方。

一生都沒有朋友……難道她真的注定一生都沒有朋友了嗎？過去是小影哥，差點被自己害死；現在是水悠，一個深深痛恨她的人。

「報告校長。」冷校長辦公室門外忽然有人出聲打斷泛月晨的話。聽見那聲音的當下，泛月晨頓時驚詫的瞪大眼睛，全身微微顫抖，面容慘白。

「請問我可以進去嗎？」

「請進。」冷校長迅速看了一眼泛月晨，朗聲道：「請進，千院長。」

「謝謝。」熟悉的嬌美身影推門而入，泛月晨全身僵硬的看著千水悠的臉，然而後者卻彷佛當她不存在一樣的視若無睹，逕自向冷校長報告：「校長，泛莊主在學校大門，要求要見……泛月晨。」

雙重震撼讓泛月晨愣在當場，一時不知如何反應。

「請問校長是要請他離開，還是答應他的要求呢？」千水悠依舊故意忽略泛月晨。冷校長指向泛月晨的方向。「千院長，妳不妨直接問一下當事人好了。」

千水悠的身影也僵直了一下，然後慢慢的，她轉過身面無表情地對上了泛月晨顫抖的視線。

「嗯，那……泛院長，妳怎麼說呢？」

他們互相對望，兩雙蘊含了不同情緒的眸子，視線在凝固般的空氣中生硬的交錯著。

千水悠冷淡地再次詢問：「泛院長，請快一點決定好嗎?泛莊主還在等著。」

泛月晨感到一種孤獨的冰冷，灰暗與絕望，一寸一寸侵蝕著她的身體。

「我去見他。」

「好。」千水悠轉身朝冷校長頷首，「冷校長，那我就先去回話了。」接著走出辦公室，她的腳步聲，每一步都像割碎了地面，讓地面形成一道道無法跨越的鴻溝。

泛月晨終於忍不住了，她在千水悠即將走出辦公室前叫住了她：「水悠！」

千水悠停下腳步，漠然的回頭看著她。

泛月晨深吸了一口氣：「水悠，可以原諒我嗎？」

千水悠繼續維持沉默，彷彿正在仔細思索如何回答她。

泛月晨咬咬牙，再次開口：「我知道自己以前做錯了，我知道自己對不起你們，但是……可不可以請妳再給我一次補償的機會，好嗎？」

「……」

「水悠，妳是我最好的朋友，我真的不希望因為自己的錯誤，而讓我們的情誼全被抹煞掉。」

「泛月晨……」千水悠說話了，她那平靜冷漠的嗓音顯得陌生而空洞：「我跟泛月晨——我跟妳之間，從無友情，又何來抹煞？」

語畢，千水悠毫不留戀地轉身離去，辦公室裡所有的光彷彿都隨著她的步伐被帶走，整個空間只剩下憂鬱的灰暗、無盡的悲傷。

耳邊迴盪著千水悠殘酷的話語，就像一記悶雷當頭劈下，疼痛和絕望急擊全身，穿過五臟六腑、直達四肢百骸。千水悠對她的明顯恨意就像透明的絲線，一根根伸過來勒住她的身體，不斷地收緊、收緊，讓她幾乎快要窒息。

「迎曦啊……」冷校長在她身後深深的嘆息。

穩了穩心神，泛月晨勉強重新振作，回頭朝義父無奈的說：「唉！算了，或許我不該強求，水悠她……」

「時間是最好的解藥，迎曦，有些事情的確是急不來的，但我相信只要妳能秉持信念、不計毀譽的堅持下去，真心誠意的去做，那麼天底下就沒有什麼事情能難倒妳。」冷校長慈愛的拍拍泛月晨的肩膀。「迎曦，要有信心，知道嗎？」

「嗯，我知道了，謝謝您，義父。」泛月晨感激的看著冷校長。

「好了，既然妳答應要去見泛莊主，那就快去吧！也不要讓他久等了。不過，迎曦，還是要小心應對。」

「好的，我會小心的。哦！對了，義父，您有找到那位光明法師了嗎？您的事情辦得還順利嗎？」

「有，我找到他了。」冷校長溫和的揮揮手。「去吧！迎曦，下次再聊，泛莊主還在等妳。」

「好的。」泛月晨點點頭走出辦公室，背脊挺直而堅定。她不知道，這樣堅強的背影，只會讓人看上去愈發心疼。

就是因為心疼，心疼他的義女那柔軟的肩頭背負了太多的傷痛和情感，年紀雖輕，卻已經要面對如此複雜的事情，獨自用她一雙小手努力去扛起背負在身上的重擔。就是因為心疼，不想再增添她的煩惱，所以，冷校長隱瞞了部分的實話。

他的確有找到光明法師。只是……他找到的是他的屍體。

仲冬的天氣反覆無常，早上還有一絲陽光，不知怎麼，到了下午，天幕竟然已經是一片晦暗。

風聲漸起，空氣冷冽。泛月晨覺得有些不可思議，難道這是下雪的徵兆嗎？甦醒之日那段時間都沒有下雪，現在竟然隱隱有這樣的態勢，着實是十分不尋常。

儘管已經有心理準備，但在看到泛莊主那雙邪麗的絳瞳時，泛月晨仍然感到一陣古怪的突兀。「泛……莊主。」

泛莊主抬起頭，黑色披風在身後被風吹得鼓脹，像是蝙蝠的翅膀。「怎麼，過了幾年，連父親都不會叫了嗎？女兒？」

以前習慣性的反抗，讓泛月晨張口差點就要不客氣的頂回去，然而她趕緊打住，深呼吸了幾下，然後從容地開口，喊出那已經消失五年的稱呼：「父親。」

泛莊主露出非常滿意的笑容，張開雙臂大笑：「歡迎回來，我的女兒。」他緩步走向泛月晨，隨著他每一步的靠近，泛月晨的神經也同時收緊，露出警覺的神情。彷彿感應到主人的緊張，狂焰曲在泛月晨心裡發出輕輕的嗡鳴聲，宛若在安撫她的心神。

「過了五年，出落得更美麗了啊！我的女兒！」泛莊主在泛月晨面前停下腳步，那雙絳紅色的眼睛帶給她無限壓迫。「不知道除了長相，還有什麼其他的改變呢？」

泛月晨舔舔被四周冷空氣凍得有點乾裂的唇，選擇保持沉默。

「沒關係，我們還有很多機會長談，不是嗎？父女之間五年不見的溫情對話，多麼感人啊！」泛莊主又笑了起來，伸手召喚，一臺浮空飛車突然憑空出現，他拉開車門。「怎麼樣？要不要回莊內談一談？我相信冷校長會體諒的，妳已經很久沒有回去了呢！」

泛月晨直直瞪視著飛車，腳步紋風不動。

「啊，真是老了，我怎麼忘了呢？妳就是冷迎曦嘛！前陣子才來我們月隱山莊的，不是嗎？來說服我捐款資助貴校興辦比試賽。」泛莊主冷哼了一聲：「怎麼不上車呢？女兒，都五年了，還不回家嗎？」

「我……」畫面在泛月晨腦中閃動，讓人頭昏眼花。她的聲音沙啞低沉：「冷校長的住所，才是我現在的家。」

冰冷的氣場突然以極快的速度從泛莊主周身散發出來，融合了冬風旋轉呼嘯。「泛月晨，妳再說一遍。」

「月隱山莊從我五年前逃離開始，就已經不是我的家了。」咬著牙，泛月晨疲倦的說道：「對不起，我不能回去。」

泛莊主一雙紅眼愈發腥紅，他的黑髮更長了，幾乎已經快垂到地上，這會兒卻因為狂烈的風被吹起，在風中飛舞的樣子看起來猙獰得令人心驚。突然泛莊主發出一聲怒吼，猛然上前抓住泛月晨的手臂，就要將她拖到車上。這突如其來的失控舉動讓泛月晨一時措手不及、無法反應，完全不知道竟然會發生這種不可思議的事情，眼看著就要被拖到車上，這時泛莊主卻又突然發出一聲如野獸負傷般的哀叫，肚子像被用力揍了一拳似的痛得彎下身去，握著泛月晨的手也頓時鬆開了。泛月晨見狀連忙跳開，驚恐萬分的不敢距離泛莊主身邊太近。

由於心中被震驚填滿，泛月晨並沒有注意到自己方才被泛莊主握住的地方，已經紅腫發燙。

「您……？」泛月晨恐懼的看著泛莊主全身痙攣，完全不知道該怎麼辦。現在校門口剛好空無一人，沒有可以求助的對象。稍微評估了一下，泛月晨正想要轉身回去學校找治療師前來救助泛莊主，沒想到這時泛莊主喘息著叫住她，勉強搖晃著重新直起身，堅持表示自己沒事。「這是老毛病，忍一下子就過去了……」

泛月晨皺起眉。老毛病？她怎麼從來都不知道父親有這樣的老毛病？

「您確定自己沒事？」

「對。」再次板起臉，泛莊主似乎對於自己暴露了弱點而有些不悅，現在也不敢再碰泛月晨了，看著她的眼神顯得有些陌生，警告的向她說：「這件事情，妳最好不要說出去，我不准妳跟任何人提起此事。」

「您是……」泛月晨遲疑了一下：「被什麼東西攻擊之後才變成這樣的嗎？」

「我的事情不用妳關心。」泛莊主一臉冰冷，拒人於千里之外的神情，視線掃過泛月晨綁著繃帶的手臂。「管好妳自己的事情就好。」

泛月晨的手抽動了一下，心想這應該是一個提出合作的好時機，忍不住和盤托出：「我被血煞攻擊。我希望可以查清楚他們的底細。」

聽見泛月晨的話，泛莊主先是全身一震，然後動也不動的盯著她看了良久。泛月晨幾乎以為自己是不是說錯了什麼話的時候，莊主終於輕聲開口了，音調有著奇怪的壓抑：「妳想查清楚什麼底細？」

「血煞。」泛月晨重複：「我想要查清楚血煞的底細。我懷疑血煞就是最近多起攻擊案件的幕後黑手，我希望可以與父親您一起聯合起來共同對付血煞。冷校長說……血煞將在魔武界興起一陣腥風血雨，我們必須想辦法阻止他們……」

「冷校長是這麼說的？」泛莊主眯起眼。

「對。」泛月晨想了一下，然後接著說道：「義父說他最近去找了一位預言十分準確的預言家，好像就是為了弄清楚血煞的事情。義父說事情已經很嚴重了。」

「如果是這樣的話……」泛莊主刻意拖了一下尾音，泛月晨無法從他的眼神看出任何蛛絲馬跡。「既然女兒都開口了，如果不幫忙，好像又太絕情了一點，是不是？」

「我只是想，這對整個魔武界應該會有幫助的。本來以為也許可以跟千氏合作，但現在……」

「不用擔心，女兒。血煞的事情包在我身上。」泛莊主紅眼一閃，走向浮空飛車，冬風颳得更猛烈了，泛莊主的背影一片黑暗，泛月晨視線被風颳得迷茫。「既然妳不想跟我回去，那就算了，我不想再勉強妳了。女兒，妳替我轉告冷校長，合作的事情我很願意。有機會的話，我也會找他來山莊坐坐的，希望他千萬不要跟妳一樣拒絕我。」

呼吸在泛月晨眼前形成一片水霧。她眨眨眼，發現竟然有點點霜白飄然落下。

今年的第一場雪——蒼白的初雪。

泛莊主的車不知何時已揚長而去，留下泛月晨一人在澄幻校園的大門口，兀自望著眼前這一片蒼白。她纖細的身影，在北風中愈顯單薄。心中莫名的湧上一股不安的感覺。泛月晨忽然不是那麼確定，自己找泛莊主——找親生父親幫忙，是不是一個正確的抉擇？

打開大門，迎面而來的是一陣苦澀的冷清。

千水悠皺皺眉，努力掃去莫名的孤寂感，不帶表情地走入客廳，連僕人們的問安聲都沒有聽見。

怎麼突然……覺得這座蘭之堡變得好安靜，過分的安靜，安靜得好不自然。

由於自己是千氏雙璧之一，除了澄幻魔法學校的院長職務之外，還常常要處理一些家族內部的事情，因為在雙親退隱移居海外後，自己需要幫哥哥稍微分擔些家族事務，所以有時會忙到比較晚。以往當她稍晚回到家時，總會有一個娟秀輕靈的身影踩著像精靈般輕盈的步伐，帶著燦爛的笑容前來歡迎她，現在卻好安靜、好安靜……

她好討厭這份安靜！

「哥哥呢？」甩掉腦中的想法，千水悠轉向掌房詢問道。

「少爺在忙。」掌房回答，躊躇了一下，然後用略為小聲的聲音說：「他說，今晚不下來用餐了，小姐您可以先開動。」

千水悠的眉頭緊皺了起來，她轉頭看了一眼滿桌的菜色，忽然覺得這麼多菜，看了好刺眼，似乎在反諷著餐桌旁的空曠般。

夾起一口菜餚，不對，味道不對。這不是平時她所習慣的味道，不是冷迎曦做出來的那份味道。

那份有人愛護你、照顧你——那份友情的味道。

「不行，我去叫哥哥。」千水悠放下餐具，轉頭就往樓上跑，連掌房叫喊她的聲音都置之不理。已經好幾天了，自從泛月晨搬到靳家之後，哥哥幾乎就不曾下來吃飯，這怎麼可以呢！

「哥哥，你不下來吃飯嗎？」推開書房的門，千水悠儘量用輕快的聲音詢問道。她的聲音在書房偌大的空間內迴盪，像漣漪般緩緩盪開、沉落。

書房裡沒有人？

哥哥並沒有在書房裡處理公事？真是奇怪，哥哥不是最喜歡用工作來麻痺自己，試圖忘掉傷痛嗎？過去五年就是這個樣子的。

千水悠走進書房內，桌上的公文擺得很整齊，不像是有翻動過的樣子，難不成哥哥今天一整天都沒有處理公事嗎？

咦？哥哥到哪裡去了？

答案幾乎就在下一秒浮現。

落地窗外的陽臺上，哥哥那熟悉的身影映入了眼簾，只見他專注地凝視著遠方的千丈蘭園。

夕陽西沉，千洵修長偉岸的身影在落日餘暉中成為一幅獨特的風景。那一刻，千水悠覺得有些暈眩，那些金色的光線彷彿是從哥哥身上發射出來似的，讓人覺得輝煌得無以復加，卻又猛烈得令人無法直視。

那光芒，極其燦亮。卻又燦亮得極其憂傷。千水悠凝視著千洵，而千洵則凝視著千丈蘭園。當月落星稀、旭日正待升起時，園中數萬朵月光蘭就要一齊盛放了吧！然而這麼美麗的奇景，那個人卻看不到——那個哥哥心之所繫的人。哥哥費盡心思，辛苦種植了這一大片蘭園，就只為了那個人喜歡月光蘭。

千洵的身影是那麼落寞，落寞得讓千水悠幾乎都要流淚了。

難不成是自己錯了嗎？

可是她真的好氣又好恨泛月晨，氣她不該隱瞞身分、欺騙自己的感情，恨她不該一而再、再而三的辜負哥哥對她的愛，所以她才會對泛月晨說出那些絕情的話語，因為她真的不希望自己最愛的哥哥再受到任何傷害，難道這也錯了嗎？

可是自己明知道哥哥一生摯愛的女孩就是她，如果哥哥真的永遠失去了她，那麼，是否快樂也從此遠離了哥哥呢？

難道她該放下對泛月晨的怨恨，重新接受她，同時成全哥哥的幸福嗎？

可是，好難！真的好難！

她到底該怎麼做……？

是不是夕陽的光芒太亮了，千水悠竟然覺得，她的眼前漸漸迷茫，光線在眼中散開，折射出七彩的光芒。

儘管發生冷院長變成泛院長這件風波，但是預定好的第三場比試賽還是如期舉行。學生們對於冷迎曦突然變身成泛月晨這件事情也已漸漸接受，除了偶爾還是會有學生喊錯稱呼外，泛月晨覺得自己的生活似乎已與以往無異。

第三場比試賽的地點選在南宮家的北野古堡，古堡共有七層，學生們必須一層一層往上破關。

「關於南宮家的北野古堡，學校這次應該有做好更妥善的安全措施吧？」靳影澤邊問泛月晨，邊將彼岸花的花液塗上她的傷口，那種熟悉的刺痛感已經慢慢減輕，傷口也癒合了，只是那條狹長的傷疤依舊猙獰的橫過整條手臂，讓人看了膽戰心驚。「前兩次比試賽都發生了事故，這未免也太巧合了。妳覺得會不會是有什麼內應？」

泛月晨目光一沉。「我想……應該不會吧！」

「我只是猜測，當然我也希望沒有。」靳影澤收起彼岸花。「我只是不想再看到有人受傷。這些意外，看起來都不是巧合。學校雖然壓下了這些事情，但是謠言還是傳得沸沸揚揚，很多聰明人都意識到事情不對勁了。」

「哦？是嗎？」

「另外最近妳突然由冷迎曦變成了泛月晨，而且到目前為止，又始終沒有跟大家解釋清楚原因，再加上冷校長最近常常到外地處理事情。其實學校的師生們早就議論紛紛了，大家總覺得好像即將要發生什麼大事，只是不知何時、何地，誰又是首當其衝的受害者。」

「我就是要去當那個首當其衝的受害者。」泛月晨衝口而出。

靳影澤沉默地坐在床沿、她的身側，那雙胡桃棕色的眼睛莫名顯現出淡淡淡的憂傷：「我知道妳一定會這麼做。我就是心疼妳……」

心疼妳，什麼事情都往身上攬，總是想要去代替大家受苦；心疼妳擔負太多、心疼妳理想太大、心疼妳好像總是很孤單，心疼妳眼中那繚繞不去的哀愁。

這種心疼，好像在內心深處已經存在了很久很久。伴隨著心跳，每一下都提醒著自己應該要想辦法為她出點力，更隨著每一下穩定的節奏愈發加深對她的依戀。

好像在很久之前，就已經這樣依戀她了，不只是現在朝夕相處的幾個星期而已。儘管最近幾星期的相處，讓他更加瞭解自己的心意。

原來泛月晨是那種看上去很堅強，實則內心脆弱的女孩子。而這種人因為不喜歡暴露自己的弱點，所以受傷的時候，只能獨自一人療傷。而偏偏這種人又最容易受傷！

「泛月晨，不要總是那麼愛逞強，不要總是想走在最前面，不要總是想著別人。看到妳受傷，我會擔心；看到妳明明受傷了，卻還倔強的故作堅強，我更不忍心。」

泛月晨睜大眼，似乎有什麼埋藏已久的記憶在腦中緩緩被揭開。

「所以當妳偶爾脆弱，想要哭泣的時候，我的肩膀可以借給妳——讓妳依靠著哭泣。」

粉燦的夕陽美到極致，透過窗口照射進來，在泛月晨的眼中閃耀。

俊美無雙的少年，溫和的胡桃棕色眼眸中那份深刻的寵愛輝映著夕陽，爛漫荼靡。然而這次不一樣的是，泛月晨看見了他眼裡的多情。

「謝謝你，靳影澤。」淡淡的聲音薄如蟬翼，卻如暮鼓晨鐘般沉重的撞進他心底：「能和你做朋友……是我這一輩子，最開心的事情。」

「能認識妳，我也很開心。」靳影澤迴避泛月晨的視線，起身離開床沿。內心那股莫名的悸動讓他心中有些微的不安，好像有什麼事情，就快要破繭而出一般。「總之，學校已經很多老師在議論紛紛了。如果妳想要集合大家的力量共同抵抗，也許及早讓大家知道真相會比較好。」

「我不想造成群眾的恐慌，那可能會帶給敵人更多優勢。」泛月晨說道。

靳影澤走到門口，回過頭。「但是如果等到敵人開始分化你們的時候，事情可能就已經來不及了，不是嗎？」

內部的分崩離析，或許比實際的威脅來得更加猛烈。

「這樣嗎……？」泛月晨低語，顯得猶豫不決。靳影澤走到房門口，腳步停頓了一下。「妳的傷大概在比試賽前就會痊癒了，到時候妳就可以回去冷校長的房子住了。或是……如果現在冷校長出差不在，妳覺得在家裡太孤單的話，想要留下來……」

泛月晨想起靳老爺希望她不要與靳影澤太過親近的要求，正想開口婉拒，但不由自主又想起與小影哥的藍色篝火誓言，一時之間竟不知該如何回答，便愣住了。

「妳說會幫助我想起以前的事情。」靳影澤有些艱難的問：「妳……會做到的，對嗎？」

「如果想起以前的事情，會讓你惹禍上身，你還願意嗎？」泛月晨靜靜的看著靳影澤的臉，窗外太陽已落下山頭，雲朵間透出幾朵橙色的光，明亮而剔透。

堅定的，靳影澤點點頭。「我願意。我不想當一個記憶有缺陷的人，就算是死，也要做一個明白鬼。」

「你說，你願意……？」泛月晨垂下眼，沉默地望著地面。靳影澤，你說你願意，但是，如果為了你好，也許我不願意呢？

也許就像靳老爺說的，自己真的不該再重蹈覆轍，不該再讓危險找上你。與其幫助你恢復記憶，不如讓你平安地活下去。

未來……即將來臨的危險，我想要自己一個人去面對。

泛月晨終於再次鼓足了全身的勇氣，走進水悠的院長室，雖然這段日子，自己多次主動來找水悠，希望能取得她的原諒，但千水悠還是對自己不理不睬。

「水悠，還在忙啊！要不要早點回去休息呢？」

「……」

「水悠，妳最近瘦了不少，要多注意身體喔！」

「……」

「水悠，妳今天有沒有空？我想要做雪蘭糕給妳吃，好不好？」

「……」

「水悠，我……」泛月晨話還沒說完，就聽見碰的一聲，只見到千水悠用力闔上書本，轉身走向門口。

看到千水悠頭也不回地愈走愈遠，泛月晨心裡難過極了，原來不論自己再怎麼低聲下氣、百般示好，似乎都無法再挽回彼此的友情了。泛月晨失神地望著水悠逐漸走遠的背影，心裡百感交集，自責又心痛的感覺在心中不斷地蔓延開來。

到底還要怎麼做才能讓水悠原諒她呢？難道她們的往日情誼真的一去不復返了嗎？是否自己真的該死心、該放棄了嗎？

不！不！不！

絕不能放棄，如果自己真的在乎這個朋友，就應該堅持下去，一直努力到水悠原諒自己為止。想到這裡，泛月晨不禁加快腳步往水悠的方向追了過去。

「水悠……等一下！我們談談，好嗎？」泛月晨大聲的叫著。

千水悠突然轉身生氣的瞪著泛月晨。

「要談？好，那我們就來談談！為什麼妳要一直傷害哥哥？妳知不知道，妳所做的一切都像是無情的釘子般，直接狠狠地釘在他身上嗎？」千水悠又氣又心疼的說：「妳可知道自從妳離開蘭之堡以後，哥哥就像變了一個人似的，笑容又再次從他的臉上消失。看到哥哥憔悴、落寞的樣子，妳知道我有心痛，有多恨妳嗎？這一切都是因妳而起，妳說，難道我不該氣妳、恨妳嗎？」

「水悠，我……我知道自己很對不起你們，我也不敢再奢求妳的原諒，但是，我真心的請妳再給我一次彌補的機會，好嗎？」泛月晨的聲音充滿了歉意：「我願意盡最大的努力去彌補過去對你們所造成的傷害。我真的不想失去妳這位好朋友，我也希望千洵能夠恢復往日的笑容，我……」

沒想到餘怒未消的千水悠絲毫不理會泛月晨的這一番話，她伸手召喚來一臺漂亮的銀白色浮空飛車，沒想到千水悠正想離開之際，四周毫無預警的突然出現十幾名身著斗篷兜帽的黑衣人，並且各個凶猛的舉起了魔杖，口中念誦著可怕的咒語，接著彈指，十幾發魔法咒語一起攻擊到她與水悠的面前。

「是血煞，水悠……小心！」眼看對方來勢洶洶，泛月晨趕緊一個躍步跳到千水悠面前，並且啟動武器護體，替她擋下了黑衣人的攻擊。

「水悠，他們要的是我，妳快走！」

「泛月晨，妳……！」

「水悠，妳快走啊！」

正在她們倆說話的同時，泛月晨又挺身抵擋了數十發咒語，痛得她忍不住面露難色，但敵人依然毫不留情的持續發動攻擊。

看來這次的突擊已經不是想要她的血這麼簡單了，看血煞的態度，似乎是想要擄走活口。

「結界！護！」這時響起一聲清脆的叫喊，千水悠伸手在一個心跳的時間之內張開結界，魔法撞上護壁，空間內一陣漫天震盪，四周傳來震耳欲聾的巨大爆炸聲，震起了漫天飛塵。千水悠趁機抓起泛月晨，並且快速的跳進浮空車內，奮力踩下油門，飛車立時以光般的速度衝了出去。

「我一定是瘋了，但我不會丟下妳一個人自己逃命的，泛月晨。」

「水悠，謝謝妳，我們……」

「有什麼話以後再說吧！我和妳換位置，妳來開車，我去抵擋他們！」千水悠維持著結界，又是一次撞擊，她臉色一白。「動作快，他們來的人太多，實力都不弱，我擋不了太久，現在妳又不能使用魔法，只怕會有一場硬仗。」

「往哪邊開？」泛月晨在兵荒馬亂中大吼。看見千水悠拚命維持住結界的樣子，泛月晨心中忽然生起一種痛恨自己無能的感覺。她不但幫不上任何忙，甚至還引來一堆禍端，自己真是罪魁禍首！

「往東邊開，蘭之堡有結界，他們進不去！」千水悠開始使出魔技回敬那些黑袍攻擊者，四處一片閃光點點，轟的一聲，她的結界瓦解，瞬間黑袍攻擊者不善的魔法更加張狂，泛月晨拚命催促飛車向前衝，不料攻擊者成功設下了一發凝滯魔法，使他們的車停滯不動，無法再前進寸步，而正在忙著抵禦敵人的千水悠則心有餘力不足，也無暇抽出空來解除車子被停滯的危機。

咻！咻！咻！又連續有好多發魔法不斷飛射過來，其中有一發魔法擦過泛月晨的臉，接著射中千水悠的手臂，千水悠的手臂上立刻現出一道深深的血痕。

「泛月晨，快！快打給我哥哥。」忙著接手開車的千水悠，急忙把魔法通訊器丟給泛月晨。

「什——什麼？」

「打給哥哥，通訊器中的第一個號碼，趕快請他來救我們！」千水悠驚險地避開一發迎面而來的魔法，並立刻予以回擊，空中爆出一陣紫光，如煙花般炸開，絢爛卻詭麗。「快點！」

「哦，好、好！」泛月晨手忙腳亂地拿著通訊器，果然第一個號碼就大大的顯示著「洵」的字樣。

叮！水霧慢慢在眼前凝聚成型，泛月晨屏息等著通訊器接通，好不容易水霧凝聚完成，泛月晨正要開口……

碰！

一發凌厲的魔法射過來，通、通、通訊器爆炸了……

「泛月晨！」千水悠的尖叫聲再次傳來，泛月晨趕緊回頭，看見更多攻擊者從黑暗中現身。

「通、通訊器爆掉了——」

「器化！」千水悠突然丟給泛月晨一個魔法卷軸，她連忙伸手接住。「器化、快點，那是隱身卷軸，時效三十秒，泛月晨，妳趕快器化隱身去向哥哥求救，我撐不住了，動作快！」

「妳、妳怎麼知道——」千水悠怎麼知道她可以器化？那是她最深的祕密，應該沒有人知道的，除了冷校長。

「有什麼問題，等我們都成功活命再慢慢問，現在快點照我的話做！」

「可是我器化跟妳哥哥——？」泛月晨冒出大大的問號。她器化跟求救有什麼關係？

「妳器化的時候，可以和哥哥用精神力對話，不論距離有多遠都可以，妳不知道嗎？」千水悠吼道：「我家那大好人哥哥，全部的心只想著愛妳，竟然連狂焰曲的祕密都沒說！反正快點動手，隱身的時間只有三十秒！」

「好！」泛月晨扯開卷軸丟向空中，頓時一道如瀑布般的白色光束瞬間灑向她，泛月晨在剎那間隱去身形。

泛月晨閉上眼，伸出手——器化！

泛月晨局部器化左手，霎時左手臂呈現狂焰曲的金色刀面。器化分有很多種，有全身器化和局部器化。局部器化時可以隨心所欲控制任何部位成為狂焰曲的刀面進行攻擊；而全身器化則會召喚出狂焰曲的本尊，並在泛月晨手中直接凝聚成原形，同時她的攻擊力也會升至最高點，甚至除了武技之外，還可以使用狂焰曲上的風屬性魔晶石召喚風屬性。但是全身器化時，身體上會有一些改變，泛月晨的藍眼會變成金色，原本就已經是金色的頭髮則會發出耀眼的光芒。

器化之後，泛月晨怔忡了一秒，發現——

她根本就不知道接下來該怎麼做啊！

欲哭無淚，泛月晨同時意識到自己只剩二十秒了。咬咬牙，抱著放手一搏的決心，她閉眼吶喊，甚至一起喊出聲音：「千洵，救——」

轟隆嘩啦！

以一道極為悲劇性的弧度，浮空飛車被炸飛了。千水悠及時對自己下咒阻止跌落，但是泛月晨卻被拋了出去，而且因為隱去了身形，千水悠根本不能出手救她。

「泛月晨——」千水悠發出一聲悽惻的哀鳴。

「水悠……」電光石火中，泛月晨看見更多的攻擊者湧來，魔法在她身邊亂竄，灼熱的尖叫與爆炸聲烈響在耳畔。風自身體兩側疾疾劃過，她正急速下落。

幾乎要被風劃傷臉頰，求生的本能讓泛月晨正想要進一步全身器化來使用風屬性魔晶石緩減自己下落的趨勢，但就在這當下，她卻直接跌進了一個熟悉的懷抱之中，然後白光一閃，隱形的效力消失，泛月晨的腳重新接觸到地面，她腿一軟差點向前撲倒，這時強大的力量環住她的腰，拉住她向後站穩。

一回眸，撞進了千洵如晚風一般的翦瞳。

他澄清的眼眸中有著她的身影，深深探進他透澈的雙眼，竟然是如此熟悉，心中猛然湧出一股帶著愧疚的傷慟，眼眶泛疼，有了流淚的衝動。

他總是在她最需要的時候出現，儘管自己已經隱形了，千洵也能準確無誤地找到她。

「千——」

「躲起來，不要讓自己受傷。」千洵抽回手，淡淡說了一句。然後白光閃現，下一秒，他出現在戰場中間，身上散出錚錚戾氣，神色孤絕而厲烈，天宇蒼茫，千洵的身姿如峻嶺一般崢嶸聳峙，飄飄乎絕世而獨立，幾乎令人不敢逼視。

千氏雙璧的實力果然不容小覷，有了千洵出手，形式已漸漸逆轉。魔法四處亂飛，空氣中不斷傳來嗡鳴聲，看見他們身陷戰事，幫不上忙的自責感迅速爬上心頭，泛月晨不由自主地向前踏了幾步，下意識想加入戰場。

才剛剛從藏身的角落走出，十幾發魔法立刻如惡狼般朝她呼嘯而來，全都來自不同方向。

碰！

如火星般的魔法閃光幾乎閃花了泛月晨的眼，她睜開眼睛，看見自己四周已罩起了金色的防護結界，不同魔法撞到上面，都悉數被化解。

「不是叫妳躲起來嗎？」戰場另一頭，千洵對著泛月晨吼道，眼神凌厲的瞪了過來，俊秀的劍眉一束，語氣加重了幾分力道。

「讓我幫忙！」泛月晨執拗的表示。不能讓自己無用的藏起來，看著別人為她而戰！

「不要讓自己受傷，就是幫我很大的忙了！」

「可是——」泛月晨正想反駁，突然敵方一陣反射的銀光引起了她的注意。敵人亮出刀子，朝千洵衝去。

在極度震驚中，泛月晨遺忘了話語。她知道敵人的目的，他們想去攻擊千洵的魔力點，被擊中魔力點的魔族，不僅法力全失，並且非死即重傷。

儘管他們可能尚不知千洵的魔力點在哪，但是通常不會很難猜。大部分魔族人都是心臟、鎖骨中間、手腕脈膊或是太陽穴。

泛月晨的魔力點是她的雙眼。

震驚過後，尖叫聲如鋒利的刀刃般幾乎劃破她的喉嚨：「千洵，小心——」

然而身體早在喊出聲之前便有了動作，只見泛月晨衝上前，擋在千洵的身後，想替他接下那無情的刀鋒。

刀刃沒入手臂，泛月晨吃痛的悶哼，由前而後，幾乎貫穿了整條手臂，她身體一滯，大量的血如噴泉般湧出，染紅了整個戰場。

「泛月晨！」千洵吃驚的怒吼，突然大量的靈力從他體內湧出，彷彿看見泛月晨受傷讓他瞬間失控。「你們竟敢動她！」

就在泛月晨因為突如其來的巨大疼痛中不支軟癱時，一雙強而有力的手臂再次環住了她的腰，將她緊緊摟在懷裡，同時耳邊狂焰曲的音韻也響了起來。

「算了，千氏雙璧太強，我們放棄擄人，血已經到手了，我們走！」突然有一個領頭的攻擊者喊了一聲，倏地敵人如潮水般退去，就如來時一般突然。泛月晨抬起頭望著攻擊者離去的方向，唇邊微微彎起一抹諷刺的笑：「血拿到了，但也是沒有用的……」

「泛月晨，妳沒事吧！」看見泛月晨衝出去為哥哥挨了那一刀，千水悠的心終於軟了下來，她連忙過去關心，雙眼滿滿都是焦急：「手給我，我看看！」

「只是小傷啦！」泛月晨臉色蒼白的安慰著。千洵緊抿著唇，眼中戾氣未退，抱著泛月晨的手臂又更用力了幾分。

「下次不需要替我擋，泛月晨。」千洵語調壓抑。

泛月晨皺起眉：「你們都可以替我奮戰了，幫你擋一刀算什麼？至少可以讓我不要那麼鄙視自己，覺得自己很無用。更何況——」她莞爾：「不用擔心血煞拿到我現在的血，因為我已經換成凡族的血了！」

「妳右手臂上的舊傷都還沒完全好，現在左手臂上又多了一個！」千洵顯得很激動，泛月晨安慰道：「右手的已經好了啦！只剩下一些疤痕而已。只是今天又被血煞攻擊，不知道他們這次刀面上有沒有那種防止血液凝固的符咒，有的話就又要麻煩靳家了。」

「顯然是有！」千水悠莫可奈何的使出好幾次治癒魔之力，卻都沒有什麼效果，只有血稍微止住而已，傷口依然沒有癒合。千洵鬆開手，讓泛月晨自己站穩。

「看來妳需要更多彼岸花了。抱歉，我的魔之力幫不上妳的忙。」

「不用抱歉。水悠，妳的治癒魔之力已經很神奇了！」泛月晨由衷地說。

「水悠的魔之力確實很神奇，她的魔之力甚至可以使人復活。」千洵也贊同的說著。

「可是只有一次的使用機會而已，一生只能用一次。想救第二個人都不行。」千水悠說著收回手，做了一個鬼臉，頗有深意的看看泛月晨，然後再看看自家哥哥，接著乾咳了幾聲，正色道：「我……我先去找剛剛被炸飛的浮空飛車。」

語畢，腳跟一轉，身子一扭就消失了，速度簡直和千洵的瞬間移動不相上下，留下尷尬無比的泛月晨以及沉默的千氏少爺。

他倆很有默契地迴避著對方的眼神，焦躁地等著千水悠回來。但等了好一會兒，還是沒有見到水悠，顯然她是故意製造機會讓他們單獨相處，於是泛月晨只好開口打破目前僵硬的氣氛：「千洵……」

「對不起。」

「嗯？」泛月晨吃驚地瞪大眼睛，為什麼千洵要道歉呢？該道歉的不是她嗎？

「對不起，我想也許那天我太衝動了，說話的方式妳一時無法接受。」泛月晨抬頭，看見千洵正緊緊地凝視她，眼底有捉摸不定的哀傷：「我只是想，也許我們還是有機會重新當朋友？我可以放下過去，就當作沒有發生。」

泛月晨看著千洵。

當作沒發生？就算千洵可以做到，難道千氏其他人都可以做到嗎？還有，千洵失去的左眼，難道也真的可以當作沒有發生過嗎？

有些傷害，就跟情感一樣——一樣令人刻骨銘心。

凝視著千洵，泛月晨漸漸感到有些不對勁。因為眼前的千洵根本不像水悠所說的形容憔悴，他看起來身形健朗俊秀、清暢勻稱，鼻峰俊美軒挺，容光滿面，整個人神采奕奕。

這……這是怎麼回事？難道……？

泛月晨思索了一下，然後眉頭重重一皺，語調不容拒絕的說：「撤掉。」

「什麼？」千洵一愣，指尖輕微顫了顫。

泛月晨咬牙，眼神黯了下來：「請你把偽裝魔法撤掉。」

「妳怎麼——？」

「把偽裝法術用到出神入化的人是我！你這次使用的只是簡單的偽裝術，怎麼可能瞞過我的眼睛？」泛月晨看著千洵，眼中慢慢升起水霧，她費力壓下喉中不明的酸澀：「你撤不撤？」

沉默懸在他們之間。泛月晨看見千洵臉上劃過無數不同的神情，最後，他輕輕搖頭：「不，不撤。」

泛月晨吸吸鼻子：「為什麼不撤？」

「因為我……」

「你是怕我看到你現在的模樣會心生愧疚，對不對？你又怕我會因為愧疚，而做出有違自己原本心意的事情，千洵……」泛月晨艱難的看著他：「千洵，你沒有必要這樣啊！為什麼總是為我設想——」

「妳多慮了，我……只是不想讓妳看到我現在的醜樣子……」

「胡扯，千洵，你知道我不是那麼膚淺的人，你自己更不是！」泛月晨眼中的霧氣愈積愈多：「你明知道，你在我心中的價值根本不是因為你這張臉，有人接近你，可能是因為你的家世、財富、權力或相貌，但我不是這樣。對我來說，你的價值就是你本人！你明不明白？」

泛月晨發現自己已經喜歡上那份跟千洵在一起的感覺，總是不用開口，他就能知道自己的想法；她也喜歡那份信任千洵的感覺，每每在她最需要他的時刻，千洵就會適時地出現在自己身邊。

這是一份什麼樣的情感？泛月晨已經漸漸模糊不清了……

千洵看著泛月晨，緩緩地，笑意浮上了他的臉，眼底如彗星般劃過一抹光。他抿唇一笑：「明白。」

泛月晨，妳不知道，就是因為我可以聽見妳的想法，知道妳有多特別，所以才一直無法放下對妳的感情，甚至日復一日更加深刻。

放棄對妳的愛，那是我一輩子都做不到的事情。

「很好，那你到底撤不撤？」

「……不撤。」

泛月晨無奈的語氣：「千、洵，你……」

「天晚了呢！妳不回靳家嗎？靳影澤會擔心吧？」千洵輕飄飄的轉移話題。泛月晨因為他的話遲疑了幾秒，但隨即肯定的揚起下巴，不容質疑的開口：「不回去！」

「咦？」

「在你恢復原貌和健康之前，休想要我回去。」泛月晨大聲宣布，倔強的看著他：「以後每天我會到你家，盯著你吃完晚餐，直到你恢復健康為止。」

「真的不用麻煩……」

「水悠！」泛月晨出聲叫喚，然後下一秒，千水悠便很「神奇」的出現，同時開來一輛嶄新的銀色浮空飛車。

「上車吧！」泛月晨跳進車裡，朝千洵指指身旁的座位。

千水悠等哥哥一上車，就迫不及待的立刻加速往蘭之堡方向急駛而去。

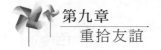

第十章　預言之木

在深不可測的靈魂的寂靜裡，你孤零零的子身獨處，你是一個光影顫搖的幻象，
一朵綻開在愛情莖枝上的孤獨蓮花。

——泰戈爾

站在蘭之堡的大門前，泛月晨竟然興起一種懷念的感覺。

「怎麼樣？還是我們這裡比較好對不對？」千水悠走到她身邊，似笑非笑的說：「蘭之堡可是魔武界最美麗的古堡喔！周邊的四大奇景更是夜帝千年前親賜的禮物呢！」

「我只看過千夜思湖跟千丈蘭園。」泛月晨眺望著蘭之堡四周一望無際的月光蘭園，那含苞待放的花朵，只在破曉迎曦的清晨盛放。「聽說還有預言之木跟星海，對嗎？」

「對。關於預言之木，每個人一生只有一次的機會可以向預言之木提問，如果問的是關於未來的事情，因為基於不能阻礙輪迴運作法則，預言之木只會給對方一個提示；如果問的是過去的事，想要知道過去事情的真相，那麼預言之木就會給你一個明確的答案。」千水悠臉上露出難得的驕傲神色，顯然很以自家的四大奇景為榮。「星海則是復活魔法陣，如果再搭配我的治癒魔之力，幾乎任何病症都可以不藥而癒，甚至起死回生。但是因為我

從來都沒有使用過，因此不知道效力如何。」

「實在是太神奇了！」泛月晨驚嘆道：「不過……我還是最喜歡千丈蘭園呢！要如何蒐集到這麼多如此珍貴的花朵？真是太不可思議了！」

「喜歡的話，我可以請哥哥送妳幾朵喔！」千水悠打趣道。

泛月晨一雙藍眸因笑意彎成了月牙狀，她略帶淘氣地說：「怎麼辦？我喜歡一整個蘭園呢！」

「可以啊！」沒想到千水悠想都沒想便自然的接口，用理所當然的語氣：「嫁給我哥哥，蘭園就是妳的囉！」

泛月晨差點被自己的口水嗆到，她驚魂未定的看著一旁氣定神閒的好友。「這是兩回事吧！水悠！」

「錯了，這是同一件事。」千水悠噘起嘴，走進蘭之堡大門。「好啦！哥哥都已經進屋去了，我們還在門口磨蹭些什麼，妳不是說要負責監督哥哥吃晚餐嗎？」

「動作真快，千洵該不會是用瞬移的吧？」泛月晨小聲嘀咕。

「一旦進入蘭之堡的保護結界內，哥哥的瞬移是不會受到影響的；同時，他要從蘭之堡瞬移到外面去也行得通，唯一就是沒有辦法從保護結界外直接瞬移到蘭之堡內。」千水悠聳聳肩。「這也是為什麼剛剛哥哥不能在我們被攻擊的時候直接帶我們瞬移到蘭之堡……，不過在那麼混亂的情況下，他也沒有空檔可以同時帶我們瞬移就是了。」

「我覺得瞬移真是非常實用的魔之力。」泛月晨不由得感嘆的說。在眾多魔技之中，瞬間移動一直是項限制頗多的魔法，想要瞬間移動非常不容易，一般而言，魔族的人都必須依靠架設魔法陣，才可以達到瞬間移動的效果，而且魔法陣的設陣物還必須具有強大的魔力，例如神器和守獸等級以上的寶物才能辦到。因此，想要瞬間移動幾乎可說是很難辦到的事情，像千洵這樣可以來去自如，簡直羨煞了所有人。

「對啊，用來救人尤其方便！」千水悠想到剛剛的驚險畫面，不禁吐吐舌頭：「那些攻擊者真是莫名其妙，為什麼這麼執著一定非要拿到妳的血不可呢？幸好妳有先見之明，已經換成凡族的血了，不然不知道還要被他們糾纏到什麼時候，出個門都要提心吊膽。今天幸好有我在妳身旁，平時妳一個人還真的很危險呢！妳乾脆再搬回來住吧！蘭之堡很歡迎妳喔！」

「我手臂的傷要靠彼岸花才能醫治，妳忘了嗎？」泛月晨有些鬱悶的舉起今天掛彩的左手。「看來我還要在靳家再待上好一陣時日了，幸好靳老爺出差去了，不然他會以為我是想要賴在他們家哩！」

「靳老爺不喜歡妳嗎？」千水悠突然頗有興味地問。

「我不知道。」泛月晨一邊誠實的回答，一邊走向廚房。「他只是不希望我跟靳影澤走得太近，針對這件事情提醒我而已。」

的確，我也希望妳不要跟靳影澤走得太近呢……！千水悠望著廚房的方向，輕輕的嘆息與空氣融合在一起。

「對了，今年的魔武技大賽，再過幾天就要報名截止了，不知道這一次又有多少高手會去參加？到時候又有好戲可看了。」千水悠一邊津津有味的吃著泛月晨親自下廚的好菜，

一邊好奇的閒聊。

「我想，我們三個人應該都不會有興趣參加吧！泛月晨，妳說是嗎？」

「沒錯！何況我現在身上流的可是凡族的血呢！」

「嗯，其實不論凡族或魔族，都是可以報名的，只是妳現在又不能使用魔技，只能靠器化，還是不要自找麻煩比較好啦！」

「水悠，妳放心好了，我絕對不會去報名的。好了，我們不聊這個了，來，多吃點菜吧！這一道菜可是我的獨門功夫喔！」

「好、好、好，沒問題，我和哥哥一定會全部吃光光，」水悠笑瞇瞇的斜睨著千洵：「哥，你說對不對？」

千洵微笑點頭，然後夾起大大的一口菜送進嘴裡。

蘭之堡外，千丈蘭園的月光蘭正待耀眼綻放。

輕手輕腳，泛月晨極其小心的打開靳家大門，凡族的鑰匙在手中發出清脆的叮噹聲。然而前腳才剛從玄關踏進客廳，原本熄滅的燈卻突然亮了起來，泛月晨詫異地抬頭，只見靳影澤站在客廳中央，右手握著魔杖，眼神深沉。

「妳到哪裡去了？」他端起茶几上一杯紅酒，慢慢湊近唇邊，動作慵懶而瀟灑，但眼神卻直直盯著泛月晨。

「抱歉，我回來晚了。」

「我問妳去了哪裡？」靳影澤口氣強硬。

望著他，泛月晨不禁怔愣。這不是小影哥，小影哥才不會對小瞳這樣講話。

「對不起，我心急了。」靳影澤放下手中的紅酒，彷彿察覺到泛月晨的受傷與錯愕，他原本質問的口氣中多了一分解釋的意味：「回來的時候見妳不在，我就一直等、一直等，但是妳卻一直沒有回來。」

「我和水悠與千洵出去了，我——」

「千洵？妳為了他，丟下我一個人在家裡呆呆地等？」

「不是你想的那樣，我欠他一點東西，要還。」泛月晨閉上眼睛，這不是謊話，她欠他，一直欠著他，欠著，情債；也欠著一個答案。

「是嗎？」靳影澤語氣緩了緩：「但怎麼去那麼久？」

「對不起，有事耽擱了。」泛月晨想起方才在千家與千氏雙璧有說有笑，反觀靳影澤一個人在家孤單的情景，心中突然湧出愧疚的痛。雖然自己並沒有跟靳影澤事先約定好每日回來的時間，但是讓他獨自面對一個空蕩蕩的屋子，寂寥的等著自己，真的是一件很讓人沮喪的事情。

靳影澤沉默了一陣，才平淡的開口：「以後，不要以任何理由，讓我一個人等妳。」

第十章
預言之木

泛月晨好半晌才了悟他的言外之意。「靳影澤，我和千洵之間不是你所想的那樣。」

「不是怎樣？」豈料他咄咄逼人，毫不放鬆。

「千洵他——」

「他愛妳，對不對？妳……也愛他，對嗎？泛月晨，妳把我當成什麼？需要時的利用工具嗎？就因為需要我的彼岸花來療傷，所以才迫不得已跟我住在一起嗎？枉費我一整個晚上都在為妳擔心，擔心妳是不是發生什麼事情了，而妳居然毫不在意。」靳影澤突然站起身向泛月晨靠近，她慌亂的向後退去，被逼到了牆角，只能如困獸般無助地看著眼前高大的身影。「小影……靳影澤，你在說什麼？我不是故意讓你擔心的，我……」

「妳這樣做，還不叫故意讓我擔心？妳為什麼不事先告訴我一聲，讓我知道妳的行蹤。」

「我……我也需要一點適度的空間……」泛月晨抬頭看著靳影澤神色深沉的臉，哽咽聲，咬牙：「而且我跟千洵之間沒什麼的。」

「是嗎？」靳影澤哼聲。

對，什麼都沒有。

當年我優先選擇了你，來到你身邊。小瞳愛的是小影哥，永遠只和小影哥在一起，永矢弗諼。

可是……為什麼我的心會痛呢？為什麼面對著小影哥，我渴望的竟然是千洵的臂膀呢？為什麼面對著焦急質問我的小影哥，我嚮往的竟然是千洵沉默的理解呢？

不！我不能對不起小影哥，我愛的應該是小影哥才對。

低下頭，泛月晨的背緊靠著冰冷的牆，那透明的溫度透過肌膚，漸漸滲進了心裡，讓自己的心也漸漸冷靜了下來。

一夜無眠，好不容易盼到天亮。泛月晨走出房門到樓下，發現靳影澤竟然已經出門了。天才剛亮，距離到澄幻上課的時間還很早，他卻已經不見蹤影。

打開窗，微風送來彼岸花的迷醉花香。泛月晨閉上雙眸，光線透過眼瞼照進眼睛，是一片有如彼岸花的亮麗豔紅。

早晨的光線清澈而透明，淡雅而無害。

強烈的反襯著一切洶湧的風雨欲來之勢。

碰！前廳大門被重重的踢開，人未到，聲先到，泛月晨聽見千水悠的聲音由遠而近。

「泛月晨——」

「妳怎麼直接闖進來啊！」泛月晨當場傻眼，心裡不禁納悶靳家的守衛怎麼如此鬆散。

「泛月晨，妳快給我解釋這到底是怎麼回事？」千水悠像虎鉗一樣緊緊掐住泛月晨的手臂。「妳快說呀！」

「解、解釋什麼？」泛月晨一頭霧水。

千水悠怒吼一聲把她拖到客廳，打開今日的魔武報，上面的頭版新聞閃爍發光，刊登著有關魔武技大賽的最新消息。

「泛月晨，快解釋這是怎麼回事？」千水悠的口氣飽含了滿滿的憤怒與驚詫。泛月晨順著她手指的地方看過去，那是有關魔武技大賽每日公布最新的報名名單。而在名單最上面，赫然顯示著她的名字。

天旋地轉，一陣劇烈的暈眩如暴雷般劈向泛月晨。

「這、怎麼……可能……」泛月晨下唇顫抖，一把搶過報紙，盯著上面的字，彷彿只要透過這很狠的凝視，報紙上的字體就會消失一樣。

「泛月晨，妳昨天不是才信誓旦旦的告訴我不會去報名，為什麼——？」

「我真的沒有，我根本不知道……」說到一半，泛月晨猛地頓住。彈指間，一切清晰的事實殘忍的呈現在眼前，有如當頭棒喝，泛月晨瞬間全都明白了。

她想起昨天被圍攻時，那一雙雙腥殘的血紅色眼睛。

自己現在對泛月晨究竟是抱持著一份怎樣的感情，靳影澤已經愈來愈迷惑了。看見她不在，會心神不寧；想到她跟別的男人出去，會嫉妒莫名。難道這只是因為泛月晨說她就是自己一直在尋找的那個人，所以自己的占有慾才會這麼重嗎？真的只是因為在他腦中的印象裡，那個金色的明媚身影應該只專屬於他，所以當她的目光轉移到別人身上，自己才會反應如此強烈嗎？

如果，其實泛月晨並不是自己尋尋覓覓的那個人，那麼又該怎麼辦？自己是否就不會如此在意呢？怎麼覺得，似乎不論泛月晨是誰，無論是不是他所要尋找的那個金色身影，自己似乎……還是會放不下呢？被自己突如其來的想法嚇一跳，靳影澤停止踱步，這才發現他竟然不知不覺中走到了夜帝神殿前。

清晨的夜帝神殿，在朦朧的霧氣中像是遮了層神祕面紗一般，恍若飄浮在雲朵之中，散發著若有似無的光線。靳影澤不由自主的走進夜帝神殿之中，仰頭望向夜帝祭壇，祭壇上是象徵著夜帝的標誌，神聖莊嚴。

偉大的夜帝啊！能不能請您告訴我，我的心究竟走向何方？哪一個才是對的方向？

「孩子，這麼早起來夜帝神殿，是不是有什麼煩惱的事情啊？說出來，也許內心會舒服一點。」背後突然傳來聲音，靳影澤轉身一看，是一位修繕人員，手上拿著工具，看起來像是正要去修補東西。

「嗯，主要是……感情上的事情。」靳影澤搔搔頭，然後接著說：「神殿怎麼了？有什麼地方需要修補，是嗎？」

「是的，有些部分比較容易掉漆，所以需要經常修補。幾年前，在一場婚禮中，神殿曾經受到相當嚴重的魔法破壞，雖然很多地方已經修復，但難免還是會留下一些比較難以彌補的傷痕，所以就要常常修補。」

「婚禮？婚禮怎麼會造成破壞呢？」靳影澤不解的問。

「我想大約是在五年前吧！那是場十分盛大的婚禮，或許你也曾聽說過，就是泛家千金跟千氏少爺的訂婚典禮。」

第十章 預言之木

「我約略聽說過，但大家的說法都有些出入。好像聽說他們本來要訂婚，但是後來那場婚禮卻臨時取消了。」

「對，而且是以出乎大家意料之外的方式結束。大家都沒想到結果會是這樣，因為居然還出了人命——」

「什麼！」斬影澤驚訝的大喊，聲音在偌大的神殿內不斷迴盪：「怎麼會發生這種事情？而且……我怎麼沒聽說過？」

泛月晨跟千洵的婚禮……，竟然有人死掉？怎麼可能呢？難道這才是造成婚禮中斷的真正原因嗎？如果泛月晨真的就是自己在找的那個人，那麼她應該愛的是自己，當時又為什麼會願意跟千洵訂婚呢？所以，其實泛月晨在騙他，泛月晨並不是自己苦苦尋找的那個人？

腦中一片混亂。斬影澤努力思索，突然靈光一現。對了，說不定造成那個婚禮中斷了的人，就是一切的關鍵，也許如果自己能找到他，就可以明白許多事情了。想到這裡，斬影澤連忙迭聲問：「請問你知道那個死去的人叫什麼名字嗎？還是你知道他的家人住在什麼地方？可不可以請你告訴我，因為……我真的很想知道。」

修繕人員似乎因為他激動的態度而驚詫了一下，但隨即就輕描淡寫的回答：「哎呀！那是好久以前的事情，我已經不記得他的名字了，只知道那個死去的少年是個凡族，他原本是想要來阻止婚禮進行，但後來卻被浮空飛車撞死了。唉！可能是不小心釀成的悲劇吧？可憐啦！那孩子也是癡心一片哪！」

「你說那個凡族……真的已經死了嗎？」斬影澤希望可以探聽出一些有關泛月晨的事

情，不知道為什麼，身邊周遭的人對於泛月晨的事情，似乎都不是很願意提起，久而久之，自己也習慣了不再詢問。但是現在，他很想挖掘泛月晨的過去，因為假如泛月晨說的是實話，那麼她的過去一定也有他存在的蛛絲馬跡，任何可以知道自己過去的機會，他都不想放過。

「當然已經死啦！聽說當場就沒有呼吸了呢！泛家少主當時似乎悲痛到想自殺，她炸毀神殿之後也消失無蹤了，但是沒想到她竟然沒有死，過了這麼多年，現在居然又出現了。」

「悲痛到想自殺？」靳影澤屏住呼吸。所以泛月晨曾經有一個心愛的人，心愛到願意為他放棄自己的生命？酸酸澀澀，靳影澤心中突然泛出一股自己也說不清楚的嫉妒，儘管明知道那個人已經不存在了，自己在吃一個死人的醋也很蠢，但是想到泛月晨愛別人，忽然就像喘不過氣來一般的不舒服。「所以泛月晨愛的不是千洵，對不對？」

「哎呀！你怎麼這樣直呼他們的姓名呢？我是不清楚泛少主對千少爺有幾分情意，但千氏少爺對泛少主的情愛可是很多人都知道的事哪！泛少主當年的舉動幾乎讓千少爺變了個人，變得沉默寡言、鬱鬱寡歡。現在泛少主又回來了，不知道對千少爺而言，到底是好事，還是壞事啊！」

「她愛的不是千洵……那麼那位凡族少年的家人，你記不記得——」

「那位凡族孩子似乎沒有家人，因為他的遺體是被千氏接走的。」

「被千氏接走……？」所以千氏也知道一些幕後的真相，對嗎？可是他要怎麼去詢問千氏呢？千水悠好像非常討厭自己，至於千洵，他們應該算是……情敵嗎？

第十章 預言之木

原來自己已經在無意間把他當成情敵了。那麼，不就表示自己已經愛上泛月晨了嗎？原來一次次的心動不是錯覺，而是預兆？

似乎真的愛上她了？所以昨天才會那樣失控的嫉妒千洵嗎？

那麼，自己究竟該如何才能贏得她的心呢？

已經到了冬天的尾聲，即將來臨的春意氣息讓大地一片欣欣向榮。

然而室內卻是一片愁雲慘霧。

一陣殘酷的天旋地轉，所有的血液瞬間衝上腦門，泛月晨蹣跚的退後一步，在即將無助跪倒前的剎那，一雙手扶住了她。

千水悠憂心忡忡的喊了一聲：「哥哥，快來！」

「這是怎麼回事？」千洵問道。

千水悠默默把報紙遞了過去，神情顫抖。泛月晨則麻木的呆立著，早已完全不知如何反應。千洵扯開報紙，呼吸愈發急促濃重，瞳孔收縮、唇線緊抿，周身散發出洶湧的錚錚戾氣。

「哥哥，泛月晨說她沒有——」

「是血煞！」泛月晨的唇動了動。

「血煞？什麼——」

「上次襲擊我們，並且取走我的血液，就是血煞！」泛月晨低聲但清晰的說道：「我義父也是個星相師，他從星相中看出血煞將會在魔武界中興起一陣腥風血雨，除非大家可以團結起來共同抵禦他們，否則，也許整個魔武界便會落入他們的掌控之中。」

「血煞為何要妳的血？」千洵問到重點。

泛月晨遲疑了幾秒，接著才開口回答。

「因為，我是幻瞳一族的人。」

千水悠跟千洵的反應很兩極化，千水悠顯得很驚訝，眼睛睜得大如圓杏似的，似乎一時間不知道要說些什麼。千洵卻顯得很平靜淡定，一臉了然的神情，他點點頭。「所以妳懷疑血煞是在追捕幻瞳一族的人？」

「幾乎可以確定。」泛月晨咬住下唇：「幻瞳一族似乎有血煞所渴望的力量，但我並不知道那是什麼，只知道，幻瞳一族必須為此付出性命。血煞在達到目的之前……是不會善罷干休的。」

「血煞想要取妳的性命，這我可以理解。」千水悠雙手插腰，皺眉看著魔武報。「可是他們為何要假冒妳的名義報名魔武技大賽呢？這樣做根本沒有意義啊！因為妳還可以主動再去取消報名，不是嗎？」

「我就是不知道他們……」泛月晨說到一半猛然打住，因為她的魔法通訊器響了起來，來電者是冷校長。「是義父！不過奇怪了，怎麼會突然打給我呢？」

接通通訊器，水霧慢慢在眼前凝聚成形。等不及水霧完全凝聚完成，泛月晨就喊了一聲：「義父，您好嗎？還真有默契呢！我正好有事要跟您商量……」

「是嗎？我也有事要通知妳，而且我的事一定比妳的重要多了。」一個明顯不屬於冷校長的聲音說道。

室內的三個人同時都愣住了，泛月晨首先回過神，激動的對著魔法通訊器喊出所有人心中的疑問：「啊！你是誰？我義父的魔法通訊器為什麼會在你的手上？」

「哈哈哈……問得好！不過，在我手上的恐怕不只是冷校長的通訊器……哈哈哈！」

「你、你對我義父做了什麼？你快放了我義父！」

「哼！放了妳義父？妳別做夢了。至於我想要對妳義父做什麼，那就要看妳的配合度了。相信以妳的聰明才智，應該知道我是誰吧？哈哈哈……泛家少主泛月晨。」魔法通訊器另一頭發出陣陣陰沉的冷笑聲，那聲音粗嘎難聽而刺耳，似乎是用魔法刻意隱藏、改變原來的聲音。水霧畫面動了一下，呈現出冷校長的臉，說話者刻意避開了鏡頭，畫面中的冷校長則昏迷不醒人事。「如妳所見，妳親愛的義父現在可是在我們的手上，想要他活命的話，就乖乖照我的話做。」

「你不准動我的義父！」泛月晨又驚又怒，氣得全身發抖，她拚命湊進水霧，似乎想鑽進水霧裡去營救義父一般。「我義父怎麼會在你的手上？快點放了他！你們要做什麼，衝著我來好了，不要用我身邊的人威脅我！」

「放了妳義父？那當然是不可能的，我們還要利用他讓妳乖乖聽話呢！至於冷校長怎麼會在我手上嘛！我相信妳不會想要聽到答案的，哈哈哈……不過如果想要讓妳義父活著見到妳的話……」對方冷冷一笑，笑聲極其刺耳：「泛月晨，相信妳已經知道自己已經被報名魔武技大賽的事情了。我的要求很簡單——乖乖去參加魔武技大賽，得到冠軍，並且去到守獸金鳳凰的面前，那麼，我就可以承諾妳義父的安全。」

「什麼！」

「我不想聽見任何抗辯的聲音，不然到時候妳義父身上如果少了什麼東西，我可是不敢保證的。照我的話去做，就這樣了。祝妳好運，泛家少主泛月晨！」

「等等——」泛月晨大喊一聲，然而對方卻已經掛斷了電話。她茫然的拿著魔法通訊器，臉上天崩地裂的神情讓人不忍，面容蒼白的失去了血色。

千洵開始施起追蹤咒，但是過了幾分鐘之後，他頗為喪氣的搖搖頭。「對方的魔法通訊器被銷毀了，找不出下落。」

「怎麼會發生這種事情？」千水悠看見泛月晨失魂落魄的樣子，也開始不知所措起來，乾澀的開口：「不要擔心啦！我們會想出解決的辦法……」

「只怕等我們想出來的時候，義父就已經沒命了。」泛月晨低落的打斷千水悠：「我看我真的只能……去參加魔武技大賽，想辦法達到血煞的要求。」

「但這不可能啊！」千水悠大喊：「泛月晨，妳身上現在流的可是凡族血，最快也要兩個月才能淨化完畢，在這中間妳根本不能使用魔法，要如何打贏魔武技大賽？」

「不能打也得打啊！」泛月晨仰起頭：「我絕不能置義父的安危於不顧，他在我最需要的時候來到我身邊，我絕不可以在他需要我的時候拋下他，這樣我一輩子都會良心不安的。」

無論如何，她都要想辦法救出義父，她必須放手一搏！

泛月晨緊緊的將手臂環著自己的身體，就像如果不這麼做，下一秒自己便會支離破碎、灰飛煙滅。她茫然地凝望著天花板，渾身冰冷僵硬，就像置身於萬年冰庫中無法脫身，只能不由自主的墜落、墜落，一如螻蟻般任人輕踐，如刀俎上的肉任人宰割，如棋盤上的棋子任人擺布……

看著泛月晨的樣子，千洵的眼中溢出幾許不忍。

如果可以，他多希望自己可以幫助她。他願意為她做任何事情，只要她能開心、只要她不要露出那種天崩地裂的絕望神情。

「其實……」千洵走到泛月晨面前，彎下身與她平視，神情認真：「我們可以幫助妳，泛月晨。」

「妳們要怎麼幫助我？」泛月晨像是抓到一根救命的稻草般，滿懷希望的問。千洵迅速看了千水悠一眼，然後對泛月晨說：「魔武界大賽是可以組隊報名的，這妳知道嗎？不一定只能單獨參賽。」

「可是我——」

「儘管如此，卻很少人願意這樣做，因為這樣代表打進大決賽的時候，妳將會面對一路攜手合作打進大決賽的隊友。」千洵嘆了一口氣：「但妳不必顧慮到我，我並不想要成為魔武界盟主，我只是想要幫妳而已，相信妹妹也會同意的。我們可以跟妳一起組隊參賽，然後在大決賽時幫妳剷除其他對手，讓妳可以順利無礙的到達金鳳凰面前。至於後續……就要看夜帝的安排了。」

「你們要跟我組隊……？」

「對，然後在晉級賽時，只要我跟妹妹兩個人聯手出擊就行了，這種事情大會可以安排的。如果遇到單人對手，不得不選一個上去應戰的話，我也可以跟妹妹分擔。總之，我們會照顧妳的安危，幫助妳達成剛剛通訊器——我猜就是『血煞』對吧？幫助妳達成他的要求。」千洵琥珀色的眸子深深攫住泛月晨，她幾乎就要在那專注的凝視下溺斃。「這樣可以嗎？妳願意讓我們幫妳嗎？」

泛月晨望著千洵，一時卻不知道要如何回答。

依照目前的情勢，似乎是應當要同意千洵提出的幫助才對，有了千氏雙璧的幫助，幾乎就是可以進入大決賽的保證。只是另一方面，讓他們幫忙等於是將他們捲入危險之中，血煞也許會轉移目標到他們身上，做出對他們不利之事。更何況，自己憑什麼接受他們的幫助？千氏雙璧並不欠她什麼，甚至自己還曾經做出許多對不起他們的事。這樣濫用千洵對她的愛，自己卻無法回報他，讓泛月晨感到十分痛苦。

自己已經欠千洵好多、好多，欠了一輩子都還不完的情債。

像是察覺到泛月晨內心的想法，千洵低聲輕輕說道：「不用覺得對不起。我們既然已經是朋友了，朋友不就是應該互相幫忙嗎？」

第十章 預言之木

「我們是朋友沒錯……」但是你說的互相幫忙，我似乎都沒有做到呢！總是在享受你的好卻無法回饋，更何況你對我的情分其實早就已經超過了一般朋友，為什麼你總是說些安慰的話語，試圖讓我心裡好過些呢？千洵，我真的很對不起你……。

「讓我們幫忙吧！」在旁邊一直沒有說話的千水悠突然開口了：「泛月晨，我也很希望可以幫妳，我們一起組隊吧！報名快要截止了。哥哥，我們趕緊去報名吧！」

「水悠……」泛月晨猶豫不決。

「還有，報名完之後，我覺得我們可以去一趟預言之木。」千水悠伸出手指計算著：「妳可以去請示預言之木，看看究竟有什麼方法可以解決目前的困境，也許預言之木可以提供一些不錯的提示。」

「預言之木？」

「但在做這些事前，有一件事情很重要！」千水悠打了個響指，突然俏皮一笑，那明亮的笑容讓泛月晨楞了一下。「什麼事情？」

「當然是請假啊！泛院長！」千水悠眉眼一彎：「今天有這麼多事情需要處理，妳覺得我們還可能去澄幻嗎？」

儘管現在是冬天，高聳參天的預言之木仍舊蓊蓊鬱鬱，翠綠的葉子在風中飄動，樹幹在空氣中散著幽幽的金光，那神祕的光芒直讓人不禁微微暈眩。

「真是個偉大的奇蹟。」泛月晨讚嘆道：「請問，現在我該怎麼做？」

「把手貼上樹幹，然後在心中默念問題。」千洵沉聲道。

千水悠接口：「預言之木會落下一片葉子，上面將刻著給妳的提示。」

「你們怎麼都知道？難道以前你們都已問過預言之木問題了？」

沒想到聽聞此言，千水悠的臉便沉了下來，扭曲成後悔莫及的慘笑。「甭提了……」

「她小時候一知道預言之木的神力，就興沖沖的跑來試驗，那時才三、四歲吧！結果問的問題是——父親下午會不會買糖回來給我吃？」

「哥哥！」千水悠惱羞成怒的大叫，整張臉脹成了薔薇紅，氣得直跺腳。

泛月晨忍俊不禁，笑出聲來。千水悠秀眉一束，扯住千洵的衣服。「還說呢，哥哥自己也問過預言之木了呀！」

「我的問題可正經多了。」

「千洵，你問了什麼？」泛月晨好奇的問。

千洵安靜下來，他看了泛月晨幾秒，然後視線轉移到高聳雄偉的預言之木上，聲音帶著隱約的嘆息：「那是個好提示。」

好提示？所以，千洵問的是有關未來的問題。泛月晨心想。

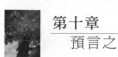

第十章
預言之木

千水悠此刻也靜了下來，她心事重重的看了哥哥一眼，然後用手指著預言之木。「泛月晨，去吧！」

「嗯。」知道此刻不宜再多言，泛月晨邁向預言之木，預言之木光芒流轉，炫人眼目。她把右手貼上冰涼的樹幹，那樹幹太過光滑，沒有一般樹皮粗糙的質感。

接著，彷彿心神瞬間融進了樹裡，泛月晨耳邊悠揚的響起屬於預言之木的音樂，音調溫和柔美、空靈神祕，但竟帶著不可解的哀愁，一曲憂傷。和狂焰曲的樂音雖然不同，但一樣都讓人迴盪至心底最深處。

千水悠朝泛月晨鼓勵一笑。看著她的笑容，泛月晨發現自己想問預言之木的問題，不只一個。

千水悠——她完全原諒我了嗎？她真的可以放下過去我對他們的傷害？

小影哥——他究竟要到什麼時候才能想起小瞳呢？到時候自己對他的感情是否還會一如以往？

泛莊主——父親這五年內究竟為什麼會有這麼大的改變？他所指的老毛病又是怎麼回事？還有……自己真的已經徹底放下對他的怨恨了嗎？

冷校長——他怎麼會被血煞抓走？自己到底能不能將他安全地救回來？

還有，其實她最想問的是，千洵……

但縱然腦中千頭萬緒，泛月晨仍沒有忘記此行最重要的目的。定一定神，她在腦中默默提出問題：「請問，要如何才能永除血煞？」

語畢，預言之木突然發出璀璨的萬丈光芒，這光芒在四周凝固一般的濃稠空氣中綻放出懾人心魄的一枝獨秀。泛月晨向後倒退一步，手心離開了樹幹，耳邊原本優美得如詩如幻的曲調，此時竟心傷神碎的中斷了，但在還來不及感到惋惜的同時，一片葉子突然自空中緩緩飄墜而下，舞動著漂亮的曲線落至她的面前。

伸手，泛月晨輕輕接住。原本只是一片普通的葉了，細長翠綠的葉梗，細緻的網狀脈絡，卻在她手指觸到的瞬間，金光乍現，斜長清瘦的金色字體如有生命般延展，在葉片中間連成一段短短的句子。

千水悠走到泛月晨背後，悄聲念出葉片上的字。明明她的聲音呢喃如軟風，泛月晨卻覺得有如千斤重擔壓在心頭般。簡短的提示，令人千思萬想，也看不出其中端倪。

傾斜的字體瘦削而有力。「**唯有獻上金色祭禮，才能永除血煞。**」

金色祭禮……？

泛月晨抬頭不解的望向千洵，他凝視著葉子，眉頭微皺，似乎正在努力思索。

「金色祭禮，究竟是什麼？」泛月晨問道。

千水悠與千洵一起抬頭看她，儘管瞳色不一樣，但眼中深處都有相似的、跳動的光點。

「放心，我們會查出來的。」千洵果斷的沉聲。

第十章
預言之木

回到靳家的時候，天色還算早。

只是他們之間的氣息有些沉重，三人懷著重重心事，思索著不同的問題。

「所以意思是說，只要找到金色祭禮，便可以幫助泛月晨打敗血煞，救回她義父嗎？」千水悠說道：「但是『獻上』又是什麼意思？那是一項祭品嗎？」

「也許那原本不是祭品，但是我們必須把它當成祭品一樣獻出去。而且可能是任何東西。」千洵分析道：「金色祭禮？妹妹，黯學院裡可以查得到什麼跟金色有關的珍貴物品嗎？既然叫作金色祭禮，我覺得應該不會是很輕易就能得到的東西。」

「黯學院的東西大都是暗色系的。」千水悠嘟起嘴：「可能光學院會比較多吧！但是我對光學院的瞭解也不是很多，畢竟我是黯屬性的魔法師。」說著，她撥撥自己一頭黑髮。

「凡學院有什麼嗎？」千洵轉頭問泛月晨。泛月晨也搖搖頭。「沒有，如果金色祭禮必須是具有魔法的物品，那麼凡學院都不符合。」

「或許我們可以從光學院那邊先查到一些資料——」千水悠話還沒說完，就聽到門外突然傳來浮空飛車急速駛來的轟隆引擎聲。泛月晨愣了幾秒，衝到窗前一看，只見靳影澤的藍色浮空飛車緊急煞住，而他正跳下車朝大門奔來。

「快走吧！」讓靳影澤看到千氏兄妹在靳家，這可是會引起很多麻煩的，泛月晨盡可能用最小的音量通知千洵兄妹。

千水悠拉住千洵，閃身躲到轉角暗處，同時朝她哥哥使了個眼色。泛月晨不知道為什麼他們不用瞬移消失就好，但是她沒有多餘的時間詢問，因為幾乎就在下一秒，靳影澤已氣喘吁吁的衝了進來。

「靳、靳影澤？你怎麼——」

「感謝夜帝，妳還在！」靳影澤看見泛月晨獨自一人站在客廳中，忽然大步流星的走到她面前，並且出乎意料的彎身緊緊抱住她。一切實在來得太突然了，讓泛月晨一時之間不知該做何反應。「我好怕妳真的走了，真的消失了，昨天都是我的錯，是我不好，對不起，泛月晨妳別走，留下來——」

「靳……」

「我也不知道自己是怎麼回事，可是好像已經習慣待在妳身邊了，好像就算妳不是那個我在找的人也沒有關係——」

碰！

泛月晨被魔法的威力震得倒退三步，直接被魔法擊中的靳影澤則是飛了出去，撞到大門後跌落在地上。千水悠平舉著手，美麗的小臉氣得皺成一團。「該死，誰准你碰泛月晨！泛月晨是哥哥的！」

「水悠，別這樣，我、我沒關係……」

「沒關係才怪！哥，你不好意思動手，妹妹我可是很願意代勞喔！」

「不要……」

第十章
預言之木

說。

泛月晨蒼白著臉回頭，看見千洵緊急收回的目光，心中一陣緊縮，張口欲辯卻無話可

「你、你、你們是怎麼回事？」靳影澤不可置信的看著千氏兄妹突然出現在自己家裡。

泛月晨灰溜溜的瞥一眼千水悠，發現她仍氣得冒火。「該死、該死的靳影澤，你以後敢再碰泛月晨的話，你試試看！」

「你們怎麼會出現在……？千院長、千少爺……」

「我們是護花使者，不行嗎？專門防止可疑之徒靠近，尤其是像你這種高危險的——」

「我的意思是，這可是我家啊！你們怎麼會莫名其妙的出現……」

「你家很了不起嗎？我告訴你，只要我願意，明天這裡就不會再是靳家，而是我們千家的！」

「不不不，我們不能吵架！」泛月晨連忙插到他們中間，但是緊接著，她就後悔了。

「泛月晨，是不是妳放他們進來的？」

「泛月晨，妳剛剛為什麼不推開他？」

「泛月晨——」

「停——！」泛月晨忍無可忍的大喝一聲，聲音大得連天花板都快要被震破了。

室內終於安靜下來。一秒、兩秒……天花板上飄下不明的、被震落的微塵。

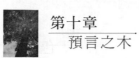

「現在可以聽我解釋了吧？」泛月晨看著靳影澤。「靳影澤，你今天怎麼提早回家？現在還是上班時間吧？」

靳影澤看了看千氏雙璧，然後遲疑了幾秒開口：「今天早上我心情很亂，所以請了假去夜帝神殿散散心。後來我想通了幾件事，但還有一些事情想要問妳，去到學校卻發現妳也請假了，我還以為……所以……」

泛月晨心生好奇。「你想要問我什麼？」

「不只是問妳，我也想要問千氏雙璧。」靳影澤瞄了瞄千水悠和千洵。「正好現在他們也在。」

「我們才沒有時間聽你廢話！」千水悠小聲嘀咕，千洵則大方的表示：「你有什麼問題，請說吧！」

「我今天去夜帝神殿的時候……」靳影澤停頓了一下，觀察大家臉上的表情，「那裡的修繕人員跟我提到一場五年前和你們有關的婚禮。」

客廳裡的氣氛突然全變了，泛月晨臉部表情僵硬，千水悠臉色陰沉得像是死了人一般，千洵則是維持沉默，但是雙手緊緊握成拳，微微露出青筋。

靳影澤不管他們的反應，繼續說道：「他還說有一個死掉的凡族少年，後來是由你們千氏接走了。我只是在想，也許那個人可以幫我想起過去的事，所以想要請你們告訴我關於他的事情……」

客廳裡沒有人移動，連呼吸都放輕了聲音。

第十章 預言之木

過了許久，仍然沒有人出聲打破沉默，靳影澤愈來愈覺得奇怪。「這……怎麼了嗎？」

「有關這件事情，你還是知道的愈少愈好。」首先說話的是千水悠，她的聲音十分生硬：「就算那個人跟你有關，告訴你也沒有什麼意義。」

「為什麼沒有意義？我只是——」

「因為這也許會毀了你現在所認知的人生。」千水悠揚起冰冷的銀眸。「相信我，不知道才是最幸福的。不管是對你自己或是其他人，都會比較好。」

「可是——」

「我們並沒有義務要回答你的問題。」千水悠從桌上拿起今天的魔武報，塞到靳影澤手裡。「但是我們的確有義務向你解釋今天為什麼會出現在你家。喏！這是頭版新聞，你自己看吧！」

靳影澤先是狐疑的看了一眼千水悠，然後攤開魔武報。報上印著詳細的魔武技大賽參賽規則、參賽名單以及比賽場次。

「怎麼可能——？」

「泛月晨被設計了。」千洵的語氣平淡，泛月晨無法捕捉到他的眼神。「她必須努力打進大決賽得到金鳳凰，而我們需要一個所謂的金色祭禮來幫助她達成最後目的。我們方才便是在討論有關金色祭禮的問題。光學院可以查到什麼資料嗎？」

一連串的問話，彷彿千洵想透過連番的詢問來轉移靳影澤注意力似的。泛月晨咬住下唇，若有所思地望著室內其他三個人。

「光學院也許可以查到一些資料。」靳影澤偏頭苦思，「就我所知，歷史上金色的物品還不少，如果要從著名的、珍貴的東西下手的話……金玉匕首，那是五世紀的上古神器，九金玦，但一直都只是傳說，從來沒有人真正見過。再來就是雙聖觴，可那是一只銀、一只金。此外，如果金色祭禮不一定要是物品的話，有一種植物叫作金刺，生長在聖山；或是魔武技大賽中的守獸金鳳凰也可以算在內……」

「什麼！」泛月晨和千水悠以及千洵同時驚呼。

「咦？不能是有生命的嗎？」靳影澤莫名其妙的連連眨眼。

「不、不是。」泛月晨興奮的搖搖頭。「你給了我一個很棒的靈感！」

「很棒的靈感？」

泛月晨轉向千洵。「你覺得預言之木是不是在暗示，假如我參加魔武技大賽，拿到冠軍、得到金鳳凰的認可，就可以利用牠跟血煞戰鬥，獲得勝利？」

千洵遲疑了幾秒。今天血煞跟泛月晨講的條件是要她得到冠軍，並且去到金鳳凰的面前，還好只是要求到達金鳳凰的面前，如果是要求泛月晨必須得到金鳳凰的認可，那麼可就是難上加難了。因為這麼多年來，每年魔武技大賽的冠軍得主，雖然打敗了所有對手，費盡千辛萬苦的到達金鳳凰面前，卻始終沒有人能夠喚醒牠，得到金鳳凰的認可，成為金鳳凰的主人，登上魔武界盟主之位。千洵雖然摸不透血煞真正的目的究竟是什麼？但唯今之計也只能先全力幫助泛月晨得到冠軍再說了。

「泛月晨，要成為盟主不是妳自己可以控制的事情。」千水悠說出了千洵心中的話：「走到金鳳凰的面前或許能夠辦到，但金鳳凰已經很久都未曾認可任何一位冠軍得主了。

第十章
預言之木

我想血煞也是衝著這點，才會叫妳去參賽，他們算準金鳳凰根本不會認可妳，因為認可的機率實在微乎其微，儘管我覺得他們叫妳要到達金鳳凰的面前這種舉動很可疑，我認為那應該只是一種障眼法，或許他們會在比賽中動手腳，所以妳一定要提高警覺……，想要得到金鳳凰的認可，這真的是一件極為困難的事。」

「如果牠真的就是金色祭禮，我們就不能錯過任何機會。」泛月晨喊道：「這也許是打敗血煞、救回義父的唯一希望，無論如何我都必須放手一搏！」

「泛月晨……」千洵淡淡的嘆息，他移開視線，落在魔武報的參賽名單上。該怎麼辦呢？雖然一心希望她能活得自在快樂些，卻發現根本做不到，她接下來的路可是會更加艱辛。

「泛月晨，明天開始，我每天早上都會提早來接妳，儘量爭取時間多做些訓練。」千水悠驀然插話：「如果妳真的想拿到冠軍，也不能只靠我跟哥哥，要會一些自保的能力，畢竟在大決賽時場面會很恐怖。」

「可是我不能碰到……」

「我知道驕傲的狂焰曲不會容許妳碰等級比祂低的武器。」千水悠似乎想起之前在武器博物館時，自家武器在狂焰曲面前報銷的慘劇，不禁莞爾一笑：「不過放心，妳知道竹之堡是我們千氏的道館嗎？那裡還有一些神器可以供妳挑選。」

「竹之堡？就是緊傍著兩大奇山之一，在九青峰旁的那個竹之堡嗎？」泛月晨眨眨眼。

「對。事實上，一整座九青峰都是修練場，並不只有竹之堡本身。」千水悠點點頭：「在九青峰中，我們藏有一些極其珍貴的武器，也許會有適合妳使用的，妳可以去挑挑看，因為我知道妳不想顯露出已經器化狂焰曲的祕密。」

「等等，我還在這裡呢！」站在一旁良久的靳影澤終於受不了被忽略，出聲希望引起注意：「可以跟我解釋一下，你們剛在說些什麼嗎？我覺得我有一點跟不上進度呢！而且泛月晨手臂的傷都還沒有完全好，要怎麼練習武技？你們不可以這樣莫名其妙就帶她走——」

「什麼莫名其妙，我們是在幫助泛月晨活下來呢！幫不上忙就不要打擾我們，到一邊去啦！」千水悠非常不友善的對靳影澤吼道，一臉不耐煩：「別浪費時間，泛月晨，現在我們先去幫妳挑武器好了，明天才能開始訓練。」

「妹妹，態度不要這樣。」千洵開口訓斥了一下，千水悠乖乖閉上嘴，瞪了一眼靳影澤。千洵向泛月晨伸出手，靳影澤動了身，彷彿想縱身擋到他們之間，然而此時泛月晨已下意識的回握住千洵，千水悠也走上前握住千洵的另 隻手。

「泛——」靳影澤出聲叫喚，泛月晨本能的回頭看他，見他正張口欲說些什麼。這時千洵眉頭一皺，手一用力將泛月晨拽進懷裡，頓時白光一閃，客廳的景像消失了，靳影澤的臉消失了，下一秒，鳥語花香、風竹搖曳，他們出現在竹之堡莊園的大門口，兩名侍衛彎身替他們拉開華麗的雕竹鐵門。

「歡迎來到竹之堡。」千洵低語，音調融在四周誘人的美麗裡。

第十章 預言之木

泛月晨的生活突然之間變得十分忙碌。

每天總是起得很早，然後斬影澤先幫她的傷口塗上彼岸花液，接著千洵會來斬家接她到竹之堡進行修練，最後再匆匆趕去澄幻學校。

第三場比試賽就快要開始了，日期訂在七天後，場地已經大約布置完成，正在做最後的修繕工作。由於這是最後一次可以拉高積分的機會，因此所有的同學都全力以赴。第三場比試主要是以找尋寶物為主，比試時間有三個小時，在三個小時內，學生們要破解古堡中所設下的關卡密語，拼湊這些密語，就可以找到最後寶物的隱藏地點。

學生們各個都摩拳擦掌、躍躍欲試，希望自己這組可以出類拔萃、拔得頭籌。在比試前一天，這種火熱的氣氛被炒到了最高點，甚至已經有不少組別已開盤下注，賭誰會是這次的最大贏家。在這些組別中，很多隊長竟然都是凡族的同學，大家公認他們的組織力、規劃能力以及應變能力都是小隊中最棒的，甚至連指揮同學的氣勢都讓人十分信賴。許多魔族體認到了凡族的特殊之處，也覺得他們有很多值得魔族學習的地方，再加上凡族同學為人大都比較謙遜，因此大家相處得頗為和樂融融。

「最近這麼忙，身體還應付得來嗎？」在第三場比試賽當天早上，泛月晨依舊準時的來竹之堡報到。

千洵跟千水悠都是非常好的武技指導老師以及練習對象，每日的訓練內容都十分有效率又多樣化，可是千水悠常常埋怨千洵對泛月晨太過溫柔，每次的實際對打往往都只是點到為止，所以訓練工作後來大部分都是由千水悠負責動手，而千洵則在一旁提供意見當軍師，只有偶爾才會下場。不過由於今天千水悠要先趕去比試賽會場處理事情，所以訓練工作只好由千洵負責。

千洵指導了泛月晨一些新的武技後，擔心她今天可能要應付比試賽中許多未知的突發狀況，不想浪費她的體力，因此比平常提早結束訓練。

「在器化之後，我的體力比平常人強多了，比較不容易感覺到累。」泛月晨收起手中的武器，那也是一把神器，是千洵由九青峰的武器寶庫中找出來的，威力不凡。儘管如此，泛月晨覺得自己還是比較喜歡狂焰曲。「痛覺比較低，睡眠時間也縮短了。」

「之前妳在修練器化的時候，是不是很辛苦？」要和驕傲的神器修練器化可不是件易事。神器是有靈性的，首先要讓神器認可為主人，然後將心靈跟精神力都提升到極高的境界後，才可以開始修練器化。跟神器的器化是一種直接刻印在靈魂中的契約，除非主人死亡，不然契約永遠不會中斷。

「那五年間，妳究竟是如何度過的？」

泛月晨笑了笑，輕描淡寫的說：「不會很辛苦，狂焰曲看起來挺喜歡我的，祂對我很好。那五年間，有義父指導我，所以一切都很順利。」

「祂當然喜歡你了。」千洵勾勒起一抹笑。金色與藍色，你們是這樣的相配，狂焰曲就像天生注定要成為妳的武器一樣，你們的驕傲、你們的強悍、你們給人那種驚豔的感覺……

第十章 預言之木

「對了，水悠曾經說狂焰曲是你的成年禮物，真的不要緊嗎？還有，你是怎麼透過小影哥讓狂焰曲到達我的手上？」

「屬於妳的東西，終究會是妳的，誰都搶不走。」千洵安靜的回答，然而泛月晨沒有聽出他的一語雙關。「至於我之前是怎麼做到的……這都是過去的事情了，不是嗎？之前的靳影澤是很單純的，不會想那麼多。他可以有機會送給妳最喜歡的武器，他的心神已經高興得不會去注意到一些可能的疑點。我只是讓館長叫他去做一些很簡單的事情，並沒有為難他。」

「可是……，你將如此珍貴特殊的狂焰曲送給我，難道你的家人都沒有反對嗎？」泛月晨凝視手中的神器，那是一把騎士刀，有著閃亮的銀色刀面，永遠不會沾染灰塵。雖然狂焰曲不會完全排斥她碰其他幾乎同等級的神器，但多少還是會在泛月晨心中發出不滿的嗡鳴。

「狂焰曲其實是一把很神奇的武器，跟其他的神器都不太一樣。」千洵若有所思的看著她：「難道妳沒有懷疑過，為什麼這把武器會叫作狂焰曲嗎？」

「是因為……」泛月晨猶豫了一下，想起每當她靠近千洵時會響在心中的絕美曲調。只有在靠近千洵時才會出現，其他人都無法引起狂焰曲的共鳴。「是因為那首曲子嗎？只有當我靠近你時才聽得到……」

「沒錯，就是因為那首曲子。」千洵琥珀色的眼底光潤蘊涵，明亮的讓人幾乎無法逼視。「妳知道為什麼只有靠近我的時候，狂焰曲才會引起共鳴嗎？那是因為，狂焰曲上面的那條絃，是我用自己的靈力合成的。」

「狂焰曲的弦？」泛月晨想起那特殊的材質，忍不住吃驚的瞪大眼睛。難怪自己無論如何揣度，都猜不出那究竟是什麼物質，原來竟然是靈力！

「這就是狂焰曲最唯美特殊的地方。唯有當一個人合成自己的靈力，替狂焰曲安上弦，然後送給另外一個人時，當這兩個人靠近，才能聽到這世界上最美的曲調。」千洵攤開手：「如果以自己的靈力合成，並且由自己使用武器，那麼便一輩子都聽不到這個曲調了。所以，我其實要謝謝妳，泛月晨。是妳讓我有機會聽見這世界上最美麗的曲調！」

「所以，你也聽得見……？」

「當然了，這也是我為什麼從第一次遇見妳時，就開始懷疑妳可能就是泛月晨的原因。冷迎曦。」泛月晨抬起頭，千洵恰好也看了過來，一張俊俏的臉笑得格外開心，俊挺的眉毛舒展開，琥珀色的眸子瞇了起來，閃著活力耀眼的光芒。

那張明亮的臉孔太多清晰，就好似用鑽石製成的刀子，一筆一劃用力刻印在泛月晨的心裡。而他就好像光明的孩子，站在極近卻又極遠的地方專注地看著她。

「可是，冷迎曦的面容畢竟跟泛月晨已經完全不一樣了，你……怎麼能確定我一定就是泛月晨呢？」

千洵似乎覺得她的疑問很有趣，想也不想便回答：「長相並不能代表什麼啊！泛月晨。就算妳已經徹底改變了容貌，也完全不會影響我對妳的感情，不是嗎？」

面對千洵突然而來的真情告白，泛月晨霎時有些困窘的接不上話來。

「對我來說，妳就是妳。就像妳之前所說的，我的價值就是我本人。那麼同樣的，妳對我來說就是泛月晨而已，我在意的是妳的內在，而不是外表。不管妳是什麼樣子，只要是妳……都好。」身為泛月晨的妳，是一種生動明亮的美，給予人強烈的震懾；身為冷迎曦的妳，是一種沉靜的幽遠，卻讓人看一眼就無法忘卻的深刻。

現在的妳融合了兩種奇異的美感，成為一幅在夜帝所祝福的土地上最美麗的風景。

就算妳永遠不會屬於我，只要能守護住妳的笑容，我也在所不惜。

我的泛月晨。

第十一章　魔武技大賽

當我坐在露臺上諦聽他的足音的時候，林間的葉子寂靜無聲，河裡的流水也凝然不動，正如那睡熟了的哨兵膝上的利劍。狂野跳動的是我自己的心——我不知怎樣使它平靜。

——泰戈爾

當千洵與泛月晨瞬移來到南宮家的北野古堡時，比試賽已經即將開始了。

學生們聚集在北野古堡的大門口，準備一聲令下就衝進去。千洵與泛月晨趕緊到評審席座位上坐好，在三個小時的比試進行當中，評審們將透過魔法觀看學生們在古堡內破關的過程，然後決定將給予的分數。

坐定之後，泛月晨感覺到似乎有人正注視著自己，一抬頭，竟然是泛莊主，泛月晨禮貌性的微微向自己的父親點頭示意。

過沒多久，象徵比賽開始的哨聲尖銳的響徹整個會場上空，學生們全都爭先恐後的衝了進去，一忽兒古堡大門前便空無一人了。評審們坐在古堡前的一塊大空地上，密切注意著用魔法架設連線的螢幕上學生們破關的情形，順便監看有沒有什麼危險逼近，畢竟大家都不希望再發生任何突發狀況。

一切似乎都進行得十分順利，陸續有一些組別破關成功。不過各組光是破關的時間就花了兩個半小時，在剩下最後的半小時內，戰事更加如火如荼，每個組別都想趕緊找到寶物，獲得勝利，所以評審們也都聚精會神的觀看戰局。

「剛剛第三組破關的那個學生身手真是矯健呢！南宮秋，你有看到嗎？」泛月晨轉向另外一邊說道，同時在紀錄本上飛快的做筆記打分數。

「對呀！棕色頭髮的那個女學生真是不簡單，還有那個凡族隊長……」

「那你有沒有看到——」泛月晨說到一半，話語卻被硬生生打斷。所有的評審都震驚的望著突然間全部失去畫面的魔法螢幕，螢幕漆黑一片，學生們的身影都消失了。

「怎麼會……？」不祥的預感立時浮上泛月晨心頭。

搶修小組的工作人員以最快的速度到達現場，然而不論他們怎麼想方設法修復，魔法螢幕依然是迷茫的一片漆黑。

這應該不是故障，而是來自於他人的惡意攻擊。

當機立斷，一個閃身，泛月晨朝著古堡中衝去，速度快得有如飛起來一般，深怕情勢已經來不及挽回。

千洵尾隨在泛月晨身後，衝向南宮家的古堡。伸手一揮，古堡大門洞開，兩個金色的身影如脫兔般衝了進去，千洵趕到泛月晨身邊，張開防護結界把她保護在其中。「先往樓上去嗎？」

「學生應該都在樓上，我要先去確定他們沒事！」泛月晨說著便往上竄，雙眼凌厲的四處搜索異狀。其他評審們也趕了過來，似乎覺得事有蹊蹺，各個面部表情十分緊張。

「柳星溯，你去看一下地窖好嗎？南宮秋，你對這裡比較熟，是不是有什麼密道可以麻煩你去檢查一下？明寒……」千洵正在分配工作的當下，樓上突然傳來一聲奪人心魂的尖叫，伴隨著恐懼的慟哭，瞬間令現場所有人的血液為之凍結。

「玉泉！你怎麼了？你醒醒啊！大家救命啊，是他！是他殺了玉泉！」

事發現場一片混亂。

那位被稱為玉泉的少年眼神空洞的躺在地上，已經再也看不見任何事物的雙瞳直直瞪視著天花板。

泛月晨看著少年那雙紫色眼睛，不禁一陣冷汗。

「就是他！是他殺了玉泉！我看見他手上拿著一把刀子，一定是他刺中了玉泉的魔力點！你這個卑賤的凡族，你憑什麼傷害他！」抱著玉泉屍首的同學憤恨的指著另外一位凡族少年大吼，眼睛布滿血絲：「我就知道你們凡族只會耍一些卑劣的手段，傷害我的隊友！」

「不是我！真的不是！」那位被指控的同學看起來手足無措，語無倫次的說：「我經過這裡的時候，看見他倒在這裡，身邊有那把刀子。我只是下意識的把刀子撿起來而已，我並沒有……」

「世上哪有這麼巧的事情！你一定是見不得我們這組的積分比你高，所以——」

「喂！請你說話放尊重點，不要胡亂指控我們的隊友！」凡族少年的隊友跑來聲援。

「我明明親眼看見他手拿著刀子，一定就是他……」

「真的不是我！」

「天啊，不好了！」沒想到一波未平、一波又起，大家都還尚未從震驚中恢復，卻又看見一個學生從走廊另一端衝過來。「可彤那組也有人遭到攻擊，好像已經死了；還有凡鱗那組，他說他們的隊長已經消失超過十五分鐘了，原本他們以為只是走散而已——」

「凡鱗他們的隊長也失蹤了？」玉泉的朋友一臉緊張的抬頭。「玉泉也是大約在十五分鐘前失蹤的，但是剛剛古堡中的情況實在太混亂，我以為大家只是走失……」

泛月晨直直盯著玉泉毫無生氣的模樣，心中對血煞的恨意更增添了幾分。不管他們的目的是什麼，這樣無情的奪取孩子們的性命，實在是太殘忍了。

「玉泉上星期才剛剛過成年生日呢！」他的朋友哀慟的流淚：「沒有想到竟然會發生這樣的事情……等等，這是什麼？」

大家因為玉泉朋友的叫喊而紛紛將注意力轉了過來，只見玉泉的手臂上，竟然緩緩浮現一個血紅的數字「四」的刺青，在古堡略黯的光線中閃耀著詭異的腥紅色血光。

「怎麼會這樣？」

「去看一下另外那個同學手臂上有沒有數字刺青！」千洵果斷的說：「還有……順便查一下這幾個同學還有哪些共通點。」

「要封鎖周遭嗎？也許凶手還在這裡？」南宮秋趕了過來。千洵搖搖頭。「沒有用的，這次我們的防護已經做到滴水不漏，他們都還可以擄人成功，表示一定不是從外面硬攻進來，所以現在封鎖周遭也沒有用。」

「是誰負責布置古堡內部安全措施的？」泛月晨問道：「也許凶手發現了什麼方法可以從外面直通古堡內部？」

「是我。」突然一個聲音說道，大家回頭一看，原來是泛莊主。「我沒有發現什麼特別之處，南宮秋少爺給我看過的古堡樓層平面圖，上面有標示的部分，我都已經有做防護，南宮家也檢查過了。」

「如果不是從內部……，那這些同學究竟為什麼會突然失蹤？接著又慘遭殺害呢？」

「千少爺！」那位跑去查看的同學驚慌失措的跑了回來。「另外那些遇害的同學，其中可彤的手上有數字「三」的字樣，而凡鱗那組的隊長手臂上有「二」的字樣。而且這三位同學……」他緊張的吞了吞口水：「他們都是紫色眼睛，而且都是魔族學生……」

「他們的同學有沒有提到他們最近是否有什麼異狀？」泛月晨焦急的問。

「聽說他們前些日子在校外時，好像都曾遭到莫名的攻擊。」那位同學老實的回答：「但是其實……最近學校中很多人都有遭受到攻擊，可是後來都沒事，所以大家也就沒有放在心上，而且這是同學之間私底下的祕密，有些人甚至還覺得應該是其他組同學為了比試賽而來挑釁的惡作劇，因此也沒有特別向師長報告……」

「第一場比試賽時，不是都已經造成命案了嗎？大家怎麼可以掉以輕心呢！」泛月晨又氣又急又傷心。

「可能是校方並沒有把這件事向學生們說明清楚，所以學生們才會沒有提高警覺。」千洵有所保留的看了一眼泛月晨。

泛月晨趕緊請其他老師去聯絡學生家長，並緊急招來醫護治療師觀察所有學生們的情況。學生們似乎都陷在一種茫然的震驚之中，泛月晨更是十分的自責和心痛，覺得自己沒有盡到保護好學生的責任。

「那些孩子，他們是無辜的！」泛月晨痛苦的說：「假如我有事先警告他們，假如我有……」

「泛月晨，妳不要再自責了。」千洵低聲在她耳邊道，語調克制而溫柔：「妳永遠沒有辦法控制命運，不要怪妳自己，泛月晨。」

此時，站在不遠處的泛莊主不禁鬆了一口氣。幸好，顯然千氏少爺還是深愛著他的女兒，只要有泛月晨在，千洵的視線就很難轉移開來。否則，以千洵的智慧，泛莊主還有些擔心會被他看出破綻呢！其實這整件事情都是泛莊主暗中一手策劃的陰謀。泛莊主預先安排手下由密道進入古堡內躲藏，然後再神不知鬼不覺的動手破壞螢幕，以便讓手下進行暗殺學生的計畫，果然一切都進行得十分順利。

現在只剩最後一個還沒落網了，雖然這個有些棘手，但如果計畫都沒有出差錯的話，那麼儘管需要多花點時間，最後一定也會順利得手的！

看著現場一片混亂的樣子，泛莊主忍不住勾起一絲邪惡的、得意的笑容，絳紅的雙眼愈發顯得妖麗詭異。

她的清醒就跟睡意來得一樣的突然。

泛月晨睜大眼睛躺在床上，方才從夢中拉回現實。外面的天已經全黑了，泛月晨下床走到窗前，發現靳家院子裡似乎有什麼光影正在躍動，一閃一閃的，宛如在跳舞一般。估算了一下，時辰應該已經過了半夜。自己竟然睡了這麼久，器化之後應該不容易感到疲累的，泛月晨覺得十分意外。難道是最近接二連三的打擊實在太大了嗎？先是被迫參加魔武賽、冷校長被抓生死不明、然後是第三場比試的失敗。想到今天發生的事情，泛月晨不禁深深嘆了一口氣。隨意披上一件薄外套，她邁步走下樓，朝著幽暗的庭院中走去。

冬春之際，夜涼如水。遠方一大片彼岸花在晚風中搖擺，吐露著迷惑人的香氣。泛月晨走進附近的櫻花林，大約幾步遠的地方，一棵櫻花樹上垂下一雙修長的腿，正輕微的、陶醉般的晃著，鼻息間突然傳來紅酒的清香。

走到樹下往上望，沉默的靳影澤斜躺在粗粗的樹幹上，正寂寥的對月自酌。幾顆以魔法變出來的光球在四周跳躍，原來這就是方才在房中看見的閃動光源。

「靳影澤。」泛月晨輕輕出聲叫喚。

靳影澤稍微動了一下，但是並沒有理會她。泛月晨俐落的爬上樹，坐到靳影澤身邊，搶過他的酒杯。「怎麼了？別喝了，你會醉的。」

靳影澤慵懶的睜開一隻眼睛看她，在黑暗中，他的胡桃棕眼明亮有如星辰，迷幻氤氳，帶著幾分微醺醉意。泛月晨淡淡的嘆息：「你坐在這裡多久了？」

他哼了哼，臉上因醉意而泛紅：「原來尊貴的泛家少主也會關心我的事情嗎？還是我稱呼錯了，應該叫千氏夫人？」

泛月晨愣了一下，心中升起一種深深被刺痛的感覺。「靳影澤，你不要這樣。」

「心虛嗎？」他的笑意延伸至嘴角，泛月晨晃晃酒杯，紅酒的清香令人沉醉。「不心虛。我跟千洵不是你想的那樣。我們說好了，只是朋友。」不是嗎？你的小瞳可是為了你，說好了只跟千氏少爺當朋友——普通的朋友，不是情人。

靳影澤凝視著她，魔杖一揮，泛月晨手中的紅酒又咻的飛回到他手上。靳影澤舉起酒杯輕啜了一口，眼睛緊緊盯著她。然後，他開口輕喚，聲音輕得有如微風流雲：「泛月晨，我想清楚了，我愛妳。」

泛月晨渾身一僵，不可置信的側頭看他。

靳影澤秀氣的眉目淡如遠山，他笑著看她，紅酒沉香，泛月晨呼吸漸覺不穩。

「妳不是說，妳正是我在找尋的那個人嗎？沒關係，我不需要妳提出證明，我現在完全相信妳。」

「靳——」

「我相信妳就是我在找的那個人，那麼現在我想請求妳，請妳回到我身邊，屬於我一個人，眼睛只能看著我。」他笑著，眼目深邃。靳影澤坐直身子，靠向泛月晨，語調中有著酒香，充滿誘惑，俊秀的臉有著她渴慕已久、幾乎放棄追尋的溫柔。「泛月晨，坦白說我覺得你是否真的是我一直在尋找的那個幻影，已經不再重要，因為我愛上妳了。我是真的愛上妳，這個真實的妳，而非記憶中模糊的影子。」

靳影澤發現這是一種感覺，一種宿命的感覺。無論如何，都只會愛上她，繞了一圈之後，他發現自己想要的就只有——泛月晨。

泛月晨的指尖、唇瓣都在顫抖，她不知道該說些什麼，她覺得自己快要融化了。

「不需要等到我想起往事，現在，我們就在一起，好不好？」靳影澤的聲音柔情似水。

「你、你沒醉嗎？」泛月晨想確定般的問。

「妳認為呢？」他倜儻一笑，然後突然朝泛月晨傾身，遠在她能反應過來之前，新月下，夜的華麗樂章一如爛漫荼靡，他溫柔的唇已吻住了她。

記憶中殘餘的瀲灩，波動著曾被打碎的夢。美麗的夢，總在不可思議之處綻放！

這個世界過分美麗，美麗得令人想要哭泣。

可是……

為什麼這分明是我日夜所渴慕的，渴慕得連心尖上都會生出隱隱的痛。然而在此刻真正得到的時候，卻沒有想像中那麼美好呢？

是因為千洵嗎？我真的愛上他了嗎？不是的，小瞳永遠不會背叛她的小影哥的，對不對……？

泛月晨沒有動，如失去生命的布偶般任靳影澤在她唇上輾轉，但當他欲更深入的時候，泛月晨伸手，輕柔但不容拒絕的推開了他。

斬影澤的眼朦朧充滿霧氣，泛月晨望著那雙醺然欲醉的眼，咬住下唇：「斬影澤，我們、我們不能這樣……」

「為什麼，難道妳不愛我嗎？如果妳真的是我在尋找的那個人，一定也是愛我的對不對？」

「不，我不知道……不是……」泛月晨語無倫次的呢喃著，痛苦的閉上眼搖頭，眼底乾涸空寂。

「不過沒有關係，不論妳是不是真的小瞳，我不在乎了，我愛妳。」斬影澤再度傾身過來，泛月晨下意識的閃躲，但斬影澤不放棄的再次貼進泛月晨，柔軟的唇擦過她的鼻尖。泛月晨忍不住慌亂的向後退，卻沒意識到他們正坐在樹上，她這一退，立刻凌空，只來得及驚呼一聲，便仰面倒頭跌下樹去。

樹很高，摔下去肯定會受傷。泛月晨想起每次在她失足墜落時，總有一雙手及時的接住她，俊美軒挺的琥珀色眼眸少年，心中竟一陣熱辣辣的灼痛。可是現在他不在，不會有人接住她，於是泛月晨只好伸手器化，召喚風屬性，在跌落到地面前的最後一秒托住自己。

如緊急煞車般，她的身體在千鈞一髮之際停止狠狠下墜的趨勢，右手已經器化了的指間在黑暗中發出美麗的金光，此時斬影澤也正揮著魔杖降下來，輕巧的落在她身邊。看見泛月晨安全的降落，他鬆了一口氣，接著心神立刻被泛月晨手中的金光吸引了過去。

「妳的手？」斬影澤拋給泛月晨疑惑的眼神。

「器化。」泛月晨小聲的回答，腳觸地面，直起身來。「狂焰曲的器化。」

「狂焰曲？好熟悉的名字。我是不是在失憶前就曾聽過？」

「這把弓其實是你……不，也不能算是你，其實應該說是他……」泛月晨混亂極了，不知道該如何說明。他們三人的過去好混亂，全都混雜在一起了。

「他？妳是指千洵？難道是他送的？」靳影澤眉頭一束，泛月晨訥訥的不知如何反駁，而她的默認彷彿更加激怒了他，只見他上前一步，雙手緊緊攫住泛月晨的肩膀，逼她抬眼看他。「泛月晨，千洵跟妳究竟是怎麼回事？妳一直說你們沒有男女之情，但我覺得妳所表現出來的卻不是這樣，妳愛上他了是不是？妳是不是真的愛上他了？」

「我沒有……我……不知道……」淡淡的恐懼竟如毒液般漫上泛月晨的心頭，在這幽藍的黑暗裡，靳影澤的眼絕美而魅惑，有如致命的罌粟之美，竟能讓人陷入萬劫不復的境地。看著他往自己欺身貼近，泛月晨不由得向後退去，同時讓器化蔓延至手肘，金光染亮了四周凝結的空氣，她暗暗祈禱，希望光線能驅走現在的不安與尷尬。

「如果沒有愛上他，那妳是愛我的對不對？」靳影澤凝視著泛月晨的眼，雙眸深沉。「我剛才的問題……泛月晨，我們在一起好嗎？如果妳不愛他，為什麼我們不能在一起？」

「和你在一起嗎？」藍色篝火的誓言在腦中閃動，可是為什麼此刻的她竟心生退卻了，為什麼她反而退卻了呢？

「妳也愛我的，對不對？」靳影澤唇線微微抿起，泛月晨低頭避開他灼熱的視線，掙脫出他的掌握，隱向身後的黑暗，器化的右手冰涼一片。「靳影澤，我不知道……我、我現在心情很亂，不是我想拒絕你，可是、可是我也不想傷害到任何人，你讓我想想，你讓我好好靜一靜——」

「泛月晨，等等……」

然而泛月晨已經扭頭朝靳家大宅跑了回去，風撩起她長長的髮，結束器化，金光頓時消失無蹤。

她跑回房間，側著身子從窗簾縫隙悄悄望出去。靳影澤的身影淡雅而俊朗，和千洵修長的身姿很像，但是他們散發出來的氣質卻又那麼不同。

泛月晨長長的嘆了一口氣，閉上眼身子向前傾，讓前額沉默的貼上冰涼的窗框，彷彿想藉由那不自然的溫度，可以讓自己清醒一點。

指尖顫動著撫過下唇，靳影澤的吻如豔麗的夜光蝶在她唇上飛掠而過，充滿濃烈的情感與占有慾。他的吻，和千洵的也不同。

千洵的吻一如他對自己的情感，深刻但節制，從不超過界線，從太陽穴一路蜻蜓點水般的下滑，永遠只輕柔的停留在嘴角。

彎彎的新月下，濃郁的夜晚四溢流淌。

如果應允了小影哥，千洵一定會傷心的對不對？

可是如果不答應……

似乎無論自己怎麼做，都會是一項不完美的決定。

現在，愛與不愛都是一樣的艱難。

未來，自己的心又該走向何方？

鏘！刺耳的刀劍碰撞聲尖銳的傳入耳際，泛月晨側身抵擋，看見千洵凌厲的唇線微微抿緊。

靈活的轉動手腕，泛月晨挑開千洵的劍尖，他們手中的魔法武器都發出一陣震顫的嗡鳴聲。出乎她意料，千洵的攻勢並不猛烈。泛月晨抬頭，看見他正若有所思的注視著自己，不禁愣了一下，於是泛月晨做出收劍回手式，停下手中揮舞的劍。千洵也隨之停手，但這會兒反而避開她的眼神。

「怎麼了？」泛月晨將劍插回劍鞘，認真的凝神看他。

「泛月晨……」他淡淡的嘆息，劍尖優雅的下垂，喀的一聲輕觸地面。

黑髮如霧，竹之堡的白色琉璃簷下，光影斑駁，幾片梨花被涼風吹落，墮於蒼苔之上。千洵一雙星眸澄澈如水，透淨得彷彿能將月光搖碎。

「千洵，發生什麼事了嗎？」泛月晨問。

千洵靜靜的看著她，泛月晨忽然有種奇異的感覺，好似他們已經這樣互相凝望對方，凝望了一輩子。「其實……」他垂下眼，輕緩的開口：「其實，泛月晨，妳不用擔心會傷害到任何人。」

泛月晨揚眉，困惑無比的看著他。

千洵頓了頓，然後別過頭。「妳昨晚器化了吧？當妳器化的時候，妳所說的話我都能聽見，甚至妳不必開口，我也能知道妳的心思。」

泛月晨猛然驚悟，心不受控制的漏跳一拍。她緊蹙著眉間看著千洵，口氣多了一分痛苦的絕望：「昨晚的事，你……都知道了？」

「我覺得……」他神色平靜毫無波瀾，彷彿像是在說一件和自己不相干的事，只有顫抖的劍尖不小心洩漏了他刻意掩飾的掙扎。「泛月晨，我覺得，妳還是答應靳影澤比較好。」

泛月晨茫然的回望他。

千洵咬咬牙：「我對妳好，並不是希望妳要回報我什麼；我對妳好，也不是想要以恩情來綁住妳；我對妳好，更不是想要妳因愧疚而作出有違妳意願的決定。妳不用擔心我會傷心，或是傷害到我。只要妳過得開心，不要再跟以往一樣勉強自己做妳不喜歡的事情，我就心滿意足了。」

感情，是世界上最難控制的東西，也是世界上最自私的東西。你可以罔顧任何人的感情，只為一個人魂牽夢縈；也可以辜負任何人的情愛，只為一個人牽腸掛肚。

「關於感情這件事情，妳儘管照著自己的心意去選擇，不用擔心我。至於妹妹那邊，我會去解釋的。」

「可是——」

「今天先這樣吧！」千洵背過身，把劍刷的插回劍鞘，背脊挺直的走出練習場，身形雖然看來倨傲倔強，但卻讓人感受到一股孤獨的氣息。

凝視著他消失的背影，泛月晨不禁心神迷惘，顫動的究竟是她眼中的氤氳，還是千洵孤獨的步履呢？

為什麼總是這樣待我，只要我平安，只要我快樂，自己被傷得體無完膚也在所不惜。你這樣做，叫我如何去回覆斬影澤？昨晚當我看著他，腦中掠過的卻是你的臉。

而且，為什麼你不替自己爭取一下呢？爭取一下下就好，說不定……

手中握著劍，泛月晨垂首斂眉，心亂如麻。

窗外傳來雨打竹葉輕脆的聲音，空氣中注滿了濕意，鳥語蟬鳴消失了，四周一片空寂。

泛家少主泛月晨與千氏雙璧組隊參加魔武技大賽的消息，很快就傳遍了整個魔武界，甚至帶起了一股組隊的潮流，許多原本單獨參賽的選手也紛紛開始找人組隊參加。千氏雙璧面對這種情況顯得十分淡定，千水悠還信誓旦旦的表示他們一定能打進大決賽，只是時間早晚的問題而已，請泛月晨根本不用為這種「小事」操心。

「順帶一提，我已經查過參賽行程表了，如果晉級很順利的話，大約每半個月會有三場比賽。」斜靠在斬家躺椅上，千水悠拿著剛出爐的第一份對戰表，推敲斟酌。「昨天是報名的最後一天，這次參賽人數跟往年差不多，我約略評估了一下，目前看起來並沒有特別具威脅性的對手，只是可能會跟不少熟人對戰就是了。」

對於千氏雙璧的不時到訪，靳影澤幾乎已經習以為常了，雖然剛開始會有些排斥，然而現在靳影澤反而覺得這樣比較好，甚至主動邀請千氏雙璧來家裡，而不是讓泛月晨過去千家。畢竟如果能讓泛月晨待在自己視線所及的地方，而不是讓她獨自待在千氏少爺身邊，自己會安心不少。

靳影澤並沒有參加這次的魔武技大賽，除了覺得自己的實力還不足，加上也沒有當魔武界盟主的意願之外，主要原因還是他不想和泛月晨成為對手，他只想要站在泛月晨身旁為她打氣，就算自己幫不上忙也不介意，他希望泛月晨可以更明確的感受到他的心意，不要再拒絕自己。

想起不久前那個夢幻般美麗的夜晚，微帶醉意的衝動之下，他向泛月晨表達了愛慕之意，原本以為如果她真的就是自己在找的那個人，那麼泛月晨一定會答應。然而他萬萬沒有想到，泛月晨竟然推開了他。那一瞬間、月光之下她的眼眸氤氳顫動著，看起來是那麼徬徨無助，不知道下一步該怎麼走。她隱身向背後的黑暗，口中喃喃唸著：她不想傷害到任何人。

任何人……那個人，就是千洵對吧？

泛月晨總是這樣，先顧慮到別人的感受，深怕傷害到別人，即使委屈自己也不在乎。

「熟人？什麼熟人？」泛月晨抬起頭。

千水悠神色自若的翻到下一頁：「泛月晨，妳不用擔心會傷害到妳認識的人啦！主要是我跟哥哥會遇上一些和我們千家有合作關係的家族，屆時礙於情面，恐怕得手下留情，不能讓他們輸得太難看。」

對於千水悠的自覺穩操勝券，泛月晨不知道是該替千水悠的超強自信心感到高興，還是該擔憂她的過度自負。

「你們第一場對戰的是誰？」靳影澤忍不住插嘴發問。

「不重要的人。」千水悠搶先在泛月晨開口前便回答：「但是比賽居然安排在下星期，這次大會賽程安排得真緊。」

「千洵看過對戰表了嗎？」泛月晨。

「應該還沒有。哥哥最近都在忙家族的事務，他想要趕快先處理好一些重要的事情，這樣才能專心應付比賽。」千水悠嘆息的說：「唉！哥哥最近真的忙得昏天暗地的，只是，我又幫不上什麼大忙，很多事情還是必須由哥哥親自處理。」

「水悠，對不起，真是很抱歉，帶給你們這麼多麻煩。」泛月晨慚愧的低下頭。

千水悠伸手拍拍她的肩。「我們不是朋友嗎？說什麼抱歉。其實妳最近也很辛苦，但妳不也是堅強的撐下來了嗎？」

「我真的很過意不去，總是讓你們替我操心……」

「別這樣說，妳的事情就是我們的事情啊！而且我們也很希望能救回冷校長。千水悠忽然淘氣一笑：「況且我身為他的下屬，對身陷危險的主人坐視不管，這可不是我的風格喔！」千水悠握住泛月晨的手。「好了啦！泛月晨，妳不要把所有的事情都往自己身上攬，偶爾也讓我和哥哥替妳分擔一下嘛！」

「水悠，謝謝……」謝謝你們的體諒，謝謝你們的寬慰，謝謝——所有的事情。

千水悠好似突然想起什麼有趣的事，突然一臉興奮。

「對了，泛月晨，妳不是很喜歡畫畫嗎？如果妳真的想要感謝我的話，那麼就等妳有空的時候，親自畫一些作品來參加我們千氏今年將要舉辦的慈善畫作拍賣會吧！怎麼樣？有興趣嗎？」

「可是，水悠，其實我並沒有特別專精於畫作，怕是會獻醜。」泛月晨惶恐地回答。

「不用擔心啦！我覺得畫作技巧是其次，重要的是畫中的精髓。泛月晨，我相信妳可以的！」千水悠眉眼彎彎一笑，做出加油打氣的手勢：「同時這也是很不錯的經驗，我建議妳參加啦！就當幫我們千氏一個忙吧！」

「水悠，既然妳不嫌棄，那我就恭敬不如從命囉！」

「太好了，這次的慈善畫作拍賣會預計分為五個展區，我可以給妳一個完整的展區喔！妳可以自己設定區域主題，妳想要畫什麼作品都可以。到時候妳拍賣出去的作品所得金額將全數捐出做公益。」千水悠笑意盈盈的繼續說著：「泛月晨，我相信妳的畫作，一定能讓拍賣會增色不少呢！至於其他的細節部分，等日後有空時，我們再慢慢討論。天色已晚，我要回去了，那我們就明天早上見喔！」

「靳影澤，再見嘍！」千水悠難得轉身向靳家少爺道別：「趕快弄好泛月晨的傷，要不然我可不保證比賽時不會有意外狀況！」

「好。」靳影澤微微驚訝了一下，連忙點頭：「慢走。」

「對啊！跟哥哥比還真的是『慢走』。」千水悠嘆了一口氣，邊走出靳家邊喃喃自語：

「怎麼辦，好像愈來愈依賴哥哥的瞬間移動了，又快又方便，這樣下去我會慢慢變成懶人的。」

泛月晨忍不住噗哧一笑，搖搖頭：「其實水悠也是個很有趣的人呢！」

「哎呀，我可不敢領教她的有趣。」儘管對於千氏雙璧已經愈發熟悉，但靳影澤還是可以察覺到千水悠有時會散發出對自己若有似無的敵意。

「既然千院長都親自交代了，我看我現在還是再幫妳上一次藥吧！也許會好得比較快一點。」

「今天早上不是已經上過藥了嗎？」

「現在是非常時期，要用非常手段，我覺得多上幾次藥應該不會有什麼副作用，頂多只是效果比較不明顯罷了。」靳影澤說著便往庭院走去。「要一起來嗎？我去摘花。」

「把花摘了下來，擦了卻沒有效果，這樣會不會很浪費呢？」泛月晨跟著靳影澤一起走向後門通往花園。

「不會。彼岸花是一種頗為奇特的植物，」靳影澤莫可奈何的聳聳肩。「每次只要我把花摘下來後，隔天彼岸花就會再長回來，我也不知道為什麼會這樣，也不知道這些花哪來這麼多的養分，因為我從來沒施過肥，但是彼岸花卻愈長愈茂盛呢！」

「彼岸花，就是傳說中開在冥界忘川兩岸的花朵，對不對？」打開後門，迎接兩人的是一望無際的鮮紅色花海，以一種張狂到無法抵擋的氣勢，立即占領人們所有的視線。

「對，所以它們才叫作彼岸花。忘川兩側，彼岸互望。汲取著忘川中的養分，恣意生長。」

「忘川中的養分……」忽然有一個很重要的靈感倏地閃過泛月晨的腦中，然而她捕捉不及，很可惜的流逝了。

「來，這朵看起來很大，很不錯喔！」摘起一朵彼岸花，靳影澤笑著舉到泛月晨面前，炫耀般的燦笑著。微風吹過，空氣中冬天的冷意已經退去，取而代之的是春天欣欣向榮的蓬勃氣息。由於不遠處就是櫻花樹林，一陣又一陣的微風搖落一樹雪白的櫻花，紛紛如雨點般飛撲到兩人身上，拂了一身還滿。

一片片雪白的花瓣，旋轉飛舞，就像下了一場春天的雪。

櫻花雨——漫天飛舞的春雪……

似曾相識的場景，讓泛月晨恍了神。是不是曾經在哪個時刻裡，也有一場相似的春天之雪，細膩唯美的畫面像是由水粉一筆一筆勾勒而成……

風車旋轉、旋轉，彷彿是宿命的輪迴，永不停歇……

「泛月晨，怎麼了嗎？」靳影澤的聲音一棒將泛月晨打回現實。她眨眨眼，眼前的……是彼岸花，不是湛藍的風車。自己在想什麼呢？

「怎麼突然不說話了，不喜歡這一朵嗎？」

「不是，不是花的問題。」泛月晨移開視線，閉上眼，然而方才出現在腦中的畫面已經消失不見了。「只是想起了一些往事。」

「往事？」靳影澤的聲音古怪起來。他遲疑了一下，小心翼翼的問：「是我們的往事嗎？」

泛月晨咬住下唇，沒有正面回答，而是反問道：「你真的想不起來嗎？」所有的事情，真的都只能她自己單方面回憶了嗎？

「我已經很努力……」靳影澤垂下頭，無助的神情讓人不忍。「我真的只能隱約的想起妳的身影而已。妳對我來說，一定非常非常重要，重要到就連失憶了，我都沒有忘記妳。」

「靳影……」

「妳一定就是那個我一直努力在尋找的人對不對？其實……其實我不懂呢！泛月晨，如果妳對我來說是如此的重要，就連我失憶了都拚命想要找到妳。那麼，為什麼妳雖然記得我，卻始終沒有主動來找我呢？難道我——」

「你對我來說也很重要啊！靳影澤。」泛月晨安靜的回答，真誠的雙眼沒有半分虛偽。

「那這些年來，妳為什麼不來找我，讓我尋尋覓覓妳這麼久，如今好不容易才——」

「不，不是我不去找你。」泛月晨衝口而出：「而是……你、你應該已經不在了呀！你明明是在我懷裡停止了呼吸……」

發誓要為你復仇的我，從來沒有想過有一天你還能活生生的站在我面前。

「什麼？妳說我已經……」靳影澤瞪大眼睛，滿臉不可置信，聲音猛然拔高。

「都已經是往事了。」泛月晨轉過身走回靳家大宅，語調中有著東風的嘆息：「那些惡夢都已經過去了……小影哥。」

人聲鼎沸。

一踏進金色的報到處，泛月晨馬上就發現他們一行人立時成為會場中的焦點。千洵走在她的左側，靳影澤走在她的……不，現在是千水悠了，千水悠搶到她右側的位置，把靳影澤擠到一邊，露出一臉勝利的神色。

靳家少爺看起來不是很開心，眼神不斷在泛月晨以及千洵之間游移，像是在盤算什麼似的。千水悠滿懷警告的瞪了他一眼，泛月晨實在無法阻止他們之間沉默的角力，因此只好把注意力轉向千洵。

「聽說為了陪我比賽，千氏的事情讓你忙得焦頭爛額，真是對不起。」

千洵頗為意外的看了泛月晨一眼。「又是妹妹不小心在抱怨了，對不對？放心，不用感到抱歉，家族事務本來就是我該處理的，至於參加魔武技大賽也是我行程表中的一項，畢竟可以提高千氏的聲望嘛！妳並沒有麻煩到我們。」

「總之，還是謝謝。」其實千氏的聲名在魔武界早已經是眾所皆知，並且具有舉足輕重的地位了，根本無須再靠參加魔武技大賽來提高知名度。謝謝你總是想辦法讓我覺得好過一些，謝謝你，千洵。

「哇！怎麼有這麼多人一直向我們擠過來呀！還真是寸步難行呢！」千水悠輕輕蹙起眉頭。

擠過重重人潮，四人隊伍艱難的向隊尾處移動。泛月晨發現他們之所以會前進得如此緩慢，有很大部分的原因似乎是因為人潮一直有意無意的向他們的方向擠過來，尤其是一些魔族的花齡少女們，甚至故意去碰觸千洵的手臂。不知道為什麼，這個發現讓泛月晨心裡有些不悅。泛月晨無奈的停步，回頭一看，更不得了，千水悠和靳影澤竟然已經被人群給擠散了。

「每隊只要有一個隊員報到就可以，泛月晨，我們先去報到吧！到時候再去找水悠會合。」

千洵看了看四周包圍自己的洶湧人潮，迫於情勢所逼，只好選擇用瞬移的方式直接到達魔武技大賽的報到處。於是一陣閃光之後，泛月晨和千洵兩人就已出現在報到處。

「泛月晨，有關靳影澤的事情，妳……處理了嗎？」千洵抓緊時機忽然發問。

面對千洵突然的問題，泛月晨一時沒回過神。「他？什麼事情？」

「就是……」千洵顯得有些侷促：「有關於他想跟妳在一起的問題，我說過這件事完全按照妳的意思去做，不需要顧慮到我。」

「但我就是無法不顧慮到你！」泛月晨突然不受控制的說出口：「請你不要把自己排除在我的生命之外，我不能再做一個自私自利的人了！我知道自己以前錯了，五年前……就算我不願意嫁給你，也不應該用這種激烈的方式，這樣自私的毀掉婚禮。五年前的我完全沒有顧慮到千氏的立場，更沒有設身處地為你設想，以致造成了這麼大的傷害。」泛月晨深深的嘆了口氣：「雖然現在道歉已經沒有意義了，但我至少不可以再重蹈覆轍，再做出傷害別人的事情。有些經驗雖然十分痛苦，但經驗總會使人成長，我知道自己對不起你，我不可以再這麼任性及自私，我不能什麼事都以自己為中心！千洵，對不起……」

「泛月晨……」千洵似乎有些怔愣了，竟然一時接不上話。耽溺在過去的回憶裡，一波波過去的浪花逐漸將他倆淹沒。

泛月晨，在妳消失的這五年裡，除了器化，妳究竟還改變了多少？

能夠這樣勇於面對過去的錯誤以及傷痛，是否代表妳已經走出以往的黑暗了呢？我可不可以自己樂觀的認定，有一部分的妳是為了我而改變的呢？妳說無法不顧慮到我，那是不是代表現在的我，有機會更進一步走進妳的生命，並且能占有一席之地呢？我真的可以這樣認為嗎？

「哎呀！哥哥，終於找到你們了，人潮真是太多了！」突兀的被打斷，千洵回頭一看，自家妹妹拖著斬影澤穿越重重人群，好不容易才擠到他們身邊。千水悠看起來一臉愜意，相對斬影澤灰頭土臉的模樣，讓人不禁心生疑惑。

「你們……你們剛才消失到哪裡去了啊？」泛月晨狐疑的打量兩人。

「在人群裡載浮載沉嘍！費了九牛二虎之力才穿過險阻到達寧靜的彼岸！」千水悠比了一個勝利的手式，斬影澤則是一臉深不可測的模樣，兀自盯著地面。

泛月晨隱約覺得好像有些不太對勁，但千水悠似乎並不想在這裡說明，看來只能等回去時再詢問斬影澤了。想到這裡，泛月晨忍不住瞥了斬影澤幾眼，但是他依然故我的凝視著地板，像是在深思著什麼。

其實今天的魔武技比賽，斬影澤照理講是不需要跟來的，但是他卻以泛月晨傷口狀況需要隨時監控為由，堅持一定要隨側看護，於是才成就了這一組超吸睛的四人組合。

不過如果從以往的觀點來看，這樣的組合簡直是匪夷所思，畢竟他們四人之間多年來的糾葛……，真不是三言兩語就能道盡的，現在竟然可以平和的同進同出，也許可以算是夜帝所賜的奇蹟吧！

「你好，我們是來報到的。組別編號是五十九。」好不容易終於輪到他們報到，千水悠彎身報上號碼。上面繡有五十九字樣的識別證很快就發到他們手中，泛月晨才剛剛將它在衣領上別好，千水悠就急性子的拉著他們往報到處外面跑去。

「噯！水悠，妳跑這麼快做什麼？」

「比賽是在東翼的第二十一會場，很遠呢！我可不想遲到啊！可是因為哥哥沒有去過那裡，所以無法直接瞬移，真是不方便，只好乖乖用人力跑嘍！」

每年魔武技大賽都十分盛大，由於比賽人數眾多，有時候比賽場地還會以魔法再加強加大。比賽會場分有東西南北四翼，一翼有三十個比試臺，同時進行比賽。

記錄勝負隊伍以及安排賽程是個複雜又絕不可出錯的超級任務，常常讓比賽大會忙到焦頭爛額。比賽採單賽淘汰制，沒有敗部復活機會，一旦失敗了，就只能明年重來。由於這次任務關係到冷校長的人身安全，所以非打進大決賽不可，因此泛月晨不禁感到肩頭有沉重的壓力，完全不能失手或出半點差錯。相對於千水悠的信心滿滿，泛月晨顯得更為謹慎，一直努力想要提醒她不要輕敵誤事。

最後大決賽的場地則位於四翼中間，是一個以魔法無限加大的封閉空間。進入大決賽的選手除非自動認輸或是被迫棄械失去比賽能力，否則是無法自行逃出的。至於大家夢寐以求的守獸金鳳凰則是隱藏在場地中的某處，想要見到金鳳凰，除了要打敗其他競爭者之外，也要突破守獸周身設下的重重關卡才行。

不過與其現在就設想大決賽，不如先放眼於即將到來的首場比賽，比較實際些。

每個競技臺周圍都設有觀賽臺。一層一層往上疊高，讓場中的參賽者有種眾目睽睽的壓迫感。從小到大都是身為注目焦點的千氏雙璧顯得十分習以為常，完全一副輕鬆自在的模樣，反倒是曾在深山修行的泛月晨一下子還不習慣受到這麼多關注的眼神，她一手按在千洵給的武器劍把上，另一手不自然的僵直著。

千洵感覺到了泛月晨的不自在，輕輕走到她身邊說道：「不需要理會其他人，在場上就只有妳的隊友，以及對手而已。」

「哎呀！哥哥，我跟你說，我只需要十秒鐘就可以解決掉對手了，泛月晨都還來不及感覺到緊張啦！」

「我不是緊張，只是不習慣。還有，水悠，妳不要這麼輕敵嘛！」泛月晨攤手。因為他們提早到達會場，所以已經觀察完比賽場地，現在對手還沒到場，因此就先在參賽者預備區休息。

「輕敵這種形容詞用在我身上不貼切啦！這叫作瞭解自己實力。」千水悠向泛月晨拋出一個飛吻。「等等就由我來表現一下嘍！絕對讓妳沒時間緊張，比賽就結束了。」

「瞭解自己實力？」泛月晨呵呵一笑：「水悠，妳也未免太有自信了呢！」

千水悠吐吐舌頭不再爭辯，千洵微笑著看她們一來一往的拌嘴，原本略為緊繃的賽前氣氛頓時紓緩了不少，泛月晨看起來也輕鬆多了。

果然還是妹妹有方法呢！

站在參賽者預備區外不遠處的斬影澤沉默的看著泛月晨他們一行人，眼中有著說不出來的複雜神情。見到他們有說有笑的樣子，他不禁懷疑，自己是不是離泛月晨愈來愈遠了呢？

又如果千水悠剛剛抓著他溜到場外說的那些話是真的……

悄悄背過身，斬影澤拿出千水悠給他的私人通行證。這是可以自由進出蘭之堡的通行證，上面刻有繁複美麗的蘭花紋飾，在會場的光線下熠熠生輝。

「這是可以自由出入蘭之堡的通行證。」當時千水悠從口袋中拿出通行證交到他手中，同時解釋：「算是我們隱瞞了你真相這麼久的補償吧！我剛剛跟你說的話都是真的，給你這張通行證就是證明。你可以自由出入蘭之堡，去預言之木詢問我剛跟你說的事情之真實性，保證沒有半句假話。但是記住，預言之木一生只有一次的使用機會，不要浪費了。」

真相……？千水悠所謂的真相，竟然就是這驚世駭俗的祕密嗎？

所以泛月晨真的就是他在找的那個人，他們真的是一起長大的青梅竹馬，以前真的曾經相愛過。一切都是真實存在發生過的，那個記憶中模糊的金色身影，是真正存在，不是他想像出來的幻影。

如果自己真的是死而復生，真的是因為全身換血而成為魔族，而這一切也真的是因為千……那麼，現在已經知道了這些祕密的自己，究竟該如何面對千洵？如何面對——方才千水悠是怎麼說的——他的小瞳呢？

可是，如果泛月晨真是他的小瞳，為什麼她竟然會對自己的愛意有所遲疑？曾經說過只要他想起以前的事情就會與他在一起——這份承諾，泛月晨真的會謹守嗎？她會不會已經改變心意了呢？不會的，對不對？

信與不信，到底哪一個才是真相？

內心好亂、好亂，就像茫茫大海中的孤船，迷失了方向……。

泛月晨萬萬沒有想到，千水悠所說的十秒內贏過對手這件事情，居然會……應驗。不，這樣說也不是很正確，因為他們之所以能在十秒內就贏了對手的原因是——他們的對手根本就是直接棄權！

由於過了比賽時間都還沒有看見他們對手的身影，就在大家疑惑萬分的時候，大會的工作人員前來通知，告知泛月晨他們，對手發現自己竟然是要跟千氏對戰，因此臨時決定無條件放棄。

這種破天荒的突發狀況讓所有的人都十分傻眼，就連工作人員本身都是一臉意外的神情，觀眾們也開始議論紛紛。千水悠蹙起眉頭：「但是我們今天都來了，總不能又這樣回去吧？哥哥還特地將所有的事情都排開了呢！」

「也不算空手而歸啊！你們會無條件晉級的。」工作人員緊張的附加說明。

「這種獲勝有什麼意義！」千水悠不滿意了。「又不是靠自己的實力獲取的，感覺贏得很苟且，有貶低我們身分的意思，我才不要！」

「千小姐……」工作人員尷尬極了，卻又不敢得罪眼前的幾位重量級參賽者。其實誰都知道憑千氏雙璧的實力，簡直可以直奔大決賽，根本不需要一關關打，但凡事還是要按照規矩來，更何況千氏也絕不會接受這樣的特權，看看千水悠現在的態度就知道了。

「不然這樣好了。」見到這種騎虎難下的狀況，泛月晨好心的出面調停。千水悠性格比較任性衝動，泛月晨深怕待會兒演變成不可收拾的局面，還是自己處理比較好。「可不可以請你們再安排另外一場比賽，看看其他參賽組別是否也發生有一方臨時缺席的狀況，這樣我們剛好就可以湊成一場。沒有的話，是否可以跟今天已經獲勝的隊伍協調，看他們願不願意加賽和我們對打，如果真的都不行的話……」

「我們願意跟你們比賽一場，第五十九隊。」眾人身後傳來一陣朗語，一組四人隊伍魚貫走上二十一號競技臺。「就算知道會輸，可以跟你們成為對手，也是我們夢寐以求的福氣，千氏少爺、小姐，還有泛家少主。」

「你們是……」工作人員手忙腳亂的拿出一長串對戰表。

「編號第六十三隊，剛才我們在第四競技場打敗了編號第五隊。」說話的是一位泛月晨並不認識的妙齡女郎，一頭紅髮豔麗奪目，正笑容滿面的向三人提出對戰邀請。她帶的隊伍清一色全都是女性，在她身後圍成一個半圓，泛月晨突然發覺千水悠有些不對勁，轉頭瞥了她一眼，發現她的小手緊緊握成拳，嘴嘛得老高，看起來不是很開心。

泛月晨內心奇怪極了，千水悠不是很想跟別組對戰嗎？為什麼現在會是一臉不悅呢？

「千少爺，不知道您對於我們的對戰邀請，意下如何呢？」紅髮女隊長在禮貌性的向三人打完招呼後，就完全將心神放到千洵身上去了，一雙美眸像是期待著什麼似的閃得晶亮。

原來是千洵眾多愛慕者裡的其中一位呀！難怪千水悠會不高興了。對於所有想要搶走她哥哥的人，千水悠一向都是抱持這種不歡迎的態度。泛月晨在心中感到微微好笑的同時，竟然還有鬆了一口氣的感覺。但不知道是因為千水悠並沒有因此而討厭自己，還是因為有千水悠的把關，其他人想要靠近千洵就不會那麼容易了。不，她在想什麼啊？她怎麼會有這種奇怪的想法？

「泛月晨，妳的意思？」出乎意料之外，千洵轉頭第一個詢問泛月晨的意見。也許千洵很機敏的也察覺到了自家妹妹的想法，為了避免大家尷尬，所以刻意不去問她，畢竟方才要求對戰的就是千水悠，現在突然變卦也實在說不過去。

「我——」泛月晨拖延了幾秒，由於千洵正眼神專注的看著自己，因此紅髮女隊長也不得不將視線移到她身上避免失禮。他們的視線交錯了幾秒，泛月晨竟然看見她眼中有些許的厭惡及不善。這種滿懷敵意的眼神讓她些微怔愣，下意識的回答：「同意。我同意。」

「好，那就這樣決定啦！」工作人員似乎因為可以圓滿完成任務而大大鬆了一口氣，著手修改對戰表。「兩隊請先到競技臺兩側預備，等裁判宣布後才可以正式開始。」

「由於妳們剛剛已經先比賽過一場，體力消耗了一些，所以我們願意不還手，先讓妳們兩招以示公平。請問妳們同意嗎？」千洵詢問對手。

「哎呀！千少爺，您人總是這麼好，真是讓我們受寵若驚呢！」紅髮隊長咯咯一笑，嬌俏的拋了個媚眼，她身後的其他隊友也嬌笑成一團，泛月晨看見千水悠眉頭皺得更深了，小手移到武器握把上，似乎想在下一秒就將那些女人打得落花流水。「既然這樣，承蒙千少爺的好意，我們就恭敬不如從命了。順帶一提，我叫夏伊娃，請千少爺多多指教喔！」

「要比賽就快一點！」千水悠咬牙切齒的從齒縫中擠出幾句話，身上迸出冷冽的寒氣，好似下一秒就希望將對手結凍。

泛月晨不禁深深為對手默哀，看千水悠被激怒的樣子，似乎這場比賽要在十秒內結束，也不是不可能的事情呢！

「參賽者預備！」裁判揮動紅色旗子，瞬間場外所有的觀眾都屏氣凝神，千氏雙璧第一場競賽就要開始了，其實大家都很想瞭解一下幾乎已經被神話了的千氏雙璧，究竟有些什麼罕見的絕世魔法呢！也許會很炫麗壯觀吧！

「倒數計時——三、二、一，比賽開始！」

轟轟，裁判話才剛說完，對手那邊一秒也不耽擱，馬上迎面而來兩發威力中上的攻擊魔法。不過，所謂迎面而來也不是很正確，因為也只有迎向泛月晨的面而已，直接忽略過千氏雙璧，沒有半分偏倚的和泛月晨打了照面。

儘管對方攻擊過來的魔法威力並不弱，但礙於方才的約定，泛月晨也不能回手，還好對於已經器化成功的她來說，要躲過這兩發魔法並不是非常困難的事情，因此兩個側身，像是踩了兩個優美的舞步，泛月晨俐落的躲過了攻擊，她沒有去注意對手的表情，不過她也沒有機會看到就是了，因為幾乎就在下一秒，一陣奪去所有人視線的耀眼銀光在競技臺上直接爆炸開來，伴隨著末日般的天搖地動，等到泛月晨重新睜開眼睛的時候，對面的對手們已經不見了。回頭，只看見千水悠一臉輕鬆自在的吹掉落在衣領上的灰塵，千洵則是一副莫可奈何的神情。

「她、她們——」

「那邊啊！大概地板很舒服吧！」千水悠老神在在的用下巴指了指競技臺下。泛月晨瞥眼一看，紅髮隊長和她的女隊友們橫七豎八的躺在競技臺下的地板上，頭髮衣服都燒焦了，而且依照她們臉上痛苦的表情看來，受傷可不輕哩！

「妹妹，妳至少也跟她們過個幾招吧！這樣一招就解決掉她們，似乎……」

「我已經留給她們很多情面了，剛剛那發爆炸魔法我只使用了一半的魔力，並且還留了兩秒的時間，讓她們架設結界，是她們自己沒有成功把結界架設起來的啊！」千水悠一副理所當然的表情：「是她們太弱了啦！哥哥。上次訓練泛月晨的時候，我用了全力，她還只用狂焰曲的武器護體就擋掉了耶！我還在想自己是不是生疏了。妳說是不是啊！泛月晨？」

「妳竟然用高級爆炸魔法對付泛月晨！我不是說訓練她武技就好了嗎？」

「哎呀！反正她也沒事不是嗎？總要有一些臨場反應嘛！一直訓練武技有什麼意思，我的武器都被狂焰曲嚇死了，威力只有平時的一半。狂焰曲好凶呢！」

「萬一狂焰曲沒擋掉爆炸威力不就糟糕了嗎？下次不可以做這麼危險的事情！」

「哥哥，我就說你的心太軟，泛月晨才沒有這麼弱呢！我記得還有一次啊——」

「等等，妳確定你們還要在這個話題上打轉嗎？」泛月晨看見千氏兩兄妹討論的話題愈來愈偏，忍不住冒出來提醒：「我們還在競技臺上呢！」

「咦？對喔！那我們贏了對吧？贏了就可以回去了嗎？」千水悠猛然回過神，開心的轉向裁判看臺：「請問你要宣布勝負了嗎？」

「啊？我、我……」裁判似乎直至這一秒才如夢初醒，他瞠目結舌的看了一眼競技臺下紅髮隊長及隊友們的慘狀，顫巍巍的扯嗓宣布：「第五十九隊獲勝！」

直到裁判喊出了最後一句話，陷在方才強光爆炸震驚中的觀眾們才接受了比賽真的在眨眼間結束的事實。震耳欲聾的歡呼聲頓時響遍全場，泛月晨不禁苦笑了一下。果然，激怒千大小姐真是一個最不明智的選擇呢！連在臺上待超過一分鐘的權力也被剝奪了。

儘管早已經見識過他們的強悍，泛月晨還是不得不承認——千氏雙璧，果然名不虛傳！

千氏雙璧，果然名不虛傳！

望著流光閃爍的魔武報頭條，內容誇大其辭的描述比賽如何在眨眼間結束，千水悠神乎其技的超炫魔法如何讓對手完全無法招架，現場觀眾多麼的歡聲雷動，那一幕真是絕世經典……泛月晨忍不住噗哧一笑，整個魔武技開幕賽講得好像只有他們那場比賽似的，如果大家知道這一切都是因為千大小姐被對手挑逗自家哥哥的態度所激怒，以致火力全開的話，恐怕報導的篇幅會再增為三倍吧！

「什麼事情這麼好笑？」千洵拋了一眼過來，靳影澤也從椅子上抬頭，千水悠吃著泛月晨早上新做的雪蘭糕，塞了滿嘴的甜點，因此只能拚命用眼神丟出問號。

「喏！你們自己看，今天的報導還真是精彩。」泛月晨將魔武報拿到他們面前：「水悠，這些報導者的吹噓功力還真是高竿呢！」

不知道是不是自己的錯覺，泛月晨覺得經過昨日一天的相處之後，他們四個人之間的關係有種微妙的轉變，彷彿更加和樂了。心中有些懷疑，不知道是否與昨天千水悠跟靳影澤在報到前消失的事情有關，原本有心想要一探究竟的泛月晨，最後卻因為靳影澤欲言又止的態度而放棄了追問。

每個人都可以保有自己的祕密，我們應該尊重別人的隱私。泛月晨於是決定留給靳影澤自己的空間，畢竟他所失去的，也已經夠多了。

這樣和樂融融的生活，讓泛月晨感到很幸福。幸福的泛月晨幾乎差點有了世界已經和平美好的錯覺，但下一秒，她不得不提醒自己，不要忘了還有血煞的虎視眈眈、義父的命在旦夕、未知路途的坎坷險阻。

如果有一天，這樣的生活被不可避免的現實所剝奪了，也許自己就會跟五年前以為失去了最愛的小影哥，五年後以為失去了千水悠的友誼一樣心痛吧？不，應該會更痛、更痛，因為一旦擁有的愈多，失去時的痛也就愈深。現在的她覺得自己已經擁有了好多、好多，比起以前幾乎連生命都快要放棄的自己，現在的她好幸福。

幸福，因為能夠被愛，更因為能夠愛人。但如果有一天，這一切又會再度失去……

「千洵，你收到下次比賽的賽程表了嗎？是什麼時候？」

「嗯，我正打算待會兒去竹之堡跟你們討論。」千洵聽見泛月晨問話，中斷看魔武報抬起頭。「昨天的比賽大約刷掉了四分之一的選手，我想，再經過幾次比賽之後，可能就會對上單人制的比賽了。我們現在都是先被安排打隊伍制，至於跟所有的隊伍都打完之後——就要看大會怎麼安排了。有可能他們會要求每天推派一人出來應戰，或是用每隊抽籤的方式。當然我比較希望是前者。」

「因為這樣一來，我就可以繼續秀出我的超強必殺技。泛月晨，妳放一千萬個心，一切包在我身上啦！」千水悠嘻嘻一笑，微微自負的逗趣神情顯得很可愛。千水悠這樣如薔薇般嬌柔美麗的女孩，果然適合這般活潑開朗的生活，而不是陰沉的與人結怨。

「對了，廚房裡還有雪蘭糕嗎？這盤我吃完了。」

「哎呀！千院長，我家雪蘭糕都快被妳吃完了啦！」靳影澤故意幽怨的啐了幾聲。

舉起盤底朝天、空空如也的盤子，千水悠做了一個萬分無辜的表情：「沒辦法，誰叫我親愛的朋友泛月晨在你家呢？不然這樣好了，你把泛月晨還給我，我就不再吃你剩下的雪蘭糕，怎麼樣啊？反正我看泛月晨的傷也好得差不多了，不需要再繼續住在府上了啦！妳說是吧？月晨？」

「這是哪門子交易，我也太不划算了吧！而且泛月晨的傷雖然癒合了，但還不是很穩定，要確定疤痕完全消失了才行，不然我怕會再度裂開。」

「既然你不願意達成這筆交易，那就只好乖乖接受我每天來煩你囉！泛月晨是屬於我們大家的嘛！怎麼可以讓你一人獨占了？」

「水悠，妳……」泛月晨簡直啼笑皆非。

「所以到底還有沒有雪蘭糕啊？」千水悠拉回正題，一雙眼睛讓人無法拒絕的望向泛月晨：「一定還有對不對？陪我去拿好嗎？」

「妳都開口了，我還能說不嗎？」泛月晨微笑起來，招招手：「隨我來廚房吧！我再拿一些給妳。那你們要不要也來一些呢？我可以順便幫你們拿過來。」她轉向客廳中兩位男士。

「不用麻煩了，我沒關係的。」千洵說道。

「那就請順便幫我拿一些吧！」靳影澤點點頭。

「好。」泛月晨一回頭，發現千水悠早已不見人影，連忙往廚房的方向追了過去。只見她拿著一只空盤在廚房中悠轉，正在尋找雪蘭糕的芳蹤。

「水悠啊，做事不要這麼急驚風嘛！跟昨天一樣激動呢！」泛月晨邊調侃，邊打開儲藏冰櫃。「糕點在這裡，不要亂找了！」

「什麼急驚風，這叫作很有行動力！而且昨天速戰速決，我還不是為了妳！」千水悠噘噘嘴。

「為了我？」泛月晨露出疑惑的眼神：「不是為了妳哥哥嗎？我看妳好像很不滿意她們跟妳哥哥說話的方式呢！」

「我是不滿意啊！」千水悠承認：「但主要是顧慮到妳。妳沒看見她們對妳的敵意都很深嗎？一開始的攻擊魔法都是針對妳而來，雖然我知道妳的實力不弱，但我還是不喜歡冒讓妳受傷的風險，所以就趕快把她們解決掉了。至於她們對哥哥愛慕的事情……，其實我也快要見怪不怪了呢！」

「見怪不怪，什麼意思？」

「愛慕哥哥的人實在太多了，如果真的要剷除殆盡，恐怕會手軟吧！」千水悠偏偏頭，一臉無奈：「但一物剋一物，我那位癡情的哥哥呀！偏偏就只對妳一個人情有獨鍾呢！」

「水悠，我……我並沒有和千洵在一起，我們現在……只是朋友。」

「我當然知道。」千水悠接口，突然間又顯得心事重重：「泛月晨，妳為什麼不想跟哥哥在一起呢？」

「水、水悠，妳不要這樣說，我不是不想——」

「可是妳從不好好珍惜！」厲聲，千水悠眼神倏然凌厲。其實……，我也很嫉妒妳。但是除了嫉妒妳，我也嫉妒其他愛慕哥哥的人。因為他們有機會可以愛慕哥哥，但是我卻連這樣的權力都被剝奪了，只因為我是他的親妹妹。泛月晨，哥哥這麼愛妳，妳怎麼可以一而再、再而三的傷他的心呢？其實我會幫妳，除了因為我是妳的朋友外，更多是因為如果妳受到傷害，那麼，最難過的人會是哥哥，而我可絕不能讓哥哥傷心！

這種複雜的心情，泛月晨妳如何能瞭解。

面對妳，心中除了會浮現妳曾經對哥哥的種種傷害，但內心深處卻也知道，唯有妳才能帶給哥哥快樂。妳是哥哥最深愛的人，只有妳才有能力讓哥哥不要傷心。正因為我愛哥哥，所以我也應該要愛妳，但是這種錯綜複雜的情敵心結，真讓我的思緒混淆不清。

對妳，我到底是懷抱著一份怎樣的感情……？

「水悠，我承認自己過去的做法錯了，我也真的很抱歉曾經帶給你們的傷害。我知道我的自私傷害了很多人，我的不成熟導致了悲劇發生。」泛月晨雙眼誠懇認真：「但是這次我再也不會這樣了。我沒有不珍惜妳哥哥。相反的，我很感謝他，感謝他對我的幫忙，也感謝他對我的愛。」

「妳既然感謝，為什麼沒有行動呢？」千水悠執拗的問。

泛月晨湛藍的眸子閃了閃，眼中跳躍的光點宛如一盆絕美的藍色火焰。

「水悠，妳哥哥的個性，妳應該很瞭解。如果僅僅因為感謝他對我的好，就答應與他在一起，這種用恩情綑綁住一個人的方式，絕不是千洵的本意。就算我願意，他也不會接受的。妳哥哥是個聰明人，假如我有一點點的不真心，他都會察覺得出來，我不想因為這樣反而傷害了他的感情，虛情假意的敷衍對他來說，是一種不公平和污辱。」

「妳的意思是說，妳不喜歡哥哥嗎？」千水悠質問。

「我沒有不喜歡千洵。」泛月晨認真的回答：「相反的，我很喜歡他。甚至常常覺得，他太好了。就是因為妳哥哥實在太好了，所以我更不想傷害他。我真的不想做出傷害他的事情，所以我不能在目前一切都還搖擺不定的時候，就預支模糊的承諾。」

「那麼，日後假如哥哥有一天又跟妳求婚，泛月晨，妳會不會答應？」不給泛月晨喘息的機會，千水悠再次拋下震撼彈。

「我……」泛月晨頓時啞口無言：「妳說假如千洵……」

「喂！妳們兩個人是怎麼啦！雪蘭糕是藏在深山裡嗎？妳們怎麼消失了那麼久？」突兀插入的話語解救了泛月晨不知如何回答的尷尬。斜倚在廚房門口，斬影澤露出揶揄的神情：「兩位大院長，我的雪蘭糕在哪兒呀？」

「囉嗦，我們兩個人聊天，關你什麼事。」千水悠似乎很不高興被打斷，正想把斬影澤趕走繼續發問，沒想到這會兒卻又聽見千洵的聲音也加入了：「該不會是沒有庫存了吧？妹妹，妳就不要再麻煩人家了。」

「哥哥，不是這樣啦！算了，我不吃了。我們今天早點出發去竹之堡吧！」千水悠瞥了哥哥一眼後，迅速轉移焦點，拉住泛月晨朝廚房出口走去：「下一場比賽就在下星期呢！接著幾乎每星期就有一場比賽，我想要加強妳的防禦能力，所以咱們趕快動身吧！」

「欸！可是妳們——」斬影澤話都還來不及說完，千水悠已經風風火火的衝過他身邊，跑去握住哥哥的手，要他快些動身。於是一陣白色閃光之後，原本還站在斬影澤面前的三個人便立時消失了，留下他一人望著一室的空蕩。

愣站了幾秒，斬影澤認命的嘆了一口氣。

「泛月晨，妳忘記我的雪蘭糕了呢……」

兩個月的時光就在一場又一場的魔武技競賽中流逝。泛月晨一行人以二十四勝零敗的成績進入前三十強，距離進入大決賽的目標又前進了一大步。

先前全身換成凡族血液的泛月晨，經過兩個月的魔力點淨化，目前已經快要回復本質了。這除了象徵著泛月晨可以開始使用魔法外，也意味著血煞的危險將更加逼近。平安無事的兩個月，不禁讓泛月晨感到些微的不安，覺得一切實在太過平靜，平靜的不尋常——而往往平靜底下隱藏的是最洶湧的波濤。

到目前為止，泛月晨一行人都還沒有遇到過真正棘手的致命危險，這同時也讓泛月晨愈來愈迷惑血煞當初要她參加魔武技大賽，還規定她要打進最後一關的用意。千洵認為關鍵應該是在大決賽，大決賽可以說是一個大混戰，未知的變數太多，血煞很容易趁虛而入。

這屆魔武技大賽造成的轟動特別大，應該是因為有千氏雙璧參加的緣故，將此次魔武技決賽的火熱度炒到最高點。許多人紛紛在自己看好的隊伍上下注，就千水悠的說法，他們第五十九組已經突破史上最高下注金，至於此次最被看好的冠軍人選，千氏雙璧分別占去前兩名，泛月晨緊追在後。大家不敢在泛月晨身上下注的原因，絕大部分是因為眾人對她的真正實力都還不是十分清楚，因為從開戰到現在，動手的絕大部分都是千氏雙璧，而千水悠也總是盡可能以最快的速度解決掉對手，泛月晨攻擊的次數實在太少，讓人們不敢在未知的情況下，押大筆金錢在她身上。

對於泛月晨很少動手這件事情，在魔武界很快就興起兩派說法。有些人說泛月晨根本是坐享其成，這種態度很不可取；另外一派人則認為泛月晨肯定是深藏不露，是第五十九組最後的壓箱寶，可能擁有一些不可以輕易展露的超炫魔技，必須在最後一刻才可以使用的必勝絕技。

為此，魔武界甚至興起了口水論戰，每日魔武報的頭版都會有大大的篇幅報導他們的事情，儼然成了第五十九組的晉級全紀錄。閱讀魔武報也成了千水悠每日的樂趣，往往都會笑得樂不可支。

由於千氏雙璧和靳影澤已經可以算是朋友了，因此儘管泛月晨的傷勢幾乎完全復原，靳影澤還是會跟著他們隨行觀戰。但也許是靳影澤對泛月晨的心意太過明顯，許多好事之人開始炒作這個話題，於是他們之間的三角關係成了人家茶餘飯後最熱門的聊天題材。泛月晨原本以為大家鬧個幾天，熱潮就會漸漸過去，但沒料到事情居然有愈演愈烈的趨勢。大家不斷的挖出他們的過去，甚至還加油添醋的描繪五年前那一場被炸毀的婚禮。泛月晨每次看到這樣的報導都會很尷尬，千水悠是一臉不以為然的神情，靳影澤則是安靜的不多說一句話。

每次只要公開露面，不論是到澄幻魔法學校的路上，或是去競技場的路上，都會有大批的魔武報採訪人員跟隨，想盡辦法要訪問他們，連靳影澤也不放過。沒有遇過這種場面的靳影澤，往往會不知所措，幸好千水悠總是可以熟練的在千鈞一髮之際，將他神奇的救出重重的包圍圈，那種功夫簡直就跟千洵的瞬移一樣厲害，讓泛月晨佩服得不得了。而泛月晨也發現，每天都被大批人包圍的好處，就是儘管她已經淨化了血質，血煞也無法在眾目睽睽之下對她進行攻擊，所以自己相對的也就安全多了。

千水悠及千洵一直持續不斷地對泛月晨進行訓練，由於血液已經幾乎淨化完成，所以泛月晨已經可以使用一些比較不須花費太大魔力的魔法了。

「泛月晨，在想什麼事情，想得這麼出神呢？」辦公室的門突然被敲響，泛月晨猛然回過神，看見靳影澤靠在門框上，正似笑非笑的看著自己。「怎麼樣，今天又收到了幾張簽名申請啦？」

因為參加魔武技大賽而成為話題新寵兒的泛月晨，現在每天都會收到學生轉送過來各方人士的簽名申請，希望可以拿到泛月晨的親筆簽名。這種現象讓她真是啼笑皆非。

「靳影澤，你怎麼會關心這種無聊的事情呀？」

「哈……哈哈，只是關心妳一下嘛！」

「說吧！你來找我有什麼事情，不能等回家再說嗎？」泛月晨收拾了一下桌面上的文件。最近公事、比賽兩邊跑，讓她忙得焦頭爛額。

「待會我還有一個凡學院的教職員會議，聽說是魔族同學欺負凡族同學的情況又開始發生了。真是讓人頭大，我原本以為經過上次的比試賽後，同學們已經可以和平相處了。」

「種族歧視這個問題由來已久，幾乎已是根深蒂固了，哪是幾次小小的比賽就可以消弭得了，更何況，妳接觸的還只有澄幻這一個小地方。」靳影澤搖搖頭：「外面整個魔族的普羅大眾才更令人頭痛吧！」

「也對……」泛月晨低下頭。約莫幾秒鐘後，她重新將頭抬起，眼中湧出希望之光：「那麼你覺得假如我當上魔武界盟主，號令大家好好相處，並且推行新政的話，會不會比較有效呢？」

「不能保證一定有效，但是成功的可能性就大很多。」靳影澤笑了笑：「但如果妳當上了魔武界盟主，那麼我們可就要失去一位風雲院長了！」

「我……我希望能將小愛化成大愛。」

「其實妳會有這個想法，一開始的出發點也是小愛，對吧？」靳影澤忍不住問出口：「妳希望魔族能和凡族和平相處，不要再有悲劇發生……，一開始是為了我，對嗎？」

泛月晨臉上的笑容微微僵凝，她恍惚的眨了幾下眼睛，低聲回答：「也許之前是吧！但在看過這麼多的不公平之後——我是真心想要改變這個現象。我想要改變世界——我的志願，是革命。」

革命，不一定非要是政治上的革命。

心靈上的、觀念上的，對於未來全新的展望……，她要的是一場思想上的革命。

革去觀念上的種種不公平。

把曾經的小愛，化成大愛。也許，就可以造福更多人了吧！

「泛家少主的志向總是這麼偉大呢！不像我的志向，小小的，或許很快就可以被滿足了。」靳影澤打趣的說道。

「你的志向是什麼？」泛月晨好奇了。

「我的志向啊……」靳影澤瞇起眼，露出思索的神情，嘴角微微上揚：「很簡單啊！只要可以守護在妳身邊，看見妳過得好好的。」靳影澤神情認真的說：「反正只要有妳陪伴，我就很開心了，泛月晨。」

「這……是哪門子志向啊！」眼眶突然酸澀，泛月晨在朦朧中彷彿覺得，靳影澤和小影哥的身影又重疊了。現在站立在自己面前的，是那個純真善良的凡族孤兒。

靳影澤……我的小影哥，我會一直陪著你，你再也不用害怕會被丟下了。我是那個與你有著藍色篝火誓言的小瞳啊！儘管你想不起來，但是我從來不曾忘卻，一直深深牢記在心。

「是不是很可笑啊？」靳影澤撓撓頭：「但我是真心這樣想的，也許我真的不是什麼偉大的人，我只是很怕失去妳。」

「你永遠不會失去我。」泛月晨回答。這次，我再也不會讓你失去我了，我也不會讓自己失去你。不管是以何種身分，我都會陪在你身邊。

「真的嗎？妳真的願意陪在我身邊？」靳影澤滿臉欣喜。

「是的，我答應你。」

「泛月晨，謝謝……謝謝妳。」靳影澤由衷的說。兩人沉默了一下，然後他開口：「妳不是要開會嗎？那我就不耽誤妳的時間了。我找妳的事情，就回家再說吧！」

「到底是什麼事情讓你大老遠從光學院跑過來，不先透露一下滿足我的好奇心嗎？」

「哎呀！其實有一大部分是因為想妳。」靳影澤露出倜儻笑容道：「好啦！另外我也想問妳畫展的事情。千氏邀妳參加的慈善畫展是什麼時候舉辦呢？我想先幫妳準備好一間畫室，以便讓妳可以專心作畫。」

「啊！對了，畫展，我忙得都忘了呢！」

泛月晨覺得又多了一個煩惱，畫展……，到底要畫些什麼？看著面前的靳影澤，泛月晨突然有了靈感，她終於知道自己應該畫些什麼了。

第十二章　畫展拍賣會

我想要回答，可是我們的語言已經失落了、忘記了。我想了又想，我們的名字我記不起來，我握住他的手，默然佇立。我們的燈火在黃昏的微風中搖曳，熄滅了。

——泰戈爾

魔武技競試邁入最後幾場比賽。儘管已經有了心理準備會遇到熟人，然而當真正面對的時候，心裡難免還是會覺得怪怪的。雖然之前只有見過幾次面，交談的機會也不多，但是當泛月晨發現自己的對手是明寒的時候，還是覺得很尷尬。

「可以和你們對戰是我的榮幸呢！」明寒向他們行開戰禮：「請多多指教了。」

「也請您多指教。」千洵身為隊長代表回禮。明寒的隊伍陣容和他們一樣也是三個人。除了她自己之外，還有一位藍髮及地、陰陽難辨的舞刀手，和另一位個子矮小的黑髮天生魔族。

「他們是我的隊友。這位黑髮的是我堂妹，叫作明萓。另一位是我的朋友，叫作水后。不過雖然他的名字中有個后字，卻是個如假包換的男生喔……，但其實有時候也不一定就是了。」最後一句話讓人有些費解，但因即將開戰，所以泛月晨他們並沒有深入追問。

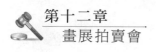

再次互相行禮之後，兩隊各自到競技臺兩端，泛月晨想起之前明寒就對自己懷著敵意的態度、還有對千洵明顯的愛慕，不禁又頭痛了起來。

她湊到千水悠耳邊：「這次有多大把握可以在最快的時間內撂倒對手？」

「明寒本身就是個不簡單的角色。」千水悠謹慎評估：「至於她的堂妹，我倒是不擔心，較讓人顧慮的是水后，他那頭藍髮明顯就是染的，讓大家判斷不出他究竟是天生魔族還是混血魔族。萬一他是天生魔族的話，不知道會不會擁有我們料想不到的魔之力。」

「明寒行事一向很小心，她會帶一個小孩子來參賽，這個舉動我覺得十分可疑。」泛月晨眉間出現小小的皺紋：「你們之前有打聽過他們這一隊的事情嗎？」

「有，但是資訊並不多。他們似乎也是採用速戰速決的戰術，沒有留給大家很多可瞭解有關他們實力的資訊。」千水悠看上去也頗為苦惱：「真是麻煩，我還等著回去喝下午茶呢！不然我先解決掉這個小孩子好了，應該很容易啦！」

「水悠，我不是說過不要輕敵了嗎？」

「只是個小孩子，沒什麼大不了的啦！」千水悠不以為意的揮揮手。戰術討論完畢，選手們站好預備位置。就在站定的同時，泛月晨看見明寒也正好交代完隊友事情，轉回身的時候，他們目光直直撞上，明寒的眼神深不可測，那忖度盤算的神情讓泛月晨稍感不安起來，好像他們正針對著自己一樣。

「請參賽者各就各位！」裁判揮動旗幟，看臺的觀眾發出一陣如浪的歡呼聲。泛月晨眼神一緊，反手抽出腰側的騎士長劍，做出揮劍起手勢：「預備！比賽——開始！」

迅雷不及掩耳的速度，千水悠再次以銀光高等爆炸魔法當作見面禮，一發擊了過去。這次對手的素質顯然優秀多了，結界在半秒內彈指生成，防禦以及攻擊的魔法在高空相撞，爆出一連串刺眼的火光。

「泛月晨，守住後方！」魔法被成功架擋，讓千水悠燃起怒火。千洵運用魔之力瞬間出現在敵方陣營，毫不留情的對明寒發出一串連擊。對於千氏雙璧的強悍，自然不是明寒可以招架的，更何況千洵還是她的心上人，她就更不可能回手了，於是水后連忙竄過去幫忙，局勢暫時以一對二陷入僵局。千水悠抽出武器，眼睛對上那名年紀稍小的女孩。

「我先去把那小的解決掉，泛月晨妳留守就好。」

「小心點。」泛月晨望著千水悠朝戰場另一方奔去，對小女孩迎面就是凌厲的一擊。以千水悠的能力來說，本來這一擊應該是可以輕鬆得手的，但是沒想到大家都低估了小女孩的實力，只是略一抬手，她的魔法便被反彈回來，千水悠還差點被擊中。

「我就不信解決不掉妳！」千水悠怒吼一聲舉刀揮下。原本正全神貫注看著千水悠應戰的泛月晨，心神忽然被旁邊閃現的強光分散了心神。千洵和明寒、水后的對戰有了新的突破點，明寒似乎不慎負傷退居後方，腹側有狹長的傷口，正不時滲出血液。看來暫時不用擔心明寒會帶來威脅，千洵閃身與水后拉開距離，改以長距離魔法攻擊。為了保護明寒不要再擴大傷勢，水后改以防禦為主，但是漸漸顯得有些力不從心。這讓泛月晨精神一振，只要自己再加入戰場，應該很快可以解決掉對手獲得勝利；於是舉起劍，泛月晨向對手方向跑去，決定要去幫助千洵。

「啊！——」一聲突如其來的尖叫，讓泛月晨急急停下腳步，竟然是千水悠的聲音，泛月晨扭頭一看，不可思議的看見千水悠倒在地上，武器脫了手，而那小女孩正舉著刀刺向她的咽喉。

這不可能啊！這怎麼可能呢……？

這震驚人心的景象似乎也讓千洵愣住了，結果一分神，竟被水后一發高等魔法擊中，儘管不是致命的魔法，卻仍讓他痛得彎身跪倒，防守出現漏洞。

泛月晨怔立在兩人中間，不知道自己究竟該先去救哪一邊。

真不願意在這種情況下作出選擇，她到底該怎麼辦——？

對手絲毫不給她思考的時間，明寒撐著傷勢反手就是一發魔法襲來，險險擦過泛月晨的臉頰留下灼痕。泛月晨俐落的向旁閃身，同時翻身來到千水悠的身邊，騎士長劍鏘的將小女孩的武器撥到一邊，同時朗聲說道：「水悠，快去救妳哥哥，這裡我來應付！」

「泛月晨，妳這裡——」

「快點去！」小女孩很快再次發動武技攻擊，再加上明寒的魔法，雖然她因為受傷而力度小了不少，卻依舊不容小覷。泛月晨不得不發動神器護體抵擋住來自兩方的夾擊，並用身體替千水悠擋住魔法。千水悠遲疑了一下，但看上去暫時似乎沒有更好的辦法，於是連忙殺出重圍向千洵的方向急奔而去，臨去前還順手向明寒送去一發石化咒，讓她暫時無法再動作。

「妳是怎麼打敗千水悠的？」泛月晨覺得十分不可思議，難不成這小女孩有什麼神奇的魔之力可以抵擋千氏雙璧的強悍魔法：「算了，不重要。我不會讓妳再有第二次成功的機會！」說完，泛月晨立即催動神器護體到最高點，讓周身圍繞著神器肆意張揚的狂烈氣息，同時舉起騎士長劍進行完美熟練的武技攻擊。身影如風一般矯捷迅速，泛月晨成功詮釋了武技中最悠美的風之戰舞，那是最難修練的上乘武技，幾乎是把自身融合為風，無所不在又難以捉摸，來回轉換不過數寸之間，變招速度奇快。這是五年前泛月晨靠著狂焰曲上的風屬性魔晶石，才終於真正體驗到了風之戰舞的精髓。

一舉手一投足都如同風舞流雲，柔軟如風、靈巧如風，卻也淩厲如風。每一次手臂的舞動延展都有如風般的輕柔，但隱含在那輕柔之下的卻是致命的殺機。不過因為魔武技競賽第一條規定就是不允許鬧出人命，因此泛月晨只將劍鋒掃過小女孩的四肢、關節，使其喪失還手的能力，並沒有真正要奪取她的性命。

小女孩很快就在泛月晨無懈可擊的攻擊下敗下陣來。泛月晨停下腳步，女孩的武器已經離手，泛月晨穩穩的將劍尖指向她的咽喉，揚起下巴宣布：「我贏了。」

這小女孩實力看起來並不強啊！千水悠為什麼會輸呢？這太不對勁了。泛月晨瞇起眼。

在另一邊，水后一人對戰千氏雙璧，果然很快就無法招架。一個踉蹌，水后倒了下去，看起來像是中了內傷。跌倒在地的聲音傳進泛月晨耳裡的同時，她眼前的小女孩面容竟然像水波紋般漾起了漣漪，開始浮動變換。

「咦？」泛月晨瞪大眼睛，以為自己看錯了。因為小女孩面容浮動了一陣，晃了晃，等到波紋褪去時，顯露出來的居然是泛莊主的臉。

泛莊主——她的父親。

「怎麼會是您？」泛月晨失聲喊道。

「怎麼樣，女兒。妳不是一直都很恨我嗎？現在妳終於有機會了，為什麼不動手呢？」泛莊主露出溫和自嘲的笑容。泛月晨看著他，感到毛骨悚然。

「我、怎麼，為什麼您——？」

「趕快動手啊！再不動手，下次妳就不會再有機會了喔！」泛莊主又笑了，泛月晨呆呆的凝望著他。這是父親，現在居然敗在她的手中，可是為什麼明明痛恨他的自己卻下不了手呢？

「父親，我……」泛月晨顫抖著，垂下劍尖，撤去神器護體。

「泛月晨！」身後突然傳來千水悠痛苦的喊聲，像是穿越了重重迷霧而來，迷茫矇矓：「泛月晨，那是陷阱……」

「陷阱？什麼陷阱？」泛月晨還在震驚中無法恢復，然而早已經來不及了。

由後而前，泛月晨的胸口被一股蠻力狠狠擊中，騎士長刀匡噹一聲從泛月晨手中脫落，眼前一片黑暗，同時擊中她的勁力讓她慣性向前飛出，落下競技臺，重重跌落地面。

明寒！竟然是明寒從背後攻擊她！

「不！」千水悠的魔法隨著她的怒火一起熊熊爆發，最後明寒終於再也無法招架，只好宣布認輸。

觀眾因為突然的變故而震驚譁然，洶湧的觀眾紛紛前進想要一探究竟。工作人員連忙趕來維持秩序，聲嘶力竭的喊著：請大家留在座位上！紅色的分隔線隨即被架起，場面一片混亂，人聲刺耳吵雜。

泛月晨動也不動的維持著落地姿勢，四周的聲浪一波波傳進耳中，但卻像是收訊極差似的刺痛雙耳，甚至每一下呼吸都讓她的胸口劇痛難當，像是有可怕的怪獸在身體裡到處肆虐般，眼前忽明忽暗、接著模糊一片。

好痛、好痛，痛得宛如下一秒就會死去。

「泛月晨！」耳邊迷迷糊糊的好似聽見有人在呼喊著她的名字，泛月晨努力想要回答，卻發現自己力不從心。恍惚間泛月晨感覺自己被抱起，落入一個溫暖的懷裡，同時四周散發著鵝黃色的光，光芒維持了幾秒接著退去，千水悠驚慌的聲音響了起來：「奇怪，我的治癒魔之力怎麼可能會沒有效呢？為什麼泛月晨還是沒有好？」

又是好幾陣鵝黃色的光芒，泛月晨隱約知道是千水悠在對自己施行治癒魔之力，但是卻離奇的居然沒有發揮效用。

努力張開眼睛，眼前一片迷糊的白霧，霧中浮動著幾個人的臉，他們似乎正對著自己喊些什麼，嘴巴一開一闔的，但是她怎麼都聽不到呢？

終於再也支撐不住，泛月晨閉上眼，意識瞬間墜沉到一片虛無的黑暗裡……。

「所以，總而言之，泛月晨被攻擊是早已經事先設計好的嗎？明寒雖然知道他們那組已經沒有勝算，但還是故意在競賽結束前的最後幾秒，硬從背後偷襲重擊泛月晨嗎？」

「事實就是如此。」

「明寒為什麼要這麼做？泛月晨跟她又無冤無仇，不是嗎？」

「這個嘛……」

「靳影澤，泛月晨不用跟她有仇啊！只要她對泛月晨有仇就可以了。」

「泛月晨哪裡惹到她了？」

「妹妹，妳別說了。」

「哥哥，這又不是你的錯，你根本不需要自責！」

「那泛莊主又是怎麼一回事，是我眼花了嗎？」

「我想那應該是水后的把戲，他的魔之力應該是可以改變相貌，無論是自己的或是別人的。也許他是在千鈞一髮之際改變了那小女孩的面貌，讓明寒有機會從背後偷襲成功……」

「所以一切都是計畫好的，明寒根本不打算贏，她只想要——」

「我想事實應該就是這樣。」千水悠作出結論。

聽見模糊的人聲在耳邊絮絮叨叨，泛月晨輕輕蹙了蹙眉，翻了個身，睜開眼睛。入眼的是一片蒼白的光線，直直刺進視網膜中，讓泛月晨不禁連連眨眼。

「泛月晨，妳醒了嗎？」耳邊傳來緊張的問話聲：「妳覺得怎麼樣？」

眼前的物體逐漸凝聚成形，飄忽了一陣接著沉澱下來。泛月晨睇起眼，看見眼前分別站著千洵、千水悠以及靳影澤，一致用擔心的眼神看著自己。

「我……」泛月晨開口，發現所有的人都屏住呼吸：「我們贏了嗎？千洵你被魔法擊中的傷有沒有怎麼樣？千水悠妳呢？妳還好嗎？比賽大會有針對這次的事件作出什麼處置嗎？我是不是昏迷了很久？對不起，又讓你們擔心了，還要花費時間照顧我，真的非常不好意思。我應該已經沒事了，你們都去忙自己的事情吧！不用再擔心我了。」

說著說著，泛月晨就要下床，沒想到才剛起身，馬上就一陣天旋地轉，胸口又劇痛了起來。千洵嘆了口氣，一把環住她的腰，將她重新抱回床上躺好。

「可以一口氣說這麼多話，應該是沒事了才對。」千水悠猶豫的偏偏頭，眼神看上去十分無奈：「但是妳可不可以稍微先關心一下妳自己，哪有人剛從昏迷中醒來就急著關心別人？」

泛月晨怔著一雙大眼睛回望千水悠，看上去有些茫然。

「妳都不會擔心自己嗎？從背後被擊中左邊的胸口當場昏迷，一定很痛，對不對？妳不擔心自己會留下什麼後遺症，或是要治療多久才會痊癒嗎？」

「啊！妳說的對，我這樣受傷又要拖累你們了，不知道對以後的比賽會不會有影響，也許還要讓你們費心神保護我，真的很對不起，我應該要更小心的……」

「泛月晨！」千水悠突然提高音量，接著深呼吸幾口氣壓下情緒，說話的聲音還是有些微顫抖：「泛月晨，我的意思是希望妳不要總是先想到別人，應該要為妳自己多想想，我們沒有人怪妳，大家都很關心妳呢！」

現在的泛月晨，真的已經跟過去不一樣了。也許自己就是因為這樣，才會放下以前對她的仇恨，願意成為她的朋友吧！

這樣的泛月晨，真的很讓人心疼。

擔心拖累別人，擔心成為他人的負擔，擔心別人為她花費心神。

難道是因為曾經失去的太多，所以造就了現在害怕擁有嗎？害怕別人為自己付出、關心自己，因為自己可能回報不了同等分量的愛……泛月晨是這樣想的嗎？

千水悠覺得自己好像愈來愈能瞭解她的心情了……

「真的很感謝你們的關心。」泛月晨沉默了幾秒低下頭，她從眼角瞄了千水悠幾眼，然後遲疑而生硬的開口：「那……我的傷勢怎麼回事呢？為什麼水悠妳的治癒魔之力會沒有效？還有，我剛剛的問題……」

「泛月晨妳放心，我們贏了，成功晉級前二十五強。我的傷已經沒事了，謝謝妳。」千洵繼續溫柔的說著：「我們現在是在塔羅治療中心，妳昏迷的時間大約有半天左右。比賽大會已經要求明寒的隊伍必須負擔妳所有的醫療費用，妹妹也已經幫妳向澄幻請了兩個星期的假，目前妳就先安心好好休養。」

千洵不疾不徐的嗓音讓人很安心：「水悠的治癒魔之力失效……這……我們也感到十分意外，因為從來沒有發生過這種情況，所以現在還不清楚是什麼原因，不過我們會設法查出來的。」

「下一次比賽是什麼時候？」

了。」

「下星期有一場。」千水悠面有難色的咕噥道：「如果晉級成功，大決賽就是下個月

「下個月，妳的血液就淨化完成了吧？」久久沒說話的靳影澤忽然插話問道。

「嗯，其實再過兩個星期就淨化完成了，剛好有足夠的時間可以磨練一下我的魔技，免得大決賽時生疏了。」泛月晨笑了笑。

「但前提是──妳的傷沒事！」千水悠補充一句。

「沒錯，假如這位泛小姐的傷勢不樂觀的話，身為治療師的我，是不會建議她上戰場的。」病房門口突然傳來較為蒼老的聲音，病房內的眾人紛紛回過頭，一位身著白袍的治療師正走進病房，身後跟著推著醫療器具臺的護理師。

「泛小姐，妳終於醒了，我們是來看妳的傷勢，妳現在還會感覺疼痛嗎？」

看著治療師走進病床旁，泛月晨輕輕點一下頭：「嗯，還會有一些痛，另外也會有悶悶的窒息感。」

「妳可以描述一下受傷當時的感覺嗎？」治療師揮舞魔杖召喚出不同顏色的光霧，光霧靈活的在泛月晨四周轉來轉去，像是在檢查泛月晨的身體狀況。泛月晨盯著那些五顏六色的霧，回想受傷時鋪天蓋地的黑暗。

「意識變得很模糊，胸口痛得好像心臟下一秒就會停止，很像胸口被貫穿的感覺。試著想要看到東西，但是所有的感官都遲鈍了起來。大概就是這樣。」

「我的魔之力是治癒，可是施行了好幾次都沒有效果。」千水悠似乎把她失靈的治療

問題視為個人的奇恥大辱：「從來沒有發生過這樣的狀況。」

「妳所說的治癒是指可以治癒什麼樣的傷？」治療師再次揮動魔杖收回光霧。

「武器所造成的外傷、魔法所造成的內傷，甚至還有一次起死回生的能力。」千水悠照實回答。

治療師沉吟了一下，然後詢問泛月晨：「妳的胸口有舊傷嗎？」

「沒有。」泛月晨搖搖頭。

「家族有遺傳性疾病？先天心臟特別差？家中有人曾因心臟病去世？」

「我沒聽說過我們家族有心臟病病史，我的心臟也從來沒發生過什麼問題。」泛月晨抿抿唇。

治療師呶呶嘴，眼神顯得十分困惑：「我沒有遇到過這種情況，照理說，如果不是先天心臟就有問題，千小姐的魔之力應該會有效才對。」

「這樣嗎……？」泛月晨失望極了。沒有找出病因，該怎麼醫治呢？

「妳確定家族方面——」

「等等！」在一旁的千洵忽然出聲，大夥兒一起轉頭看他。只見千洵迅速看了泛月晨一眼。「治療師，泛月晨……她是幻瞳族人。這有關係嗎？」

「什麼？」

「幻瞳只是代表眼睛具有能夠催眠他人的特殊異能而已，跟心臟應該沒有關係吧？」

泛月晨疑惑的眨眨眼。

「妳是幻瞳族人？妳說妳是幻瞳族人？」治療師失聲大喊，激動得差點掉落手中的魔杖：「泛家少主是幻瞳族人？這種大消息外界竟然完全不知道！原來——」

泛月晨清清喉嚨：「抱歉，請問我是幻瞳族人和我心臟的傷有什麼關聯嗎？」

「或許您不清楚，但是較為資深的治療界人士都知道，幻瞳一族在魔武界有著非常特別的病例。」治療師停止喃喃自語，開口解釋：「不過我想先問的是，你們知道為什麼幻瞳一族自從大波浪的戰爭時代之後，會變得如此衰敗，並且幾乎滅族嗎？現在幻瞳族人已經非常少見了。」

「是因為大波浪戰爭時死了太多人嗎？」靳影澤猜測。

「可以說對，也可以說不對。」治療師頷首：「其實幻瞳一族可以說是大波浪時代的受害者之一，你們幻瞳族的超能力，是源自於你們的心臟。所以一旦心臟被移植了，這種超能力也就被轉換了，這造成的結果就是你們的心臟會被很多野心人士所覬覦。大波浪時代有很多實力強大的野心家開始迫害幻瞳一族，為了奪取異能而殺害你們，結果幻瞳族人就愈來愈少了。」

「原來如此。」泛月晨咬住下唇。

「而且幻瞳的父母不一定都會生下幻瞳的小孩，這也是治療界還無法解開的謎團之一。」治療師停頓半晌繼續：「現在回歸正題來談談妳的心臟。泛家少主，其實你們心臟所承載的靈力是很龐大的，人人夢寐以求。並且還賜予你們非常悠久的壽命，可以活上百年絕對不成問題。然而相對的，你們的心臟強大但也脆弱，有時愈強大的東西也會愈脆弱。

你們的心臟有個致命的缺陷，就是不能遭受重擊。絕對不可以。」

「如果遭到重擊了呢？」泛月晨顫聲問，滿心不安。千水悠扭著手，臉色一如千洵般蒼白。

治療師看了一圈室內的眾人，張了張口，臉上劃過不忍的神色：「少主……會死。」

「我——」

「但這也要看運氣，不一定第一次擊中就會死亡。依少主您的狀況，應該是已度過了危險期，真的非常幸運。」治療師望著泛月晨：「平時心臟遭到重擊後，會先昏迷至少一個星期。甦醒後雖然會回復得跟平時一樣，但那只是迴光返照的假象。接著你們的心臟會慢慢衰弱，直至失去功能停止跳動，時間不超過幾個月。」

「原來有這麼嚴重？」這種被宣判生命將在數月之內結束的感覺，真的是非常殘忍……。

「沒錯。而在死去之前，你們的心臟會一齊釋放出它所剩餘的全部魔力，你們會一日比一日更美，美麗得令世間的一切都黯然失色。在美到極致的那一瞬間，就是你們的死亡之時。」

一屋斜陽，低雲掛在窗口，室內默然。

「所以，泛家少主，您務必牢記千萬要小心謹慎……」輕淺，治療師的聲音聽起來是如此無力而單薄。

千萬要小心，因為，下一次就是死亡的宣判。

也許可以躲過這一次，然而負傷的心臟肯定熬不過下一次的重傷。

泛月晨偏過頭。明寒這一次……究竟是意外，還是真的要置她於死地呢？

如果是故意的……，她又是從何得知她是幻瞳族人的消息呢？

放下畫筆，泛月晨退後兩步，凝視著眼前的畫作。

藍色篝火美得令人泫泣，色彩濃麗層疊，變幻萬千，映照在正面女孩蔚藍的眼中。她的唇微微上揚，含著笑語，彷彿正全神諦聽著某個很美麗的傳說。背對著眾人的視線，一位棕髮少年頭輕側著，正凝視著畫中的那名少女。

藍色篝火的傳說，傳說在它面前宣誓的人，會在一起一輩子。傳說，究竟是不是真實的呢？

人們說歲月能風化許多東西，包括至死不渝的承諾，包括刻骨銘心的記憶。

那麼，愛情呢？愛情會不會也隨著時間消逝，變成粉塵，漂泊到異鄉落定？

這就是這次畫展的主題，藍色篝火。象徵著小瞳與小影哥過去美好的、甜蜜的記憶。

「泛月晨，我進來了喔！」病房門突然被敲響，千水悠將頭探了進來，看見泛月晨站在畫架前，不禁噘起嘴：「妳怎麼又跑下床了，快點回到床上。不要跑來跑去的，妳可是病人欸！」

「我真的已經好多了，整天待在床上手腳會麻痺掉的。反正作畫不會消耗我很多精力，而且我也希望可以快些將畫趕完。」

「不就是開個畫展嘛！而且之前會拜託妳，是在妳沒有受傷的情況下，現在是非常時期，不需要那麼拚命啦！」

「妳拜託我的事情，我當然要做到最好，怎麼可以因為受傷就任意推辭？我很高興能為妳盡一點點心意呢！」泛月晨將完成的畫蓋上灰布，病房一角已經零零星星擺了幾幅完成的畫作，千氏每年舉辦一次的義賣會就在兩個星期後，如果不是因為前陣子實在太忙，直到現在才有閒暇，泛月晨也不會拖到現在才開始動筆。

「注意身體最重要，千萬不要累壞了，適可而止就好。我們也會有其他畫師的畫作拍賣，妳不用有壓力。」千水悠走進病房，關上門。「今天覺得怎麼樣了？心臟還痛嗎？」

「不痛了，我想應該已經沒事了。」泛月晨搖搖頭，露齒一笑：「我後天可以順利出院了吧？」

「假如妳確定自己真的已經沒事的話當然可以。但如果妳出院了，想去住哪兒？」千水悠一雙銀灰色眼睛眨呀眨，其中有不明的神情閃爍著。

「應該是回到義父家吧！」泛月晨想了一下：「這次進醫院順道也把上次血煞造成的傷再次做了檢查，治療師說已經沒事了，那我也不好再叨擾別人了，就先回家裡住吧！」

千水悠突然不說話了，看著泛月晨的神情竟然顯得很哀怨。

「怎麼了？我不想再住院了，做什麼事都很不方便。」泛月晨不明所以，一頭霧水的額外解釋。因為住院的關係，有時會被不速之客打擾，雖然已經對外宣稱謝絕訪客，但因為她在競技場上所施展的風之戰舞驚豔了整個魔武界，儘管比賽尾聲被對手擊下臺，卻絲毫沒有影響到她的高人氣，反而引起更多人的關注，也增添了許多崇拜者，常有人硬闖進來想要探望她。個性善良的泛月晨總是和氣的對待不請自來的探望者，但因此有時也會造成十分尷尬的情況。

明寒與水后幾日前也來探望泛月晨，順便表達歉意。但同隊的小女孩並沒有出現，明寒解釋因為堂妹明萱身體不適在家休息，所以無法前來。泛月晨雖然覺得這個理由十分可疑，但卻不便多說什麼。

明寒非常公式化的表達歉意，當時千氏雙璧和靳影澤都在場，千水悠的態度頗不以為然，低聲說明寒從背後那一擊真的是非常卑鄙，一定是有什麼陰謀，讓明寒頓時很下不了臺。正當雙方僵持的時候，恰巧有泛月晨的崇拜者冒冒失失的衝了進來，現場頓時一片混亂，於是明寒他們就藉口先行離開，雙方可說是有些不歡而散。

想到這裡，泛月晨嘆了口氣。

她真的很想相信，明寒只是不小心擊中自己，但……

「泛月晨，妳難道——」千水悠躊躇的欲言又止，眼神飄忽，模樣有些彆扭：「妳難道沒有想過，可以回到之前的生活嗎？」

「回到之前的什麼生活？」泛月晨頗為疑惑。

千水悠臉脹得通紅：「就是、就是妳來我們蘭之堡住的時候嘛！其實我很懷念……」

泛月晨愣了幾秒，接著忽然會意過來，大大的笑容橫過面龐，顯得十分開心：「水悠，我可以理解成妳是在邀請我去跟你們一起住嗎？」

「好啦！我承認就是在邀請妳啦！」千水悠嘴一噘，瞋瞪道：「有妳跟我們一起住，生活其實豐富許多呢！而且對於即將到來的大決賽練習也比較方便，妳考慮一下吧！」

「水悠，謝謝妳對我這麼好呢！」

「我們都這麼熟了，客氣什麼。」千水悠揮揮手．「那就這樣說定嘍！今天下午我就請人把妳的畫都搬回蘭之堡。剛好這幾天妳的血質也都淨化得差不多了，可以真正開始使用魔力了。回去蘭之堡後，我們一起好好切磋一下魔技。其實我也很好奇妳的魔力到底可以發揮到什麼程度，我看過妳施展的魔法，也只有當時在森林裡那個金色結界而已。」

「那我就先回去安排嘍！泛月晨，妳不可以食言喔！」急性子的千水悠說著就要轉身離開，泛月晨及時叫住了她：「水悠，等等！」

「怎麼？妳該不會是改變主意了吧？」千水悠擔心的問。

「沒有，我不會出爾反爾啦！」泛月晨搖頭：「我只是想起來，我一直忘記問妳……為什麼那天妳跟明寒的堂妹對戰時，會不小心輸了呢？」

千水悠似乎因為泛月晨的問題而愣住了，泛月晨正擔心自己是不是不小心問了不該問的問題，千水悠才慢悠悠的回答：「對於比賽當時的情形，其實我的印象很模糊。」

「妳想不起來？」泛月晨吃驚的問。

「我的記憶只到拔刀攻向那小女孩的時候就中斷了，接下來就是妳救了我，要我去幫助哥哥。中間發生了什麼事情，我真的完全想不起來。」千水悠低下頭，看上去苦惱極了：「這幾天其實我也在努力回想這件事，但是居然完全想不起來，好像當時我是一片茫然，完全不知道自己在做什麼，就好像……」她偏著頭，像在苦苦思索辭彙：「就好像……對了，就好像被催眠了一樣。」

「催眠？」泛月晨緊蹙眉頭。

「對，感覺手腳都不是自己的，完全使不上力。」千水悠懊惱的說：「或許妳說對了，我實在太輕敵了，行事有時也太衝動了。我以後會注意的。對了，那天妳的風之戰舞，實在是太優美了，我只稍微瞥到幾眼就驚豔極了，妳真是了不起。聽說那是最難修練的戰舞呢！」

「其實應該要感謝狂焰曲，祂真的幫助我很多。」泛月晨笑得很溫暖。

「如果搭配狂焰曲使出風之戰舞，應該會更加震懾人心吧？」

「狂焰曲就像最美好的神蹟。」泛月晨蔚藍的眼神無比深邃：「沒有祂，就沒有今日的我。」

所以這是不是象徵著，沒有千洵，沒有他的愛，就不會有今天的冷迎曦，重生後的泛月晨？

「現在全魔武界幾乎都看好妳，說妳可能還有深藏不露的絕世技藝。」千水悠比出了加油手勢：「所以既然妳現在可以使用魔技了，就使點顏色給大家瞧瞧吧！」

「謝謝妳，水悠。」泛月晨的眉眼勾勒著滿滿的感激。

「加油，月晨。」

「我會的。」泛月晨眼神閃了閃。記得曾經，冷校長也這樣為她加油打氣過，她一定不可以辜負大家對她的期望。穩穩心神，泛月晨再一次回答：「我一直都會如此。」

已經進入夏季了，天氣日漸炎熱，就好似群眾被即將到來的大決賽點燃的熱情一般。

泛月晨的第五十九隊在上星期最後一場競試賽中成功晉級，獲得可以進入大決賽的資格。泛月晨當時還在療傷無法出賽，可是聽說光靠千氏雙璧就把對方的四人隊伍打得落花流水，競賽也在很短的時間內就分出勝負結束了。

「我這次很小心喔！完全沒有輕敵。」在事後聽千水悠鉅細靡遺地描述比賽過程時，她特別認真的強調：「我有記取上次的教訓，所以大決賽時妳也不用擔心，我不會再衝動行事的！」

「那真是太好了！對了，水悠，我沒來澄幻的這兩個星期，學校有發生什麼特別的事情嗎？」泛月晨出院後第一天到學校，希望能以最快的時間步上軌道。千水悠偏頭想了一下，聳聳肩：「沒有什麼特別的，就是一樣公文很多，不過妳可以把一些公文帶回家裡看，不用留在學校啦！」

「對了，關於妳要到我們蘭之堡住的事，妳跟靳影澤說了嗎？」

「嗯，這個……我還在找機會。」泛月晨垂眼翻看桌上的文件：「可能今天再找時間跟他說吧——等等，水悠，我桌上的文件為什麼都整理過了？是妳幫我整理的嗎？」

「當然不是，如果是我做的，我不早就跟妳說了。」

「也對，那不然是誰……」

「不用再猜了，就是在下我喔，泛大院長！」辦公室門口忽然傳來笑語：「聽說妳今天出院，早上趕去治療中心接妳，結果撲了個空，治療師說妳一大早就出院了。依妳盡責的性格，我想一定是先到學校來了，於是就趕了過來。」靳影澤邊解釋邊走向辦公桌，泛月晨看見靳影澤手中拿著一個盒子。「妳桌上的文件，這幾天我特別幫妳按日期和性質分類整理過了，希望能讓妳處理起來比較方便些，妳才剛出院，還是不要太累比較好。」

「這、這……」泛月晨感激的說：「靳影澤，真的很謝謝你，我不知道……」

「還有，這是我自己親手做的雪蘭糕，本來想當成妳出院的禮物，給妳一個驚喜。」靳影澤遞上手中的盒子，臉上浮現不明的隱約紅暈：「我做的沒有妳好，妳住院的這些天，我一直嘗試，失敗了很多次，這是我比較滿意的成品，希望妳不要嫌棄。家裡還有一些，待會兒妳回家後，我再拿給妳吃……」

「靳影澤，我……」

「泛月晨沒有要跟你回去啦！因為大決賽的關係，從今天起，她要搬到蘭之堡跟我們住。」一直維持沉默的千水悠忽然開口，語調中有著怪異的宣示意味，讓泛月晨有些不知所措。千水悠瞪著靳影澤，如薔薇般嬌美的臉神情冰冷。靳影澤似乎被這突如其來的消息給震懾住，遲遲沒有做出反應。

泛月晨望著他們，宛如忽然被扼住了呼吸，心肺湧出苦澀的疼痛：「靳影澤，真的很對不起，我本來想要早些跟你說的，但是一直聯絡不到你。謝謝你為我做了這麼多，我真的很感謝，也很對不起……」

漸漸有些語無倫次，隨著室內愈來愈緊繃的沉默，泛月晨也覺得愈來愈沮喪。

半晌，千水悠起身走出辦公室，腳步顯得有些急促：「我先回去黯學院了。月晨，你們慢慢聊吧！我……下班後來接妳。」

「水……」隨著辦公室門砰的一聲關上，泛月晨不曉得是該高興千水悠給她私人空間，還是該沮喪她的迴避。

莫可奈何的望了望門口，泛月晨轉向一旁的他：「靳影澤，我真的……」

「妳知道為什麼會聯絡不到我嗎？」靳影澤用沉靜得有些過分的語調開口：「那是因為，這幾天我都在努力試做雪蘭糕，因為一直失敗，我怕趕不及妳的出院，所以就和外界斷絕聯繫，以便專心的做雪蘭糕，希望可以成功的做出跟妳一樣的好口味。」

泛月晨不知道如何接口，望著靳影澤的手，她發現上面有很多燙傷的痕跡，原來他連用魔法治療的時間都省下，就希望可以在第一時間把禮物送到她面前。

從來沒有學過怎麼做雪蘭糕的他，花了這麼多的心力才試驗成功，泛月晨想起自己小時候摸索著學做雪蘭糕時的那份辛苦，現在靳影澤……她的小影哥，竟然為她付出這麼多心血！

從前，是她為他做。現在，顛倒了過來。

淚水幾乎就要湧上泛月晨的眼眶。她拚命壓下眼中的酸楚，不敢接觸靳影澤的眼神。

「靳影澤，我真的很抱歉。謝謝你為我做這麼多，我真的很感動。到蘭之堡的事情……純粹是有鑑於比賽在即，希望你可以體諒我。」

「為了比賽。」靳影澤聲音注滿落寞：「我懂。我沒有要阻攔你，只是……」

只是，雖然明知不是故意被拋下，但還是會有被冷落的受傷感覺。只是，我已經習慣了一回家就有妳的身影陪伴，少了妳，我只能面對滿室的寂寥。只是，明知千洵對妳用情至深，我卻不願意就此放棄，不想將妳讓給他，不想離妳愈來愈遠。

或許我沒有千洵的實力、沒有他的家世，但是我願意用我自己的方式，對妳好，爭取妳的愛。

我想要把妳留在身邊。

經過了十天的展覽期，千氏慈善畫展拍賣會，終於要在今日進行閉幕典禮了，典禮會場賓客雲集、人山人海。

隨著愈來愈多賓客進入會場，泛月晨緊張的情緒也隨之升高。由於泛月晨的名氣大增，連帶她的畫作也變得非常熱門，這次的慈善拍賣會上，她的所有畫作皆以高價賣出，而那幅藍色篝火的畫作，更是被某位匿名買家以不可思議的天價標得。藍色篝火是這次畫展中，最被看好的畫作，原本許多名家都有意願收藏，只可惜那名買者出的價錢實在太高，讓人們望之卻步。

這次的畫展是以慈善為主，拍賣所獲得的資金將全數捐出做公益使用。展覽會場中除了泛月晨一系列的畫作之外，也有其他知名畫家的畫作，甚至還有幾位是出身凡族；泛月晨的畫作分配在第一個展覽區，為了表示禮貌，她親自站在展區的門口，向來來往往的賓客點頭致意。

「泛月晨，看起來大家都很喜歡妳的作品呢！」肩膀忽然被拍了一下，泛月晨回過頭，看見千水悠正笑意盈盈的望向自己：「妳的畫作全數賣出了呢！真是恭喜。」

「我的繪畫技巧其實只是普普通通啦！承蒙大家厚愛了。」泛月晨微微一笑：「不過可以做公益，我當然是樂意之至嘍！」

稍稍側頭，泛月晨便看見了那幅掛在不遠處的藍色篝火主打畫。其實，泛月晨心中也好喜歡那幅畫，心裡有一半希望可以高價賣出，另一半卻希望可以將畫留在自己身邊。

「不過，我很好奇喔！」千水悠一雙眼珠轉啊轉，望著四周泛月晨的作品：「藍色篝火有什麼特殊的意義嗎？妳為什麼要拿來當作這次的畫展主題呢？」

「嗯……」泛月晨抿起唇，迅速收回原本凝視著畫的視線：「只不過是因為曾經聽過一個很美麗的傳說罷了。但是……傳說就只是傳說，不可能會成真的。」

「也許是我會錯意……，不過，妳是不是把自己也畫進畫中了呢？」千水悠研究了半晌問道。泛月晨垂下眼，點點頭。

這次藍色篝火的畫展……畫的，全部都是回憶。

小時候天真爛漫的美好憧憬、刻骨銘心的山盟海誓、甜蜜溫馨的點點滴滴，全部的情感彷彿都已經在筆尖融化，貫入畫作的靈魂。

沒有人可以分享，那麼至少讓她這份童年時的珍貴感情，用這種方式留做永遠的紀念。

忽然想起靳影澤，泛月晨不可抑制的一陣心痛。

小瞳和他的小影哥，似乎已經不可能了……

「千洵呢？」轉移注意力，泛月晨想起了今日千氏的主角。

「還在招呼賓客呢！哥哥今天會一直都很忙的，因為不知道四天後就要開打的大決賽會進行多久，所以哥哥決定把一些協商洽談時間往前提早，今天剛好是個不錯的機會，氣氛也很理想，適合談一些生意。哥哥短時間內是抽不出空來的。」千水悠聳聳肩。大決賽是大混戰，主要是看誰可以打敗所有的對手取得冠軍，最後才能去到金鳳凰的面前。大決賽場內就像一個廣大的森林空間，只是全數以魔法合成，森林中有各式各樣的陷阱、關卡，當然也有屏障和幫助生存的寶物。以往大決賽一打都是好幾天，這次對手實力更甚於以往，可能會拖更久，千洵的顧慮不是沒有道理。

「妳有想過為妳哥哥再多分攤一點家族事務嗎？」泛月晨忍不住問。

「當然有。」千水悠想也不想便回答：「看到哥哥這麼辛苦，當然希望可以幫他忙，可是哥哥常說我年紀尚輕，不適合負擔這麼重的工作。哥哥也真是的，我都二十二歲了呢！跟妳一樣大呀！但哥哥總是把我當成小孩子，就算我把自己修練得跟哥哥一樣厲害，我想，他還是不會讓我分擔吧！」

「或許在他眼中，妳永遠是他最疼愛的小妹妹吧！」泛月晨含笑。

「其實我覺得以我的能力，根本就毫無問題呢！」千水悠自信滿滿的表示：「不過，哥哥總是把我當成長不大的孩子。但是，既然我們是大家所謂的千氏雙璧——雙，就應該一起攜手合作，不是嗎？所以我會永遠跟哥哥在一起的，絕對不會拋棄哥哥。我會守護在哥哥身邊，他去哪裡，我就去哪裡。」

看著千水悠肯定的模樣，泛月晨不禁有些發怔了。

這種對哥哥深切的依戀，曾幾何時，自己也是這樣的。

不對，她對小影哥的感情應該跟水悠對千洵的感情不一樣才對，她對小影哥的感情……

是愛情、親情、還是友情，泛月晨發現自己竟然已經混淆不清了……

「等一下哥哥會上臺對賓客致詞，沒想到今天閉幕式來了這麼多人。泛月晨，今天妳也是眾人的注目焦點，我看待會兒大家有可能會請妳上臺發表感言喔！」千水悠一臉「妳好自為之」的神情，接著壓低聲音：「再加上妳跟哥哥之間的緋聞已經傳得沸沸揚揚了，大家不會善罷干休的。」

「我、我跟千、千洵……」

「哥哥對妳的情意太過明顯，早已眾所皆知，但是妳卻仍遲遲沒有表態。民眾就是這樣，妳愈是吊胃口，他們就愈是好奇。」千水悠輕嘆一聲：「不過，我要私下拜託妳，不論妳真正的意思是什麼，在今天這種場合，請妳千萬不要說出傷害哥哥的話，好嗎？」

「我……」

「畢竟——」畢竟，大家都心知肚明，千洵，這輩子擺明了只愛妳一人。儘管知道哥哥早已做好最壞的心理準備，但還是不願意看見他受傷。而能夠帶給哥哥快樂的，就只有泛月晨了。

斟酌了一下，千水悠終究還是沒有將到唇邊的話語完整說出口。

有好多好多話，千水悠都希望可以跟泛月晨說；有好多好多事，千水悠都希望可以讓泛月晨知道。可是，哥哥不准自己說。他不希望泛月晨是因為有愧於他的恩情，或是害怕失去水悠的友情，才願意留在他身邊，這種居留，只有肉體，沒有靈魂。

而哥哥愛的，一向都是泛月晨的靈魂，不是她外在的皮囊而已。

「細節我就不多說了，相信妳可以說得很得體的。我也要去招呼客人了。」千水悠輕輕拍了拍泛月晨的肩膀，接著沒入了人群中。

泛月晨凝望著她消失的方向，蔚藍的雙眼愈發深沉。

心中漸漸升起一股不祥的預感。

「對不起，請問妳是泛月晨嗎？」突然有人在一邊謹慎的喊了泛月晨一聲，她回頭一看，對方正將一張精美的紙條遞給她：「請問妳可以幫我簽個名嗎？」

「當然可以啊！」收回方才不寧的心緒，泛月晨友善一笑，接過紙筆：「歡迎您來參加千氏慈善畫展拍賣會，希望您有個愉快的夜晚。」

「謝謝，我真的很喜歡妳的畫呢！泛家少主。」只見她的崇拜者興奮得滿臉通紅：「今天可以親眼看到妳真是太棒了！」

「您過獎了，我並不是專業畫家，畫作水準應該也比不上其他人吧！」泛月晨不好意思的搖搖頭，伸手將簽好名字的紙條還給對方：「非常感謝您喜歡我的畫。」

「我是說真的，妳的畫中有一股特別的韻味，快樂卻又憂傷，靈魂很深邃，其他畫家不一定會有。」崇拜者伸手指向一旁的藍色篝火主打畫，眉飛色舞道：「像是這次的主打畫，我就非常喜歡呢！那盆藍色篝火真是太特別了！還有，畫中那個女孩就是妳，對嗎？」

「對，那是我沒錯。」泛月晨保持微笑點頭：「那也是我個人最喜歡的作品呢！」

「那我是否可以冒昧請問，畫中那個棕髮的男孩，只看得到背影的那個，是誰呢？」

「他是……」

「應該不是千洵對不對？千洵是金髮。」

「不是千洵……」

「感覺妳和那個畫中的男孩有著特別的連結，是和藍色篝火有關的祕密嗎？我和幾個朋友都十分好奇這個問題呢！大家都有這樣的疑問。」崇拜者連珠炮似的說：「泛家少主，妳可不可以告訴我——」

「各位先生、女士！歡迎大家來到千氏慈善畫展拍賣會閉幕典禮！」以魔法擴大的聲音突然在整個會場響了起來，來賓們紛紛四處張望，想要知道聲音從何而來：「現在，讓我們歡迎千氏雙璧上臺跟大家說幾句話！」

會場內的燈光倏地暗了下來，聚光燈的焦點投射向會場左方的舞臺，眾人的視線也隨著聚光燈被吸引了過去。泛月晨望向舞臺，看見千洵以及千水悠在眾人的歡呼聲中走到臺上，禮貌性的對大家揮手致意。

「首先，很感謝大家蒞臨我們千氏的慈善畫展拍賣會閉幕典禮。」說話的是千洵，泛月晨站在會場邊邊的角落，和臺下所有人一樣仰頭看著他。聚光燈打在他身上，使得千洵好像從體內透出一股耀眼的光暈，不論是那含笑的眼，側臉優美的線條，還是倨傲俊秀的眉宇，全都帥氣得恰到好處，隱隱有著一家之主的王者氣勢：「接下來也要感謝所有買主對於這次展出畫作的青睞，這次畫作拍賣所得將會全數捐贈給慈善團體。」

「經過這次的畫展，相信大家也能夠體認到，藝術這份美的力量不論是凡族或是魔族，都一樣能夠成功的詮釋。這次的畫家中有幾位都是出身凡族，但是他們帶給我們同樣的感動。」千洵望了一圈臺下的觀眾，繼續說道：「我想說的是，我們這兩個族群，應該做的是攜手合作，而不是互相猜忌、懷疑、鬥爭。執著的偏見是通往和樂之路的絆腳石，我們應該看到的是彼此的優點，也唯有如此，這世界才會更美好、和諧。」

震驚與感動以同樣的力度在泛月晨血管中流竄。千洵……是為了自己嗎？知道「大家能夠和平相處」一直是泛月晨心中的願望，所以想以這種方式幫助她更邁進一步。原本她還很疑惑這次畫展怎麼會找凡族的畫家參加，因為這在魔族企業中是十分不尋常的事情。現在得知背後的真相，她簡直無法表達心中的謝意。

千洵，總是以自己的方式默默對她好，從不多說什麼，也從不費力要她瞭解。

但是自己卻什麼都無法替他做，甚至連這次面對血煞帶來的威脅，都將他一起拖下水，把危險帶到他身邊。

「千少爺，所以這是您舉辦這次畫展的用意嗎？」

「千少爺，您怎麼會有這樣的動機呢？」

「之前澄幻舉辦比試賽，您也曾發表過類似的言論，請問這是因為泛院長的緣故嗎？您做這些都是為了泛月晨院長嗎？」

「聽說這次泛少主的畫作拍賣價創下了有史以來最高的價格，可是她並不是一位專業畫家。請問當初泛家少主怎麼會答應參加這次的畫展呢？」

「能不能請泛月晨小姐上臺跟我們說幾句話？」

「泛月晨小姐——」

泛月晨目瞪口呆的望著舞臺的方向，簡直不敢相信事情居然被千水悠說中，會往這個方向發展。群眾開始鼓譟，聚光燈也在人群中開始搜索，而很快的就聚焦在臉色蒼白的泛月晨身上。

騎虎難下，泛月晨只得保持著僵硬的笑容面對群眾。人群簇擁著將她送上舞臺，強烈的燈光讓泛月晨覺得莫名刺眼。

千洵以及千水悠雙雙站在臺上迎接她，臉上有刻意壓抑的緊張神情。泛月晨眼神刻意避開與他們直接接觸，深吸一口氣，轉身面對臺下黑壓壓的群眾。

「大家好，我是泛月晨——」

「泛月晨小姐，請問您為什麼會答應參加這次的畫展，我們都知道您並不是專業畫家，為什麼您會如此有信心呢？」

「泛月晨小姐，這次您的畫作以最高價賣出，但買家卻不願意透露姓名，請問您有沒有什麼話想要對買主說呢？」

「您這次設定的區域主題名稱為『藍色篝火』，主打畫也同樣以此命名，大家都非常好奇，『藍色篝火』對您而言是否有什麼特別的含意？」

「為什麼您自己會出現在畫中？難道您畫的是真實事件嗎？」

才開口說了兩句話，泛月晨馬上就被媒體如潮水一般湧來的問題給淹沒，差點讓她應付不及、不知所措。

「我會參加這次千氏的畫展，是因為千氏對我提出了邀請，身為他們的朋友，這樣的舉手之勞，我當然不會拒絕。至於實力的問題，我原本對自己也不是非常有信心，畢竟相較於真正的畫家，我的繪畫技巧也許還稍顯不足。但我覺得自己想要呈獻給大家的並不是高超的繪畫技巧，而是希望大家喜歡我畫中想要表達的那份感動。」

「在這裡，我想要感謝所有的買主，謝謝您們喜歡我的畫，這對我來說是莫大的鼓勵，感謝您們的肯定，未來有機會的話，我會更加努力。而這次我所設定的區域主題，主要是為了配合我的主打畫。畫中的人就是我沒有錯。至於『藍色篝火』……」泛月晨停頓了一下，清清喉嚨：「『藍色篝火』，純粹就只是一盆顏色很美、很特別的篝火而已，我沒有想要表達什麼事情……」

沒想到好不容易才剛回答完一連串的問題，大家又拋出更多的問題。

「泛月晨小姐，您剛說您跟千氏雙璧是朋友，請問您所謂的朋友，是什麼程度的朋友呢？」

「您跟千氏雙璧組隊參加魔武技大賽，已經成功打入了大決賽，賽事也將在四天後正式展開。請問是什麼樣的動機讓您跟他們一起組隊呢？大家都知道最後只有一個人可以站在金鳳凰面前，您有把握可以擊敗千氏雙璧嗎？」

「對於您之前所使出的風之戰舞的上乘武技，可以跟我們說說您的修練過程嗎？大家都非常好奇！」

「泛月晨小姐，千洵少爺擁有廣大的愛慕者，聽說有很多人還刻意在魔武技大賽中對您進行針對性的攻擊，這是否會造成您的困擾呢？」

「我……」泛月晨簡直啞口無言，面對群眾毫不留情的頻頻發問，她幾乎尷尬的無地自容。儘管千水悠已經事先提醒過她，然而真正面對這樣的場景，她腦中依然是──遲鈍的空白。

這些問題要她怎麼回答呢？

就在她六神無主的當下，好似救命的繩索一般，原本沉默的千洵站了出來，走到她身邊，與她一同面對廣大的群眾媒體。煞時間，泛月晨覺得耳邊好像又響起了狂焰曲的美麗音調，那熟悉的曲調竟讓她莫名的安心，泛月晨知道，有千洵在她身邊，一切都會沒事的。

「抱歉，我們拒絕回答任何與本次畫展無關的事情。」堅定卻不失禮貌，千洵冷靜的回答。

然而大家才不肯輕易放棄。

「泛月晨小姐，您那幅『藍色篝火』中出現的棕髮少年，請問他真正的身分是誰？是前陣子與您傳過緋聞的靳影澤少爺嗎？」

「這次的畫展並沒有看見他公開現身，你們之間是不是發生了什麼事情？」

「泛月晨小姐，我們大家都知道五年前您曾經和千洵少爺有過一場婚禮，但是進行到一半卻被破壞了，聽說也是一位棕髮少年，難道就是畫中這位少年嗎？是否就是靳影澤少爺呢？」

「請問他們兩個人，您究竟是選擇誰呢？泛月晨小姐？」

「對不起，我沒有義務回答你們這些問題……」泛月晨輕微顫抖，聲音顯得淺淡而薄弱，立時湮沒在四周的喧嚷中。

「泛月晨小姐，我們都知道千洵少爺對您的感情。假如他現在再次提出求婚，您是否會答應呢？」

突然有一個聲音出奇的響亮，橫過一整個會場，傳進泛月晨耳中。

頓時，整個會場都安靜了下來。

明明可以拒絕回答這個問題的，然而泛月晨卻因為在一旁沉默著的千洵而遲疑了。背後左方也有一道灼熱的視線，直直緊盯著她，等待著她的答案。

在這個心跳之中，泛月晨想起了許多事情。

想起千水悠是如何拜託自己不要做出會傷害她哥哥的回應，也想起千水悠曾經在四下無人的時候問過她這個問題。

想起千洵一直以來對她的好，他的不求回報；想起他略顯憂傷的笑容，想起他總是靜守在她的身後；想起他總是在她最需要的時候來到自己的身邊，不用她開口，就知道她需要的是什麼；想起他對自己過分壓抑的愛。

泛月晨也想起了靳影澤，想起他受傷的眼神，怒吼著說自己不瞭解他的愛。想起他們共同的約定，想起……藍色篝火。

一切都已經回不去從前了。

而她也不該再拘泥耽溺於過去，她應該正視自己心底的聲音……

於是在臺下數以千計的群眾面前，在觀看著由魔法直播的觀眾面前，在千水悠的面前，在千洵的面前……泛月晨開口。

所有的人看著她，不約而同的屏息以待。

「我……」

「我反對！」

會場大門被魔法的力度轟然炸開，伴隨刺耳的怒吼，室內瞬間轟然沸騰！泛月晨驚訝的抬頭，熟悉的身影頓時跳入眼簾，她不可置信的退後一步險些絆倒，千洵上前扶助她的手臂。仰頭，泛月晨看見他的神色竟然比她還要蒼白，有點搖搖欲墜，彷彿剛從太過綺麗的夢境裡被人一棒打醒。

「靳、靳影澤……」泛月晨虛弱的低語。

來者手握魔杖，氣勢懾人的朝臺上大步走來，群眾紛紛讓出一條道路，太過明亮的燈光強如白晝。望著靳影澤，泛月晨竟有一股衝動，想要躲到千洵身後，永遠不要出來。

她還來不及付諸行動，靳影澤便走上了舞臺。他直直凝視著她的雙眼，胡桃棕色的眼眸熟稔的令人心疼。他痛苦的出聲叫喚：「小瞳？」

泛月晨瞪大眼睛，一時半刻找不回聲音。

「小瞳，我不懂。妳明明是我的小瞳，為什麼妳會背棄過去的誓言，為什麼妳不馬上拒絕？難道，妳要答應他了嗎？妳已經愛上他了嗎？我來得太遲了嗎？」

「我、我……」泛月晨聲音不住顫抖：「靳影澤，你想起來了？」

「對！我想起來了！」靳影澤痛楚的嘶吼，棕眼破碎：「這幾天我拚命回想，盡了我畢生最大的努力，我記得妳曾經答應過我，只要等我想起來，妳就會回到我身邊不是嗎？」

「我、你……」

「其實我曾偷偷來看妳的畫展，妳的主題叫作『藍色篝火』……，那幅主打畫，畫的就是我跟妳的事情對不對？妳所有的畫都是有關我跟妳過去的回憶，對不對？妳不知道這對我有多大的幫助，我竟然全都想起來了，所以我就立即跑來找妳！」

「靳影澤……」

「小瞳，我愛妳，請妳回到我的身邊。」

緩慢而僵凝，泛月晨感覺到千洵握著她手臂的手輕輕鬆開。他的指尖那麼冷，像是失去了體溫。

不要，千洵。不要鬆開我……。

「小瞳？」斬影澤又說話了，看著泛月晨的眼神從原本的自信滿滿，漸漸變得不確定，然後又染上了淡淡的哀求。

泛月晨站在他們之間，全場瀰漫著攝人的靜默。眾人望著她，大家的目光好重，沉沉的壓在她心上，幾乎讓她喘不過氣來，等著看她作出抉擇。

是的，抉擇。

這次，已經不再有理由退縮。

悄悄向旁邊瞄了眼千洵，他微微側身背對著她，背脊僵直。

不行，一直待在她身旁無怨無悔的，是千洵。是他的手，在幼時替他擋住了匪徒銳利的刀刃；是他的手，撫過狂焰曲為她安裝上靈力合成的弦；是他的手，天衣無縫的與她完美合奏夜琴；是他的手，在千鈞一髮之際為她撐起結界；是他的手，總能在她墜落時準確的接住避免她受傷；是他的手，在自己重傷時依然緊抱著先將她送醫；是他的手，在一次又一次的比賽中為她抵擋攻擊；是他的手，默默為她做了這麼多的事。是他的手，是他……

這雙手，守護了她這麼久，受過多少傷、經歷過多少風雨。她怎麼能夠輕易放開這雙手。

泛月晨閉上眼。她已經作出決定，所以，斬影澤，對不起！

我會以妹妹的身分好好守護你。

「靳影澤，」泛月晨開口，聲音平穩：「我跟你……」

「該死的，靳影澤，你來做什麼？難道我們千氏對你的恩情還不夠嗎？難道你忘記了之前我所告訴你的事情真相嗎？到底哥哥的人生要被你毀掉幾次，你才甘心！」霎時，一抹黑色的身影從一旁插身進來，水悠全身顫抖、滿臉悲憤、眼眶泛紅，她緊握著拳，語調中滿是恨意。

泛月晨怔住。千水悠誤會了，她以為泛月晨就要選擇靳影澤，放棄她哥哥。泛月晨連忙想要開口解釋，但是一切都太遲了。

隨著滿腔狂怒，千水悠向靳影澤撲了過去，同時伸手發出魔法，攻擊魔法在她指尖閃爍出亮光，臺下眾人尖叫起來，開始往後面推擠，想要離開舞臺避免被波及，場面頓時混亂得無以復加。

心跳到嗓子眼，泛月晨心肺登時全沒了呼吸。

一直到事發以後，泛月晨才猛然驚覺，一個瞬間的、下意識的動作，可以讓人後悔上一輩子。

因為在那個剎那，命運移轉，接上了另一條軌道。一切都不同了，她的世界塌毀崩潰。在千水悠魔法即將打到靳影澤的那個心跳間，泛月晨閃身至他面前，張開雙臂，替他擋下那發凌厲的魔法。

原本只是出於一個單純的出發點，這一切都只是誤會，她不希望任何人因為她而受傷。

但是、但是——

她應該要顧慮到更多。

顧慮到，現場還有很多雙眼睛正等待著看她作出選擇；顧慮到，她撲身出去可能帶給別人什麼樣的誤解；顧慮到，有一個正用他全部生命無怨無悔愛她的人站在她身邊；顧慮到，她還有一句說到一半的「我願意」。

顧慮到，她的愛情分明已經開始走向那有著琥珀色眼睛的身影。

魔法造成的傷口那麼、那麼痛，泛月晨眼前一黑，癱軟的向後仰倒。

失去意識前，她掙扎著望向舞臺另一邊。

修長筆挺的少年面色慘透如骨，雙目狂亂絕望，他的手半伸著，彷彿方才正想要出手抓住些什麼。然而，掌心的空蕩宛如最深的諷刺。

「哥……」

千水悠痛苦的喊著撲向她哥哥，頭髮衣服都亂了。她大聲呼喊著千洵，顫抖的泣音使嗓子開始沙啞。泛月晨努力想要睜大眼，但眼前一片迷茫模糊。

風雲流散。

「哥哥，我……」千水悠的聲音在會場上空迴盪，淒厲，聲聲震撼人心。

「靳影澤，你走！你就帶著她走，這不正是你們想要的嗎？我再也不要看到你們！」

眼角餘光，泛月晨看見千水悠對著他們瘋狂怒吼，而一旁那令她無比心疼的身影疲累的閉上眼、轉過身，他的臉色痛苦而慘白，雙唇緊抿，那樣子彷彿希望當他再次睜開眼，一切都只是夢境——一場過於悲慘的夢境。

不，千洵，不是這樣。不是……

雙眼一翻，泛月晨昏倒在靳影澤懷裡。

第十三章　反目成仇

在愛人的面前，世界卸下了它的莊嚴面具，它變得渺小，宛如一首歌，一個輕輕的接吻。

——泰戈爾

匡噹！這是今晚泛月晨因為失神而不小心摔落的第六個盤子了。

靳影澤揮動魔杖把盤子修好，默默拾起遞給她。泛月晨愣手愣腳的接過，雙眼呆滯。靳影澤伸手揉揉她的頭，她才勉強回神，朝他乾乾地一笑。

「小影哥。」她小聲的叫他。

他的小瞳真是美麗，皮膚潔白無瑕，金髮耀眼明亮，蔚藍的眼就像那豔藍色的篝火——硫燃燒的顏色。

「嗯？」靳影澤溫柔的回應。

「對不起，今天一直打破盤子，我……」泛月晨臉紅紅的，顯得尷尬而困窘，她扭著手，垂著頭，瀏海遮擋住她眼中的思緒：「真的很抱歉，我……」

第十三章 反目成仇

「小瞳，明天就是大決賽了，妳不能一直這樣！」斬影澤看著她，心中一陣疼痛，忍不住握住她的肩膀搖晃：「小瞳，是因為他，對不對？」

「嗯？什麼？」泛月晨露出茫然的眼神。

「千洵！」斬影澤粗聲道，看見泛月晨瑟縮了一下，手一鬆，啪！盤子又碎了。「因為他，所以妳才一直心神不寧，對不對？」

「小、小影哥……」

「其實妳心裡愛的人是他，對不對？」斬影澤緊緊盯著泛月晨的眼睛，她在顫抖，不只手，連眼底都是。她緊咬著下唇，咬得幾乎見血。

也許，早就知道她愛千洵，只是他不願意去面對這個事實。

他不再是以前的小影哥，而泛月晨也不再是以前的小瞳了。

他的小瞳已在一次次與千洵接觸的過程中，不知不覺改變了自己的心意。

他知道——他其實在內心深處早已明瞭，小瞳的心已經不再屬於他了。就算小瞳對他還有感情，但那已經變成是友情……，或者也可以說是親情，是妹妹對哥哥的感情，那絕對和愛情不同。

可是，為什麼自己會如此懦弱，如此害怕失去，為什麼還要一直強留小瞳在自己身邊？結果，讓所有的人都受了傷。

「我……」泛月晨閉上眼，蹲下身，把頭深埋在膝蓋中間，聲音顫抖而微弱。

三天前的事件，在全魔武界傳得沸沸揚揚，大眾掀起一股熱烈的討論風潮。

泛月晨這兩天一大早起來後便拿著魔武報，雙目失神的獨自站在客廳。那副失魂落魄的樣子，正好呼應了房後一園枯萎了的彼岸花。

花園中的彼岸花，大片大片的枯萎，逐漸凋零成粉塵，只剩下空氣中殘留的香氣顯示著這裡曾經滿園火紅的事實。彼岸花，傳說中開在冥王宮殿外、忘川兩岸的花朵，原來不用施肥的它們，所汲取的養分來源，就是——記憶——斬影澤消失的記憶。

他消失的記憶滋養著它們，使彼岸花可以不分日夜如火如荼地盛開。而也只有他碰觸時，彼岸花才不會凋萎，一旦被一個擁有完整記憶的人所觸碰，它就會迅速衰敗。現在斬影澤想起了昔日的記憶，可以供養彼岸花的養分已經不再。於是，滿園的彼岸花成為消失的過去。就像泛月晨現在也永遠回不去的過去一樣……。

千水悠，這次，再也不會原諒她了。

千洵，她已經不配再得到他的愛了。

事發後的隔天，泛月晨鼓起最大的勇氣去到蘭之堡，希望可以當面親自向他們解釋。斬影澤偷偷跟在她後面，看見她苦苦央求守衛放她進去，守衛冷著臉不理會她，泛月晨就在蘭之堡大門前站著，希望千氏雙璧能出來聽她解釋。然而，從上午站到傍晚，整整一天，站得雙腳都微微發抖，始終不見千氏雙璧出來。怒火幾乎淹沒了斬影澤，他們怎麼可以這樣對待他的小瞳？

泛月晨像行屍走肉般的回到斬家後，斬影澤看見她虛脫的模樣，但她的指尖卻發出閃亮的金色光芒。那光芒絕美而剔透，她似乎在心中努力默念著什麼，過了良久，她失望的放下手，指尖恢復成原狀。接著，絕望的垂下頭。

第十三章
反目成仇

第二天當泛月晨又要再次出發前往蘭之堡時，靳影澤忍不住了。

「小瞳，妳不要去了，沒有用的！」靳影澤大吼：「他們不會……，我們大家都回不去從前了！」

泛月晨看著他，眼神無比空洞。

「我沒有奢望可以回到從前。」過了好久，她安靜的開口：「但我依然欠他們一個解釋。他們現在會這樣對我，這是我應得的，我沒有什麼好抱怨的。」

「小瞳……」

千洵，你不是愛她嗎？既然你愛小瞳，那為什麼不見她，給她一個解釋的機會？

事情不能這樣下去，明天就是魔武技大決賽的日子，依照小瞳這樣的狀況，根本沒有能力上場。上場比賽，就是涉險，就算她現在可以使用魔法了，可是這般精神恍惚的她，又如何能全力應戰呢？這次對手的實力都不低，尤其失去了千氏這樣的好戰友……。

靳影澤側頭看著泛月晨，眼中布滿深思。

「小瞳，妳知道嗎？」靳影澤拚命壓抑住心中椎心刺骨的疼痛，故意擺出酷酷的樣子，用有些痞痞的語氣說：「其實現在我已經沒有像五年前那麼愛妳了，雖然妳曾說過只要我想起往事，我們就在一起。但說真的，妳根本不用在意，我現在一點也不在乎了，三天前我在畫展上跟妳說的話，其實只是純粹不甘心妳被千洵搶走，我只是不想輸給千洵，怕別人笑話我罷了！」

泛月晨抬起頭看他，靳影澤迎上她的目光，泛月晨欲言又止，彷彿早已看透他的心思。

她露出無力的、了然的微笑：「小影哥，謝謝你。……小影哥，對不起。」

「有什麼好對不起的！」靳影澤笑了笑：「小瞳，妳是我最愛的妹妹呢！妳有聽說過哥哥愛上妹妹的嗎？」

靳影澤轉身反向離開，深怕自己下一秒就會後悔，後悔自己所作的決定。

走出靳家大門，碰！靳影澤閉上眼，大口大口吸氣。

他的小瞳蔚藍的眼是那麼靈動澄明，笑容悠遠深邃。她的背脊總是倔強的挺得那麼直，她是如此的美麗堅強，一切都讓人捨不得放棄。

但光是擁有一個軀殼，又有什麼意義呢？如果我真的愛她，就不應該再自私的只是想要占有，占有一個靈魂已不屬於自己的小瞳，不應是愛她的小影哥該有的作為，不是嗎？這三天來，靳影澤心痛的看著小瞳過著行屍走肉般的生活。他不斷的自我反省，想得愈深入，就愈覺得自己實在錯得太離譜。自己居然變得這麼自私、這麼軟弱，自私得只想占有小瞳，軟弱得不敢面對事實。

終於，在這一刻，靳影澤徹底清醒了，他決定要用正確的方式去愛他的小瞳，要盡一切的力量去守護他此生最愛的人。

因為愛妳，所以放手給妳自由；因為愛妳，所以寧願自己難過；因為愛妳，所以不再讓妳困擾；因為愛妳，所以逼自己離開。究竟愛情換來的是永恆，還是孤獨的眼淚？

世界上最遙遠的距離，不是彼此相愛卻不能在一起，而是以故作冷漠的心對愛你的人所築起的那一道鴻溝。

第十三章 反目成仇

以小瞳哥哥的身分。

於是深深吸了一口氣，靳影澤動身，往蘭之堡的方向出發。他，要去找千洵。

來到蘭之堡的大門前，靳影澤請求守衛讓他見千洵。守衛看到他，先是愣了一下，接著臉上就布滿了厭惡，他抽出魔杖，要靳影澤立刻離開，否則休怪他動手。

靳影澤平靜的站著，告訴他此事攸關泛家少主，甚至可能危及她的性命。守衛遲疑半晌，他們都知道泛月晨在千少爺心中所代表的意義。

靳影澤往口袋翻找了一下，接著拿出千水悠不久前給他的蘭之堡通行證，這下守衛不讓開都不行了。但是守衛邊打開大門，邊對他說道：「今天算你幸運，剛好千少爺回來處理一些事情。前幾天他都搬回梅之堡住了，反正住在這裡也是觸景傷情。」

過了數分鐘，守衛回來領著靳影澤到會客廳，千洵背著他佇立在一大片落地窗前，窗外一片月光蘭正含苞待放。

他默然卻仍筆直的背影浸染著與泛月晨一樣的孤獨。

「千水悠呢？」

「今天只有我回來，前幾天我們回到梅之堡去了。我回來拿點東西。」千洵轉頭看他，緩緩劃過他的臉，接著像是徒然被刺痛般，倏地收回眼神，彷彿多看靳影澤一秒，就會令他痛苦難當。

「所以你不知道前兩天泛——」

「你說你為了泛月晨而來。」千洵呢喃她名字的聲音輕柔的融化在風中，就像嘆息：「怎麼了？出了什麼問題嗎？」

「我是為了明天的大決賽而來。明天就是大決賽的日子，你不知道嗎？」靳影澤忽略千洵的話，咄咄逼人的問。千洵咬咬唇，撇開頭：「我知道，我怎麼會不知道。」

「明天所有優秀的對手都會拚命想要奪得冠軍，泛月晨的魔力才剛恢復不久，並不穩定，你知不知道？」

「我知道。」

「這是泛月晨的最後一戰，你們會努力到現在，都是為了明天的大決賽，這關係到冷校長的性命。冷校長之於泛月晨的恩情，你知不知道？」

「我知道。」

「對，你都知道。」靳影澤咬咬牙，豁出去一般低吼：「那麼，泛月晨明天比賽稍有閃失，就算沒喪命也會受傷，你知不知道？泛月晨這幾天狀況有多糟，你知不知道？她一直試圖聯絡你，在蘭之堡外站了一整天，你知不知道？」

「泛月晨……，她其實愛的人是你。他愛上你了……，你知不知道？」

千洵盯著靳影澤，臉色慘白。

第十三章
反目成仇

「我一直認為你是個勇者……，」靳影澤狠聲道：「可是你知道嗎？你的表現根本就是個逃避現實的懦夫，徹頭徹尾的懦夫，遇到愛情不肯去奮力爭取，受到了打擊只會退讓躲避，你覺得這叫愛情嗎？因為你無法忍受看見她跟我在一起，所以就對她不聞不問嗎？因為害怕得到失望的答案，所以就不願意給她機會解釋嗎？這不是你！這不是我所認識的千洵，不是！」

「靳影澤，你沒有資格這樣指控我，我就是因為愛她，所以給了她機會選擇，她選擇了你，所以我放她自由，這不是對她不聞不問，這也不是不給她機會解釋……」

「那根本是一場誤會！」靳影澤激動的吶喊：「一切都是因為千水悠的衝動造成今日尷尬的局面。泛月晨以前就曾經告訴過千水悠，她的過於衝動會釀成悲劇，現在就是一個例子！那天，泛月晨想要選擇的是你！我看得出來，只是我不願意承認——，她已經不愛我了。」

震撼的沉默懸在他們之間，靳影澤堅定的直視著千洵。

千洵琥珀色的眸子染上遲疑。

「我知道這一路上，泛月晨因為我而帶給你許多深刻的傷害，這都是我的錯。」靳影澤深吸一口氣：「但你知道嗎？其實我很嫉妒你，我嫉妒你身上有一種懾人的靈氣與光芒，我嫉妒你可以愛泛月晨愛得那麼無私，我嫉妒你可以獲得泛月晨真正的感情，我嫉妒你比我更適合我的小瞳……，這些，都是我內心真正的想法。」

「可是，千洵，我也知道泛月晨唯有跟你在一起，才能得到她此生真正的幸福。」

「靳影澤……」

「小瞳對我，只是因為基於過去青梅竹馬一起長大的感情，所以她捨不得傷害我，那種情感……，或許年輕時她認為是愛情，但是現在，我知道那只是一種習慣性的依戀，那是一種妹妹對於哥哥的感情。那不是愛情。」

「……」

「給泛月晨一個解釋的機會，她真的愛你。這次換我要學會放棄了。」靳影澤滿臉真誠：「放棄——其實是你讓我學會的一個課題。學會放棄，去成全心愛之人。可是，真的好難。這種心靈的痛苦簡直生不如死，千洵，你究竟是怎麼做到的……？」

千洵閉上眼，睫毛隨著不穩的呼吸輕輕顫動。

「為什麼……你願意告訴我這些話呢？」千洵囈語：「泛月晨的事情……我真的可以相信你嗎？我很想相信，只是……」

只是，太多次的失望之後，他已經學會默默守在她身邊。能夠看見她快樂，就足夠了。

靳影澤聞言，抿起唇輕輕側開頭：「因為……因為我愛她。雖然泛月晨對我只是妹妹對哥哥的情感，但我很清楚自己並不是。我愛她……我真的很愛她。」

只要曾經深深愛過一個人，便會瞭解他話語中那份深刻的情感。因為太愛她，一旦站在她面前，便沒有了自己，一心只希望她快樂，把全世界她想要的東西都奉獻到她面前。

千洵感動的看著靳影澤。

靳影澤知道他相信了。

我都能鼓起勇氣來到這裡跟你說這一番話，那麼也請你鼓起勇氣，再給你們彼此一個機會。

你一直都是一個比我勇敢的人。

千洵。

半世紀以來最盛大的魔武技大決賽。

由於前面的晉級賽，泛月晨已經有驚無險的度過，因此對於即將來臨的大決賽，也可能就是血煞最後下手的機會，泛月晨知道自己必須提高警覺。儘管到目前為止，自己並不知道血煞最終的目的，但一切還是小心為上策。

只是，她要如何再度面對千水悠以及千洵呢？昔日的戰友變成今日的敵人……。

不過，也不是只有她對於這件事情特別煩心，全魔武界都在為這件事情議論紛紛，都在猜測局面會往何種方向發展。對於千洵的態度可能會有什麼樣的轉變，大家的意見最為分歧，一個被這樣狠狠拒絕的男人，還會繼續守護在她所愛的女人身邊嗎？

也因為如此，這次的魔武技大決賽受到了有史以來最多的關注，大家都想知道比賽進行時會有什麼樣勁爆的事情發生，沒有搶到大決賽入場券的民眾紛紛聚集在大廣場，收看魔法螢幕上的現場直播。由於不知道比賽可能會進行多久，而且觀眾的人數實在太多，所以大決賽時一向都會提供現場直播，參賽選手在大決賽場中的一舉一動都會以魔法捕捉，然後鉅細靡遺的呈現在廣場的螢幕上。

大決賽現場的觀眾看臺則呈樓梯狀向上，四周設有超級大螢幕，中間是以魔法進行無限擴大的決賽場地。金鳳凰就隱藏在場地中的某處。大決賽時除非比賽結束或是喪失參賽資格，否則每一位參賽者都無法從空間中逃出。

距離比賽正式開始還有一刻鐘，看臺上已經座無虛席了，群眾的喧鬧聲聽在泛月晨耳裡，就像惱人的蟲鳴一般。因為緊張，她的手心微微沁出冷汗，彷彿感受到主人不寧的情緒，狂焰曲也發出震動嗡鳴，比賽即將開始的火熱氣氛逐漸點燃了周遭的每一個角落。

十八位選手分別站在十八個入口處，入口以弧型排列，金屬的鋼門看起來冷硬無情。從魔法門進入之後，選手們會各自進入大決賽場地內不同的地方。接下來他們必須先打敗其他所有的參賽者取得冠軍，然後再去找出金鳳凰，並且得到金鳳凰的認可，最後才能成為魔武界的盟主。

但是，泛月晨卻決定先去查清楚金鳳凰的所在處，而不是按正常的程序，先去打敗其他的參賽者。她之所以這樣做，除了因為最終還是必須找到金鳳凰才能救出冷校長外，再者也是因為她不想馬上正面對上千氏雙璧。

「非常感謝各位前來觀看第一百六十三屆魔武技大決賽！」突然，主持人的聲音橫過一整個會場上空，看臺的群眾發出一陣浪潮般的尖叫鼓譟。泛月晨往左手邊一看，離她三位選手遠的地方，千水悠正冷著臉瞪視著金屬門，臉色極為陰沉。而水悠的身邊佇立著泛月晨朝思暮想的頎長身影，千洵一臉若有所思的神情。

泛月晨垂下眼，收回視線。

第十三章 反目成仇

「我知道各位期待已久，參賽者也都為這個重要的日子辛苦奮鬥打拚了好幾個月了！今天就是最後大決賽的日子，逐鹿中原，究竟是誰能登上眾所矚目的盟主寶座，就請大家拭目以待吧！」

觀眾又再度響起一陣震耳欲聾的歡呼，泛月晨閉上眼，深深吸了一口氣。

「好了，緊張刺激的時刻馬上就要開始了，各位，請注意！金屬門將會在五秒後開啟，現在請大家一起倒數！五！」

「四！」

泛月晨張開眼，握緊拳。

「三！」

她知道這是救回冷校長最後的機會，她一定要全力以赴。

「二！」

腦中劃過千水悠憤恨的臉，然後是沉靜的千洵，接著是含著笑意的小影哥……。

好亂，一切都好混亂。

千洵……真的無法挽回你了嗎？

「一！」

尖銳的哨聲和金屬門的開啟聲一起傳進耳裡。看臺上的觀眾激動的跳上跳下，場面呈現完全白熱化的瘋狂。金屬門一開啟，所有的參賽者紛紛快速閃身進入，泛月晨連忙跟進，穿越金屬門的時候，就像穿越一道透明的簾幕，四周頓時安靜下來，只剩下森林的蟲鳴鳥叫，看臺不見了、觀眾不見了、連天空也有別於金屬門外的晴空萬里，呈現出一片詭異的幽暗。

轟隆一聲，泛月晨連忙轉身，看見金屬門緩緩闔上，繼而化成一道光線消失。

一旦走入，除非獲勝或失敗，不然不會有出去的機會。

咬住下唇，泛月晨毅然轉回身，昂首邁向一片未知。

她要找到金鳳凰，她要打敗其他人。

她要做到……，她會，她會做到！

「還是沒有泛月晨的下落嗎？」

「找遍了半座山頭了，都沒有看到她的蹤跡。」

「搜尋人的咒語沒有用嗎？應該會有用才對啊！」

「沒有用，我也不知道為什麼。」

第十三章 反目成仇

「燁獄，為什麼你這麼堅持一定非要找到泛月晨不可呢？我們最該擔心的不是千洵嗎？」

「就是因為我擔心千洵，所以才必須先找到泛月晨。」不耐煩的聲音說道：「掌握了泛月晨，就代表掌握了千洵。如果泛月晨肯和我們合作的話，千洵就絕對不會找我們的麻煩；如果可以除掉泛月晨，那就更好了，因為千洵根本就是為了泛月晨才來參加魔武技大賽的，假如泛月晨失敗，千洵也就沒有繼續比下去的理由了，可能會直接棄權，那可就再好不過了！」

「但是，千洵會為了泛月晨……，泛月晨不是……？」

「如果千洵想要角逐魔武界盟主，早就已經參賽了，不會等到現在。而千水悠到目前為止還沒有棄權，可能代表他們應該還有其他的目的，至於究竟是為了什麼，就不得而知了。」

翻動樹叢的嘎響，刻意壓低的人聲。泛月晨從樹上往下望，看見以燁獄為首的五人隊伍正緩慢步過狹窄的幽暗林蔭，來到左方一塊較為平坦的林地。

「今天就在這裡過夜吧！看來，一時半刻也找不到泛月晨，還是等明天再想想其他方法好了。」為首的男子指指空地，示意其他人圍到他身邊：「媟，妳負責架設四周的防禦結界，注意可能會有魔獸出現。」

他對著隊上唯一的魔族女性說道。他的隊友有四人，泛月晨仔細辨識了一下，發現這四人並不全都是最初與他組隊的隊友，看樣子，應該是在大決賽開始後才臨時組隊的，他們應該是想要先以人數壯大自己的實力，然後等合力對付完其他組別後，再解散分別對峙爭奪冠軍頭銜。

經過一整天小心跟蹤、謹慎評估之後，泛月晨覺得這組實力堅強，加上組員們對燁獄十分言聽計從，如果她單獨一個人對上他們，不保證能全身而退，所以她決定還是先保持距離比較好。

「灼炫，你去巡視一下環境，我總覺得有被監視的感覺。冰影，你跟沐桑過來跟我討論一下明天的行程，還有研究一下為什麼我們的尋人咒語會失效。現在以找到泛月晨為第一要務，千萬不可以有任何閃失。」燁獄分派完工作之後，揮手召集兩個組員靠向自己。另外的人連忙去執行任務。泛月晨牢牢地攀附在樹上，小心隱藏自己的行蹤，並用武器護體遮掩住氣息，避免被尋人咒語發現。

這群尋找她的隊伍是泛月晨今天前去探查金鳳凰下落時無意中撞上的，泛月晨剛好聽見他們在談論自己，於是及時在被他們發現前，就趕緊隱藏到巨樹的頂端。

泛月晨沒料到自己已經成為被搜索的目標，如果形單影隻的去查探金鳳凰的下落，可能會很危險，因此泛月晨決定先摸清楚這隊的實力後再作打算。沒想到這組實力比她所預期的好很多，因此不禁微微擔心如果真的對上，她該如何脫身才好，還好靠著武器護體躲避過他們的尋人咒語，否則她一定會在短時間內就被找到。

「燁獄，我在想，或許其他隊伍也在找泛月晨，如果我們也跟其他組一起合作，這樣找到人的機會就會更大一些。」

「不行啦！聲勢如果太過浩大，反而會打草驚蛇，雖然泛月晨在比賽中並沒有展現出太多實力，但憑她不久前一招風之戰舞就已經十分驚人了，還是不要輕敵的好。」

第十三章 反目成仇

「唉！派出去的人馬也沒有半點回音，真不知道她的辦事效率怎麼會那麼差！」

「燁獄，怎麼辦？」

「我們需要一個很瞭解泛月晨的人，瞭解她平時習慣、知道她有多少實力、有對她進行過深入調查的人——」

遠處突然傳來步伐踩過林地的輕脆聲響，樹下五人紛紛擺出備戰姿勢，燁獄機警的大喊一聲：「誰？出來，不然休怪我動手！」

樹叢一陣搖晃，泛月晨調整姿勢以便能看到來者是何人，沒想到不看還好，這一看差點從樹上摔下去。

「你們剛才說要找一個很瞭解泛月晨的人。喏！現在這個人就在你們面前啦！」撥開樹叢，來者一派自在從容的大方現身，銀灰的雙眼是機靈的調侃神情：「你們可別輕舉妄動喔！想要除掉我可不是那麼容易，況且我是真的想幫你們忙呢！」

「妳……」

「怎麼樣，你們剛說的條件，我可是每一項都符合喔！這麼好的機會，你們可不要錯過囉！」

「我們……」

「我可以幫助你們找到她，而且其他參賽者，我也可以幫你們一起剷除，相信你們知道我的實力。」

「我們、我們當然願意合作！」燁獄喜出望外的大喊，幾乎不敢相信自己的好運氣：

「那我們就這麼說定了！不過……」

「不過什麼？」

「不過，妳們之前不是朋友嗎？那妳現在怎麼會想要……？」

「朋友？」一聲涼至心底的冷笑：「或許以前是吧！只是現在嘛——」

泛月晨睜大眼睛，全身顫抖。她覺得自己快要被四分五裂了。

她看著空地一端嬌美如薔薇的少女頭一偏，殘忍的攤手微笑。

「她是我的仇人。」千水悠說道。

驟然襲來的冰冷，幾乎就要讓泛月晨窒息。心中那道深深的傷口，不論用多少淚水也無法填補。

天色轉暗，千水悠玩味的笑容就和霧氣一樣讓人捉摸不透。

白日總要過去，夜的華麗奏章終要降臨。

雖然已經心中有底，可是親耳聽見妳這樣說，還是好痛、好痛。千水悠，妳一輩子都不可能再原諒我了……。

第十三章
反目成仇

「那妳知道泛月晨在哪裡嗎？千水悠小姐？」燁獄忍不住問道，一臉急切盼望的神情。

「泛月晨嘛——」

啪！

方才的激動悲痛加上現在的心慌意亂，泛月晨不小心雙手一使力，器化過的力道讓她所攀附的樹枝悲慘的壯烈成仁。泛月晨腦中空白了一秒後，才驚覺已經無可挽回的跟隨著她所攀附的樹枝一同急速往下墜落。

僅僅來得及調動風來緩解下墜趨勢，儘量把落地的衝擊降到最低，卻沒有時間為自己附上隱形咒語。武器護體可以反追蹤，但是當實體出現在敵人眼前時，便再也無法隱藏了。

因此，泛月晨悲劇性的掉落在林地正中央，全部的人都愣住了，以為自己看到的是戲劇化的幻覺，簡直不敢相信自己的眼睛，連泛月晨自己都不敢相信。

「妳……」

所有的人都無法做出反應。泛月晨第一個回過神，連忙從地上站起來轉身就跑！

「這、這——」

「還愣著做什麼？快追啊！」燁獄如夢初醒般的大吼幾乎震破大夥耳膜，所有的人紛紛爭先恐後的追了過去，就像一群嗜血的惡狼。泛月晨以器化之後的最快速度往前拚了命的跑，眼前的樹林幾乎讓她眼花撩亂。好幾次絆到林地上突起的樹枝，踉蹌幾步險些跌倒。

以極速穿過樹叢，垂下的樹枝及四周叢生的荊棘紛紛劃破她的肌膚，留下深淺不一的血痕。雙腿因為流血變得有些打滑，但是她卻因太過緊張而忘了疼痛。

腦中一片灼人的混亂，千水悠說恨她時，那絕美的笑容不斷在眼前閃過，後方追逐的人聲迫近，泛月晨連忙往左拐，但在跑出幾公尺後便硬生生緊急停下腳步，碎石紛紛因為摩擦力向前滾動，掉落深不見底的深淵。

泛月晨瞪大眼盯著面前的峽谷，心中一陣絕望。

「她往哪裡跑了？左邊還是右邊？」

「分頭找、分頭找！」

「不行，我們全部加起來對上她才有勝算，單獨對峙風險太大！」

「好吧，那先找右邊。」

「好，就右邊！」

人聲往另一邊去了，泛月晨神經緊繃了幾秒，接著確定沒有聽見人聲，才漸漸鬆了一口氣。

挪動因腎上腺素激增還在發抖的雙腿，泛月晨背離峽谷向原來的方向走去，走回原本的岔路，她知道自己必須趕快遠離這裡，因為燁獄他們那群人很快就會再追過來。

可能還會對上千水悠……。

心亂如麻的泛月晨不斷急奔著，當她正要穿過一大片樹叢時，突然被一隻猛然出現的手摀住口鼻，並緊緊環住她的腰往旁邊拖去，對方還立即施展了禁止反抗的禁制魔法咒語，讓她完全失去了反擊脫身的機會。

「唔……」泛月晨想要掙扎，但是受傷加上中咒，霧氣逐漸蒙蔽了她的視線。她咕噥著想要出聲求救，但是她知道這次不會有人來救她。

完了……。

當泛月晨睜開眼睛的時候，一瞬間想不起來自己身在何處。眨眨眼，泛月晨意識逐漸恢復，發現自己正平躺在某種略有韌性的植物上，眼睛正好直視頭上凹凸不平的岩壁。

她在一個山洞裡。記憶突然湧了回來，泛月晨想起昏迷前抓住自己的那雙手臂，應該就是他帶自己來這裡的。泛月晨連忙轉動頭部探查四周，可是山洞內空無一人，沒有看見其他可疑的身影。或許這是逃走的好時機。由平躺改坐起身，牽動到身上的傷口，她不禁微微瑟縮了一下。腳上的傷口大都已經停止流血，看起來已被謹慎處理過，只留下狹長的血紅色傷痕。試著使力站起身，第一次沒有成功，第二次泛月晨終於站穩腳步。她朝山洞口走去，腳上的傷口讓她有些跌跛，但是她逼迫自己不可以倒下。

她要靠自己的力量……

不對。她的傷口怎麼會已經被處理過？混沌的腦袋倏地閃過方才沒發現的不對勁之處，泛月晨緊蹙眉頭，停下腳步。如果是敵人的話，那麼在她被抓的當時，狂焰曲怎麼會沒有提醒她？基於一種保護主人的靈性，在她器化或是使用武器護體時，狂焰曲應該會震動提醒有威脅才對……。

泛月晨指尖輕微顫抖。種種跡象看來，難不成——？

「都受傷了還起來亂跑，真是讓人不放心。」

泛月晨尋聲猛地抬起頭。光斜斜的自洞口射入，有著由暗到明漸層的美感。背著光的男子正面對著自己的方向，修長的身影背光打上燦爛的暈圈，那剎那，泛月晨的心忽然快速的跳動起來，將源源不絕的精力注滿她的血液。那種懾人的耀眼，好熟悉、好熟悉……。

她好懷念的耀眼。但是，這怎麼可能呢……？

像是怕打破這易碎的夢境，泛月晨小心翼翼的試探叫喚：「……千、千洵？」

「趕快回去躺好，免得等一下傷口又裂開了。」千洵皺起眉頭，連忙放下手中的物品，大步走向泛月晨。「幸好我提早回來，不然妳可能已經不知道跑到哪裡去了。妳都受傷了，還不好好休息。」

「我、我……我以為——」泛月晨還處於看見千洵的第一眼震撼中，瞠目結舌，語不成句，遲遲無法凝聚意識。她睜大雙眼看著千洵走到她面前，微微傾下身與她平視。眼神對上的瞬間，千洵的表情先是有一絲尷尬窘迫，彷彿一下子拉近距離讓他不知所措，接著他表情放鬆，泛月晨所熟悉的那溫柔眉眼又回來了。這種神情泛月晨很熟悉，她知道就算千洵是個縱橫魔武界的冷硬鋸子，在面對她時，也只會無限溫柔以對。

泛月晨知道，不是她選擇了最好的，而是最好的選擇了她。

第十三章
反目成仇

千洵這種對她獨一無二的愛，泛月晨內心深深渴慕，她想要一輩子緊緊抓在手裡；這種幸福，她不要再放開！因此她連忙開口想要解釋畫展閉幕式上的天大誤會，語氣稍顯急切：「千洵，那天閉幕式上的事情，其實我並不——」

「妳不用解釋。」沒想到千洵舉手制止了她的話，琥珀色的雙眼堅定而認真。他稍微停頓了一下，然後露出一抹輕淺的笑容：「從現在開始，不論如何，我都會待在妳身邊。我答應過的，不是嗎？我不是因為想要聽妳的解釋才回來的，泛月晨。」

「你會一直待在我身邊？」泛月晨聲音顫抖，雙眼晶亮閃爍，滿滿的情感就要傾溢而出。

千洵看著她，不由自主，伸手輕柔的劃過泛月晨的頰側。從太陽穴一路蜻蜓點水到唇畔，他別有深意的碰觸，像天地間陡然颳起的一陣旋風，記憶帷幕隨之猛然展開！而這樣觸碰的含意，只有他們彼此才懂、才瞭解那份心靈的悸動。

彷彿此刻只等著徹底地奉獻自己，連同沉甸甸的甜蜜。

千洵那雙琥珀色的眼瞳靜謐如水：「直到妳厭倦為止。」

不論如何，我跟妳的故事會永遠持續下去，我們之間注定會有一份傳奇。就像預言之木所說的……。

「所以，是你替我療傷的，對嗎？」泛月晨往後退開一步，打破曖昧不明的氣氛。因為整個大決賽的所有過程，大會都全程以魔法轉播出去。因此每個人的一舉一動幾乎都會呈現在觀眾的面前，所以讓她有些不自在，雙頰飛快略過一抹嫣紅。她和千洵之間的事情，還是等到比賽後再說吧！她才不願意讓自己的感情世界曝光給全魔武界的人觀看。

泛月晨退後時牽動到腿部傷口，差一點就要向後仰倒，幸好千洵眼明手快及時接住她，然後順帶把她抱回原本躺著的地方，要她乖乖養傷不許動。「是，但由於妹妹的魔之力就是治癒，而且效果異常驚人，平常太習慣依賴妹妹了，所以造成我最不擅長的魔法就是治癒系的魔法。」

說到千水悠，泛月晨一時無法接上話。

「不過，我還是對妳的傷口做了基本的治療，應該兩、三天之後就會好了。」

「我對治療系魔法還略懂，我可以幫自己療傷。」

千洵聽了搖搖頭：「妳還是先保留妳的魔力吧！未來可能會派上用場。畢竟妳現在手上沒有可以使用的武器，還是保留魔力防身比較安全。」

泛月晨瞭解千洵的意思。之前千氏借她的那把神器，也就是前幾場賽事上使用的騎士長刀，因為她與千氏的關係破裂，千水悠不願意再借給她，而因為比賽規定每人只能攜帶一把武器進入大決賽，所以千洵也無法為她帶過來。現在如果泛月晨不想暴露實力使用狂焰曲的器化，那就等於無法使用武技了。

「好，我知道了。」泛月晨垂下眼。她一直將器化這個祕密隱藏得很深很深，因為這是要用來對付血煞的最後籌碼。預言之木說，只要她能夠拿到金色祭禮——她推想應該就是指那隻金鳳凰——就可以永除血煞，那麼金鳳凰搭配狂焰曲，兩個都是金色的最完美結合，一定會有最上乘的效果。

「這兩天妳先儘量不要動，傷勢會好得快些。我每個小時會為妳療傷一次，其他的事情，妳都暫時不要擔心，一切都會沒事的，我們會成功到達金鳳凰面前的。」千洵微微笑

第十三章 反目成仇

著承諾，然後回身走向洞口拿起剛剛在慌忙之中放下的東西，泛月晨定睛一看，竟然是幾條魚，看起來像是剛捕捉到的，還很新鮮。

「唯一無法用魔法直接變出來的就是食物。」千洵感嘆了一聲：「所以只好想辦法去抓嘍！剛好附近有一條小河，食物來源還算方便。」

「原來你剛剛是去抓魚。」泛月晨愣愣的說。

「對，沒想到妳提前醒來了。」千洵施法從樹林中召來一些枯枝，然後指揮他們整齊的落在地上擺出火堆雛形。

「妳醒來的速度比一般人快很多呢！我咒語下的分量應該夠重才對……，抱歉，是我在樹林中對妳下咒的，當時情況很緊急，其實他們已經從右方的路折回了。」

「他們沒有發現你？」

「沒有，當時他們把全副的精神都放在追捕妳這件事上。」千洵有些歉意的說：「不過，回想起來當時我的動作好像真的有些粗魯，非常抱歉。只是我擔心妳突然看到我時，有可能會驚訝的喊出聲，當時敵人離妳太近，妳又受傷了，我只想趕快把妳救走，所以才不得不對妳下咒，讓你陷入昏迷。真是對不起。」千洵一口氣說完後，有些擔心的望著泛月晨，觀察她的反應。

泛月晨本來想要跟他說沒關係的，沒想到話一出口卻自行變了調：「你知道……水悠在哪邊嗎？」

千洵因為她的問話怔愣了一下，沒有馬上回答。

「千水悠跟他們組隊……說要來追捕我。你知道這件事情嗎？」

「泛月晨……」

「為什麼水悠竟然沒有跟你在一起？她應該會想要跟你一起組隊的，你跟水悠究竟是怎麼回事？」

「我跟妹妹……」

「千洵，你這樣幫我，等於就是跟自己的妹妹作對。雖然我也很不願意這樣，可是這畢竟就是事實。如果你改變主意想要……，請你早點跟我說，不要讓我一直懷抱著希望。」

那如薔薇一般嬌美的女孩，在大家面前笑著說恨她的那個畫面，就像花莖上最尖銳的刺，在刺進她心中的同時，也狠狠打破了她最後一點希望。所以她很害怕……

很害怕，千洵有一天會像千水悠一樣，頭也不回的離開她身邊。

儘管他已經承諾會待在她身邊，直到她厭倦為止，但是泛月晨仍然隱隱有不安的預感。現在她沒有把握一定能救回冷校長，千水悠也已經與她絕裂，如果她又失去千洵，她就真的快要一無所有了……。

「泛月晨，妳難道不相信我嗎？」蹲下身，千洵再次與泛月晨平視，他深深探進她那雙蔚藍的眼：「我不是說了，會幫助妳到達金鳳凰面前的，我會說到做到，不論對手是誰，我都不會讓她成為中間的障礙。」

「可是……」

「雖然被稱為千氏雙璧，但妹妹是妹妹，我是我。我們是兩個獨立的個體，可以有不同的目標，不需要因為彼此的想法而委屈遷就。我知道妹妹投入敵營，我知道她說要追捕妳。但是又如何呢？妹妹的作法不一定永遠都是對的，她有自己的情緒、自己的盲點。儘管她目前這樣做……，但是，我相信妹妹內心深處還是愛妳的，畢竟愛愈深、恨愈切，不是嗎？等她有一天想通了，就會重新回到妳身邊。」

「水悠、她……」

「其實，妳問我為什麼沒有跟她組隊。」千洵淺淺一笑。雖然他的左眼看不見，但在那一刻，泛月晨覺得那種恬淡悠然的空茫眼神，竟然蘊含了無比的靈氣，讓人幾乎無法直視：「我就是因為要守在妳身邊，所以離開她，自己來找妳。幸好，夜帝讓我先找到妳。」

「千洵……」

「好了，我想妳應該已經餓了，我們先吃點東西吧！」千洵轉頭施法點燃火堆，然後將魚固定在竹竿上，開始烘烤。很快的，魚油便開始隨著魚尾的弧度滑下，香味也溢了出來，充斥在整個山洞間。

「千洵，我今天本來是要調查金鳳凰的下落，你有發現什麼線索嗎？」泛月晨一邊看著千洵翻動烤魚，一邊仰眸問道。

千洵檢視著烤魚，看是否已經熟透：「要找到金鳳凰沒有這麼容易，目前我還沒有發現什麼線索，等妳的傷好了，我們就可以一起去看看……」

「等我的傷好了，會不會已經來不及了？」泛月晨緊張地喊道：「或許，其他人已經先發現了呢！」

「妳忘了嗎？就算他們到達金鳳凰面前，但並沒有打敗其他對手的話，依然無法稱作冠軍。所以最重要的其實是留到最後，支撐愈久，勝算愈大，保留妳的魔力，等到大家都筋疲力竭時，再一舉擊潰他們。」

千洵說完，從火堆上拿起一隻烤魚，伸手遞給泛月晨：「已經熟了，吃吃看。我想妳應該從大決賽開始到現在，都還沒吃東西吧？」

經千洵這麼一說，泛月晨才猛然發現自己的確從昨天的大決賽開始到現在，都沒有吃什麼東西，連喝水也是匆匆幾口。正當她要伸手接過烤魚的時候，外面忽然傳來樹枝踩踏而被折斷的聲音。

泛月晨機警的停下接魚的動作，雙眼充滿戒備的望著洞口外。千洵也轉頭張望著，並立即在另一隻手上運起魔法，一股魔力隱隱迴旋在指尖之上。

時間靜止了幾秒，接著，樹叢動了一下，一隻鳥出現，銳利的大眼睛盯了泛月晨幾秒，然後向一邊閒晃而去。原來，是一隻老鷹。

那雙老鷹的大眼讓泛月晨覺得有些不安。她知道這種鳥類銳利無比的視力來自牠們極大而且特殊的瞳孔，可以讓進入眼睛的光線所產生的繞射達到最小的程度；但泛月晨感到訝異的不是老鷹的雙眼……，而是那雙眼睛中有著不尋常的靈性。

「哎呀！原來是一隻老鷹。」千洵笑嘆了一聲，化掉指尖的魔法：「喏，烤魚趁熱吃吧！」

「不，等等……，」但泛月晨卻不像千洵一樣放鬆，她瞇起眼，抿起唇，事情有些不對勁。看著那隻老鷹快要走遠，泛月晨當機立斷的舉起手使出魔之力。

第十三章 反目成仇

「火！」

轟的一聲，四周立刻閃現環狀火焰包圍住老鷹，老鷹猛然拍翅發出驚叫，想要振翅逃離。泛月晨連忙控制火焰從上方包圍，不讓老鷹有逃脫的空隙。

一般來說，若光是使用魔技，並無法將火焰使用得如此千變萬化，但因為泛月晨的魔之力是火，而魔之力是天生魔族最引以為傲的神奇天賦，所以才能使用得如此爐火純青。

「怎麼了？那只是一隻老鷹。」千洵不明所以的看著泛月晨從原本躺著的姿勢一躍而起，不禁緊張的也站起身：「有哪裡不對嗎？」

「依照我幾年前住在山裡的經驗，老鷹是一種不會停在林冠底層的驕傲猛禽，他們只會停在懸崖峭壁或是高聳的樹枝上，這很不尋常。」泛月晨才解釋完，便往火堆撲了過去。

「千洵，抽出你的武器對準牠！」泛月晨從火堆中艱難的大喊出聲，那隻老鷹正在激烈掙扎想要逃出泛月晨的掌握。泛月晨四周的火焰消失，只見她一手抓著老鷹的脖頸，另一手正凝聚著擊昏的魔法，老鷹羽毛到處亂飛，那老鷹的眼神慌亂而驚恐不已。

千洵聽見泛月晨的話連忙照做，反手抽出繫在腰間的武器，平穩的指向老鷹，他這個動作讓老鷹掙扎得更激烈了，泛月晨稍稍有控制不住的趨勢。

「如果你再繼續掙扎試圖逃跑，我現在就讓你掛傷。」泛月晨一邊努力禁錮老鷹，一邊大喊：「我給你五秒時間決定要不要現出原形，不合作的話，休怪我們對你不客氣。」

「五！」

老鷹繼續掙扎，發出尖銳的哀鳴。千洵滿腹疑慮的看著老鷹，雙目謹慎。

千洵將劍尖往前頂，扼住老鷹的頸項。

「四！三！二！」

「一！千洵動手！」

泛月晨一喊完，千洵就要將劍往前送。而說時遲那時快，老鷹忽然發出刺眼的黃光，拍翅聲以及尖叫聲消失，泛月晨感覺老鷹從手中跌落地面，然後開始慢慢變大、恢復原形。

於是三秒鐘後，一名黑髮、火焰色眼睛的天生魔族小女孩出現在他們面前。

千洵吃驚的瞪大眼睛，臉上寫滿了不可置信。

泛月晨顯得比較鎮定，她和千洵交換了一下眼色，然後千洵默契十足的舉劍指向小女孩背後。

「可以請妳說明妳的來意嗎？」泛月晨儘量用比較溫和的口氣說道，但是一雙蔚藍的眼瞳卻瞬也不瞬的盯著面前的不速之客，一點也沒有鬆懈。

沒想到出乎兩人意料，那小女孩先是全身發抖，然後突然撲通一聲，跪倒在地上。

「對不起，我不是故意想要這樣刺探你們！」小女孩的聲音浸滿了哀求，她仰頭望著眼前居高臨下的泛月晨：「我只是……泛月晨姐姐，可不可以……讓我跟你們組隊？」

泛月晨和千洵再次愣住了。

「什麼？」泛月晨以為自己聽錯了。

「我叫華火。」小女孩緊張的報上自己的名號，然後小心翼翼的再次提出要求：「泛月晨姐姐、千洵哥哥。可以拜託你們，讓我和你們一隊嗎？」

「華火，小心！」泛月晨一個閃身擋到小女孩面前，伸手張開結界抵擋魔獸的攻擊。身後就是深不見底的峽谷，只差退後幾步就會葬身萬丈深淵，情況極為危急。

魔獸碰的一聲撞上結界，頓時泛月晨臉色蒼白了一下，緊咬住的下唇微微滲出鮮血。然而魔獸哪有這麼容易就放棄，仰天狂吼一聲，長著巨大犄角的怪獸再次猛衝了過來，頗有排山倒海的氣勢，泛月晨看著來勢洶洶的魔獸，蹙眉，瞇起眼睛大喊：「華火，到我身邊抓緊我！」

「泛月晨姐姐，對不起……」小女孩眼眶溢著淚水，看起來自責極了。她小心翼翼地躲在泛月晨身後，抓住她背後的衣襟：「都是我……」

「先不要分心，抓緊了。」泛月晨謹慎的評估計算時間，算好魔獸衝過來的步伐，然後在最後關鍵的那一秒、眼看魔獸就要撞上結界的那一刻，泛月晨猛然伸手往空中一劃，指尖迅速劃過天際撤掉巨大的結界，然後回身抱住小女孩，彎身朝一旁的矮樹叢滾去，魔獸的腳蹄只差一寸就要踩到她們身上，震起的灰塵幾乎蒙蔽住泛月晨的雙眼，轟隆的腳步聲讓人雙耳生疼。

泛月晨祈禱著，雙臂更緊的守護住懷裡的小女孩。

原本以為會有撞上結界的衝擊力，魔獸衝刺過了頭，現在反而落入無法煞住腳步的情況之中，碎石不斷狂亂飛濺，魔獸卻已經沒有辦法停下來。因此，就如泛月晨所希望的一樣，魔獸哀號一聲迅速墜落高聳的懸崖，那震天的慘叫幾乎讓人血液為之凍結。

碰的一聲巨響，天地一陣劇烈搖晃，肌膚有樹枝刮搔的刺痛感，泛月晨在一片驚險後的震撼寂靜中睜開眼睛。

懷裡有小聲的、害怕的嗚咽。

「沒事了，魔獸已經死了，不要擔心。」泛月晨掙扎著從樹叢中站起身，腳步有些搖晃，好像在方才躲避的翻滾中扭傷了腳：「華火，妳還好嗎？站得起來嗎？不要怕。」

「我沒有怕。」華火低聲嘟囔著也站了起來，笨拙地拍掉身上的灰塵：「我只是覺得真的很對不起，都是我的錯……」

「華火，不要這麼說。」泛月晨一拐一拐的走到華火面前，微笑地蹲下身：「華火，妳已經很勇敢了，妳有這種體質，也不是自己願意的，不是嗎？」

「我開始後悔給你們添麻煩了。」華火說話聲音愈來愈小，頭垂得低低的望著腳趾：「對不起，泛月晨姐姐……」

「說什麼傻話——」泛月晨才剛剛開口，身後就傳來腳步聲。泛月晨回頭一看，然後唇角不可抑制的輕微上揚起來。

「你們還好嗎？有沒有受傷？」千洵大老遠就喊著衝了過來，最後乾脆瞬移到兩人身邊，馬上察看起泛月晨的傷勢：「抱歉，解決剛剛那隻魔獸，花了比我預期中還要久的時間，所以不能及時趕過來，感謝夜帝，妳們都沒事！」

「千洵哥哥，對不起……還有，泛月晨姐姐的腳好像有一點扭傷……」華火聲調中帶有泣音：「都是因為我，才害得你們這麼辛苦，我想我還是不要跟你們一組——」

「華火，不要再這麼說了。」泛月晨立刻出聲打斷：「打從妳跟我們組隊開始，妳也幫了我們很多忙啊！如果不是因為妳，我們的進展可能沒有辦法這麼快呢！所以不要再這麼說了，我們會遵守諾言保護妳的。」

「泛月晨姐姐……」

華火之所以會希望能和她們組隊，原因就是出自於她的悲劇性體質——魔獸會不斷被她吸引而來。

她身上彷彿有某種魔獸們特別喜歡的特質，就像一個超大型磁鐵，魔獸會不斷自動找上她，讓華火幾乎防不勝防。但是因為畢竟年紀還輕、實力也還不足以應付這麼多魔獸，所以華火面對突如其來的魔獸時，常常是連滾帶爬的逃走，有時實在躲不掉，就只能拚了命應付，所以身上大大小小都是傷。就連睡覺時，魔獸也會找上她，讓她根本無法好好安睡，整日提心吊膽，精神就要瀕臨崩潰邊緣。

就在這時，她想到應該去尋求其他人的庇護。

而依華火的說法，她覺得在所有的參賽者中實力最堅強、最有可能收留她的就非泛月晨莫屬了，只是她當時沒有想到千洵會跟泛月晨在一起。

「妳怎麼能確信我的實力一定很好呢？我從來沒有使出什麼比較特別的驚人招數呀

！」泛月晨當時狐疑的問。

華火臉稍稍紅了起來，看起來十分惹人憐愛：「我很崇拜姐姐的風之戰舞。」她扭怩了一陣又說：「而且，我感覺姐姐的實力應該不只這樣，往往最厲害的人都是深藏不露的。」

「是嗎？」泛月晨不置可否。

原本泛月晨和千洵兩人都覺得收留一個來路不明的小女孩實在很冒險，不僅不瞭解她的背景，更何況她帶來的魔獸問題更是相當棘手，再加上不論怎麼說，她都是對手，這樣很有可能會引狼入室、養虎貽患。

然而面對那雙火豔色的哀求雙眼，泛月晨彷彿看見了一個無助而驚恐的靈魂，低聲下氣，就為了尋求一線生機。

拒絕的話就哽在喉間，明知道這是在比賽中不該有的婦人之仁，但仍舊無法冷酷的說出口。憂心忡忡的看了千洵一眼，示意由他來拒絕。沒想到千洵斟酌了一下，反而出乎意料的說：「妳說會吸引魔獸到妳身邊，那麼妳也可以感覺到魔獸的方位嗎？」

華火愣了一下，連忙迭聲回答：「如果在方圓一百公尺內，可以。但是往往我感應到的時候已經來不及逃跑了，所以……」

「好，那麼這樣吧！」千洵打了一個響指：「我跟泛月晨的目標，是先找到金鳳凰為要。但是金鳳凰隱藏在這森林中的某處，並不容易找得到，如果妳能夠答應幫忙尋找金鳳凰，我們就跟妳組隊。」

「沒問題，我當然願意配合你們的計畫。」華火像是擔心千洵反悔一樣，馬上表示：「你們說的我都願意做！只是……，我不知道要怎麼幫你們。我的魔技跟武技都只是普通而已……。」

「魔技跟武技普通？那妳是怎麼打進大決賽的？」泛月晨突然出聲問。

華火滿腹心事的看了泛月晨一眼，像是有什麼事情極難開口的欲言又止。那種可憐兮兮的模樣，不知怎麼地，竟然讓泛月晨想起小時候被父親逼著參加魔武技大賽的自己。

難道華火有什麼不可告人的苦衷嗎？

一定是的，否則面對這樣悲劇性、會吸引魔獸的體質，她何必這樣低聲下氣的苟且偷生？她大可以直接放棄參賽資格，直接棄權出局，可是她沒有，她選擇冒險參賽。

這其中一定有某些祕密……。

「沒關係，這不是重點。」千洵細心的發現了華火的尷尬，於是將話題拉回來：「但是，妳的確可以幫忙我們。因為如果妳可以吸引魔獸出現，那麼只要出現愈高等級的魔獸，也就表示我們已經愈接近金鳳凰的所在地了，這總比我們漫無目標的尋找要好一些。」

「我、我真的可以幫到你們嗎？」華火看起來十分受寵若驚，一臉不可置信。

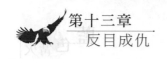

「當然可以。而且妳的魔之力是可以變成老鷹，是嗎？這對偵察環境也很有幫助哩！」

「不只老鷹喔！我的魔之力還可以變成任何鳥類！」彷彿這是她唯一值得驕傲的事情般，華火挺起小胸膛，頗有自信的宣告：「我之所以剛剛會變成老鷹，就是因為老鷹是眼睛最銳利的鳥類，對於我找到泛月晨姐姐比較有幫助！沒想到反而弄巧成拙，讓你們以為我是刺探的人。本來我是打算直接現身的，可是我原本以為只有泛月晨姐姐，沒想到後來又有千洵哥哥，一時慌亂，只好在附近徘徊思想對策，看看接下來要怎麼辦。因為我……」她遲疑了一下，羞窘的低下頭，用小得不能再小的聲音說：「因為我比較害怕男生。我不是故意要引起你們的懷疑，真的對不起。」

「沒關係，千洵哥哥是很和氣的。」泛月晨莞爾一笑，瞟了身旁的千洵一眼：「如果妳願意幫助我們的話，我們當然也很歡迎妳成為我們的隊友。不過——」

微微嚴肅的沉下臉，泛月晨換上比較具警告性的口氣：「華火，我必須先說清楚，找到金鳳凰並且奪得冠軍，是我這次參加大決賽的目標，所以儘管我們現在是隊友，到了必要的時候，我是不會手下留情的。」

「好的，我知道了。」華火認真的點點頭，豔色的大眼透出超齡的成熟：「我知道姐姐有自己的目標，就跟我也有自己的目標一樣，我不會因此而怨恨姐姐的。」

於是從他們正式組隊到現在，匆匆的過了七天，目前已經進入接近金鳳凰的區域了。

在這七天中，泛月晨漸漸和華火熟悉起來，但愈是熟稔，卻愈覺得更不瞭解她了。

「泛月晨，妳腳扭傷了？讓我看看。」千洵聽見泛月晨受傷，臉馬上沉了下來：「怎麼這麼不小心呢？嚴重嗎？會不會很痛？」

「不嚴重，你不用擔心啦！」泛月晨連忙搖手：「先找今晚過夜的地方吧！已經接近傍晚了呢！」

「今天我看到了一個不錯的山洞，應該可以提供很好的庇護。我帶妳們過去那裡。來

第十三章 反目成仇

吧！」千洵說著一手抱住泛月晨，一手握住華火，然後一陣白色閃光，三人瞬間來到山洞前。

經過這幾天的朝夕相處，對於這種移動方式，華火已經愈發熟悉了。

「華火，妳去檢查一下四周，看看有什麼比較不安全的地方，不要走太遠，暫時應該不會有魔獸過來。沒問題吧？」千洵對著小女孩說道，華火用力點點頭，然後轉身消失在樹林中，但依然可以聽見她在樹林中走動的聲音。

「千洵，已經到了，你不放我下來嗎？」

千洵頗為惱怒的低頭看她：「傷患還想亂動，不想養傷了嗎？」

「我還可以走。」

「不准！」

「我真的可以，沒有那麼嚴重。」

「我說不准！」

「千洵！」泛月晨羞惱的將頭擰到一邊：「我們這樣……，會被人看見的，你……不要這樣啦！」

「不是將華火支開了嗎？」千洵不滿意了。泛月晨瞋瞪他一眼，咬牙低聲咕噥：「你忘記我們大決賽過程是全程以魔法轉播的嗎？」

「噢！這個呀！」千洵恍然大悟，泛月晨正高興他想通了，沒想到千洵思索了一下，

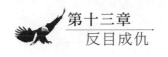

然後發表了他的看法：「我不介意啊！妳是傷患嘛！」

因為是傷患，所以就可以這樣一直抱在身上嗎？如果今天華火也是傷患呢？也是這樣抱著她嗎？又或者是其他的仰慕者，難道他也會這樣溫柔的對待別人嗎？泛月晨發現自己愈想愈離譜，已經完全偏離了原本的心思。但自己又沒有辦法甩掉這份胡思亂想，泛月晨想著想著就想要掙脫千洵的臂膀。

怎麼辦，自己愛上千洵之後，開始變得有些不像自己了呢！原來愛情有時真的會使人盲目，因為對小影哥，她就不曾有過這種感覺，現在她才徹底明白，自己對小影哥一直都只是妹妹對哥哥的那種情感。

可是，她該如何告訴千洵，自己對他的愛意呢？

等等，現在她怎麼可以想這些呢？自己應該把全部的心思放在大決賽上才對呀！

泛月晨猛然回過神，發現千洵正看著她，深邃的眼神好似早已洞悉她的心思般。

「我……」想說些什麼，但泛月晨卻硬生生打住了。因為千洵忽然傾身靠近她耳側，唇若有似無的擦過頰畔，輕得像是錯覺。

「不要胡思亂想。」

千洵清冽的氣息縈繞耳畔，狂焰曲又是一陣陣激烈的震盪鳴響，優美的奏著唯有他倆才能聽見的絕世音韻，泛月晨發現自己幾乎無法動彈。

「其實我說的不對，因為傷患是妳，才這樣的。」悄聲，泛月晨知道千洵的話只有自己聽得見。心中忽然注入一陣熱流，臉頰灼燒起來，千洵竟然可以看透她剛剛的心思。

被人深愛的感覺，好幸福。

幸福的都要流淚了。

如果可以永遠這樣子，讓時間就此停住，她就心滿意足了。

可是……，不行。她不能。

不能讓時間暫停，她還有任務，義父還等著她去救。

千洵，為了不要讓自己分心，請讓我等到一切都功德圓滿之後，大家都脫離血煞的威脅之後，再回應你的心意。

請你……一定要……等我。

「你打算讓我在哪裡養傷呢？」迅速轉移話題，泛月晨撇開視線，不敢注視千洵。

千洵沉默了幾秒，而這幾秒對泛月晨來說，簡直像一世紀那樣長，接著他用平常輕鬆的語氣開口：「走吧！我們看看山洞裡有沒有哪個地方比較合適。」

泛月晨知道千洵微微有些受挫，不禁在心裡一遍又一遍無聲的道歉。千洵，對不起，請你等我，未來我一定會來到你身邊，只屬於你一個人。

謝謝你，始終沒有放開我。

請你永遠不要放開……

夜涼如水。

泛月晨望著天上雪白的月亮，一頭金髮在亮燦的月光中呈現出朦朧的銀色光暈。

幾乎就要滿月了。滿月的時候是每個月中魔法最強的時刻，尤其是即將來臨的仲夏夜。這天所有的魔法都會被加乘，效果會更加顯著。

泛月晨知道大家都將重心擺在仲夏夜，想趁著這個絕佳的時刻，一舉打敗其他對手奪得冠軍。她是如此，其他人亦是如此。

距離仲夏夜只剩幾天的時間了，而他們也快要走到法陣中心，也就是金鳳凰的所在地。因此，最近幾日前來攻擊他們的魔獸也愈來愈強悍了。

彎起膝蓋用雙手環住，泛月晨閉起眼：「華火，不用躲了，出來吧！」

風呼呼的吹拂，四周安靜了幾秒，接著一個小女孩從樹叢中鑽了出來，一臉佩服又懊惱。

「泛月晨姐姐好厲害，我以為我已經躲得很好，沒有發出聲音了呢！」

「妳的確很厲害，沒有發出任何聲音。」泛月晨笑開：「但是沒有發出聲音，我還是有一堆方法可以感應到妳啊！」

「姐姐的魔法太厲害了。」華火噘起嘴。

「華火過獎了。來坐吧！」石頭很大，位在洞口不遠處。泛月晨拍拍自己身旁的空位。

華火順從的爬上岩石，歪頭看著泛月晨：「我只是很好奇，為什麼姐姐半夜爬起來不睡，結果發現妳只是在看月亮。姐姐，妳還好嗎？」

「華火不要擔心，我很好。」

「姐姐，妳這樣跑出來，千洵哥哥會擔心的。」華火眨眨眼。

泛月晨莞爾：「我又沒做什麼危險的事情，讓千洵休息吧！他已經勞累很多天了。」

「嗯，對喔！」說起這個，華火心情又低落了起來：「都是為了我，你們才會這麼忙，今天還讓姐姐為了保護我而受傷了，真是對不起。」

「華火，妳從小體質就是這樣嗎？」

「對，不過平時都只會有小魔獸找上我，三兩下就解決了，很容易。不像這裡，魔獸一隻比一隻恐怖，我才會對付不了。」

「妳明知會遇到大魔獸，還來參賽，妳不害怕嗎？」泛月晨輕聲開口。

華火沒有回答，而泛月晨也預期她不會馬上回答。

於是兩人沉默著，直到月亮漸漸升上天頂，光芒愈發白亮。

因為每日午夜之後，大決賽的魔法直播就會先暫停，到隔天清早才會恢復轉播，所以現在他們之間的對話並不會被別人聽見。泛月晨知道這一點，所以才將疑惑等到現在才問，留給華火一點空間。

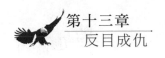

「沒有辦法不來……，」過了好久，華火才小小聲地回了一句話，然而那悲傷的聲音，比平時更加低沉，幾乎讓人無法聽清：「既然來了，也無法就這樣退出……。」

「是因為家族的關係嗎？」泛月晨忍不住問，但是看到華火的臉猛然刷白，心中感到一陣不忍，連忙加上一句：「算了，沒關係，華火，妳可以不用回答我，我不該多問的。」

「姐姐……，」華火那雙豔色的大眼包含了太多太多的思緒，簡直不符合華火這樣年紀的女孩。

「姐姐，有一天，妳會知道所有答案的。」

又是小小聲地回答，華火藏在身後的小手握起拳頭，緊緊的，指甲刺進手心，傳來鑽心的痛感。

「我只能說，不管我做什麼事情，都不是出自我的本意。」

夜風吹過，華火黑色的短髮隨風輕微飄動。

「我並不想成為魔武界盟主。我一點……都不想跟姐姐搶這個位置。」

她怎麼能夠傷害，這個在短短幾天之中，帶給她人生中最多關懷及保護的人。

「華火，如果妳不願意說，真的沒有關係。」從人岩石上站起身，泛月晨拍了拍華火的頭，轉身走回山洞：「不用知道答案，也沒有關係的。我相信妳。」

「姐姐……」

看著泛月晨的身影漸漸消失在黑暗之中，華火眼中聚積起了淚水。

不要相信我，請妳不要相信我。我不配。

妳有一天會知道所有答案，然而，那些答案……妳一個都不會喜歡聽。

魔武技大決賽進行到第十五天了。

「華火，快去躲起來！」

這已經是今天的第三隻魔獸了，而且這隻魔獸是這些日子以來看到最巨大的，不但有三顆頭，還配有獠牙，光是長相就十分驚悚，尤其口中還會不斷噴出岩漿，讓他們對打了好一陣子，還是無法成功收服牠。

「泛月晨姐姐，對不起……」華火看起來又快要哭了，快速溜到一邊去，希望能躲多遠就躲多遠。就像華火身上裝有吸引魔獸的磁鐵一般，那三頭魔獸狂吼一聲，猛力撞破泛月晨的結界，就要再次追殺過去。

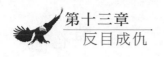

「火！」泛月晨使出魔之力，悄悄搭配上狂焰曲的風來輔助魔法，讓火焰在魔獸四周飛舞，動物都有畏懼火焰的本能，希望能夠藉此逼退魔獸。然而這頭會不斷噴出岩漿的三頭魔獸，似乎對於火焰有免疫力，根本不把那些火焰放在眼裡，像趕蒼蠅一般甩甩頭，然後又要向華火衝過去。

「泛月晨，小心！」這時千洵忽然喊了一聲，從後方一躍而出，俐落的跳到魔獸背上，舉起武器毫不留情的往魔獸的脖頸砍去。魔獸狂吼了一聲，既驚又怒，拚命又跑又跳，想要把千洵從背上甩下來。看著千洵九死一生的攀在魔獸背上，隨時都有落地被踩扁的危險，泛月晨心臟都快跳出了喉嚨。

這時，天際忽然傳來一聲嘯叫，所有的人仰頭一看，是一隻遊隼正在空中盤旋。

「華——」泛月晨像是瞭解什麼似的轉頭一看，身後哪裡還有小女孩華火的身影。

「華火！不要冒險，回來！」

天上的遊隼沒有聽從泛月晨的叫喊，再次尖嘯了一聲，接著扭頭往天空反方向快速飛掠而去。

「華火！」

魔獸看見遊隼飛遠，狂吼一聲從地面跟著遊隼消失的方向追逐而去，一路上樹倒枝散，炙熱的岩漿亂噴亂灑，留下一片瘡痍。原本站在魔獸背上的千洵一個重心不穩，被魔獸往前衝的慣性甩下背來，泛月晨趕忙伸手為千洵施加風屬性緩衝魔法，讓他緩緩從空中落下，而不是狠狠的摔落地面。

「還好吧？有沒有受傷？」泛月晨趕到千洵身邊，擔憂的上下察看：「那隻魔獸十分凶猛危險，下次不要這樣直接跳到牠背上，我來慢慢處理就好。」

「妳慢慢處理？」千洵從地上彎身坐起，忽然眉頭一皺，摸了摸腹側，沾了滿手鮮血：「這怎麼行？那發狂的魔獸都快要失控了，我當然不能讓妳冒險。」

「那該死的魔獸居然讓你流血了！」泛月晨臉上的表情像是恨不得將魔獸大卸八塊似

第十三章 反目成仇

的：「我剛剛真不應該讓牠逃掉，太便宜牠了！」

「小傷而已。」千洵輕描淡寫的說：「更何況，就算牠留下來，可能我們一時半刻也無法擊敗牠，到時候如果有更多魔獸被吸引過來，情況豈不就更加棘手。」

「只是不甘心而已。」泛月晨不滿的偏頭，但是她知道千洵的話是對的。現在已經愈來愈逼近金鳳凰的所在中心，再加上華火的特殊體質，將來要對付的魔獸只會愈來愈多、層級也更高。

「華火這樣……應該不會有危險吧？」千洵不是很肯定的說：「這次，這隻魔獸不會飛。」

泛月晨沉默不語。記得前天就遇到這種狀況，也是遇到兩人實在無法對付的魔獸，華火見情況緊急，連忙變成鳥類將魔獸引走，但卻過了好幾個小時都沒有回來，讓泛月晨如坐針氈。直到天色變黑時，才看見華火歪歪斜斜的飛了回來，變回人形之後，只見她全身傷痕累累、猙獰驚人。

「在回程時，我又遇上了會飛的魔獸。」在昏迷之前，華火掙扎著說了幾句：「拚了命，好不容易才脫身，好可怕。抱歉，我回來晚了，讓你們一直等我。」

也許是年紀尚輕的關係，華火的恢復速度非常快速，今天已經又可以活蹦亂跳了。結果沒想到又遇上了三頭大魔獸，現在華火又不見了蹤影，不知道這次要等多久才會回來，泛月晨擔心的緊蹙雙眉，擔心她會凶多吉少。

千洵仰頭四處張望了一下，然後回身詢問泛月晨：「我們要繼續尋找金鳳凰的線索嗎？畢竟坐在這裡枯等也不是辦法。」

「華火是我們的隊友，我們不能這樣撇下她。」

「我沒有要撇下她，但如果留在這邊什麼都不做，會很浪費時間的。」千洵停頓了幾秒，然後壓低聲音：「我們還有其他更重要的人要救。不是嗎？」

泛月晨知道千洵指的是什麼。冷校長的性命安危就在自己的手中，如果不想辦法在大決賽中奪冠，就會賠上冷校長的性命，泛月晨不能冒這種風險。現在很多其他的組別都在汲汲營營想要找到金鳳凰的下落，然後以金鳳凰為中心，去攻擊其他靠近的對手。這種防守的戰術比直接攻擊要來得省事，勝算也更大，她不能讓別隊得逞。因為這幾天下來，他們的魔力也不斷消耗，所有人都想要速戰速決。

可是如果丟下華火一個人，感覺很像背叛隊友，不但在她危難之際無法出手協助，甚至還要棄她而去。

「泛月晨，不用替她擔心。」千洵彷彿看出泛月晨的為難，溫和的出聲提醒：「華火的魔之力是可以變成鳥類啊！從空中俯視要找到我們，對她來說並不是很難的事情。」

「你說的對。」泛月晨評估了一下。一邊是親人般的冷校長，一邊是一同作戰的朋友。親人與朋友，她會選擇——？

「我們動身吧！」泛月晨重新直起背脊，望了天空最後一眼。「我們趕緊去尋找金鳳凰吧！現在距離牠應該已經不遠了。」

第十四章 光明法師

妳像玲瓏而犀利的閃電，刺穿了渾然一片黑暗的心，然後消失在一聲大笑的活潑光帶裡。

——泰戈爾

泛月晨不想將它視為不祥的預兆，她寧願相信那只是偶然飄落在森林間的一根鳥類羽毛，因此她置之不理，這是她犯下的第一個錯誤。

她默不作聲，繼續檢查他們一路追蹤而至的痕跡，看起來還很新，而且距離對方應該愈來愈近。

那是他們出發不久後所找到的足跡，在樹林中所留下的行跡，雖然已被刻意抹去，但仍然逃不過泛月晨那雙曾居住在深山中銳利的眼睛，就像追蹤獵物一樣，泛月晨不放過任何一點點蛛絲馬跡。

她轉頭望向上坡處的千洵，先做出禁聲的動作，然後伸出食指比向不遠處的金葉槐樹林。對方正要穿越樹林，往前方的空地前進。

之所以會想要跟蹤這組人馬，是因為泛月晨發現對方居然在跟蹤自己。原本以為對方只是不小心和自己選擇了同樣的路線，結果沒想到他們卻是一直緊跟在後，等著泛月晨及千洵解決所有魔獸及關卡之後，自己再坐享其成。因此，泛月晨發現之後便當機立斷，和千洵悄悄的瞬間移動到這組人馬後方，換成自己跟蹤他們，看看他們究竟想耍什麼花招。

此外，她跟千洵還發現林中地上的足跡非常混亂，縱橫交錯，似乎不單只有目前他們所跟蹤的這組人馬而已。泛月晨停下腳步思索了一會兒，沒錯，一定不單只有一組人馬進入林中而已，看來，很多參賽者都已經進入這個林中大迷陣了。

華火失蹤已經是昨天的事情了，而在泛月晨與千洵一踏進這片金葉槐樹林後，便發現已經沒有任何的退路了。這一大片樹林就像個封閉的迷宮般，渾然天成，並且附有奇異的魔法。千洵認為一旦進入這片樹林，便象徵著離金鳳凰已經很近了，接下來不僅是鬥魔武技，還要比智力。因此泛月晨不得不暫緩尋找華火的念頭，專心應付眼前的困境。千洵和泛月晨特地把衣服用魔法染成與四周相同的顏色，以方便隱藏。兩個人同樣飢腸轆轆，一整天下來只吃了少許的梅果與薄荷葉。

和泛月晨不同的是，千洵並沒有看到那幾根老鷹的羽毛。既然沒看到，這件小事情應該也不必告訴他了，她心想。這是她犯下的第二個錯誤。

泛月晨揚起頭張望四周，她一眼就認出那是老鷹羽毛，細緻狹長的羽形可以增快老鷹飛行的速度、減少空氣中的阻力。棕色的鷹羽夾雜了些微的白灰，看起來異常熟悉。

不會的，不可能。她在亂想些什麼呢？

「噓！」千洵突然舉起食指比向北方，泛月晨連忙輕手輕腳的趕到他身邊。

「有河流。」千洵指向偏北的方向，示意泛月晨那裡有一條河正由北向南流去。泛月晨閉眼捕捉空中的氣味，的確聞到了一絲絲水的濕意，側耳傾聽，還微微傳來潺潺的水聲。聽起來，這不僅是條河，還有瀑布。

「對了，燁獄啊！那個千水悠，怎麼這幾天都不見蹤影啊！她脫離我們這隊，不告而別了嗎？」

「你是傻子嗎？一定是前幾天從我們開始跟蹤泛月晨他們之後，千水悠發現她哥哥竟然跟泛月晨組隊，她一定是不想跟她哥哥正面槓上，所以才脫離我們的啦！」

「你們不要吵了，反正這樣也好，千水悠已經失去利用價值了，走掉正好，以免她萬一倒戈，反而對我們不利，不用再管她了。」

泛月晨與千洵很有默契的轉頭互望，兩人似乎正在做無聲的交談，接著，只見千洵輕輕點了一下頭，而泛月晨沉吟片刻後說：「燁獄的隊伍只剩下兩名隊員，水悠已經不在他們隊上了。沒錯，應該趁水悠不在的時候一舉殲滅燁獄。這的確是個好時機。」

泛月晨給了千洵篤定的一眼：「好，我知道你的意思，我從左後方、你從右後方發動攻擊，先把他們解決掉。」

千洵臉上劃過一絲笑意，然後一陣白光閃現，他的身影隨著光芒消失。

沒想到機警的燁獄察覺到似乎有一道細微的白光經過，他猛然轉過身，雙眼瞇了起來。揮手叫他的兩個隊員停下腳步。

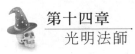

「你們剛剛有沒有看到什麼東西？」

泛月晨隱身在樹後，儘量保持安靜。打算等到燁獄的注意力轉移之後，再對他們進行攻擊。然而不知道為什麼，她卻隱約有一種詭異的感覺，背後一陣涼意。

「誰？誰在那邊？」

燁獄往他們的方向走了幾步，泛月晨屏住呼吸，當她正打算從樹後現身攻擊時，地面突然震動起來，而且震動愈來愈大，就好像有某種龐然大物正拖著沉重的步伐，朝他們的方向走來。

「燁獄，是不是我的錯覺，地面好像在震動？」其中一個隊員用細微的聲音問道。

泛月晨背脊一陣發麻。對，地面正在規律的震動，顧不得可能會被敵方發現的危險，泛月晨回過頭面向後方的樹林，謹慎的向前掃視。

「有什麼東西在樹林裡。」燁獄說著擺出備戰姿勢，接著手一揮，一發魔法便朝著黑暗的林中射去，險些射到泛月晨，魔法呼嘯而過的風幾乎劃破她的臉頰。

泛月晨千鈞一髮的閃過，幸好綠色的衣服在樹林中提供了極佳的偽裝，因此燁獄並沒有發現她。將背部緊貼著樹幹的弧度，泛月晨無意中往空中一看，伴隨著悠長的嘯叫，一隻黑褐色的老鷹由空中滑翔而過。

另一發魔法又射了過來，泛月晨連忙中斷思緒，以致忽視了最後一個的不祥預兆，這是泛月晨犯的第三個錯誤。

「你們兩個，快來幫忙啊！」燁獄尖聲大叫，兩個手下聽見後連忙趕到他身邊，頓時好幾發魔法一同射向黑暗之中，閃光火花亮得刺眼極了，這似乎更加激怒了潛藏在樹林中的不明生物，伴隨著一聲驚天動地的嚎叫，還有天崩地裂般的劇烈搖晃，那巨大的生物終於從黑暗中現身了。泛月晨第一眼看見的便是牠那雙閃爍著邪惡橘光的雙眼。

在那恐怖的一瞬間，泛月晨好似看見那雙橘色的小眼睛正眨也不眨的盯著自己，混雜了瘋狂暴躁的腐臭氣息，向她撲面而來。

「這是……」

再次仰天狂叫一聲，巨大生物邁步衝了過來，天地在泛月晨眼前劇烈搖晃，她幾乎就要跌倒在地，四周飛沙走石，斷裂的樹枝從頭上接連落下。

「是魔獸！」

「奪靈鑾，從來沒有看見這麼大的！」

「大家退後啊！」

燁獄一行人看見魔獸——奪靈鑾，從一處黑暗中狂暴現身，他們連忙跌跌撞撞的往後退去。泛月晨仰起頭，赫然發現奪靈鑾竟然就近在眼前，距離自己不到幾步的距離，那龐大的身影足足有她身高的兩倍。

腳踩著如盤面一樣大的金屬鳥爪，每一步都帶來震天價響。奪靈鑾有著劍齒虎的頭部、蛇尾，最受注目的是牠那一雙張開之後足足有好幾公尺的巨大翅膀，上面覆滿了厚重的羽毛幫助飛行，拍動時所捲起的風，幾乎讓人站不住腳的飛了出去。

「……」

泛月晨就這樣與奪靈鑾對看著好幾秒，感覺自己緊貼著樹幹的背部留下冷汗。

「快點！趁牠沒有衝過來之前攻擊啊！」

這時站得比較遠的燁獄看見奪靈鸞遲遲沒有動作，於是趕緊抓準時機發動攻擊。數道魔法再次以雷霆萬鈞之勢射了過來，擊中魔獸的門面。魔獸被擊中之後憤怒的哀叫一聲，揚起偶蹄猛然往前衝去，然而這一衝，卻是直直朝著泛月晨迎面而來，而魔獸巨大的身軀使得泛月晨無論如何都沒有能夠逃走的空間。

「吼！」

魔獸的狂吼震耳欲聾，而就在泛月晨覺得自己已經沒有脫身的餘地、閉上眼決定放棄的那瞬間，一陣晃眼的白光閃現，泛月晨被猛然攏進一個溫暖的懷抱裡，然後四周忽然爆出更加閃亮的火光，亮得泛月晨隔著眼瞼也能感受到一陣通紅，接著傳來魔獸的哀號聲。

泛月晨睜開眼睛。

「留在這裡，不要亂動。」千洵站在泛月晨的面前緊緊的保護著她。而那發逼得魔獸不得不轉向的爆裂魔法，讓奪靈鸞痛得亂叫亂跳，火爆指數上升到了最高點。

「千洵，小心……啊！」

就在千洵還來不及做出下一個攻擊時，那隻可怕的奪靈鸞又以雷霆萬鈞之勢衝了過來，目標緊盯住炸傷牠的千洵，牠前腳的金屬鳥爪以迅雷不及掩耳的速度伸出攫住千洵的雙肩，將牠硬生生拖離泛月晨面前，然後張開翅膀，長嘯一聲往天際飛去。

「不要！」泛月晨驚恐地大叫，連忙撲身向前，但是奪靈鸞翅膀拍動所升起的巨大狂風，讓方圓幾公尺內的生物通通無法靠近，還險些被暴風吹走。因此當泛月晨趕到奪靈鸞起飛之處時，千洵已經被牠抓到空中，在牠的前腳之間痛苦掙扎。

「千洵！」泛月晨撕心裂肺的大喊，發動魔法想要攻擊天上的魔獸，但是魔獸飛行的速度驚人，而且距離太遠，使得泛月晨的努力徒勞無功。

然而泛月晨怎麼甘願放棄？看著魔獸往北方飛去，她邁步就要追上去。只是當她一現身，身前赫然就擋了幾個如牆堵般的人影。

「哎呀！泛家少主大駕光臨，我們怎麼可以這麼容易就放掉這個機會呢？你們說是不是？」

帶著漫不經心的揶揄，燁獄帶著邪氣的微笑望向泛月晨。

猛然回過神，泛月晨退後幾步，將左手舉到身前擺出應戰的預備姿勢，眼睛一邊盯住燁獄，一邊憂心萬分的望著魔獸的方向。魔獸仍舊繼續飛往北方。忽然間，牠前腳的位置爆出一陣白光，千洵的身影倏然消失，下一秒居然出現在奪靈鑾的背上。泛月晨看見千洵將銀光閃爍的銀色騎士長劍刺入魔獸的背上，魔獸一陣狂吼，猛然翻轉過身，而千洵就這樣從奪靈鑾背上直直自空中摔落下去，並且還被魔獸的蛇尾擊中，瞬間失去了蹤影。

「不……」猛烈襲來的劇烈痛苦讓泛月晨分散了心神，燁獄當然不會放過這麼好的時機，因此立刻猛然對泛月晨發動攻擊，措手不及的她只能消極的使用防禦性魔法，節節敗退至身後的樹林之中。

三個人攻打泛月晨一個人，再加上剛才千洵墜落的那一幕，讓泛月晨幾乎無法集中精神，她幾乎就要招架不住，打得愈來愈勉強。

千洵，我需要你在身邊，沒有你，我心都亂了。求求你不要有事。都是我……

「哎呀！這樣三個男人打一個女人，你們不感覺到羞恥嗎？」一聲如雷的大吼忽然從樹林另一邊傳了過來，須臾，激烈互擊中的四人訝異的停手，視線都被吸引了過去，連泛月晨都愣住轉眸。

「要嘛就單挑，這樣欺負一個女人，算什麼英雄好漢！」一個長相高大魁梧有如野獸般的粗獷巨漢，邊大叫邊從樹林中現身，他兩手高舉雙戟，銳利的刀面散發著令人生寒的冷光。

「你、你是什麼人……不用你多管閒事。」燁獄惱羞成怒的回嘴。

「哎呦！我還在想是誰的嗓門這麼大呢！原來不是別人，就是炣霸啊！」一聲陰陽難辨的戲謔聲從上方傳了下來，接著一名白色短髮的青年自樹上輕盈的落地，他一雙狹長的丹鳳眼滿滿都是調侃的神情，秀美的臉、清瘦的身形，身後揹著與他纖細體型完全不相符的巨大戰斧。

「嘖嘖，真是一點氣質都沒有。」同樣陰柔的聲音，卻是出自於另一名與他一同落地的青年。這名青年的長相與白髮青年一模一樣，兩人不僅身著相同的衣服，就連那慵懶輕挑的態度都如出一轍。唯一不同的是，另外那名青年的武器是重鎚。

「白氏……」泛月晨睜大雙眼。

除了長相偏陰柔姣美之外，這對雙胞兄弟還有舉世聞名的奇異怪力，從他們身後所配有的武器便可窺知一二。

今年他們居然也來角逐金鳳凰了！

「白氏雙子，不要太囂張。」原本以為該出現的人已經通通現身了，沒想到出乎大家意料之外，左方的樹林一陣搖晃，接著又有一個身影從樹上跳了下來，像豹子般輕巧無聲的落地。

左臉滿布著金棕色豹紋，來者的雙眼是如貓瞳般的一條細線。

「哎呀！沒想到颯爪也在這裡啊！我還以為妳已經被淘汰掉了呢！」白氏雙子滿目戲謔的說道。原本進入大決賽的有十八人，經過這幾天的激烈爭鬥，只剩下十二個人。燁獄的隊友剩下兩名，其他都已經退出比賽了。

「奇怪，我記得不是大前天才解決掉妳的嗎？當時妳還在我的鎚子下拚命求饒呢！哎呀！小貓咪好可憐喔！」

但是不對，如果剩十二個人，就算將華火算進去沒有棄賽，還有一個人，在哪裡？

「弟，你記錯了。那是颯爪的妹妹颯麟，豹紋是右半邊，想起來了嗎？」另一位雙子說話了：「那隻小貓咪啊！被我的斧頭嚇得哀哀叫呢！」

「住口！」颯爪像隻貓一樣，因為憤怒澎起毛髮，咬牙嘶聲。

「哎呀！不高興了啊！嘖嘖，貓真是一種可愛的動物呢！」雙子笑了起來：「好可愛，用手指逗一逗，就會露出肚皮撒嬌哩！」

「找死！」颯爪終於忍無可忍，彎下身縱然彈跳而出，泛月晨看見她雙手的指甲急速暴長，發出鋼鐵般驚人的冷光。以風一樣的速度，颯爪向白氏雙子撲了過去，如貓般齜牙咧嘴的嘶聲怒吼。

她這一急就像點燃信號一樣，頓時林中所有的人開始動身打了起來，倏地現場一片刀光劍影、魔光飛舞、飛沙走石，簡直是混亂到了極點。

對於這裡竟然彈指間冒出這麼多人，泛月晨有些反應不及。但是這正好正中她的下懷，趁著滿場混亂，她悄悄退後幾步，就想要趁機離開現場前去找尋千洵的下落。

看見忽然出現這麼多的對手，燁獄不得不放棄追殺泛月晨，轉而專心應付眼前的挑戰者。泛月晨悄悄的愈退愈後面，眼看著就要成功脫逃。

燁獄竟然和颯爪一起合作攻擊白氏雙子，而燁獄另外的隊員則槓上了那個名叫灱霸的壯漢。一時之間難分高下。法術的光芒到處亂飛，還有武器撞擊的鏗鏘聲響，泛月晨不得不到處閃躲那些混亂的魔法，同時朝著北方迅速退去。

這時戰場上發出一聲獅吼般的狂嘯，原來是灱霸受傷了，只見鮮血如泉水般爭先恐後的從他肩胛骨位置噴湧而出，迅速染紅周圍青綠色的草地，強烈的視覺對比讓人們眼睛一陣暈眩。

見機不可失，兩名隊員開始改用魔法進行殺傷力更強大的內傷攻擊，因為負傷而動作變得遲緩的巨漢，無法及時閃過或使用防禦魔法，硬生生承受下來他們的魔法攻擊。幸好他異於常人的壯碩身型似乎對魔法有絕佳的抵抗力，因此並沒有立刻倒下，只是腳步略微不穩，而眼中憤怒的火焰則愈發狂熱。

至於另一隊，雙子與颯爪及燁獄的對打則顯得難分難解，燁獄並不是個簡單的角色，眼看著很多次雙子的武器就即將要重擊到他身上，但燁獄總是能很神奇的閃過，除了破點皮以外並無任何大礙，甚至還能同時使用魔法攻擊雙子，讓雙子打鬥之餘還必須分神防禦。

無法成功打擊燁獄似乎讓雙子異常憤怒，結果憤怒反而讓他們自亂陣腳，武器揮動的節奏逐漸無序起來，甚至還差點打到己方。颯爪似乎想為被羞辱的妹妹報仇，不顧自身安危的直直朝雙子猛撲而去，靈活的閃過巨斧，由上而下伸出銳利的爪子就要朝揮斧的青年刺去。

碰！沒想到專注於眼前敵人的颯爪，沒注意到另外一位雙子已經手擲重鎚朝她打去。重鎚毫不留情地打上颯爪的身側，骨頭斷裂的聲音響亮得全戰場都聽得見，讓大家無不毛骨悚然，而颯爪口中吐出的大口鮮血，隨著她被擊出的拋物線橫過一整個戰場上方，最後竟然不偏不倚地撞上其中一位燁獄的隊友，兩人頓時撲倒在地，而那名隊友正好在施法，結果失去準頭的魔法，歪歪斜斜的射向戰場上方的天空。

泛月晨終於趁亂成功的退到樹林之後，然而不知道為什麼，她的視線卻被那發朝天空射去的魔法吸引，追隨著那道鮮紅色的閃光，劃破空氣直衝天際。

只見那發魔法速度有如流星趕月，讓人根本無法及時閃躲。結果竟然好巧不巧的撞上了泛月晨不久前所看到的那隻在空中不斷盤旋的老鷹。

老鷹淒厲的尖叫一聲，翅膀停止拍動，然後猛然從空中落了下來，那墜落的重力加速度，讓牠的身影如子彈一般快速墜落。

泛月晨的視線不知怎麼地無法從老鷹身上移開。只見那漆黑的身影在空中慢慢蛻變，體型拉長，羽毛消失，翅膀化成手臂的形狀，最後，居然變成一個小女孩的身形。

那小女孩重重跌落地面，蒼白的臉上雙眼緊閉，好像失去生命一般。

那瞬間，泛月晨像是被緊緊扼住喉嚨似的，震驚的呼吸不到空氣。怎麼可能、怎麼會……？

「華火！」

泛月晨簡直不敢相信自己的眼睛！

在能夠意識到自己做出什麼舉動之前，好不容易退到樹林中躲藏的泛月晨有如脫兔般的又衝了出去。

用最快的速度衝過戰場，來到華火的身邊。

「華火，醒醒！妳還好嗎？妳聽得見嗎？」拍打少女的臉頰，泛月晨焦急的呼喚，藍眼充滿憂慮的神情。這樣從空中摔下來，一定很痛很痛吧！

「華火，妳不要嚇我，快點醒來，在這裡很危險！」

「唔……」躺在地上的小女孩輕微呻吟一聲。

「華火？」泛月晨緊張的半跪在她身邊，仔細檢視小女孩身上的傷，施行治療咒語：「華火，哪裡不舒服？」

「姐……」華火輕喊出聲。

「什麼？我聽不清楚，這裡太吵了。」泛月晨蹙眉靠近華火。

「姐姐，妳不要過來。」華火掙扎著坐起身，泛月晨看見那豔色的大眼睛中流露出滿滿的恐懼：「姐，妳為什麼要過來？」

「我不會傷害妳，華火！」泛月晨有些困惑的摸不著頭緒：「華火，我是來救妳的，趕快走吧！」

「妳為什麼要過來？」沒想到華火充耳不聞的再一次重複她的話：「姐，妳不要過來。求求妳不要過來。妳不應該過來的，妳趕快走……」

「華火……」

「現在再想要離開？來不及了，妳說是吧？」這時，泛月晨背後忽然傳來冷笑。回頭一看，竟然是燁獄一派輕鬆地站在她身後，雙眼是玩世不恭的譏諷。

華火垂下眼簾。

泛月晨往燁獄背後看去。原來炌霸已經宣告投降，消失在戰場上，離開大決賽療傷去了。這會兒燁獄的另外兩個手下正在對戰其中一名白氏雙子，另外一名白氏雙子好像也離開了比賽。

才不過短短數分鐘，戰場的情勢就這樣急轉直下，泛月晨不禁對面前的少年更加警戒，隻身擋住華火，雙瞳露出戒備的神情：「你想要做什麼？」

「想要做什麼？」燁獄哼笑：「泛家少主，妳心裡應該很清楚才對，不是嗎？」

泛月晨抿起唇。

「沒想到今天運氣這麼好，我以為被妳給逃掉了，結果妳竟然還在啊！妳很喜歡給別人驚喜，是嗎？哈哈哈……」

「你想要抓我，這不甘華火的事。放她走，她已經受傷了。」泛月晨沉下臉。

但是燁獄仍自顧自地說話：「真巧啊！剛好我也非常喜歡給人驚喜呢……等等，妳剛剛叫她什麼？華火？」

泛月晨一臉莫名其妙地望著燁獄故作驚訝的神情。

「華火是我的隊友，我不准你傷害她，你更沒有資格管她的事。」泛月晨。

「哎呀，泛家少主，我們這裡恐怕有一點兒誤會喔！」燁獄仰天一笑，那狂妄的樣子讓人不寒而慄。泛月晨感覺身後的華火正在瑟瑟發抖：「妳說錯三點，這真是不符合妳平時的水準呢！泛家少主。首先——」

戰場突然一陣搖晃，有鎚子重重落地的聲音。

泛月晨瞄了一眼，看見另外一位白氏雙子也束手投降，鎚子已經被打得脫離了雙手。不得不放棄比賽資格。

竟然連白氏雙子都失敗了，這下戰場上只剩下燁獄以及自己，她已經失去了最後的脫身機會。泛月晨不禁因為自己的衝動而深深後悔起來。

「首先，這位妳所謂的華火，其實並不是妳的隊友。」燁獄輕鬆自在地說道，一點也沒有被後方的戰況干擾：「其次，這位年輕的女孩，她的名字也不叫華火。第三，相信就連她自己都會同意，我當然完完全全有資格可以管她的事。」

泛月晨不解地瞪大雙眼，有些無法做出反應。

「不相信？是嗎？那我們來問問這位華火的意見好了。」燁獄手輕輕一揮，華火就像木偶的絲線被拉住一般，朝燁獄的方向被牽引過去，根本無法反抗。

「華火……」

「來吧！妳說，妳同不同意我剛剛說的那些啊？嗯？」燁獄故作和藹親切的對華火溫和微笑，但是不知怎麼，華火卻害怕得渾身發抖，低頭不敢看燁獄的眼睛。

「我說，回答我！」燁獄手又是一揮，華火的頭被迫抬起，泛月晨看見兩行清淚緩緩滑下華火的面頰，在逐漸西沉的陽光下，閃爍發出光芒。

「回答我啊！」燁獄柔聲，不知道是不是光線的錯覺，泛月晨好像在燁獄絳褐色的眼睛深處，看見危險的紅色光點：「妳不敢說話嗎？是不是？我可愛的妹妹，燁澐？」

泛月晨一點也不喜歡這個驚喜。

「華火？」泛月晨喊出聲：「華火，他說的不是真的，對不對？」

但是小女孩撇開眼，不敢看她。

「泛家少主，妳真的很固執呢！不是都說她不叫華火了嗎？我妹妹叫燁澐，妳一直叫錯，這樣很沒有禮貌喔！哈哈哈……」

「華火……」泛月晨機械般的呢喃，雙眼乾涸空寂。

妳沒有騙我，對不對？華火，只要妳說妳沒有騙我，我就全部相信，我全部都願意相信……

快說啊，拜託，求求妳……

「看來我這個妹妹這次總算有一點用處了。泛家少主，妳現在已經沒有退路了，趕快束手就擒吧！」燁獄用異常興奮愉快的聲音說道，泛月晨抬眼一看，他的另外兩名隊友解決掉白氏雙子後也包圍了過來，正虎視眈眈地望著自己，她已經被包圍了。

「不……」然而，泛月晨心裡明白，燁獄說的是真的。

華火，華字與火字配在一起，就是燁。

這樣明顯的事情擺在眼前，她卻一直都沒有發現。她怎麼會沒有想到華火就是燁獄派到她身邊的眼線……？

「燁澐，做得好！」燁獄拍拍妹妹的頭，臉上滿佈得意的神色：「這下抓到了泛月晨當人質，千氏雙璧要是不乖乖投降，我們就拿泛月晨開刀，看千洵可以撐到什麼時候。妳說好不好呀？」

華火低著頭沒有說話。

「這幾天引來的魔獸還真不少呢！應該成功消耗掉不少她跟千洵的體力和魔力吧？看來妳做得不錯嘛！燁澐真是愈來愈能幹了呢！」

華火依然低著頭。泛月晨僵在當場，已經不知道要做何反應了。

「順道讓他們幫我們解決掉那些麻煩的魔獸。哎呀！那些魔獸真是棘手又噁心，幸好全都不用我動手，燁澐真是個乖孩子，替我省了好多麻煩，還將我們一路指引到這裡來，想必已經很靠近金鳳凰了吧？」

燁獄說了半天，看見華火遲遲沒有做出回應，便轉頭指使他另外兩名隊友：「喂，還愣著做什麼？把泛月晨綁起來啊！」

這時，泛月晨忽然感覺身邊有一陣不自然的風吹過，好像有什麼東西迅速經過自己身旁。原本想要回身察看，但是這時，其中一個隊友朝她正面走了過來，為了避免引起懷疑，泛月晨只好作罷。

「這次你恐怕逃脫不了喔！」燁獄得意洋洋的走向泛月晨，顯得志得意滿：「我想千洵應該沒有那麼容易就被那隻魔獸解決掉的，他有可能還會活著回來找妳。等他回來的時候，就會看到我給他的這個驚喜！哈哈……就是驚喜，剛剛才給了妳一個大驚喜，如果沒有一視同仁，也給千洵一個，這樣可就不好意思了呢！哈哈哈……」

泛月晨憤怒的在她與燁獄之間架起防禦結界，雖然自己不像千洵有瞬間移動的魔力可以逃離，可是只要自己支撐這個結界夠久與燁獄他們周旋，相信應該可以等到機會脫身的。然後她就可以前去尋找千洵，儘管燁獄認為千洵沒事，但是泛月晨還是好擔心。從那麼高的地方落下來，怎麼會沒事呢？她一定要想辦法趕到他身邊……。

原本泛月晨的結界還維持得很好，沒想到卻因為燁獄接下來出乎意料的動作而前功盡棄，因為他的動作實在是太出乎意料之外了。

單手抓起他剛剛還口口聲聲說的親妹妹華火，另一隻手就是對她迎面一陣毒打。泛月晨見到這種情況幾乎無法忍受，下意識的就要去救華火，結果心念才稍稍一動，燁獄的兩名手下便成功突破原本防範得滴水不漏的結界，閃身到泛月晨身邊。更令人驚訝的是，就在她防禦結界被突破的同時，一陣亮眼的白光閃現，泛月晨看見千洵居然出現在剛剛自己所在的位置，臉上神情滿是錯愕。而這時泛月晨已經被燁獄的兩名隊友拖到一邊挾制，根本無法脫身，因為一把劍早已涼涼的抵住她的喉嚨。

「嗚……」聽見哭泣的聲音，泛月晨撇頭一看，華火被打得滿臉是血，雙頰都腫了起來，鹹鹹的淚水流下，更加刺痛了傷口，華火痛得齜牙裂嘴。

「千洵！」泛月晨連忙想要朝他撲身過去，一時忘記了自己的處境，頓時劍刃刺進她的脖頸，血珠爭先恐後地湧出，流下她的鎖骨。

「千洵，你怎麼樣？你怎麼脫身的？你在流血……」泛月晨顫聲。

千洵身上布滿了大大小小的傷口，甚至有一道長長的傷口斜斜切開他的腹側，正血流不止。除此之外，千洵渾身都濕透了，水珠不斷順著他的額頭滴下。

都受這麼重的傷了，為什麼還要過來？趕快離開，趁他們還沒有抓住你之前趕快離開！

「泛月晨……」千洵輕喊，泛月晨看見他臉上痛苦的神情，心臟一陣緊縮。

「不錯，妹妹竟然還有這種用處。」燁獄說著抬手將華火丟到一邊，像是扔掉一塊毫無價值的破布般。華火跌坐在地上，臉朝下趴著無法動彈。泛月晨一陣掙扎，怒火幾乎令她發狂。

「你怎麼可以這樣？華火是你的親妹妹，這種作法你根本連禽獸都不如！」泛月晨不顧危險，厲聲怒吼。

燁獄一臉雲淡風輕的神情。他摸了摸自己打華火打得有點麻掉的手，瞟了泛月晨一眼：「我勸妳還是多關心一下妳自己吧！都身陷火坑了，還有心情管別人的閒事，尤其是這個叛徒。」

「你……」泛月晨咬牙。

「千洵，我來跟你做一個交易怎麼樣？」燁獄懶懶地抬眼看著千洵，伸手指指泛月晨，他的手下將劍更用力的頂住她。

千洵雙手緊握成拳，眼中燃燒著怒火。

「假如你肯合作的話，我可以保證你的心上人絕不會有一絲一毫的損傷。」

泛月晨望向千洵，痛恨自己居然成了他唯一的弱點。

燁獄攤開手，露出陰狠的邪笑：「第一，幫我們打敗剩下來的對手，包括你的妹妹，千水悠。第二，完成任務之後，自動棄權，退出比賽。完成這兩項，我就放走泛月晨。怎麼樣？我說話算話。」

太陽幾乎就要落下地平線，只剩下最後一絲細微的光暈，勾勒出遠方山巒的稜線。

千洵先是看著燁獄，過了幾秒，將視線移向泛月晨。

那琥珀色的目光，冉冉。

霎時間，泛月晨猛然想起千洵曾經站在她面前，信誓旦旦的承諾，不論如何，都會想盡辦法將她送到金鳳凰面前。他會做到。

千洵一向言出必行。

但是……，她怎麼能夠再讓他為了自己而身陷險境？

「不要，千洵。」泛月晨用力搖頭，這個動作反而讓劍銳利的邊再次摩擦刺進她的肌膚，鮮血再次流下。

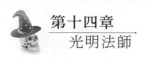

驚見此狀，千洵眼神一緊。

「我給你三秒鐘作決定。」燁獄不耐煩地比出三的字樣，指頭隨著倒數一根一根收起。

「三。」

「二。」

「還不說話嗎？我要數了，一——」

說時遲那時快，突然從樹林間竄出一個藍色身影，速度快得讓人無法捕捉。身影撞上挾劍牽制著泛月晨的那名燁獄手下，手下被這突如其來的情況嚇了一大跳，劍匡噹一聲摔落地面。泛月晨見機不可失，連忙站起身，並立即出手擊出一發超強魔法將那名手下摺倒，燁獄見情況不對，撲身就要過來捉拿泛月晨，千洵連忙手一伸，做出屏障魔法抵擋住他，接著和燁獄纏鬥起來。

「千洵！」泛月晨見狀正急欲過去幫忙他，沒想到這時卻被攔腰抱住往旁邊一拖，泛月晨定睛一看，赫然發現是那名剛剛從樹林中竄出的藍色身影。

「你——」正要喊出聲，嘴巴卻被摀住，那披著斗篷的身影湊近泛月晨耳邊，輕聲細語：「這是在救妳。」

「唔……」

藍影再次以奔騰矯捷的速度衝進戰場，但是這次目標卻是躺在地上的華火。

忙著跟千洵對打而沒辦法分心的燁獄少了對手的輔助，只能眼睜睜的看著藍影像飛一樣地掠過空中，另一隻手攔腰抱起華火，然後雙腿一蹬，以非人的速度離開現場，遁入四周一片濃密的樹林之中。

「千洵……」泛月晨睜眼望向戰場，那個令她心碎的身影。

「放心，妳會再見到他的。」抱著她的藍影側頭對她說了一聲。儘管雙手各自抱著泛月晨和華火，但卻一點也沒有影響到他的速度，依然快得像是閃電，藍影迅速將他們帶離現場。

這個人，不是千水悠。

「你是誰？」泛月晨疑惑的問。

藍影沒有回答，泛月晨發現地形漸漸轉為上坡。似乎因為爬坡的緣故，他稍稍減緩一些速度，但依然很快便到達山頂。山頂有一片空曠的平地，四周有著低矮的樹木，將空地圍在中間。風十分強勁，藍影的斗篷被吹得颯颯作響。終於停下腳步，藍影放下泛月晨，然後再輕柔的將昏迷的華火放在地上讓她平躺。

不知道究竟是什麼原因，泛月晨的第六感讓她覺得藍影是個可以信任的人。

直到安頓好華火，藍色身影才重新將注意力轉回泛月晨。

「你究竟是誰？你是最後那位沒有現身的參賽者嗎？」

藍影沉默了半晌，最後舉起手，摘下斗篷兜帽。

帽下是一張有著俠氣的清秀臉龐，蓄著短短的金髮，剪成和男生一樣的俐落髮型，這名少女散發出一股別有風韻的帥氣。

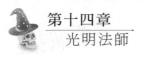

少女跟自己一樣，有著一雙湛藍的雙瞳。

對於這名少女，她心中忽然有一絲奇異的感覺，這種感覺，是一種朝夕相處的熟悉。

但這怎麼可能呢……？

泛月晨的腦中突然響起如樂曲般悅耳動聽的嗓音，魔幻而透明。

「我想，妳對我可能有一點誤會。」少女露齒一笑，這抹靈動的笑容輕輕牽動泛月晨的思緒：「我並不是最後那位沒有現身的參賽者。那名參賽者，還躲在林中的某個深處。」

「那妳……難道妳是……？」泛月晨驚訝出聲。

「不用懷疑，妳想的沒有錯！我就是祂。」少女不消開口，就直接讓聲音在泛月晨的腦中響起。只見少女將右手握拳放在胸前，對泛月晨輕輕鞠躬：「很榮幸可以讓妳見到我，主人。我是妳的狂焰曲。」

當少女帶著千洵趕來山頂與他們會合，再一次以風般的速度從林中現身時，泛月晨終於收拾好心情，可以勉強接受自己的武器突然變成人的模樣，還能與自己心靈對話這件事了。原來只需把想要講的話在腦中認真想一遍，就可以不用出聲的以此種沉默的心靈對話方式交談，如此不但能避免被他人得知談話內容，而且也不會洩露了狂焰曲的身分。

原來她就是狂焰曲，難怪她會有那麼快的速度，可以像飛一樣跑步行走。畢竟狂焰曲上面就鑲嵌了強大的風屬性寶石，那是狂焰曲的一部分。

「千洵！」一看見千洵，所有的思緒就通通隨風而逝了。泛月晨連忙跑了過去，擔心的問著：「你還好嗎？身上的傷嚴不嚴重？你怎麼脫逃的？我來幫你療傷！」

「還好，我還撐得住，沒有很痛，不要擔心。」千洵一邊說，一邊用眼角悄悄瞥了一旁的少女幾眼，目光充滿不可置信的驚奇。但泛月晨沒有時間現在解釋，她先施法將千洵的身上弄乾，然後開始治療千洵身上的大小傷口，腹側的傷花了最多時間。

「至於脫逃的話……，妳忘記了？北方那邊有一條瀑布，我剛好墜落在瀑布裡，而奪靈鑾身上的羽毛吸足了水分太重了，反而成為負擔，最後淹死了。我很幸運。」

「燁獄呢？他有沒有讓你受……？」

「沒有，幸好她很快就趕過來了，我沒事。」千洵瞥向狂焰曲，微微露出笑容。

「你也知道她是——？」

「千洵知道，剛剛在路上我已經跟他解釋過了，我也可以與千洵心靈對話，因為他用自身靈力合成了我的弦……」狂焰曲話還沒說完，然而這個時候，泛月晨忽然放下正在幫千洵施法療傷的手，纖細的雙臂向前緊緊的、像是用盡全身力量似的，抱住了面前傷痕累累的千洵。

「泛月晨……」

「感謝夜帝，幸好你沒事。」泛月晨將臉埋在千洵懷裡，雙肩顫抖：「我好怕你發生什麼事情，我真的好害怕、好害怕，下次絕對不要再這樣……」

想到千洵從面前眼睜睜被魔獸以閃電般的速度抓走，而自己連拯救他的機會都沒有，只能無助地看著他從魔獸身上墜落而下，生死未卜，而她卻不能待在他身邊，如同千洵拯救自己那般的拯救他。

那恐怖的一幕，宛如夢魘一般揮之不去。

千洵因為泛月晨的舉動而微微愣住，就這樣動也不動的任由她抱著，深怕只要自己的任何一個小動作，就會毀了這奇異的一刻。

泛月晨……，原來真的是愛著自己的，對不對？

心中忽然充滿了一種很柔軟、很柔軟的感覺，千洵忽然覺得，自己的受傷實在太值得了。

彷佛感應到千洵的想法，狂焰曲在旁邊忍不住噗哧一笑。

狂焰曲的笑聲驚了泛月晨一跳，她趕忙放開千洵，眼神羞赧困窘的瞥了狂焰曲一眼。同時千洵也橫來一記眼刀，狠狠地看著旁邊的少女，狂焰曲這才知道自己壞事了，趕緊摀住嘴巴，但是雙眼仍舊彎鉤成月牙狀。

「哎呀！沒什麼，你們繼續，當我不存在！」

語畢，為了避免被臉色愈來愈黑的千洵炸飛，狂焰曲趕緊故作忙碌的逃到一邊，顫巍巍地拋下一句：「我去看燁澐醒了沒……？」

「狂焰曲！」

太陽落下山頭，峰頂急速轉涼。

剛剛上演完一場風與風的追逐競賽，泛月晨看得不亦樂乎。狂焰曲的極速搭配上千洵的魔之力瞬間移動，簡直就像兩團難以捕捉的光影，真是精彩極了！

夜晚將至，狂焰曲被指派負責架設防禦網的任務。只見她將食指和拇指圍成一個小圈圈，接著鼓起嘴一吹，頓時金色的保護魔法往四周擴散，圍成一個環狀包住山頂上四個人，同時抵擋住狂烈的強風。

「我選擇山頂是因為居高臨下，視野比較好，方便監看遠處，可以提早得知敵人的動向。」狂焰曲坐到華火身邊，翻看她的眼皮：「明天就是仲夏，大日子呢！好了，我想燁澐明天清晨就會醒了，主人，妳不用擔心。」

「狂焰曲，妳為什麼會救華火？」

狂焰曲露出理所當然的表情，頑皮一笑：「因為我知道妳想救她呀！主人。」

「嗯？」

「我知道就算妳脫離了險境，如果情勢許可，妳還是會找機會救出華火的。因為她曾經是妳的隊友，而且妳也想進一步瞭解事情的真相。對吧？所以，乾脆好人做到底，我就幫主人把她救出來，不然下一次可能沒有這麼好的機會了。」

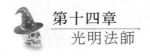

說著說著，狂焰曲再次施法，變出一大綑乾草，然後舒服的往上面一躺：「不要再多想了。主人，趕快休息吧！明天會有一場硬仗呢！」

「可是你、可是、我……」

狂焰曲忽然從乾草堆上抬起頭，藍色的眼睛在略暗的夜色中熠熠生輝。

「想要知道什麼，等午夜之後再問吧！到時候我們就不必要再用心靈對話的方式，可以直接開口對話，不用擔心談話內容會被魔法轉播而暴露了身分。開口討論比較方便些。」

泛月晨仰頭，月亮還要好一陣子才會升上天頂呢！

「好，先睡一下吧！」泛月晨點頭。

就在泛月晨正要爬上乾草堆的時候，她後頸突然起了一陣雞皮疙瘩，有被監視的刺痛感。她連忙轉頭，但是樹林空無一物，看起來十分平靜安全，沒有任何危險。

「怎麼了？」千洵趕到她身邊。

泛月晨皺起眉，又張望了一下，才緩緩搖搖頭。

應該是自己的錯覺，如果有人在附近，狂焰曲應該會感應到的。更何況，狂焰曲所施的保護咒語包括隱形，現在就算有人來到山頂上，應該也看不見他們、聽不見他們才對。

「也許是我多慮了。」泛月晨遲疑的表示。

狂焰曲將眼睛轉了過來，張望了片刻：「沒事的，主人。附近沒有人。」

「嗯，好。」泛月晨收回視線，乖乖爬上乾草堆，躺到自己的武器身邊。

附近的確沒有人。但是黑暗中，好幾隻蝙蝠倒掛在樹上，對著空無一物的山頂，不停地發射聲波，然後蒐集聲波所傳遞反射回來的波形。

先是一棵樹、兩棵樹，最後靠近山頂的整整一圈樹上，全都掛滿了蝙蝠，由四面八方發射著聲波，建構出此地完整的立體影像。

完美的潛伏在黑暗裡，直到任務完成之後，蝙蝠們紛紛嘩啦一聲展開翅膀，爭先恐後地飛向天際，像一堆黑色的惡夢。

樹林一陣抖動。

同時，山中某處，一名魔族讀取著蝙蝠所傳回來的訊息。

他先是露出驚訝的表情，接著臉上布滿危險的深思。

「多了一個人？什麼意思？」

可是蝙蝠們所傳回來的圖像不可能出錯，那麼這名突然出現的人，究竟是何方神聖？

「算了，應該不會有影響。」一拍拍手，他驅走回報的蝙蝠，將他們趕回夜色之中。多一個人應該還好，只要泛月晨一走近金鳳凰，然後碰觸到牠……，他的任務一定可以圓滿達成。

嗡嗡嗡，耳邊突然傳來蒼蠅的拍翅聲，混亂而吵雜，不斷在耳邊迴旋。

在黑暗中伸出手，他輕輕一抓，蒼蠅竟然就被他禁錮在手掌中，現在不論牠再怎麼努力，都已經毫無活路，就像落入天羅地網之中，完全失去全身而退的可能性。

「真可憐。」輕笑出聲，他頗為愉悅的來回翻動拳頭：「可憐的小東西。你知道嗎？你的處境，就跟那個泛家少主一樣呢！」

他可以感覺到蒼蠅奮力的在他掌中想要拍動翅膀，卻發現想要逃出去早已是痴人說夢。

「不過她比你幸運多了。」拳頭微微用力，他可以感覺到蒼蠅在他掌中，已經被壓成一團碎末，再也無法拍動翅膀逃脫了。

愉快的咧嘴，他攤開手拍掉掌中的蒼蠅屍體，眼睛在夜色中散發一陣猩紅：「你死得好孤單，都沒有人在旁邊陪你。但那個泛家少主還算幸運，她死的時候，會有人跟她一起陪葬呢！」

蒼蠅屍體從空中墜落，很快就在黑暗中消失了。

「不過，前提是會有人傻到去救她。」他閉上眼睛，發出滿意的嘆息：「這世界上，感情真是一件會害人的東西呢！不是嗎？」

天上，將滿的明月沉默的俯望著底下的眾生，沒有回答。

月明星稀。泛月晨仰眸望見月亮越過天頂，午夜已過，表示魔法轉播已經暫停了，於是她迫不及待的準備開口發問。

「妳想要問什麼，我都會說。」狂焰曲舉起手做投降狀：「所以請不要把問題一次全部丟過來轟炸我，請一個一個慢慢問。」

打完預防針，狂焰曲做出一副從容就義、慷慨赴戰場的表情：「主人，妳想要知道什麼？」

「首先，為什麼妳會從樹林裡衝出來救我？妳是什麼時候離開我身體的？妳是察覺到危險才脫離我的嗎？可是，我並沒有看見妳從我的身體中脫離出去呀！」

「不是請妳不要一次轟炸我太多問題嗎？」狂焰曲簡直哭笑不得：「好吧，其實我在妳快要被燁獄他們抓住的時候就離開妳了，妳那時應該有注意到，可是因為情況緊急，所以不以為意。而且我脫離妳的時候，是維持隱形的，我怕引起騷動，畢竟大決賽是魔法直播，不能被大家看見我忽然從妳的身體脫離而出。」

「那麼妳為什麼要脫離我？」泛月晨奇怪的問。

「當然是因為我察覺唯有這樣做，才有機會能夠救妳，這是第一個緣故。第二是因為……主人妳可能沒有發現，當時潛藏在樹林的還有另外一個人，我覺得很奇怪，本來想要去探查一下，結果沒想到他卻逃走了。」狂焰曲皺起眉頭，看起來頗為擔心：「我不敢脫離主人太久，怕妳會有危險，萬一我太晚回來會來不及救妳，所以就沒有再繼續追蹤他了。但是，主人，我覺得最後那名選手將會是我們最大的威脅。」

「為什麼呢？」

「因為他很狡猾。而且，他的目標很可疑。」狂焰曲分析：「他應該是一直都潛藏在樹林裡，可是當其他參賽者都已經現身想要一決高下時，他反而按兵不動，可見他想要最後坐享其成，所以我說他很狡猾。目標可疑則是因為他並不急著打敗其他選手，如果是正常的參賽者，就算想要坐享其成而不馬上加入戰局，照理說也不是跑走，而是隱藏在樹林裡，趁著一些空檔偷偷施法，從旁出其不意的攻擊戰場中的人，像是燁獄或是妳，讓你們失去戰鬥能力退出大決賽。可是，他並沒有這麼做。他的舉動就好像大決賽的勝負與他無關一樣，彷彿他是個局外人。那麼這樣一來，我就要為主人擔心了。因為假如他的目標不是冠軍，那麼他的目標很可能就是……」

「我。」泛月晨接口，眼中滿是了悟的神色。千洵忽然繃緊神經，顯得警覺而擔憂。

「對。」狂焰曲猶豫的點點頭：「但我想事情或許也不一定就是這樣，畢竟如果他要下手，也不會拖這麼久。所以主人不需要過度擔心。」

三個人……不，正確的說，應該是兩個人、一把武器，沉默了幾分鐘，聽著四周流動的風聲。

月亮越過天頂，開始向西方墜落。

「可是在大決賽中突然多出現了一個人，主辦單位不會覺得奇怪嗎？」泛月晨擔憂地問，同時望望天際，像是會有人從空中落下大叫一聲說他們作弊似的。

狂焰曲聳聳肩：「我想他們現在應該是既困惑又緊張吧！大家可能會紛紛猜測我的來歷，但是不管怎麼猜，他們都不可能會知道真相的，不是嗎？妳不用太過擔心，主人。這次比賽的目的是要救出冷校長，所以目標是得到冠軍，接觸到金鳳凰就可以了。目前不管主辦單位怎麼想，反正在比賽結束前，他們都不可能忽然中止妳的參賽資格，而且現在也沒有任何人可以再進來大決賽的場地了，所以主人，妳就先不要再擔心這個問題了。」

「那大決賽之後……」

「到時候妳也可以拒絕回答他們的問題啊！」狂焰曲笑了笑。

月明星稀，四周只剩下唧唧蟲鳴。

「那麼，妳是怎麼變成人類的？」泛月晨抬頭望著月亮，輕聲問道。

「這點其實要感謝妳啊！主人。」狂焰曲的聲音忽然注滿濃濃的笑意，泛月晨轉頭，發現她的雙眼閃閃發光。

「就像每個人最希望的就是可以跟神器器化，其實我們神器最希望的，也是可以找到一個滿意的主人器化。」狂焰曲說道，語調聽起來很幸福：「因為唯有如此，我們才有機會能夠變成人形，成為人類。」

「為什麼器化就會有此可能呢？」這次換成千洵發問了。

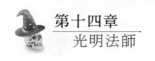

「器化之後，我們就會成為主人的一部分。朝夕相處的結果，我們這種高等神器可以日積月累的吸收主人身上的氣息，最後將之轉化成能量，變化成人形。」狂焰曲眉飛色舞的解釋：「這種過程不會傷害到主人，而且變成人形之後，我們可以自己使用魔技和武技，也不容易受傷，反而可以幫助主人更多。如果不小心被敵人抓住，要脫身也很容易，只要重新化回武器，就可以回到主人的體內了。等我們再度從主人的身體脫離出來時，又是自由之身。總之有百利而無一害就是了。」

「那妳怎麼到這個時候才變成人形呢？」泛月晨問到：「妳以前都不行嗎？」

「想要變成人形並沒有這麼容易，要蒐集足夠的人氣才行，我也是努力了這麼多年才成功的。」狂焰曲輕嘆。

「可是妳現在脫離了我，就不是我身體的一部分了，對嗎？」泛月晨伸出手實行器化，但是並沒有成功。她抬眼望向狂焰曲。

狂焰曲攤開手：「對，只要我變成人形，主人就無法器化。但只要妳召喚，我就會重新回到妳的身體內，那時主人就可以實行器化了。不過，其實還有另外一種方法。」說著，狂焰曲閉起眼，身形居然慢慢轉淡，成為半透明的狀態，像是一縷鬼魂般。這時已呈半透明狀態的狂焰曲重新睜開眼睛：「主人，現在妳可以試試看器化了。」

泛月晨依言實行器化，果然這次有了回應，她的指間閃爍，成為鋒利的金屬刀面，還有狂焰曲的能量也在她體內四處流竄，美麗的音律來回震盪。

「為什麼這次可以了？」泛月晨驚奇的問：「可是，妳還是在我的面前啊！」

「那是因為我分了一半的能量回去。」狂焰曲舉起她半透明的手，指指自己：「妳看，我不是成為半透明了嗎？這是一種折衷的辦法，也是器化的最高境界，等於妳會有兩把武器，除了主人妳自己本身能夠器化、使用武技之外，我還可以在妳身邊保護妳，而且只要我不願意，別人都無法看見我，我是妳的一部分。」

「這實在是太神奇了！」泛月晨驚嘆道。

「以前從來沒有聽過這種事情。」千洵沉吟：「這很有可能是首例，這……根本就足夠成為傳奇！」

傳奇。

泛月晨聽到這裡，臉色忽然一白。

腦中忽然回想起，義父曾經與她說過的話。

冷校長告訴泛月晨，五年前泛莊主之所以會積極地想要將她嫁進千氏，為的就是要實現這個預言。這個……泛家將會出現「傳奇」的預言。

這個預言是由一位魔武界有史以來最厲害的預言家所透露。五年前，他曾經預言兩件事，第一件是泛家將會出現不朽的「傳奇」，第二件是千氏將會擁有使人長生不死的「寶物」。

因為冷校長和這位預言家是無所不談的生死之交，所以當他知道冷校長認泛月晨為義女時，他便將這個驚人的祕密告訴冷校長。五年前，泛莊主之所以會積極想要把泛月晨嫁入千氏，原來就是因為泛莊主自從得知預言中也提到千氏擁有可以讓人長生不死的寶物後，於是就汲汲營營的想要把女兒嫁進千氏，因為只要泛月晨成為千洵的妻子，那麼他就可以藉著探望女兒的名義，悄悄滲透入千氏進行調查，甚至想辦法安插人馬，找出這項寶物的藏匿點。泛莊主認為只要能得到這項絕世寶物，他不僅可以長生不死，還可能成為魔武界的盟主，成就預言所提到的泛家將出現不朽的「傳奇」。

只是他萬萬沒料到，這計畫竟會被泛月晨破壞。

但依照目前情況看來，那位預言家所說的「傳奇」，似乎指的並不是她的父親。

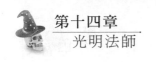

那麼難道指的是泛月晨？

「主人，什麼長生不死的寶物？」因為是泛月晨的一部分，狂焰曲可以聽見她的心緒，連忙疑惑的馬上發問。一旁的千洵因為泛月晨器化的緣故，也可以聽見她的想法，所以馬上出聲回答：「沒有，我不知道我們千氏有所謂可以長生不死的寶物。我們沒有那種東西，預言者一定是說錯了。我很確定。」

「但那位預言者是不可能會出錯的！我義父說他的預言從未出錯。」泛月晨繼續說著：「義父還說這位預言家也成功的預言了大波浪時代的發生，而且沒有人確切知道他的年紀，因為他活了很久很久！」泛月晨略顯激動：「會不會是連你們千氏自己都不知道？也許那看起來只是一件很普通的東西，而你們卻忽略了它的價值？」

「我不排除這種可能性。」千洵退讓的說：「我們千氏擁有不少寶物，但大多是武器，妳問狂焰曲就知道了。如果是比較沒有攻擊性的魔法物品，則不在我們千氏的蒐集範圍內，因為畢竟千氏是靠賣武器起家的。」

「真的沒有嗎？」泛月晨略為失望。原本以為可以發現一點蛛絲馬跡的。

「沒有，真的沒有。」千洵努力思索一陣，還是搖搖頭。

「主人，這個問題還是等到大決賽之後再來想吧！」狂焰曲開口說道：「先成功達成這次的任務，救回冷校長之後，可以請他帶妳去找那個預言者，一次問個清楚啊！」

「等等……，泛月晨，冷校長說的這個最著名的預言者，該不會恰好就是傳說中住在西方的光明法師吧？」千洵突然插進來一句。泛月晨顯得有些莫名其妙，但還是點點頭：「對，就是他。」

千洵顯得很吃驚，他遲疑了幾秒，然後開口：「我們千氏在各個地方都有安插眼線。根據眼線給我們的情報，那個光明法師……」

「他？他怎麼了？」泛月晨興起不好的預感。

千洵沉默了幾秒，不安的凝視著泛月晨的雙眼。「不知道為什麼這個消息會被壓了下來，但是，那個光明法師，在好幾個月前……就已經去世了。而且……感覺像是自盡而死。」

當東方的天空隱約泛起一些些魚肚白的時候，泛月晨才發現自己竟然一夜沒有闔眼。狂焰曲已經器化回她的體內，而千洵躺在她身邊，泛月晨轉頭發現他的雙眸正盯著自己。

「妳還好嗎？」千洵問道。

泛月晨知道自己的狀況很不好，因為昨天一下子發生了太多的事情，而且她幾乎沒有進食，又加上昨晚一夜未眠，所以精神非常不好。

泛月晨才剛剛坐起身，眼前就泛起一片黑暗，她暈眩著眼看又要跌回乾草堆上，千洵伸手及時接住她。

「我知道妳剛剛想要回答妳很好，但是既然情況都這樣子了，妳就不要再逞強了吧！」千洵嘆息，將泛月晨重新在乾草堆上安頓好，然後自己起身：「我去看看有什麼吃的，補充一下體力比較好。」

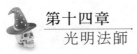

只是千洵的狀況和泛月晨也相去不遠，走路也是一陣不穩的搖晃。看他這個樣子，不要說打到獵物，說不定連採集野果都無法走遠。於是泛月晨招招手要他回來。

「怎麼了？」千洵走回她身邊。

泛月晨望了一下天空，天還有些微暗，等華火甦醒應該還要好一會兒，而且每日白天會進行的魔法轉播也還沒開始。想到這裡，泛月晨出聲叫喚：「狂焰曲，出來！」

站在她面前的千洵愣了一下。

「狂焰曲！」

泛月晨身旁空氣一陣緊縮，點點閃光往內聚攏，最後重新聚攏成狂焰曲帥氣的俐落身型：「主人，請問妳有什麼吩咐？」

「狂焰曲，殺幾頭動物對妳來說，應該只是小事一樁，對不對？」泛月晨露出微笑：「妳這麼厲害，一定沒問題的。」

狂焰曲充滿自信的口氣，揚起一邊眉毛：「殺魔族都可以，殺動物有何難哉？」

「哎呀！那太好了。」泛月晨笑容展開，彷彿中下懷般：「狂焰曲，既然狩獵動物對妳來說有如探囊取物般的輕而易舉，那麼可否麻煩妳幫我獵殺幾隻，讓我們填填肚子好嗎？我和千洵快要餓壞了呢！」

「主人的意思是……要我當獵人？」狂焰曲睜大眼睛。

巧笑倩兮，泛月晨誇獎道：「狂焰曲的領悟力真好，真是世界上最聰明的神器呢！」

「幸好主人妳還記得我是神器。」狂焰曲哭笑不得地說。

「好啦！我知道委屈妳了。不過現在是非常時期嘛！就請妳勉為其難嘍！狂焰曲。」

泛月晨指指即將泛白的天空：「希望妳可以在魔法開始直播前回來，行嗎？」

「沒問題。」狂焰曲望了一眼天色，頗有自信的點點頭，然後縱身一躍，如風般消失在重重樹林之中。

千洵啼笑皆非的說：「想出這種點子，恐怕妳還是古今第一人呢！泛月晨。」

「過獎。」拱手。泛月晨拍拍乾草堆：「回來坐吧！不累嗎？」

「還可以……」千洵回答到一半，旁邊忽然傳來小小的呻吟聲。泛月晨連忙起身，剛好對上華火睜開的朦朧雙眼。

「華火，妳醒了？」居然比預期中快了這麼多。

泛月晨滑下乾草堆來到她身邊，蹲在華火身側，輕柔的摸摸她的頭：「華火，妳還好嗎？傷口會痛嗎？」

「泛、泛……」華火吃驚地瞪大眼睛，結結巴巴的開口：「泛月晨姐姐？怎麼可能？燁、燁……」

「妳哥哥不在這裡。」泛月晨耐心地說道：「妳現在很安全，沒有人會傷害妳。華火。」

「泛月晨姐姐？」

「我們把妳救出來了，妳昏迷了一整晚。妳現在感覺怎麼樣？」

草。

「泛月晨姐姐……」

「怎麼了？」泛月晨輕語。

只見華火深深吸一口氣，接著哭了出來，哭得好傷心，眼淚不斷流下，浸濕了一地乾草。

「哎呀，華火，怎麼了？有話慢慢說，不要哭啊！」泛月晨手忙腳亂地想要幫她擦眼淚。

「泛月晨姐姐，對不起！」華火哭喊：「我對不起妳，姐姐對我這麼好，但是我卻一直在欺騙妳、利用妳，我真的……很鄙視我自己！姐姐不應該救我的，我不配——」

「華火，我不准妳這樣說。」

「但我說的是真心話，我對不起妳，也對不起千洵哥哥。我真的很對不起你們！」華火哭泣著說道：「如果我可以選擇，我也不會這樣做，對不起，真的對不起！」

「華火，究竟發生什麼事情？」千洵也來到華火身邊，蹲下身詢問：「我跟泛月晨可以原諒妳，但是我們想要知道事情的真相，妳這樣做的原因，我們有權利知道。」

「你們願意原諒我？」華火滿懷希望地抬起哭得紅通通的眼。

「如果我沒有原諒妳，還會這樣心平氣和的跟妳說話嗎？」泛月晨微微一笑：「華火，跟我們說，說不定我們還可以幫上妳什麼忙，請讓我們知道整件事情的始末，好嗎？」

「說完，姐姐不會嫌棄我嗎？」華火小心的問。

「我相信妳有妳的苦衷，華火。」泛月晨回答。

華火安靜了幾分鐘，像是在整理思緒。期間抽抽搐搐的停下哭泣，同時坐起身，看起來除了有些僵硬之外別無大礙。

太陽緩緩往上升起，曙光照進華火焰色的雙眼中，像是初升起的希望之光般閃閃發亮。

「泛月晨姐姐，事情是這樣子的……」華火終於小聲的開口了，起初聲音微弱而乾澀，後來漸漸放大音量，話語也流暢起來：「燁獄，他是我同父異母的哥哥。」

泛月晨發現，華火出身在一個謎一般複雜的家庭。

他們真正家的所在地似乎離這裡十分遙遠。燁獄大她十歲，原本華火剛出生的頭幾年，燁獄是十分喜愛這個妹妹的，對她也很呵護疼愛。但是，隨著兩人年紀的增長，燁獄對她的感情漸漸變質，最後竟然演變成深深的厭惡。而這種轉變快得讓華火根本無法反應。

「我本來以為，哥哥會討厭我，是因為我和他不是同一個母親生的。」華火傷心地看著地面。「可是……後來我漸漸瞭解，哥哥會討厭我，應該是基於一種競爭的心理。他覺得——父親比較寵愛我。」

父親這樣偏心的寵愛，換來了燁獄強烈的嫉恨。從小父親似乎就比較寵愛華火，不管有什麼好東西一定是先送給華火，幾乎對她有求必應。雖然父親平時工作十分忙碌，但只要華火開口，父親都會想盡辦法抽空回來看看自己的小女兒，對華火可說是寵愛備至。不僅如此，父親甚至還要求燁獄要好好疼愛妹妹，不要什麼事情都跟妹妹計較，凡事要多讓著她一點。

父親這樣的要求，讓燁獄忍無可忍。

「你平時對她已經那麼好了，難道還不夠嗎？」華火說當時哥哥翻桌子大吼，憤怒得像是全身冒火。

「我為什麼要對她好？她又不是與我同母的親妹妹，要愛她。那你一個人愛她就夠了啊！為什麼要扯到我身上？我告訴你，我拒絕！」

從此以後，燁獄的憤怒似乎更上一層樓，甚至使用更為激烈的手段表達抗議。得不到父親的關注和疼愛，似乎是一切怒火的源頭，他開始研習屬性邪惡的黑魔法，想要以增強實力的方式證明自己比妹妹更優秀，讓父親後悔沒有好好重視自己。

黑魔法可以在短時間內迅速讓一個人的實力增強，但是也會讓人愈來愈邪惡，偏離正軌。燁獄開始交上一群行徑怪異的朋友，不但常常夜不歸營，最後甚至還離家出走。過了一段時間後，當燁獄有一天帶著一群朋友回來時，華火已經幾乎認不出他來了。

「他已經不是我的哥哥了。」華火傷心欲絕：「有某種東西侵入他，哥哥已經不是原本的自己了。我看得出來。在這之前……」

在這之前，哥哥儘管討厭她，卻是一種夾雜了羨慕與嫉妒的仇恨。但現在似乎是有某種更黑暗的邪念在支配著他，哥哥整個人變得完全不是以前的他。

父親和母親當時看到他帶那群不倫不類的朋友回來時都十分憤怒，不准燁獄進家門。平時家裡都設有非常強大的防禦結界，但是不知燁獄是使用了何種邪惡的魔法，竟然輕輕鬆鬆就讓父母繳械、失去反抗能力。父母親其實並不是魔法十分強大的法師，只是父親在魔武界的地位十分崇高，所以相當受到大家的敬重。而自己的親生母親則是行事一向十分低調。華火曾經問過母親，為什麼父親不喜歡他們拋頭露面，而母親只是簡短的回答是因為一個「預言」。

為了不要讓預言成真、為了不要惹禍上身，所以華火必須假裝自己不存在。

「只要妳離群索居，不要讓大家知道妳的真實身分，妳就可以平安無事的活下去，燁澐。」母親曾經這樣告誡她。

因此當燁獄帶著一群陌生的朋友來到家裡時，華火簡直嚇壞了。下意識就想要逃跑躲起來，但燁獄竟然毫不費吹灰之力就將她捉拿住，華火在此同時也猛然驚覺到哥哥的實力已經今非昔比，遠遠在自己之上，甚至也已經超越了父母親。

面對這樣的燁獄，華火覺得好陌生、好害怕。

「我的父親其實有一項傳家的天賦。」華火說到這裡，抬起眼看向泛月晨：「而這項天賦必須靠父親親手交付，才會在他的子嗣身上產生效力。如果父親沒有親賜給予我或哥哥，那麼這項天賦便永遠失傳了。當時，哥哥和他那群邪惡的朋友，逼迫父親將那項天賦交給哥哥。但是父親當然不願意。」

泛月晨原本很好奇那是什麼樣的天賦，竟然讓人如此覬覦，但覺得時機不對，便將已到喉嚨口的疑問硬生生壓了下來。

「哥哥帶回來的那群朋友……很奇怪。」華火瞇起眼努力回想：「他們都穿著斗篷，看不到臉，而且都散發出一種恐怖的氣息，有一股黑色的邪惡力量在他們四周流竄，濃烈到我都可以感覺得到。不知道為什麼，我當時有一種奇怪的感覺……，我覺得，哥哥其實很害怕他的那些朋友們。與他們在一起時的畏懼，多過友好的情誼。」

哥哥的那群朋友使出恐怖的魔法，改用強逼的方式要父親就範，但是父親寧死不從，只是一直用十分悲傷的眼睛望著哥哥，那種活過了數個世紀的滄桑，悲愴與無力的眼神，讓華火一輩子都無法忘卻。

華火跟親生母親被綁在一邊，看著那群哥哥的朋友用盡各種方式折磨父親，要他交出那項獨一無二的天賦。

華火當時很害怕，卻拚命忍住沒有尖叫出聲。似乎發現了華火的恐懼，父親轉過頭來，用非常微弱的聲音向她呢喃：「澐兒，父親對不起妳。」

「不要，父親……」華火想要跑到父親身邊，卻被魔法緊緊束縛在當場無法動彈；想要變身成鳥逃跑，四周卻因已經被下了結界牢籠，根本沒有逃走的出路。

「都已經這樣子了，還不肯乖乖聽話嗎？哼，真是一點都不配合！」哥哥的其中一個朋友不屑的哼聲，用下巴指指華火的方向：「燁獄，你不是說你父親最疼你妹妹嗎？那我們現在就拿她開刀，看你父親可以撐多久，順便幫你報仇，怎麼樣啊？」

燁獄當時沒有說話，但是卻露出一抹歪斜的微笑。於是他的朋友們紛紛從腰間抽出劍，向包圍獵物一樣朝著華火走去。

「我當時以為自己就要死了。」華火發抖：「但是……，我倒是希望我自己真的已經死了。」

就在燁獄的朋友們要開始折磨華火的那一刻，父親忽然站起身，像是發狂一般用盡全身的力氣，往對面堅硬的牆壁撞去。一瞬間頭骨斷裂的聲音震驚了所有人的神智，當那群朋友回過神來時，一切都已經來不及了。

華火像是墜入最深的血腥夢魘裡，她不斷放聲尖叫、尖叫，直到她再也聽不見自己的聲音。

父親曾經很痛苦的摸著她的頭，輕輕嘆息道：「這種天賦，是禍，不是福啊！」

是禍。是一種會讓人間接死在自己兒子手裡，一種會帶來殺身之禍的恐怖災患！

為什麼事情會演變成這個樣子呢？

最後，哥哥和那群朋友帶走了華火與她母親，而父親的屍體竟然就丟在原地不管，任由那汩汩的鮮血將大片地板染成鹹腥的血紅。

「最後不知道是誰安葬了父親。父親去世的事情好像被壓了下來，已經好幾個月了。後來我被逼著要來參加這次的大決賽……」

被哥哥那群朋友帶走之後，他們以華火母親的生命威脅逼迫華火同意參加大決賽。以哥哥為隊長，再搭配其他幾個人，前面的預賽他們一路過關斬將、勢如破竹，華火根本沒有幫上什麼忙，但也跟著成功獲得進入大決賽的資格，因此儘管她實力很弱，還有這種會吸引魔獸的萬惡體質，華火卻不敢輕易退出放棄大決賽，她怕一旦她棄權，母親的生命就會有危險。

「為了母親，哥哥要求什麼，我都必須乖乖照做。」華火擦擦眼角流下的眼淚，雙眼哀求地看向泛月晨：「泛月晨姐姐，對不起，是哥哥派我來找妳的。首先，找到妳，可以讓妳為了對付被我吸引來的魔獸而消耗體力；再者，先讓妳打頭陣，幫忙解決掉那些棘手的關卡，這樣哥哥他們只要輕鬆跟在後面就行了，最後等到妳筋疲力竭時，再一舉將妳打敗。」

「妳哥哥怎麼能夠確定，我一定會答應跟妳組隊呢？」泛月晨問道。

華火搖搖頭：「其實哥哥並不是要我跟妳組隊。他要的是讓我偷偷跟在妳的附近，只要可以引來魔獸、達到效果就可以了。這也是他們一定要我參賽的原因——沒有什麼比鳥類更好的偽裝了。」說到這裡，華火忽然咧嘴一笑：「可惜，他們都低估了妳的聰明。泛月晨姐姐，最後我還是被妳識破了，所以情急之下，我才說出魔獸的事情，想用苦肉計求妳讓我跟在妳身邊，原本以為妳不會答應的……。總之，姐姐，對不起。我知道妳是真心對我好，我卻這樣利用妳，我真的很不應該，請妳原諒我。」

「華火，別說了。」泛月晨輕柔擦掉華火臉頰上的淚滴：「妳也是為了妳母親，不是嗎？我不會怪妳的。如果是我，為了我母親，我也會這樣做。」

「真的嗎？」華火淚光閃閃的仰頭。

「當然了，我也很愛我的母親。」泛月晨淡淡嘆了一口氣：「每個人，總是有想要用生命去拚命守護的東西啊！」

只是，這種自私的情感，可能會在無意之中，傷害到許多許多人。

那麼，曾經心心念念想為母親及小影哥復仇的自己，是不是也跟華火一樣，在無意之中傷害了很多別人的心呢？

「華火，煒獄為什麼要參加大決賽呢？」千洵突然開口問道。華火似乎嚇了一跳，但是依然乖乖照實回答：「因為『預言』。」

「預言？」

「對。」華火點點頭，然後閉上眼：「我記得預言大概的內容是，這場大決賽，將會是改變我跟哥哥一生的關鍵。在這場大決賽中，有一人會獲得新生，有另一人則會永遠離去。」

「新生？離去？」泛月晨想了想，接著忽然頗為開心的說道：「預言的意思是不是說，妳哥哥將會永遠離去，放棄對妳和妳母親的掌控，讓你們獲得自由、有如重獲新生？」

「永遠離去？是指死亡的意思嗎？」千洵皺起眉。

華火攤手無奈地搖頭：「千洵哥哥，我不知道。其實預言如果以不同角度解釋，就會有不同的答案，所以很難界定清楚。而往不同的角度去解讀，就會演變成不同的結果。像剛才泛姐姐那樣解讀也是可以，但是我哥哥解讀的方式則是，他將會成為魔武界盟主，就像重獲新生一樣；至於我的去留，哥哥根本一點也不在乎吧！他只把我當作一個可以使喚、利用的工具罷了。」

「所以他才將我跟千洵視為他成為盟主路上的最大障礙，想盡辦法要除掉我們？」泛月晨舉一反三的問。

「對。」華火轉向千洵：「對了，千洵哥哥，我之所以不能確定『永遠離去』指的是否就是死亡的意思，最大的原因就是，因為任何一個預言家都被規範不能說出『死亡』的預言。」

「不能說出『死亡』的預言？」

「沒錯，因為死亡關係到輪迴的運轉，牽動到的層面過於廣大複雜，因此所有的預言者都有共識，絕不可以說出有關死亡的預言。雖然他們能夠事先得知，但是卻不能洩漏天機。」華火詳細的解釋。

「這樣不是很痛苦嗎？萬一他們看見自己的死亡呢？」泛月晨緊蹙眉頭。

「奇特的是，預言者可以預知他人的未來，但卻無法看見自己的未來。」華火垂下頭，望著自己的指尖：「另外，有些事情預言者也不能對當事人說出明確的答案，必須留給當事人思考的空間，所以當事人只能靠自己去推測、去追尋。」

「原來如此。」泛月晨想起那個有關千氏寶物的預言。看來，也唯有靠她自己想辦法，才能得到正確答案了。

不過，說到這裡……

「華火，妳好厲害，妳怎麼會知道這麼多跟預言有關的知識呢？好多我都不懂呢！」

原本是誇獎的話，聽在華火耳中，卻讓她面色刷的一白，唇角不住顫抖，幾次想張口卻遲遲說不出話來。

「怎麼了，華火？」

「泛姐姐……」華火扭著雙手，一副欲言又止的樣子。

望著華火猶豫的神情，泛月晨不禁開始將所有的資訊串連起來，由前而後，從華火所說的每一個小細節——

她說，她的父親擁有一種奇異的天賦。一種人人覬覦的天賦。

她說，她的父親不久之前才去世。

她說，她的父親雖然魔力沒有特別高強，但是在魔武界的地位頗高。

她說，父親痛苦的告訴她這種天賦是禍不是福。

她說，父親的死訊被刻意的壓了下來，而千洵才剛剛跟自己說……

「華火，妳該不會就是——」

「妳忘記我姓什麼了嗎？泛姐姐。」華火抬起頭，而泛月晨直直望進那雙燄色的大眼睛中：「我姓燁，這是我們家原本的姓氏。」

「燁……？」

她怎麼會沒有注意到呢？燁獄、燁澐，華火燄色的大眼，燁獄絳褐色的眸子像是一團悶燒的火燄。

「燁。」千洵在一旁輕輕的開口，一雙了悟的眼瞳深邃的探進泛月晨的眼：「燁——光之明盛美麗謂之燁。」

原來如此。

「千洵哥哥，你說對了。」華火點點頭，眼神低垂的望著雙手，聲音輕得像是錯覺，彷彿只由一絲微薄的空氣運載。

「我的父親……的確就是光明法師。」

狂焰曲果然依約在天色尚未完全亮明、魔法實況直播還沒開始之前便成功回到他們身邊，還同時獵回來好幾隻野兔。幸好華火在狂焰曲回來時已經再次昏睡過去了，因此狂焰曲也省了解釋身分的麻煩。她將野兔往營地中間一丟，瞟了一眼泛月晨滿臉凝重的神情。

「怎麼了，主人？聽見不好的消息了嗎？」狂焰曲一邊說著，一邊慢慢變回透明，再次與泛月晨融為一體，這樣就可以分享她腦中方才聽見的資訊了。畢竟他們融合時心靈是合一的。

「我只是在想，這次的大決賽，背後究竟還隱藏了多少祕密。」泛月晨嘆息，走到獵物旁，拿起刀著手處理，千洵也幫忙在旁升起火焰。

華火在睡夢中不安的囈語著，不停翻身扭動，睡得很不安穩。泛月晨心中充滿不忍，這一個連十歲都不滿的孩子，身上所背負的黑暗過去，居然是這樣的駭人聽聞，她要花多久的時間才能走出過往的夢魘？今日逼她這樣回想，對她來說恐怕是一種煎熬的折磨吧！

「華火，對不起。」解決完兔肉，將肉掛到樹枝上開始燒烤，泛月晨再次回到華火身邊，掌中凝聚起安撫的魔法，慢慢輸入華火身體裡。

華火安靜下來，只剩下那緊皺的眉，像解不開的鎖一般，縈繞在額間。

「謝謝妳，願意告訴我這樣的過去。」泛月晨撫著華火的頭，像是在自言自語一般：

「我不會怪妳，華火。妳是一個很勇敢的人，不用覺得對不起我。」

多希望，在這次的大決賽之後，妳可以找回專屬於自己的幸福。

願夜帝與妳同行。

「光明法師能夠隱瞞他有兩個孩子這麼久，也真是不容易的事情。」翻動著烤肉，千洵若有所思的說：「但華火說她父親的出發點是想要保護他們，這點我覺得很奇怪。難道他們是在躲避什麼人嗎？光明法師難道以為，只要隱瞞女兒的存在，就可以保證她的安全嗎？光明法師究竟在害怕什麼？」

「光明法師，他是全魔武界最有名的法師。」泛月晨離開華火，走回千洵身邊坐下，望著逐漸明亮的天色，魔法直播大約再半個時辰就要開始了，其他選手一定也都摩拳擦掌、蓄勢待發。他們必須加緊腳步，趕在其他人之前到達金鳳凰面前：「這樣崇高的身分，歷經如此多的風風雨雨，看過太多的人事滄桑……，我覺得，唯一能讓光明法師如此害怕的事物，只有一個，而這同時也是光明法師不斷試圖想要對抗，最後卻依然敗在其下的東西。」

千洵琥珀色的目光迎上泛月晨蔚藍的雙瞳。

「光明法師想要對抗的，就如其他很多人一樣。」泛月晨聽見自己深吸一口氣，說道：「他想要對抗──命運。」

誰不想要對抗命運？

誰不希望自己的未來可以掌握在自己手中，避掉一切災禍厄運，一路上風平浪靜、飛黃騰達？

無法窺見自己命運的凡人尚且如此，更何況是可以看出世間幾乎所有祕密的預言者呢？他們雖然明知天命不可逆，但是仍然抱著一絲希望想要抵抗，以為會帶來什麼不同的結果。

但究竟是什麼樣的命運，竟然會讓這樣一個明知命運不可逆的人，卻依然想要頑固抵抗呢？命運的無可逆轉，光明法師應該是最清楚的人才對。

「我只希望，華火可以平安無事。」泛月晨閉上眼，將下巴靠在膝蓋上。千洵抬起眸子凝視眼前的少女，臉上劃過一抹深情的溫柔。或許就是這樣心胸寬大、總是設身處地為別人著想、顧慮到別人心情，不會記恨、懂得原諒他人的泛月晨，才讓自己被深深吸引。

一天比一天更愛她，比五年前，更珍視的放在自己心底，想要用生命去呵護。

泛月晨憐惜的看著華火：「她真的吃了很多苦……。」

或許是經過了生命的淬煉、見過更多悲歡離合，知道生命無常，而自己也曾經受過苦難……，泛月晨知道那種無助的感覺，像是自己比塵埃還要渺小，在命運石磨的夾縫中苟延殘喘、苟且偷生。

曾經聽過一句話——長的是磨難，短的是人生。

「等一切都過去之後，讓華火來跟我們一起住吧？連同她母親，好嗎？」

乍聞此句，千洵猛然抬頭。

「不然，華火回去跟她哥哥在一起，我真的不忍心呢！」

「妳……」

「你不同意嗎？」泛月晨疑惑地睜大眼。

不同意？怎麼會不同意呢？但是，方才泛月晨說的是「我們」嗎？她真的說了「我們」嗎？這樣一來，他可不可以自作主張的以為，她已經動了想要待在他身邊一輩子的心意了？還是他會意錯了呢……？

「好。」千洵應聲，勾勒起一抹明亮的微笑，點亮了四周的風：「等一切都過去之後。」

如果能跟妳在一起、如果能得到妳執手的承諾——就算是一輩子，我都願意等。

我的泛月晨。

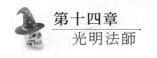

第十五章　手足相殘

就在天黑以後的那一瞬間的靜寂裡，這些詞句顫成一片音樂，它們正如星星般，在這時候開始光芒閃爍，可惜你已經不在那兒。

——泰戈爾

「原來是這麼樣一個陣法。」泛月晨不禁驚嘆。

難怪華火的魔之力會發揮效用，從空中俯視是最迅速走出這個大迷陣的方法。這個錯綜複雜的迷魂陣，以茂密的樹林作為障眼法，布有各式各樣的機關與魔獸，而金鳳凰就在整個法陣的中心。選手們不斷深入，最後來到中間那個突兀而空曠高起來的臺地，大家會在此地會面，然後進行最後的廝殺爭奪。

臺地被一種不知名的銀色魔法籠罩著，地上全都結了厚厚一層霜。白雪在太陽的照射下千年不化，映照出瑩瑩閃光，顯得神祕而唯美。

「難怪這幾日愈靠近法陣中心，就愈覺得四周寒冷。」泛月晨恍然大悟，指著一團霧氣特別濃厚的模糊地帶：「千洵，金鳳凰就在那裡，對嗎？被重重魔法保護著？」

「對，金鳳凰就在那裡。」千洵凝視著霧氣，眼中充滿深思：「但是我想不透的是，這麼濃厚的一團霧氣，光靠一個人的力量絕對是無法驅散的，那麼前幾屆的冠軍究竟是如何到達金鳳凰面前的呢？」

「難道不是走到臺地上就可以看見金鳳凰了嗎？」泛月晨奇怪的問。

千洵搖搖頭：「不，妳是可以看見金鳳凰沒有錯，但是，看到和到達是兩個完全不同的概念。妳可以站在牠面前，卻完全無法成功碰到牠。妳會被那些魔法濃霧重重阻隔，對金鳳凰只是可望而不可及。」

「那些濃霧靠一個人的力量真的無法驅散嗎？該怎麼辦呢？」

「這也就是我覺得奇怪的地方。」千洵沉吟半晌，從山上往下望著臺地：「難不成之前的冠軍……」

拜狂焰曲所賜，誤打誤撞下登上的這個山丘，居然是附近最高的地形，因此當太陽高升之後，他們馬上就被一陣不自然的銀色光芒所吸引，往光芒發出的方向看，即是離他們不到幾小時路程遠的這片臺地，而千洵馬上推斷出這應該就是他們追尋了很久的法陣中心，也就是金鳳凰最後的所在地。

冰封的臺地，配上同樣被冰封的金鳳凰，那就是他們接下來的目的地。

「要帶上華火一起嗎？」泛月晨回頭看了一眼好不容易睡得安穩一些的小女孩。

營地已經被收拾乾淨，抹去曾經在此生火過夜的痕跡。狂焰曲所設下的保護結界時效迅速逼近，他們必須馬上作出是否要一起帶上華火的決定。

千洵遲疑了一下：「妳說呢？」

「華火來參加大決賽是逼不得已。如果讓她無辜的再次身歷險境，豈不是太可憐了。」泛月晨抿起唇搖搖頭：「我想，等華火醒來而且找到我們的時候，戰事大概已經結束了。剛好可以避免她被捲入這一切，所以還是不要帶上她吧！」

「留華火一人在這裡，確定沒有問題嗎？」千洵最後一次檢查裝備。

泛月晨想了幾秒，然後伸手施法，金色的光從她指間流瀉而出，往四周擴散開來：「我把結界加強，可以再多撐幾個小時，時間足夠我們打敗其他人拿到冠軍了。這期間華火應該都不會有危險，她昨天才受過傷，還是讓她多休息一點。留在這裡，我也比較放心。」

回頭再次看了躺在地上的小女孩一眼，泛月晨嘆息，揉揉疼痛的額間。

為什麼，總有一種不好的預感在心中盤旋，就是揮之不去呢？難道是自己想太多了嗎？

不會的，一切都會沒事的。

起步，泛月晨往東方奔馳而去，同時另一個身影陪在她的身側，隨著她一起往太陽初升的方向前進。一路上他們維持沉默，也都沒有回頭。

假如他們回頭的的話，將會看到一個如蝙蝠一樣的陌生黑影，在他們雙雙離開之後，寂靜無聲的降落在剛才他們駐足的山丘上，同樣舉目望向東方。望著，他們離去的方向。

「奇怪，不是有四個人嗎？怎麼會只剩兩個人了呢？那小女孩可以變成鳥我能理解，但是還有一個呢？」黑影自言自語起來，暗色的背影看起來陰森而沉重。

因為結界的緣故，黑影並沒有發現華火還留在原地，沒有離開山丘。也幸好結界成功，

第十五章 手足相殘

因此當華火從惡夢中驚醒，發現眼前竟然出現一個完全陌生的人背對著自己說話而害怕的尖叫出聲時，黑影也沒有聽見。

這是誰？泛月晨姐姐跟千洵哥哥去了哪裡？他們怎麼了？這個人是怎麼回事？

華火害怕極了，但是想起有結界在保護著自己，又稍微安心了下來。

這個人……身上有某種特質，與變了性子的燁獄哥哥一模一樣。那是一種說不上來的恐怖感應，華火無法清楚解釋，但是，她就是知道。

這個人跟哥哥一樣，被某種不屬於自己本質的東西附身了。

華火害怕的摀住嘴，有些不知所措，不曉得該怎麼辦才好。

這個黑影就是那個遲遲沒有現身的最後一位選手，對不對？華火可以感覺得到這個人非常非常厲害，身上那種邪惡的氣質甚至比哥哥還要強烈。如果這個人的目標是泛月晨姐姐和千洵哥哥，那麼他們會有危險！她要去警告他們！

但是，他們去了哪裡？

「不對，這件事情有蹊蹺。」華火還在煩惱時，沒想到黑影又自顧自地開口了：「問題一定是出在泛月晨身上，這要趕快跟主人報告才好……。」

主人？什麼主人？華火困惑的蹙起眉頭。就她所知，這個大決賽的場地對外是完全封閉的，無法跟外界聯絡，以避免選手有作弊行為。那麼這位陌生人口中的主人是誰呢？他要怎麼跟他的主人報告呢？難道他的主人也在大決賽裡嗎？可是選手分明只剩下他們幾個了呀！華火真是一頭霧水。

「算了，這樣貿然打擾主人，好像也不太好。」沒想到過了幾秒，黑影似乎又改變了主意。華火十分好奇他口中所說的主人究竟是誰，似乎讓這位黑影非常畏懼而敬重：「還是辦好主人交代的事情就好了，不要多管閒事。」

咦？黑影的主人交代他什麼事情？感覺起來好像跟泛月晨姐姐有一些關係呢！難道黑影想要做出對泛月晨姐姐不利的事情嗎？華火不禁緊張起來，更加認真地豎起耳朵想要聽清楚黑影的喃喃自語。

「就這麼辦吧！剛看他們往東方去了，也許是那一片臺地。」黑影朝東方眺望了幾分鐘，華火連忙也起身想要看清楚，可惜個子實在太嬌小了，就算她站起來也看不清楚什麼，只隱約看到似乎有不明顯的銀光在閃爍。

泛月晨姐姐跟千洵哥哥為什麼要留下她一個人在山丘上，不叫醒自己，讓她與他們並肩作戰呢？華火實在很想幫上他們的忙。

他知道泛月晨姐姐的目標是要成功到達金鳳凰面前，那麼自己不論如何都要幫助姐姐達成。到目前為止，她都沒有幫姐姐任何忙，而姐姐卻幫了自己這麼多，華火真希望自己也能夠回報她。

「好戲就要上場了呢！泛家少主，我很期待……。」突然一個俐落的蹬腳，黑影往東方迅速奔去，速度快得就像是蝙蝠在飛行似的，尤其是他身後展開的黑色披風，就像是蝙蝠翅膀的形狀，華火不禁打了個冷顫，背脊一陣發涼。

糟糕，他要去找泛月晨姐姐了！怎麼辦？

華火焦急的踱了跺腳，自己昨天從空中摔下來的時候，不慎摔傷了翅膀，現在如果強迫自己飛行，那麼傷口一定會惡化，而且也會抽痛得很厲害，飛行速度也會很慢。可是如果用步行，就更糟糕了，憑她普普通通的魔法技術，想要徒步穿越森林到達那個臺地，簡直就像是天方夜譚。面對這種兩難的情況，華火猶豫了，自己到底該怎麼辦呢？

想來想去，好像待在這個山丘上等待比賽結束，是最理想的方法呢！

不行不行！她怎麼可以讓泛月晨姐姐跟千洵哥哥自己去面對那些危險還有敵人？好歹……他們曾經是隊友，不是嗎？隊友就應該要互相扶持，而不能總是她單方面受惠，這樣就連自己都要開始鄙視自己了。

更何況——根據父親的預言，自己可能有機會在這次的大決賽重獲新生呢！儘管不瞭解這預言背後真正的意涵是什麼，但是華火知道絕對不是自己坐在這裡呆呆地等待比賽結束，不是嗎？

而且，燁獄哥哥會在那裡。她也要去告訴燁獄哥哥一件事，這件事她應該要早一點說的，但是一直因為害怕而不敢說出口。

她要去告訴哥哥，不要跟泛月晨姐姐搶魔武界盟主的位置。因為不管哥哥怎麼努力，這個位子終究都不會是他的。也許哥哥還會在這汲汲營營的過程中，失敗受傷呢！儘管哥哥對自己很壞，但是華火還是愛哥哥的，不管怎麼說，燁獄都是自己的哥哥啊！而且在他變壞以前，哥哥真的對自己很好很好。

不要去搶盟主這個位置——因為，這個位置註定是泛月晨姐姐的。

泛月晨姐姐，是命中註定即將誕生的下一任魔武界盟主。

藏有小小的私心，華火並沒有將這件事情告訴過任何人，這件事是聽父親說起的，而父親告訴她，最好不要說出去，一旦說了，自己會惹禍上身。

父親在預言裡看見了這件未來即將發生的事情，其實父親並不想讓華火知道這件事，只是當父親跟一個陌生的叔叔提起這件事情的時候，被經過門外的華火不小心聽見了。

那個陌生的叔叔，華火並不認識。但是依父親的說法，他是泛家的人，因為他跟泛月晨有血緣關係，所以道義上，父親必須要跟他提這件事情，請他多加留意保護泛月晨，但同時也要求那位叔叔絕對不可以將這件事情讓泛月晨得知，否則有可能將會事與願違。

由於父親住的地方非常偏僻，都是在高聳的山林裡，而且幾乎不與外界聯絡，所以華火並不清楚魔武界上的人與事，不過，華火在當下就覺得那位叔叔很不對勁，自己並不喜歡他，也覺得父親不應該把這麼重要的資訊告訴那位叔叔。

對了，華火想起來，那位叔叔給他的感覺，就跟剛剛那位黑影人很相似，也跟哥哥很相像，他們都有一種很邪惡的感覺，令華火毛骨悚然。

這三個不同的人，為什麼卻有一樣的邪惡氣息呢？

嗯，她一定要去弄清楚才行。

想到這裡，華火心中作下決定。她走出結界，展開雙臂，閉眼進行變身，於是一陣閃光之後，華火變身成為一隻速度奇快的軍艦鳥，她拍動翅膀測試風向。

沒想到才剛剛揮動雙翅，就是一陣鑽心的疼痛，差點讓華火從半空中摔下來。只能勉強用右邊翅膀飛行的華火，但是發現自己的左翅傷得比想像中還要嚴重，幾乎麻木失去知覺，硬撐著飛行，一定會讓翅膀作廢的。

但是她不能留下泛月晨姐姐啊！她怎麼可以……？

忍住疼痛，華火再次逼迫自己揮動翅膀，朝著東邊的方向飛去。儘管飛行速度緩慢，但是至少比留在原地什麼忙都幫不上好多了。

然而，華火並不知道，自己正飛往生命的盡頭。

空中突然傳來一陣亂流，讓華火不得不下降飛行高度。翼尖擦過樹梢，就在華火想乘著風滑翔以避免體力消耗時，忽然一個巨大有如蝙蝠的黑影由她背後從天而降，幾乎沒有時間求救與掙扎。當華火的雙眼對上黑影腥紅的眼瞳時，忽然感覺身體像是被撕裂一般地痛楚，意識沉進一片模糊的虛無縹緲之中，接著便昏迷在突然而至的古怪黑暗裡。而當華火清醒後睜開眼睛，竟赫然看見自己變成軍艦鳥的她，居然正佇立在自己面前，更不可思議的是，自己的身體竟然變成了……。

當泛月晨以及千洵趕到那片雪白的高地時，驚訝的發現居然已經有人在那裡了。

「燁獄！」泛月晨憤慨地喊了一聲，指尖也在同時凝聚起魔法，隨時準備出擊。

聽見有人喊他，那名少年有些慵懶的轉過身，淡淡睨了前來的兩人，他僅剩的一名手下正用謹慎、備戰的眼光盯著他們。

「哼，我還想說，怎麼這次參賽者的素質都那麼差，我已經來了很久了，居然現在才有其他對手趕來呢！唉，當初還真是太抬舉你們了。」燁獄說著彈了彈身上的灰塵，一副不屑的倨傲表情。

想起燁獄如何無情殘忍的對待華火，絲毫無兄妹之情，沸騰的憤怒頓時在泛月晨心中熊熊燃燒起來。

「是啊，現在參賽者的素質真是愈來愈差了。」只見泛月晨不怒反笑，那諷刺的笑容極其美麗：「不僅會扔下自己的親人於不顧，到手的人質還會莫名其妙被救走，就連辛辛苦苦研究了很久如何破除金鳳凰的迷霧魔陣，都研究不出個所以然來，你說的話還真是中肯呢！」

「妳！」燁獄聞言氣得咬牙切齒，但是他很快就用力忍下怒氣，露出一臉自負的神情：「不清楚就不要在那裡賣弄了，我是第一個到達金鳳凰面前的人。大會之所以還沒有承認我為冠軍，是因為你們這些其他討厭的參賽者還沒有被我一一打敗。」

燁獄說著回頭望了一眼，用無限迷戀的崇拜眼神渴望的看著金鳳凰。

「不論如何，金鳳凰都是我的了！你們全都不可能成功到達牠面前的，因為我現在就已經在這個位置上了！雖然目前我還未正式取得冠軍，不過並不要緊，因為這只是時間早晚的問題而已，我會一個一個消滅你們，誰都不能阻止我！」

「話不要說得太滿，燁獄。」泛月晨幽幽冷笑一聲，接著下一秒腳步一蹬，像風一樣迅速竄到燁獄面前，當面就是凌厲的一擊，魔法的閃光四濺，嗡鳴聲幾乎讓人耳鳴。

燁獄立即伸手擋架，但還是被泛月晨魔法的威力逼得往後倒退一步。燁獄的手下見狀連忙上前助陣，而千洵也在此時身影一動，抽出騎士長刀朝對手揮去，對準關節四肢，希望可以在最快的時間內使對手失去戰鬥能力，順帶將魔法灌注到騎士長刀裡，增加揮刀時的力度。

「妳休想搶走我的位置！」燁獄尖叫。

泛月晨手上沒有武器，因此無法使出拿手的風之舞武技，所以只好使用魔技以及魔之力，想用火焰包圍住燁獄。但是燁獄似乎天生比較偏向水屬性，不太畏懼泛月晨的火焰攻擊，而燁獄所使用的黑魔法威力強大，又是泛月晨較不熟悉的魔法領域，不知道該如何抵抗化解，只能拚命閃躲，造成兩人對戰局勢一時僵持，分不出高下。

反觀千洵對戰的這一組，似乎就比較容易分出高下。燁獄的手下根本不是千洵的對手，也許多對一還稍微占有人數多的優勢，然而一旦是單人對打，沒有其他隊友作為輔助，燁獄的手下很快就敗下陣來，眼看就要棄械投降了。

千洵周身圍繞著武器所散發出來的魔法氣息，凌厲矯捷的劍氣在四周瘋狂舞動，雖然不如風之舞那樣的輕盈迅疾，但是隱隱有一種穩重的王者之風，虎虎生風的威勢讓人看了不禁心生畏懼，也更崇敬起這個魔法威力霸氣十足的千氏少爺。

「燁獄，我快要抵擋不住了！」燁獄的手下不得不大叫求救，拚命往後退去，而繞在金鳳凰四周的霧氣，幾乎蒙蔽住對戰雙方的視線，在這種伸手不見五指的詭異濃霧裡，敵人可能隨時會出現在任何地方，這種腳下空虛的感覺直讓人毛骨悚然，像是下一秒就會忽然發現敵人就欺近自己背後，自己卻仍渾然無所覺似的。

不知道是不是泛月晨的錯覺，他覺得金鳳凰四周的霧氣彷彿隨著時間的流逝而愈發濃厚，也正在往外擴散中。現在金鳳凰已經只剩一團朦朧的金色光線了，不久前原本還可以清楚的看見輪廓。

「不要一直退到霧氣裡面！快，往外退！」

燁獄的尖聲叫喊刺痛了泛月晨的耳膜。她躲開燁獄一連串的攻擊，回敬他一發威力強大的擊昏咒，可惜以些許距離擦身而過。

「可是金鳳凰在霧氣裡，這樣我們不是失手了嗎？」燁獄的手下喊著，聲音聽起來很緊張，但還是聽燁獄的話，開始往霧氣比較淡薄的地方跑去。

「留得青山在，不怕沒柴燒。你不懂嗎？」燁獄說著，自己也開始往外跑去，泛月晨連忙雙手合十，接著猛然拉開，頓時一連串火焰劈劈啪啪從她掌中開始向外朝燁獄的腳步追去，像是蛇一樣緊跟在他腳踝處不放。原本只要再幾秒就可以成功延燒到燁獄身上，但泛月晨卻因為某件事情分心而功虧一簣。

泛月晨發現，似乎因為自己燃燒的熊熊火焰，四周的霧氣略微退散了開來。

對了，霧氣是水，而火可以驅散霧氣……

「泛月晨，小心！」雖然千洵及時出現將泛月晨推開，但她還是被不知從何處射過來的一發黑魔法險險的劃過右臉頰，留下了一條清晰俐落的血痕。

「現在專心對打，不要分心。」千洵叮囑一聲，然後又閃身消失，好像是重新回去對付對手了。泛月晨甩甩頭讓自己清醒些，然後連忙往方才燁獄逃走的方向追了過去，四周霧氣變淡，又是一片銀白的雪地。

第十五章
手足相殘

才一跑出迷霧，一發魔法便直直朝泛月晨射了過來，泛月晨偏頭，卻感覺出這發魔法並不是燁獄所使用的專屬黑魔法。

揚起藍眸，泛月晨望向那發魔法的來處。

原本由泛月晨的魔之力燃起的火苗跳動了幾下，然後在雪地上熄滅了。因為泛月晨太過於震驚而無法繼續維持火焰。

沒有了火焰的包圍，泛月晨忽然覺得四周的空氣太冷，冷得淪肌浹髓，滲人心脾。

連輕聲呢喃出那個名字，都令泛月晨牙齒打顫。

「千水悠……」

霜雪滿天，寒冰無瑕。就像少女那毫無溫度的眼神，讓泛月晨幾乎為之絕望。

「妳沒有資格叫我。」短短一句，語畢，千水悠的魔法再次迎面而來，劃過紛飛的細雪，幾乎可以聽見呼嘯而過的聲音。

因為恍神，泛月晨差一點就沒有躲過千水悠的魔法。

以前千水悠訓練她時，泛月晨早已經有過無數遍與她對戰的經驗。但是卻沒有任何一次像現在這樣犀利，這樣讓泛月晨心痛得幾乎無法呼吸，喉頭像是被什麼東西梗塞住，手腳全都不聽使喚，好幾次都是在千鈞一髮之際躲過凌厲的攻勢，泛月晨根本無心反擊。

更雪上加霜的是，燁獄不久之後也出現了，並且與千水悠並肩作戰，一起攻擊泛月晨。

「千洵……」千洵呢？千水悠知道千洵也在這裡嗎？如果知道，千水悠還會這樣攻擊自己嗎？

不行，自己怎麼總是這樣依賴千洵，不能總是等著千洵去救她，她必須靠自己。

「火！」再次燃起火焰，泛月晨勉強打起精神，但是一人同時應戰兩人，讓泛月晨的魔力以驚人的速度消耗，泛月晨不禁開始擔心再這樣下去，不知該如何使用所剩無幾的魔力擊敗對手。

不過奇怪的是，交戰了那麼久，泛月晨卻依然毫髮無傷，儘管有好幾次差一點就要被魔法射中了，但似乎千水悠與燁獄的默契不佳，好幾次他們同時射出的魔法反而撞擊在一起，還沒有真正打擊到泛月晨，就已被互相抵消或是往其他地方彈飛出去了，這不禁讓泛月晨鬆了一口氣。

就在此時，天際忽然傳來一聲尖銳的嘯叫。

聽聞此嘯聲，令泛月晨不禁一愣，在打鬥的空檔抬起頭，果然看見那個預料之中的身影，正在她的頭頂上方盤旋。

「華火……」怎麼會？她不是將華火留在山頂了嗎？她竟然比預期中還要提早甦醒？華火的傷勢根本不適合戰鬥，她過來這裡只會徒增自己的危險！泛月晨不禁緊張起來，因一時緊張沒有控制好魔力，頓時大量的魔法因為她緊繃的情緒狂溢而出，反而將千水悠以及燁獄往後震飛，魔法的閃光頓時更加混亂，在整個戰場上方飛舞彈跳，像是點燃的爆竹一般四處飛濺。

就在這混亂的當下，泛月晨在眼角餘光中看見隱隱有個如蝙蝠般寬大的黑色身影朝著臺地的方向奔跑而來，那輕盈的腳步就像是會飛舞一般，泛月晨猜想，那應該是最後一個還尚未現身的選手吧！

由於臺地的面積很大，那個選手離她還有一段距離，然而就在那黑色身影踏上被白雪覆蓋臺地的那一秒，整個地面劇烈的搖晃起來，像是地震一般，所有人都被搖晃得幾乎站不住腳。

「臺地，怎麼會——？」泛月晨驚詫的喊道。不可置信地看著遠方的樹林慢慢沉到地面下，不，那些樹並不是沉到地面下，而是正在上升！這個臺地正在往上升！

一定是所有的參賽者都已經到達這個金鳳凰所在的臺地了，所以臺地才會緩緩往上升，像是形成一個超級大的競技臺一樣，將所有的參賽者困在這裡，沒有一絲逃走的出路。

「啊——！」突然一聲驚恐的尖叫，泛月晨猛然回頭，發現剛才被自己所爆發出去的魔法能量震得飛出去的千水悠以及燁獄，由於太靠近臺地邊緣，又因為臺地不斷的劇烈搖晃，而漸漸站不住腳往後跌去，眼看著就要摔下臺地邊緣，落入底下的萬丈深淵。

「水悠！」一震驚幾乎攫走泛月晨的呼吸。尚未意識到自己正在做什麼，泛月晨已經朝著千水悠的方向衝了過去，沒有想到這樣一來，自己也會落入險境之中。

轟隆，臺地往上升的趨勢忽然停止，又是一陣天崩地裂似的劇烈搖晃，原本好不容易在臺地邊緣取得平衡的千水悠往腳下一看，發現腳地下的雪地出現不明的、鋸齒狀的裂痕……。

「不——」雪塊猛然崩落，泛月晨眼睜睜的看著千水悠所站立的地方消失在眼前，而千水悠也隨著落下的臺地邊緣一同往下墜落，她指尖胡亂在臺地邊緣猛抓一陣，卻沒有辦法停止自己下墜的趨勢，手指愈繃愈緊，泛月晨見狀連忙撲身上去，而才剛剛握住千水悠纖細的手腕，千水悠就猛然鬆脫原本攀附著邊緣的手指，要不是泛月晨及時拉住她，她可能已經墜落下去了。

臺地邊緣的冰塊及碎石簌簌滾落，掉進看不見底部的深淵。

千水悠仰眸，異常鎮定而冰冷地看著泛月晨的雙眸。

「水悠——」

「放開！」

「什麼？」泛月晨驚訝得睜大眼睛。

「我叫妳放開。」千水悠再次重複，眼神顯得很平靜，沒有畏懼。泛月晨深深迷惑。

「我不需要妳救！」

「我不會放開妳，一旦我放開了，妳不就掉下去了嗎？」泛月晨用力搖頭，堅定地回絕：「我絕不會那麼做。」

「泛月晨，妳搞不清楚狀況嗎？」千水悠忽然怒吼：「現在妳是在戰場上，背後都是其他選手，妳忘記我平時訓練妳的時候，告訴妳什麼了嗎？」

用力扭動掙扎，千水悠好像就要掙脫泛月晨的掌心了，泛月晨見狀連忙握得更緊。

「我告訴過妳，絕對不可以背對敵人！」

風呼呼吹過，霜雪打上泛月晨的臉，幾乎讓她睜不開眼睛。

「妳或許是這樣說過。」泛月晨回答：「但是妳也說過，戰場上最重要的就是朋友。」

以同樣震耳的嗓音，泛月晨大喊：「妳是我的朋友，所以我絕對不會放開妳！」

「即便我背叛了妳？」

手腕滑動，千水悠的一隻手脫離了泛月晨的掌握，重力將她們往下拉。

「即使如此，我也不會放開妳。」

雙眼被風打得生疼，幾乎就要溢出的淚水在泛月晨眼中結成白色的霜。

千水悠由下而上默默地凝視她，泛月晨幾乎就要在她深邃的眼中看出些什麼情感，好像有某種堅硬的情緒，在千水悠眼中融化了。

朋友，就應該要這樣，彼此扶持，不離不棄，不是嗎？

曾經那樣深刻的友誼，一輩子也無法磨滅；不論經過多少風雨折磨，最初那美麗的感覺永遠都會存在。

即便妳恨我、背叛了我……，還是無法就這樣報復似的放開妳，親眼看著你落入那洞黑的深淵。

但是，妳為什麼這麼堅持呢——？

「泛月晨，我說最後一次，放開！」千水悠厲聲，嗓音幾乎被四周的風聲蓋過。

「不要——！」然而泛月晨才剛剛開口，背後忽然感覺到有一陣冷風襲來。好不容易勉強側著身子閃過，泛月晨看見居然是燁獄再次攻擊自己，甚至還拔出了武器，似乎下定決心非擊敗泛月晨不可。

不回身好好應戰，泛月晨一定會輸掉這場戰役。

可是……

「泛月晨，對不起了。」千水悠忽然出聲，泛月晨還來不及反應她話中的意涵，忽然感覺到她握住千水悠的那隻手腕劇烈疼痛起來，像是被刀撕裂一樣。

反射般地放開手，泛月晨失去對千水悠的掌握，當她後悔的想要趕緊再次握住千水悠的手時，卻已經來不及了。千水悠已經落入了無盡深淵。

「水悠！」泛月晨放聲大喊，看見自己的手腕正在流著血。血液迅速在寒風中乾涸，留下猙獰的血痕。原來是方才千水悠用另外一隻手抽出繫在腰間的武器，劃傷了泛月晨，好讓她放開自己。

遠遠看見千水悠落下去的地方，好像有什麼耀眼的白光閃現，但是泛月晨卻已經沒有餘力去深究。因為下一秒，熚獄的武器便狠狠的插入她身旁的雪地上，差一厘米就要刺進她的身體了。

「你──」泛月晨連忙將注意力放到熚獄身上，而無法成功救回千水悠的怒氣，讓泛月晨異常憤怒，一股腦兒將所有的怒火發洩到熚獄身上，魔法一發比一發更凌厲，完全不留餘地，讓熚獄幾乎招架不住。

「泛月晨……」就在此時，泛月晨看見了差點讓自己心跳停止的畫面。華火已經從鳥身變回人形，正大步朝自己跑來。

第十五章
手足相殘

「華火，不要過來！」泛月晨驚恐地大喊，一時失神讓她被燁獄的魔法擊中，幸好打偏，沒有正中要害，但威力卻已經足夠讓她直不起身來，只能踉踉蹌蹌的往旁邊跌去，儘量避開臺地邊緣。

奇怪的是，那位穿著黑衣的陌生參賽者看見泛月晨受傷，也連忙跑了過來，雖然看不清楚表情，但可感覺到他似乎十分擔心。

「泛月——」

「你是誰？走開！」沒想到華火先一步跑到泛月晨身邊，然後轉身凶狠的對著黑衣人怒吼：「不要過來，你是壞人！」

「我不是壞……」

華火喊完，揮手就是一發強悍的魔法。黑衣人似乎顯得很害怕，跌跌撞撞的往後退，看起來十分不知所措，那種驚慌的神情，泛月晨忽然覺得很熟悉。

可是這不對啊……

「不要相信她，千萬不要，她不是我，她不是華火，泛——」只見黑衣人緊張的大喊著。

泛月晨覺得腦袋混亂極了，嗡嗡作響的無法思考，不知道該相信哪一方，正當她左右為難之際，眼看著燁獄又即將攻過來。這時千洵終於出現了，但卻還是在跟燁獄的手下纏鬥。

泛月晨實在很困惑，雖然知道事情十分不對勁，但她一時卻無法看出到底哪裡不對勁……

倒在地上，好半天都恢復不過來。

「千洵！」看見千洵出現，華火忽然轉移目標，朝著千洵的方向跑了過去。泛月晨一邊架起防護結界抵擋燁獄的魔法，一邊用眼角看著華火跑到千洵身邊，並且使出魔法幫忙千洵對付燁獄的手下。而華火所發出的魔法異常有效，一發過去就讓燁獄的手下痛哼一聲倒在地上，好半天都恢復不過來。

不對……！

這時千洵忽然彎下身子，好像華火正想要告訴他什麼事情，然而結界突然一陣劇烈晃蕩，泛月晨連忙收回視線專心應戰，以致無法再分散心神留意華火和千洵那邊的狀況。而當她終於有餘力轉頭察看華火的情況時，卻赫然發現千洵倒在地上，似乎非常痛苦的樣子，而華火一副不知所措的模樣，看起來像是嚇壞了。

「千洵！」

泛月晨趕了過去，將防護結界擴展到千洵以及華火身上。千洵情況看起來很不好，他冒著冷汗，感覺像是在昏迷邊緣掙扎。

「剛剛發生了什麼事情？」泛月晨驚慌地問站在一旁的華火，華火看起來也六神無主，結結巴巴的說：「我、我不知道啊……。」

「沒關係，我沒事。」沒想到短短幾秒鐘，千洵卻像沒事人似的恢復了過來，拍拍衣服重新起身，留下一頭霧水的泛月晨滿腹狐疑地仰頭望著他。

「千洵？」泛月晨不敢相信的再叫喚了一遍。

「不是說我沒事了嗎？」千洵不耐煩地說道，起身繼續投入戰場，沒有回頭看他們一眼。

泛月晨有如置身五里霧中摸不著頭緒，剛才，行為古怪的是華火，現在難道是自己的錯覺嗎？千洵也不像千洵了……

「泛月晨姐姐，我有很重要的事情要告訴妳——」帶著微微的哭腔，華火拉拉泛月晨的袖子。泛月晨望著華火焰色的大眼，看見她眼中充滿恐懼：「是那個黑衣人，問題一定是出在他身上，我剛剛從他的眼睛看出去……，」

「從他的眼睛看出去？什麼意思？」泛月晨不解地問。

「就是，我感覺我好像不是自己了，他變成了我，我不知道……」華火說得很含糊，但是泛月晨知道華火古怪的行為舉止已經不見了。不論如何，現在站在她面前的，是真的華火沒有錯。

這些真真假假，究竟是怎麼回事？

側目看向不遠處的黑衣陌生人，泛月晨知道問題一定是出在他身上。微微瞇起眼，泛月晨指尖凝聚起魔法，朝著那個黑衣人走去。

「泛月晨姐姐……」華火擔憂的留在原地，看起來害怕極了。

「沒事，我會保護妳。」泛月晨一邊說著，一邊大步往前走去。黑衣人轉過身，看見泛月晨正走向自己，居然沒有做出任何防禦動作，而是焦急的正面迎來，開口：「泛月晨，這是怎麼回——」

未經過深思熟慮，泛月晨的魔法就發了出去。黑衣人大吃一驚，急急閃避：「泛月晨，不要攻擊我，我不是敵人，我是——」

「你還敢說你不是敵人？難道千洵和華火的怪異舉止不是你造成的嗎？問題一定就是出在你身上。」」泛月晨一邊說著，一邊咄咄逼人的持續進行攻擊。華火在她後面大聲叫喊著什麼，泛月晨已經沒有閒暇追究了。

「泛月晨，這是陷阱，是我……」

此時泛月晨的魔法凌厲地撕裂空氣，直直撞到他身上，頓時鮮紅的血從黑衣人的胸前湧出，泛月晨使用的是風刃，會造成肌膚深層的疼痛傷口。

「唔……！」黑衣人半跪蹲下身，用手摀住胸前的傷，但是鮮血依然迅速染濕衣襟。

泛月晨見機不可失，連忙閃身一步上前，舉起雙手就要對黑衣人揮下致命的一擊。

就在這時，狂焰曲熟悉的曲調卻猛然在泛月晨耳中響起，比任何時候都要來得激狂震耳。

一頓，泛月晨倏然停下動作。

不對，只有當自己靠近千洵的時候，狂焰曲美麗的音韻才會響起。

難道……？

「泛月晨，是我。」黑衣人痛苦的說道：「我是千洵。」

什麼？

「你怎麼可能會是千洵呢？」泛月晨背後發出哼聲。泛月晨回過頭，看見千洵走了過來，一臉不以為然：「泛月晨，妳說是吧？」

燁獄的手下似乎已經被千洵解決掉了，泛月晨四下張望，到處都不見他的蹤影。

「泛月晨……」黑衣人依舊摀著心口，汩汩的鮮血流出。

無數個片段在泛月晨的腦中迅速串連在一起。

先是華火奇怪的舉止，像是什麼人支配著她一樣；再來是千洵，為什麼她靠近黑衣人的時候，狂焰曲反而會鳴響？那是只有當千洵靠近她時，才會有的反應……

當時舉止怪異的華火曾經要千洵蹲下身，好像對他做了什麼事情，自己卻因忙於應戰沒有看清……。

華火恢復過來之後說，她從那個黑衣人的眼中看出去，那時在她身體裡的不是她自己……。

不是她自己，那麼究竟是誰呢——？

答案似乎叮咚一聲接上線，泛月晨的身體倏然僵硬，她知道究竟是怎麼一回事了。

因為已經有了心理準備，因此當千洵開口說話時，泛月晨便以迅雷不及掩耳的速度猛然轉向千洵，對他使出威力強大的逼迫魔法。

「我，千洵，宣布放棄大決——」

泛月晨伸出手將千洵擊倒在地，及時阻止他即將說出口的話語。雙手握圓凝聚起白光，趁著千洵還沒有反應過來時，一舉將魔法打進千洵的身體裡，由裡面開始灼燒，將裡面的靈魂逼迫出來，額間因為吃力而滲出細密的汗水。

「啊——！」千洵一陣尖喊，那痛苦的聲調幾乎讓人不忍。但是泛月晨繼續將魔法層級加強，千洵倒在地上開始劇烈抽搐，最後一陣劇烈的痙攣，像是有什麼東西要從他體內脫離出來一樣。

這時，黑衣人在一旁也倒了下來，並且翻白眼，呈現半昏迷狀態。

見此，泛月晨繼續維持魔法，不斷灌注到千洵體內，忽然一陣劇烈的腥紅色光芒閃現，四周發出巨雷一般不自然的轟然聲響，千洵以及黑衣人再次睜開眼睛。千洵從地上彈跳坐起，警戒的望著躺在一旁的黑衣人，並將泛月晨下意識地護到自己身後。

這時黑衣人也醒了，看起來像是有些不可置信，邪魅的眼神先是在千洵臉上停留一秒，接著移到泛月晨臉上，露出頗有興味的沉思神情。

「你對千洵做了什麼？」泛月晨想要伸手做出屏障，但是卻發現自己體內的靈力因為大量耗用，幾乎已經所剩無幾了：「你為什麼要跟他調換靈魂？還有，你為什麼要對華火也這樣做？」

黑衣人似乎吃了一驚，上下打量泛月晨。泛月晨望進他腥紅的眼睛，顯得十分不安。

「不錯嘛！泛家少主比我想像中聰明多了。」

泛月晨繃緊下頷，千洵也從腰間抽出騎士長刀，兩人面對著黑衣人。

「本來以為計畫會成功的呢！但是這沒有影響，只是事情會麻煩一點罷了。」

第十五章
手足相殘

「你是血煞的人嗎？」

這句話一問出口，所有的人，包括泛月晨自己，紛紛都愣住了。

腥紅的雙眼，素黑的裝束，邪惡的氣息，所有的一切都讓泛月晨回想起那些攻擊自己的血煞手下，他們也都是呈現這樣的氣質。

詭異的魔之力。原來這個黑衣人的天生魔之力就是「靈魂調換」，他可以趁對方毫無防備時，跟任何人隨意調換靈魂，進駐到那個人的身體裡面，而那個被他所進駐的身體原本的主人，則會進駐到黑衣人的身體裡，等於他們雙雙調換靈魂。

難怪當他進駐到華火身體裡的時候，華火的舉止怪異，而且會發出特別強悍、根本完全超出華火程度的魔法；而進駐到千洵身體裡的時候，反而當泛月晨靠近黑衣人身邊時會聽見狂焰曲的鳴響，因為當時黑衣人身體裡的靈魂是千洵，她與千洵的連結是賦予在靈魂之上，而非肉體之上。

黑衣人之所以會想要附身到華火身上，應該是因為這樣才有辦法近距離接觸千洵。想要讓靈魂行走調換到對方身體裡，距離一定不可以太遠，否則成功機率很低；至於為什麼黑衣人會想要進駐到千洵體內，從方才黑衣人的舉止便可以很明顯的看出來了。

他想要假冒千洵的名義，讓千洵自動放棄大決賽。

只是功虧一簣，被泛月晨及時識破而失敗了。

但是為什麼是進駐千洵，而不是泛月晨呢？千洵會帶給他什麼威脅呢？

「再問一次，你是不是——？」

「泛月晨姐姐，小心！」原本想要拷問神祕的黑衣人，沒想到這時華火卻在她背後發出尖叫。泛月晨以及千洵都太大意了，他們將全部的注意力都放在黑衣人身上，以致沒有注意到背後其實還有一位虎視眈眈的燁獄。

聽見華火的警告，泛月晨及時往旁邊一閃，險險的躲過由背後襲來的魔法。但是這一個恍神卻給予黑衣人最好的逃跑時機，只見黑衣人驟然起身，殺出千洵和泛月晨的包圍，往金鳳凰所在處——那團濃密之霧中逃去。

看見黑衣人往那個方向跑，不知道為什麼，千洵忽然顯得很緊張。他遲疑了一下，然後朝著黑衣人消失的方向追去。

泛月晨看著千洵走遠，眼神轉回來警戒的望著燁獄。

「看起來，你們的確是我的最大對手，不除掉你們真的不行呢！」燁獄手中燃燒著不明的墨綠色黑魔法，看起來恐怖又危險：「接招吧！」

泛月晨腦中警鈴大作，依照目前自己現在的靈力存量，可能不是燁獄的對手。

正想著究竟是要應戰，還是逃跑，沒想到就在這時，華火小小的身影一個閃身，擋到了泛月晨面前。

「燁獄哥哥，不要。」

燁獄和泛月晨一時都愣住了，沒有做下一步反應。

華火看起來很害怕，從頭到腳，連聲音都在發抖。可是她還是舉著雙手做出保護姿勢，擋在泛月晨的前面，眼神看起來是不容拒絕的堅定。

第十五章 手足相殘

「燁獄哥哥，你不要跟泛月晨姐姐搶盟主的位置，好不好？」華火深吸一口氣，抬頭仰眸：「哥哥，盟主這個位置……註定不是你的。」

「小妮子，妳懂什麼，閃到一邊去！」完全懶得理會華火，燁獄揮手將華火打到一邊，滿臉不耐煩：「當初沒有解決掉妳真是失策，煩死人了！」

「哥哥，請你聽我說好嗎？」沒想到華火再接再厲，馬上又擋到泛月晨面前：「父親說，你不可能——」

「閉嘴，又是父親父親的，妳沒有發現嗎？妳的父親沒有什麼好下場吧？所以聰明一點的話，就滾遠一點，不要惹我！」再次揮手將華火打到一邊，燁獄將魔法對準泛月晨：「世間，除了追逐名利，還有什麼事值得汲汲營營的？只有笨蛋才會放棄大好的機會——」

「哥哥，為什麼我們不能回到以前的日子呢？」第三次，華火又跑到燁獄面前迎上他的視線，這次眼中注滿深刻的哀求：「你以前真的對我很好很好，哥哥。你為什麼變了呢？」

「吵死了，妳是要我讓妳永遠說不出話來嗎？」燁獄狂暴的怒吼，從腰間抽出武器，想要逼華火走開；而就在這一刻，同時發生了許多事情。

從金鳳凰所在的濃霧之中，居然閃耀起五顏六色的魔法，看起來裡面正在進行一番激烈的魔法苦戰。失去準頭的魔法到處亂竄，有些飛出迷霧之中，向正在糾纏不休的三人射了過來。

為了躲避這些魔法，三人不禁立刻四散開來。

但是儘管被情勢所逼，華火卻依然不停想要到燁獄身邊，口中不停喃喃唸誦著什麼，說一定很重要，要跟哥哥講清楚。

「哥哥，父親說，其實你不壞，你只是被蒙蔽了。你可以回到原本的你的。」

「哥哥，我們大家都很愛你，相信爸爸會原諒你的，爸爸常常說起你，其實爸爸也很愛你呢！」

「真的一定要這樣傷害對方嗎？我聽爸爸說學習黑魔法會走火入魔，哥哥，那是很可怕的！」

「哥哥，你為什麼一定非要成為盟主不可呢？我們不要跟泛月晨姐姐搶，你在我心中永遠是最棒的哥哥啊！」

「哥哥，真的不能回到以前了嗎？我可以忘掉所有不好的事情，媽媽常說我年紀小，很多事情長大就忘記了。所以我會很努力的忘記，那哥哥也陪我一起忘記一切的不愉快，好不好？」

「哥哥，我知道其實你也很痛苦對不對？你不快樂對不對？為什麼要悶在心裡，讓自己發狂呢？我可以幫助你啊！」

「你以前真的對我很好很好，哥哥……」

跌倒在地，華火還是一骨碌爬起來，一把扯住燁獄的衣袖，小臉仰著：「哥哥——」

「吵死了！妳夠了沒？」終於受不了華火的糾纏，忙著躲避魔法的燁獄回過頭來執劍狂甩手，大吼：「不要以為妳是我妹妹——」

第十五章 手足相殘

燁獄忽然驚恐地看著華火，四周一片寂靜，只剩下無邊無際的銀白雪地，亮晃得刺眼；衣袖在狂亂的風中被吹得啪啪作響，燁獄鬆開手中的武器。

華火低頭，看見自己胸口被一陣迅速溢出的腥紅填滿。那濃濁的顏色不斷擴散、擴散，直到她的世界裡只剩下這個深黯的血紅。

原來，劍在刺穿身體的瞬間，是不會痛的。

只是會很涼、很涼……

華火張口看了看燁獄，發不出聲音，身體裡插著的那把長劍讓她站不穩身子，順著他的刺勢踉蹌後退幾步，一腿跪倒地上，意識紛亂地潰散，隔著雪地刺眼的白光，華火努力仰頭想看清哥哥的臉。

「燁澐……」

對上華火那焰色的大眼，裡面的光芒，正在一點一滴消失。

燁獄蒼白的臉扭曲的變形，終於悲嚎一聲朝華火撲身過去，似乎努力想要抓住什麼。

泛月晨站在一邊，手腳冰冷，覺得自己彷彿也隨著華火死去了。

「澐，對不起！對不起，我……」

華火努力睜開眼，望進哥哥的眼睛裡。

她看見燁獄眼中那邪惡的紅色光點，閃了一閃，然後竟然完全消失了。彷彿那邪惡的腥紅色火焰，被燁獄湧出來的淚水全然澆熄一般。

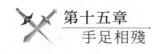

「哥哥……」

燁獄拚命想要為華火止血，但是傷勢實在太過深入，根本已經沒有治好的希望。由前而後，泛月晨看見那把長刀貫穿了華火嬌小的身軀。

「哥哥，你能變回來……真好。」

「燁澐，不要！」

一陣暈眩，泛月晨想起華火曾經閉上眼睛背誦過的預言。

在這場大決賽裡，燁獄與燁澐，有一個將會重獲新生，而另一個將會永遠離去。

原本控制住燁澐的那股邪惡力量消失了，燁獄再次重獲新生；相對的，華火為此付出了寶貴的性命。她再也不會回來了。

華火已經永遠離去。

難怪光明法師從來沒有為自己的女兒解釋過這個大決賽預言。不是他不解釋，而是他不能說。因為，這個預言牽涉到死亡，而死亡一向是預言家的禁忌之語。

因為不能明說，所以光明法師只好帶著家人離群索居，不讓女兒曝光，也不讓女兒與人接觸，甚至隱瞞女兒的身分。光明法師存著一絲絲希望，或許只要女兒永遠不要下山，不要去參加大決賽，或許……，或許女兒會有一點點沾下來的可能性。雖然光明法師最清楚命運的無可逆轉，但因為對女兒深刻的愛，身為父親的他還是明知不可為而為之。

所以光明法師會如此的寵愛華火，就是因為他心疼女兒將來可能會面臨的悲劇命運。所以他對華火的有求必應、千嬌萬寵，都是基於一種痛苦的補償心理。他要燁獄多疼妹妹，

第十五章 手足相殘

要對華火好一些，是因為他心知肚明，華火快樂的日子無法長久。

她會，在九歲那年，被她自己的哥哥，親手殺死。

夜帝，您怎麼能這樣造化弄人？您怎麼忍心如此殘忍……？

「我不恨你。從來都不恨你。哥哥……」

隨著一聲柔軟的輕嘆，一個美好的小生命，在來不及長大之前，便從世界上永遠消逝了。

心，疼痛得就像全身被碎裂一般……。

在這撼人的沉默裡，忽然從金鳳凰的迷霧中跑出三個人影，最先出來的是那個身分不明的黑衣人，再來是千洵，最後一位竟然是千水悠。

剛剛經歷過太悲慟的震撼，泛月晨發現自己看見千水悠時，居然有些麻木無覺，沒有什麼驚訝的情緒。

三個人看見此地發生的狀況，紛紛驚訝不已的停下腳步，完全忘卻了戰鬥，就連黑衣人似乎都無心再戰，直直盯著燁獄，眼中說不清是什麼神情。

大家安靜了幾分鐘，最後千水悠開口，平靜的聲音底下是壓抑的顫抖：「怎麼會發生這樣的事？」

第十六章　血煞現身

誰說難以相忘呢？死的仁慈潛伏在生命的核心，給生命帶來安息，使它不再愚蠢的堅持生存。

——泰戈爾

原來千水悠並沒有真正墜落萬丈深淵。在抽出劍刺傷泛月晨逼她放手之後，千水悠雖然掉下了懸崖，可是很快便成功將長劍刺進岩壁，減緩自己下墜的速度。同時，千洵使出瞬間移動來到她身邊，將她救回臺地上面。也正因為如此，千洵才會花了比預期中久的時間才解決掉燁獄的手下，因為他在打鬥途中，還抽出時間去救千水悠。

救回千水悠之後，千洵安排她留在金鳳凰的濃霧之中，等待隨時可以出其不意的攻擊其他參賽者。偏偏那個黑衣人誤打誤撞地也跑了進去，千洵擔心千水悠在濃霧中不慎被黑衣人攻擊，因此才連忙尾隨著黑衣人衝進濃霧之中。

「我不知道……，原來預言竟然是這個意思……。」燁獄悲痛的呢喃，泛月晨知道燁獄終於瞭解了預言的含意。只是，一切都已經來不及了。

「早知道的話，我就不要參加大決賽，這樣是否就不會發生這件事了呢？」

第十六章 血煞現身

果然，妹妹拚命想要跟自己說的事情，是真的。自己真的註定無法成為魔武界盟主，這個位置註定不是他的。就算他能夠得到那個位置，燁獄現在也已經不想要了。

那……如果不是自己，莫非盟主這個位置真的註定是泛月晨的？

抱著妹妹逐漸冰冷僵硬的身軀，燁獄微揚起下巴，褐眼注視著面前的金髮女孩。在四周茫茫的銀白雪地裡，女孩金色的身影顯得那樣的一枝獨秀。

燁澐為了這個女孩，擋在自己面前。燁澐剛剛說的話一定是真的，她一定不會弄錯，這個女孩將會是未來的魔武界盟主。

妹妹竟然不惜對抗自己，就為了要他放棄爭奪盟主這個位置。

盟主這個位置，是禍不是福啊！

「泛家少主。」燁獄忽然出聲。

泛月晨望著半跪著的少年，眼中的情緒充滿了憐憫。

「盟主這個位置——」燁獄頓了頓，搖搖頭：「不是我可以高攀得上的。這個位置註定不是屬於我的，而我也已經不想要了。」

「燁獄……」

「泛家少主，去爭取吧！」燁獄靜靜地說道：「這個位置，註定是妳的。我們誰都搶不走。」

「燁獄，你在說什麼？」泛月晨詫異不已。

置了。去吧！泛家少主。」

「我說，我放棄爭奪冠軍了。」燁獄用清晰的聲調宣布：「我不會跟妳搶盟主這個位

「你——」泛月晨的震驚延續了一秒，接著馬上回神，用備戰的姿勢面對身後的黑衣人，神情謹慎戒懼。

不只泛月晨，才轉過身，他就發現千洵以及千水悠也都對準了黑衣人，手中燃燒著蓄勢待發的魔法。

黑衣人看起來十分無奈。

他舉起雙手：「不要這樣虎視眈眈的盯著我。面對你們這麼多人，我知道自己已經沒有勝算了，我絕對不會去跟你們搶盟主的位置。」

「你是認真的？」千水悠盯著他。

黑衣人無奈的頷首，像燁獄一般用清晰的聲調表示：「我放棄爭奪冠軍。我不會跟泛家少主搶盟主這個位置了。你們放心吧！」

忽然，四周的光芒愈發明亮了。白色的陽光照耀著一望無際的銀白雪地，如水銀瀉地一般的流淌，眩人眼目。

泛月晨抬起雙眼，深深地望進金鳳凰所在的那片濃霧之中。

她是在做夢嗎？她真的就要成功了嗎？

心中隱隱覺得似乎有什麼不對勁，但是意外的驚喜已經攫住了泛月晨的心智，讓她無法清楚的思考。一定是自己反應過度吧？一切看起來是如此祥和平靜，應該不會有什麼事

情發生的。

「泛月晨，恭喜。」千洵的聲音聽起來也十分激動，有著壓抑的歡快。泛月晨看向千洵，露出一抹燦爛的勝利微笑，那笑容極其明亮。

「去吧！」千水悠下巴偏了偏，指向不遠處那一大團迷霧。

泛月晨舉目望向迷霧，原本困惑不已的心緒消失了，只剩下胸有成竹的堅定。她知道自己該怎麼做。

回想起方才被困在迷霧中時，四周濃厚的霧氣因為自己所召喚出來的火焰而往後退縮，火可以疏散霧氣，這是百年不變的自然定理。

而對於天生魔之力就是能夠自由操控火元素的泛月晨來說，這簡直就是完美的天賦，輕而易舉，不費吹灰之力。

「火！」泛月晨大喊，響亮的語調在臺地上不斷來回震盪。

隨著泛月晨的話語，熊熊的火焰在四周猛然燒起，熱烈得就像是已經燃燒了數小時一般，那豔紅的溫度很快就燙熱了大家的臉頰。

漸漸的，隨著泛月晨持續施法，四周濃重的霧氣果然一點一滴慢慢散去，令大家驚奇的是，就連那已四百年不化的冰雪也開始消融，露出底下初冒的新綠草地。

但是要支撐如此龐大的魔法，就算火焰是泛月晨與生俱來的天賦，還是劇烈的消耗了她的的體力。更何況泛月晨的靈力儲量本來就已所剩無幾。

看出泛月晨支撐得愈來愈勉強，千洵走到泛月晨身邊，伸出手也使出火焰魔法，以加快霧氣散退的速度。

「我也放棄爭奪冠軍，但是，讓我再助妳一臂之力。」

儘管千洵的火焰魔法不如泛月晨來得盛大熟練，但是帶來的效果也不容小覷，霧氣散退得愈來愈快了。

「我也放棄，泛月晨，我也來幫妳！」

「我也來。」

見到這個情況，熱心的行動派千水悠也加入了退霧戰局。竟然就連燁獄都出手幫忙，頓時每人顏色各異的火焰一齊在四周燃燒，景象美麗且令人無比感動。

而最後就在那黑衣人也出手加入相助，使出火焰魔法之下，頓時所有的火焰突然發出碰的一聲，接著一陣劇烈的撞擊，繼而融合在一起。泛月晨定睛一看，心神為之震盪不已。

當所有人一同合作時，最後呈現出來的，居然是耀眼奪目的燦金色火焰，豔美無雙！那燦金色的烈焰，宛如永遠不會止息般的熊熊燃燒，將天空都薰染上一片懾人的金色光華。就在那金色火焰的正中央，就像浴火重生一般，一隻絕美的金色鳳凰正閉眼棲息，那完美的金色翼羽，在四周熊熊烈焰的襯托之下相得益彰，給予人最深刻的震撼感動。

一定就是這個！這一定就是預言之木所說的金色祭禮！

泛月晨被眼前的景象感動得說不出話來，要不是千水悠推了推她，要她趕快走到金鳳凰面前，說不定泛月晨還會佇立在那裡好久好久。

義父就快要得救了！舉步向前，泛月晨一步一步小心翼翼地朝著金鳳凰所在之處走去，眼神直直盯著金色鳳凰，不曾半刻離開。從小，她最想要的守獸就是金鳳凰。現在，這夢境般的場景竟然就在眼前，即將要成為事實，這如何能讓她不激動？

為了避免火焰一旦消失，霧氣又再重新凝聚回來，因此金色的火焰依舊熊熊燃燒著。

但是彷彿那火焰有著神奇的靈性，完全沒有延燒到泛月晨身上，而是有如流金般在兩旁築起一道火牆，為泛月晨引導出一條通向金鳳凰的道路。

金色的長髮安靜地披垂在身後，千洵凝視著那個正緩步走向金鳳凰的纖細身影，心臟忽然在胸口猛烈跳動起來。

不對……

為什麼心裡逐漸升起不安的感覺？

只見泛月晨終於停佇在金鳳凰面前，火焰燃燒帶動的風，使她金髮輕微飄動。

只要得到冠軍，義父就可以脫離危險了吧？

金鳳凰冰封在一大塊透明的冰塊裡，呈現永恆的凝止。火焰並沒有成功使冰塊融化，但是泛月晨知道自己該怎麼做。

舉起指尖，她輕輕觸碰金鳳凰冰封的表面。

而就在她觸碰到金鳳凰的那一瞬間，天地忽然一陣劇烈的晃動。臺地消失了，四周的樹林消失了，地上的雪及殘留的霧也消失了。取而代之的，是魔武技大賽一層一層往上疊高的高聳看臺，上面坐滿了數不清的人，而所有的人都正在大聲地為她喝采！

「怎麼會……？」

「各位觀眾、各位魔武界朋友，很高興我能夠為你們介紹這次第一百六十三屆魔武技大賽的冠軍——泛家少主，泛月晨小姐！」

震耳欲聾的播報聲在四周響起，同時也宣告著比賽的結束。觀眾如潮水一般的從觀眾席上湧下，其他跟著她一起奮戰到最後的參賽者也圍攏向她，還有靳影澤，也正快速朝向自己奔來。

泛月晨眼中熱淚盈眶，因為太過巨大的快樂而哽聲。

「謝謝你們——！」

觀眾的情緒幾乎就要引爆到最高點，就在此時，突然觀眾群中有人眼尖的發出一聲驚喜的尖叫。

「金鳳凰！你們快看啊！金鳳凰四周的冰層正在融化！」

「什麼？怎麼回事？」

「金鳳凰不是已經冰封好幾年都沒有聲息了嗎？前幾屆都沒有融化，為什麼這次……？」

「難道說——？」

「金鳳凰！金鳳凰要睜開眼睛了，大家快看啊！」

彈指間，所有的人全都屏氣凝神，就連泛月晨都不可置信地瞪大眼，直到胸口開始疼

第十六章 血煞現身

痛，才發現自己因為太過緊張而屏住呼吸良久。

覆蓋在金鳳凰表層的冰已快速地融化，與其說是冰解凍變成水，不如說是冰層直接昇華成水蒸氣消失在空氣之中來得更為貼切！

頓時金鳳凰周圍一陣霧氣升騰，帶來了唯美的朦朧水霧之氣。就在水氣盡數飄散退去之後，金鳳凰的雙翅輕微顫動；接著，睜開了那雙已經百年不曾視物的雙眼。

暗黑色有如宇宙般的瞳孔深深的探進了泛月晨蔚藍的眼眸。

那一瞬間，世界好像全都靜止了。地球停止轉動、日月星辰全都放緩腳步，將時間停滯在這奇妙的歷史性一刻。

這一切，都是真實的嗎……？

幾乎所有的人都被這太過於震驚的一幕而怔愣在當場，無法做出反應，因此當有一個黑色的身影突然出手發出魔法時，便顯得極為突兀。

只見黑衣人俐落地伸出手，一發豔紫色的魔法便朝著金鳳凰直直衝去，在任何人能夠阻止之前，那發不明的魔咒便撞上了方才甦醒的鳳凰！驟然，金鳳凰張扯開雙翅，朝著天際發出一聲悠揚的嘯叫。那清麗的叫聲極為動聽，像是由天際破雲而出，讓人心神震盪；同時狂焰曲在泛月晨心中也發出同樣動聽的共鳴，宛如在回應唱和。

然而在此同時，鳳凰所在的基地，猛然躍現一個由紫色光芒構成的怪異魔法陣。魔法陣起先並沒有什麼異狀，但是當泛月晨再次傾身觸碰到金鳳凰的時候，就像開啟了一個機關似的，紫色的魔法陣居然迅速的旋轉了起來，愈轉愈快，還伴隨著讓人耳鳴的嗡嗡聲。

紫色光芒不斷的大量湧出，幾乎遮蔽住金鳳凰。四周的金色火焰已經消失了，觀眾發現這戲劇化的轉變，紛紛不知所措，不知道是究竟是不是什麼特意安排的噱頭？

只有泛月晨自己心裡知道，有事情不對勁，而且問題就是出在那個來路不明的黑衣人身上。他剛剛究竟是對金鳳凰施了什麼法術？這個魔法陣究竟是怎麼一回事？

「千洵！」下意識，泛月晨向千洵出口求救，而原本也迷惑萬分的千洵馬上知道事情出差錯了。

撲身向泛月晨，千洵連忙想要施法讓魔法陣停下來，但是非但沒有成功，反而還讓自己也身陷在這個魔法陣之中，無法逃脫。

聽見泛月晨驚慌的口氣，觀眾大約都知道這是意料之外的恐怖攻擊事件，紛紛開始膽怯的往後退去，恐懼的推擠尖叫，想要遠離那莫名其妙還發出嗡嗚聲的魔法陣。

「哥哥！泛月晨！」千水悠見狀立刻隨即驚懼的撲了過來，而這時斬影澤也急奔而來，泛月晨正欲阻止叫他不要過來讓自己也身陷險境，但還來不及開口，便見到斬影澤已經匆忙的衝進魔法陣的範圍了。

「泛月晨，怎麼回事？」

「斬影澤，你過來做什麼！」泛月晨簡直欲哭無淚，但是已經沒有時間再多說些什麼了，因為就在下一秒，魔法陣爆出一陣極為明亮的閃光，瞬間四人像是失去重心一般的被拋甩了出去，掉入一片繽紛的、旋轉的紫色光霧中。

第十六章 血煞現身

當泛月晨終於腳踏實地時，慣性將她往前拋，差一點就要迎面撲倒。幸好這時一隻手伸了過來及時將她拉住，泛月晨回過頭，發現是千洵。而右手邊的千水悠正憂心忡忡地打量著四周，左手邊的靳影澤則正從地上站起，拍掉身上的灰塵。

「這是什麼地方？」千水悠問道。

泛月晨望向腳底下的石板，是種未打磨過的粗糙石板。上面凹凸不平，好像刻有什麼怪異的圖案。

這裡感覺像個天臺，但是四周卻有用魔法編織而成，閃爍著危險氣息的桅杆。天空是種不自然的陰暗，重重烏雲將太陽擋在天外，透過雲層穿透下來灰敗陳腐的幽光。

這種古怪的異相，好像在哪裡見過……

瞪眼，答案忽然閃過腦際，不費吹灰之力，泛月晨想起來這裡究竟是哪裡了。十多年前，母親曾經在這裡，犧牲自己的性命。

讓人喘不過氣來的寒冷，扼住了泛月晨的喉嚨，讓她幾乎無法呼吸。千洵感覺到她恐懼的僵凝，也隨之緊張起來。「泛月晨，妳怎麼了？」

「這裡是……」泛月晨艱難的開口，聲音乾澀沙啞：「這裡是我家，月隱山莊的天臺……。」

「什麼？」

「位在尖塔最頂層，禁忌之地……」

「泛月晨，妳看！那裡是什麼？」千水悠忽然發出一聲尖叫，伸手指向天臺的另一邊，灰眸睜得大大的。沿著她所指的方向看過去，是一個看上去頗為蒼老的人影，正癱軟的半躺在地，背部靠在天臺的石柱上。天臺上有五根石柱，而他正好是在編號一的石柱正下方，看樣子好像陷入了昏迷。

天臺上陰風吹動，蒼老的人影白髮飄動，泛月晨看到了那飽經風霜的臉，幾乎用了全身所有的力氣才沒有像千水悠一樣尖叫出聲。

那個人，竟然就是冷校長！

「不！」泛月晨想也不想的便朝著義父的方向跑了過去，途中幾次踉蹌差點跌倒，最後終於跌跌撞撞地來到義父身邊，焦急的半跪下來抱住冷校長的上半身。

「義父、義父，您怎麼了？您還好嗎？醒醒啊！他們對您做了什麼？」

泛月晨的叫喊並沒有得到任何回應。冷校長依舊緊閉著雙眼，完全沒有轉醒的跡象。害怕地朝他鼻息一探，幸好，雖然氣息微弱，但是還有呼吸。

「義父，我來救您了，醒醒好嗎？您這樣，我好擔心……」泛月晨雙唇緊抿，眉頭緊蹙。冷校長好像是在極端的痛苦之中昏迷過去的。身體幾乎冰冷得沒有溫度，泛月晨不知

第十六章 血煞現身

道他在這個陰風狂亂的寒冷天臺上究竟待了多久，那過低的體溫讓她心驚不已。

不過……，這裡不是月隱山莊嗎？為什麼冷校長會在這裡？他不是被血煞抓走了嗎？又怎麼會出現在她家的天臺呢？

「泛月晨，金鳳凰……」遠處傳來千水悠的喊聲，但是泛月晨現在除了冷校長的安危，幾乎沒有其他多餘的心思去想任何事。「金鳳凰昏迷了，怎麼叫都叫不醒！」

怎麼叫都叫不醒？就跟冷校長一樣嗎？這究竟是誰搞的鬼？

將幾發恢復魔法灌注到冷校長身體裡，但是看起來似乎沒有什麼成效，好像冷校長已經昏迷了很長很長的一段時間。

血煞、天臺、十多年前母親的自盡……

那天風也是這麼大，甦醒之日的逼近，讓空氣更加寒冷。

母親的鮮血流出，汩汩，好像永不止息一般的流洩，那鮮紅的顏色染紅了她的視線，成為她心中永遠最深的夢魘，同時發誓要為母親復仇。但是……

「這很奇怪。」泛月晨大聲地說道，強迫自己停止方才黑暗的思緒：「我們為什麼會出現在這裡呢？義父怎麼也在這裡，這一定有蹊蹺。你說對不對，千洵？……千洵？千洵？」

叫了好幾聲，卻都沒有聽見千洵的回答。

還有四周未免也太安靜了，都沒有再聽見千水悠的尖喊，或是靳影澤的聲音。

恐懼襲上泛月晨的心頭，瞬間湧上的寒意快要讓她心臟停止跳動。顫抖著，泛月晨僵硬的轉過身，感覺這個轉身像是經歷了一個世紀那麼長，卻同時也像只是一眨眼間那樣短。

而當她的眼眸對上那雙豔紅色雙瞳時，伴隨而來的極度震驚，讓泛月晨以為自己出現了幻覺，身體也在瞬間不聽使喚的僵硬成冰冷的石雕，四肢如灌鉛一般沉重，腦中是一片冷寂的空白。

泛月晨太過震驚，幾乎無法說出完整的問句。

「你……？」

「對，事情的確很有蹊蹺。」泛莊主一手駕著長刀、一手擒住千洵，將刀抵在他的脖頸處，一臉玩味琢磨的神情：「老實說，我也很好奇，你的這些朋友怎麼會出現在這裡呢！」

泛月晨蒼白著臉往四周探望。除了金鳳凰昏迷在不遠處之外，千水悠也倒在地上，看起來情況並不樂觀；靳影澤背對著她，好像也被攻擊而陷入了昏迷之中，只有偶爾指尖輕微的抽搐幾下，好像觸電一般。

「你對他們做了什麼？」泛月晨憤怒的質問。

泛莊主眉毛一揚：「這是妳跟父親說話的態度嗎？我的女兒？」

「你不要動我的朋友！」泛月晨咬牙怒吼，看見千洵絲毫無法反抗的落在泛莊主手中，她神經緊繃，深怕父親會做出什麼舉動。

「看起來你很緊張他們啊！」泛莊主莞爾一笑，將刀口往下壓。泛月晨聽見千洵悶哼

第十六章
血煞現身

一聲。

千洵應該可以反抗的，為什麼他卻沒有反抗呢？泛月晨迷惑極了，但是疑惑之外，是更深刻的緊張、心疼與不捨。

「父親，究竟是怎麼回事？為什麼我會出現在這裡？」

「妳不是很聰明、很厲害嗎？女兒。妳可是最新一任的魔武界盟主呢！難道妳就只有這麼一點兒能耐嗎？」泛莊主輕聲蔑笑，泛月晨望進千洵的雙眼，卻發現那雙平時神采奕奕的眼眸已然黯淡無光，混濁深黑，好像是被催眠了似的。

催眠……？

「父親，雖然我不清楚你的用意是什麼，但如果你要的是我，那麼我已經站在這裡了。放他們走！」泛月晨從原本蹲在冷校長身邊的姿勢轉而站起身來，眼神堅定地望向泛莊主：「這不甘他們的事情。」

泛莊主側頭一笑，忽然鬆開了對千洵的掌握，將他往旁邊丟摔在地。奇怪的是，明明已經掙脫泛莊主的束縛了，千洵卻絲毫沒有反抗，反而眼神空洞的倒在原地，任由粗糙的磨石地面將他劃出一條條血痕。

「怎麼，心疼妳的小影哥了啊？還是，這次不一樣了，換成千洵了呢？」泛莊主好整以暇地將刀子收進腰側的刀鞘。

泛月晨憤怒的直直盯著泛莊主，一字一句沉聲吼道：「你究竟對他們做了什麼？」

「唉，小女孩長大，真是愈來愈不可愛了呢！妳說是嗎？我的女兒？」從天臺最遠端的石柱走來，泛月晨看著泛莊主經過了標號五的石柱，接著是四，然後是三。

最後在第二根石柱前，他停住了腳步。

「父親，這一切究竟是怎麼回事？」泛月晨顫聲問道。

冷校長為什麼會在父親這裡？他不是被血煞抓走了嗎？

還有，為什麼除了自己，天臺上其他人都已經被迅速神不知鬼不覺的催眠了？可是……催眠明明是幻瞳一族特有的能力，其他人根本無法辦到。

除此之外，那個對金鳳凰下咒的黑衣人究竟是誰？為什麼他要將泛月晨轉移到這裡？難道是因為唯有守獸金鳳凰才可以作為瞬間轉移魔法陣的設陣物，所以血煞才會處心積慮的要她成功贏得金鳳凰，再利用金鳳凰這隻守獸將泛月晨轉移到這裡嗎？可是，血煞如何能確定自己會是下一任的魔武界盟主，而且知道金鳳凰將會認她為主？更令人納悶的是，這一切不都是血煞的主意嗎？這跟父親又有什麼關係呢？她怎麼會被瞬移到這裡……？

烏雲密布，大幅大幅成匹飛揚的雲，不斷攪扭著、糾纏著，蒸騰翻滾，像是惡魔要從天而至一般。

不對，惡魔不會從天而至。因為……惡魔似乎已在眼前……

泛月晨睜大眼睛，心中一片麻木冰冷。

一切如果這樣解釋，就真相大白了。只是，她明知道事情的真相也許是這樣，自己卻遲遲不敢承認。因為只要承認了，一切似乎就真的完全無法挽回了——

無論如何，該面對的終究還是要面對。

第十六章
血煞現身

「父親，你……」顫抖著唇，泛月晨聽見自己僵硬空寂的說道：「你就是……血煞。」

天臺上一片靜默。

「你就是血煞。那麼這一切就都可以理解了。」

原來自己苦苦追尋了這麼久的人，居然就這樣近在眼前。

月隱山莊詭祕的氛圍；父親轉為腥紅的眼瞳；四周瀰漫邪惡的氣場；那些被血煞追殺而死的學生……

泛月晨看著天臺上被一一編號的石柱，心中了然明白，那些被抓走的學生，就是在這些石柱下被依序殺害，然後等事成之後，再將無用的屍體丟回澄幻。

但是，眼前只有編號五到二的石柱，那麼編號一的石柱呢？

「不錯嘛！想通了？」泛莊主露出一抹陰邪的微笑，紅色的眼睛若有所思。

背後忽然感覺到一股涼意。泛月晨的背脊猛然僵硬，登時心肺全沒了呼吸。

她怎麼那麼傻……？她當然找不到編號一的石柱啊！因為……

緩緩回頭，泛月晨恐懼的雙眸對上了身後佇立著的石柱。

而石柱頂上，就如其他幾根石柱一樣，鮮紅的標示著顯眼的數字。那鬼魅的色調深深刺進泛月晨的眼睛裡，正如那數字本身細長尖銳的形狀。

她身後的石柱上，標示著血腥的數字一。

「好吧！我的女兒這麼優秀，不獎勵一下是不行的，對嗎？哈哈哈……！」泛莊主嘲弄的口氣，讓泛月晨聽在耳裡不安了起來。她退後一步，腳跟觸碰到冷校長已昏迷許久的冰冷身體。

「這樣吧！」泛莊主一邊說著，一邊揮動雙手。轉瞬，千洵及靳影澤便像是被牽了線掌控在玩偶師手中的木偶一般，被泛莊主的魔法所控制，兩人站起身來排排並列。但是，兩人的雙眼都依然無神、令人暗自驚心。

「這兩個男人，我讓妳選。」泛莊主指指千洵，然後再指指靳影澤：「老實說，對於靳影澤這傢伙居然還活著，而且變身成為魔族，我感到十分驚奇呢！不過，這不是重點。女兒啊！現在我給妳選擇權。」

泛月晨僵硬地站在原地，覺得全身的血液好像都已被抽離了。

「我可以放走一個人，還他自由，從此不再過問。但是要我放走誰？我可以好心一點，讓妳來選。」泛莊主眼中掠過一抹狡黠的光：「妳想要我放走千洵、還是……妳的小影哥呢？」

指尖倏然僵凝，泛月晨瞪大眼睛，一時說不出話來。

不，她不能做出這種殘忍的事！無論是千洵，還是小影哥，她都不想放棄，也不能放棄。

小影哥——自己和他約好，要一輩子在一起、不離不棄，那是他們共有的藍色篝火之約。

第十六章 血煞現身

千洵——自己才決定要當面告訴他，自己已經深深愛上他了，不想再從他身邊離開。等一切都過去之後，會乖乖留在他身邊。他那雙為她支撐過無數風雨的手，她怎麼能夠輕易放開那雙手……

看著泛月晨做不出決定的痛苦模樣，泛莊主顯得十分幸災樂禍。

就在此時，天臺一端突然傳來說話的聲音。

「主人，我回來了。」

抬眼一看，居然就是那個比賽中的黑衣人。

無視於泛月晨瞪大的雙眼，黑衣人神態自若的向泛莊主彎身鞠躬：「請問還有什麼吩咐嗎？主人？」

儘管已經有心理準備，但是聽見黑衣人對著泛莊主叫「主人」，泛月晨心中還是一陣驚訝的震盪。

果然，那個黑衣人是父親派來的。他是父親的屬下，所以他們都有一雙共同的、象徵著血煞的腥紅色眼睛。

黑衣人被派到大決賽的目的，就只是為了要讓泛月晨轉移到這裡。在她毫無事先預備的情況之下。

至於為什麼不直接就將她擄過來，答案似乎很明顯……。

泛月晨伸手想要試著發出魔法，卻發現自己的法力已經在這幾天中幾乎消耗殆盡了，想必千洵以及千水悠亦是如此。至於靳影澤，父親從來都不曾將他放在眼裡，儘管他已經變身為魔族，過去那種鄙視的心裡卻永遠不會改變。

要和父親對打，靈力殆盡的自己根本沒有勝算。無法使用魔技，看來自己只能使用武技了。對！她還有狂焰曲。狂焰曲是她的最後籌碼⋯⋯

「你來的正好，快幫我架設轉播螢幕，記住每個角落都要照到。」泛莊主看起來心情似乎好極了，他張開雙臂像是要擁抱整個天臺似的：「我要讓全魔武界的人好好欣賞這即將到來的精彩戲碼。」

猶如魂魄已飛離了身體般，泛月晨內心恐懼的寒毛直立、無法言語。

「我的女兒，怎麼都不說話？難道妳不期待嗎？」

泛月晨再次將注意力轉到千洵以及靳影澤身上，而他們空洞的眼神完全沒有反應，絲毫不知道危險將至，他們就要大禍臨頭了。

催眠⋯⋯他們是怎麼會在這麼短的時間內被催眠的？除了幻瞳一族，其他人根本都無法辦到啊！幻瞳⋯⋯？

天色更加陰暗，最神祕強大的仲夏之夜就要降臨。

「妳說，現在魔武界是什麼樣子呢？想必大家應該都很想知道他們的新盟主在哪裡，是吧？我們這樣隱瞞大家，著實不太道德，對不對？哈哈哈⋯⋯」

幻瞳、幻瞳，千洵他們迅速被催眠，完全沒有反抗能力。那麼多澄幻的幻瞳一族學生被抓走、失去性命⋯⋯？

答案遽然浮出眼前，而在泛月晨明瞭答案的同時，也同樣明白了父親的全盤計畫——

應該說，是血煞的全盤計畫。

看著父親臉上詭異恐怖的笑容，泛月晨終於明白，他根本不在乎她會做什麼樣的選擇。因為，他根本不打算讓任何人走。

今晚，這個仲夏之夜。他要的是——我們所有人的命。血煞要在全魔武界面前，將我們一個一個殺死。當作他開始統治整個魔武界的震撼宣告。

那些先前被殺死的澄幻學生，他們那屬於幻瞳一族的強大力量，已經全數被轉移到泛莊主身上了，也因為如此，泛莊主現在集合了那四位幻瞳族人強大的魔力，也承襲了他們幻瞳的能力，可以迅速催眠不小心與他對上視線的人。

至於自己……，則是最後一個犧牲品。

只要再得到她的幻瞳力量，父親——血煞，將會所向無敵。

嗶啵一聲，轉播的螢幕已架設完畢。泛月晨知道現在自己的影像已經被轉播到魔武界眾人的面前。

血煞要的就是這一刻，在所有人面前殺死魔武界盟主，不僅讓大家頓時陷入恐慌及混亂，更會陷入絕望的深淵。

泛月晨咬牙，不行，她不能讓這種事情發生。她不能讓血煞控制住整個魔武界，興起狂浪般的腥風血雨。

她不能投降！

「父親，你不要以為我不知道……，」泛月晨一邊說著，一邊趁泛莊主分神轉頭檢查轉播架設情況沒有留意時，拚盡最後幾絲力量在指尖凝聚起魔法，然後一舉朝他進攻而去。

「不要以為我不知道，你今晚要的是我們所有人的命！」

第十七章　金色祭禮

它顫抖著像生命受死亡的最後一擊時，在痛苦的昏迷中的最後反應；它炫耀著像將盡的世情的純焰，最後猛烈的一閃。

——泰戈爾

父親之所以能夠將那些死去幻瞳族人的能力，轉移到自己身上，關鍵就在於他的魔之力——汲取。

汲取——汲取別人的法力、靈力；汲取他們的生命。這是一種讓他人沒有能力反抗的偷竊，而隨著每一次的汲取，父親便更增強了自己的力量。而在他不斷汲取其他幻瞳族人的力量後，他的催眠法力一年比一年強大，所以現在他才能在極短的時間內將千洵一行人迅速催眠。不過，父親這種汲取的魔之力也是有所限制的，依泛月晨的猜測，每使用一次這種損人利己的魔之力，便會讓他的人性一次次的泯滅，也讓自身的邪惡之氣日益增長、更加張揚。但泛莊主卻無法催眠泛月晨，那是因為泛月晨本身就是幻瞳族人，所以並不畏懼這種魔法。

轟隆！泛月晨的魔法明明已經雷霆萬鈞的發射了出去，沒有想到泛莊主竟然只是稍稍一個回手，便架起了一層厚厚的結界抵擋住攻擊。泛月晨被衝擊的力道震得往後倒退了數尺，踉踉蹌蹌好不容易才站穩腳步。

泛莊主化掉結界，拍拍身上的灰塵：「想要給各位觀眾一個驚喜的開場啊？可惜好像不怎麼成功呢！哈哈哈……」

泛月晨不甘心的咬起牙，再次試圖凝聚法力。面對這樣的父親，泛月晨知道自己完全沒有勝算。轉頭觀察被催眠的那三個人，是不是只要想辦法喚醒他們，就可以團結起來，一起同心協力抵抗？

但是，要如何才能喚醒他們呢？

「怎麼了，才一擊就沒力了嗎？妳果然很讓人失望呢！不管是現在，還是以前。」泛莊主哼聲冷笑：「幸好，我今天有閒情逸致陪妳玩玩，讓妳心服口服的敗在我手下，讓全魔武界都知道，誰才是真正有資格統領他們的人。」

他們是被幻瞳催眠的，那是不是也只要自己使用幻瞳，就可以成功喚醒他們呢？但是這樣一來，至少也要對上他們的雙眼，她該如何爭取到時間？

「魔武界不需要弱者！我會讓大家知道，我才是真正的強者、真正的魔武界盟主！誰稀罕什麼鳳凰認可，就算妳是得到金鳳凰認可的盟主又怎樣？哼！還不是一樣敗在我的手下！我才是真正有資格成為盟主的人！」

這就是為什麼……父親要抓走自己。將自己抓來這裡、費盡心思讓她無法逃脫的被困在這個天臺、成為籠中鳥的原因。

他要在所有人面前打敗自己，證明他比她更有資格擔任魔武界盟主。

就算……，自己是他的親生女兒。

風嗚嗚呼嘯而過，綿綿不絕的疾速狂奔而至，襯著狂亂咆嘯的雲，像暴風中翻滾的巨人，吶喊呼號、洶湧猛暴，聲勢浩蕩。呼應著天臺上狂暴的氛圍，戰事一觸即發。同時也呼應著泛月晨現在的心情，紛亂沓雜。

泛莊主長久累積而來，對命運極度不滿的怨恨，就在這一剎那，全都爆發了出來。他所發出的魔法，光芒亮到幾乎照亮了整個天際。泛月晨望著那可怕魔法的威力，心中暗自驚嘆之餘，也發現靈力不足的自己，無論如何都已經沒有能力抵擋。

難道一切這麼快就要結束了嗎？不行，努力了這麼久、她不可以輕易這樣放棄！

「狂焰曲！」就在泛莊主的魔法迎著照面打下來的那一秒，泛月晨及時大聲喊出了自己武器的名號。

匡噹！

四周空氣一陣劇烈的震盪，亂雲狂肆奔走，空間好像被撕裂一般，泛月晨緊緊閉上雙眼。

「主人，快啊！」這時，耳邊忽然傳來焦急的聲音：「主人，趕快器化，與妳結合，我才能夠支撐更久！」

「狂、狂焰曲……！」呈現漂泊的半透明狀態，泛月晨睜開眼看見狂焰曲清秀靈氣的側臉露出勉強支撐的神情，雙臂交叉做出十字防禦型，以武器本身的力量硬是擋下了泛莊主的攻擊。

泛莊主顯得十分困惑，因為分明沒有看見泛月晨做出任何防禦招式，也沒有架起結界，卻可以這樣簡單抵擋，這不尋常的現象，讓他瞇起雙眼。退後幾步，雙瞳露出謹慎審視的神情。

「主人，快點！」狂焰曲再次催促，一邊將泛月晨保護在身後：「這個敵人很強，不可以掉以輕心！」

「我知道。」泛月晨頷首，父親的強悍自己早已心知肚明，況且心狠手辣的他，是絕對不會手下留情的。

「狂焰曲！」泛月晨出聲喊道，精神抖擻的聲音在天臺上不斷放大，來回震盪。

不遠處，金鳳凰抽搐了一下。

泛月晨閉上眼，左手平舉，全身散發出耀眼的光線。

「器化！」

泛月晨的全身器化就在一個心跳的時間內完成，迅速俐落，她與狂焰曲完美無瑕的融合在一起。霎時，爆發而出的光芒，就像宇宙洪荒、混沌初始那般震動山河、奪人心魄。

金色的少女，四周圍繞著神聖的、金色的光，雙眼及亂舞的長髮都呈現出閃耀的金色。手中華麗的金色長弓，比世上任何一把利刃都還要鋒利的狹長刀面，幾乎就像是她手臂的延展。狂焰曲驕傲奔放的武器護體在少女四周瘋狂流轉，半透明的狂焰曲形象依舊像守護者般擋在泛月晨身前，但是他們所共同散發出的強烈能量，直直打入天際暴濺吟吼的亂雲之中。

霎時，泛月晨耀眼奪目的身影竟然像是神靈一般，幾乎讓人肉眼難以逼視。宛如降臨凡間的夜帝，那瞬間閃現而出的神聖氣質攫走所有人的呼吸。狂焰曲以半透明的狀態守護在泛月晨的身邊，由於不是完全脫離，因此她必須與泛月晨保持兩步以內的距離，否則就會消失。

與狂焰曲的完全器化！

「這是……？」泛莊主詫異地瞪大眼睛。

他從來不知道，世界上竟然有這樣美麗的武器。完美得毫無瑕疵，龐大懾人的靈力！就算是神器等級的武器，應該也不會和泛月晨這樣幾乎融為一體，難道說……

「我與狂焰曲，修練完成了器化。」揚起下頷，少女的身姿有如一隻挺立驕傲的鳳凰，那凜冽的氣勢，儼然就是身為一個盟主的最佳詮釋。

倏地，泛莊主明白——她的女兒，已經不是五年前的那個女孩了。

以前那個還被自己控制在掌心下的女孩，是個未被打磨過的鑽石。現在一旦經過風雨的洗禮和火焰的淬煉，便褪去了稚嫩的外衣，綻放出懾人心魄的光芒。

頓然也不是那麼無法理解，金鳳凰為什麼會選擇這樣一個少女當作魔武界盟主了……

「父親，我跟您說最後一次。請您放走其他人，留我就好。放過他們，尤其是冷校長。您不是答應過，只要我完成條件，就會放過冷校長嗎？」

泛莊主望著泛月晨，紅色的雙眼猝然顯得焦灼紊亂，呼吸漸漸濁重，他往後退了幾步。

「父親，您不能忘掉這一切嗎？我願意放下對您的仇恨，只要您答應我願意變回良善之人，不要一心只想掌控天下、傷害凡族。大家可以和平共處的……」

「啊！」泛莊主陡然痛苦的呻吟了一聲彎下身去，像是有什麼力量正在他身體裡瘋狂作亂一般，讓他疼痛萬分。

險些跪倒在地，泛莊主像是抽筋般的四肢痙攣，不斷痛苦的大叫，最後抱著腹部深深垂下頭去，身體幾乎縮成一團，不斷發抖。

「父親？」泛月晨遲疑地叫了一聲，不知道這是怎麼回事。接著她很快就想起，這已經不是父親第一次在她面前有這樣的舉動了。上次在澄幻魔法學園的大門口，父親單獨來找自己時，也曾經這樣發作過。情況幾乎一模一樣，只是這次他好像更加痛苦。

為什麼？父親究竟怎麼了？

無法抑制步伐，泛月晨關心的走上前去。才半彎下身想要察看父親的情況，此時，泛莊主卻忽地停止發抖，像是沒有發生過任何事般的迅速站起身，對著泛月晨當面就是一擊，在毫無防備之下，泛月晨硬生生接下了這一掌——不偏不倚打下胸口的這一掌。

泛莊主的行動過於出乎意料，竟然連狂焰曲都來不及阻止，泛月晨頓時被打得向後跌去，差點無法維持住器化，狂焰曲連忙趕到主人身邊，接住她，防止她倒下。

黑暗幾乎是下一秒就蒙蔽了泛月晨的視線，口中鹹腥，她吐出一口鮮血。

「父親，你——？」

「哈哈哈……很抱歉，女兒，我就是忘不掉這一切，讓妳失望了，哈哈哈……」泛莊主的眼睛愈加腥紅了：「我會讓大家知道，就算妳完成了器化，也不過是如此而已，我才是真正可以統領魔武界的人。至於冷校長嘛！不過就是一條半死不活的爛命，留著他有什麼用？」

泛月晨站穩腳步，努力維持意識，儘管胸口翻湧著劇痛，但她知道自己絕不能在這個時候倒下，她必須支撐到最後。

「既然你這麼喜歡他，那就讓他先妳一步到幽冥世界去等妳，以免妳到時候太寂寞。」泛莊主說完隨即拍拍手，接著，冷校長冰冷的身體就像個玩偶般的躍過泛月晨飛到泛莊主手中。泛莊主一手拖著冷校長的上半身、另一手從腰間抽出短刀，那短刀擦過刀鞘發出清脆冰冷的聲響。

眼前忽明忽暗，泛月晨沙啞著聲音，痛苦的撲向前去：「你不要動他，拜託！」

然而，泛莊主的動作比她更快。在泛月晨還來不及趕到之前，泛莊主一個反手，將短刀俐落的筆直刺進冷校長的喉嚨！血肉迸裂的聲音，黏稠而沉悶，猶如黃昏響起的悲哀的鐘聲。鮮血噴湧而出，點點飛濺到了撲身而來的泛月晨臉上。那刺鼻的血腥味，從鼻息間像是毒藥一般迅速地流遍泛月晨整個身體，這過度殘忍的刺激，幾乎讓泛月晨為之崩潰！

不，不會，這不可能發生，一定是自己在做夢……！

排山倒海而來的巨大痛苦，擊潰了泛月晨的心智，她尖聲的哭喊，哀慟得讓人不忍卒聞，像是靈魂被撕裂扯碎一般，她以為自己就快要死去。

冷校長不會就這樣離開，對不對？那個教導自己器化，平時總以智慧之語開導、關愛自己的義父，怎麼可能捨得就這樣拋下自己？他不會這麼容易就失去生命，一定是她所有的感官在撒謊，等一下他就會睜開眼睛了。她不會上當，她不會上這個命運所開的玩笑的當……

似乎感應到泛月晨心中極度巨大、瀕臨瘋狂邊緣的痛苦，這種過於激動的情緒磁場，竟然讓天臺上三個被催眠的人漸漸從被催眠的狀態中甦醒過來。

「你怎麼可以這樣對他？你怎麼可以！」

崩潰的哭喊，同時憤怒的駕馭著泛月晨，她開始舞出了最致命的風之戰舞，搭配上狂焰曲的器化，就像矯捷迅疾的閃電，不顧一切的向泛莊主直擊而去！

狂焰曲就像是泛月晨手臂的延展，再加上狂焰曲根本不需要箭，只要拉開弓就會自動在弦上凝聚成鋒利的箭矢，尤其弓緣鋒利得就像鐮刀刀面，泛月晨的出招瞬息萬變，奔騰矯捷，像是狂暴的北風，去勢極疾，收勢極快，宛如迅風疾電、勁松孤柏，每一擊都用足了力氣，快得讓人幾乎無法捕捉到身影，錚錚戾氣不斷散發而出，讓天上的低雲更加放肆的怒吼，如同海浪般捲著呼號及哀鳴。

這樣強烈的攻勢，讓泛莊主險些抵擋不住。不過，他很快便利用強大的靈力優勢，架設起防禦結界，同時將冷校長浸滿鮮血的屍體丟到天臺下。泛月晨痛苦的看著義父從天臺邊緣落下，但卻分身乏術，無力搶救。

天臺的另一邊，還躺著金鳳凰。金鳳凰……，不就是預言之木所說，唯一可以永除血煞的金色祭禮嗎？但為什麼現在卻無法動彈？難道預言之木錯了嗎？

祭禮……？難道預言的意思是——要獻祭金鳳凰的生命？

切。

思緒至此，泛月晨便開始一步步靠近金鳳凰，準備一舉獻祭金鳳凰的生命，結束這一切。

「妳永遠贏不了我的！」泛莊主放聲大喊，語調囂張狂妄：「就算妳是預言中的盟主也一樣，投降吧！魔武界是屬於我的！」

泛月晨頓下腳步，剛才動用武技使得胸口的傷勢更加惡化了。不知為何，泛月晨的靈魂卻好像脫離軀殼一樣，暫時感覺不到痛苦。

「命中註定又如何？」泛莊主用衣服抹去手上短刀的鮮血，接著不屑的看了一眼躺在地上的鳳凰，臉上掠過一陣鄙視及煩躁：「哼！就算妳命中註定可以得到金鳳凰的認可，妳還不是一樣變成我的手下敗將。誰在乎一隻蠢鳥怎麼想。看了就令人生厭，還是早一點從視線中除掉，免得看了心煩。」

「等——」

泛月晨還來不及阻止，泛莊主便猛然一個揮手，金鳳凰癱軟的身體立即從天臺邊飛了出去，最後往下墜落，掉進一片濃重的深暗裡。

叫喊卡在泛月晨的喉嚨，她不可置信地看著金鳳凰墜落之處，覺得像是最後的希望也墜落消失了一般。

不、現在竟然連金鳳凰都沒有了，沒有了金色祭禮，她怎麼辦？她該怎麼辦？

「現在這樣好多了。」泛莊主滿意的仰天大笑。正當他得意洋洋時，一直站在泛莊主身後的斬影澤忽然眉頭輕輕一皺，目光迷茫的朝泛月晨轉來。

發生了什麼事？泛月晨看見他以唇語問自己。

泛月晨幾乎掩飾不住驚訝，斬影澤竟然掙脫了幻瞳一族的催眠束縛？或許是因為父親瞧不起他的緣故，所以對斬影澤下的催眠功力比較少，因此他才會較快甦醒過來。

不要亂動！待在原地。

泛月晨心跳到了嗓子眼，假如父親發現斬影澤已經脫離他的催眠掌控，可能會直接殺掉他除之而後快。只是，她不能出聲警告斬影澤，否則將會引來殺機，因此只能拚命用眼神示意搖頭。

「太好了！現在除掉了金鳳凰，我看看下一個要輪到誰呢？」泛莊主拍了拍手，眼神在泛月晨身上流連了數秒，那算計的神情讓泛月晨不自覺的往後退了一步，警覺的擺出備戰姿勢。

泛莊主看見泛月晨的反應，露出一抹得意的笑容．「不用緊張，好戲總要留到最後再上演嘛！妳說是不是，偉大的魔武界盟主？如果這麼快就讓好戲上場了，這樣我們的觀眾可能會覺得不過癮呢！哈哈哈……」他身手比向架設好的轉播鏡頭，泛月晨往鏡頭瞥了一眼，知道現在全魔武界都在看著他們這場決鬥。

如果這還能稱之為決鬥，而不是屠殺的話。

這就是血煞想要帶給魔武界的恐慌，他要在全魔武界面前證明，他是比盟主更為強大的人，他會殺掉天臺上的每一個人。他已經殺掉一個德高望重的冷校長了，接下來他會殺掉千氏雙璧，讓魔武界陷入第二重混亂；最後，他的目標才是自己。

「覺得很害怕嗎?不用緊張,死亡不會很痛,我保證一切都會很快就結束的!」

自認勝卷在握的泛莊主沉溺於志得意滿中,因此絲毫沒有察覺到身後的靳影澤已經從催眠狀態中掙脫了出來。這會兒正從地上撿起千洵方才遺落在地的騎士長刀,小心翼翼地避免發出聲音。

「好了,我真是太多話了,觀眾等不及了呢!我看看下一個輪到誰呢?」泛莊主結束了自言自語,開始在天臺上張望起來,決定下一個待宰的人選。泛月晨惴惴不安地看著父親將眼神慢慢移往身後,幾乎就快要看見靳影澤了!然而,再次毫無預警的,泛莊主猛然大叫一聲,接著痛苦不已的彎下身子劇烈扭動乾嘔起來,就像是有什麼東西掙扎著想要從他體內爆發出來似的。

「啊!」泛莊主再次發出尖銳的狂嘯,倒在地上又一次抽搐痙攣,程度比方才更加嚴重,甚至臉上開始出現交替的變換表情,好像泛莊主正要從靈魂中心撕裂,有兩個意識正在主宰著這個身體一般。

怎麼會……這樣?

泛月晨詫異不已地看著父親倒在地上扭動掙扎的身影,靳影澤原本正想舉刀砍向泛莊主,這下子不得不也疑惑地停下動作,迷惘的看向泛月晨,只是完全一頭霧水的她,也只能莫可奈何地搖搖頭。

就好像,有兩股力量正在爭奪這個身體的主導權,互不相讓。

天臺上的風更加狂暴的吹著,磅礡的氣勢中透露著猙獰,像是魔鬼的呼號。天上烏雲密布,預告著風雨欲來。

泛月晨佇立在天臺邊，半透明的狂焰曲護體沉默地望著主人，等待她給予自己下一步的指示。泛月晨竟就那樣僵直的站著，燦金的雙眼中是凝固的沉思。

不，一定有什麼很重要的資訊，自己錯過了，她，定遺漏了些什麼？

風起雲湧。電光石火之間，泛月晨頓時領悟了一切的真相。

其實——父親並不是血煞。

血煞並不是任何人，甚至也不是任何事物。

血煞，是一股力量！

每個人內心深處、最邪惡的那股力量。那股會讓人誤入歧途的力量，那股會讓人的邪念不斷擴大的力量。

當一個人心中充滿了邪念、妒恨與憤怒時，血煞便會開始侵入他的身體，以他的那些負面能量作為養分，一天一天滋長擴大。只要心中的邪念愈多，血煞便會滲透得愈快，直到最後陷入無可挽回的泥淖之中。最後，甚至反客為主的奪占了這個身體的主導權，徹底控制住這個人的心智，讓這個人做出泯滅人性、傷天害理之事。所以一旦被血煞入侵後，便會日漸喪失自己的靈魂，體內也會不自覺發散出特屬於血煞腐臭的邪惡氣息。眼睛會逐漸轉褪為腥紅的血色，性格上更會變得六親不認、心狠手辣。

冷校長一定是知道了這一點，因此，他才會勸當年對父親充滿怨懟的泛月晨放下心中的仇恨。因為恨意及怨念，是世上最損人不利己的毒物，更是鋒利的雙面刃，最後只會落得兩敗俱傷。就像那……在盛怒之下控制不住自己而殺死了妹妹的燁獄，還有殺人不眨眼的泛莊主。

所以，現在是父親體內屬於原本他善良靈魂的那部分，掙扎著想要奪回身體的主導權嗎？

希望的光芒染上了泛月晨的雙眼，是不是只要父親醒過來，這一切就能夠結束了呢？燁獄本來也被血煞的力量所主宰，但是後來卻恢復過來，邪惡的氣息也退去了，在他不慎誤殺華火之後……那她要如何才能讓父親醒過來呢？

「不，啊！啊！」泛莊主痛苦的吶喊，好像整個人就要爆炸開來一般。但是血煞的力量太過強大，另外那股掙扎著想要破土而出的力量根本不是對手，血煞已經入侵泛莊主太久了，從泛月晨還是童年時，這股力量便開始滲入泛莊主的神智，經過經年累月的累積，現在幾已致無可挽回的地步了。

泛月晨不禁著急了起來。不，她不可以讓父親再被那股邪惡力量控制，既然燁獄可以從這股邪惡的迷惑力量中清醒過來，為什麼泛莊主做不到呢？燁獄曾經是冷眼看著自己的親生父親死去，也不願出手搭救的人，但最後居然又能因為華火的犧牲而猛然清醒……華火……

在嫉妒的痛苦之中，泛莊主忽然仰眸望向佇立在自己身前的泛月晨。而來不及避開父親眼神的她，便這樣直直撞進泛莊主的眼底，看見了倒映其中自己的身影。

她的倒影，金髮金眼，金色的狂焰曲一派華麗燦爛，周身因為武器護體而散發出強烈的金色光芒，就像是陽光的女兒一樣。

這樣耀眼的金色光華！

乍然，泛月晨再次明瞭了整個預言背後的含意。

燁獄之所以會因華火之死而清醒過來，正因為華火是燁獄所有仇恨最初始的關鍵來源。

燁獄原本應該不會被血煞主宰神智，但因其對華火的嫉妒之情日益加深，日積月累的強烈邪惡怨念，以致讓血煞有了可乘之機。而華火的死亡，則讓燁獄失去了仇恨的根源，就像是解開了一個打死的結，糾結的情感再次暢通無礙，因此燁獄恢復了良知，也擺脫了血煞的掌控。

而父親之所以會被血煞入侵，則是肇因於他太熱切貪求登上魔武界盟主的寶座，但偏偏他從預言中得知自己的女兒才是唯一能得到金鳳凰認可的盟主，於是那種無法達成畢生心願的失望、憤怒，再加上對親生女兒日漸加深的嫉妒與不滿，終至變成了強大的邪惡怨念，才會讓血煞的邪惡力量完全控制了他的身體。

所以造成父親被血煞控制的關鍵——就是泛月晨自己。只要她死去，父親便會找回原本善良的本性，不會再被邪惡的血煞控制。

因此……預言之木所指的金色祭禮，並不是她一直以為的金鳳凰。

唯有獻上金色祭禮，才能永除血煞。

金色祭禮——就是她自己。

原來她的死亡早已被命運註寫。

其實只要她肯對自己更誠實一些，那麼早在她被轉移到這個天臺時，心中就應該有數，此行必定凶多吉少。無論如何，她都無法成功活著走出這個天臺。

蒼白著臉，泛月晨知道與自己互通心智的狂焰曲也明白了自己所領悟之事。但狂焰曲並沒有移動，依舊穩穩的守護在主人身邊，像是堅決要保全主人性命的騎士，就算知道主人的死亡是結束這一切的唯一方法，卻不願意讓任何人事物傷害到自己的主人。

「泛月晨，怎麼了？」靳影澤緊張的看著臉色慘白的泛月晨，雙手執劍不偏不倚的由上而下指著泛莊主。泛月晨動了動唇想要說些什麼，最後卻徒勞無功的搖搖頭，最後闔上雙眼。

偉大的夜帝啊！

如果這是您所安排的命運，那麼為了魔武界，我願意遵行無誤，即便這將會奉獻出我的性命。

此時烏雲密布的天上陡然光亮遽閃，遙遠的東方升起一絲微弱但明顯的光亮，劃破雲層而出，溫柔的籠罩在泛月晨身上。轉瞬間安靜無比。泛月晨重新睜開雙眼，望向倒在地上的泛莊主。

只要我離去，一切就會重新開始，又回到原點了吧？

父親，真的很希望您能夠回到——那個在我出生之前的您。那個還沒有被血煞控制的您，那個母親深深愛上的您。

其實，在千夜思湖中，我看到的景象，並不是我復仇成功。而是……，我們一家人和樂融融。您一手抱著我、一手抱著母親。您的眼睛是很美很美的藍，顏色就跟我一模一樣，而我終於知道為何母親總是會對著我嘆息，說我有雙世界上最美麗的眼睛，因為，那是您的眼睛。

母親當年能有如此大的勇氣，在自己最愛的男人面前自盡，為了不要讓他汲取走自己幻瞳的力量，試圖阻止他繼續深陷歧途……。母親都能夠做到自我犧牲，身為他的女兒，我沒有理由辦不到。

想到這裡，泛月晨終於毫不猶豫的舉起執狂焰曲的手，正對著泛莊主的注視，一舉刺進自己的雙眼！

鮮血頓時如雨般噴湧而出，而一直擋在泛月晨面前的狂焰曲又驚又怒的轉過身，痛苦的滿臉扭曲。

「不！主人！」

「不！」

泛月晨的魔力點是她的雙眼，一旦她雙目受傷，不但會失去視力、失去幻瞳、失去魔之力，在如此重傷的情況下，她還會失去生命。

「主人，不要啊！」狂焰曲痛苦的大喊，激動的跪倒在泛月晨身邊，徒勞的想要壓住她從雙目拚命湧出的鮮血。半透明狀態的她不但只能看著主人的血從自己手裡穿透而過，甚至因為泛月晨生命的消逝，器化契約也即將中斷，狂焰曲的身影漸漸愈來愈淡，在泛月晨周身光芒下朦朧隱約。「我可以保護妳，妳不一定非要如此，我不會讓妳受到任何傷害！不僅是因為我答應過千洵，也因為妳是我有史以來唯一最深愛的主人！妳可以不用這樣做的。」

武器原本不該有感情的，但是在這一刻，在她身影逐漸消失的那一刻，狂焰曲發現有冷涼的晶瑩液體從臉頰上滑落，最後蒸發在空氣之中……。

「這樣算不算是我殺了妳？」隨著一聲若有似無的嘆息，狂焰曲的身影終於完全消失，而泛月晨手中一直緊握著的武器，終於結束了與主人的融合，匡噹一聲！脫離了她的手摔落到粗糙的地面上。

不遠處的泛莊主在泛月晨死去的那個瞬間，先是全身一陣詭異的劇烈痙攣，最後如夢初醒般大叫一聲，那聲音宛如負傷的野獸。一骨碌爬起身就要衝向前去，不料才剛站起身，背後猝然傳來刀劍刺進血肉的撕裂聲。原來，泛莊主站起的動作，反而讓他撞上了一直舉著劍站在自己後方的斬影澤。

斬影澤手中的騎士長刀就這樣毫無保留的直直插進了泛莊主的身體裡。瞬間，泛莊主的動作定格了，被這突發狀況嚇到六神無主的斬影澤，像是手被燙到似的猛然從長劍上撤手向後退去，因此有須臾的時間，泛莊主的身影就這樣詭異的直立在天臺之上，那把修長閃著銀光的劍，從他背後刺入，最後斜斜的從他心臟的位置穿刺而出。

震撼人心的靜默。

只剩下鮮血不斷濺滴到地板上的聲音，像是鬼魅的夢魘，一點一滴流淌，似乎永不停歇。

「我、我不是故意的！」斬影澤驚慌的揮動手臂，想要撲上前去，就在他指尖即將觸碰到泛莊主的那一刻，泛莊主忽然狂咳一聲，狂吐出滿口的鮮血，搖晃的往後退去，最後竟然控制不住打滑的踉蹌步履，跌落到天臺下。

「不！不要！」靳影澤趕緊伸手想要抓住泛莊主，好像這樣就可以挽回些什麼。只是，那個五年前曾經奪去他生命的男人，已經勢無可挽的直墜天臺下的深淵。

靳影澤跪倒在天臺邊緣，往下望著無盡深淵的那一秒，他彷彿聽見了命運齒輪轉動的隆隆巨響。

宿命，這就是宿命。

任何人都無法逃過命運的安排與制裁。五年前，泛莊主奪走了他的生命；現在五年後，換成靳影澤取走了他的。

一命抵一命！

唯一不同的是，當年凡族的他可以被魔族血救活，但是身為魔族，一旦死亡便不再有重生的機會。

泛莊主是如此，而他的女兒——泛月晨，亦是……

想到這裡，靳影澤心中遽然湧出一陣翻江倒海而來的痛苦。金色的女孩，就像天際間最耀眼的一顆明星，自空中頹然殞落。他的泛月晨，他的小瞳！

在此同時，靳影澤身後忽然傳來驚聲尖叫，那哀慟的聲音深深震痛了靳影澤的耳膜。

「啊！這是怎麼回事？」從催眠中恢復過來的千水悠茫然的大喊。

金色的女孩，甫得到金鳳凰認可的魔武界最新盟主，已經失去生命跡象、渾身冰涼、雙目失明的躺在眾人面前。

雖然全身布滿了鮮血與傷口，但她的神色卻是那麼平靜，恍若只是不經意地睡著了，只要溫柔的搖晃幾下，她便會重新睜開眼睛巧笑倩兮。

事情怎麼會變成這樣？

金色神器狂焰曲，世界上最美麗珍貴的武器，此刻已孤獨地躺在晦暗灰敗的天臺地面上，失去了它該有的亮眼光澤，好似也失去了生命般。

「泛月晨！」千水悠尖叫一聲撲了過去，哭得淚眼模糊。

她是氣憤泛月晨傷害了哥哥沒錯，但她不至於會絕情到真的跟她這樣決絕的一刀兩斷！她在大決賽中的表現，其實都是在演戲，從千洵跟她表示自己要去找泛月晨，幫助她成功到達金鳳凰面前，完成對她的承諾時，千水悠便決定開始演戲了。

她假裝和泛月晨勢不兩立，以痛恨泛月晨為藉口進入燁獄的隊伍，希望能降低對方的警戒，等到雙方無法避免正面對決時，可以出其不意的幫助泛月晨擊敗燁獄。千水悠知道千洵最愛的就是泛月晨，所以在愛烏及烏的心情下，她絕不可能會去傷害她。

對了，千洵。

出乎意料之外，千洵的神色看起來十分平靜，他垂下眼簾，睫毛在臉上打出一片暗影。

「哥哥。」千水悠嗓音沙啞地望向千洵。

「星海。」千洵短促的說了一句。

「什麼？」

「星海，蘭之堡的四大奇景之一。」

「復活魔法陣。記得嗎？」

千水悠怔愣了幾秒，接著臉上綻放出希望的光芒。

「太好了，一定可以成功的。」千水悠抹去臉上的淚水，抱起泛月晨的上半身，焦急地催促：「哥哥，我們趕快去吧！」

「我來吧！」看見千水悠使不上力，千洵抱過泛月晨。接著一陣眩目的白光之後，三人便消失了，留下仍半陷在極度震驚中的蘄影澤無語的面對一天地間的蒼涼。

魔武界眾菁英聚集在澄幻魔法學校，大家都十分關心新任盟主的傷勢安危。

「總覺得，我們好像幫不上什麼忙呢！」南宮秋搔著頭說道。

「我知道有一個能讓我們好好表現的機會。」燁獄露出玩味的笑容眨眨眼：「我們至少可以把滿布邪氣的月隱山莊好好整頓一番，如何？」

「咦？這樣沒問題嗎？」

「會有什麼問題？」燁獄聳聳肩，理所當然地說：「而且咱們的新盟主如果復活成功，總不會想要住在這個陰森的古堡裡吧！你們說是不是？」

「你說的是有幾分道理，燁獄。」白氏雙子中的其中一位，一邊把玩著斧頭，一邊漫不經心的揶揄道：「不過前提是，盟主沒有嫁進千氏。」

「對喔！」

「我怎麼沒有想到呢？」

「那你的意思是……我們不用整理月隱山莊了嗎？」

「哎呀！我知道了！」燁獄又冒出新點子了。眾人見狀又圍了上來，急性子的盤問：「什麼點子？有什麼其他事情能做嗎？」

「有呀！」燁獄攤手：「金鳳凰尚不知去向，或許現在已經從昏迷狀態中甦醒過來了。如果盟主復活的話，應該會需要牠，我們可以先幫盟主找到金鳳凰，順便把金鳳凰的傷治好，這樣盟主一定會很開心的，你們說是不是啊？」

眾人沉默片晌，接著一致誇獎這真是個好主意。就在大家準備分頭進行的時候，白氏雙子幽幽的說話了：「你們的消息還真是不靈通呀！居然不知道金鳳凰已經飛往蘭之堡了！」

「啊！」

「這樣我們不是真的什麼忙都幫不上了？」

「無用的感覺，真是討厭。」

「不過，說到幫忙，」柳星溯皺起眉頭：「今日，我們大家都到了，怎麼獨缺明寒呢？沒有人通知她嗎？」

南宮秋投過來奇怪的一眼：「你沒有聽說嗎？魔武大賽委員會內部透露，因為當時明寒曾經跟泛莊主組隊，現在她正躲在家中無顏見人呢！」

「他們有一起組隊？可是，當時我怎麼沒看見泛莊主？」

「因為他們的隊友水后，他的魔之力就是改變相貌啊！不僅可以改變自己的，連他人的都可以改變。那時候他們改變了泛莊主的長相。我想，應該是泛莊主提出的要求吧！」南宮秋解釋著。

「所以泛莊主變成的是……？」

「明萱，那個明寒稱作是她堂妹的小女孩，記得嗎？」颯爪比手畫腳地說道，她的姐妹颯麟在一旁配合的點著頭補充：「當時還和千水悠周旋了很久，應該是因為她使用了幻瞳的能力催眠了千水悠的緣故，但同樣的催眠招數用在泛月晨身上似乎就發揮不了作用。」

「啊！我想起來了，原來就是她！」柳星溯恍然大悟：「就是她讓泛盟主一時失神，所以才被明寒從背後打中的人嘛！那時盟主好像還傷勢不輕呢！」

「對了！盟主是幻瞳一族的人，之前被明寒打中過胸口，現在又再度被泛莊主打中……」忽然有一個人驚恐的大叫，所有人回頭一看，原來是澄幻的校醫。

「有那麼嚴重嗎？妳為什麼如此驚慌？」眾人迷惑地問。

「不，事情沒有這麼簡單。」校醫顫抖著唇，眼神飄過盯著她看的眾人，想要解釋卻又無從說起，不禁著急的將手擰成一團：「泛盟主……可能會有性命之憂。」

「難道那時明寒跟泛莊主組隊時，曾從泛莊主那裡得到這個祕密？明寒是故意打中盟主胸口？她想要殺死盟主嗎？」

「我們現在就去找她問個清楚！」

「對，一定要弄明白！究竟為什麼他們要故意打中盟主的胸口！」

「校醫，妳先別過度擔心，我們會問出治療方法的。大家快動身啊！」有人回頭安撫了一下臉色蒼白的校醫。校醫張口想要解釋些什麼，才一眨眼，大家已經迫不及待的出發，浩浩蕩蕩的去找明寒了。

望著眾人的背影，校醫顫抖了起來。

「沒有用的。」

這次，新任的泛盟主必死無疑。

泛盟主，她……不會醒來的。

泛月晨沒有醒來。

因為施行了畢生只有一次使用機會的復活之術，千水悠虛弱疲累的拖著靈力耗盡的身體到一旁稍作休息，靜待泛月晨甦醒。一盞茶的時間過了，泛月晨卻沒有醒過來。

不可能！這是千水悠心中第一個想法。

「應該沒有出任何差錯才對啊！」千水悠茫然不解的喃喃自語，千洵抱著泛月晨，滿面憂心。

「沒有出錯，妳做得很好，再搭配上星海本身的魔力，復活之術進行得毫無差錯。只是，泛月晨現在雖然恢復了呼吸、心跳、體溫，卻沒有甦醒，就像是昏迷了一樣。」

「昏迷？」千水悠空洞、無意識的重複著。

自己的治癒之術幾乎從來沒有出過紕漏，除了上次泛月晨被明寒打中胸口，不論自己如何醫治，都沒有成效的那一次之外。啊！對了，記得塔羅中心的治療師曾說，那是幻瞳一族的遺傳疾病，無藥可救，同時也提醒泛月晨絕對不可以再被打到胸口。

千水悠呼吸一滯。難道說……？千水悠無助地將眼神投向哥哥，六神無主的問：「怎麼辦？」

「這不該發生的！」千洵抱著泛月晨的手臂愈發收緊，眼中終於漸漸流露出深沉的懼怕。咬牙，他果斷的沉聲：「走！我們到塔羅治療中心。」

當一個星期過去，泛月晨卻遲遲沒有醒來時，幾乎全魔武界都知道事情不對勁了。

為了避免大眾過度恐慌，千氏雙璧盡其所能地將事情壓制下來，只對外宣稱盟主因為重傷，且剛剛復活不久，還需要時間休養，因此恕不見客。

一開始，魔武界還算接受這種說法，也紛紛將注意力轉移到魔武界盟主的登基大典上。大家都十分關注這個活動，畢竟已經近百年沒有盟主了，而且泛月晨在天臺上勇敢犧牲的表現，感動了所有的人，原本對泛月晨心懷不滿或是存有偏見的人，也都放下對她的偏見或不滿之情，並衷心積極的期待著她的登基。

能夠被這樣一個像陽光般耀眼的女孩統領，一定會是件前途光明的事情吧？

由於泛月晨遲遲沒有現身，因此登基大典不停地將時間往後挪移，而一再的修改時間，讓魔武界的人不禁開始議論紛紛，各種猜測也不斷出爐。不論外界如何紛擾，千洵都不會讓大家影響到這個病房的寧靜。由於全城最好的塔羅治療中心也對泛月晨的狀況束手無策，治療師們表示，現在唯一的方法，只能耐心靜待她自行甦醒，然後再見機行事。因此千洵決定將泛月晨帶回蘭之堡，親自細心照護。

「妳還沒醒來嗎？」抱著一大束含苞的月光蘭走進房間內，千洵的腳步在房門口停滯了幾秒，沉默地望著床上如靜止一般沉睡著的女孩。

看起來就像是個休眠了的美麗天使，泛月晨身上的外傷已全被千水悠治好了，可嘆的是依然喚不醒她的神智。

「沒關係，不急。」千洵走進房內，溫柔的聲音放得很輕，恍若擔心吵醒了女孩的夢境：「大家都會等妳。而且……不要擔心，妳很快就會醒來了，我保證。」

將月光蘭放進床頭的花瓶裡，千洵安靜地佇立在床邊，垂首望著他所深愛的女孩。

思緒回到更早之前治療師曾提出的警告——泛月晨絕對不可以再次被打到胸口。

那時治療師是怎麼說的？

在心臟遭到重擊後，會先昏迷至少一個星期。甦醒後雖然會回復成平時的模樣，但那只是迴光返照的假象。接著她的心臟便會慢慢衰弱，直至失去功能，停止跳動，時間不超過幾個月。而在死去之前，她的心臟會一齊釋放出所剩餘的全部魔力，屆時她將會一日比一日更美，美麗得令世間一切都黯然失色。而當美到極致的那一刻，也就是她的死亡之時。

這就是泛月晨將面對的宿命嗎？

如果這就是她即將必須面對的命運……那麼，他要對抗它！推翻它！他絕不能讓這種事情發生，不論付出何種代價！

「我不會讓妳就這樣死去。」千洵伸手輕柔的劃過女孩臉頰。從太陽穴滑至唇角，那優美的弧度，讓笑意染上了千洵琥珀色的雙眸。

如果就這樣讓一個世界上最美麗的傳奇凋零死去，豈不是太過可惜？

這美麗的傳奇，應該要活很久很久，讓大家永世歌頌。

千洵終於明瞭泛月晨曾經說過的那則預言背後的意義。她說，千氏擁有一項世上最珍貴的寶物，那項寶物，假如泛家肯去爭取，將會帶給他們莫大的助益，成就史上最美麗的傳奇，那個寶物，可以讓人無限延續壽命。

寶物？大家以往的想法都錯了。寶物不見得必須一定是件物品。預言中指的寶物，就是千水悠神奇的治癒能力以及復活之術。她的這項魔之力，的確可以讓人無限延續壽命。

千水悠復活了泛月晨，而重生之後的泛月晨，將成就史上最美麗的傳奇。

原來，一切都已經被註寫在夜帝的命運之冊裡。而當時機到來，等這些預言一個個拼湊在一起，所有的事情都真相大白。

「雖然我真的很想永遠陪在妳身邊……」千洵琥珀色的目光輕巧的掠過放在泛月晨床邊的燦金色狂焰曲。這把稀世神器，儘管因為泛月晨的死去而中斷了靈魂契約，但是在泛月晨重新恢復生命之後，便不願意再離開她的身邊。除了千洵，其他的人若觸碰到狂焰曲，祂都會發出嗡鳴的警告聲，同時燙傷那些想要握住祂的人。想來，這把充滿靈性的武器，會永遠待在主人身邊守護著她吧！這樣，也許自己就可以放心了。

比起擁有妳，我更希望妳活下去！

現在，這個世界上已經沒有會威脅到泛月晨的事物存在了，即便有，相信她身邊也已經有夠多的朋友和支持者，願意與她一起同甘共苦、分憂解勞。所以自己可以放心的離開她、把她交到別人手裡了吧？像是……她一直心繫的小影哥，從小她便想與他在一起，如果不是因為自己，這些歲月裡也不會發生這麼多的曲折故事吧？

真的到該離開的時候了。

其實他已經習慣默默守在她身邊。從來不敢奢望有一天可以得到她。只要她過得開心，偶爾想起曾經有這麼一個人深深愛過她，就足夠了。

「泛月晨就交給妳了。」千洵修長的手指順著狂焰曲形狀優美的弓身流暢滑下，若有似無的耳語被風吹散，狂焰曲忽然發出一陣細微的金光，就像是在回應千洵的話語一樣。

「守護她。」千洵收回手，垂下眼簾：「就像我曾經拜託妳的一樣。只是這次，也許……」也許，他們一輩子都不會再相見了吧？

就在千洵將手收回時，狂焰曲發出一陣抗議般的震動，有若想要喚回千洵似的。然而，那個頎長的身影已經走離泛月晨的床邊，來到房門口，以過分平靜的聲音對著門外的掌房說道：「請幫我找治療師以及我妹妹過來一下，好嗎？」

仲夏方過，窗外一片生意盎然。帶著棗花以及月季花的芳香，薰風像流沙般鋪滿整個寧靜的空間。

這過分美麗的季節，如何能讓人相信即將來臨的告別。

就算即將離妳而去，我也不是背對著妳。

我不會背對著妳，過去不會，現在不會，將來更不會。

我不會背對妳……我只是跟妳望著同一個方向。

我的泛月晨。

第十八章　登基大典

啊！我闔著眼，只在她微笑的光中才開睫。當她像從洞黑的睡眠裡浮現的夢一般地站立在我面前。

——泰戈爾

當泛月晨睜開眼睛的時候，有點不太確定自己身在何方。

眼前浮動著一片金色的跳動光影，像是精靈在旋轉著優美的輕快舞蹈。眨眨眼，泛月晨覺得自己的存在很不真實，像是投射出來的幻影一般。

她似乎做了一個很長很長的夢。

可惜……當夢醒的時候，守候在她身邊的，不是她夢中的人。

掙扎著仰起頭，泛月晨沙啞的叫喚眼前的身影。

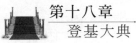

「小、小影哥？」

靳影澤原本正在打瞌睡，這會兒聽見泛月晨的聲音，猛然清醒過來，瞌睡蟲全跑了，不敢置信地抓著泛月晨的手激動的疊聲喊：「啊！小瞳，妳醒了？妳覺得怎麼樣？有沒有哪裡不舒服？會不會頭暈？想不想吃東西？要不要喝水？總之……妳可以聽見我的話吧？」

連珠炮似的問了一長串的話，斬影澤緊張兮兮地望著泛月晨，眼神片刻也不敢離開她，像是怕下一秒她又會失去意識昏迷過去一般。

泛月晨皺了皺眉頭，整理了好一番思緒。

「小瞳……」

「小影哥，不要跟我說你也死了。」泛月晨忽然爆出一句，斬影澤嚇得接不上話。

「什麼？」

「我死了，不是嗎？」泛月晨有條有理的分析，用手指比著自己的雙眼：「我刺了自己的魔力點，所以我現在應該已經失去生命了。但是你怎麼會在我身邊呢？難道你也死了嗎？還有……如果我沒有死去，那為什麼我身邊只有你呢？」

「傻小瞳！」斬影澤反應過來，揉揉泛月晨的髮，呵呵一笑：「我當然沒有死啦！妳看，我這麼健康，活蹦亂跳呢！妳當然也沒有死，因為……千水悠復活了妳嘛！還有妳的身邊不只有我呀！妳不知道已經有好多好多妳的崇拜者送慰問禮物過來給妳呢！就在那裡，喏！妳看，都已經從角落堆到天花板了。」

斬影澤揮手比向房間一端的角落，泛月晨這時才從四周的環境，認出這是她和義父的家。好久沒有回來了，居然變得這樣陌生。想到義父，泛月晨不禁心中一痛。

五花八門的慰問禮物，果然從地面一路堆高到了天花板，而且還有逐步擴張的傾向。

有一些魔法小玩意兒已經挨不住寂寞，自行突破包裝跑出來，在房間裡滴溜溜的四處亂竄，還發出各式各樣五顏六色的光芒。泛月晨猜想，這應該就是自己剛剛清醒時所看到的光芒來源。

「本來想要送妳回月隱山莊住的，可是燁獄說那裡的邪惡之氣還沒有完全清理乾淨，現在還不適合回去，所以就只好先住這裡了。魔武界的人都十分關心妳，大家都在期待妳的甦醒，妳的身邊不是只有我喔！」靳影澤用輕快的語氣說道，而當他又想繼續說些什麼的時候，心裡正在納悶靳影澤怎麼如此多話的泛月晨，終於發現哪裡不對勁了。

「千洵在哪裡？」泛月晨疑惑的問著：「還有，妳說千水悠復活了我，那麼水悠呢？他們怎麼都不在我身邊？」

即便千水悠口口聲聲說恨她，相信千水悠在復活了自己之後，絕不會這樣一走了之、不聞不問，至於千洵就更不用說了。

千洵怎麼可能會離開她呢？他不是說會一直守護在她身邊嗎？他答應的，他答應過的。

「不要問那麼多！小瞳。」靳影澤顧左右而言他的轉移話題，將泛月晨按回床上要她躺好。「現在妳最重要的任務就是把身體養好，魔武界盟主的登基典禮就在下個星期，不能再拖了。妳必須在典禮之前養好身體，這樣才能帶給大家一個健康美好的形象啊！」

「嗯，我會好好休養的。」泛月晨因為靳影澤的態度而迷惑了：「但是，他們在哪裡？」

「他們該在哪裡，就在哪裡嘍！」靳影澤含糊不清的咕噥。

小瞳才剛剛甦醒，身體虛弱。他該如何開口向泛月晨說明千洵已經離開的事實？其實他自己也疑惑萬分，千洵怎麼會選在這個時機點離開泛月晨？

自從千氏老爺和夫人移居海外後，便將千氏海外的事業交由掌房處理，此次不知道為何非要千洵親自去處理不可，而且聽說可能還要過好一陣子才能回來。至於好一陣子究竟是多久，千洵也沒有給明確的時間，只說可能會很久。

一切都發生得太突兀了！

靳影澤猶記得那是泛月晨昏迷的第八天上午，泛月晨當時還留在蘭之堡中尚未甦醒。千洵就在此時派人前來通知說想要跟他談談。本來以為千洵是要跟自己討論泛月晨的身體狀況，但沒想到千洵一見到他，就開門見山的問他：是否還愛著泛月晨？

他當時內心充滿困惑，但依然老實的回答不論如何，自己都會愛她。

「那麼，」千洵當時說：「既然如此，以後就由你留在泛月晨身邊吧！」

「難道你不願意待在她身邊嗎？你要離開？」靳影澤怔忡納悶著。

千洵那天的神情看起來異常平靜，琥珀色的雙眼比平時更深邃。一切看起來都十分正常，如果硬要說有什麼比較不尋常的地方，那就是千洵看起來有點虛弱。但畢竟不久前才剛剛比完一場驚天動地的大決賽，怎麼可能不虛弱呢？所以自己當時也不以為意。

千洵雲淡風輕地說他必須趕去海外處理急事，千氏的一切將由千水悠暫時接管，他也許短時間內都無法回來，所以希望靳影澤可以留在泛月晨身邊守護她，因為百事纏身的自己目前已無法做到這一點。

最後，他淡靜的補充一句：「我只能說……，你比我更適合留在泛月晨身邊。」

於是自從那天起，千洵就這麼離開了。而因為千氏的一切已改由千水悠接管，因此她也辭退了澄幻黯學院院長的職務。

魔武界對於這件事情的注意力，因為被即將來臨的盟主登基大典所分散，所以並沒有引起特別大的反應。大家對於這件事情都採取欣然接受的態度，因此心存疑慮的靳影澤也不好再多做揣測。畢竟千洵應該不是永遠離開吧？他還會再回來的，只是沒有說清楚時間。反正泛月晨在這裡，千洵的心也就在這裡，對吧？他不會棄泛月晨而去的，這是不可能發生的，不是嗎？

唯一比較值得一提的是，那天與千洵會面完後，當他正要離開蘭之堡，經過大廳窗前時，竟然看見千水悠蹲踞在大片千丈蘭園之中，一個人哭得淚眼模糊。那摻雜著心碎、悲傷的眼淚，讓靳影澤的心因不安而快速跳動了起來。

究竟是發生了什麼事情，千水悠怎麼哭得如此柔腸寸斷？是因為泛月晨嗎？

老實說，自己與千水悠的關係十分複雜，連靳影澤自己都分不清楚他們究竟是朋友？還是敵人？說是朋友，千水悠曾毫不猶豫地猛烈攻擊過他；說是敵人，他們又曾經聯手抗敵。然而不論是朋友，還是敵人，看見平時心高氣傲的千水悠竟然淚流滿面的痛哭，讓他不禁動了惻隱之心。靳影澤實在百思不解，這……究竟是怎麼回事？

自從千洵離開後，千水悠便以泛月晨身為魔武界盟主，千氏不方便與她同住為由，將她送回冷校長的家。泛月晨離開蘭之堡後，靳影澤就更不容易見到千水悠了。不過，千水悠跟泛月晨畢竟還算是好朋友，如果讓泛月晨自己前去詢問，不知道千水悠會不會透漏些什麼呢？

或許是自己的表情洩露了思緒，泛月晨觀察著靳影澤，顫聲問：「小影哥……，你是不是有什麼事情不忍心告訴我？」

靳影澤不安地盯著腳尖，躊躇了一會，然後用輕快得有些刻意的聲音說道：「小瞳，是這樣的……，千洵說他要離開這裡一陣子。」

房內瞬間如低氣壓降臨般的沉默，讓靳影澤有些不知所措。

泛月晨蔚藍的靈眸倏然瞪大，看起來十分詫異，那眼中單純的驚訝神情，讓靳影澤心上生出了隱隱的痛。

「千洵……他要去哪裡？」

雖然這樣突如其來的告別有些讓人措手不及，但千洵絕不會就這樣莫名其妙的離開自己，一定是有什麼無可避免的原因，這點泛月晨十分確定。而且，他答應過會永遠陪在她身邊的，不是嗎？千洵一向言出必行，他不會欺騙自己。不會的。

「他多久會回來？我是不是昏迷了很久？」

靳影澤顯得有些侷促不安：「今天是你昏迷的第十天，千洵是在前天離開的。他沒有很明確地告訴大家歸來的時間，離開的原因說是因為移居海外的父母臨時要他去處理一些緊急事務，可能要等到他處理完才會回來吧！」

「他的父母忽然找他？」泛月晨疑惑的蹙起眉頭

靳影澤點點頭：「對。」

「應該很快就會回來了吧？」泛月晨鬆了一口氣，儘管有些失望與懊惱，但也只能無可奈何的接受。

靳影澤為了避免一直在這個話題上打轉，連忙迅速轉移焦點：「小瞳，話說就職典禮就是下個星期了！妳會不會緊張啊？」

「你是指方才提到的登基大典嗎？」泛月晨蹙起眉：「小影哥，我覺得……我似乎並不適任。」

「妳在說什麼傻話！」靳影澤猛地跳起身，激動地喊：「大家都非常期待妳就職上任。小瞳，我對妳的能力很有信心，妳不可以這樣質疑自己。不要忘記了，妳可是金鳳凰認可的人選呢！難道妳懷疑金鳳凰的選擇嗎？」

「我沒有懷疑的意思，但是……我覺得自己還不夠好，我也不覺得我比別人多了什麼條件可以獲得金鳳凰的青睞，說不定這都只是誤會呢！更何況——」泛月晨吸了一口氣，平靜的垂下頭望著指尖：「更何況，小影哥，我只是一個即將死去的人罷了，壽命最多不過半年而已，就算我真的登基成為盟主，又有何用呢？倒不如直接放棄比較好，一定有人比我更適合。」

「即將死去的人？」聽到這裡，靳影澤突然瞪大眼睛，一臉訝異的神情：「小瞳，妳現在可以醒過來，就表示已經沒事了，怎麼會說自己是即將死去的人呢？」

「或許你不知道，但是，我在天臺上跟父親對打的時候，又被擊中了胸口。」泛月晨比著自己心臟的位置：「記得嗎？治療師曾經警告過，身為幻瞳族人的我，絕對不可以再被擊中胸口，否則必死無疑，性命不會超過半年。可是我現在……」

「原來妳在說這件事呀！」靳影澤恍然大悟，同時也露出鬆了一口氣的神情：「千水悠知道這件事，她將妳送回來冷校長家之前，也曾告訴過我這個問題，她說她跟治療師已經幫妳徹底解決了，雖然她沒有明說是用什麼方法，但是我很確定妳的性命無虞，不用擔心會死去，妳會長命百歲的，小瞳！」

說到這裡，靳影澤瞇眼一笑，露出安撫的神情。泛月晨不但沒有感覺到平靜，反而心中掠過一陣古怪的詭異感覺。

那個時候，治療師斬釘截鐵地告訴自己，如果不小心再度被撞擊到心臟的話，死亡將無法避免。現在卻又說問題已經解決，不用擔心性命安危。前後反差未免也太讓人疑惑了。

「我要去找千水悠。」有若經過了慎重的思考，泛月晨重新抬起頭，朗聲宣布。

「千水悠現在接手千洵的職務，掌管千氏一切大小事務，日理萬機，恐怕很忙的。」靳影澤嘆了一口氣：「我也找過她好幾次，想要釐清一些問題，但都無法見到她。」

「怎麼會呢？」泛月晨茫然地說：「千洵以前也沒有這麼忙啊？他總是有空……」

「小瞳。」靳影澤乾澀地叫了一聲，神色顯得有些躊躇：「我想千洵會有空，主要是因為，妳是泛月晨。」

泛月晨沉默了下來。

「千水悠畢竟不如他哥哥，而且……老實說，我很不確定千水悠現在對妳的感情究竟是怎麼樣？」

「水悠她復活了我。」泛月晨小聲地說道：「所以這應該代表——她原諒我了吧？是不是？」

「也許是，也許不是。」斬影澤別過頭，望向窗外一派日光：「千水悠之所以會復活妳，我想很可能有一半原因是為了她哥哥。也或許她從妳在懸崖邊緊緊抓住她的那一刻，她就原諒妳了。但畢竟她心裡真正的想法與感覺，我們是很難猜測到的。不過，我相信千水悠應該還是愛妳的。」

愛與恨，是雙生子。有多愛，往往就會有多恨。

「就算她不答應見我，我也會一直等到她挪出時間。我一定要等到她。我需要瞭解事情的真相，還有……問清楚千洵的事情。」泛月晨堅定不已：「更何況如果我以魔武界盟主的身分要求見面的話，相信水悠也不應該拒絕我，不是嗎？」

「沒錯，妳以盟主之尊移駕光臨，如果『拒絕見面』是很失禮數的。」斬影澤點頭附和：「對了，說到這個，妳已經甦醒的消息必須趕快告訴全魔武界，大家都在等妳呢！我們對外宣稱說妳這陣子在休養，所以恕不見客，但是我想休養了這麼多天，登基典禮也即將在下星期舉行，妳再不出面亮相，魔武界會更加混亂的。」

「果然，當盟主才是麻煩的開始。」泛月晨小聲的嘟囔。

斬影澤在旁邊聽了不禁揶揄一笑：「哎呀！不知道是誰小時候曾跟我說過最想要的守獸是金鳳凰呢！呵呵……」

「年少哪知世事艱啊！」泛月晨橫了斬影澤一眼，接著像是想起什麼似的，眼珠子一轉：「說到這個……小影哥，我的金鳳凰到哪裡去了？」

「這個嘛——」

「呦！盟主大人，在尋找妳那隻纏人的守獸嗎？」房門忽地碰的大開，泛月晨驚奇的轉過頭，赫然發現室內擠進了一堆人，使得原本空間就很有限的房間更加顯得擁擠不堪，大家似乎都不以為意，臉上露出一個比一個燦爛的笑容。

站在最前面的，竟然是燁獄。

「你們……？」

「盟主，您終於醒來了，我們等了好久哇！」

「您現在覺得怎麼樣？大家都很關心您呢！」

「身體應該沒事了吧！您昏迷了好多天，大家每天都前來關心你的情況，現在見到您醒來，我們真是太開心了！」

「盟主……」

「好了好了，大家不要搶著說話嘛！我都還沒有回答咱們盟主大人的問題呢！」燁獄終於忍無可忍地舉起手，制止大夥兒的七嘴八舌：「要慰問，請等等再說啊！我們還有要緊的事情要辦，你們都忘了嗎？」

「對喔！我差點都忘了。」

「我就說是因為大夥太興奮了嘛！」

「不，其實是因為你太笨了，颯爪。」

「姓白的，你不想活啦！」

「停！不要吵了！」燁獄莫可奈何地看了一眼這對結下樑子的冤家，然後轉向泛月晨微微頷首：「盟主大人，下星期的登基大典因為您前些日子沒有辦法參與討論，因此我們就先自行規劃了，今天正好可以跟盟主您做個報告，看看有哪些不滿意的地方，我們再做修正。」

「真是麻煩各位了，謝謝你們。」泛月晨感激地向眾人致意。

「盟主太客氣了，這是我們的榮幸。」燁獄的神情看起來很真誠，似乎已經從華火的陰影中走出來了。泛月晨不禁由衷地為他感到高興。相信華火在夜帝的國度中，看到了他的轉變也會開心的。

「另外，有關盟主剛剛問起的金鳳凰，原本牠也很想跟著大家一起進來探望盟主，但因為體積實在過於龐大無法進來，現在正哀怨地試圖尋找其他入口，比如——」

燁獄伸手一指，泛月晨順著他比的方向望過去，正好看見金鳳凰一雙可憐的大眼緊靠窗口，滑稽的樣子，惹得泛月晨忍不住噗哧一笑：「真傻，你可以變成平常的鳥類飛進來啊！」

鳳凰哀鳴一聲，眼神看起來更無辜了。

「盟主，是這樣的。因為您尚未正式登基，因此金鳳凰現在還無法自由運用自身的魔力。守獸必須與主人正式訂下契約之後才可以使出魔法，現在牠只是單方面的認主，但您還沒有跟牠訂契約哩！」燁獄解釋。

「原來是這樣。」泛月晨登時了悟，轉頭看著窗口的鳳凰，終於心軟於牠眼巴巴地凝視，掀開被子準備下床。「好啦！我先出去看看牠吧！好幾天沒有下床，可能都要生鏽了！」

腳尖輕輕觸地，靳影澤趕到泛月晨身邊怕她跌倒，幸好看起來似乎一切無礙。但是當泛月晨想要站穩時，胸前竟乍然一陣疼痛，差點踉蹌跌倒，靳影澤連忙眼明手快的扶住她。

「怎麼了？」

房內的眾人瞬間靜默了下來，室內隱隱流竄著一股不安的氣氛。

泛月晨搖搖頭，匆匆說了一聲抱歉，然後走進更衣室內，鎖上門，接著拉低衣服察看胸口。

一片無瑕的雪白，看起來沒有任何傷疤。泛月晨奇怪的皺起眉頭，方才胸口的疼痛感覺不像是心臟的痛，比較像是肌膚被切割開來的那種撕裂痛楚，可是胸前又沒有傷痕，怎麼會感覺到痛呢？

「真是奇怪？」泛月晨喃喃自語。

靳影澤說千水悠已經解決了她心臟受重擊的衰竭問題，難道說他們曾經在她昏迷期間為她動過什麼手術嗎？

很快的，疼痛就跟它來襲時一樣突然的退去了。泛月晨整理好衣服走了出去，迎面就對上了眾人擔憂的雙眼。

「小瞳，發生什麼事了嗎？」

「盟主，您怎麼了？需要叫治療師嗎？」

「盟主，是不是傷還沒有完全好，您還是再多休養。」

「盟主——」

最後連窗口的金鳳凰也來插上一腳，發出一連串清脆的哀鳴。

泛月晨見狀，連忙笑著揮揮手：「抱歉！害大家擔心了，我沒事。只是察看一下身上的傷勢而已。」

「如果真的不方便的話，我可以試試看能不能再將登基典禮往後延。」

「不用了。」泛月晨安撫眾人說道：「真的不用麻煩，沒關係的。我只是想……，我應該要抽空去找一趟千水悠。」

「千氏雙璧的千水悠嗎？」之前與燁獄同隊的其中一個隊員開口：「唉！她似乎很喜歡脫隊呢！之前大決賽時脫隊也就算了，今天我們這些大決賽的選手決定一起來探望盟主，她也缺席。」

「就是說啊！好歹之前她也跟盟主組隊過，這樣好絕情呢！」

「今天她跟千洵少爺都沒來，咦？怎麼剛好都是盟主的隊友……」說話的人結結巴巴的停了下來，看見大家的視線通通轉到她身上，不禁有些驚恐地摀住嘴，亡羊補牢的試圖解釋：「也許是千氏雙璧都太忙了，還有、還有千洵少爺只是去海外一陣子，也許、應該……」

趕快住口！房中所有人不約而同的用眼刀凌遲那位多嘴的發言人。

泛月晨的臉色刷白了幾秒，但過沒多久便重新調整好心情，露出有些薄弱的蒼白笑容：「應該很快就會回來了，是的。」

千洵不會離開自己太久的，他一定很快就會回來。原本決定當一切結束時，就要向千洵當面表白自己的心意，雖然現在事與願違，但兩情若是長久時，又豈在朝朝暮暮？她要等到他回來，她要親口告訴他——自己深深愛上他，而且已經愛了好久好久了……。

早在自己能夠明瞭真愛之前，那個琥珀色的俊挺身影，早就已經悄悄進駐她的心底。

視線落向放在床邊的金色狂焰曲。因為自己曾經失去性命，所以與狂焰曲的靈魂契約也就中斷了。她在失去器化的同時，也失去了與千洵聯絡的最佳方式。

「盟主，我們找個地方討論下星期典禮的事情吧！要去室外談嗎？今天天氣很好呢！」為了避免氣氛持續尷尬，燁獄連忙轉移話題。

「好，你們先出去吧！我隨後就到。」

聽見泛月晨這樣說，房裡的人便魚貫地走出房間，斬影澤擔憂地望了望泛月晨，她朝他撫慰的一笑。

「沒事的，小影哥。」

她只是想要一點私人的空間，沉澱一下思緒而已。

等到房間完全淨空了，泛月晨輕巧地在床沿坐下，將狂焰曲立在眼前。直立的狂焰曲幾乎就跟坐著的她一樣高，弓身流轉著美麗的金色光芒，鑲嵌其上的藍色風屬性魔晶石渾圓飽滿，藍光與金光相互輝映，耀眼無比。

「狂焰曲……」泛月晨開口，卻又一時語塞沉默了下來。

狂焰曲，你象徵著的是我跟千洵間最緊密的聯繫，但現在這份聯繫不在了，所以我真的唯有找到他，才可以讓他親耳聽見我的心意嗎？只是，那個讓我無比牽掛的身影，現在又人在何方呢？

「狂焰曲，我真的很想念你是人形的時候。」泛月晨呢喃著：「可惜，現在我們的契約已經中斷了呢！」

狂焰曲輕微的震動了一下，好似在回應泛月晨的話語般。

「現在已經成為盟主的我，好希望你可以陪伴在我的身邊。」

狂焰曲早已超越了原本武器的價值，成為一個具有感情的人性夥伴。那種曾經患難與共的情感，是生命中最無法抹滅的一頁。

「也許現在你無法回答我。」泛月晨彎起唇角：「但是我相信你也會同意，我們只屬於彼此，對不對？我承諾一生只會有你這把武器，你是世界上最棒的。因為你不只是狂焰曲……，你還是千洵。」

不知道是不是錯覺，狂焰曲所散發出來的光芒愈發明亮了。

「你是千洵送我的第一份禮物呢！」指尖順著狂焰曲透明的弓弦輕柔滑下，泛月晨的雙眼中浸染了淡淡的笑意。

這把絕世神器狂焰曲，是所有故事的開始。

「狂焰曲啊！你說千洵什麼時候才會回來呢？」

劇烈的震動了幾下，狂焰曲好像想要表達什麼似的發出錚錚嗡鳴。

泛月晨莞爾一笑：「你是說我太心急了嗎？好吧，你說的也是。我不應該總是成為他的負擔，要給他一點時間解決自己家族的私事，我可以慢慢等。反正我還有一生的時間，不是嗎？」

她還有一輩子的時間呢！

「謝謝你，狂焰曲。走吧！我們去聽聽他們安排的典禮。」拿起金色長弓，狂焰曲繼續發出不明的激烈震動，泛月晨輕柔的拍了他幾下，然後走出房外。

門外的一派驕陽似火，正熱烈地燃燒著將盡的季夏。

就像生命的火焰一般——盡情燃燒。

「盟主，請留步。」

好不容易聽完了下周登基典禮的流程報告，一抬頭發現夕陽即將西下了。

「燁獄？有什麼事情嗎？」

褐色雙眼的少年顯得有些欲言又止，他四下看了看，等到大家都走遠之後，才仰頭開口：「盟主，首先我想要為自己在大決賽中的表現向您道歉。」

斬影澤原本在他們不遠處流連，泛月晨朝他使了個眼神，他便往屋內走去了。泛月晨轉向燁獄，和氣地笑了笑：「沒關係，都是過去的事情了。我知道你不是故意的，只是——」

「只是被血煞掌控了。」燁獄接口，看起來有些羞愧：「但現在我已經完全脫離了他的掌控，回到原本的我了。盟主，之前真的很抱歉，如果我曾經做出一些很過分的事情，都不是我的本意。」

泛月晨想起血煞先前是如何控制了泛莊主，做出了多少可怕、殘暴的事情。如果連父親那樣見多識廣的人都會被掌控心智的話，更何況是年紀輕輕的燁獄呢？人在年少輕狂時難免誤入歧途，只要能及時回頭，自然應該不溯既往。

只是難免有一些遺憾，而這個遺憾卻是一輩子都無法彌補的空洞。

泛月晨望進燁獄的雙眼，知道他想起了華火。

「燁澐是個很勇敢的孩子，燁獄。」泛月晨平靜地說：「我也會想念她，但你是她最心愛的哥哥，能夠看見你恢復成原本的自己，想必她一定很開心。」

「其實，我本來不是……我沒有想到我自己竟然會——我的意思是，我完全不知道自己在想些什麼。」

「被血煞掌控心智是什麼感覺，燁獄？」禁不住好奇，泛月晨終於問出口。

燁獄皺起眉頭，與其說是覺得被冒犯，但不如說是他正努力思考該如何適切回答。

「血煞其實是一個很複雜的概念。」緊蹙眉頭，燁獄開口解釋：「血煞並不是以實體的方式存在，那是人們靈魂中的惡念，它靠著人們邪惡的念頭滋養茁壯，這很像某種奇怪的交易，血煞需要宿主才能一直存在，而當人的靈魂邪惡到一定程度時，力量也會強大得很可怕，那就是血煞的力量。當然那種強大力量並不是指武技精良、或富有謀略之類；而是當人們變得異常邪惡時，他身邊的人也會因為依附他，或是為了能夠在他身邊存活而隨之漸漸失去良善的本性，轉而升起惡念。這麼一來，血煞便又有了新的宿主，這是一種惡性循環，月隱山莊就是一個最好的例子。」

「我想……五年前，您還在山莊的時候，因為您自身良善的本性或多或少壓制住了泛莊主心中的血煞，因此他儘管比較偏激殘暴，卻沒有完全泯滅人性。然而在您離開之後……」

泛月晨瞭解燁獄的意思。她想起五年後第一次再度回到月隱山莊時，山莊四周圍繞著黑壓壓的邪惡氣息，幾乎濁重得讓人喘不過氣來。

「所以，月隱山莊全都被血煞滲透了？」

「血煞可以引出人心中最深沉的惡念，只要你跟邪惡的人相處久了，或長期處在那樣的環境中，就會很容易被侵蝕，變成他手下的爪牙之一。而被血煞入侵得愈徹底，其他同樣被血煞入侵的人就會本能地愈依附你、聽從你的命令，透過這點，血煞會將所有被他滲透的人總合起來連成一線。血煞的目標就是統治魔武界，因此只要他感染的人愈多，力量就愈強大。」

太陽幾乎下沉了，只留下一線餘暉，模糊地掛在山的邊稜上。

「我記得當我被滲透的時候，常常做出一些並非出自本意的事情。」燁獄瞇起眼，像在努力回想：「我知道那是我的身體、我知道自己做了什麼……雖然，其實我並不想要那麼做。但是體內卻有一股更強大的意志在控制支配我的身體，我試圖想要反抗卻徒勞無功，只能一天一天的沉淪。甚至當父親死在我眼前的時候，就算心裡想要去救他，但身體卻不聽使喚。」

聲音忽然沙啞，泛月晨看見燁獄難過的撇過頭。兩人就這樣沉默了半晌，當燁獄再度將視線調轉回來時，表情看起來已平靜許多。

「我想，盟主您應該已經知道我父親的事情了？」燁獄迎上泛月晨的目光。

泛月晨默然點頭，燁獄咬咬唇，顯露出脆弱的神情。

「你父親是個很偉大的預言家。」泛月晨安慰道：「你父親很愛你，燁獄。只是有的時候……命運難以違抗，世事不可強求。與其先預知未來，還不如把生命當作一場冒險，也許如此一來，生命中反而會擁有更多美好的驚喜，也不用……提早受苦。」

燁獄閉上眼：「難怪父親會說，這種天賦是禍不是福。」燁獄睜開眼：「其實我認為所有的預言都是有跡可遁的。」

「我能夠當上盟主，有蛛絲馬跡可循？」泛月晨狐疑地問。

「我想是的。」燁獄點點頭：「比如就拿金鳳凰來說好了。」

泛月晨的雙眼被正在四周飛舞的金鳳凰吸引了過去，牠正快樂的飛躍旋轉，在略暗的暮色中更顯得光芒萬丈。

「你知道為什麼將近百年來，金鳳凰從來沒有認可過任何一人，最後卻偏偏認可您？」

「是因為預言註定如此嗎？」

「不是這樣的，盟主。預言跟命運是兩個不同的概念，預言只能窺見命運，但是卻無法撼動它。並不是因為預言如此，您才註定會當盟主，其實恰恰正好相反。」燁獄的目光也在金鳳凰身上停留了片晌，然後又移回泛月晨身上：「其他人無法獲得金鳳凰的認可，我想，那是因為他們都沒有『真正』到達金鳳凰面前。」

「沒有真正到達牠面前？這是什麼意思？」

「還記得金鳳凰周身圍繞著層層濁重濃霧嗎？」燁獄比手畫腳起來：「最後其實是靠著所有人的力量才成功把所有濃霧驅散的，對不對？」

「對，從我先發出的紅色火焰開始，接著再加進其他人所發出的火焰，最後結合呈現出一團強烈的金色火焰。」

「是的，我想這就是關鍵所在。」燁獄肯定的點點頭：「百年來之所以沒有人能夠真正成功到達金鳳凰面前……，可能就是因為他們都是在打敗其他參賽者後，憑藉一己之力驅散濃霧，所以就算已經很靠近金鳳凰了，但其實周圍還是有薄霧環繞，因此頂多只能隱約的窺見金鳳凰。然而此次您卻破天荒的得到其他參賽者的主動鼎力相助，在大家齊心協力共同合作下，終於將濃霧完全驅散，所以您才能如此清晰的面對金鳳凰。」

深吸一口氣，燁獄繼續說道：「大決賽的意義，或許並不是要大家奮力廝殺，你爭我奪，而是希望可以選出一位能讓大家心悅誠服，願意共同幫助他到達金鳳凰面前的人——全魔武界都願意尊崇的人。所以，金鳳凰不是最關鍵的條件，最關鍵的是——魔武界的合作與團結。能夠進入大決賽的人，絕非泛泛之輩，也止因如此，能夠讓這些參賽者打從心底尊敬的人，就是最適合當上盟主之位的人。這應該就是成為魔武界盟主的真正意涵——以德服人。」

真正成功的偉人，並不是孤獨地站在最頂端，而是身後有一群默默幫助他的人，願意一同付出、一同合作，因為唯有當眾人的力量加總在一起，才是最龐大堅強的力量。

「原來……真相是這樣嗎？」

她之所以是命中註定的那個人，其實是因為有一群人願意傾力幫助她：千氏雙璧、覺醒而深自懊悔的燁獄，還有那個黑衣人……。儘管那個黑衣人想要幫助泛月晨的本意並非如此。

說到黑衣人……

「對了，燁獄，最後那些血煞的手下，就是月隱山莊那些人……他們怎麼樣了？」

燁獄回過神，打了個響指：「我也正想跟您報告這件事情，目前我已經將月隱山莊的污濁之氣清除得差不多了，山莊內的人大都已漸漸恢復正常了。不過……我們發現您的姨媽，也就是泛莊主後來再迎娶進門的夫人，好像已經去世多時了。根據我們的推測，有可能是泛莊主當時娶她的目的，也只不過是想汲取她身上幻瞳一族的催眠力量罷了，所以應該是在達到目的後，就把她給殺害了。」

「嗯，是有這個可能性。」泛月晨垂首低語。

「啊！對了。盟主，還有一件事也要特別向您稟告，明寒拜託我替她向您致上最深的歉意。她說先前因為被血煞附身的緣故，所以才會趁您不備時，故意重擊您的胸口。她希望您能原諒。」

「事情都已經過去了，請你轉告她，我已經不放在心上了，也請她不必再掛礙。還有，燁獄，那……我的父親……泛莊主，他還好嗎？」

燁獄略遲疑了幾秒：「泛莊主，他……已經去世了。」

「啊！你說什麼？」泛月晨驚慌地喊了一聲，音調詫異不安：「為什麼父親已經去世？我並沒有對父親下手呀！更何況我之所以會選擇犧牲自己，目的就是為了要讓他脫離血煞的控制清醒過來。關於這點，燁獄，你應該是最清楚的人才對，為什麼你會說我父親……？」

「盟主……」燁獄一時之間不知道該如何回答，訥訥的接不上話。

「怎麼會這樣？這不可能發生啊！」泛月晨看起來十分激動：「燁獄，你一定是說錯了對不對？我父親不可能、他沒有……」

「小瞳，燁獄說的是真的。」

忽地，斬影澤的聲音自背後傳來。泛月晨轉身，看見一臉沉鬱的小影哥，正緩步向自己走來，腳步徬徨。

「小影哥？怎麼回事？」泛月晨空茫的瞪眼，手臂下垂在身側。

「是我……」斬影澤頓住，沉默了片刻，清清喉嚨，重新開口，這次聲音清晰而篤定，有種不顧一切的豁然：「是我做的！」那個五年前曾經被泛莊主奪去性命的少年，現在已經長大，不再是當年弱小無能的凡族了。泛月晨抬頭望著他，感覺小影哥的臉好像正在眼前緩慢旋轉，愈來愈模糊不清……。

「對不起，是我殺了妳的父親，小瞳。」

真是一報還一報。

五年前，父親故意派人殺死小影哥；五年後，靳影澤不慎誤殺了父親。

當泛月晨將花束擺在潔白的大理石棺前時，陰霾了一整天的天空終於細細的下起了小雨。

儘管細雨漸漸濡濕了外衣，泛月晨卻沒有離去的意思，依舊動也不動的跪坐在石棺前，頭低垂著，看不清臉上的神情。一排人佇立在離她不遠處，他們瞭解——她現在最需要的是一個安靜的獨處時間。

「真是造化弄人……」泛月晨輕輕嘆息：「原本以為，今天會是您活著，我死去。結果天不從人願，最後竟然是這樣。」

雨珠順著棺木邊緣滑下，帶著空靈剔透的質感。

「希望您能與母親相聚，可以彌補過去您對她的傷害。母親她真的很愛您。」側頭，泛月晨望向右方母親的墓碑。她將他們葬在一起，就在離月隱山莊不遠的小山丘上。

生前無法相守到老，如今就只能退而求其次，在死後相聚相守了！她相信——在父親被血煞侵體之前，一定曾經也是一個美好的人，他跟母親一定曾經非常相愛過。

「您安心的去吧！」這世間應該沒有您所留戀的東西了，您唯一的女兒也早已放下了對您偏執的怨恨。現在魔武界洋溢著的是平和安詳的溫暖氣息，大家都準備好要迎接一個更美好的明天。

「我一直都很想好好愛您，父親……」

雨愈下愈大，但忽地，頭上的雨卻停住了。原來是靳影澤撐著一個防水的結界來到她身邊。

「小瞳，我們回去吧！」

仰頭，泛月晨的眼神看起來有些迷茫，像個無助的孤獨孩子，讓靳影澤心中一緊。她很快便恢復過來，默默站起身，手指輕點，用魔法將自己弄乾，然後回首看了一眼父親的棺木。

「小瞳，我真的很抱歉。」靳影澤輕聲呢喃。

泛月晨搖搖頭，揮動手臂，忽然大地震動了起來，地面裂開，出現大凹洞，棺木緩慢地往下沉落，最後終於隱沒在地面之下，陷入永遠的沉睡中。

她與父親之間的故事，就到此為止了。

不論以前曾經發生過多少風風雨雨，都已經成為歷史；她要做的應該是展望未來，而非拘泥於過去。

「都結束了，小影哥。」泛月晨撇過眼，舉步走回月隱山莊，金髮在她身後隨風飛揚。

「過去的，就讓它過去吧！」

人生之中，難免都會有一些無法彌補的缺憾。

但就是因為有這些不完美的缺憾，才會讓我們在未來的歲月中更加珍惜眼前所擁有的一切，避免再次落入重蹈覆轍的傷痛深淵。冷校長的遺體也已經運回他的故居埋葬。泛月晨決定回到月隱山莊居住，回到這個她最初的家。舉目凝視山莊中的古堡，感覺古堡似乎默默縮小了，已經沒有兒時記憶裡那樣巍峨。古堡中的人事也都汰換了，黯黑散去，一切都呈現著欣欣向榮的新氣象。

「對了，小影哥，你有替我聯絡水悠嗎？千氏怎麼回覆？」

泛月晨一邊走回古堡，一邊詢問。登基大典就在五天後，泛月晨希望可以在此之前儘快將心中的思緒釐清。

「有的，」靳影澤頷首：「她說今晚會自行過來找妳，不用麻煩妳去蘭之堡。」

「沒關係的，我跟她是朋友，不需要遵守這些禮教約束。我可以親自登門拜訪她，一點都不麻煩——」

「千水悠很堅持呢！」靳影澤搔搔頭說道：「不知道為什麼。也許是擔心別人說閒話吧！」

泛月晨沉默下來。怎麼心中隱隱有種感覺，好像自從她當上盟主之後，竟然和千氏雙璧反而漸行漸遠了？亦或這只是自己的錯覺？

如果必須如此，那她寧願不要……

「對了，小影哥。」泛月晨想起什麼似的說道：「我可以用魔法通訊器聯絡看看千洵，你說好不好？」

「用魔法通訊器？」斬影澤小小遲疑了一下：「應該可以吧！但是我怕千洵也許在忙，會不會不方便接通訊器？」

「先打打看好了，如果他在忙，應該就不會接。」泛月晨站在古堡門口的前廊上，望著外面一片陰沉雨幕。「我想親自跟他說，五天後就是我的登基典禮，如果他真的無法趕回來也沒關係，但我們畢竟曾經共患難，我還是很希望能與他一起分享。」

「小瞳……」

拿出魔法通訊器，泛月晨撥通了千洵的號碼。她真的很想要好好看看他，聽聽他的聲音。第一次這麼多天沒有他在身邊，這種感覺真的好奇怪，好像生命中有某一部分消失了，空空落落的。

通訊器遲遲都沒有回應，泛月晨的心情愈發焦躁了起來。最後通訊器抖動了幾下，發出對方沒有回應的嗶啵聲，然後復歸於安靜。

「千洵沒有接。」儘管已經有心理準備，但泛月晨還是感覺悵惘失落。怎麼會？千洵從來不會這樣，他總是在她身邊，只要她需要，他永遠都在。

「沒事的，小瞳。」斬影澤安慰道：「過一會兒再試試吧！」

「我只是……」泛月晨語塞，雖明知道千洵只是到海外一陣子，過不久應該就會回來。

但不知怎麼地，心中隱約有一種千洵好像在躲著自己的不安感。

「一定是我多慮了。」泛月晨憂心忡忡地望著手中的通訊器，過了一會兒，她毅然收回視線，轉頭走進月隱山莊古堡中。

一切都會沒事的，千洵一定會回來。

泛月晨望著眼前的千水悠，心想，她也許可以把千洵在躲著自己的這個想法當成是個人的錯覺，但是眼前這個蒼白憔悴的千水悠，總不可能是自己幻想出來的吧！

「水悠？」泛月晨訝異地喊道，連忙將風塵僕僕前來的千水悠帶進大廳。火焰已經在壁爐中熊熊燃起，驅趕著一室下雨過後的濁重濕氣。

千水悠摘下斗篷兜帽，注視著眼前正吩咐管家準備茶點的泛月晨，客氣而疏離的說道：「不用費心準備了，沒關係，我不能久留。」

「妳不能多留一下嗎？水悠。」泛月晨困惑而沮喪地望著千水悠。

千水悠看起來有些欲言又止，她沉默了幾秒，迴避泛月晨受傷的視線。「嗯，家裡還有事情需要處理，我不能離開太久。」

「水悠……」

「請問妳今天找我來有什麼事情嗎？抱歉，泛月晨，我知道妳前幾天醒過來了，我不是故意不過來看妳，實在是……抽不出時間，不過，妳應該有收到我差人送來的慰問花束？」

「水悠！」泛月晨鏗鏘有力地喊了一聲，眼神認具而嚴肅：「我在意的不是花束，而是妳。水悠……，妳依然沒有原諒我嗎？」

管家識趣的退了下去，只剩下窗外一片晦暗的夜色，無言地凝視著室內的兩人。

過了好一陣子，久得泛月晨以為她不打算回答了，千水悠才輕聲細語說：「這無關原不原諒的問題，泛月晨。」

「如果妳原諒了我，」泛月晨艱難的開口：「那妳為什麼要躲著我呢？我衷心希望那只是錯覺，然而我似乎覺得……妳跟千洵似乎都刻意在躲著我呢！」

或許是光線的緣故，泛月晨看見千水悠的臉色倏爾刷白。

「就算是到海外、或是太忙，撥個通訊器應該不曾占用很多時間吧！難道妳跟千洵，真的都只是為了信守幫助我完成大決賽的承諾。等任務達成之後，就要結束掉我們之間的友誼嗎？其實我心裡在乎的是跟妳與千洵的情誼，而不是盟主之位。能和你們成為朋友，是我這輩子最開心的事。」泛月晨深吸一口氣，繼續平穩地說道：「之前都是你們幫助我，現在我很希望也能有機會回饋，難道妳不願意給我機會？」

「太遲了。」千水悠開口。

泛月晨眨眨眼：「什麼？」

「我說，已經太遲了。」千水悠撇過頭：「已經來不及了，泛月晨。」

「為什麼會太遲？」泛月晨有些激動的問：「我們還有一輩子的時間不是嗎？我會是你們永遠的朋友，怎麼會來不及呢？水悠……」

千水悠再次沉默不語。她們倆就這樣僵持著對望，泛月晨覺得好似有道透明的高牆橫亙在她們之間，無論如何都無法穿透。

「水悠，到底發生了什麼事情，妳可以告訴我嗎？」泛月晨呢喃：「為什麼不願意跟我說呢？或許我可以一同分擔啊！我可以幫上忙。」

千水悠哆嗦了一下，感覺就像被戳到了什麼痛處。她仰起眸，面向泛月晨：「妳今天請我來，究竟有什麼事情？」

就這麼急著走，一刻也不願意多待嗎？泛月晨悲傷的垂首，但是勉強打起精神問道：「我想請問妳有關我心臟的事情。靳影澤告訴我，妳跟治療師完全解決了我心臟的問題，可是，妳確定以後不會有問題了嗎？」

千水悠升起警戒般的盯了泛月晨一下，然後才生硬的點點頭，嗓音聽起來有些古怪：「確定，我們已經解決了，不會有問題的。」

「但我記得治療師之前說……」

「反正，總之已經沒有問題了，難道妳不相信我嗎？」千水悠放聲喊道，泛月晨因為她過度的反應嚇了一跳。「我們對妳的心臟做了一些小手術而已，妳不需要知道細節！」

「手術？」泛月晨乍然想起那天胸前傳來的痛感，也許就是開刀所留下的後遺症。但有關她是幻瞳一族的心臟問題，真的是開個刀就能解決的嗎？泛月晨疑惑極了。

「對！就是手術！」千水悠漸漸不耐煩起來：「所以妳一切都已沒事了，妳可以長長久久的活下去！妳不知道，其實——唔！」

千水悠痛苦的閉起唇，說到一半的話語也中斷了。她臉上露出有苦難言的神情，最後不得不放棄，莫可奈何地垂下頭。

泛月晨覺得事情愈來愈蹊蹺：「水悠？怎麼了？」

千水悠搖搖頭，雙手扭成一團。

「其實什麼？妳想要告訴我什麼？」泛月晨窮追不捨。

千水悠咬住下唇，看起來沮喪得好像快哭了：「不要再問我了。泛月晨，妳不要再問了。」語畢，千水悠立即旋身往古堡外奔去，腳步有些微的搖晃，泛月晨憶起方才自己初見她時，她看上去是多麼的虛弱。

不對，一定發生了什麼事情。為什麼千水悠不願意說呢？

就這樣如石雕般凝視著千水悠離去的方向默默思考，努力想要探索出一些蛛絲馬跡。直到身後突然傳來叫聲，泛月晨才回過神。

「小瞳！」

「小影哥？」泛月晨揉揉眼睛：「你還沒有回去啊？你父親不會擔心嗎？」

「不會，父親已經出差好幾個星期了，前幾天還捎人告訴我，他會再多待一陣子，也不知道為什麼最近忽然變得那麼忙。」靳影澤笑了笑，但笑容看上去十分軟弱無力。

泛月晨喃喃自語：「怎麼大家都好忙碌的感覺，你父親是這樣，千氏也是這樣。大家都懷著好多事情……」

「千氏……」靳影澤面露猶豫之色。想起千水悠曾經告訴過自己的那件真相，自己卻一直沒有誠實說出口。泛月晨到現在恐怕都還以為——以為靳老爺真的是他的親生父親呢！

每個人，總是各自懷著許多祕密的。

「來到這個古堡，你不會有陰影嗎？」泛月晨詢問道，想起以前小時候的種種過往，靳影澤應該是很討厭這個地方吧？

「妳都不會有陰影了，我怎麼會有呢？」靳影澤笑笑：「是妳自己說的，過去的就讓它過去，不是嗎？」

「是啊！」泛月晨漫不經心的應和。拿起通訊器，泛月晨下意識地又開始撥打千洵的號碼。

這一次，卻連接通的機會都沒有。因為這次通訊器中傳來對方已經關機的告示聲。外面，不知何時又飄起了雨來。

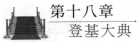

隨著日子一天天過去，泛月晨覺得愈來愈不對勁了。

千水悠天天關在蘭之堡裡，說是在辦公，鮮少出門。整個千氏都低調下來，許多生意洽談通通延期，出席率更是大大下降，好像希望可以被大家遺忘一樣。千洵的魔法通訊器更是從關機到後來乾脆停用，讓泛月晨錯愕不已。

所幸她也忙得沒有很多時間可以思考這件事情，在典禮前的五天之中，泛月晨不僅要督導典禮的各項事宜，還要接見那些源源不絕慕名而來的各地訪客，而這些訪客全都是來共襄盛舉這個百年難得一見的盟主登基典禮。另外每天還要處理魔武界的一些重要事務，泛月晨忙得團團轉，像個陀螺一樣，從早到晚片刻不得閒。或許泛月晨也是故意讓自己保持忙碌，因為如此一來，就可以暫時忘記千氏雙璧的奇怪舉動了。每每想到他們特意的迴避，心上就泛起隱隱的不安。

這一切靳影澤都看在眼裡，但他卻保持沉默。小瞳愛上千洵，他何嘗不瞭解，但他也束手無策，不知道該如何幫助小瞳解決這個問題。因此他只能選擇默默地守護在她身邊，代替那個不知道還要多久才會歸來的千家少爺。

登基大典終於到來了，典禮會場就在大決賽的場地，那裡已經被清空，所有魔法打鬥破壞的痕跡都已被修復完好，並且架起了莊嚴華麗的高臺，以及一排又一排的長椅，熱鬧的氣氛感染了眾人，魔武界的各路人士彼此在會場中寒暄交談，一派和樂融融的景象，好不愉快，大家都熱烈期盼著能夠看見這位新登基的年輕盟主，還不時聽見人們爭相讚頌著新盟主有多麼寬容；她犧牲的勇氣又是多麼讓人敬佩；以及擔任澄幻凡學院院長時的政策又是多麼高明……

「小瞳，妳看到了嗎？大家都很期待妳的登基呢！」靳影澤笑著對泛月晨說道。

「他們沒有來嗎？」泛月晨失望地問。

靳影澤一時跟不上泛月晨的速度：「什麼？誰？妳是說千氏雙璧嗎？」從泛月晨接下來一連串的沉默中，靳影澤得到了答案，然而安慰的話語是如此薄弱：「小瞳，不要再想他們了。」

千氏雙璧一定有他們自己的原因，而這恐怕不是一時半刻可以查清楚的。

「不行，怎麼可以放棄呢？」泛月晨仰眸看著靳影澤。

對，他怎麼忘了呢！小瞳一直都是這樣一個堅持到底的人，沒有完成目標絕不罷休，那些年她修練器化時是如此、魔法學院辦比試賽時也是如此、為了拯救冷校長，盡力參賽時更是如此，到現在，想與千氏重修舊好的她，依然固守著自己的堅持。或許就是這樣一份堅持支撐著她的信念，一路陪伴著她，她才能走這麼遠。

「我一定會想辦法查出來的。」靳影澤聽見泛月晨沉聲說道。

外面響起提醒泛月晨進場的號角聲了，觀眾的殷切期待有如一波波浪潮般湧來，熱情的歡呼聲震耳欲聾。

泛月晨站起身，拿起手邊的神器狂焰曲，守獸金鳳凰也振羽跟隨在她身側，像個忠實的衛士般寸步不離。

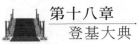

「小影哥，我去了。」泛月晨招呼一聲，然後舉步走向高臺。靳影澤躲在後臺的暗處，凝視著小瞳漸行漸遠的金色背影，頓然發現，幾年前那個少女，如今真的已經不一樣了。現在不僅氣質出落得更加成熟、雙肩也更加充滿了無比的力量，足以支撐起肩頭上的所有重擔。經歷了風雨的淬煉，那名少女已然被現實打磨拋光，如同呈現出內在最精緻的斐然紋理的璀璨寶石。

光明的金色小瞳，是否也正象徵著魔武界光明的未來？

的確——她真是史上最美麗的一則傳奇呢！

「魔武界的朋友們，非常感謝大家抽空前來參加登基典禮，願夜帝與諸位同行！」

典禮進行得十分順利，讓眾人印象最為深刻的，就是泛月晨與金鳳凰的契約訂定儀式了，那美麗的一幕令人感動萬分，能夠見證這歷史性的一刻，大家都覺得不虛此行。尊貴的金鳳凰燦爛得奪人心魄，新任盟主更是吸引了眾人的目光。在唸過一長串的咒語之後，他們腳下浮現出華麗繁複的魔法陣，而金鳳凰也正式認主。瞬閃，整個魔法陣爆發出一陣強烈的光芒，直直衝進天際，劃破雲層、穿過雲霄。彈指間，天際轟起雷響，大家都讚嘆說：這一定是夜帝的祝賀。

泛月晨強烈的感受到自己的靈力值正急速上升中，甚至更甚於先前。那幾乎要湧出胸膛的巨大力量，迅疾灌注進她的四肢百骸，讓她逐漸從地上飄浮起來，腳尖離地數吋，金髮優美的無風自揚。

狂焰曲不斷發出錚鳴之聲，在強烈光線的依稀間，泛月晨彷彿又看見了那名金色短髮的少女，有著帥氣俐落精靈般的矯健身形，正對著自己露出驕傲的笑容。

「狂焰曲……」泛月晨留戀的呢喃。

少女身形慢慢消失，強光也漸漸退去。泛月晨重新回落地面，金鳳凰朝著天際發出一聲悠揚的鳴叫，接著體型逐漸縮小，最後變成一隻普通鳥類的大小，然後溫順的拍拍翅膀停駐在泛月晨的肩頭。只有一對發亮的靈慧雙眼以及全身軟亮光滑的金色羽毛，顯示著牠有別於凡鳥的尊貴身分。

臺下爆出響徹雲霄的歡呼聲，泛月晨微笑以對，揮手向眾人致意。這次典禮真的來了好多人，甚至連場外都擠滿了。泛月晨朝遠方的人群中望去，遽然，一抹身披斗篷的灰色身影抓住了她的視線。

之所以會注意到這抹身影，泛月晨心想，應該是因為他有些突兀。在大家都拚命往前擠，想要靠高臺更近一些時，只有這抹身影靜靜的往後退，好像要離開會場一般。

愈凝神細看，泛月晨心中就愈感疑惑。這身影看起來怎麼會如此熟悉，但這是不可能的啊，這怎麼可能呢？

就在此時，有人推擠到這名灰影身邊，他踉蹌了幾下差點摔倒，當他好不容易重新穩住腳步時，頭上的斗篷兜帽卻意外落了下來。

因此，就在泛月晨的凝視下，灰影抬眼，對上了彼此詫異的雙瞳。

「千洵？」泛月晨不可置信地大喊出聲。

天好像就要塌下來了。

「千洵！」泛月晨又喊了一聲，眼中頓時看不見其他任何事物，只剩下遠方會場另一頭的那抹灰影。而灰影也正凝視著她，泛月晨看見他眸中掠過無數個痛苦的神情，然後，出乎泛月晨意料之外的，他轉身就走。

「不要、不要走，回來！」泛月晨不顧一切的吶喊，同時快速的躍下高臺、穿越人群追了過去。臺下的眾人驚訝的讓路走避，看著她一路追到會場門口，幾乎就快要追上那抹灰影了。說時遲，那時快，有人倏忽撲身過來，將泛月晨撞到一邊。同時架起結界，阻止了泛月晨的去路。

「不要！」泛月晨一個揮手就撤掉了對方的結界，連忙又要追上去，這時施咒的本人擋了過來，泛月晨緊急煞步，定睛一看，竟然是千水悠。

千水悠擋在泛月晨面前，阻止了她繼續追向前去。泛月晨眼睜睜看著灰影跳上了一輛浮空飛車急駛而去。瞬間，泛月晨覺得自己體內像氣球洩氣一樣驟然被抽空了，渾身癱軟，失去力氣，她無力的看向面前擋住自己的身影，虛弱地喊出聲，嗓音顫抖：「水悠，為什麼……？」

望著眼前千水悠冷然的面孔，泛月晨覺得自己彷彿陷入萬劫不復的絕望深淵裡，絕望得好像就快要無法呼吸了。

為什麼要欺騙她？為什麼要躲她？為什麼明明千洵……

泛月晨覺得腦中一團混亂，混亂得就快要讓她暈厥過去。

「這是怎麼回事？小瞳，妳——」身後傳來匆促的腳步聲，原來是斬影澤趕來了。

「水悠，這是為什麼，為什麼千……」泛月晨哽住說不下去了，呼吸變得急促。千水悠臉色憔悴，好像已經很久沒有好好休息。她一雙冷淡的灰眸注視著泛月晨，其中有若蘊含了無限傷痛。

「泛月晨，我不是說我們之間已經結束了嗎？一切都已經來不及了。」千水悠從齒縫中蹦出幾句。

「沒有，我們沒有結束！」泛月晨悲痛地呼喊：「水悠，你們不能這樣，什麼事情都不告訴我，就宣判我們之間已經結束。結束？結束是什麼意思？妳要給我一個解釋啊！不可以這樣莫名其妙就推開我。那我們之前所共患難的一切又算什麼？請妳告訴我……到底是怎麼回事，好嗎？」

千水悠下唇顫抖，看起來就像快要崩潰了。

「如果真的發生了什麼事情，拜託請讓我知道，好嗎？如果我真的做錯了什麼事情，或是不小心與你們有什麼誤會……，拜託請跟我說，我可以解釋、我可以彌補，就是不要這樣推開我，沒有你們……我很痛苦。」

夏日已投海自盡，蕭瑟的秋意送走了盛夏的豔陽，更猖狂的與冷風結黨，讓濕寒的涼意滲進骨髓裡。

「泛月晨，對不起……。」千水悠的聲音輕淡飄渺，幾乎就要被四周的風吹散：「對不起。我不能告訴妳。」

泛月晨看見千水悠露出與她同樣絕望的眼神，不禁深深顫抖起來。泛月晨覺得千水悠注視著自己的目光包含了好多好多話語與情緒，有哀求、有疼痛、有躊躇……，甚至還包含了淡淡的恨意。那是種絕望的恨意，承載著無能為力的愁苦。

「為什麼不能告訴我？」

「不過，我想……或許妳從他那裡可以得到答案。」話鋒一轉，千水悠指向一旁的靳影澤，語中略帶深意的說道。

泛月晨與靳影澤皆是一愣。

「我？」靳影澤指著自己，狐疑的問。

「對。」千水悠抿起唇，心緒重重地望著靳影澤幾秒，然後撇開頭轉身離去，只留下一句謎般的話語：「記不記得我曾經送過你一樣禮物？」

屋外又下起了傾盆大雨，濁重的溼氣沿著門縫滲進屋裡，迷茫了泛月晨眼前的視線。

不，這不是霧氣。

仰起頭，泛月晨倔強的凝望著天花板，防止不斷想要湧現的眼淚流下。

靳影澤失去蹤影一整天了，說是要去找出事情的答案。但他怎麼可能找出答案呢？難道他有什麼特別的方法嗎？千氏哪會那麼容易就鬆口……？

沉鬱灰暗的天空，每一滴雨都抱著誓死的決心朝地面狠狠摔下，四分五裂。

心裡輾輾轉轉的那個名字，讓疼痛抽絲剝繭般一點一點蔓延。

就在泛月晨特意想去找些事情做，以便分散心神的時候，正門忽然轟的大開，外頭的雨珠瘋狂地射了進來，就在重重雨幕之中，靳影澤踏著雨水，朝泛月晨大步跑來。

「小影哥！怎麼回事？怎麼都濕透了？我來幫你。」泛月晨說著就要施法替靳影澤弄乾，但是靳影澤揮手要她先別管，泛月晨看見他肩頭不住的抽動，情緒非常激動。

心中升起不安感，泛月晨恐懼的顫聲問：「小影哥，究竟怎麼了？」

雨滴不斷從靳影澤濕漉漉的髮梢落下，在地上聚集成一灘水窪。泛月晨看見他摸索了一陣，接著從外衣口袋裡拿出一片狹長的金色物體，泛月晨定睛一看，竟然是預言之木的葉子。

「預言之木，可以對過去的事情作出回答，對未來的事情給予提示，記得嗎？」靳影澤一邊說道，一邊雙眼緊緊地盯著泛月晨。泛月晨點點頭：「我記得。」

儘管心中納悶靳影澤怎麼有機會能夠自由進出預言之木，但是泛月晨已經無暇再分神理會這件事情了，因為下一秒，靳影澤便將手中的預言之木樹葉交到了泛月晨手中。

靳影澤的指尖正劇烈顫抖著，然而這份顫抖並不是因為寒冷。

窗外淩厲的橫過一陣冷亮的閃電，劃破整個天際，夜空恍如在汩汩流血。蒼白的光線照射在泛月晨的面容，使得她的臉色更如白骨一般的慘淡。

不！怎麼會……？事情怎麼會是這樣？

那夜，自從幾年前自己死去那天算起，靳影澤第一次看見小瞳哭。

第十九章　來生之約

我想假如來生，當我們在那遙遠的路上行走時，能再相逢的話，我將無限驚奇的停下步來。

我將看見那雙深邃的眼睛，在那時候變成晨星，但是我也將察覺出它們曾經屬於前世的一個渺不可憶的夜空。

我將恍悟你面容的魅力，並不完全是它自己的所有物，而是在一次次渺不可憶的會見中，偷取了我眼睛裡熱情的光芒，又從我的愛情裡，採走了一種它現在已經忘記了自己的本源的神祕。

——泰戈爾

這就像挨打。

挨打，傷得愈重，便需要愈久的時間去反應。就像受到致命的一擊時，往往腦中都要空白好幾秒，接著才是撲天蓋地而來的疼痛。

當所有事實的真相攤在泛月晨眼前時，瞬間，泛月晨以為自己失去了所有的感官知覺，靈魂像是脫離了軀體般，從另外一個地方俯視著自己那種空洞的、靈魂抽離的死亡感覺，占據了泛月晨的心智。當她回過神後，接著才是撕心裂肺的巨大痛苦。這種幾乎讓她窒息的痛，讓泛月晨以為，她就快要失去生命了。

失去生命……

對。原本就應該是她失去生命，不是嗎？她不應該活過來的，假如她沒有活過來，一切就都沒事了。

而千洵……

「開門。」

手舉狂焰曲，金鳳凰一派尊榮高傲地飛舞隨行。泛月晨來到蘭之堡的大門前，稍稍心念一動，莊園鐵門便轟然大開，看門的守衛們慌張地望著來者，有點手足無措，不知道該要行禮問好，還是應回絕這名不速之客。

所幸泛月晨並沒有給他們很多煩惱的時間，拚命壓抑住心中的悲痛與狂亂，她大步的往蘭之堡走去，速度快得幾乎就像飛行般，周身形成一道燦金色的光芒。

「盟主、是盟主！」

「她往古堡去了……。」

「盟主居然——」

守衛們見到這種不尋常的情況，手忙腳亂地想要趕緊通知蘭之堡內部，然而成為盟主而靈力大增的泛月晨輕微一個揚手，利用魔法架設起阻絕古堡通聯的屏障，同時幾發魔法精準的射向大門守衛，送他們通通陷入沉睡。

這次她不會允許任何阻礙橫亙在她與千洵之間。

熟練地朝古堡內部走去，泛月晨疾速穿越長廊，同時用魔法隱去身形以方便尋找千洵，因此蘭之堡內的侍者們只能隱隱感覺到有一股不自然的風從身邊呼嘯而過，但卻看不見泛月晨。

泛月晨找遍了多處，卻始終沒有尋獲千洵的身影，心中不免焦躁起來。就在她快要按捺不住時，終於，那抹魂牽夢繫的身影驀然出現在她的眼前。

千洵獨自站在面向東方的交誼廳裡，正背對著門口從大片落地窗眺望著外頭一望無際的千丈蘭園。由於太陽才剛初升，陽光有層次的打上了他完美的側臉，昨夜大雨過後清爽的空氣隨著半開的透氣窗滲了進來，有著秋天獨特的詩意。泛月晨從來沒有想過千洵竟然能夠比之前更俊美，俊美得好比天神。這過分的俊美人可怕。

千洵的眼神很平靜，他望著千丈蘭園的眼神好溫柔，唇畔輕微的笑意令世間所有的一切都為之失色，眼前的畫面在泛月晨腦海中緩慢地旋轉。望著這樣的千洵，泛月晨覺得自己就快要落淚了。

深呼吸幾口氣，泛月晨砰的一聲推開交誼廳厚重的透明玻璃門，千洵聞聲訝異的回過頭，但卻沒有看見任何人走進來，他顯得有些迷惑，就在他欲移步往前察看時，旋即有一股力量撞進他懷裡，柔軟的藕臂緊緊環住他，同時四周金光閃爍了幾下，然後出現了泛月晨以及金鳳凰的身影。泛月晨依然緊握著狂焰曲，而這把美麗的絕世神器，因泛月晨緊抱住千洵而不斷發出悠揚的嗡鳴聲響。

看見來者，千洵像是被閃電劈到一般，眼中滿滿都是驚惶。

「泛……」

「千洵，你還要隱瞞我到什麼時候？」

秋陽正豔，細柔的光線浸染了梢頭。頭一次，千洵竟然想要掙脫泛月晨的懷抱，他拚命迴避著泛月晨的眼神，顯得十分侷促痛苦。

「泛月晨……」

「為什麼要騙我？」顫聲，蔚藍的眼前霧氣氤氳圍繞。

千洵搖頭：「我不懂……，泛月晨，妳……？」

「不懂？千洵，你怎麼會不懂？難道你要我解釋給你聽嗎？」倏然放開千洵，泛月晨伸手撫住千洵的臉頰，逼迫他迎上自己的視線，怒氣與哀傷以同樣的力道在她體內流竄，泛月晨渾身哆嗦，幾乎無法好好說話：「這樣騙我有意義嗎？你以為這種作法是為了我好嗎？你有沒有考慮過我的想法，問過我想要什麼？我恨——」她頓了頓，咬牙重新開口：「我好痛恨我自己，我根本不值得你為我這樣做，你為什麼不跟我說實話？為什麼要躲著我？為什麼不告訴我水悠在復活我的時候並沒有真正治好我？為什麼、為什麼不跟我說你為了救我而動了手術，和我調換了——和我調換了——」

晨光蒼白透明，千洵金色的髮在空氣中暈染出一片光霧。

那時治療師是怎麼說的？心臟遭到重擊之後，會慢慢衰弱直到失去功能，但是在死去之前，會一齊釋放出所剩餘的全部魔力，人會一日比一日更美，美麗得令世間的一切全都黯然失色。而在美麗到極致的那一瞬間……

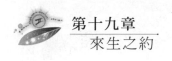

嘩啦，他們身後傳來瓷器摔破的聲音。「泛月晨、哥哥……」她開始顫抖。

「水悠……」泛月晨出聲輕喊。千水悠看起來更憔悴了，與千洵健康亮麗的外表形成強烈的對比。

千洵這分虛假的俊美是死亡的預兆，他愈俊美，便代表死亡愈加逼近；他愈健康，便代表他愈虛弱。現在他甚至已經虛弱到無法使用魔技以及魔之力，否則那天在典禮會場，他也不用逃走，只需要瞬間移動就好。

千水悠的視線只在泛月晨身上停留了半晌，便移向千洵。她的臉色蒼白如雪：「哥哥，她都知道了？」

「沒想到當時我對妳下了鎖口咒還是沒有用。」千洵無奈的回答。

記憶回到泛月晨昏迷的第八天，千洵把千水悠及治療師叫到身邊，把自己的計畫告訴他們。為了讓泛月晨能活下去，千洵毅然決定調換自己與她的心臟，保全她的性命，讓自己代替她死去。

千水悠一開始的反彈當然很大，但最後她也終於明瞭世上再無任何力量可以撼動哥哥的決心。因此在無可奈何之下，她接替了千洵的位置，接掌千氏的所有事務，並且幾乎足不出戶，盡可能待在古堡內親自照顧哥哥。而千洵為了防止這件事情洩漏出去，在手術之前便對所有知情的人都下了鎖口咒。

他心甘情願要代替泛月晨死去，但是卻不希望讓她知情。因為他不忍心讓她一輩子都活在自責與愧疚的折磨中。

雖然明知這是個非常薄弱的理由，但在苦無良策下，他也只能讓大家以為他去了海外。心想時間就是最好的良藥，也許時間一久，泛月晨會漸漸習慣沒有他在身邊的日子。等到她習慣之後，再以其他方法告知她──自己在海外發生不幸過世了。當然剛開始泛月晨一定會痛不欲生，然而人有悲歡離合、月有陰晴圓缺，世間本就無不散的筵席，所有的酸甜苦澀一切終究都會過去的。不是嗎？只要她不知道他真正的死因，相信以泛月晨的堅強，定會成功帶領著魔武界走向更光明的未來。

這個計畫看起來似乎很完美……

「千洵！你以為，你不告訴我真相，我就不會自己想辦法查出來嗎？你以為對所有的人下了鎖口咒，我就真的會放棄追問嗎？你以為這樣隱瞞、用這種方式離開我，我就真的會輕易死心嗎？你以為只要我渾然不知事實真相，就可以展開一個新的人生了嗎？你、你這種作法……是一種最無私的自私！」泛月晨將頭深深埋進他懷裡，終於不可抑制的、用盡全力的、心碎的哭泣：「如果這就是我的命運，為什麼不讓我自己承受？不要代替我，我不要你替代！」

泛月晨泣不成聲：「為什麼……要調換我們的心臟？為什麼在調換之後還不讓我待在你身邊，讓我們一起面對？愛我，不是這樣子的，不是這樣子，千洵……」

「別哭。」千洵終於知道自己再也無法隱瞞事實了，以泛月晨的聰慧，想必她早已猜到了事情可能的真相。垂手，千洵不斷拭去泛月晨臉上留下的淚，然而她卻因他的溫柔而哭得更傷心了。泛月晨拚命地哭，就像潰堤的洪水一發不可收拾。

千洵心慌意亂的柔聲安慰：「泛月晨，不要哭啊！我就是害怕妳會悲傷哭泣，我不要看到妳流淚……」

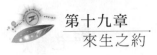

「如果讓我在什麼都不知情的情形下就這樣失去你，我會悔恨一輩子的！請你讓我陪在你身邊，不論多久，都讓我在接下來的日子裡陪在你身邊……好不好？」千洵，求求你，不要再推開我了，就讓我在剩下的日子裡，守護在你身邊吧！儘管只有短短幾個月，但對我來說那就是一生的永恆。

我們的愛情，來得太遲、去得太殘酷。

放下筆，泛月晨抬頭凝視眼前比真人還要高大的巨幅油畫。

「怎麼樣，狂焰曲，我的繪畫技術有沒有進步？」

房間內空無一人，泛月晨扭頭詢問半靠在牆上的金色長弓。當然，長弓只能以幾聲嗡嗚來回答。

泛月晨笑了笑：「我知道，比之前『藍色篝火』那幅更漂亮，對嗎？人總是會進步的嘛！」

望向房間左方，泛月晨凝視著掛在牆上的『藍色篝火』。

原來，在那場畫展上，以高價標下『藍色篝火』的匿名人士就是千洵。他知道泛月晨非常鍾愛這幅畫作，內心十分捨不得賣出去。因為洞悉她這種微妙的心思，於是他默默替她標下了『藍色篝火』。千洵一直在等待合適的機會回送給她，只是沒想到現在竟然是以這種方式被泛月晨發現。

「狂焰曲啊！你說，千洵究竟還暗中為我做了多少事情呢？」泛月晨嘆息。

這次金色長弓卻保持沉默了。這間畫室是泛月晨私下請千水悠替自己安排的，因為她想要親自創作一幅畫送給千洵。

孜孜矻矻了好幾星期，畫作終於大致完工了，泛月晨拿起帆布蓋在畫作上避免被灰塵沾染。接著泛月晨打了一個響指召來金鳳凰，金鳳凰從不遠的棲木上飛向泛月晨，偏頭發出一連串悅耳的鳴叫。

「千洵，他還好嗎？」

金鳳凰眼珠子轉了轉，好像在感應什麼一樣，然後再次發出鳴叫。

「咦？還在休息嗎？」泛月晨垂下肩。最近千洵陷入昏睡的情形愈來愈頻繁了，每天至少要睡去半日以上。每一次千洵閉上雙眼，泛月晨都好害怕。害怕或許這一次……他可能再也不會睜開了。

「走吧，狂焰曲，我們去找他。今天不修練了。」拿起狂焰曲，泛月晨走出畫室。

最近她又開始重新與狂焰曲修練器化，但是為了避免走火入魔，泛月晨修練得很節制。並且現在她大部分的時間都守在千洵身旁，他希望只要千洵醒著的每分每秒，都可以看見自己待在他身邊。

鎖上畫室的門，泛月晨望了其中的畫作幾眼。這幅新畫比『藍色篝火』還要大上許多，比真人比例更大。這幅畫作的名字叫作『雙譯』。

「將我帶到千洵身邊吧！」泛月晨舉手伸向金鳳凰。由於已經和金鳳凰正式簽訂認主契約，因此泛月晨可以透過金鳳凰實行瞬間移動術，而且幾乎不受任何結界限制。於是一陣金色閃光之後，泛月晨來到千洵的房門前，她輕輕將門推開一條細縫，探頭望向室內。

房間內除了千洵之外沒有別人，千水悠也許又去洽談公事了。泛月晨輕手輕腳的走到千洵身邊凝視著他，並探了探鼻息。還好，呼吸尚穩。

金鳳凰輕輕鳴叫一聲，聲音優美如歌之行板。

「好想這樣永遠留在你身邊呢！」泛月晨把玩著自己的金色長髮，嗓音空靈如幻，感覺很不真實，就像魔法閃現瞬間透明的質感。

「但是夜帝一定不會答應的，對不對？這世間，生命的輪迴是最殘酷的過濾法則。雖然，我真的好想要留住你。我想要回報你以前對我所有的好，所有的一切。可是……我是不是沒有機會了呢？」

泛月晨停頓了幾秒，再次開口：「難道真的只能等下輩子了嗎？這有可能嗎？夜帝會准許這種事情嗎？」

倏地之間，泛月晨乍然想起自己以前好像曾經看過一個與來生有關的咒語，那個咒語的力量，似乎可以……

「千洵。」泛月晨叫喚了一聲，床上的身影沒有反應。於是泛月晨就這樣安靜地凝視著他，蔚藍的雙眼充滿了難以解讀的情感，恍如她已經這樣凝視他——凝視了一生一世。

從來不曾這樣篤定過一份情感。泛月晨趴在床沿，金髮在背上散開成優美的弧狀，冉冉金光明亮耀眼。

千洵。

我真的很愛很愛你。

盟主登基即將屆滿一個月，前來祝賀的人甚至比登基典禮那天還多。許多魔武界的人士爭相送來祝賀禮物，一方面除了想向新任盟主示好，另一方面也想近距離一睹盟主的風采。此次慶賀場地同樣設在大決賽的中央會場，而且還特別以魔法加以擴大，使其能容納更多的人。不像登基大典那樣嚴肅，此次慶祝會將以派對風格進行。露天式的大會場，中間是個大舞池，四周放滿了供人休憩的小茶桌。由於正值詩意的秋季，楓樹的葉子全都染紅了，整個會場一片浪漫，令人心迷沉醉。

泛月晨帶著一臉寧靜的笑意，向每一個前來祝賀的人點頭問好致意。她耐心地與每一個人握手，不論是魔族或凡族、貴族或平民、老人或小孩，泛月晨都一視同仁。在盟主的影響下，魔族與凡族也漸漸習慣同聚一堂，彼此不再感到拘束尷尬，氣氛顯得輕鬆而和樂。

令泛月晨振奮的是，這次的滿月慶祝會——千氏雙璧都蒞臨了會場。

被眾人包圍的泛月晨每隔一會便趁空回眸，遠遠望向會場另一端。那裡，一個小茶桌旁，千氏雙璧正在悠閒的休憩，金鳳凰被泛月晨派駐待在他們身邊，隨時給自己回報狀況。

千氏兄妹感應到了泛月晨的視線，朝她微微舉杯致意。

「小瞳，一切都還好嗎？」

身後有人拍了一下她的肩膀，泛月晨回頭，對著來者微笑：「小影哥！」

「燁獄要我請問妳，日後還有沒有打算再回到月隱山莊居住。」靳影澤呵呵一笑：「他好像覺得，那麼漂亮的地方空著很可惜呢！除此之外，他還要我請問妳有關泛家及冷家家產的問題，他擔心妳分身乏術……」

「燁獄真是太熱心了。」泛月晨覺得能夠看見燁獄恢復善良的本性，真是一件令人開心的事情。「就麻煩你跟燁獄說，我所有的家產都規劃到千氏的名下，我的一切都歸千氏所有。至於月隱山莊的古堡，我想我是不會再回去住了。如果燁獄認為合適的話，我可以捐獻出來，讓他把那裡作為總部，隨時監控血煞的動態以及繼續幫助那些被入侵的人恢復過來。你覺得呢？」

「再好不過了。」靳影澤豎起大拇指：「我敢說，燁獄一定會很開心，我這就去跟他說。不過……小瞳。」

靳影澤忽然神祕兮兮地將泛月晨拉到一邊，眼眸閃爍著明暗不定的光。

「怎麼了？」

「小瞳，我剛剛聽妳提到要將一切都交給千氏，那妳該不會、該不會是想……？」靳影澤聲音愈來愈小，最後乾脆睜大眼睛希望泛月晨可以自己主動說出口。

泛月晨領悟靳影澤的意思，含笑眨眨眼：「你說呢！小影哥？」

第十九章 來生之約

靳影澤雙眼盯著泛月晨，驀然，深刻的笑容橫過他的面龐，寵溺的揉揉泛月晨的頭，接著輕聲說道：「只要妳快樂，我都會支持妳。我很期待，小瞳。」

「小影哥，謝謝你。」泛月晨真誠地說道。謝謝你……願意這樣支持我。就算你心裡很痛，依然只希望我開心、快樂。謝謝你對我的好，謝謝你把一生只有一次請示預言之木的機會用在我身上，謝謝……所有的事情。

「謝什麼。」靳影澤搖搖頭，再次拍了拍泛月晨，然後轉身離開。

泛月晨心想，好戲不久就要上演了呢！

點亮漂浮在半空中的魔法燈光是舞會開始的訊號，泛月晨輕輕一個揮手，會場頓時被魔法照耀得壯盛光明宛如白晝。秋風輕柔的吹拂，眾人陸續滑入舞池，悠揚的樂聲響起，美麗醉人的樂曲蕩氣迴腸，歡樂和諧的氣氛四處瀰漫。

「不打算跳舞嗎？」泛月晨走到千氏雙璧的小茶桌旁拉了張椅子坐下，同時詢問千水悠。千水悠不置可否地聳聳肩，金鳳凰清越的鳴叫了一聲停到主人肩上，用頭蹭了蹭泛月晨的下頷。

「今天收到了很多人的祝賀吧？」千水悠瞄了一眼泛月晨，然後輕微一笑：「我們千氏沒有獻上禮物，會不會很失禮啊！盟主大人？」

「誰說你們沒送禮物？」泛月晨氣定神閒地說道：「只是你不知情罷了。」

「我是千氏的當家，我想我並沒有送禮物過來啊！」千水悠故作迷惑樣。

泛月晨笑得很開心，微微帶著點神祕的保留意味：「我很確定妳已經帶過來了。」

「哎呀，有人來邀舞了呢！」千水悠驚呼一聲，原來是一群神色侷促的少年，正害羞的走過來。

泛月晨眼睛一轉，偏頭對千水悠嫣然一笑，同時拉住千洵的手：「水悠，這裡就交給妳囉！」

「什麼！泛月晨！」

泛月晨拉著千洵微涼的手，與他一同滑進舞池，隱沒在眾多共舞的人群中。

「妳這樣變相拒絕他們，他們會很傷心的。」千洵笑著說。

他的步伐微微有些不穩，可能是因為身體太過虛弱的緣故。千洵卻同時也俊美得令人心驚，一雙星眸澄澈如秋水，透淨得彷彿能將月光搖碎。

泛月晨淘氣一笑，別有深意的回應了千洵一句：「我今夜只有你一個舞伴，千洵。」

千洵愣住了，之後，他才反應過來，眼中充滿了溫柔的神情。泛月晨知道他想起了那次在澄幻所舉辦的舞會。

分明只是幾個月前的事情，感覺卻好像是上輩子，已經過了好久好久……

「嗯，這樣說也不對。」泛月晨想了想，欣然說道：「不只今夜喔！以後、未來、永遠，我都只會有你一個舞伴。你說好不好，千洵？」

悄悄的，泛月晨在千洵沒有注意到的時候，向已經預先安排好的工作人員打起信號，收到暗語的工作人員立刻忙碌了起來，開始執行任務。

「不好。」

「咦？」泛月晨睜大眼睛。

「泛月晨，不要這樣說。」千洵搖搖頭，眼神平淡底下帶著憂傷：「妳的人生還很長很長，不需要為了我這樣。未來……或許會有更好的人值得妳珍惜。」

舞池中的人愈來愈少，四周燈光也暗了下來，只有舞池依舊明亮。

「現在或許妳對我有感情，但我相信，未來妳一定會遇到更好的人……」

千洵話還未說完，忽地，有塊龐大的木板，緩緩從舞池上方降了下來。四周的賓客們紛紛投以好奇的目光，這時舞池內的人幾乎快散光了。

「泛月晨，答應我，千萬不要因為對我一時迷惘的感情而埋葬了妳下半輩子的幸福。好嗎？我要妳答應我。」

終於，舞池內只剩下泛月晨與千洵了。

「好啊！」泛月晨咧嘴露出大大的笑容，接著停住步伐，走到方才從舞池上面降下的大木板前站定。

泛月晨那雙富含靈氣的蔚藍美眸，流轉著莫測高深的韻致：「好，千洵。我答應你。」

千洵也停下腳步，佇立在泛月晨面前。他因為泛月晨乾脆俐落的回答而呆愣了片晌，臉上的神情參雜了寬心與幾許失落，複雜難解。

感覺到氣氛有些不對勁的千洵，望了望四周，轉身想要離開舞池，但不料泛月晨卻緊緊緊的拉住他。

「別走，我還沒說完呢！」

「泛月晨……」

「千洵，我說我答應你。我一定會做到喔！首先，我不會因為對你迷惘的感情而葬送幸福，因為我對你的感情一點都不迷惘，我現在非常確定自己的心意。再者，我也不會莫名其妙葬送自己下半生的幸福，因為這次我已經完全清楚自己的選擇，我知道自己想要什麼，除了你以外，其他人我全都不要。不論我活多久，除了你之外，我絕不會再愛上別人。」

千洵怔怔凝視著泛月晨，看起來像座完美的石雕。

「未來，或許我會再結識其他的人，但是……這又如何呢？十年，我依然只愛你一個；二十年，我也依然只愛你一個。到了一百年之後，我同樣只會愛你一個人。我根本不必費心去追尋，因為，世上再也沒有第二個千洵了，我對你的愛永生永世不渝。」

打了個響指，金鳳凰會意的飛向那塊大木板，然後用嘴喙叼起蓋在木板上的遮布一角，接著拍翅上升，在眾人眼前揭開了那幅巨大的畫作。

「想想，我們曾經共同經歷過的一切，那些苦難、酸甜、扶持、砥礪的日子……，你覺得，我有可能再遇到第二個千洵嗎？或許我的愛會改變——會變得愈來愈多，我只會一天比一天更愛你。」

千洵彷彿遺忘如何說話了。他的唇動了動，最後只能微微地搖搖頭，看起來十分僵硬。

視。

「哪！這不就對了嗎？」泛月晨笑得愈發燦爛，她比向身旁那巨型畫作，千洵轉頭凝視。「這是我特別要送給你的畫，千洵。只給你，專屬於你的畫。」

畫中描繪著一場華麗的舞會，燈光旖旎浪漫，美酒香醇四溢。畫作中央有一位後仰幾乎快要跌倒的少女，一個帶著半臉死神面具的少年，這個少年及時拉住了她，他們互相對視，臉頰上浮現出隱隱的酡紅。

眾人發出讚嘆的驚呼聲，千洵動也不動的凝視著畫，臉上滿滿都是感動與震驚。

「這幅畫叫作『雙譯』。」泛月晨笑語。

「雙譯嗎？」千洵露齒一笑。他望著畫中的女孩，眼中溢出了刻意抑制著的浮動愛意。忍不住，千洵俯身向前，指尖輕柔的滑過畫中女孩線條流暢的側臉，從太陽穴至唇角，如蜻蜓點水，泛月晨知道他想起了那個不經意的吻。

千洵瞪大眼，動作頓然一滯，他修長的指尖再次撫上畫中女孩的臉，這次他滑得很慢，臉上滿是專注的神情。此刻，像是點燃了什麼暗號般，突然間燦爛的煙花由會場周圍直直射向天際，讓微暗的秋夜有如白晝一樣耀眼。五顏六色、五彩繽紛。圍在四周的眾人發出陣陣如浪的歡呼，驚喜讚嘆。

風吹亂了千洵的髮，燦光灑下，他的呼吸變得慎重而輕柔。他側目望向泛月晨。

他的每一個吐息，有若星光閃閃發亮。

泛月晨再也聽不見會場中其他喧雜鼓譟的聲音了，她只聽得見自己耳中血液流動的汩汩聲、心臟猛力跳動的砰咚聲，還有那自己練習了好久好久，就等待這一刻欲說出口的話語。

「千洵，還記得上次千氏畫展時有人問我，如果你向我二次求婚，我會不會答應嗎？」

千洵不禁心頭震動了一下。

泛月晨繼續說著：「我的答案是……我不會。」

四周賓客愕然沉默了下來，眾人露出不解的神情。只見泛月晨依舊專注地凝視著眼前的人影，一字一句清晰地說道：「我不會。因為，我不會再等你向我開口。」

泛月晨走到千洵面前，仰頭深情的望著他。

雙譯，那幅美麗的畫中藏著一個美麗的祕密。畫中那女孩的側臉，從太陽穴至唇角，被泛月晨重重疊疊的覆蓋了好多層；遠觀不易察覺，只有近看才能知曉。而為了要讓字句能突出到可以用指尖去感覺，那句話便被她重複了千千萬萬遍。

「這次我要自己來說。」

泛月晨知道，那將會是她與千洵之間最浪漫的專屬祕密，沒有人會曉得那優美的弧線位置象徵了什麼意義，也正因如此，這是一幅專屬於千洵的畫。除了千洵，這世上再無任何人能夠真正領會。

舉起雙臂，泛月晨在眾人面前，緊緊地環抱住千洵的腰。

眾人再次會意的歡呼起來，煙花燦爛奪目，美不勝放。千洵垂下頭，而泛月晨堅定的迎上了他琥珀色的目光。

她這一生，再也不會見到比這更美麗的顏色。

「千洵。」泛月晨聽見自己開口，那聲音堅定溫柔。

「娶我！」

漸漸的，千洵虛弱到連走動都無力了。

泛月晨每天推著輪椅帶他到千丈蘭園散步、晒太陽，千洵很少說話，總是靜靜的笑，靜靜的聽她說話、靜靜的陪在她身旁。

距離婚禮已經過去一個月了，眾人對於泛月晨那日驚天動地的求婚儀式依舊津津樂道，在茶餘飯後傳為美談。

也許自己真的破紀錄了呢？泛月晨常笑著想。

金鳳凰在他們身邊歡快飛舞，調皮的用腳爪抓著一臺魔法紀錄器，隨時錄下這些歡樂的時光，甚至還發出鳴叫要他們擺好姿勢。

「怎麼現在錄呢？月光蘭都還沒有開呢！」泛月晨嘖了一聲，將輪椅往古堡的方向推去。「洵，累不累？我們先回去，晚一點再過來，等月光蘭都開花的時候……」

「好。」千洵短短的應了一聲，於是兩人便往古堡方向移動。金鳳凰認命地跟在後頭。

當泛月晨走到古堡後門時，發現一個長相很眼熟的掌房正在幫月光蘭澆水。泛月晨愈看愈覺得迷惑。這……不可能啊！這怎麼可能呢？

「靳——靳——靳老爺！」泛月晨瞠目結舌。

那人聞聲抬起頭，恭謹的笑著，向他們欠身：「見過盟主、少爺。」

「你不是靳影澤的父親嗎？怎麼會在這兒？這是怎麼回事？」泛月晨怔愣地看著那名掌房，腦中齒輪急速轉動。

記得靳影澤的父親曾告訴她，他花了大筆錢用魔族血救回了靳影澤的性命。他還說，因為靳影澤是他前妻的孩子，後來他終於在垂死隔離問找到他……，他還要求她不可以與靳影澤走得太近，以免給靳影澤帶來災禍……

原來，這一切都不是真的。

所有的一切，背後安排這一切的人，都是——

驀地，泛月晨一百八十度迴轉過身，看著一直維持沉默的千洵。她的聲音與呼吸都在顫抖。

「千洵，告訴我，我想的這一切都不是真的。」

無言的迎上了泛月晨的視線，千洵那雙琥珀色的眼睛清澈澄淨。

原來是千洵救活了靳影澤。

只有千氏背後龐大的力量，才有足夠的資金以魔族血救回靳影澤的性命。靳老爺曾經跟他說過的那個身世故事並不是真的，只是對外掩人耳目的說法。但是為了讓靳氏至少有一些家產存在，千洵將一些比較不引人注意的企業規畫到靳氏的門下。而靳老爺之所以之前會叫泛月晨離靳影澤遠一點……泛月晨猜想，應該是出自靳老爺個人的私心。靳老爺希望泛月晨可以跟千洵在一起，畢竟她知道千洵少爺是多麼的愛她，假如泛月晨與靳影澤走太近，靳老爺擔心千洵將失去這個機會。

難怪那時泛月晨手臂受傷離開醫院後，不得已必須到靳家養傷時，靳老爺會答應得那麼爽快。因為，一定是千洵吩咐下來必須照辦的；難怪千水悠曾經在無意之間不小心說溜嘴，表示只要她願意，靳家將會是千氏而不是靳氏的資產。其實……那些本來就全都是千氏的資產。

「怎麼會……是這樣！」泛月晨失神道。

「盟主，靳影澤已經知道這件事情了。我們千少爺希望在他離去之前，將這個祕密告訴妳，妳有權利知道真相。」掌房說完再次鞠了一個躬，然後退了下去。

「洵……」

「月晨，對不起。我不是故意要隱瞞妳這麼久。只是……，我一直找不到適當的時機說清楚。」

「你不用道歉，」泛月晨感動不已：「我簡直不敢相信！靳影澤是你、竟然是你……為了我，你……」泛月晨緊握住千洵的雙手。

泛月晨覺得自己的眼淚就快要流下來了。能夠擁有千洵，是這一輩子最大的幸福。

真希望……你能活下來。

活下來，我把命賠給你。

千洵的俊美到達了一個巔峰的極致。

泛月晨日日凝視著他完美到可怕的容顏，心中疼痛得無以復加。

千水悠卻是一日比一日憔悴，泛月晨相信自己也是。但她依然在千洵面前強顏歡笑。她希望，自己留給千洵最後的印象，是帶著美麗笑容、開心快樂的，而非終日愁容滿面、鬱鬱寡歡。

一個月又過去了，泛月晨心中隱隱知道，千洵的生命也即將走到了盡頭。

晨曦微露，滿園的月光蘭即將盛放，那醉人的清幽花香已經悄悄地在晨風中擴散開來。

「千洵你看，蘭園好美對不對？」泛月晨推著輪椅與千洵雙雙立在蘭園中央。旭日拉出氤氳的光線，金光萬丈，鳳凰飛舞，狂焰曲被泛月晨撐地立在右手，千洵沉默的淡淡淺笑。

泛月晨傾身靠近他的耳側，音調染上淘氣的笑意：「當然美了，這蘭園可是我的呢！記得嗎？水悠曾說，嫁給你，蘭園就送給我。」

「我的就是妳的。」千洵輕語。

泛月晨仰頭望向天際，有道不自然的光線盤旋在他們上頭。泛月晨哀傷地凝視著那道光，知道他們的時間已近尾聲。

漫天都是金光，金色的光芒灑落在他們身上，花瓣被秋風瑟瑟吹起，在空中翩翩舞出絕美的舞步，四周月光蘭的香氣愈發濃郁。

「再等一下下好嗎？一下下就好了。我還有一個咒語要試呢！」泛月晨極力掩飾此刻的心痛，蹲身面對千洵，悄聲軟語。天上萬千光芒照耀下來，千洵似乎慢慢被那光束穿透了，漸漸地透明了。

泛月晨催動全身龐大的靈力，指尖優美的劃過天際啟動魔法。瞬間更多的光芒出現了，天空中發出悠揚的嗡鳴之聲。千洵偏頭好奇地看她，泛月晨繼續催動靈力，額上開始沁出冷汗。

夜帝保佑，請一定要讓她成功。

體內的靈力開始像火一樣燃燒，從體內灼噬著泛月晨，像是被焚身般的狂燒著。泛月晨咬牙死命支撐，天上的光愈發炙亮，甚至四周的雲朵都已呈現出輪轉著的漩渦狀，狂焰曲的曲調又再度響起，在四周悠揚迴盪、奪人心魂。

終於，一發強烈的光柱直射而下，籠罩在他們周身。光芒向流水一般律動，泛月晨垂下手，感覺體內一丁點靈力都不剩了。

「這是我前些日子無意間想起後，趕緊去搜尋到的咒語。」泛月晨深呼吸，解釋道：

「我用這個咒語，和夜帝定下了來生的契約。這份魔力會穿透時空，讓我們下一世能再次相遇。」

他們凝望著彼此。

「再次相遇……，同時，記得我們這一世所發生的所有事情。所以，」泛月晨向前環住了千洵的腰，宣示般的說道：「千洵，我向夜帝發誓。下一世，我會在你找到我之前先找到你。然後在你開口說愛我之前，先說愛你。」

「下一世，不論你的外表美醜、不管你是貧賤還是富貴，不論你在何方，就算要走遍天涯海角，我也一定要找到你。我會用盡全力，找到你，認出你，然後說──愛你。」

「下輩子我還要嫁給你，然後一起遊走天下、好好體驗世間所有的美好。就我跟你，兩個人。我們下輩子不要再活得這麼辛苦。」

「下一世，我要你活一百歲，陪著我。」

「洵，你說……好不好？」

俊美的他眨眨眼，眼中點點都是耀眼的光芒。緩緩，他伸手從懷中挑出一片狹長的、金色的物體，泛月晨定睛一看，那是預言之木的葉片。

千洵將葉子輕輕放到泛月晨手中，唇邊綻出一抹勾魂攝魄的微笑：「記得妳曾經問我，我向預言之木提出了什麼問題？」

「嗯，我記得。」

「月晨……」千洵睜著微閉的眼睛凝視著她，四周的光芒好亮，泛月晨拚命睜大眼想要看清他，他的手好冰涼，泛月晨覺得他就快要融化在這刺眼的陽光中了，她用盡全部力量抱緊他，無論如何都不願鬆手。

對，她怎麼能夠放開這雙手，她怎麼能夠……？

「月晨，請妳……讓我的心臟，好好跳動下去。」千洵微涼的指尖拂上泛月晨的臉，輕柔的，自太陽穴滑至唇角。泛月晨渾身都在顫抖，她傾身吻上千洵，愛戀地深深吻上他的唇。

「我愛你。」泛月晨流下不捨的淚水。

千洵俊美的容顏浸染了濃濃的笑意，溫柔的伸手擦拭她的臉頰，留戀著她面龐的溫度。

周身的光芒燦爛得愈發明亮，耳邊狂焰曲的唯美曲調依舊毫不停歇的奏響著，霎時只見天上地下，到處蜂飛蝶舞、異彩奇葩，金光滿蒼穹的旭日下，一切都被暈染得極盡豔耀燦亮。

就在那一刻，泛月晨聽見自己的心，啪的碎裂成千萬片蝶羽。

那窮盡畢生之力愛她、俊美得不可方物的身影，在漫天光華之下，一點、一點的透明了，被光束穿透了；他那曾經在過去無數風雨中堅定凝視她的琥珀色眼眸已悄然闔上，唇畔淺淺的笑意靜止成一個永恆。

狂焰曲動人心魄的音韻，淡了，停了。

泛月晨悲痛欲絕的淚水，散了，乾了。

千洵，我一輩子都不會再哭泣了，我發誓。

今生今世，除了你，我永不再愛。

不遠處，金鳳凰鳴唱起柔和而哀傷的曲調，金光灑下，滲進了大地。

一切都凝止了。

對於千洵，站在如此尷尬立場的靳影澤一直無法摸清自己究竟是對他抱持著怎樣一份情感。

他知道千洵一直都是一個比他勇敢許多的人。

他也知道，千洵愛著小瞳，愛得很深很深。他願意為小瞳做任何事情，甚至比他更瞭解她。千洵能從她的舉手投足、一顰一笑之中猜透她的思緒。

明明千洵是他的情敵，小瞳愛他比愛自己更多……，但是在他離世之後，他竟然感到無與倫比的失落。失落，和小瞳的沮喪與心碎無關，純粹是失去一個朋友的失落。

朋友，他們真的能算是朋友嗎？

小瞳果然信守承諾，她真的都沒有哭，反而更積極的投入身為魔武界盟主所應該處理的所有公務中，讓自己忙到天翻地覆。只是每次只要手捧著狂焰曲，她就會開始發呆。看到『雙譯』也是，看到那一大片千丈蘭園也是。

第十九章
來生之約

靳影澤常想，假如今天換心的人是他，死的人是他，那麼小瞳現在會不會幸福一些？他在她心中的分量會不會更重一些？然而每次想到這裡，他便開始質疑自己有沒有那種勇氣。

千洵那種勇氣、那種犧牲、那種看著自己死期逼近的勇氣，那種就要離所愛之人而去，卻完全無能為力，仍得坦然面對，笑著要對方好好生活的勇氣。

他是一個值得尊敬，值得自己好好學習的人。

小瞳也果真依之前所言，將泛家併入千氏，宣布放棄繼承權。千水悠以千氏雙璧的身分接管，那麼嬌柔的一個女孩，其實內心有著外人不易見到的堅強。

千洵之於千水悠的意義大家都心知肚明，每在夜闌人靜的時候，她房間的燈總是亮著。有一次靳影澤到蘭之堡作客，經過交誼廳時，看見千水悠雙眼迷離，絕望孤獨地面向窗外，不要命似的猛喝著酒。

在意識到自己做了什麼之前，靳影澤便不由自主的走進交誼廳內，他揮動魔杖收走她周身的酒瓶。房中紅酒的沉香令人迷醉，她愣愣地抬眼凝視他，銀灰色的眼眸深沉而氤氳。

「妳哥哥不會想看到妳這樣。」靳影澤繃緊下頷。

千水悠眨眨眼，半醉的她有種撩人的媚態與美麗，不像平時那般衝動焦躁、鋒芒畢露。她沒有反抗，反而像個孩子似的蜷成一團，環起膝蓋縮在椅邊，黑髮沉默的散亂在她肩頭。靳影澤遲疑了一下，然後走到她的身邊，蹲下身平視她。

「我是不是很蠢？」千水悠一直和小瞳一樣，是個驕傲的女孩。她望著靳影澤，眼中分明有淚水在打轉，但就是固執地不肯讓淚水掉下來：「靳影澤，我是不是真的很蠢，才會愛上自己的哥哥？」

靳影澤凝視她，抿起唇：「小瞳就像我的妹妹，那我愛上她，是不是也很蠢呢？」

千水悠怔愣地看著他，月光下雙頰醉紅的她如薔薇般美麗，雖然他們是一見面就吵的冤家，但是此刻，靳影澤竟然只想幫她走出悲傷：「想不想聽聽我的理論？」

千水悠又眨眨眼。

靳影澤嘆息：「妳從小就很好強，是個好勝心很強的女孩，這點從魔武技大賽中妳的表現就看得出來。妳從小就很依賴妳哥哥，妳希望在他心中的分量最重，得到他最多的注意力，他愈是重視小瞳，妳便愈渴望攫取他的關注。久而久之，妳便養成了一種下意識的競爭心態，而妳將之解釋為愛情。」靳影澤盯著她，接著說：「我愛過人，我知道愛是怎麼回事。妳對千洵的感情……不能算是愛情。」

「那你想不想聽聽我的理論？」千水悠支著頭，淡淡接口：「你知道為什麼泛月晨最後沒有選擇你嗎？」

「因為她愛上——」

「那是因為你們太像了。」千水悠嘴角輕輕彎起一抹嘲諷的笑容：「你們太相像——而同極是會相斥的。泛月晨與你都想抓住自己的幸福，有時甚至傷害到別人也在所不惜，所以她需要像哥哥那樣包容的人。泛月晨跟你也都缺乏安全感，東西必須緊緊握在手裡才認為不會失去，所以她需要像哥哥那樣總是默默守護在身後的人；而我……」她閉上眼：「我跟你們一樣，也因為如此，我才一直依賴著我哥哥。」

「千洵愛妳。」靳影澤靜靜的說：「而妳也很愛泛月晨。」

千水悠睜開眼，她的眼眸滿是悲傷：「泛月晨其實是個很好的人，哥哥愛她……，我沒有怨言。我之前只是希望哥哥幸福，所以才討厭你，但是現在……」她深吸一口氣：「也許是我腦袋壞掉，或是我真的醉了，我覺得我們或許可以成為好朋友。」

靳影澤會心一笑，無言地望著她。

是的，他當然知道小瞳是個值得好好去愛、好好珍惜的人。不論是她傲然的堅強，她慧黠的聰穎，她原諒他人的美德，她面臨危險坦然面對的勇氣，堅持到最後的毅力，她的知錯能改，贖罪與懺悔的心，以及她最終毫不猶豫的犧牲，她的笑容，她的回眸，她偶爾顯現出的不經意的脆弱。

「如果千洵和小瞳同時面臨死神的召喚，妳會選擇救哪一個？」

千水悠聞聲抬頭，十分詫異的看著靳影澤，彷彿他問了一個十分可笑的問題：「靳影澤，你以為在哥哥告訴我他要和泛月晨調換心臟時，我沒有想過這個問題嗎？」

「你想想看，假如哥哥復活了，然後發現我放棄了泛月晨……」千水悠慘然一笑，那笑容無比淒涼：「靳影澤，你不會真的以為，我會這麼做吧！」

「千洵他……」

「哥哥很瞭解泛月晨。你不知道他多瞭解她，在泛月晨心裡，」千水悠停頓了幾秒，眼神深凝：「在泛月晨心裡，為所愛而犧牲的人，是勇者；但是因為所愛之人死去而也放棄生命的人，是懦夫。看看泛月晨的表現就知道了。她自己就是最好的例證，她愛她父親，愛魔武界，所以她自我犧牲不是嗎？泛月晨是個勇者。」

「難道……難道他從沒有想過，把事實告訴我，賭一賭我對小瞳的愛，說不定他就能和小瞳在一起……」

「你想哥哥怎麼會是那種人！」千水悠眼眶泛紅，她伸手拭去眼角的淚：「而且，其實你心裡真正想問的是，為什麼我不去犧牲對不對？你以為我沒有想過嗎？但你知不知道哥哥跟我說了什麼？」

千水悠起身走到窗邊，她張口在玻璃上呵了幾口氣，然後在上頭畫了一株樹：「靳影澤，親情、友情、愛情共生，它們就好比一株只長了三根枝條的樹。它們互相競爭，誰愈受到重視，得到的養分愈多，誰就長得愈好，愈茁壯。」她加粗了其中一根枝條：「在泛月晨心裡，最重視的是親情，所以她立誓要為母親報仇，最後又為了父親犧牲，你就像是她哥哥，也是親情，所以她常常寧可委屈自己，也不願意傷害你。其次，是友情，她重視珍惜朋友，所以我跟她之間才會這麼愛恨糾纏不清。最後，才是愛情。」千水悠凝視著三叉樹在窗面上漸漸淡去，音調空洞無緒：「哥哥說，今天死的人是他，泛月晨不會怪我。但如果死的人是我，他自己都不敢面對她。哥哥總是這樣……。」

「他這樣說是不對的。」靳影澤聲音泛上些微的顫抖：「難道他不知道，在小瞳下定決心嫁給他的那一刻，他不僅是她的愛人，還是親人」。妳之於她也不只是朋友，而是姐妹，你們也都是親人，都是親人。」靳影澤握緊拳：「小瞳很痛苦，妳不知道她有多痛苦。」

千水悠臉上出現激烈掙扎的神情：「可是，我……，我不知道該如何面對她。」

「她愛你。」靳影澤深深的嘆息。

這個世界上羈絆了太多太多糾結不清的愛戀，夜帝弄人，難道，真的是自古多情空餘恨嗎？

千洵其實並沒有真的走，因為這個世界上，還有好多好多人在記掛著他、惦念著他。除非世間沒有人再次憶起你，你才是真正的離去。

泛月晨開始旅行。

旅行了很久之後，她才終於再次回到這個她出生的城市，這個全魔武界最大的城市，這個所有故事的發生地。

「盟主大人。」

她一跨出浮空飛車，便有兩排穿著金色制服的侍衛整齊彎身鞠躬，一看就知道是千氏派來迎接她的。身為魔武界盟主，巡視整個大魔武界是必要的行程，只是沒有想到，竟然耗時整整一年之久，自己才又回到這片她深愛的土地上。

手握狂焰曲，金鳳凰棲息在肩頭，泛月晨停在原地，靳影澤也從浮空飛車上下來，納悶她怎麼不向前走。泛月晨揚揚眉，對千氏的侍衛們笑了笑，淡淡地說：「你們稱呼錯了呢！」

大夥兒面面相覷，過了片晌，侍衛們似乎想通了，於是又整齊畫一的躬身，齊聲朗道：

「千夫人好！」

泛月晨又淡淡的笑了。

第一場歸來的魔武界巡迴說明會，在美麗莊嚴的夜帝神殿前的廣場舉行，眾人在臺下擠來擠去，都想搶到最好的位置。泛月晨手握狂焰曲，金鳳凰在旁飛舞，她隱約聽見大家讚嘆的聲音，耳語著那就是魔武技大賽的冠軍，百年來唯一的盟主，魔技、武技都十分高強呢！

泛月晨眼神閃了閃，似乎沒有人知道，其實，她已經失去了一半的魔法能力。除了守獸與神器之外，她此刻的靈力、魔力頂多跟一位普通魔族的實力不相上下而已。那個和夜帝定下的來生契約魔法，是要付出代價的，否則假若每個人都能隨意定下這種契約，那麼大自然的輪迴法則不就會被打亂了嗎？因此使用這個魔法的代價，就是她會失去一半的魔法能力。

踏上臺，泛月晨沒有看到千水悠的身影。自從千洵離開後，千水悠便沒有再跟她見過面，也許是害怕見面時的那份尷尬吧！然而泛月晨知道千水悠還是關心她的，水悠或許恨她、但也愛她。她想總有一天，水悠會放下心中所有的執著。

臺下眾人爭相追問著各式各樣的問題，除了請泛月晨發表這一年來巡視魔武界的感言外，還有人問起千洵及泛莊主的事情。

泛月晨知道魔武界一直傳得沸沸揚揚，關於她的求婚、千少爺的猝死，整個魔武界都在激烈的爭論著他們之間的愛情故事，究竟是家族間最殘酷的聯姻陰謀，還是世界上最美麗動人的真愛。

「在這趟旅程中，我不僅巡視了魔武界各地，同時也沉澱了自己的心靈，想通了許多事情。」

泛月晨語氣真誠：「這一生，我做錯過許多事情，但同時也學到了很多。」靳影澤站在人群裡朝她笑著。小影哥，像個哥哥一樣陪在她身旁。藍色篝火的傳說終究成真了，他們真的在一起——只是用不同的方式在一起。靳影澤，像個親哥哥般，陪在她身旁，照顧她、守護她，但是他們不說一句愛。

「我想，我們都是自私的人。」是的，她自私，從頭到尾都只想拚命抓住自己的愛。千水悠也自私，她深愛哥哥，卻很少考慮到泛月晨以及靳影澤的感受。小影哥也自私，如果他勇敢一點，願意早些放手，事情或許會有不一樣的結局。他們都很自私，而當他們從千洵身上學到無私時，一切卻都已來不及了。

「在人生的風雨旅程中，有人用生命教會了我——為別人設身處地著想的道理。」

「這一路上，我有幸遇見了許多智者，也增長了不少見聞，更體驗了人生的悲歡離合。許多人前來告訴我他們的故事，希望我可以給他們一點啟發。其實，給我更多啟發的——是他們。我覺得……當我們執意想要擁有，有時反而會失去的更多。人們總是要等到失去後，才懂得珍惜，然而一切都為時已晚。」

「眾人如此，我亦是如此。所以從現在開始，我會努力學著改變，很努力、很努力的提升自我，以表達我心中的一份謝意。謝謝所有幫助過我的每一個人，我永遠也不會忘記，在我心跳的每一刻……」

「我知道有人在議論我的父親，我只能請求大家不要以表面來探知事情。很多時候，當我們一味注意到事情的表面，只相信肉眼看到的所謂的事實時，往往會忽略了背後的真相，而不再探究真相時，我們將會失去許多得知真理的機會。其實，眼睛所看到的，與真相不一定是同一個層面——『眼見未必為真』，自己一直深信不疑的，也有可能是最虛幻的假象。」

「還有，嫉妒、怨恨、貪婪是這個世界上最損人不利己的利刃，會讓自己、親人、朋友，甚至整個魔武界都落入萬劫不復的悲慘境地。絕對不要因為貪求和慾望而喪失了原本的自我，那是人生中最不划算的交易。」

「至於千洵與我之間的事情……」說到這裡，泛月晨停頓了下來，望著臺下萬頭鑽動的人群，大家全都安靜地抬頭回望著她。

春天即將來臨，大地又轉新綠。就如同過去的每一年一樣。是不是世間的輪迴也像這樣，周而復始，不停輪迴遞嬗，所有哀痛都會被埋葬，萬物總會生生不息？

「千洵，是我此生的摯愛。他將自己的生命奉獻給我，我不會讓他失望的。」

恍惚之間，泛月晨似乎聞到了月光蘭那淡雅清幽的香氣。金鳳凰歡快飛舞，春風撩起了她的長髮，在陽光下糝上了一層唯美的金粉。

千洵，我回來了。

回到這一片我們擁有無數美好回憶的土地上。

從懷裡拿出一片狹長——預言之木的金色葉子，泛月晨眼中漾起寧靜平和的笑意。這是千洵給她的葉子，葉片表面浮動著冉冉的、夢幻的琥珀色光芒。

我只知道……

就如預言之木所說的，

與你，一生只有過程，沒有結果。

因為這個過程會永遠延續。

～～全書完～～

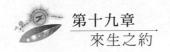

國家圖書館出版品預行編目資料

藍色篝火 / 穆烺作 . -- 初版 . -- 臺北市 :
貝塔 , 2014.02
面 ; 公分
ISBN 978-957-729-949-9(平裝)

857.7 103003802

藍色篝火 *BONFIRE*

作 者 / 穆烺

出 版 / 貝塔出版有限公司
地 址 / 台北市 100 館前路 12 號 11 樓
電 話 / (02) 2314-2525
傳 真 / (02) 2312-3535
郵 撥 / 19493777 貝塔出版有限公司
客服專線 / (02) 2314-3535
客服信箱 / btservice@betamedia.com.tw

經 銷 / 高見文化行銷股份有限公司
地 址 / 新北市樹林區佳園路二段 70-1 號
客服專線 / 0800-055-365
傳 真 / (02) 2668-6220

出版日期 / 2014 年 3 月初版一刷
定 價 / 360 元
I S B N：978-957-729-949-9

貝塔網址：www.betamedia.com.tw

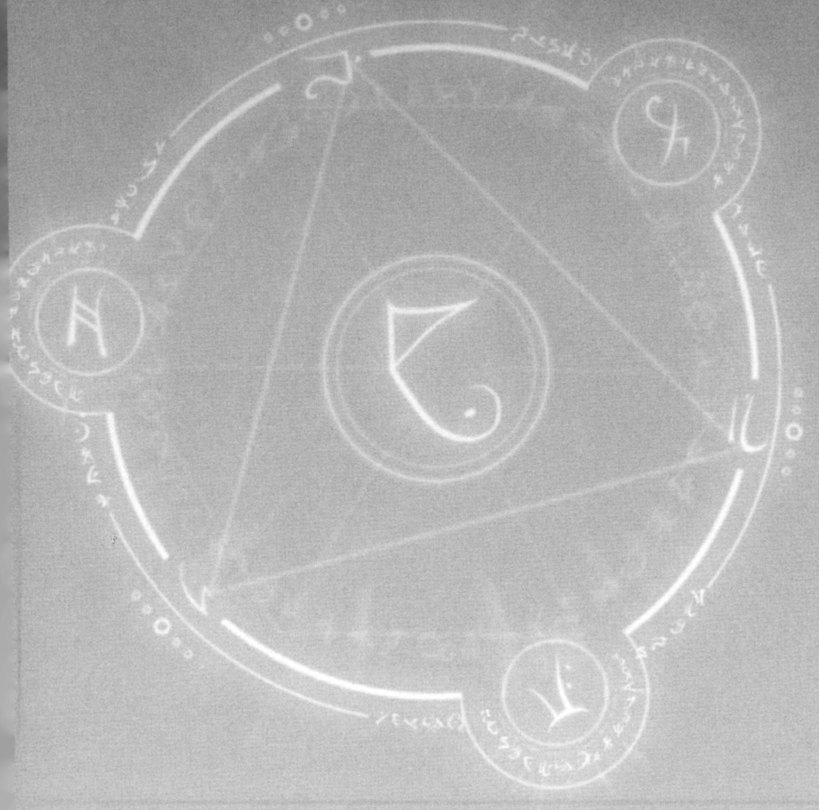